LA DAMA

DE LA

CIUDADELA

(Battle Shore 1)

Por: Miriam García

Dedicado a mi esposo, Matt.
Nadie me ha apoyado jamás tanto como él.

Introducción

La luna estaba diáfana y luminosa como un cuarzo bien pulido, rodeado por un halo rojizo. Las escasas nubes en el cielo navegaban ligeras como velos de fantasmas. Bonita noche de plenilunio, pero con algo misterioso, parecía el perfecto escenario de un cuento de fantasía. Con lo mucho que a Euphorbia le gustaban esas historias, en especial las de princesas. Ella misma se sentía como una, aunque dudaba mucho que alguien escribiera sobre ella que era la típica princesa bella y bondadosa; bella sin duda, pero lo de la bondad era algo bastante relativo. En realidad eso le daba igual.

Él la contemplaba como si Euphorbia fuera la luna, con los ojos llenos de deseo. Los labios carnosos de Euphorbia se arquearon en una arrogante sonrisa, disfrutaba tener su atención. Zumaque le tomó la cara con ambas manos y se inclinó para besarla. Sus lenguas se encontraron en una danza que prometía mucho más. Al cabo de un instante Euphorbia se separó, él trató de volver a besarla, ella levantó la mano en señal de alto.

—Ya fue suficiente. Más tarde podemos pasar tiempo juntos.

Zumaque iba a protestar, pero se contuvo y suspiró resignado.

—Está bien, más tarde.

Le tomó la mano para besársela, ella estaba altiva, con la arrogancia de una princesa que disfruta saberse adorada.

—¿Me amas?

—Sí.

—¿Me serás siempre fiel?

—Sabes que no tengo ojos para ninguna otra mujer.

Euphorbia retiró su mano, hizo una mueca de disgusto.

—No me refería a eso.

Euphorbia se dio la vuelta y observó de nuevo a la luna con su cara de cuarzo y las nubes que la rodeaban como doncella bailando para adorarla. Ella merecía ser tratada así.

—Tu amor sé que lo tengo, pero el amor es una mariposa voluble que se rinde a una flor mientras le agrade, para luego volar a otra, si le conviene.

—Mi amor por ti no es voluble.

—Lo que quiero es lealtad —sentenció de golpe—, es lo que necesito ahora que estaré al frente de este castillo.

Miró a su alrededor, contempló la explanada rodeada por los altos muros que protegían a la Ciudadela, había escombro por todas partes. Un enorme árbol podrido yacía sobre un montón de piedras, como el esqueleto de un gigante abatido sobre lo que alguna vez fue un muro. Algún día lo haría reparar.

Él cerró el puño con determinación, los mechones largos de su cabello cambiaron de un negro rojizo a un tono gris azulado.

—Yo te juro por mi vida, por el amor que te tengo, que mi lealtad absoluta es tuya y de ser necesario, moriré por ti.

—¿Aun si se acabara nuestro amor?

—Nuestro amor jamás terminará, pero si eso ocurriera, sí, juro que te seguiré siendo leal.

—¿Y si alguien me hiciera daño?

—Te vengaría, lo perseguiría hasta matarlo.

Ella se giró hacia él y sonrió. Le acarició la mejilla, pero su toque no era apasionado como el de él, sino como el de quien prodiga una limosna.

Sintió una energía aproximarse, una presencia inferior. Euphorbia retiró su mano, un guardia se acercó.

—Señorita Euphorbia, un mensajero del ama está aquí.

—Bien, iremos en un momento.

El guardia se retiró. Euphorbia y Zumaque intercambiaron miradas.

—Continuaremos esto después. Debemos ir al salón principal.

Zumaque le ofreció su brazo para escoltarla. Él la miraba de reojo, embelesado. Ella iba altiva, elegante, con su cabello negro verdoso recogido detrás de la cabeza, su vestido magenta y negro con largas mangas de encaje. Euphorbia se preguntaba qué noticias traería el emisario del ama.

El salón estaba iluminado a medias. Una joven mujer de aspecto andrógino, de cabello gris y facciones duras, estaba tumbada en un sillón. Tenía las piernas sobre una mesita. Movía ansiosamente un pie. Se entretenía jugando Candy Crush en el celular. En el extremo opuesto estaba un sujeto mayor que ella, completamente calvo. Llevaba guantes marrones, una camisa sin mangas y unos pantalones abultados sostenidos con tirantes negros. Tenía una arracada en una oreja y un arete en la nariz. Se notaba molesto.

—¿Podrías dejar de sacudir el pie? Me pones nervioso.

Amanita lo contempló indiferente, se retiró un fleco grisáceo que le caía sobre el ojo, suspiró fastidiada y bajó las piernas. Se dobló hacia el frente, para descansar los codos sobre las rodillas. Siguió entretenida con su juego. Sentado en otro sillón estaba un soldado vestido con un uniforme marrón.

—Así que el ama te envió con noticias —señaló el hombre calvo—, no entiendo por qué esperar, empieza ya.

—Lo siento, señor Boldo, pero el ama dijo que los quería reunidos.

Boldo masculló una maldición.

—Estúpida Euphorbia, seguro está con el estúpido de Zumaque.

—Mmh... —replicó Amanita indiferente.

—Y tú, ya deja de hacer eso, que me pones nervioso.

Amanita volteó a ver a Boldo.

—¿Hacer qué?

—Eso que estás haciendo, ahí jugando con el celular.

—*Yea, yea, whatever* —replicó sin siquiera molestarse en mirarlo.

Boldo estaba furioso.

—Nadie me respeta, no es justo.

Euphorbia y Zumaque entraron, el joven soldado se levantó, Amanita puso a un lado el celular.

—Buenas noches —saludó Euphorbia con encanto de anfitriona—. ¿Qué nuevas nos traes del ama?

—Señorita —titubeó—, traigo esto para usted.

Se inclinó para recoger un maletín del que extrajo un folder con papeles.

—Es de los reportes de los ingenieros que solicitó, con detalles del estado general de la Ciudadela. En cuanto al mensaje, no soy yo quien debe hablar.

Euphorbia extendió la mano, tomó el folder y miró extrañada al mensajero. Una voz les habló.

—El ama les manda saludos.

Boldo, Amanita, Zumaque y Euphorbia se volvieron de golpe hacia donde provino la voz. Euphorbia no había detectado su presencia, incluso ahora no podía sentir su energía. Eso sólo podía indicar a una persona. Desde las sombras avanzó hacia ellos una mujer toda vestida de negro, usaba una máscara también negra que únicamente dejaba al descubierto los ojos y la boca.

—El ama me envió con instrucciones para ustedes.

Sus movimientos eran felinos, se deslizaba con delicadeza, con el sigilo de una sombra. Boldo expulsó el aire ruidosamente. La increpó con una nota desagradable.

—¿Cuánto tiempo llevas ahí?

—Lo suficiente para oírte quejarte de todo.

—Lo cual lo mismo quiere decir, cinco minutos que una hora.

—¡Cierra la boca, Amanita! —respondió furioso.

Amanita y Zumaque se rieron, Euphorbia permanecía severa frente a la asistente del ama. Nunca le había gustado, no podía creer que el ama confiara en ella y la mantuviera como su más cercana, ella que era parte de una élite de guerreros con fama de traidores; ella que escondía su poder y sus pensamientos para desvanecerse y no ser detectada; ella que no se veía la mitad de bien que Euphorbia, ni tenía su elegancia, ni clase.

—Te escuchamos.

—Euphorbia estará al frente de la Ciudadela hasta que el ama regrese de su viaje. Euphorbia, ¿tienes ya un plan para las reparaciones de esta fortaleza?

—Traeremos mano de obra para trabajar siete días a la semana.

—¿Necesitas presupuesto?

—Será gratis, usaré a los guardias a mi cargo y a los demonios para traerlos.

—Haz lo que tengas que hacer. Este trabajo es muy importante, la Ciudadela será la base desde la que el ama iniciará su campaña para coronarse reina de los eukids.

—Por supuesto —respondió arrogante, casi como si en realidad escupiera un, "no me lo tienes que decir, sé lo que hago".

—En cuanto a Amanita, Boldo y Zumaque, el ama tiene una misión para ustedes, necesita que recluten jóvenes eukid para aumentar su ejército. También necesita que cacen demonios. Saldrán mañana de la Ciudadela y viajarán de población en población atrayéndolos.

—¿Y si no quieren seguirnos? —preguntó Amanita.

—¿Quién dice que será con su consentimiento? Si no los siguen por las buenas, se los llevarán y los reeducarán a la mala, ¿está claro?

Zumaque y Amanita asintieron. Boldo hizo una mueca y estalló:

—¡Y de verdad esperas que salgamos a cazar demonios!

—Fue lo que dije, Boldo.

Apretó los puños, le temblaban las aletas de la nariz, estaba furioso.

—Me rehúso terminantemente a hacer eso, yo no voy a ningún lado.

Los ojos de la mujer de negro resplandecieron.

—¿Te niegas a obedecer al ama?

—Me niego a obedecer a una rata traidora como tú.

Amanita rodó los ojos hacia arriba y meneó la cabeza de lado a lado en una mueca de enfado, se dejó caer en el sillón y volvió a tomar el celular para retornar a su juego. Euphorbia le dedicó a Boldo una mirada glacial, pero no dijo nada, el aire se sentía tenso, su querido Zumaque también podía sentirlo, pues los mechones de su cabello estaban cambiando a negro azulado.

—Debes ser o muy valiente o muy estúpido para atreverte a rebelarte contra las instrucciones del ama.

—No discutiré contigo hasta que ella me escuche y se arregle esta situación injusta.

La mujer de negro sonrió divertida.

—¿Y exactamente qué es lo que consideras injusto?

Él mantenía los brazos cruzados, no dijo una palabra, la mujer de negro aguardó por un largo lapso.

—Sabes bien que antes de hablar con ella tendrás que hablar conmigo. O expones ahora mismo las injusticias que clamas has sufrido o le diré al ama que te negaste a obedecer. Tienes hasta tres: uno... dos...

—¡Yo debería estar al frente de la Ciudadela! —Exclamó casi en un alarido— Yo y no esa estúpida Euphorbia.

Zumaque apretó los puños, su cabello se tornó casi negro. Euphorbia se volvió hacia Boldo.

—Te parezca o no, quien manda es el ama. ¿O qué esperabas? Que esto fuera una democracia y que todos te apoyaran.

—Esa es una buena idea —dijo divertida la mujer de negro—. Es más, Boldo, te propongo algo: hagamos una votación para ver a quién quieren tus compañeros como líder de la Ciudadela.

Euphorbia sintió que la indignación la invadía.

—No puedes hablar en serio.

La mujer de negro le hizo una señal con la mano de que guardara silencio, en todo el rato no había despegado su atención de Boldo.

—¿Qué dices, Boldo? Una votación suena como algo muy justo. Euphorbia, tú primero, ¿quién quieres que esté al frente de la Ciudadela?

—¡Yo, por supuesto!

—Muy bien, eso es un voto para Euphorbia.

—¡Ah sí! Pues yo también voto por mí.

—Un voto para Euphorbia y un voto para Boldo. ¿Zumaque?

—Euphorbia.

—Eso son dos votos para Euphorbia. Sólo para hacer esto más emocionante yo también voy a votar. Elijo a Boldo porque me da lástima.

Zumaque exclamó:

—¡No puedes hacer esto!

La mujer de negro alzó la mano para indicarle que callara.

—Eso son dos votos para Euphorbia y dos para Boldo. Ahora, es momento del voto decisivo, el que definirá el destino de la Ciudadela: Amanita.

—Euphorbia —respondió sin despegar su atención del celular.

—Contestaste muy rápido, ¿estás segura que no quieres pensar tu voto?

—No —afirmó indiferente—, Euphorbia y nadie más.

—Muy bien, eso son tres para Euphorbia y dos para Boldo.

—¿Qué hay de él? —se quejó Boldo al tiempo que apuntaba al soldado— Que también vote.

La mujer de negro se dirigió al soldado.

—¿Quieres votar? Adelante, pero más te vale que no elijas a un perdedor.

El soldado pasó saliva.

—La señorita Euphorbia —balbuceó.

La mujer de negro sonrió sardónica.

—Y con eso son cuatro votos para Euphorbia y dos para ti. Euphorbia gana, se queda al frente de la Ciudadela. Muchas felicidades.

—Gracias —respondió altanera.

—Ahí lo tienes, Boldo, *Justice was served*. Creo que ahora medirás mejor tus palabras antes de quejarte de ser víctima de injusticia.

Boldo estalló.

—¡Todo esto no es más que un juego para ustedes! No hacen más que burlarse de mí. No tengo por qué tolerarlo, iré ahora mismo a buscar al ama.

Se dirigió hacia la puerta. Con la agilidad de una sombra, la mujer de negro se interpuso en su camino.

—Ni Euphorbia ni yo te hemos dado permiso de retirarte.

—Fuera de mi camino, rata taimada.

—Euphorbia, ¿es que acaso vas a permitir que no respete tu mando?

Eso le gustó, así que después de todo, esa rata sí le daba autoridad.

—No, por supuesto que no —habló con su voz de diva—. Boldo, irás con Amanita y Zumaque a hacer lo que el ama ha ordenado.

—¡Jódete, niña estúpida!

El cabello de Zumaque ya estaba rojo oscuro. Se desplazó con rapidez y le tiró un puñetazo que Boldo apenas alcanzó a detener.

—¡No le faltes el respeto a Euphorbia!

—Espera, Zumaque —dijo Euphorbia—. Déjame encargarme de esto.

Zumaque se hizo a un lado. Amanita estaba encantada, esto se estaba poniendo interesante. Activó la cámara del celular para grabar en video.

—Sabes, Boldo, existe más de una manera de decidir si algo es justo o injusto, por ejemplo, midiendo fuerzas en un combate.

Boldo apretó los puños, Euphorbia permanecía altiva, encendió su energía, toda ella resplandeció con un halo claro de luz de esmeraldas.

—Pelea —ronroneó.

Descargó un rayo contra Boldo, él apenas alcanzó a contestar con otro rayo, los dos se arrojaron cápsulas de energía. Él no podía perder, esta era su oportunidad de demostrarle a esa presumida quién merecía estar al frente. Se arrojó para atacarla con los puños, no fue sencillo, ella era rápida y esquivaba sus golpes con la gracia de una bailarina. Ella se aproximó y descargó un terrible rayo de poder que lo arrojó por los aires y lo hizo caer al suelo adolorido. La mujer de negro comenzó a aplaudir.

—Euphorbia gana de nuevo, ¡aplastante victoria! Felicidades.

—Gracias —dijo Euphorbia henchida de gusto como un pavorreal.

Boldo se enderezó penosamente.

—Ahora, una queja más y tendré tu cabeza —sentenció Euphorbia.

Boldo se mordió el labio conteniendo la rabia, aquello era indignante.

—Esto no se ha acabado.

—Boldo —dijo la mujer de negro—, es tu última oportunidad.

—¡Pelea! —le gritó a Euphorbia.

Ambos encendieron sus poderes. Boldo se preparó para lanzar su rayo. Entonces alguien intervino. Boldo no vio venir la ráfaga oscura de la mujer de negro sino hasta que ya la tenía encima. Ella se abalanzó sobre él a una velocidad increíble para propinarle una cadena de golpes. Boldo escuchó su propio alarido.

Euphorbia contempló el cuerpo inerte de Boldo y la ira la invadió, apretó los puños. Mientras tanto, Amanita presionó "detener" en el celular y seleccionó el video para ver de nuevo la pelea.

—¿Por qué hiciste eso? —Reclamó Euphorbia— Él era mío, yo iba a matarlo.

—Te estabas tardando demasiado y me cansé de ese imbécil. Aparte, tengo cosas que hacer y no puedo esperar más.

La mujer de negro fue hasta el joven soldado que aguardaba con la boca abierta, ella tomó el maletín y lo puso de vuelta en sus manos.

—Vuelve con el ama y cuéntale todo lo que pasó aquí, o mejor aún, deja que lea tu mente para que lo vea ella misma; le va a gustar.

El soldado asintió con la cabeza y salió casi corriendo. La mujer de negro se volvió a Euphorbia, Zumaque y Amanita.

—En cuanto a ustedes, procuren hacer bien su trabajo.

Euphorbia levantó una ceja y sus labios se torcieron en una mueca.

—Euphorbia, estás a cargo hasta el otoño que el ama vuelva.

—Tendré todo listo.

—Bien, nos veremos luego. — Se dirigió hacia la salida.

—Espera —habló Zumaque—, y mientras nosotros trabajamos, ¿tú a dónde vas?

Se detuvo y les habló sin dejar de darles la espalda.

—El ama me ha dado una misión, tengo que ir a buscar a una familia.

—¿Una familia? —Dijo Amanita— Me imagino que son eukid, de clase alta quizá.

—Eso no lo sé, pero el ama está muy interesada en ellos.

—Acaso está pensando en nuevas alianzas.

—¡Hagan su trabajo! Y yo haré el mío. Nos veremos luego.

La mujer de negro se marchó. Euphorbia estaba temblando, detestaba a la asistente del ama. Miró de nuevo al cadáver, sus labios se arquearon en una mueca de desprecio.

—Guardias —llamó con su voz firme.

Dos guardias entraron.

—Desháganse de esa basura.

Euphorbia salió de la habitación, tenía que pensar muy bien su plan de acción.

□

I. Reunión

Era la mañana del martes, el cielo lucía despejado y el mar en calma. Linda abrió la ventana y cerró los ojos de azul oscuro; era agradable el soplo marino agitando su cabello caoba. Una idea palpitaba en su mente, era un fuerte presentimiento de que tenía que salir a buscar algo a la orilla del mar.

Linda vivía con su familia en una mansión sobre un risco frente al océano. Sin embargo, lo que el presentimiento le ordenaba buscar no estaba en la costa en las inmediaciones de la propiedad, sino en una playa mucho más retirada. Necesitaba que alguien la llevara. Fue por eso que, cuando bajó a desayunar y escuchó a Tanya y Serena hablar de que querían pasar la mañana en la playa, se apresuró a unirse a ellas.

Una vez en el auto, Linda, desde el asiento trasero comenzó a darles indicaciones de hacia dónde tenían que ir. Ella les dijo que debían dirigirse hacia el sur para encontrar algo sumamente importante. Era muy insistente y no aceptaba un "no" por respuesta.

—Eso no es lo que queríamos hacer, sabes —Exclamó Tanya.

Por supuesto que no. Lo que ellas querían hacer era tomar sol y mirar a los muchachos. Linda lo sabía. Eso podía esperar.

—Tenemos que hacerlo, esto es muy importante —replicó con calma.

—¿De qué se trata? —cuestionó Tanya con el ceño fruncido.

—Bueno, la verdad es que no estoy segura. Sólo sé que debemos ir ahí.

Tanya estaba irritada ante la idea de ir hacia el sur, a una playa solitaria casi en el norte de California. Les tomaría un par de horas llegar. Serena sentenció sin despegar la vista del frente y las manos del volante:

—No sé qué tengas pensado pero está bien.

—Gracias —contestó Linda con su amplia sonrisa.

—¡Serena! —protestó Tanya y le dirigió una muda mirada.

Linda permanecía inmóvil en el asiento trasero de la SUV, relajada y fría como un androide. Sabía que Tanya estaba hablando con Serena en su mente, no quería que Linda escuchara. Eso no le molestaba. Además, confiaba en que Serena no cambiaría de opinión. Ella era bastante razonable y parecía comprender que lo que Linda necesitaba tenía que hacerse.

Por fin, Serena replicó:

—Vamos a hacerlo. Tal vez no es lo que queríamos, pero si Linda dice que es importante, entonces debe serlo, ¿no es así, Linda? —preguntó y le dedicó una mirada rápida por el espejo retrovisor.

—Lo es.

Tanya suspiró resignada.

—Está bien. —Luego se giró hacia atrás y enfrentó a Linda con su mirada violeta— Pero te advierto, que si es una tontería, te daré un dolor de cabeza.

Más tarde, de pie frente al mar, Linda estaba concentrada. Sus hermanas adoptivas extendieron toallas en la arena. Ellas podían disfrutar el mar, Linda tenía cosas que hacer. Se separó de ellas. Caminó por la playa a buen paso, enfocada en detectar alguna energía.

Al cabo de un rato por fin sintió una presencia, había alguien. Más adelante vio una masa de largos cabellos dorados. Se aproximó y se detuvo, la dueña de aquella larga cabellera era una joven que dormía sobre la arena, estaba completamente desnuda. La joven desconocida despertó, sus ojos eran azules como el mar. Ella reaccionó rápido como impulsada por un resorte, se sentó y se echó hacia atrás atemorizada.

—No te asustes. Lo siento, no fue mi intención.

La joven la miró sin siquiera abrir la boca. Sus ojos se movieron rápido, como si estuviera escrutando todo a su alrededor para encontrar una ruta de escape. Linda se movió con cautela, despacio, de manera que todo su lenguaje corporal indicara a la joven que era inofensiva.

—No te haré daño, puedo asegurarlo. Soy Linda y tengo quince años.

«No puedo dejarla ir, necesito tranquilizarla», pensó Linda.

Linda era poseedora de una gran sensibilidad que le permitía detectar las emociones de las personas cerca de ella, además era capaz de absorber la intensidad de esas emociones para que las personas se calmaran. La joven frente a ella tenía miedo, Linda absorbió esa emoción. La desconocida pareció relajarse, seguía teniendo miedo, pero al menos ya era un poco menos.

Linda la estudió, no sabía por qué razón sentía que la conocía. Se aproximó y se arrodilló en la arena junto a la extraña. Era muy bonita, con aquellos ojos zarcos, su piel bronceada como la arena y su cuerpo esbelto. Era una suerte que Linda no tenía la capacidad de ruborizarse, porque de ser así, su rostro hubiera tomado un color rojo cereza.

—¿Por qué estás aquí?

Como respuesta únicamente obtuvo una larga mirada

—¿Quién eres?

La respuesta fue la misma.

La chica se acomodó para quedar sentada sobre sus talones. Volteó su vista al mar, luego miró a Linda y por un momento le pareció a Linda que la joven también la estaba analizando, se notaba interesada.

«¿Por qué siento que nos conocemos? No sé quién sea, pero no cabe duda, es a ella a quien vine a buscar», reflexionó Linda.

Se levantó y le tendió la mano.

—No puedes quedarte aquí. Vamos, ven conmigo.

La joven aceptó su ayuda para incorporarse. Lo hizo con torpeza, sus piernas titubearon.

—¿Ocurre algo? —Preguntó Linda— Si estás lastimada puedo ayudarte.

La extraña ni siquiera abrió la boca.

—¿Entiendes lo que te digo?

La chica sacudió la cabeza en un gesto afirmativo. El eco del mar volvió a atraer su atención por un segundo, luego volteó otra vez hacia Linda con su expresión de androide sonriente.

—Nuestra casa es grande y no habrá problema si te quedas un par de días, pero antes debemos resolver algo —dijo a la vez que se quitaba la camiseta que llevaba encima del bikini—. No puedes andar así, ponte esto.

La joven tomó la camiseta. Tras un intento torpe, logró ponérsela.

—Bien, ahora te llevaré a que conozcas a mis hermanas.

Echaron a andar de regreso. Al principio la joven daba pasos torpes. Poco a poco su caminar se hizo más seguro y firme.

Serena y Tanya estaban sentadas en la playa. Aquel fue un día tranquilo. Tanya cerró el libro que tenía en las manos, había llegado hasta la mitad. Miró a su alrededor, lástima que no había nadie más ahí, eso era aburrido. La situación no era del todo mala, tener la playa para ellas solas tenía sus ventajas, como broncearse sin el top de sus bikinis. Tanya sacó un paquete de cigarrillos y el encendedor. Tomó uno y lo prendió. Serena tenía los ojos cerrados.

—Sabes que los menores de edad no deben fumar —murmuró.

—Nadie nos está viendo —respondió Tanya con indiferencia.

Serena abrió sus ojos oscuros y extendió la mano, Tanya le pasó el cigarrillo, Serena dio una calada y expulsó el humo. El viento sacudió la larga cabellera oscura de Serena que caía sobre la piel azabache de su espalda.

Linda se acercaba.

—Ahí viene —murmuró Serena— y no está sola.

—Me imagino que esto es de lo que se trataba. De todas formas voy a darle ese dolor de cabeza.

Linda se acercó. Tanya y Serena se pusieron de pie.

—Lo siento, mi caminata se prolongó un poco. La encontré en la playa.

Linda les relató lo que acababa de ocurrir y le dijo que tenían que llevarla a casa para ayudarla. Mientras Linda y Serena hablaban, Tanya fumaba con la vista clavada en la joven. Notó que ella tampoco dejaba de mirarlas con curiosidad. La desconocida se fijó en Serena, ella era una chica afroamericana, alta, de complexión delgada pero fuerte y semblante amistoso. Luego la atención de la joven fue hacia Tanya, una chica trigueña, interracial con cierta ascendencia polinesia, con ojos color violeta y una abundante cabellera de rizos dorado oscuro. Tanya terminó lo que quedaba del cigarrillo. Había algo familiar en aquella extraña.

—Lo mejor será llamar a la policía para que le ayuden —indicó Serena.

—No —insistió Linda—. Por favor, algo me dice que ella debe de venir con nosotras a la mansión. Tengo un presentimiento.

—Estoy de acuerdo —dijo Tanya—, hay algo en ella.

Serena miró a Tanya, luego meditó por un instante y asintió. Subieron las cosas a la SUV y emprendieron el camino de regreso a Battle Shore.

En el asiento trasero, Linda iba parloteando con la silenciosa joven, al cabo de un rato Tanya se sintió fastidiada.

«Debí darle ese dolor de cabeza, para ver si así se calla», pensó.

—T. —la llamó Serena.

Le bastó una mirada para ver que Serena quería hablarle, pero no en voz alta. Tanya estableció comunicación mental.

«Avisa a todos en casa que llevaremos a una extraña, para que no estén haciendo nada que no pueda parecer normal».

«No te preocupes, yo me encargo», asintió Tanya y sacó su celular para mandar un mensaje de texto.

La melodía que Rosa tocaba en el piano flotaba en el ambiente. Sus delgados dedos se deslizaban con precisión, interpretando un concierto para piano de Mozart. La puerta de la sala de actividades estaba abierta. Pearl y Hannah estaban sentadas afuera sobre la hierba. La brisa era tibia. El viento mecía el negro cabello de Hannah, el cual traía sujeto a la altura de la nuca con una liga en una cola de caballo que le caía sobre la espalda.

—Rosa, ¿quién crees que sea más rápida de las dos, Pearl o yo?

—¿Quién ganó la última vez?

—Yo, por supuesto —exclamó Hannah—. Pearl hizo trampa.

Pearl se rio suavemente, volvió sus ojos verdes de gato hacia Hannah.

—¡Por favor, Ginger! Fuiste tú la que a media carrera se transformó e igual te vencí.

—Eso fue porque no estabas haciendo las vueltas completas.

Rosa comentó:

—Hannah, si lo que estás buscando es la revancha, sólo dilo.

—¿Quieres la revancha? —preguntó Pearl con su aire desenfadado.

Hannah sonrió con actitud desafiante

En frente de la mansión había una larga explanada, un poco más grande que un campo de football. Toda la propiedad estaba rodeada por una densa barrera de árboles que mantenían oculta la casa. La mansión era la única propiedad de millas a la redonda, lo cual significaba que podían utilizar libremente sus poderes sin que nadie las viera.

—Las reglas de siempre —anunció Hannah—, cinco vueltas sin transformación.

Hannah contó:

—Uno, dos —empezó a correr— ¡tres!!

Pearl salió corriendo a gran velocidad detrás de ella.

—¡Arrancaste antes!!

Llegaron al otro extremo del campo y dieron la vuelta. Completaron una, dos, tres, cuatro vueltas. Pearl tomó ventaja. En la recta final Hannah se convirtió en un centauro y rebasó a Pearl. Ella al ver eso se concentró, su cuerpo emitió un resplandor metálico y corrió más rápido. Pearl ganó por una ligera ventaja. Hizo un baile de celebración, Hannah protestó:

—Hiciste trampa.

—Tú fuiste la que hizo trampa al transformarse. Admítelo, Ginger, tal vez yo no tenga armas como las tuyas, pero sí corro más rápido que tú.

Rosa se acercó.

—Chicas, tenemos una visita.

—Visitas, ¿qué clase de visita? —preguntó Hannah.

—Tanya mandó un mensaje de texto, dice que vienen de regreso con una extraña.

Sus hermanas se mostraron intrigadas.

El vehículo se detuvo frente a la mansión pintada de color blanco. El lado izquierdo daba al mar. En el costado derecho estaba un jardín muy grande rodeado por una tapia con algunas plantas trepadoras. La joven desconocida estaba boquiabierta. Entraron a la casa y se detuvieron en el vestíbulo. El mayordomo las recibió. Linda se apresuró a presentarlo a la joven.

—Este es Terrence, trabaja aquí y lo queremos mucho.

La joven desconocida lo contempló, un sujeto seco de carnes, con el cabello negro algo escaso, la nariz torcida y ojos oscuros de almendra. Terrence la observó interesado.

—Mucho gusto... disculpe, ¿la conozco de algún lugar?

La joven estaba embobada con todo lo que la rodeaba, la estancia, los sillones, las losas del piso. A su derecha estaba una gran puerta de vidrio que daba al jardín interior, donde había plantas, muebles de jardín y una alberca.

—Creo que aún no nos has dicho tu nombre —señaló Serena.

La desconocida volvió a poner atención en el grupo al que se unieron Rosa, Hannah y Pearl, luego sus ojos fueron hacia un pasillo, que por alguna razón ella sabía que conducía a una biblioteca. La cara de la joven reflejaba consternación.

—Oye, T., ¿la estamos asustando? —preguntó en voz baja Pearl.

Tanya hizo un ademán con las manos de "no lo sé" y le contestó telepáticamente:

«Estoy tratando de leer su mente. No es humana, eso hubiera facilitado la lectura; es eukid».

«Pero puedes ver lo que está pensando en este momento».

Tanya se concentró, vio que la desconocida no hacía más que preguntarse por qué todo le resultaba tan familiar. Los ojos azules de la chica se posaron en una mesita, donde estaban colocadas fotos de toda la familia. Una en particular la atrajo. En ella estaban Terrence, una anciana y una pareja al centro. A su alrededor, ocho niñas y un niño. Fue hasta ella y la tomó. Pearl se le acercó.

—Estos son Maggie y Nick, esta es nuestra abuela, nuestro hermano, nosotras y ésta de aquí —apuntó a una niña rubia— es...

—Georgina —interrumpió la joven.

Todos voltearon a verla al escuchar por primera vez su voz.

—Sí —asintió Pearl desconcertada—, ese es su nombre.

La joven se veía muy confundida, levantó la vista, los miró a todos.

—Ese es mi nombre, Georgina. ¡Estoy en casa!

Serena y Hannah se pusieron en guardia con una mueca de desconfianza. Rosa les indicó con un gesto que aguardaran.

—¿De qué hablas? —le preguntó Pearl a la joven.

—Me caí al mar, estuve perdida... ¡ya volví!

—¿Sabes cuál es nuestro apellido? —preguntó Rosa.

La joven se tornó pensativa un momento.

—Kearney —murmuró—. Mi nombre es Georgina Kearney.

Todos estaban asombrados, la joven había acertado.

Un auto llegó a la casa, lo escucharon estacionarse, luego se abrió la puerta que daba del garaje a la cocina. Entró la pareja de la foto, acompañada de una joven pelirroja y un muchacho que llevaban algunas bolsas. Depositaron las bolsas en la barra de la cocina y se dirigieron a la estancia.

Él joven, con su gran sonrisa amistosa, hizo una entrada dramática.

—¡Alegraos, hijas mías! Os he traído pan.

—¡Payaso! —murmuró la pelirroja irritada.

La joven desconocida miró a la pareja, que venía hacia la estancia. La fotografía resbaló de las manos de la joven, haciendo un ruido al romperse el cristal. La joven corrió hacia la pareja y se arrojó a sus brazos llamándolos.

—¡Mamá, papá! ¿Me recuerdas? Soy yo, Georgina.

Maggie y Nick estaban desconcertados. Nick la observó detenidamente y palideció como si hubiera visto a un fantasma.

—¿Georgina?

Maggie puso su mano en la frente de la joven y se concentró para leer qué estaba pensando en ese momento, la joven estaba recordando, no como una secuencia, sino como si juntara los pedazos de un metraje. Se veía a sí misma de niña corriendo en el jardín interior de la casa, jugando con los otros chicos. Maggie palideció al reconocer en ella a su niña querida.

Maggie había cargado en su vientre y dado vida con su sangre a dos bebés. Primero, una niña y al año siguiente varón, Patrick. La niña, que ahora tendría ya dieciséis, se perdió cuando tenía once años. Maggie recordaba ese día fatal; su primogénita bajó por las rocas para acercarse al mar, porque decía que escuchaba algo. La pequeña se encontraba embelesada, como si el agua la llamara con el encanto del flautista de Hamelin. Entonces, una gran ola la golpeó, ella cayó al agua y el mar se la tragó. Aquel día fue para Maggie como una pesadilla que no le desearía a ninguna madre. El dolor era tal que creyó que perdería la razón. Quería encontrar a su hija. Recurrió a su adivinación. Se concentró, tanto como su cordura contaminada por la pena se lo permitió. Probó adivinación con fuego y agua. Ninguno de los dos le dio respuestas concretas. Trató tirando cartas de tarot, éstas le dijeron, "tu hija está bien". Ella preguntó, "¿dónde está? ¿Cuándo volverá?". Una y otra vez obtuvo la carta del Colgado, al tomarla frente a sus ojos para leer su mensaje con sus poderes psíquicos, la respuesta fue siempre la misma, "tendrás que esperar". Y Maggie, aunque con el corazón roto, esperó.

Se hizo un profundo silencio en la estancia, los ojos de Maggie se llenaron de lágrimas. Sus dedos tocaron con cuidado el cabello dorado, y la tez tostada por el sol de la chica. En las mentes de todos en aquella casa, excepto en la de la recién llegada, sonó la voz de Maggie.

«He visto su mente, hay recuerdos de esta casa y de esta familia. Es ella».

Los rostros de los chicos reflejaron asombro. Pearl recogió del suelo la foto familiar. Levantó los pedazos de vidrio. Miró en el retrato a la niña cuyo nombre era Georgina, luego a la joven recién llegada. Serena se aproximó a ella. Pearl le tendió la fotografía.

—¿Es ella?

—El parecido es enorme —admitió Pearl—, pero más crecida y con olor a mar y a pez.

Nick comenzó a llorar. Él era un hombre de sesenta años, de ascendencia hispana, con los ojos oscuros y el cabello negro lleno de canas. Maggie era una elegante y esbelta dama de cuarenta y cuatro años, rubia, con los ojos azules. Nick comentó:

—Veo tu cara y veo a mi niña. ¿Pero es que es verdad?

—He vuelto, ¡soy yo, Georgina! —insistió con desesperación.

Los tres se abrazaron por un largo instante. Nick no dejaba de acariciarle la cabeza y repetirle lo grande y bonita que estaba. Maggie le besó las mejillas mientras le decía lo mucho que la había extrañado. Georgina se liberó del abrazo para girarse hacia el grupo que ahora la rodeaba de cerca.

—Patrick y mis hermanas adoptivas: Alex, Tanya, Serena, Rosa, Pearl, Hannah y Linda. —señaló a cada una con el dedo conforme las iba nombrando

—Bienvenida de vuelta a casa —anunció Pearl y se apresuró a abrazarla.

Todos fueron tomando turnos para estrechar a Georgina, incluso Terrence, quien siempre mantenía un aspecto severo y profesional. Pero ese día no era como los demás.

—Hay mucho que hacer —se apresuró a decir Maggie—, ¿tienes hambre? ¿Dónde estuviste? ¿Qué te pasó? Necesitarás ropa, zapatos. ¡Mi niña volvió!

Todas tenían preguntas, palabras de afecto y más abrazos. Georgina pronto se sintió abrumada.

—Quizá lo mejor sea dejarla que se acomode en la mansión, tome un baño y coma algo —interrumpió Terrence.

Serena depositó la fotografía de vuelta al lugar donde estaba.

—Voy a despertar a mi abuelita, estará feliz de verte. ¿Te acuerdas de mi abuela?

Georgina se quedó pensativa por unos segundos. Luego replicó con seguridad.

—Nana Val.

—¡Sí, la recuerdas!

Georgina titubeó. Sus labios se separaron para comenzar a dar su explicación. Tenía una voz melodiosa, aguda y dulce, con un sabor inocente y amable, que tenía un no sé qué de atrayente.

—Eso creo. La verdad es que todo está tan revuelto. —Se llevó una mano a la cabeza— Al principio, Serena, no las reconocí en la playa... me avergüenza decirlo, yo no las recordaba. Ahora que estoy aquí creo que todo comienza a tener sentido, pero la verdad es que, mis recuerdos siguen borrosos.

«¿Crees que dice la verdad?», Le preguntó mentalmente Tanya a Maggie.

«Vi que tiene recuerdos de Georgina cuando era pequeña, también noté que es como dice ella, todo está confuso. Luego, sólo vi agua».

—Me acuerdo de aquella tarde —Georgina le explicaba al grupo—, no sé qué me pasó, quizá al caer me pegué en la cabeza.

—Está bien, será divertido ayudarte a recordar —dijo Linda con su característica sonrisa de muñeca.

El grupo reaccionó encantado, hasta Alexandra, que era quizá la más seria, siempre con un aire de chica ruda y de bravuconería.

—Voy a preparar su cama —anunció Terrence y se apresuró al piso de arriba antes que los demás.

—Ven conmigo —dijo Linda.

Georgina se dejó conducir. De pronto un pensamiento casual rodó por la redondez de su cabeza. El retrato, se sintió apenada de haberlo roto. Se volvió hacia la mesa donde Serena la había vuelto a colocar y se congeló, contempló la fotografía enmarcada, el vidrio estaba intacto.

—Pero... —titubeó Georgina—, hubiera jurado que se rompió, yo vi los pedazos en el suelo.

—¿Está todo bien? —preguntó Linda.

Georgina no comentó nada más, le dirigió una mirada intrigada a Serena.

Subió al piso superior, caminó por un largo pasillo con habitaciones a ambos lados. Georgina recordaba cuál era la suya, la del fondo, justo sobre la orilla del acantilado. Entró, todo seguía igual como lo recordaba, o eso creía. Fue hasta la ventana, miró el océano. Luego lo alto que estaba.

«No creo que pueda bajar por aquí», pensó Georgina, «tendré que encontrar la manera de salir de la casa para ir al mar».

—El baño estaba listo —anunció Maggie.

Georgina, sin ninguna traza de pudor, se quitó la camisa que le había dado Linda y se dirigió hasta allá desnuda. Esto sorprendió a Hannah y a Patrick, quien se tapó los ojos con el brazo.

—¡EWW!!! ¿Qué clase de castigo cometí para tener que ver el trasero de mi hermana?

Georgina no parecía prestar atención. Entró al baño y cerró la puerta.

Hannah le habló a Patrick con tono severo.

—Esto es tan raro. Por cinco años no supimos nada de ella y ahora está aquí. ¿Dónde estuvo todo este tiempo? ¿No te parece sospechoso?

Patrick asintió con un gesto receloso.

II.- Guardianes

Patrick

Serena ayudó a su abuela a bajar las escaleras. Nana Val era una mujer afroamericana de ochenta y seis años, con todo el cabello blanco. Sus ojos estaban casi nublados por las cataratas.

Patrick recordaba bien cuando ella y Serena llegaron a la casa. Él tenía cinco años y Georgina seis. Nana Val fue quien buscó a mamá y papá, guiada por una serie de sueños místicos. Su intención era dejar a Serena con ellos. La pequeña estaba deshecha en lágrimas, no quería separarse de su abuela. La anciana, visiblemente afectada, le repetía que tenía que ser valiente. El pequeño Patrick miraba toda la escena desde un rincón. Entonces, se acercó a mamá, tiró de la manga de su blusa y le dijo, "¿y por qué no se quedan las dos? La casa es muy grande". Maggie miró fijamente a su hijo, tomó su cara entre sus manos, lo llenó de besos y murmuró, "eres un ángel". De esa forma, aquel día, Patrick ganó una hermana más y una abuela. Nana Val siempre había sido eso para ellos y por eso la adoraban.

Nana Val estaba conmovida hasta las lágrimas de que Georgina hubiera regresado. En cuanto se acomodó en su puesto en el comedor, pidió a la joven que se aproximara a ella.

—Eso es, mi niña, ven más cerca, que ya casi no puedo ver.

Georgina se sentó a su lado. Nana Val le tocó la cara.

—Estás hermosa, Georgina. Me da gusto tener la oportunidad de volver a verte antes de irme de este mundo.

—¡Abuelita! —La reprendió con cariño Serena—, no hables así.

—Serenita, debes entender, yo no voy a durar para siempre. —Luego se dirigió hacia Georgina— ¿Sabes cuántos años tengo?

Georgina meneó la cabeza.

—No lo sé, no lo recuerdo.

La anciana sonrió.

—No te preocupes, yo tampoco.

Ambas se rieron. Georgina comentó:

—Me da gusto haber vuelto. Siento que, aunque no recordaba, una parte de mí en el fondo extrañaba esto. No sé qué me pasó. Poco a poco todo se va ordenando en mi cabeza.

Patrick seguía algo desconfiado respecto a Georgina. Debía admitir que el parecido era grande. Sin embargo no estaba del todo seguro si la familia debía creerle. Decidió ponerla a prueba.

—Hermanita, quizá te ayude a recordar si te preguntamos cosas de cuando éramos niños. ¿Qué dices? Podría ser divertido.

A las chicas les agradó la idea. Comenzaron a hacerle preguntas sobre juegos y recuerdos familiares. Patrick fue quizás el que más preguntas hizo, desde vacaciones hasta juguetes favoritos. Había cosas que ella no recordaba o le tomaba un momento responder, aun así logró contestar correctamente las suficientes preguntas para convencer a la familia. Patrick no sabía que pensar. Decidió ponerla a prueba una vez más. Comentó burlón.

—Tal parece que sí eres tú, *Gina* —hizo énfasis en la última palabra.

Georgina arrugó la nariz.

—No me llames así, no me gusta.

—Así te decíamos de niña —dijo Patrick con fingida sorpresa.

—Suena horrible.

Las chicas observaron la escena con gesto divertido. Nana Val intervino.

—Deja en paz a tu hermana, ya sabes que detesta que la llamen así.

—Es mentira, ¿no es así?

—Claro que es mentira, mi niña. ¿Sabes cómo te decíamos?

Ella movió la cabeza en una negativa a la par que respondió un "no". Pearl se inclinó cerca de Georgina y dijo con voz cantarina.

—Gin.

Georgina sonrió.

—Sí, eso me gusta.

Patrick meditó:

«Bueno, tal parece que después de todo sí es mi hermana».

Los platos eran traídos. Había mucho movimiento y ruido mientras acomodaban todo en la mesa. El último en sentarse fue el mayordomo, Terrence, a quien los Kearney estimaban mucho.

Georgina devoró todo lo que le pusieron enfrente. Un par de veces metió las manos en el plato, ante las miradas atónitas del grupo. Patrick de vez en cuando hacía chistes y comentarios tontos al respecto hasta que hizo a papá refunfuñar. Al finalizar la comida, Georgina se volvió hacia Hannah con una pregunta.

—¿Por qué te dicen Ginger?

Hannah se encogió de hombros.

—Veo que eso tampoco lo recuerdas.

—Es una historia larga y bella —dijo Patrick con tono dramático.

—Lo que pasa es... —comenzó Hannah.

—Deja te cuento, todo fue por un juego —interrumpió Patrick, Hannah le dio un codazo.

—¡Basta! Yo le cuento la historia.

—¡Patrick! —Lo reprendió papá— Hoy estás insoportable.

Él se encogió de hombros e hizo un movimiento con los dedos como si se cerrara la boca con un cierre. Hannah prosiguió:

—Cuando me encontraron en el bosque, viviendo de manera feral, yo no tenía un nombre. Las monjas que me cuidaban fueron las que decidieron llamarme Hannah. Cuando tus papás me trajeron a la casa, yo aún no estaba muy acostumbrada a ese nombre.

Patrick recordaba perfecto ese día, el gesto atemorizado de Hannah. Linda y Gin le ofrecieron muñecas, dulces y frutas. Ella no parecía interesada en nada. Entonces encontró algo que llamó su atención.

—Tu hermano tenía dos caballos de plástico. Uno negro y otro castaño rojizo. A mí me gustó mucho el castaño, lo tomé y ya no quise soltarlo.

—Y el pequeño Patrick hizo un berrinche —añadió Alex.

—¡Hey! Eso es mentira —exclamó Patrick.

—Yo sólo digo lo que me contaron —explicó Alexandra con aire desenfadado.

—Te echaste a llorar porque te regresara a *Ginger* —dijo Hannah y luego se dirigió a Georgina—. El nombre del caballo era Ginger.

—Y el otro, Belleza Negra —añadió Rosa—. Patrick estaba algo obsesionado con el libro de *Belleza Negra*.

—¡Es un clásico! Mamá nos lo leía —exclamó él en actitud defensiva.

Hannah prosiguió con la historia. Patrick la contempló embobado, mientras las imágenes de aquel día volaron en su mente.

La niña parecía feliz con el caballo. El pequeño hizo una rabieta.

—Otra vez estás tocando mis cosas. Deja a Ginger, es mía.

—¡Patrick! —Lo reprendió mamá—Comparte con ella.

—¡No! —berreó con los puños cerrados.

Se abalanzó sobre la niña feral, tomó el caballo, mientras ella protestaba con gruñidos, no lo quería soltar.

—¡Dame mi caballo! ¡Es mío, MÍO!

Patrick le arrebató el caballo y le propinó un fuerte empujón que la hizo caer de espaldas. La niña rompió a llorar.

—¡Patrick! —La voz de mamá resonó— Eso no está bien. ¿Te gustaría que te trataran igual?

—Ella no me gusta, huele raro —dijo apuntando a la niña que gimoteaba desconsolada—, ¡¿Para qué la trajiste?! Quiero que se vaya.

Mamá levantó a Hannah del suelo. La pequeña se aferró a mamá, eso le dio más rabia a Patrick. Le desagradaba esa intrusa, con su vestido feo y simple, que se rehusaba a ponerse zapatos y que tenía la piel reseca y llena de costras de infecciones que estaban sanando. Patrick se echó a correr con el caballo en la mano. Se limpió las lágrimas, estaba furioso.

Se encerró en su habitación a jugar solo con sus caballos. Estaba satisfecho de tenerlos. Más tarde ya no estaba feliz. Mamá le había hecho una pregunta, "¿te gustaría que te trataran igual?". De pronto se imaginó perdido en el bosque, sin su mamá, sin juguetes y sin amigos. Pensó en cómo sería estar solo, sin más ambición que jugar con un caballo de plástico y que por ello lo empujaran al suelo. Patrick se sintió muy mal de lo que hizo. Tomó a Ginger, se levantó y bajó las escaleras. Encontró a Hannah echada sobre el sillón, con la cabeza sobre las rodillas de mamá. La niña se veía muy triste. Patrick se acercó y extendió la mano.

—Toma —dijo ofreciéndole el caballo—, es tuyo.

La niña lo miró con cierto temor, él sacudió al caballo.

—Anda, toma a Ginger, te la regalo.

La niña acercó la mano con cautela, Patrick no hizo nada, ella tomó al caballo. Se sentó, miró a mamá y luego a Patrick. Él no estaba contento, pero sentía que era lo correcto. La niña comenzó a reír, se veía feliz con el caballo en las manos.

—Eres un ángel —lo llamó mamá.

A partir de ese día, Patrick comenzó a jugar con ella. No era tan mala. Las monjas le habían cortado el pelo para librarla de los piojos, parecía más un niño que una niña. Sin embargo, tenía algo que a Patrick le resultaba agradable, y que lo atraía. No hablaba ni repetía ninguna de las palabras que Nana Val en su infinita paciencia trataba de enseñarle. Patrick nunca pretendió enseñarle nada, él sólo hablaba y hablaba tonterías porque le gustaba su risa, la manera en que sus ojos brillaban cuando estaba feliz.

Patrick la contempló embobado, ahora Hannah era una chica de complexión atlética, cabello largo, negro y sedoso y grandes ojos negros expresivos, enmarcados con tupidas pestañas. Su piel canela estaba sana y suave. A Patrick le gustaba su sonrisa de dientes blancos y el sonido de su voz. La niña feral que sus padres adoptaron era ahora una chica muy bonita, tanto que lo ponía nervioso sólo con mirarlo, pero eso era algo que él no estaba dispuesto a admitir ni para sí mismo.

Hannah proseguía con su relato.

—Entonces Patrick me regaló a Ginger y eso me hizo muy feliz. Después, cuando empecé a hablar y ¿cuál crees que fue la primera palabra que dije?

Georgina movió la cabeza en una negativa.

—¡Ginger! Pero no sólo la decía por el caballo, la usaba para referirme a mí misma.

Patrick apuntó a Alex y comentó:

—Lo que es una ironía es que a ti no te digamos "Ginger" siendo que tú encajas más en el perfil de una *ginger girl*.

Alex le dedicó una mirada hostil a Patrick. Ella era delgada, muy blanca, con la nariz y las mejillas salpicadas de pálidas pecas, los ojos oscuros y una larga melena de rizos rojo.

El grupo se estaba retirando del comedor hacia la estancia. Pearl y Alex recogían la mesa, ese día a ellas les tocaban labores.

—Ginger es un lindo apodo —opinó Georgina.

—En realidad el que te haya gustado referirte a ti misma con el nombre de un caballo tiene sentido —comentó Rosa—, tomando en consideración los poderes que tienes.

El grupo asintió, Georgina pareció no comprender.

—Por cierto —preguntó Rosa—, Gin, ¿qué poderes tienes?

«Por fin, la pregunta que a todos nos interesa», pensó Patrick.

—¿Dónde están mis pastillas? —le preguntó Nana Val a Serena.

—Están aquí —dijo apuntando a una mesita—, ya te las traigo.

—No te preocupes, Serena —Nana Val levantó la mano, el bote de pastillas voló hasta ella—, todavía puedo hacer algunas cosas yo sola.

Georgina se congeló en su sitio, estaba asombrada.

—¿Cómo hizo eso?

El grupo la miró desconcertado.

—Telekinesis —explicó Serena como quien habla de la cosa más normal del mundo—. ¿No te acuerdas que esa era su habilidad?

—Pero bueno, ya dinos —insistió Nana Val—, ¿qué poderes tienes, Georgina? De niña nunca mostraste ninguna habilidad, pero ahora puedo sentir que tienes poderes y eres fuerte.

—Yo... yo... No sé a qué se refieren.

Georgina parecía acorralada. Patrick lo notó y de esta forma logró intuir que ella ocultaba algo que no se sentía segura de compartir.

—¿Qué le pasa? —le preguntó Patrick a discreción a Linda.

—Está asustada —dijo en voz baja—. Puedo sentir su temor.

«Justo lo que pensé», pensó Patrick.

—Gin —le habló con un tono tranquilo—. Hermanita, todos somos como tú, ¿no recuerdas? Tenemos habilidades especiales que nos hacen diferentes. Sólo, trata de recordar.

Ella se quedó pensativa. Por fin sus labios se separaron.

—Hay algo, no sé si es el recuerdo de un sueño. Esto es totalmente absurdo... Tú te transformas en un ave.

Él le dedicó su sonrisa carismática. Hubo un leve resplandor sobre su piel y Patrick se transformó en una grulla de blanco plumaje.

—Esto no es posible.

—Lo es —le dijo Linda—. Todos tenemos poderes mágicos.

Georgina los observó con atención, poco a poco se fue relajando. Patrick retomó su forma humana. Finalmente, Georgina dijo:

—Esto es horrible, algo tan grande como esto, ¿por qué no lo recuerdo?

—No te sientas mal —comentó Tanya—. No es solo tu pérdida de memoria. Nosotros teníamos poderes pero no los dominábamos bien.

—Nos gustaría saber dónde estuviste en estos cinco años y conocer qué clase de poder tienes. Después de todo, tú eres parte del equipo —dijo papá.

Georgina paseo la mirada por el grupo, todos estaban a la expectativa. Ella ya no se veía recelosa, sino interesada y entusiasmada.

—Tengo algo que mostrarles, pero necesito agua.

La familia siguió a Georgina fuera de la casa, hacia el jardín bardeado. Georgina se paró frente a la alberca.

—¿Y bien? —preguntó Patrick.

—Esto servirá —dijo Georgina y se quitó toda la ropa. Patrick hizo un movimiento exagerado para cubrirse los ojos y emitió sonido de espanto.

—¡Espera! ¿Quieres darme pesadillas o qué?

Georgina hizo un mohín. Luego miró al grupo.

—Esto es lo que soy. Creo que explicará también dónde estuve todos estos años.

Se arrojó a la alberca, sobre su piel brillo un delicado resplandor azulado y al instante sus piernas se transformaron en una cola de pez, cubierta de escamas rojas, doradas y negras. Todos estaban boquiabiertos, la contemplaron nadar en círculos con la rapidez de un delfín. Ella se acercó a la orilla su cabeza emergió. Se quitó algunos cabellos de la cara con las manos.

—Es más fácil transformarme con el agua salada, ahí no necesito usar mis poderes, con mojarme es más que suficiente. Esta agua es diferente —hizo un gesto—, es dulce pero sabe y huele raro.

—Es por los químicos —murmuró Hannah boquiabierta.

—¡Eres una sirena! —exclamó mamá.

Georgina asintió. Apoyó los brazos en la orilla y salió de la alberca.

—¡Imposible! No entiendo cómo puede ser. Los eukid de agua sólo pueden descender de otros eukid de agua. Ni yo ni tu padre lo somos, ni ha habido poder de agua en nuestra familia. Además, naciste en tierra firme. No tiene sentido.

—Quizá —dijo Terrence—, es simplemente que así tenía que ser, después de todo ellos fueron elegidos para reencarnar con los poderes de su vida anterior.

—El día del accidente —dijo papá—. ¿Qué pasó cuando caíste al mar?

—Recuerdo que días antes escuchaba una voz que llamaba mi nombre. Ese día vi algo dorado en el agua, por eso me acerqué tanto a las rocas. Luego la ola me golpeó y la corriente me llevó hasta el fondo. Yo recuerdo que me ahogaba. Tengo idea que dejé de respirar y mi espíritu... Sé que no tiene sentido, porque estoy viva. Era como si flotara separada de mi cuerpo pero sin poderme desprender del todo. No sé cuánto tiempo estuve así, hasta que de pronto sentí una descarga, volví a abrir los ojos y todo ya era diferente.

—Como si hubieras renacido —señaló Rosa.

—Pero sin memoria. Yo no sabía quién era ni qué había pasado. Me vi a mí misma como soy ahora —ella apuntó a su hermosa cola—. La sensación de libertad fue tan embriagadora que me adentré en el océano sin mirar atrás.

—Eso explica por qué nunca te encontré —exclamó mamá—. Los psíquicos necesitamos tener idea de la persona con la que queremos hacer contacto. Tú no sólo estabas lejos de mi rango de alcance, además ya no eras una humana sino una sirena. Todo este tiempo estuve tratando de hacer contacto con una niña que ya no eras tú porque tu naturaleza cambió.

—En el mar estuve en contacto con otros seres de agua como yo, pero en mi cabeza tenía cierta idea de que no pertenecía por completo con ellos. Era una idea vaga. No estaba segura de qué era, pero conforme pasaba el tiempo, más sentía el impulso de venir a tierra firme.

—La premonición que tuve —murmuró mamá—, dijo que debía ser paciente, que cuando el tiempo de pelear se acercara y fuera necesario que ustedes estuvieran juntos, tú volverías. Eso significa que la rueda del destino se ha puesto en marcha.

Georgina se acomodó en el suelo, como si estuviera planeando sus movimientos, se concentró, en torno a ella brilló un ligero resplandor azul, la cola desapareció y sus piernas volvieron. Se puso de pie.

—Ya entiendo, los eukids de agua tienen que nacer en el agua. Tú eres una sirena que tuvo la mala suerte de reencarnar en tierra firme. Tenías que morir en el mar y volver a revivir ahí para recuperar tus poderes— reflexionó Patrick.

—Aunque eso al parecer afectó tu memoria en el proceso. La muerte diluye la memoria —señaló Rosa.

—Ahora quiero saber qué clase de poderes tienen ustedes —pidió Georgina.

De vuelta dentro de la casa, Georgina estaba vestida y se secaba el cabello con una toalla. Serena le contaba a Nana Val sobre lo que acababa de presenciar. La anciana escuchaba con atención.

—Debe haber sido maravilloso. Yo nunca vi a una sirena.

—Deja te muestro —dijo Tanya.

Acercó sus manos, le tocó ambos lados de la cabeza con las puntas de los dedos y se concentró. Usó su habilidad psíquica para transmitir las imágenes a la mente de la anciana.

—¡Ah! Tanya, puedo verlo.

Serena le dedicó a su mejor amiga una mirada de agradecimiento. Georgina hizo una expresión de asombro, escuchó la voz de Tanya en su cabeza.

«Soy una psíquica».

Alex se dirigió a Gin.

—Mi habilidad es la de generar descargas eléctricas

Puso su mano derecha al frente, como haciendo una "U" con el índice y el pulgar. Un hilo de electricidad iba de un dedo al otro. Cerró la mano. Extendió el brazo, se escuchó el crujir de la electricidad y un rayo eléctrico de color morado oscuro salió de su mano hacia la puerta de vidrio que daba al jardín interior. El vidrio se hizo pedazos. Georgina estaba sorprendida, Alex mantenía aquella actitud indiferente de chica ruda, tan común en ella.

—También puedo hacer esto. —Alex se elevó del suelo— Pero volar requiere mucha concentración.

Serena se acercó a la puerta de vidrio. Se concentró y un ligero resplandor metálico brilló en torno a sus manos. Los pedazos de vidrio se elevaron del suelo, volvieron a su lugar, crujiendo mientras se unían de nuevo. No quedó una sola cuarteadura.

—Puedo romper o volver a unir materiales inorgánicos como el vidrio, la arcilla o el metal. También tengo telekinesis como mi abuela.

—¡Lo sabía! —Exclamó Georgina— Estaba segura que se rompió el vidrio de la foto cuando se me cayó.

—Arreglar el vidrio fue sencillo —explicó Serena—, no puedo decir lo mismo del marco; es de madera, que es un material de origen orgánico. Pude ponerlo en su lugar, pero me temo que no puedo dejarlo tal y como estaba.

Rosa se levantó y se dirigió a la cocina. Volvió con una maceta en la que crecía una pequeña mata de albahaca. Se acercó a Georgina.

—Mi poder es el de las plantas.

Toda ella resplandeció con un ligero brillo blanco. Tocó la planta, ésta pareció cobrar vida, se movía, comenzó a crecer. Georgina sonrió.

Pearl se acercó a Georgina. Frente a ella se transformó en una gatita calicó, blanca con manchas amarillas y negras.

—Puedes acariciarme, si quieres.

Georgina le acarició la cabeza, estaba encantada, con aquellos movimientos tan coquetos, tan elegantes, tan de gato. La gata se echó en el suelo panza arriba, Georgina le acarició el vientre, la gata se convirtió en una trampa de uñas y dientes. Georgina se quejó. La gata rodó hacia un lado y se convirtió en Pearl.

—¡Me mordiste!

—Lo siento —se rio—, no pude evitarlo. También tengo fuerza física, flexibilidad y agilidad superiores. Mi vista, mi olfato y oído también son mucho mejores que los de la gente común.

—De verdad es fuerte —comentó Patrick—. Pearl es lo más cercano que siempre he tenido a un hermano.

Hannah apretó los labios.

—No tienes que decirle a todos lo mucho que quieres a Pearl.

—¿Celosa acaso?

—¡Cállate, Patrick!

Se dirigió a Georgina.

—La razón por la que me gustó tanto el caballo de juguete que me regaló Patrick es porque me sentía identificada con Ginger.

Frente a sus ojos, Hannah se transformó en un centauro.

—Lo mejor —interrumpió Patrick—, es que ni ella, ni Pearl ni yo necesitamos desnudarnos para transformarnos.

—Es por la magia que usas para transformarte —explicó Hannah.

—Pero terminaría con toda la ropa mojada y eso no es algo que quiera, es incómodo —se explicó Georgina.

Linda se acercó con su sonrisa de muñeca, levantó la mano, cerró el puño y una cuchilla de cristal surgió de entre sus dedos.

—Esto no es lo único que hago con cristales. —Se dirigió hacia Alex y Hannah con su sonrisa infantil— Chicas, por favor atáquenme.

Un halo de energía morado oscuro resplandeció sobre Alexandra. Sobre Hannah el halo era oro metálico, en sus manos apareció un arco y una flecha también dorados. Hannah disparó. Un crujido eléctrico resonó.

—*Thunder!* —exclamó Alex.

Georgina dio un sobresalto, iba a incorporarse para escapar del ataque, cuando Linda se plantó frente a ella con las manos en alto. Toda ella resplandecía con su energía blanca.

—Muro de cristal.

El rayo y la flecha chocaron contra el muro de Linda. El rayo y la flecha se desvanecieron, lo mismo que el muro.

—¡Increíble! —Exclamó fascinada Georgina—. ¿Puedo probar tu muro yo también?

Patrick cruzó los brazos y se mantuvo a la expectativa.

«¿De verdad va a tratar de atacar a Linda? Esto va a ser interesante».

Georgina se concentró, un halo azul brilló en torno a ella. Linda estaba rodeada de un halo blanco brillante. Georgina junto las palmas a la altura del pecho, ahuecando las manos. Una bola azul resplandeciente apareció. Separó las manos y arrojó la bola de energía hacia Linda con su sonrisa de muñeca. Ella levantó las palmas y creó un nuevo muro de cristal. La bola de energía azul chocó contra el muro. Linda dio un paso atrás. El muro resistió, el ataque se disipó, lo mismo que el cristal. El grupo estaba sorprendido.

—Eso estuvo muy bien —comentó Terrence—, fue un buen ataque, señorita Georgina.

Ella se mostró orgullosa. Patrick suspiró conteniendo la frustración que lo invadió.

«Genial, así que ella también puede lanzar energía. Parece ser que el único idiota que no puede hacerlo soy yo».

Las chicas eran capaces de crear ataques de energía. No así Patrick, quien no tenía buen control de sus poderes. Eso lo hacía sentir inútil, pero no quería que su hermana notara que estaba celoso de su habilidad. Se obligó a sonreír.

—Eso estuvo muy bien, Gin.

Ella se encogió de hombros.

—El mar no está libre de peligros, fue algo que tuve que aprender a hacer para defenderme. —Se volvió a Linda—. Tu muro de cristal es increible.

—Gracias —sonrió Linda—. También tengo una gran sensibilidad para percibir lo que las personas sienten y absorber la intensidad de esas emociones.

— ¿Como si manipularas lo que otra persona siente?

—No exactamente. Verás, supongamos que una persona está enojada, esa emoción se acumula hasta que crece y la persona estalla en un arranque de ira; como si llenaras una presa con agua. Yo proveo una válvula de escape. Puedo absorber la fuerza de esa emoción de manera que la persona esté menos abrumada y se calme. Quizá esa persona seguirá enojada, o triste, pero al menos estará un poco menos alterada.

Ginger comentó:

— Tener de tu lado a una eukid como ella tiene sus ventajas. Una vez así fue como salvó a Patrick de que le dieran una golpiza en la escuela.

—¡Oye! —exclamó él.

—Unos chicos estaban furiosos por una broma que creyeron que Patrick hizo. Linda los calmó lo suficiente para que le dieran a Patrick tiempo de explicarles —dijo Alex.

«Cierto», meditó Patrick, «lo irónico es que yo sí hice la broma».

El joven comentó indiferente:

—La situación estaba casi bajo control.

Ginger y Pearl hicieron varias bromas al respecto. Georgina interrumpió.

—Esa palabra, *eukid*. ¿Qué quiere decir? Y otra pregunta, mamá, afuera mencionaste que cuando yo volviera sería tiempo de pelear. ¿A qué te referías?

«Parece que hay mucho que explicar respecto a quiénes somos, lo que somos y nuestra misión», pensó Patrick.

—Hay cosas que tú no sabes —dijo mamá—. Te explicaremos todo, pero hoy no, mañana.

Papá se acercó a ella y la tomó por los hombros.

—Por ahora queremos celebrar, porque nuestra niña volvió y estamos muy contentos. No sabes lo doloroso que fue preguntarnos todo este tiempo dónde estabas.

Ella lo abrazó con fuerza. Mamá se acercó para unirse al abrazo.

—Quizá debamos salir a celebrar. Yo digo que deberíamos ir por pastel y hacer algo especial —sugirió Pearl.

Los demás apoyaron la idea con entusiasmo. Por ahora era momento de alegrarse por su hermana perdida. Ya habría tiempo para hablar de cosas importantes.

III.- La misión

Tanya

Esa mañana. Nick tenía que ir a trabajar a la firma de abogados y Maggie tenía que ir a hacer lo mismo a Mother Earth, una tienda de alimentos orgánicos que le pertenecía a la familia. Los hermanos estaban de vacaciones de la escuela, sin embargo no podían relajarse como si nada, tenían que entrenar. Esa mañana debían ejercitar sus poderes por algunas horas. Luego serían libres de hacer lo que quisieran. Tanya, tenía algo importante que hacer, hablar con Georgina.

Mientras desayunaban, Pearl leía la guía para pasar el examen de conducir. Ella esperaba poder lograrlo al segundo intento igual que Serena. Tanya no tenía permiso para conducir, no se había interesado en estudiar siquiera para el examen aunque sabía que debía hacerlo.

—¿Cómo dormiste? —le preguntó Tanya a Georgina.

—Bien, dormir en tierra firme es más tranquilo que el mar y la cama es cómoda. Creo que puedo acostumbrarme a ello.

Al terminar el desayuno, Georgina siguió a Linda a la cocina. A pesar de que tenían a Terrence, los hermanos eran responsables de algunas labores en casa. Cada quien mantenía en orden su propia habitación y todos tenían un día para ayudar a levantar la mesa, poner los platos en el lavavajillas y lavar las ollas. Ese era el primer día de la sirena y Linda se ofrecido a mostrarle cómo ocuparse de la loza.

Más tarde, Gin siguió a Tanya por el pasillo frente a la estancia. Había dos puertas: la de la izquierda conducía hacia un amplio estudio donde estaba la biblioteca. La puerta de la derecha conducía a la sala de actividades. Era un cuarto espacioso, muy bien ventilado e iluminado con amplias ventanas y otra puerta de vidrio y hierro que conducía al jardín lateral. La sala de actividades servía como punto de reunión principal para los jóvenes. Ahí había pesas de ejercicio, un despachador de agua, vasos y una repisa con toallas. En el otro extremo, una parte de la pared estaba cubierta de espejos y había una barra de ballet, donde Linda pasaba horas practicando. Cerca de la puerta de vidrio había un piano blanco, donde Rosa interpretaba una melodía.

Georgina se recargó en el piano y se le quedó viendo mientras tocaba. Rosa llevaba el cabello castaño recogido en una cola de caballo. Sus ojos eran de un color castaño oscuro. Tenía la nariz pequeña y recta y una boca de labios rosados bien definidos.

—Lo haces excelente —comentó Georgina.

—Rosa está llena de sorpresas —comentó Tanya—. Por cierto, Rosa, ¿ya le enseñaste tus ojos?

Rosa bajó la vista hacia las teclas del piano, se notaba apenada.

—Muéstrale —exclamó Tanya—, no creo que Gin se acuerde de eso.

Georgina se mostró interesada. Rosa se encogió de hombros y dejó de tocar. Le indicó a Georgina que se acercara a ella.

—Mira mis pupilas con cuidado y dime qué ves.

Georgina así lo hizo. Al principio nada, sólo lo negro de las pupilas, luego notó un brillo, no era sólo uno, sino cientos, miles, era como si aquellas esferas oculares fueran ventanas que le mostraba una visión miniatura de una noche estrellada.

—Sorprendente —dijo Georgina—, ¿por qué se ven así?

—No lo sé, quizá es una mera característica de mi casta luminosa.

Las puertas de la sala de actividades estaban abiertas de par en par. Tanya y Georgina salieron al jardín y se sentaron en la hierba. El día estaba precioso.

—Creo que lo primero será explicarte lo que somos. Existen en este mundo dos clases de personas: los seres humanos comunes, que forman la mayor parte de la población, y los seres con poderes sobrenaturales como nosotros. A lo largo de la historia, los humanos nos han llamado de muchas formas: brujas, hadas, genios, héroes, semidioses, monstruos; la lista es tan larga como nuestras habilidades diversas. Nosotros tenemos una sola palabra para definir lo que somos: eukid. En el lenguaje antiguo de nuestra raza significa "persona mágica", no estoy segura si es una traducción exacta, pero creo que no importa, la lengua eukid es una lengua perdida. Existen comunidades de gente como nosotros, pero ya nadie habla la lengua antigua, en vez de eso hablan el idioma de la región donde viven. No todos tienen el mismo nivel de poder, los eukids de clase baja sólo pueden realizar pequeños trucos, otros son capaces de proezas físicas que no verás en los humanos normales. En cambio los que somos de clase alta tenemos talentos superiores.

Hizo una pausa para tomar agua y continuó.

—Nosotros nos dividimos por nuestro tipo de energía. Existen siete tipos a los que denominamos castas. Todos los individuos que comparten un mismo tipo de energía pertenecen a la misma casta aunque sus habilidades sean diferentes. Las castas frecuentes son, luminosos, minerales y oscuros. La gran mayoría de los eukid tienen estos tipos de energía. Los eukid luminosos producen halos de energía de colores claros y brillantes. Rosa y Linda pertenecen a la casta luminosa. Se cree que los luminosos que alcanzan un nivel alto de poder son capaces de cosas asombrosas. La casta mineral tiene su halo de energía de un tono metálico. Los eukid minerales tienen gran talento para el combate y tienes habilidades y fuerza física superiores. Algunos de los grandes héroes de la antigüedad pertenecían a esta casta. Serena, Pearl, Hannah y Nick tienen este tipo de poder. La casta de oscuridad se distingue porque estos eukids producen halos de colores oscuros con movimiento excéntrico, casi siempre vaporoso. Al igual que con los luminosos, se cree que los oscuros que han alcanzado un grado elevado de poder, son capaces de cosas extraordinarias. Terrence y Alexandra son oscuros.

»Después están las castas inusuales: psíquica y fuego. Se les llama así porque no hay muchos eukids con este tipo de poder, por lo mismo, cuando uno aparece tiende a destacar. Los psíquicos tienen halos de energía de colores cálidos y emiten un brillo especial alrededor de la cabeza. Tienen diversas habilidades mentales que los convierten en brujas y hechiceros. Una bruja es una portadora de conocimiento. Estos eukids se desarrollan como hechiceras, curanderos y adivinas. Sólo uno de cada mil eukids tiene poderes mentales. Maggie y yo somos tenemos este poder. La casta de fuego se caracteriza porque su halo siempre es de color naranja intenso o rojo y porque da la impresión de que la persona está envuelta en llamas. Se cree que uno de cada diez mil eukid tiene esta clase de poder. Nosotros no conocemos a ninguno y creo que nadie ha visto a uno en mucho tiempo. Los psíquicos son siempre de clase media o alta. Los de fuegos son todos de clase alta.

»Finalmente, las castas exclusivas: agua y viento. Se les llama exclusivas porque para que un eukid tenga este tipo de poder tiene que pertenecer a un grupo muy específico. Los de la casta de agua tienen halos en tonalidades azules y la energía oscila de forma ondulante. Sólo los seres acuáticos tienen este tipo de poderes. La casta de viento, tienen un halo de energía casi transparente y producen corrientes de aire. Para tener este poder tienes que ser elegido por los Señores del Viento. Se cree que cuando ellos encuentran a un eukid que consideran excepcional, lo bendicen despertando en él poderes de una segunda casta, la de viento.

—Yo no nací sirena, sino humana. En teoría yo no debería ser un eukid de agua, pero cambié —murmuró Georgina.

—Es algo increíble. Nosotros fuimos en otra vida lo mismo que somos en esta. Fuiste una sirena y debías reencarnar de nuevo como una. En vez de eso reencarnaste como la hija humana de Maggie, casi parece un mal chiste del destino. Así que para despertar tus poderes, tú tuviste que morir y revivir dentro del mar.

—¿Cómo fue esto posible?

—Quizá era tu destino. No sé, tengo cierta idea pero no lo sé.

—Tengo otra pregunta, sobre la casta de viento, dijiste segunda casta, ¿significa que un eukid puede tener poderes de más de una casta?

—Sí, es a lo que se conoce como dualidad. Al alcanzar cierto nivel, el poder se divide en dos castas distintas. Un eukid que tenga poderes luminosos y minerales, a veces usará energía metálica o energía luminosa. Se dice que, en el caso de aquellos elegidos por los espíritus del viento, ambos poderes se manifestarán al mismo tiempo.

Georgina escuchaba con atención. Volteó hacia los demás.

—Rosa y Linda son luminosas. Pearl, Serena y Hannah minerales, tú psíquica, Alex de oscuridad, yo soy de agua. ¿Qué hay de Patrick?

—No lo sabemos, su poder no está desarrollado. Quizá sea que necesita ejercitar un mejor control de su energía. Su halo brilla con un tono pardo. Creemos que quizá será mineral u oscuro.

Tanya contempló Patrick, un muchacho de complexión atlética, piel tostada, cabello rubio y ojos azules como el cielo, estaba ensimismado en sus pensamientos. Pobre tonto, tenía que esforzarse.

Prosiguió su conversación con Georgina.

—Ahora te hablaré de nuestra misión. Todo inicia en el pasado. La historia de los eukids está marcada por la discordia. Somos de poderes tan distintos y en un principio era casi imposible hacer que brujas, guerreros y cambiaformas se llevaran bien. Entonces, hace dos mil años, los líderes de diferentes castas hicieron un pacto para formar un gobierno común para todos los eukid. Por muchas generaciones, distintos gobernantes asumieron el mando e hicieron su mejor esfuerzo por construir una sociedad donde los eukid pudieran esconderse de los humanos comunes, quienes ya nos temían y perseguían. Los fuertes nunca han tenido problemas para defenderse, pero no todos han sido tan afortunados, en especial los de clase baja. Además, no somos invulnerables a sus armas y su fuerza organizada. Muchos eukid fueron asesinados. Así que mejor nos escondimos en nuestro propio reino.

»En el séptimo siglo aparecieron cinco eukids muy poderosos como no se había visto nunca. Eran conocidos como los Cinco Sabios, ellos eran, Don el Luminoso; Fa el Bélico; Mu la Bruja pálida; Rei la Doncella de Fuego; y Vy la Dama Oscura. Sus poderes eran de un nivel por encima de la clase alta, eran divinos. Ellos convirtieron a nuestra nación en un imperio próspero y justo para todos. Los Cinco Sabios eran únicos, no envejecían. Fue así como reinaron por trecientos años. Eran muy amados, sin embargo no todos los apreciaban. Había quienes envidiaban su poder, eukids perversos y ambiciosos. Ellos codiciaron lo que tenían, formaron ejércitos y declararon la guerra. Los Cinco Sabios resistieron. Sus enemigos descubrieron que la principal fuente de poder de los Sabios era que sus energías y almas estaban interconectadas, como una célula; si los separaban, perderían su fuerza. Entonces, ocurrió la tragedia: Vy fue asesinada. Los Sabios perdieron poder y la guerra se hizo más sangrienta.

»Al final, los Cuatro Sabios restantes y sus aliados triunfaron, pero fue una victoria amarga que costó las vidas de muchos y la destrucción del que alguna vez fuera un imperio prolífico. Una visión de Mu les demostró a los Sabios algo terrible: el caos retornaría en mil años, nuevos enemigos se levantarían sedientos de poder y viejos adversarios volverían. Serían tiempos violentos, esta vez no sólo para los eukids, también para los humanos comunes. Los Sabios no podían permitir que eso ocurriera, convocaron a un grupo de guerreros, los nueve más poderosos y leales de todos, les pidieron que lucharan por defender la paz en otra vida. Estos guardianes elegidos recibieron el cargo de Alférez, un título que antiguamente, entre los eukid, se usaba para designar a un guardián de confianza de alto rango. Luego, usando el poder y vida que les quedaba, los Sabios hicieron un conjuro para que los alféreces volvieran a reencarnar cuando llegara el tiempo. Nosotros somos esos alféreces.

Tanya encendió su energía, un resplandor naranja claro la rodeó, pequeños rayos salían de su cabeza.

—Permite que te muestre. —Tanya extendió las manos, Georgina las tomó—. Ahora cierra los ojos.

Georgina obedeció, Tanya entró a su mente.

«Desde que era niña he soñado los ecos de esa batalla. Lo que vas a ver es parte de esos sueños».

Miró ciudades en llamas, gritos, sangre. Vio cuanto le fue relatado por Tanya y sintió un vuelco en el corazón, un eco del pasado que le decía que todo eso era verdad. Ella fue una sirena que lucho por la justicia y que juró lealtad en la siguiente vida, cuando viniera el tiempo de una revolución, aun si no podía recordarlo y necesitaba la ayuda de Tanya para hacerlo.

La conexión mental se rompió. La sirena se veía abrumada. Tanya se sintió tentada a leer su mente. Una de sus habilidades era la de tener vistazos de lo que una persona enfrente de ella estaba pensando en el momento, pero no lo hizo. Georgina se levantó sin hacer contacto visual y se alejó algunos pasos. Tanya estudió la expresión de su rostro, notó destellos de miedo. Se incorporó, apenas abrió los labios para preguntar, Georgina dijo:

—Estoy bien.

Extendió una mano como para poner distancia. Al cabo de un momento de silencio, Georgina murmuró:

—Y pensar que hace un par de semanas nadaba despreocupada entre delfines. Algo me decía, "debes volver" y yo no entendía, pero volví y me sentí feliz de recordar y estar en casa. Ahora me doy cuenta que, esto también debía suceder, porque mi llegada marca el inicio de la guerra, mamá lo dijo, que yo volvería cuando fuera necesario que estuviéramos juntos. Esto es terrible.

—Sé que no suena muy atractivo, Gin, pero es nuestro destino.

—Claro —por primera vez hizo contacto visual—, es nuestro destino esta enorme responsabilidad y el riesgo de que nos maten. Todo lo que me has mostrado podría no ser más que una fabricación de tu imaginación, una pesadilla que compartes con tus poderes psíquicos. Sin embargo, yo sé que no es así, algo aquí en mi corazón me dice que es verdad... ¡Por la Madre Tierra! Esto es terrible.

—Gin...

Ella dio un paso atrás.

—Dame un momento, por favor, necesito tomar aire.

Georgina se alejó caminando por el jardín. Tanya suspiró.

«No la culpo, no es sencillo aceptar que estamos preparándonos como soldados antes siquiera que tener edad legal para beber, aunque eso no es nuevo, después de todo, en el pasado, la gente iba a la guerra se enlistaba joven y moría joven... Mejor me pongo a practicar mi adivinación».

Se levantó y se dirigió hacia la sala de actividades para buscar sus cartas. Encontró el mazo de tarot y se puso a barajarlas.

Ese día tenía problemas para concentrarse. No dejaba de recordar cuando Georgina se perdió. Maggie había tirado cartas una y otra vez buscando a su hija. Estaba destrozada, con aquel semblante de frustración y angustia. La pequeña Tanya quiso ayudar y se le acercó, después de todo, ya había manifestado tener poderes psíquicos. Maggie la miró un instante, luego procedió a explicarle cómo usar las cartas. Tanya lo intento, barajó y barajó hasta que se sintió lista y sacó una carta, era el Colgado. "Ahora, concéntrate en ella y busca su mensaje", indicó Maggie. Tanya se concentró y de repente lo supo. "Esperar", repitió. Maggie suspiró derrotada. "Es el mismo mensaje que he estado obteniendo toda la tarde. Bueno, supongo que no hay más remedio".

A partir de ese día Tanya comenzó a practicar la adivinación. Fue entonces que también comenzó a tener visiones sobre la misión de su familia. El día que por fin pudo compartirlas en las mentes de sus hermanos, ellos reaccionaron como Georgina lo acababa de hacer. Alex, que siempre había tenido un temperamento explosivo, exclamó, "¿cómo vamos a hacer frente a esto?". "Entrenando muy duro", sentenció Nick. Y así había sido desde entonces.

Tanya pronunció el título, "alférez", palabra que representaba un cargo de honor, pero también una maldición. Mejor dejar esos pensamientos y concentrarse en su adivinación, en especial ahora que el destino de los hermanos parecía haberse puesto en movimiento. Cerró los ojos, no veía nada. Estuvo así un rato hasta que la voz de Pearl la interrumpió.

—Hey, T., ¿y Georgina?

—Fue a caminar y pensar. Esta algo asustada, pero estará bien. Es más fuerte de lo que aparenta.

—¿Cómo haces eso? —preguntó Pearl al tiempo que apuntaba a las cartas.

—Barajo las cartas pensando en algo que me gustaría saber, entonces hago la pregunta y saco una, luego la miro y me concentro buscando el mensaje en ella.

—¿Siempre obtienes respuestas?

—Más o menos. La fortuna, el destino y el futuro son cosas inciertas, están en constante movimiento. La mayoría de las visiones no son sólidas, se ven más como avisos de lo que podría suceder. A veces puede ser muy frustrante.

—¿Y puedes ver la suerte de una persona?

—Sí, no veo por qué no.

Pearl se sentó frente a ella con una sonrisa y una ligera excitación.

—¿O sea que podrías decirme algo de mí?

Tanya sonrió, meneó la cabeza de lado a lado.

—Puedo tratar, si tú quieres. —El gesto ansioso de Pearl le dejó saber que estaba interesada, Tanya asintió— Ok, vamos a ver.

Comenzó a barajar.

—Pearl... su suerte —murmuró—, qué le va a pasar a Pearl.

—Cualquier cosa.

—... Pearl... cualquier cosa...

Sacó una carta, en ella había una torre en llamas golpeada por un rayo y dos personas cayendo. Pearl apretó los labios.

—Parece bastante dramática.

—No es necesariamente mala. Se le asocia con las tragedias, pero también vaticina evolución y cambio.

—Y en mi caso es...

Tanya sostuvo la carta frente a sus ojos, se concentró.

Nada, oscuridad... ¡un grito desgarrador pidiendo ayuda! Vio a Pearl vestida de negro, parecía fuera de sí, con una mirada de profundo odio. Esto no era una mera posibilidad de futuro en movimiento, era la fatalidad imparable.

Asustada, Tanya dio un sobresalto, la visión se desvaneció.

—¿Qué viste?

Tanya contempló a Pearl, su aire relajado, su figura atlética con marcadas curvas femeninas, su cabello rubio platinado natural y sus ojos verdes que se mantenían expectantes. La psíquica guardó silencio, una de las primeras lecciones de todo clarividente es tener cuidado con lo que se revela, nunca es bueno decir demasiado porque el futuro está en constante movimiento, por ende no es justo asustar a las personas por cosas que bien podrían no suceder nunca. Excepto que esto se sentía sólido.

—¿Algo va a cambiar? —insistió Pearl.

—Tú —murmuró Tanya.

—¿Yo?

—Como si ya no fueras la misma.

—¿Mejor o peor persona?

Tanya pasó saliva, dejó la carta, le aterraba pensar en lo que pudiera ocurrir. Ahora sí que quería un cigarrillo.

—No lo sé —fue todo lo que se atrevió a decir.

A día siguiente, Nick los levantó temprano para ir a correr a la playa. Georgina fue de las primeras en bajar las escaleras. Nick se dirigió a ella.

—¿Estás lista?

—Lista. —Luego le dijo al resto del grupo— Yo sé que no he entrenado con ustedes, pero puedo asegurarles que soy fuerte. La vida en el mar no era sencilla. Yo tuve que valerme de mis habilidades para alimentarme y defenderme. Sé pelear y estaré a la par de ustedes.

Tanya notó que Georgina se veía decidida, a diferencia del día anterior que parecía temerosa. Así de simple les quedó claro a los alféreces que podían contar con ella.

La sirena tenía muy buena coordinación, agilidad y reflejos. Aunque de aspecto delicado, no temía a ensuciarse las manos en combate, era rápida y controlaba bien su energía para ataques de poder. A Tanya le simpatizaba más que su hermano de sangre, tan ruidoso y arrogante. Le parecía insufrible, sobre todo cuando se hacía el gracioso con sus chistes sin gracia, o peor aun cuando hacía chistes escatológicos. Y encima de todo, a veces Pearl se le unía en sus tonterías. Tanya adoraba a Pearl, pero detestaba cuando le hacía segunda a él. Para Tanya, Patrick tenía un talento natural para exasperarla.

El siguiente fin de semana Nick y Maggie les dijeron a los chicos que podían hacer lo que quisieran. Tanya pensó que quizá a Georgina le gustaría ir de compras. Entre todas le habían donado algo de ropa, no estaba mal, pero apenas y tenía un par de cambios. Necesitaba cosas que fueran de ella y a su gusto. La psíquica comentó la idea a Georgina y Maggie.

—Necesitarás más ropa, sobre todo cuando vuelvas a la escuela.

—¿Escuela?

—Por supuesto —afirmó Maggie—, ya estamos arreglando todo para que puedas volver a clases. Tienes que estudiar.

—Y necesitas tener ropa que a ti te guste, Gin.

—Me gusta la que ustedes me dieron—dijo Georgina—. Aunque si por mí fuera, no usaría nada. En el mar todo es más simple.

—Aquí terminarías arrestada, hija. Anda, será divertido.

—Está bien, vamos.

Las chicas se anotaron de inmediato. Gin le preguntó a la abuela si quería ir, ella se rio.

—No, mi niña, yo ya no estoy para eso.

Nana Val casi no salía de casa, todo le dolía. A veces la llevaban al buffet Osaka, a ella le gustaba mucho. Nana Val prefería pasar la mayor parte del tiempo tumbada en un sillón reclinable, con una manta en las piernas y los audífonos del Ipod escuchando alguno de sus audiolibros. La familia la ayudaba todo lo que podía para hacer su vida más cómoda.

Patrick no quiso ir, prefería pasar la tarde frente a la computadora, jugando algún estúpido juego en línea. El tonto comentó sarcástico:

—De compras con ustedes, claro, porque pocas cosas son tan divertidas como ir a buscar ropa y zapatos, con una mujer, así que ¿por qué no hacerlo con ocho? ¡No gracias!

«Pesado». En el fondo, Tanya se alegraba que se quedara en casa.

El tráfico en la ciudad de Battle Shore no fue tan malo. Georgina iba en el asiento del copiloto, junto a su madre. Iban a bordo de una Van. Georgina miraba por la ventana, contemplaba los edificios de la ciudad con hipnótica fascinación. Maggie condujo hasta un estacionamiento del centro comercial. Una vez ahí, las chicas descendieron del vehículo. Pearl andaba con aire desenfadado, señalaba cosas que quizá a Georgina le interesaría ver.

—Parece como si fuera la primera vez que ves la ciudad —comentó Alex.

—Como si lo fuera —replicó Georgina—. Todo está tan cambiado, además hacía tanto que no veía nada de esto. Me gusta.

—Espero tengas el mismo ánimo en la escuela —dijo Alex, luego añadió frunciendo el ceño—. Es un infierno

—Oye, no la asustes —exclamó Pearl y le tapó la boca con las manos.

La chica eléctrica y Pearl comenzaron a luchar de manera amistosa, una por callar a Alex y la otra por librarse de Pearl.

—Gin, no le hagas caso. Tú y yo vamos a estar en la misma clase, no tienes nada de qué preocuparte, voy a ser tu guía.

Alex frotó la punta del índice con el pulgar, luego tocó a Pearl y le propinó una descarga eléctrica, Pearl soltó a Alex, Georgina se rio ante toda la escena, mientras que Tanya rodó los ojos hacia arriba enfadada.

Entraron a varias tiendas. Georgina eligió cosas que le gustaban. Serena se ofreció a ser su asesora de moda y ayudarla a combinarlas. Todas miraban pantalones, vestidos, blusas y faldas. Sólo Hannah y Rosa estaban ausentes, ellas tenían algo más que hacer.

Un rato más tarde, Maggie les preguntó si tenían hambre, las chicas dijeron que sí. Fueron por hamburguesas para todos, incluyendo a Hannah y Rosa que al cabo de unos minutos aparecieron en el local. Tomaron su comida y los vasos para la soda.

—¿Encontraron algo? —preguntó Alex.

Hannah sacó un periódico de corte sensacionalista, estaba doblado en una nota.

—Una muerte misteriosa en las afueras de Battle Shore. —Luego se dirigió a Georgina para explicarle— A veces se escuchan historias de casos que los humanos comunes catalogan como rumores fantasiosos. Muchos no las creen. Otros las creen y tienen teorías conspiratorias para explicarlas. Nosotros las tomamos en serio y las analizamos, porque a veces son indicadores de eukids usando sus poderes para lastimar a otros o de otra clase de monstruos que también existen allá afuera.

—Estas cosas no se ven todos los días, son una buena oportunidad de entrenamiento, por eso nos interesamos en ellas —explicó Maggie.

Tanya estiró la mano para tomar el periódico. Fijó la vista en la fotografía, se concentró. Tuvo una visión muy breve de tres monstruos con la carne putrefacta y pestilente y una familia que gritaba de terror dentro de un auto.

—¿Pudiste ver algo? —preguntó Maggie, el tono en que lo hizo era como el de un maestro de escuela, que está esperando ver si su estudiante puede resolver el problema.

—Demonios —sentenció Tanya—. Mataron a una familia. No podemos dejar que sigan haciendo eso.

—Creo que ya han sido suficientes compras por hoy. Chicas, terminen de comer. Vamos a salir de cacería.

Volvieron a la Van y se pusieron en marcha hacia el norte lejos de Battle Shore. Serena conducía mientras que Maggie y Tanya iban concentradas, tratando de intuir la dirección hacia la que debían dirigirse. Tanya le dio varias indicaciones a Serena, ella siguió adelante, luego se salió del camino para adentrarse entre los árboles hasta que el vehículo ya no pudo seguir adelante. Se detuvieron y descendieron de la Van. Pearl olfateaba el aire, Linda buscaba presencias a su alrededor, su gran sensibilidad era muy útil. El grupo estaba alerta.

Al cabo de un rato, Hannah encontró rastros de sangre. No debían estar lejos. Maggie las separó en dos grupos, Pearl, Georgina, Rosa, Serena y ella investigarían en una dirección; Tanya, Hannah, Alex y Linda irían en otra. Debían ser cuidadosas, el ocaso se disolvía en el horizonte y el bosque estaba cada vez más oscuro.

El grupo de Tanya marchaba, alumbrándose con linternas. De pronto escucharon un grito, el otro grupo había encontrado algo. Corrieron a su encuentro. Conforme se acercaban, Tanya notó el olor nauseabundo de los demonios. El combate había iniciado. Maggie les indicó a las recién llegadas que no intervinieran de momento, quería ver a Georgina pelear.

Serena usó su telekinesis para hacer volar una gran roca en dirección a la cabeza del monstruo, enseguida Rosa encendió su energía y arrojó su rayo de cientos de pequeñas espinas de rosa luminosas, Serena también lo golpeó con su rayo de poder. El monstruo cayó para no levantarse más.

Georgina se movió con la rapidez de un delfín, no retrocedió ni mostró temor. A Tanya le resultaba fascinante contemplarla. La sirena mató a su demonio con una esfera azul.

Pearl había elegido al más grande, una cosa de proporciones hercúleas. El monstruo parecía superior en fuerza física a Pearl, esto lejos de amedrentarla sólo la emocionaba más.

—Parece que hoy encontré un buen oponente —ronroneó la joven.

Ella conectó varios buenos golpes, entonces, él la sujetó y ella mostró problemas para zafarse. Georgina, que para ese momento había terminado su pelea, fue quien saltó al rescate de Pearl con su esfera de energía azul. Pearl se abalanzó para descargas su rayo metálico. El monstruo se dobló.

—Gin, no lo dejes que escape.

La sirena asintió, se apresuró a sujetar al monstruos mientras Pearl le saltó por la espalda, con sus manos rodeó su cabeza, encendió su energía, de su boca escapó un grito al tiempo que aplicaba toda su fuerza. Le volteó la cabeza hacia atrás al monstruo, éste cayó derrotado. Pearl y Georgina respiraban agitadas.

—Gracias —dijo Pearl, estaba gratamente sorprendida.

—Buen trabajo de equipo —respondió la sirena.

Las alféreces juntaron los cuerpos, Maggie trajo un bote de combustible y roció la pira. Tanya sacó su encendedor y le prendió fuego. Se quedaron ahí para asegurarse que el fuego no se propagara por el bosque. Las chicas estaban contentas, no dejaban de hacer cumplidos sobre la actuación de Georgina. Tanya contemplaba el fuego en silencio, con fascinación, como una palomilla atraída a la flama. Sería genial si por fin lograra dominar la adivinación con fuego, pero no veía nada. Era frustrante. Quizá algún día lo lograra, no lo sabía. No quedaba más que seguir intentando.

Un rato después, apagaron lo que quedaba de la hoguera, removieron bien las cenizas y volvieron a casa.

Llegaron a la mansión cerca de la media noche. Las hermanas se dirigieron a sus habitaciones, aquel día había sido largo y estaban agotadas. Un rato más tarde Tanya ya se había lavado la cara, los dientes y estaba en la cama. No tardó en quedarse dormida. Sus sueños fueron tranquilos. Cerca de la madrugada se despertó porque tenía sed. Bebió algo de agua y se regresó a dormir. Fue entonces que vinieron los sueños intranquilos.

La mujer tenía la cabeza cubierta con un velo oscuro que cubría también su cara. Estaba tarareando alguna canción desconocida. Su vestido era harapos. Las manos tenían un aspecto desgastado, quizá era anciana, pero el cabello que caía fuera del velo era oscuro como el que tendría una mujer más joven. La mujer estaba sentada en el suelo, el cual estaba cubierto de cenizas. Ella escribía con el dedo en las cenizas, trazando símbolos inentendibles, entonces dejó de cantar y murmuró:

—Los dolientes viajeros se adentraron en el bosque, una sombra vigila y ahora faltan dos.

De pronto la puerta se abrió de golpe, entró un grupo de hombres armados, ¡venían por ella! La mujer comenzó a reírse a carcajadas secas como el crujido de las brasas de una hoguera. Sin que ellos se dieran cuenta, deslizó una mano hacia su cinturón, sacó un puñal. Con un movimiento rápido, llevó el puñal hasta su cuello. La hoja plateada fue de un lado a otro, sangre roja salpicó las cenizas. Los soldados gritaron, la risa loca de la bruja ascendía hacia el techo, rebotaba en las paredes y su sangre era un manantial...

Tanya se despertó de golpe. Miró a su alrededor, oscuridad, la casa estaba en silencio. De pronto tuvo una extraña sensación taladrando en su mente, como un gusano horadando su razón, era su intuición que de súbito se había puesto en alerta. Una advertencia surgió en su mente. Recordó las palabras de la bruja y supo que la rueda del destino ya estaba en movimiento. Antes que terminara el año avanzaría hacia ellos la fatalidad. El enemigo se acercaba sigiloso.

IV.- Estudiantes

Pearl

Para Maggie y Nick no representó ningún problema inscribir a Georgina en *Junior* de preparatoria. El resto del verano, ella entrenó con el grupo y dedicó parte de su tiempo a estudiar. Pearl recordaba que Georgina siempre había sido una mala estudiante. Ahora era peor por los cinco años que había perdido. Pearl estaría con ella en las mismas clases para ayudarla. Pearl era una excelente estudiante, quizá no la número uno, ni siquiera la número tres de la clase, pero era dedicada y siempre procuraba sacar buenas notas.

El día antes de volver a clases, practicaron combate en parejas. Patrick hizo mancuerna con Pearl. Ella era la tercera más alta, después de Patrick y Serena, en ese orden. Juntos, Patrick y Pearl, se sentían fuertes.

Tanya se puso junto a Serena. Nick intervino.

—No las quiero juntas.

—Pero quiero pelear con ella —protestó Tanya.

—Tienes que aprender a trabajar en equipo con cualquiera de tus hermanos. Vas con Linda. Serena con Rosa.

Tanya no se veía feliz. Inició el primer combate. Patrick y Pearl contra Tanya y Linda. El muro de cristal era efectivo con ataques de energía, Patrick tuvo que ser astuto para escabullirse y ponerla fuera de combate. Por su parte, Pearl sabía cómo atacar a Tanya; ella podía leer la mente en el acto, lo mejor era actuar de forma impulsiva y sin pensar demasiado. Pearl sabía bien cómo hacerlo gracias a su carácter desconfiado. Cuando de niña los Kearney la llevaron a su casa y conoció a Tanya, le simpatizó de inmediato. Luego se enteró de que era una psíquica y temió que se enterara de cosas que quería enterrar de su pasado. Así que la pequeña Pearl se prometió que a aprendería a controlar sus pensamientos a fin de no revelar lo que pensaba y al parecer había logrado bloquearlos, porque ni ella ni Maggie habían logrado descubrir nada. Ahora sabía que al pelear contra Tanya lo mejor era improvisar al momento y no meditar su siguiente ataque. Pearl llenó su cabeza entonando una canción de moda en su mente, y se entregó a pelear confiando en su instinto y habilidad. Logró derrotarla.

—*I'm feeling good, baby!* —exclamó Patrick con los brazos en alto.

Pearl empezó a hacer un baile de victoria mientras cantaba, *Domino dancing*. Patrick la secundó. Tanya se levantó del suelo enojada.

—Pelearon muy bien —los felicitó Linda.

Tanya se enojó aún más. Se acercó a Linda, sujetó su rostro con sus manos y la miró a los ojos. Linda se quejó y se sujetó la cabeza.

—¡Oye, déjala en paz!—le gritó Patrick.

Tanya le dedicó una mirada asesina.

—*You... witch!* —espetó Patrick con desdén.

—¡Idiota!

—¡Basta ya! —exclamó Nick—No se peleen. Rosa, Serena, su turno.

Las alféreces se acercaron.

—Esto no debe durar mucho —ronroneó Rosa, se veía tranquila.

Inició la pelea. Rosa y Serena se concentraron en mantener distancia en lo posible, protegiéndose una a la otra. Usaron sus ataques de energía para derrotar primero a Patrick, luego rodearon a Pearl, las dos eran rápidas. Por un momento pensó que Serena arremetería, fue entonces que la pequeña y frágil Rosa descargó su ataque. Pearl quedó tendida en el suelo contemplando el cielo. Serena le tendió la mano para ayudarla a levantarse.

—Buen trabajo de equipo —sentenció Nick—. Fue una buena estrategia derrotar primero al más vulnerable para concentrarse en la más fuerte.

Patrick se encogió de hombros. Nick le dirigió una mirada seria.

—No has progresado. Sigues sin controlar tu energía.

—¡Trabajo en eso! —refunfuñó de mala gana.

Ya en la noche, la familia cenó en paz. Los hermanos Kearney estaban de buen humor, comentando respecto al día siguiente que volverían a la escuela, uno de los pocos lugares donde podían sentirse normales. Serena y Tanya ya tenían planeado lo que usarían, procurando ser siempre las más bellas. Pearl estaba contenta, anhelaba volver por las competencias en la pista de atletismo y por ver a sus amigos, en especial a Richard.

Al día siguiente los jóvenes abordaron la Van. Serena iba al volante, a ella le encantaba estar en control. Por lo general ella conducía a los hermanos a la escuela. Pearl no podía esperar a tener su licencia para tomar turnos al volante. Le encantaba conducir. Maggie, Nick y Terrence se turnaban para llevarlos o recogerlos de la escuela y de sus actividades extras, como la academia de ballet de Linda, las clases de piano de Rosa o el entrenamiento de Pearl, en la pista de atletismo. Ella amaba correr. A veces sentía que, de cierta forma, hacía trampa, pues su fuerza y velocidad eran producto de su naturaleza eukid. Luego se dio cuenta que, de hecho, entre los atletas olímpicos, había algunos eukid. Así que dejó de preocuparse y se dedicó a disfrutar el éxito. Todo era cuestión de no llamar demasiado la atención y dejarse ganar de vez en cuando.

Mientras iban en la Van camino a la escuela, Rosa suspiró y comentó.

—A veces pienso que, hubiera sido divertido ser como los demás y tomar el autobús escolar, pero la mansión está apartada y no hay autobuses, ni vecinos, ni nada cerca de nosotros.

—No veo qué hubiera tenido de entretenido ir en un autobús incómodo y ruidoso —comentó Alex.

—Pues yo creo que sería divertido —dijo Linda.

—¿De verdad? —Preguntó Patrick— Si quieres puedo gritar para ti y arrojar comida.

Tanya se giró en el asiento del copiloto y se dirigió de mala gana a él.

—¡No empieces, pájaro bobo! —amenazó.

Él iba a contestarle cuando Hannah puso la mano sobre su brazo.

—En serio, Patrick, no lo hagas. Permanece en silencio.

—De acuerdo, pero ustedes se lo pierden.

Pearl se rio y meneó la cabeza de lado a lado.

Llegaron a la escuela. Mientras bajaba de la Van Pearl recibió un mensaje de texto. Miró su celular y sonrió encantada, era Marcus. Él era su amigo desde antes de ser adoptada por los Kearney. Marcus era cuatro años mayor que ella. Iba al Colegio Comunitario donde era un excelente estudiante de paralegal y con planes de transferir créditos para la escuela de derecho. Pearl leyó el mensaje.

"Buenos días, hace tiempo que no sé de ti".

Los dedos de Pearl escribieron una rápida respuesta.

"Hola, primer día de clases :D"

Al cabo de un instante, el pitido electrónico.

"Paso por ti, vamos por una hamburguesa".

Un gato dio una vuelta en su estómago, ellos eran buenos amigos, sin embargo, a ella le gustaba. No pudo evitar sonreír.

—¡Oooooh! —Aulló Patrick— ¿Quién te manda mensajes?

—¡Piérdete, Patrick!

Él suspiró y se dirigió a Hannah.

—Al menos esta vez fue un "piérdete" y no un "cállate".

—*You're such a pain in the ass* —comentó Alex fastidiada.

Rosa, Linda, Hannah, Alex y Patrick se pusieron a discutir respecto a sus clases y se alejaron. Georgina los siguió con la mirada.

—Ellos van a *Sophomore* —comentó Pearl mientras sus dedos escribían rápidamente un mensaje en el celular para Marcus confirmando que lo esperaría—. Tanya, Serena, tú y yo vamos a *Junior*.

Serena y Tanya no tardaron en desaparecer en la multitud, iban con su aire resuelto, saludando a todos a su paso y siempre en su papel de divas de la preparatoria. Georgina estaba paralizada. Pearl la tomó del brazo.

—No te preocupes, tú sólo sígueme. Vas a estar bien.

La sirena asintió.

Pearl le dio un paseo por el campus, el lugar era enorme, con su propio espacio para futbol, béisbol, basquetbol y soccer.

—También hay una alberca —le comentó Pearl—. Por cierto, nunca vayas a transformarte en la escuela. Recuerda que los eukids debemos ser cuidadosos frente a los humanos comunes.

—Lo sé —comentó Georgina—, para la gente de mar esa regla es muy estricta. No nos dejamos ver por la gente de tierra firme.

—Es lo mejor, los humanos no entenderían. Se han apropiado de este mundo y no hay espacio para la magia. Hay que darnos prisa, no quiero llegar tarde.

Las dos jóvenes se apresuraron a su primera clase.

La sirena se mostró casi tranquila hasta el primer receso.

—No comprendo cómo hizo mamá para que me aceptaran, no entiendo nada.

—Sus poderes psíquicos, por supuesto —respondió Pearl desenfadada—, mamá tiene la capacidad de convencer a la gente de lo que ella quiera. No te preocupes, lo vas a hacer muy bien.

Georgina tomó asiento y sacó una libreta, comenzó a hacer algunas notas de algo que dijo que no quería que se le olvidara.

—Ahora vuelvo —dijo Pearl—, te traeré una soda.

Pearl se dirigió hacia la máquina de refrescos, puso algunos dólares y sacó dos latas de Pepsi, esperaba que a Georgina le gustara. Regresó hasta donde la había dejado, no la encontró. Miró a su alrededor, la vio recargada en el marco de una puertas que daban hacia uno de los tantos jardines del campus. La llamó, ella se giró.

—Lo siento, escuché música y quería ver de dónde venía —hizo un ademán para apuntar hacia afuera.

Sentado en una de las jardineras había un muchacho de cabello negro y largo, camisa negra, jeans y calzado deportivo. Sostenía una guitarra, estaba tocando una canción de The Who.

—Canta muy bien.

—Ese es Nelson, muy buen amigo de Richard. Al rato te lo presento.

Se dirigieron a la siguiente clase. En el camino Pearl comentó:

—Hay diferentes tipos de personas en la escuela —comentó Pearl—, están los que son bellos y populares. —Pearl apuntó hacia donde estaban Tanya y Serena, junto a ellas había otras tres chicas, todas ellas muy bien vestidas y maquilladas— Luego están los que le caen bien casi todos. —Apuntó hacia un grupo donde Patrick en medio, estaba contando algo y los demás se reían.

Pearl se detuvo, su rostro se iluminó, frente a ella había un chico metiendo libros en un casillero. Tenía el cabello rojizo, muy pálido y penetrantes ojos azules. Su rostro estaba serio.

—Y están los intelectuales. —Se dirigió hacia él— ¡Richard!

Él se volvió hacia ella apenas escuchó su nombre, su gesto serio cambió por una gran sonrisa. Ella extendió los brazos, él la abrazó.

—Georgina, quiero que conozcas a mi mejor amigo de la escuela. Richard, ella es mi hermana, Georgina.

—No te había visto nunca.

—Tenía problemas de salud, necesitaba terapia en un spa, en otra ciudad. Estudiaba con profesores particulares. —comentó Georgina.

—Sí, ya recuerdo. Creo que Pearl lo mencionó alguna vez.

Los Kearney tenían muchos conocidos, pero no intimaban con nadie a fin de proteger su privacidad y la verdad de su naturaleza mágica. Una problema que a veces se presentaba es que no estaban exentos de relacionarse con otros que podían hacer preguntas, como los maestros de escuela de los jóvenes. A fin de explicar la súbita desaparición de Georgina, sus padres habían creado esa historia sobre su salud. Esa clase de situaciones siempre eran delicadas y exigían que la gente no preguntara mucho por respeto. Y si por alguna razón algún maleducado inquiría, era fácil cortar las preguntas con un "prefiero no hablar de eso". Pearl sabía que no había ese problema con Richard, él era muy educado y jamás hizo ni haría más preguntas.

—Me da gusto que ya estés mejor —comentó Richard—, bienvenida.

—Si necesitas ayuda con la escuela, además de mí, siempre le puedes pedir ayuda a Richard, él es el mejor de la clase, en especial con ciencias.

—No soy el mejor.

—Claro —dijo Pearl con sarcasmo—, solamente siempre saca las calificaciones más altas en todo.

Pearl y Richard se pusieron a hablar de series de televisión. Georgina los miraba y sonreía, la conversación entre ambos era animada, se notaba que se tenían mucha estima. Entraron a la clase, se sentaron cerca. Richard era muy organizado, hacía todos sus apuntes con tinta azul, con una letra clara y bien trazada. Pearl a ratos le hacía algún comentario a discreción para decir alguna tontería. Georgina trataba de poner atención y no distraerse.

Terminó la clase y se dirigieron a la siguiente. Richard iba hablando lo que había hecho durante las vacaciones. Él había pasado un mes con su hermano mayor viajando solos, con mochilas, por Europa.

—¿Fuiste a Roma? —preguntó Pearl.

—Y tomé fotos... aquí las tengo, en el celular, sabía que tú las querrías ver.

Pearl comenzó a mirar las fotos en la pantalla del celular. Georgina se inclinó son interés. Pearl le dio el celular y le explicó cómo pasar las fotos deslizando el dedo. Georgina estaba fascinada. Ellos siguieron hablando del viaje, Richard tenía tanto que contar y a Pearl le daba gusto por él, pero a la vez tenía un poco de envidia. Para ella la idea de una aventura así le resultaba fabulosa. Los Kearney salían a carretera bastante, pero sus viajes casi siempre eran de entrenamiento. Recorrían los caminos, llegar a pueblos donde había historias raras en las noticias, cazaban monstruos, enfrentaban eukids malévolos y volvían a casa. La primera vez que en verano recorrieron los Estados Unidos hasta la Costa Este, Pearl preguntó por qué hacían aquello y Nick dijo que porque les servía de práctica de combate con seres que no dudarían en matarlos, además era bueno ayudar a otros. No podía quejarse, en todos esos años se habían divertido cazando y habían estado en muchas partes, como New York, Las Vegas, Atlanta o Rapid City. También habían ido por carretera hasta México varias veces. Quizá envidiaba un poco que mientras Richard y otros chicos se divertían, los Kearney entrenaban. Nunca fueron de campamento de verano como otros niños, a cantar canciones bobas y asar malvaviscos, pero a su manera la pasaron bien. Además, a Peal le gustaba pelear.

Pearl escuchaba a su amigo, Georgina venía detrás de ellos, absorta, mirando las fotos, fue así que no notó que alguien venía entrando hasta que lo tuvo enfrente. Su presencia la sorprendió y dio un sobresalto.

—Disculpa, no quise asustarte.

Ella lo contempló en silencio, era el mismo al que habían visto tocar la guitarra. La expresión en el rostro de él cambió, era como si de pronto hubiera visto algo en ella que atrapó toda su atención, ambos se quedaron así, mirándose sin atreverse a pronunciar una palabra.

—¡Hey Nelson! —saludó Richard.

Nelson pareció tomarle un par de segundos antes de devolver el saludo. Georgina le devolvió su celular a Richard, Pearl se apresuró a presentar a la sirena con Nelson, quien volvió a fijar la vista en ella y de nuevo los dos se quedaron en silencio por unos segundos.

—Mucho gusto, Georgina —murmuró él.

Ella respondió con un hilo de voz:

—Te vi tocar la guitarra, lo haces muy bien.

—¿Te gusta la música?

—Mucho — respondió y balbuceó como si estuviera buscando algo que decir—. Me gusta cantar.

Nelson sonrió.

—Quizá algún día me dejes escucharte.

—¡Nos tenemos que ir! —Exclamó Pearl y tomó a Gin de la mano— Anda, que vamos a llegar tarde a la siguiente clase.

—¿Las veo en la cafetería? —preguntó Richard.

—Sí —asintió echó casi a correr arrastrando a Georgina.

Ella se giró y se despidió con la mano.

—Te veo luego —dijo Nelson.

El resto del día transcurrió sin novedad. Más tarde, en la cafetería, Pearl y Georgina se encontraron con un chico llamado Kevin, quien le recordó a Pearl que haría un picnic por el Día del Trabajo y que quería que ella y Patrick jugaran baseball en su equipo ese día. Ella dijo encantada que sí. Kevin sonrió y se alejó.

Ya a la salida, Tanya y Serena le preguntaron a Georgina qué le había parecido. Hannah se les unió, luego Alex y a su lado Linda, quien no dejaba de parlotear respecto a la clase de química y la chica bonita que sería su compañera de laboratorio. Patrick y Rosa se unieron al grupo.

Caminaron hacia el estacionamiento. Pearl escuchó un pitido, sacó su celular, en la pantalla las letras decían, "Ya estoy aquí". Miró a su alrededor, fue entonces que lo vio, de pie junto a su auto, un joven moreno, de penetrantes ojos castaños. Alto, con una camisa de vestir de manga corta a cuadros y unos jeans. El gato en su estómago dio otro giro.

—Al rato los veo —se despidió Pearl—, voy con Marcus por una hamburguesa.

Antes de que Patrick comenzara a molestarla se alejó corriendo hacia donde Marcus esperaba.

Pearl estaba radiante, le encantaba estar con Marcus. Él estaba entretenido revisando Facebook en el celular. Pearl lo saludó.

—Te ves bien —dijo Marcus y sonrió.

—Gracias, ¿nos vamos?

Pearl subió a su auto y se fueron. Marcus le preguntó sobre su día de escuela y ella le contó un poco de todo, lo que le había parecido divertido y qué le había aburrido. Luego se apresuró a cambiar la estación de radio, en contra de las protestas de Marcus, alegando que en la estación que escuchaban pasaban demasiados comerciales. Con él se sentía cómoda, con libertad de hacer cualquier tipo de comentario, sin importar si sonaba infantil o si era un mal chiste. Lo conocía desde hacía ya seis años. Cuando ella estaba viviendo en la calle, tras haberse escapado de casa de sus padres y antes de que Nick y Maggie la encontraran, Marcus había sido su primer amigo verdadero y por eso ella lo quería con devoción.

Llegaron a un lugar que a ambos les gustaba. Marcus pagó por la comida, buscaron una mesa, tomaron asiento y se dispusieron a devorar hasta la última papa frita. Pearl tenía hambre. Mientras comían, se pusieron al corriente con sus vidas. Pearl no tenía mucho qué contar.

—Al principio del verano —contó Pearl— hicimos un viaje por carretera hacia el sur. Fuimos hasta Chihuahua y ahí nos quedamos un par de días, luego fuimos a Los Cabos y ya después nos regresamos.

—México, suena divertido.

«Por supuesto, si te parece divertido salir de noche al desierto a cazar demonios chupasangre para entrenar combate», pensó.

—Estuvo bien —respondió—, es bueno practicar mi español. El resto del verano no hice nada, sólo estar en casa, hacer ejercicio, todo dentro de lo normal.

«También regresó mi hermana perdida, la que se cayó al mar... ¿cómo sobrevivió? Porque es una sirena, pero eso no te lo puedo contar», meditó.

Pese a los años que tenía de conocerlo y la confianza que compartían, Pearl jamás le había hablado de sus poderes. Así era mejor, él era un humano común. Muchas veces se sintió tentada a hacerlo, pero al final había optado por guardar silencio.

—Y ¿sigues saliendo con Rhonda?

Marcus le dio una gran mordida a su hamburguesa, miró por un momento hacia la mesa y sacudió la cabeza en una negativa.

—No, terminamos. —Puso la hamburguesa a un lado—, si puedo ser honesto, no me sentía del todo feliz con ella. Había mucha atracción, pero discutíamos demasiado. No era alguien con quien siempre me llevara bien, como contigo.

Él la miró y sonrió de una forma que Pearl encontró enigmática, como si estuviera pensando algo más. Contuvo el aliento, se veía tan guapo cuando sonreía así. A ella le gustaba tanto Marcus, pero nunca se había atrevido a nada por temor a arruinar su amistad. Ahora él se le quedaba viendo así, como si acabara de descubrirla y ella se le quedaba viendo embobada.

—Pearl, a veces pienso que debería pasar más tiempo contigo. Sabes, hay una nueva película de ciencia ficción en el cine, ¿quieres ir a verla?

—Por supuesto.

Él volvió a sonreírle y cambió el tema.

El lunes siguiente los hermanos Kearney fueron al picnic de Kevin. Tanya había ayudado a Georgina a elegir un bonito vestido corto. Pearl iba con jeans, una camiseta de Daft Punk y tenis, nada de maquillaje, ni accesorios y el cabello recogido en una cola de caballo. Hannah no dejaba de preguntarle a Alex si se veía bien, quería llamar la atención de un chico que le gustaba, un tal Michael.

—¿Qué tiene de especial el tal Michael? —preguntó Patrick.

—Es lindo —dijo Hannah.

—¡Súper lindo! —confirmó Alex.

—Yo creo que es estúpido.

—¡Cállate, Patrick! —Gritaron al unísono, él hizo una mueca burlona.

—Ok, pues en lo que ustedes pierden su tiempo con eso, yo voy a saludar, creo que Kevin necesita ayuda con sus invitados.

Y Patrick apuntó a dos bonitas chicas.

—No lo sé —dijo Hannah—, no creo que sean para ti.

—¡Ah sí! ¿Por qué?

—Porque desde aquí se les ve lo tontas —replicó Hannah.

—¡Qué vergüenza! Estás siendo prejuiciosa, Ginger. Mala niña del caballo, eso no está bien —la reprendió Patrick en broma, luego se separó y fue hasta donde aquellas chicas, puso su sonrisa de millón de dólares, dijo algo y las dos le contestaron con risitas.

Rosa marchaba tímidamente detrás del grupo. De pronto tomó la mano de Linda y le dijo algo en voz baja. Pearl las escuchó hablando en español. Ellas lo hablaban perfecto. Pearl lo entendía y hablaba fluido, fue una lengua que aprendió de pequeña, cuando vivía con su madre biológica.

—Ahí está —comentó Rosa—, se ve bien.

—Ve y salúdalo.

—No puedo.

—Rosa, anda, no puede ser que no tengas miedo para enfrentarte a demonios, pero sí tienes miedo de hablarle a Nelson.

Nelson y Richard voltearon, Pearl lo saludó con la mano, Richard le devolvió el saludo, luego se dirigió hacia las chicas en compañía de Nelson.

—Pearl, ya estás aquí —dijo Richard.

—Y tengo hambre.

—Bien, porque hay bastante comida.

—Hola —saludó Nelson a las chicas.

Antes de que Rosa pudiera decir nada, Nelson saludó a Georgina y centró su atención en ella.

—Te ves muy bien.

—Gracias.

—¿Quieres algo de tomar?

—Seguro.

Y se alejaron del grupo. Pearl no pudo evitar sentir pena por Rosa. A ella siempre le había gustado Nelson desde que lo conoció en la academia de música. Nelson también tocaba el piano, pero le gustaba más tocar la guitarra. Él era del tipo reservado. El instantáneo interés que había despertado Georgina en él, era inusual.

«Será que así es como las sirenas embrujan a sus víctimas", se preguntó Pearl.

La voz de Richard la sacó de sus pensamientos, él le sugirió que buscaran algo de beber y ella aceptó.

Llegó la hora del béisbol. El equipo de Kevin era primero al bate. Pearl se puso el casco y se preparó, era la primera en batear. Un chico al que no había visto antes, quizá amigo de Kevin fuera de la escuela, se rio y comentó con incredulidad.

—¿En serio ella va a jugar?

Patrick lo miró con condescendencia y sacudió la cabeza de lado a lado al tiempo que de sus labios escapó una risa burlona.

—¿Qué es tan divertido? —preguntó el joven irritado.

—Nada —murmuró Patrick—, me río porque soy feliz.

Pronto aquel chico, entendió; Pearl era una bateadora extraordinaria, además era de la clase de chica que no le importaba rasparse las rodillas y los codos por arrojarse a tomar una base. Al final, el equipo de Kevin ganó.

Pearl se alejó del campo. Patrick la alcanzó, pasó un brazo por encima de los hombros de Pearl y comentó:

—Bien jugado. Insisto, eres lo más cercano que tengo a un hermano.

—Y estaré más que encantada de pegarte como si fuera tu hermano mayor.

Pearl cerró el puño y de manera juguetona, hizo como si lo fuera a golpear en el estómago, él brincó hacia un lado, luego se alejó. Pearl tenía sed, fue hasta una de las hieleras. Alguien se acercó.

—¿Qué necesitas? —preguntó Kevin.

—¿Agua?

Él revolvió la hielera.

—Parece que ya sólo quedan botellas de limonada.

—Limonada está bien. Gracias.

Él se la dio en la mano. Luego dijo.

—Me da gusto que hayas aceptado jugar, corres como el viento.

—Gracias. Me la pasé muy bien.

—Sabes, siempre he pensado que eres muy interesante. Eres una chica a la que le gustan los deportes pero eres divertida y muy bonita... lo digo con respeto, no eres alguien con quien uno se atrevería a jugar; tú quizá podrías patearle el trasero a quien sea...

Ella no ponía atención, al bajar la botella distinguió a lo lejos una silueta negra, había alguien ahí observando desde los árboles, una presencia extraña que no correspondía con la de un humano común, sino un eukid de oscuridad.

Lo que fuera que Kevin estaba tratando de decirle podía esperar, antes que ser una joven cualquiera, Pearl era una alférez con un alto sentido del deber y tenía que investigar.

Kevin seguía diciendo algo más en un divagar de palabras como intento de conversar. Pearl lo interrumpió.

—¿Me das un minuto, por favor? Tengo que hacer una llamada, es importante, sólo un momento y ya vuelvo.

Tomó su celular, fingió buscar un número y se encaminó hacia los árboles. La silueta se escondió. Pearl notó que Linda miraba en la misma dirección. Se acercó a ella.

—¿Sientes algo? —preguntó.

—No —dijo Linda—. No lo entiendo, estoy segura de haber percibido a una persona con poderes oscuros, alguien de verdad fuerte, pero de pronto ha desaparecido. No tiene sentido.

Pearl frunció el cejo.

—¿Es eso posible, que alguien escape de tu radar?

—Si un oponente se controla y reduce su energía al mínimo, se podría volver casi imperceptible para otros, pero no para mí, además todavía podría percibir sus emociones. Esta persona, quien quiera que sea, de alguna forma se ha desvanecido por completo.

Las dos alféreces se dirigieron al bosque sin avisar a nadie, no querían llamar la atención ni alertar a las demás hasta no estar seguras de que había algo que temer. Confiaban en que serían capaces de manejarlo solas. Caminaron sin encontrar nada.

—Tal vez debamos separarnos —sugirió Linda.

—De acuerdo, pero si me necesitas grita.

—Bien.

Pearl echó a andar. Nick ya les había dicho antes que trataran de desarrollar la habilidad de percibir energías, era una de tantas cosas que practicaban en sus entrenamientos. No era sencillo. Rosa era la que había hecho los mejores progresos. Ella era dedicada, pasaba bastante tiempo haciendo meditación en el jardín que ella misma había plantado. Tanya y Alex iba por buen camino. Los demás batallaban, en especial Patrick, cuyos poderes estaban tan poco desarrollados que aún no tenían claro ni siquiera a la casta que pertenecía. En ese momento que se adentraba sola entre los árboles, Pearl deseó ser capaz de sentir la energía de aquella persona, sin embargo no era cosa que le preocupara.

«Tal vez no pueda sentirte, pero tengo maneras de encontrar a otros», pensó.

Se concentró, aspiró fuerte, su olfato desarrollado le permitió percibir con intensidad el olor de la corteza de los árboles, el de la tierra, el de su propio sudor por el ejercicio. Entonces lo percibió, un olor ajeno justo detrás de ella, era alguien que la estaba siguiendo. Se giró rápidamente y disparó su energía, la presencia salió de su escondite, se movió como un rayo negro, le lanzó un puñetazo. Pearl apenas y la esquivó. Alcanzó a conectar un buen golpe, su enemiga respondió con rapidez, la tomó por los hombros y la sometió contra un árbol. Pearl aprovechó la cercanía, abrió la mano y disparó energía a quemarropa.

La enemiga se quejó y se separó de ella. Mantuvo la guardia, Pearl hizo lo mismo. Contempló a la oponente que tenía en frente, llevaba un traje ceñido al cuerpo, de una sola pieza que cubrían cada pulgada de su piel, botas y guantes. Usaba una máscara que lo único que mostraba eran los ojos y la boca. Todo el atuendo era negro. En la base del cuello, sobre el pecho, se distinguía en relieve sobre el traje, una estrella negra de cinco puntas.

—Eres fuerte —dijo la oponente—. Qué raro, hay algo en ti que me resulta muy familiar.

—¿Quién eres y qué haces aquí?

Ella le dedicó una sonrisa de desprecio.

—No soy nadie y lo que haga no es asunto tuyo. Adiós.

Se alejó corriendo. Pearl trató de darle alcance, pero era demasiado rápida y de nuevo su energía se desvaneció hasta desaparecer como una sombra más. La joven alférez estaba molesta.

—¡Pearl!

Se giró, era Linda venía hacia ella.

—¿Qué fue eso? ¿Quién era ella?

—No lo sé.

Más tarde, cuando volvieron a casa, Linda y Pearl le narraron al grupo lo acontecido.

—Podría ser alguna espía —comentó Maggie.

—Tengo un mal presentimiento. Hay un enemigo que se está preparando para atacar —murmuró Tanya—, la paz que hasta ahora hemos disfrutado se terminará.

—Si me permiten hacer un comentario —dijo Terrence—, me parece bastante inusual la forma en la que iba vestida la espía. Creo haber escuchado alguna vez de una élite de eukids que usaban un uniforme negro con una estrella.

Nick estaba pensativo.

—Debemos investigar. Tengan cuidado, no bajen la guardia en caso de que alguien los esté siguiendo.

Pearl asintió. La idea de pelear contra un oponente fuerte de verdad tenía algo de emocionante, pero también sintió un poco de temor. Este enemigo no sería cualquier monstruo, sino un verdadero peligro que comprometería el bienestar de la familia. La guerra para la que estaban destinados se aproximaba. Se prometió a sí misma que estaría preparada.

V.- Canción

Georgina

El primer mes de clases no estuvo tan mal pese a que en realidad no le iba tan bien, se aburría a muerte en matemáticas y su gramática no era buena. Por otro lado, le encantaban las actividades manuales, como el taller de carpintería, al que fue una vez, le gustó y se quedó.

En casa, al menos tres veces a la semana, al caer la noche, salía de la mansión para bajar al mar. Se escabullía desnuda por el cuarto de actividades hacia el jardín lateral, por ahí salía a la parte posterior de la casa, bajaba entre las rocas hasta llegar a la playa, una vez ahí se arrojaba al agua donde se quedaba por horas. El mar era una necesidad, algo sin lo que no podía vivir.

Durante los exámenes a finales de septiembre, se quedó en casa a estudiar y se dijo que no bajaría al mar para no distraerse. Al finalizar la semana se sentía fatal, la piel se le veía seca y su estado de ánimo no era bueno, la ansiedad la invadía. En la escuela, Richard notó que no dejaba de tronarse los nudillos y comentó que se debía a que estaba nerviosa por los exámenes, sin embargo no era la escuela la que la tenía así, sino la falta de mar.

Cuando por fin hizo el último examen, esa tarde de viernes, apenas llegaron a casa y Georgina ya se estaba desnudando en el auto. En cuanto se detuvo el vehículo, saltó fuera y dejó un rastro de ropa tras de sí. Su madre la llamó, le dijo que al menos comiera algo primero, pero la idea de una comida terrestre no era suficiente tentación para detenerla, sólo quería ser envuelta en el abrazo de las olas. Bajó a la playa y tan pronto sus poros entraron en contacto con el beso salado del mar, la embargó una sensación de plenitud. Tomó oxígeno directamente del agua, igual que los peces. Sus piernas adoloridas se transformaron en su hermosa cola de escamas rojas, negras y doradas. Tenía hambre, quería algo fresco. Puso a trabajar sus habilidades, su vista, su sonar y su velocidad para cazar un suculento y gordo pez. El sabor de su sangre fue embriagador. Esto era lo que en realidad ella era.

Los entrenamientos eran divertidos, le gustaba pelear. Amaba la convivencia con su hermano y sus hermanas adoptivas. Todos ellos eran unidos. Poco a poco fue sabiendo más de ellos, las cosas que amaban y las que no les gustaban. Para ella era como si apenas los acabara de conocer, lo cual se sentía extraño, pues había pasado con ellos varios años de su infancia. El problema es que, tras haber muerto como humana su memoria anterior se había llenado de huecos. Además, ellos ya no eran niños, habían crecido y madurado. Georgina se interesaba en todo sobre ellos.

Linda era una de las que más llamaban su atención, con su semblante enigmático de androide. Georgina no entendía cómo alguien que podía detectar las emociones de los demás, parecía carecer justamente de ellas. A veces su rostro era inexpresivo, la mayor parte del tiempo estaba sonriente, pero era como mirar a una muñeca. Nadie la había visto llorar jamás, ni siquiera de niños.

Pearl era la favorita de Georgina, le gustaba su seguridad, su carácter extrovertido, su espíritu jovial desenfadado y su sentido del humor. Un sábado fue a verla en una competencia de carreras. Ese día, Pearl obtuvo el primer puesto. Apenas salió de la pista, corrió hasta donde estaba Georgina. La sirena sostenía la bolsa de Pearl.

—Necesito algo —dijo Pearl con cierto tono apurado.

Sacó una toalla pequeña y se secó el sudor, luego sacó brillo labial y un espejo y se aplicó el brillo en los labios, después sacó una fragancia corporal que olía a vainilla y lavanda y se roció con ella. Puso todo de vuelta en la bolsa y corrió en dirección a un punto en las gradas donde Marcus la observaba.

—¿Qué hay entre Pearl y Marcus? —le preguntó Georgina a Serena.

—No lo sé. Siempre han sido amigos.

—Yo creo que podría haber algo más —canturreó Tanya.

Esa noche las chicas estaban reunidas. Georgina le estaba pintando las uñas de rosa a Nana Val, la sirena procuraba ser cuidadosa de no salirse de la uña para no manchar los dedos arrugados de su abuela adoptiva. Nana Val les hablaba de su esposo.

—No tienes idea de lo guapo que era, todavía me acuerdo del día de mi boda como si hubiera sido ayer. Estaba tan apuesto como una camisa limpia y planchada. Últimamente sueño mucho con él. Murió el año que nació Serena. Él nacimiento de ella fue como una bendición, verás, cuando enviudé me deprimí mucho, lo único que volvió a alegrarme fue ver a mi nieta. Mi hijo y su esposa eran buenos padres. Después los perdimos en un accidente de automóvil cuando Serena era muy pequeña. Fue muy duro perder a mi hijo, pero al menos me quedaba Serena.

—¿Y el abuelo tenía poderes?

—No, él era un humano común. A mis padres no les gustó ni un poco. Sabes, mi familia desciende de un largo linaje de eukid. Yo nací en una comunidad eukid en Canadá. A pesar de eso nunca vi eukids de clase alta como ustedes. Solamente había escuchado de guerreros así en las historias que me contaban mis padres.

—¿Y te contaban muchas historias? —preguntó Georgina interesada.

—Sí, me acuerdo de la historia de la armadura custodiada por el Dragón del Norte, la cual se dice le pertenecerá a quien logre encontrarlo y derrotarlo, cosa que nadie ha estado ni siquiera cerca de conseguir. También estaba la leyenda de Bruja de Fuego. Dicen que ella fue una aliada de los Sabios. Tenía la dualidad, sus poderes eran psíquicos y de fuego; las castas psíquicas y de fuego son las menos comunes, el que una misma persona tuviera ambas, es aún más raro. Dicen que ella podía convertirse en dragón.

La sirena escuchaba con atención mientras terminaba de pintar la última de las uñas de Nana Val.

—Gracias, Gin, eres un ángel. Todas ustedes lo son. También tu hermano y tu papá y el buen Terrence.

Tanya se arreglaba las cejas. Hizo un último retoque y bajó el espejo y las pinzas. Luego se dirigió a Pearl.

—Por cierto, Pearl, ¿qué hay entre tú y Marcus?

Ella se sonrojó.

—Nada, es sólo un amigo.

—Un amigo para el que te pones perfume —apuntó Hannah.

Las chicas aullaron emocionadas, Pearl se encogió de hombros.

—Está bien si te gusta —comentó Tanya—, es muy lindo.

Las chicas asintieron.

—¡No! —Se apresuró a contestar Pearl al tiempo que sus mejillas se tornaban rojas— Es decir, sí... lo que quiero decir es que...

Fue suficiente que tartamudeara para que las chicas volvieran a aullar y reír. Georgina sonrió al contemplar a Pearl sonreír ilusionada.

Una de las cosas que más le gustaban a la sirena era la música. En casa cada uno tenía sus preferencias. Pearl amaba la música electrónica; Rosa prefería por mucho la música clásica, instrumental y New Age; Tanya, Serena, Linda y Hannah amaban la música pop; y Patrick amaban el rock clásico y la música de los ochentas y noventas que sus papás escuchaban.

Pero hablando de música, la sirena creía que no había nadie más apasionado al respecto que Nelson. Georgina recordaba muy bien cuando lo conoció, en su primer día de clase. Pearl la había dejado sola por un momento, fue entonces ella distinguió entre el barullo de voces el sonido de su guitarra. La sirena lo siguió y dio con él. Nelson tocaba una melodía con la que no estaba satisfecho. Hizo una mueca fastidiado y comenzó a rasgar las cuerdas con fuerza y ritmo mientras cantaba:

—*Esta canción es una mierda, nada me sale bien hoy, mi perro me mordió, mi novia me dejó y no sé qué más meter en esta canción...*

Georgina se rio. Un profesor pasó junto a él.

—Señor Anker, ¡Toque algo más positivo!

Nelson torció la boca, luego volvió a tocar los mismos acordes, cantó siguiendo la misma melodía:

—*El mundo es feliz, con gatitos, mentitas de chocolate y esa rubia que no deja de mirarme.*

Se detuvo, levantó la vista hacia ella, Georgina se sintió apenada. Su rostro era severo, analítico, como si aún estuviera tratando de decidir si le molestaba la presencia de ella o por el contrario. Sus ojos oscuros eran profundos como el cielo nocturno sobre el mar. Él sonrió y devolvió su atención a la guitarra. Tocó un lento acorde de una melodía, empezó a cantar *Behind blue eyes.* Georgina estaba impresionada, la voz de aquel joven ejercía una atracción misteriosa en ella, la cual se hizo aún peor cuando se encontró con él más tarde, cuando Richard y Pearl los presentaron. Georgina reaccionó ante él, como si hubiera alguna especie de alquimia entre ellos.

Le gustaba hablar con Nelson. A su lado el corazón le latía tan fuerte que temía que él lo escucharía. Encontraba irónica la forma en que Nelson la afectaba. Cuando vivía en el mar, había escuchado historias de sirenas y tritones enamorados que dejaban todo por terrestres, sólo para terminar con el corazón roto o muertos. Se decía que, si un ser de agua se deprimía al punto en que respirar se volvía insoportable, tenían que regresar al mar, esconderse en el fondo y no salir sino hasta haberse recuperado, pues cuando un eukid de agua tiene el corazón roto, el contacto directo del sol lo mata. Enamorarse de un humano no era buena idea, debía ser cautelosa.

Era principios de octubre. Ese jueves la sirena iba en el auto deseosa de llegar a la escuela a ver a Nelson. Pearl iba al volante, acababa de obtener su permiso provisional de conducir. Serena iba sentada en el asiento del copiloto.

—Nada mal, yo sabía que tú serías muy buena conductora.

Una canción sonó en la radio, *Ride* de Twenty one pilots.

—¡Adoro esa canción! —gritó Hannah.

—¡Sube el volumen! —ordenó Patrick.

Pearl subió el volumen. Patrick comenzó a cantar, las chicas se le unieron cantando a todo pulmón. A Georgina le divertía cuando cantaban en grupo así.

Ya en la escuela, Georgina vio a Nelson cuando se dirigía a su segunda clase. Estaba en el pasillo hablando con Rosa. No le sorprendió, después de todo ambos eran músicos. Nelson divisó a Georgina, se despidió de Rosa y la dejó para ir hacia la sirena.

—Hola.

«Me sudan las manos, di algo interesante».

—Hola.

Silencio.

«Di algo más».

—Tengo que ir a mi siguiente clase.

«¡Tonta! Va a pensar que no quieres hablar con él».

—Te acompaño.

Nelson caminó con ella por el pasillo mientras conversaban. Ella trataba de sonar desenfadada mientras se perdían en el pelo y los ojos negros de él. Entonces, ella notó un cierto titubeo y un brillo en su mirada. Sí, aquello no había pasado desapercibido, él también tenía un interés especial por ella y eso incrementó su excitación. Temió de pronto que el latido de su corazón resonara tan alto al punto que todos lo escucharían, claro como un reloj repicando alegremente por la ciudad.

En el siguiente receso corrió sola hasta el bosque cerca de la escuela, atravesó la muralla de árboles, del otro lado había un mirador desde el que a lo lejos se veía el mar. Cerró los ojos, sus labios se abrieron para dejar que su corazón proclamara sus sentimientos, fluyendo en notas, en una melodía sin palabras. Su voz fue la válvula de escape de sus sentimientos, ella cantó por primera vez su amor. Tenía que hacerlo, las sirenas necesitan cantar, porque es así como desahogan sus penas o sus más intensas pasiones.

Sus labios se cerraron, tomó aire, ahora debía volver a clases. Se giró y se quedó helada; No esperaba que alguien la hubiera visto ni que su canto tendría un público, mucho menos que sería él. Nelson estaba entre los árboles con la boca abierta. De nuevo su corazón latió con fuerza, pero esta vez no de felicidad sino aterrado de haber comprometido el secreto de su naturaleza acuática.

«Tranquila», se dijo, «él no puede entender lo que he cantado, tampoco puede sospechar nada, él no sabe».

Ella se puso en marcha, pasó junto a él.

—Hola —saludó apenada.

—*Wow!!* —fue todo lo que él dijo.

Ella siguió caminando, él la siguió.

—Eso fue asombroso. Recuerdo que me dijiste que te gustaba cantar, pero jamás me hubiera imaginado que tuvieras una voz así.

—Gracias —comentó.

Estaba demasiado avergonzada para decir nada más.

—Sabes —prosiguió—, en noviembre es el festival cultural de la escuela. Voy a participar con una canción de mi autoría y me hace falta una cantante.

Ella lo miró interesada.

—¿Qué clase de canción es?

—Bueno, es algo así como un adagio o una romanza, tendría que mostrarte. Quizá mañana después de clases puedas quedarte un rato más para ver el ensayo y para que escuches la canción.

No podía creerlo, así sin más, en un momento espontaneo, había conseguido que Nelson la invitara a hacer algo con él. Su estómago se revolvió como si tuviera un cardumen de furiosos peces nadando en círculos.

—Por supuesto, me encantará.

La sirena no podía esperar a que ya fuera el día siguiente.

De vuelta en casa, Georgina aprovechó un momento en que Pearl estaba sola para acercarse a ella, tenía que decirle a alguien y hay cosas que una no les cuenta a todo el mundo. A Pearl era a la que le tenía más confianza.

—Mañana necesito quedarme después de clases, ¿crees que pueda pedir a Terrence que pase por mí?

—¡Por supuesto! Él estará encantado de hacerlo.

Georgina se sonrojó. Estaba nerviosa.

—¿Ocurre algo?

Tenía que decírselo a alguien. Era como si lo que sentía por Nelson hubiera crecido tanto que se estaba volviendo abrumador, de una manera mágica y positiva, pero abrumador a final de cuentas. Georgina le contó del festival, de su interés en su voz tras escucharla cantar.

—Va a ser interesante escuchar la voz de una sirena.

—Sí, es sólo que —hizo una pausa, quizá demasiado larga.

—¿Pasa algo? ¿Te da miedo la idea de cantar frente a otros?

—No, no es eso —comentó nerviosa y sonrió—. Estoy emocionada de que me haya pedido mi ayuda porque estoy enamorada de Nelson Anker.

Ahí estaba, por fin lo había dicho. Por un momento Pearl pareció pensativa, luego sonrió con complicidad. Georgina prosiguió:

—Yo sé que es una tontería, apenas y lo conozco. Es sólo que siempre que estoy cerca de él, siento algo y no hago más que pensar en él todo el tiempo.

—Pues yo creo que es genial —ronroneó Pearl—. Nelson, por lo que lo conozco, te puedo decir que es un amor. Además, creo que también le gustas.

—¿De verdad?

—Claro, basta ver la forma en que te mira. Pero escucha —dijo tratando de ponerse seria—, sólo sé tú misma, habla con él, conócelo más y si se dan las cosas, pues ¡genial! ¿No lo crees?

Georgina asintió encantada y se sintió feliz de haberle contado.

Al día siguiente, al acabar las clases, Georgina se dirigió hacia el teatro de la preparatoria. Entró, escuchó música, fue hacia la sala principal, sobre el escenario había un piano y ahí estaba Nelson, el lugar estaba vacío, excepto por otro chico cuyo nombre desconocía. Nelson interpretaba la sonata *Claro de Luna* de Beethoven. Ella saludó apenas la vio, Nelson sonrió y comenzó a tocar *She's a rainbow*.

—Tocas muy bien.

—Gracias.

Se detuvo.

—Me da gusto que hayas venido. Este es Ron.

Ron llevaba el pelo largo, una camisa negra y sostenía un chelo.

—Quería que él te escuchara. ¿Podrías cantar algo como lo de ayer?

«No puedo hacer esa canción, es sobre lo que siento, él lo sabrá... bueno, no realmente, los humanos comunes no pueden entender el canto de las sirenas».

Ella accedió. Volvió a cantar aquella tonada sin palabras, una pequeña parte. Ellos lo escuchaban con toda la atención del océano.

—*Wow!!*

—¡Te dije que era buena! —exclamó Nelson.

—¿Dónde aprendiste a cantar así? —preguntó Ron.

—Talento natural, creo.

—Deja que te diga algo. Nelson es un imbécil. Dijo que tu voz era buena. No es buena, ¡es extraordinaria!

—Gracias —se sintió orgullosa de sí misma.

—Me gustaría escuchar algo más —pidió Nelson—, lo que tú quieras.

Georgina caviló al respecto, sus padres siempre ponían música mientras los chicos hacían ejercicio o entrenaban, su padre tenía un gusto muy variado. La primera canción que pensó fue en una de los 80s, *These dreams*. Cantó la canción hasta la mitad. Nelson y Ron comenzaron a aplaudir.

—No sabía que te gustara Heart. ¿Qué opinas? —le preguntó Nelson a Ron.

—Tiene voz para balada pop pero también de diva. Es perfecta.

—Veamos tu entonación.

Los dedos de Nelson recorrieron lentamente la escala de Do mayor, ella siguió cada tono con perfecta afinación. El piano fue una escala arriba, la voz de Georgina lo acompañó, haciéndose más aguda. Hicieron varios ejercicios, cubrieron tres escalas, ella no tuvo ningún problema para entregar cada nota. Ellos estaban asombrados de su rango vocal.

Él comentó:

—Creo que esto va a ser mejor de lo que esperaba. Deja que te muestre, la canción es algo así.

Tocó la melodía en el piano a la par que cantaba con su voz profunda y grave. La letra era sobre un amor no correspondido, que esperaría aun si su amor no regresaba. Georgina se sintió conmovida.

—¿Y bien? ¿Qué te parece? —le preguntó Nelson.

—Es hermosa —dijo ella honestamente.

—¿Te gustaría cantarla?

—Me encantará.

Terrence ya estaba esperando para llevarla a casa. Nelson la acompañó.

—Muchas gracias, Georgina.

—Llámame Gin.

—Está bien, Gin. Por cierto, me preguntaba si aparte de la música, te gusta el cine.

Georgina se quedó pensando, no estaba segura de si le gustaba o no, eso no lo recordaba. Lo que sí estaba segura es que le gustaba estar con Nelson.

—Sí, por supuesto.

—¿Te gustaría ver una película mañana?

—Seguro —respondió.

Se pusieron de acuerdo con el lugar y la hora en que se verían. Luego se despidió de Nelson y subió al auto.

La mañana del sábado tuvieron entrenamiento. La sirena no corría cerca del mar para no arriesgarse a que una ola la mojara de pronto, lo cual en automático la convertiría. El agua salada tenía ese efecto. Si eso ocurría, ella sólo debía concentrarse y usar su poder para recuperar sus piernas, pero aun así la caída no sería agradable. Georgina le contó a Pearl de la canción y de lo bien que la había pasado el día anterior con Nelson. Linda se acercó a ellas mientras trotaba.

—Estás enamorada, puedo sentirlo.

Alguien se les acercó corriendo.

—¿Qué está pasando? —Preguntó Patrick— ¿De qué me perdí?

—¡Nada! —replicaron Georgina y Pearl.

—Por cierto, ¿cómo te fue ayer con Nelson? Yo creo que le gustas.

Georgina estaba avergonzada, apretó el paso para alejarse del grupo. Tenía ganas de arrojarse al mar y perderse.

Para la tarde sus hermanos no dejaban de hablar del tema. Ginger opinaba que era romántico, Serena y Tanya decían que se veían bien juntos. Patrick era terrible, no dejó de cantar una estúpida rima infantil sobre ella y Nelson *"sitting in the tree K-i-s-s-i-n-g"*, hasta que Alex, enfadada, le gritó que se callara.

Mientras Georgina se preparaba para salir, Rosa entró en su habitación y le hizo una pregunta:

—¿Qué hay del hecho de que eres una sirena?

Georgina se encogió de hombros.

—No lo sé —respondió—, supongo que tendré que guardar el secreto.

—¿Por cuánto tiempo?

Buena pregunta, pero ¿por qué tenía que saber eso ahora? A Georgina sólo le importaba el presente, el que iba al cine con un muchacho que le gustaba demasiado.

—No lo sé —respondió.

Tomó su bolsa, se despidió de Rosa y salió. Bajó las escaleras, papá la estaba esperando para llevarla.

—Te ves muy bonita.

—Gracias, papá —respondió y se encogió de hombros.

Papá se le acercó y la tomó por los brazos con suavidad.

—Cuídate. Si necesitas ayuda, tienes todos nuestros números de celular. No dudes en usar tus habilidades para defenderte.

—¡Papá! —protestó ella.

—Sólo digo —comentó papá.

Mamá bajó las escaleras.

—Ya estoy lista.

—¿Ella también viene? —pensó Georgina avergonzada. Amaba a sus padres, pero se sentía extrañamente incómoda ante la idea de que Nelson la viera llegar con los dos.

«Soy una alférez que ha vivido sola en el océano y que ha peleado con monstruos, ¿es de verdad necesario?», pensó.

—Vamos a aprovechar el viaje a la ciudad para pasar un rato allá. Tu padre me va a invitar a cenar. Descuida, Nelson no nos verá.

Papá y mamá dejaron a Georgina en la puerta del centro comercial. Acordaron que ella los llamaría a la hora de recogerla. La sirena se dirigió hasta el cine. Iba con buen tiempo. Nelson ya la estaba esperando cerca de la taquilla. Se saludaron. Georgina estaba emocionada. Ese día él se había peinado con gel todo el cabello hacia atrás. No estaba mal, pero a ella le gustaba más cuando el cabello le caía rebelde en la cara.

—Hay una película de suspenso que me gustaría ver, pero no sé qué te interesaría a ti.

Ella miró la cartelera, la película de suspenso, de hecho, parecía la mejor y aceptó. Nelson pagó las entradas y se dirigieron a la sala. Tenían que subir la escalera. Ella de pronto tuvo un impulso infantil.

—¡Carrera escalera arriba!

Ella echó a correr por la escalera, él la siguió. Al llegar arriba estaba bufando.

—Estás loca.

—Lo siento.

—No lo sientas, eres genial tal como eres.

De nuevo sus ojos se clavaron en ella y Georgina sintió que sus piernas se debilitaron al punto en que creyó que si no se abrazaba a él, se caería al suelo.

«Debería aferrarme a su cuello y besarlo», gritaba su mente, «pero ya no sé si sea correcto».

Las palabras de Rosa también resonaban en su cabeza.

«Soy una sirena, ¿qué se supone que pase? En las historias que se cuentan en el mar, un humano es la perdición de una sirena, y en las historias que se cuentan en tierra firme, las sirenas son la perdición de los hombres. Tengo miedo, pero mi corazón dice sigue. Nelson me hace sentir algo que ninguno de los chicos en el mar jamás me hizo sentir...»

—¿Entramos? —preguntó él.

Georgina miró la entrada y la fila de luces rojas danzarinas en la parte superior, en un letrero, donde una y otra vez se leía el nombre de la película. Se dijo que ya no pensaría en nada más, ella estaba ahí para divertirse.

La película resultó no ser muy buena, inició muy bien, con el misterio, la emoción y la excitación de saber que el asesino asechaba en la oscuridad. El final fue decepcionante. Al menos se la estaban pasando bien. Para cuando se sentaron en la sección de comida rápida, Georgina ya se había encargado de despeinarle a Nelson el cabello. Mechones negros le caían de manera desaliñada en la cara, tal y como a ella le gustaba más ¡y a él también!

Nelson le dio un largo sorbo a su soda.

—Es raro que me ponga tanto gel. Pensé que te gustaría.

—Así como tú lo usas siempre, es como me gusta.

Él estiró la mano para tomar una papa frita, se detuvo y cambió de dirección para poner la mano sobre la de Georgina. El contacto con sus dedos fue electricidad pura, la sirena agradeció que estuvieran sentados, de otra manera ahora sí que las piernas le temblarían hasta hacerla caer.

Él estaba estático, con aquel aire de chico serio y rudo que siempre tenía en la escuela. Entonces ella lo leyó en su rostro, algo que había visto antes en las miradas de todos los chicos en el mar, Nelson quería besarla. Bajo otras circunstancias, ella se hubiera aproximado para permitirle que lo hiciera, pero se detuvo.

«Él es un humano, yo una sirena, ¿qué se supone que pasará el día que lo descubra? ¿Qué se supone que haga?».

Separó su mano y bajó la vista. Supo que tenía que decir algo.

—Yo... todavía no te conozco tanto y sé muy poco de ti.

—Está bien —dijo Nelson—, yo también sé muy poco de ti. Mira, tú me gustas. Yo lo único que quiero es que pasemos tiempo juntos. ¿Qué dices?

Ella alzó la cara.

«¿Qué digo? Digo que quiero arrojarme a tus brazos, arrancarte esa camisa y besarte, desnudarte y hacerte...».

—Okay —contestó y reflexionó que de momento era mejor ir lento.

Al día siguiente, en la mañana, Georgina estaba en pijama sentada a la mesa, desayunaba avena hervida. Un día después de su regreso a tierra firme,

Georgina había recordado lo bien que sabía el cereal con leche, unos minutos más tarde, que era intolerante a la lactosa. La avena no estaba tan mal, pero no era arroz tostado con malvaviscos. Pearl comía cereal con leche mientras miraba en su celular.

—Esta es la que quiero —anunció y giró la pantalla para que todos vieran la imagen de una motocicleta.

—No, Pearl —dijo mamá—, ya te dijimos que una motocicleta es peligrosa.

—*Come on!!* Voy a usar mis ahorros, ¡quiero una motocicleta!

—Pearl, escúchame...

—¡Por favor, Maggie! —Juntó las manos en actitud suplicante—, ¡por favor, por favor, por favor!

—No es seguro.

—No tienes que preocuparte, por favor, mamá hermosa.

Georgina no pudo evitar reírse a discreción. Pearl estaba decidida y no iba a cambiar de opinión. Tanya salió de la cocina bostezando, no se veía nada glamorosa, sino todo lo contrario, con su pijama gris y todos los rizos dorados de su cabello enmarañados. Fue a sentarse al lado de Georgina.

—Gin, ¿cómo te fue ayer?

Le bastó ver su sonrisa para darse cuenta que quería saber de Nelson.

—Bueno...

—¿Se besaron? —interrumpió la voz de Hannah, quien se sentó frente a ellas al otro lado de la mesa.

—¡No! —exclamó Georgina.

«Por desgracia» pensó.

Georgina empezó a contarles sobre la película y las partes divertidas de su cita. Los detalles de la forma en que había tomado su mano se los guardaba para ella. Georgina estaba de muy buen humor. Entonces, así sin más, esa mañana de domingo, sucedió algo que vino a romper con la alegría de todos.

Serena bajó la escalera, entró al comedor, tras de ella venía Patrick muy serio, cosa rara que él no bajara cantando ni haciendo ruido. Serena tenía la cara descompuesta, lágrimas rodaban por sus mejillas. Todos la miraron.

—Serena, ¿qué pasa? —se apresuró a preguntar Tanya.

Ella tomó aire.

—Mi abuela no despierta.

Las miradas del grupo se volvieron hacia Patrick.

—Ya... ya la movimos... no...

Patrick no pudo seguir, meneó la cabeza de lado a lado y los ojos se le pusieron vidriosos. Linda se apresuró hacia Serena para abrazarla, tras ella el resto del grupo. Serena se aferró a Linda y se deshizo en llanto.

VI.- La fe de nuestros padres

Tanya

Ellos tenían cuatro vehículos: dos SUVs Ford Explorer, un Chevrolet Malibu de color blanco, que por lo general era el medio de transporte de Nick y una Van, la cual era la más usada siendo ellos una familia tan numerosa. En esa ocasión, que el viaje sería largo y necesitaban espacio para el equipaje, los Kearney viajaban en las dos SUVs. Una era conducida por Nick, a su lado iba Maggie y atrás Serena, Tanya, Rosa y Pearl. En la otra SUV, Terrence conducía y con él iban el resto de los hermanos.

Nana Val había muerto la mañana del domingo, mientras dormía. Tanya cavilaba sobre eso una y otra vez.

«Ella no sufrió. Qué hermoso morir así, en tu cama y sin dolor. Una muerte tranquila es una bendición que mucha gente no pide en sus oraciones porque a nadie le gusta pensar en su propia muerte. Nana Val tuvo esa bendición y me alegro por ella, porque siempre fue tan buena con nosotros. Es triste saber que ya no estará, pero al menos se fue en paz».

Nick y Maggie se encargaron de los preparativos para el funeral, que fue hasta el martes. El miércoles incineraron a Nana Val y el jueves hicieron el viaje en carretera hacia el norte. Tanya estaba sentada junto a la ventana, a su lado Rosa iba en silencio.

Días atrás, cuando Nana Val dijo que había estado soñando con su difunto esposo, Tanya tuvo un presentimiento fúnebre, sin embargo se había guardado de no decir nada. Dentro de su bolsa, Tanya cargaba un libro llamado *Principios del vidente,* escrito por un famoso psíquico, de la clase de literatura que uno sólo encuentra en las tiendas de libros en comunidades eukid. Ella lo había releído tantas veces que estaba algo maltratado y se le estaban cayendo las hojas. Había pasajes del libro que estaban marcados, cosas que Tanya no quería olvidar, como la advertencia principal sobre la discreción debida que todo psíquico debe guardar. El pasaje decía: "Es responsabilidad del vidente recordar que el futuro está siempre en constante movimiento, la mayoría de las predicciones son suposiciones de lo que podría o no suceder, por ende, se recomienda discreción a la hora de revelar visiones a fin de no alarmar en vano a terceros". Tanya rumió aquello.

«Pero algunas visiones se sienten distintas, más sólidas, ¿debo quedarme callada? No lo sé, ¿por qué no puedo dejar de sentir que era mi responsabilidad poner sobre aviso a Serena y los demás? Aunque al final, no tenía caso. No es como si hubiera evitado la muerte de una mujer mayor que se fue del mundo por causas naturales».

No quería pensar más en eso, tenía sueño. Cerró los ojos y se acomodó. Al poco tiempo, la carretera quedó lejos y comenzó a soñar.

La mujer estaba en el suelo, sentada entre las cenizas, escribiendo con su dedo huesudo. Tenía la cara y la cabeza cubiertos por velo negro, del cual escapaban algunos mechones de cabello, algunos eran negros como el carbón y otros grises como la ceniza. Ella cantaba.

—Qué bonitos son los muertos que se acuerdan de sus muertos... que visitan este mundo porque aún tienen tanto amor... qué bonitos son los muertos que recogen a sus muertos...

Se calló de golpe y dejó de escribir. Luego anunció:

—Los dolientes viajaban juntos... Dos ya no volvieron.

Antes de que Tanya le pudiera preguntar a la mujer qué significaba aquello, escuchó pasos apresurados, alguien se aproximaba. Las puertas se abrieron de golpe, eran hombres armados. La mujer comenzó a reír a carcajadas. Debajo de su falda sacó un puñal, lo llevó hasta su cuello con un movimiento veloz y se cortó la garganta de lado a lado. Su sangre manó a chorros sobre las cenizas mientras la estridente risa hacía eco, se elevaba hasta el techo...

Despertó sobresaltada se llevó una mano a la frente, tomó una gran bocanada de aire que se convirtió en un bostezo, como para sacudirse y desperezarse de aquel sueño. Miró hacia afuera al tiempo que se preguntaba cuánto tiempo se durmió. Sus ojos color violeta fueron hasta su muñeca izquierda sólo para descubrir que no se había puesto reloj. Tanya volvió a mirar afuera, absorta en sus pensamientos de fatalidad, con aquel temor de que ese viaje no sería tranquilo.

El teléfono celular de Maggie sonó, contestó y habló por un momento. Luego se volvió hacia Nick.

—Patrick dice que van a detenerse de emergencia.

Tanya miró hacia atrás, la otra SUV se detuvo a un lado del camino. Nick hizo lo mismo, quedando unos doscientos pies más adelante. Tanya vio salir de la SUV a Georgina, inclinarse de golpe y vomitar todo el contenido de su estómago. Hannah estaba detrás de ella sosteniéndole el cabello para que no se le ensuciara. Nick y Maggie descendieron del auto, Tanya y las demás los siguieron. Fueron hasta el otro grupo.

—¿Estás bien? —se apresuró a preguntar Maggie.

—Sí —dijo Georgina, no lo parecía, su cara estaba blanca como el papel y sus manos temblaban—. Un poco mareada.

Maggie comenzó a buscar en su bolsa una pastilla y se la tendió a la sirena. Patrick le ofreció una botella con agua. Georgina se echó la pastilla a la boca y bebió casi toda la botella de golpe. Dejó un cuarto de agua en la botella, el cual vertió sobre su cabeza. Tomó varias bocanadas de aire para tranquilizarse. Al cabo de un momento, Terrence preguntó:

—Señorita, ¿ya se siente mejor?

—Sí, gracias, Terrence —luego miró al grupo—. Lo siento mucho, creo que ya no estoy acostumbrada viajar en carretera.

—Tranquila, hija, no pasa nada —dijo Nick.

Pearl dio algunos pasos, se separó del grupo, luego volvió.

—¿No vamos a cruzar hacia Canadá, o sí? Porque se me olvidó mi pasaporte.

—¡Pearl! —exclamó Maggie con un gesto que sonaba a regaño.

—Lo siento —fue todo lo que dijo—. No es como si eso fuera un problema, ustedes siguen en auto, yo cruzo la frontera en algún otro punto como gata, sin ser vista y nos reunimos del otro lado.

En la cabeza de Tanya resonó un grito desgarrador pidiendo ayuda, el proveniente de la carta de Pearl el día que le leyó su fortuna. Un escalofrío recorrió la espalda de la psíquica.

—No creo que sea buena idea —se atrevió a decir—. Yo sé que puedes cuidarte, pero mejor que no andes sola.

—Yo voy con ella y asunto resuelto —se ofreció Patrick.

La voz de la bruja del sueño resonó, "...*dos ya no volvieron...*".

—¡No! —exclamó Tanya.

Por un momento temió sonar alterada. Recordó de nuevo el manual del vidente, debía ser discreta. Retomó su aire arrogante.

—¡Qué tontería! No entiendo su necesidad de hacer las cosas tan complicadas —exclamó con acidez dirigiéndose a Pearl y a Patrick—. Tan sencillo como convertirte en gata y esconderte en el auto.

—¡Perdón! —replicó Patrick con sarcasmo

Él y Pearl se miraron y movieron la cabeza con complicidad, burlándose y llamándose estúpidos uno a la otra.

«Lo siento, hermanos, lo hago por su bien», pensó Tanya.

Volvieron a los autos, Georgina cambió lugar con Pearl para ir en el mismo auto que sus padres. Serena le tocó la mano a Tanya para llamar su atención. Cuando Tanya la miró, Serena se tocó la barbilla con el dedo índice. Era una de sus señales secretas de que quería decirle algo en privado. Tanya hizo la conexión psíquica.

«Dime».

«Espero que no se vuelva a vomitar», dijo Serena, «porque si eso pasa me vomito yo también».

Las chicas se miraron, los labios de Tanya se arquearon en una sonrisa, tuvo que contenerse para no reír.

«Si vemos que se está mareando otra vez, le podemos decir a Maggie que use su hipnosis para ponerla a dormir».

«Sí, eso funcionará».

Tanya notó que Serena se veía tranquila. Haber perdido a su abuela había sido un golpe especialmente duro para ella. Era bueno ver que su hermana favorita se sentía un poco mejor. Georgina seguía pálida, con cara como de que un momento a otro haría otra imitación de la niña de *The Exorcist*. Por si acaso, le habían indicado que se sentara junto a la puerta en caso de que tuvieran que volver a detenerse.

Se pusieron en marcha. Tanya miraba por la ventana, contemplaba el paisaje mientras pensaba en Nana Val, lo cariñosa que siempre había sido, sus galletas, su dedicación para pegar botones, arreglar muñecas y aliviar raspones y moretones con sus besos. La echaría de menos. Luego pensó en sus propios padres biológicos, ese señor y esa señora que no habían dudado en abandonarla en la calle. Ella había llorado y seguía llorando cuando llegó a la mansión, entonces, Nana Val la había consolado con palabras cariñosas. Unas semanas después, la pequeña habló con sus padres por teléfono, ellos no sonaban preocupados, su padre preguntó si no había problema de que se quedara ahí por tiempo indefinido, ellos estaban muy ocupados para buscarla. De nuevo, Nana Val fue más cálida que su propia madre.

La joven psíquica reflexionó:

«Es increíble cómo se puede amar a personas con las que no compartes lazos sanguíneos. Los Kearney han sido para mí más padres que mis verdaderos padres, los guardianes son mis hermanos y Nana Val fue mi abuela. La sangre no une a una familia, de eso no me queda duda».

Dos horas más tarde llegaron a *Stillwood*, un pequeño poblado en medio del bosque. Se detuvieron frente a una posada de apariencia rústica, los jóvenes bajaron de las SUVs, Nick y Maggie les dijeron que esperaran con Terrence en lo que ellos arreglaban el hospedaje.

Hannah tenía un paquete de goma de mascar con cinco tablillas, las rompió por la mitad y se las ofreció al grupo, todos tomaron un pedazo.

—Así que aquí es donde Nana Val nació —comentó Alex.

Serena asintió.

—Y la última voluntad de Nana Val fue que sus restos descansaran aquí. ¿No hubiera sido más sencillo buscar otro bosque consagrado más cerca de casa? —preguntó Patrick

—Sin duda —respondió Serena—, pero mi abuela era muy devota de la antigua fe del Espíritu Creador de la Madre Tierra y se dice que no hay nada más hermoso para el hombre o la mujer justos, que descansar en la misma tierra donde yacen los restos de tus ancestros.

—Sólo que nosotros no traemos su cuerpo —señaló Hannah.

—Fue una cuestión de logística —explicó Terrence—. Era más sencillo trasladar sus cenizas que su cuerpo. Ella lo entenderá.

Tanya meditó sobre la devoción de Nana Val por la antigua fe, luego pensó de nuevo en sus padres biológicos y comentó para hacer conversación:

—Tus padres eran devotos de la antigua fe eukid. Creo que mis padres eran budistas; recuerdo que les gustaba leer al respecto.

—Mi mamá era católica —dijo Rosa—. Ella me enseñó a rezar.

—Mi papá era ateo —comentó Alex—. Mi mamá era judía, pero en realidad tampoco creía en nada y no era practicante.

—Ellos eran muy buenos amigos —dijo Terrence— Paul y Debbie Dalca.

Aunque Nick y Maggie eran sus tutores legales, Alexandra Dalca nunca quiso dejar el apellido de sus padres. La otra guardiana que mantenía el apellido de sus padres era Serena Smith, pues su abuela, Valerie Smith era su tutora legal.

—¿Y tus padres? —le preguntó Rosa a Pearl.

—Mi mamá y el señor con el que estaba casada eran presbiterianos.

—Yo no sé nada de mis padres —dijo Linda sonriente— y no tengo curiosidad.

—Pues a mí sí me gustaría saber quiénes fueron mis padres —dijo Hannah.

—¿Para qué? —preguntó Pearl.

—Para saber de dónde vengo y cómo fue que terminé viviendo sola en el bosque con aquellos caballos.

—Tal vez tus padres fueron centauros también —señaló Patrick.

—¿Y por qué me dejaron?

—No lo sé, Ginger —respondió Patrick con un tono amable—, quizá no fue su culpa y algo les pasó, ¿no crees que sea posible?

Hannah suspiró abatida, se notaba que pensar en ello le dolía. Patrick rodeó a Hannah con el brazo, ella recargó su cabeza contra su pecho. Era por momentos así, en los que mostraba su apoyo por alguien del grupo, que Tanya creía que quizá muy en el fondo, Patrick no era un completo imbécil.

—Mamá siempre ha sido creyente de la antigua fe de la Madre Tierra y a papá lo educaron metodista —añadió Georgina.

—Terrence, ¿tú crees en algo? —preguntó Linda al mayordomo.

—Creo que es una posibilidad. Pienso que existe una inteligencia superior que une a todas las cosas, pero creo que es algo demasiado complejo para explicarlo con ninguna religión.

—¿Para qué creer? —Cuestionó Alex— Somos producto de la evolución. En algún punto los eukids dimos un salto y desarrollamos control sobre nuestra energía, que es la fuente de nuestros poderes. Los eukids no somos dioses, aun cuando en el pasado algunos de los nuestros fueron considerados así por humanos. Además, no es como que ningún dios vaya a ayudar a comunes o a nosotros. Si existe un dios, creo que no le importa un carajo lo que pase en este mundo.

—Tal vez no funciona así —dijo Serena—. Mi abuela me decía que la fe es un concepto filosófico, que da esperanza. Ella decía que orar era una manera de ejercitar concentración y de meditar sobre nuestra consciencia y nuestra fragilidad.

Tras la mención de Nana Val los alféreces y Terrence se tornaron sombríos, excepto Linda, que tenía su cara de muñeca seria. Ni siquiera la muerte de su abuela había logrado arrancarle una sola lágrima. Tanya la contemplo y notó que algo debía de haberle irritado los ojos, porque todo lo blanco se le había tornado rojo. Tanya de alguna forma tenía la certeza de que a Linda sí le dolía aun cuando no tenía capacidad de expresarlo. Aquello le pareció horrible, el que alguien pudiera ayudar a otros a desahogarse y careciera de la capacidad de desahogarse a sí misma.

Nick y Maggie regresaron, les dijeron a los chicos que tenían las habitaciones. Ellos bajaron las maletas y se dirigieron al interior. Tanya tenía frío, aquel octubre parecía vaticinar un invierno temprano.

Las ocho jóvenes se quedaron en habitaciones contiguas, conectadas por una puerta que dejaron abierta. Iban a compartir las camas. Serena puso su maleta en una de las camas y le indicó a Tanya que esa era la de ellas. En la cama de al lado se quedaron Rosa y Linda.

Alguien tocó a la puerta que conducía al pasillo, Rosa abrió, era Patrick que había quedado en la misma habitación que Terrence.

—¿Con quién vas a dormir? —le preguntó a Pearl.

—Con Georgina.

—Suerte, hermanita; Pearl patea.

—¡Patrick! —exclamaron Georgina y Pearl.

—Mueran de envidia, yo tengo mi propia cama.

—Terrence ronca como tractor —señaló Alex irritada—. ¡Qué pases buenas noches, tonto!

Un par de horas más tarde, bajaron a cenar. Mientras comía en silencio, Tanya se concentró en sentir las energías de las personas a su alrededor. Ese ejercicio era parte de su entrenamiento. Nick les había dicho que no era sencillo, que les llevaría un tiempo desarrollar sensibilidad para percibir la energía de otros, pero que era necesario que lo lograran porque era una habilidad muy útil. Linda era la única que no necesitaba aprender aquello, ella desde siempre podía percibir al mundo que la rodeaba por su energía y por sus emociones.

Los jóvenes se esforzaban. Pearl, que por lo general era hábil para casi todo, tenía problemas con ello, quizá porque estaba demasiado acostumbrada a percibir a la gente con su olfato y oído superiores. Tanya tenía un problema similar, acostumbrada como estaba a buscar las mentes de otros en vez de su energía. Lo cierto es que no le iba del todo bien. Al menos no era como Patrick, el pobre tonto era todo un caso perdido, no era capaz ni siquiera de lanzar energía; era inevitable no preguntarse si él de verdad estaba destinado a ser un alférez. Georgina era una de las que lo estaba haciendo mejor, decía que en el mar, uno siempre tenía que estar alerta a todo a su alrededor y que así fue como había intuido la manera de percibir las energías de otras criaturas.

Esa noche, mientras cenaban en aquel hotel, Tanya se puso a prueba. Se concentró, al cabo de un momento, percibió algo, entonces noto que la gente detrás de ellos, las meseras, el hombre en la barra del bar y uno clientes que bebía mientras miraba la televisión. Todos ellos eran eukid con bajo nivel de energía.

—En Stillwood parece que no hay comunes —murmuró.

Maggie asintió con la cabeza. Nana Val no exageraba cuando dijo que venía de una familia conservadora, que había nacido y crecido en un pueblo exclusivamente eukid.

Al día siguiente bajaron a desayunar temprano y se prepararon para dirigirse al bosque consagrado. La familia vestía de blanco y negro. Era costumbre eukid, negro por sigilo del largo sueño de la muerte, blanco para honrar al espíritu, a la energía que se desprende y vuelve a la Madre Tierra.

Tanya y los demás esperaban junto a los autos. Nick había estado hablando mucho con el dueño del hotel, un hombre de cabello y bigote cano y ojos grises. A su lado estaba su esposa, una mujer delgada de cabello azabache y penetrantes ojos negros que nos les quitaba la vista de encima a los jóvenes, en especial a Tanya. La pareja le daba indicaciones a Nick de cómo llegar. Él les agradeció y se despidió.

—Muy bien —indicó Nick—, vámonos.

—Muchas gracias —dijo Maggie—, han sido muy amables.

—Quizá podamos cenar juntos —indicó el hombre.

—Por supuesto —contestó Maggie—, estaremos encantados.

La mujer de ojos negros les sonrió, Tanya trató de mirar lo que pensaba en el momento y se topó con una mente fuerte como la suya, claro indicador de una eukid de la casta psíquica. La mujer saludó a Tanya con un movimiento de cabeza, como quien está ante un igual que merece respeto, luego entró de vuelta al hotel.

La familia abordó en las SUVs. Esta vez Tanya y Serena iban con Linda, Pearl, Alex y Terrence. Pearl iba al volante y Terrence de copiloto. Ella manejaba segura, como si fuera la cosa más sencilla del mundo.

—Lo hace muy bien, señorita —dijo Terrence.

—Me gusta manejar —comentó Pearl—. Sabes, Terrence, espero Nick y Maggie me dejen comprar una motocicleta.

—¿De verdad es el vehículo que quiere?

—Por supuesto. Tiene ventajas; es más fácil de estacionar y de mover en el tráfico. Además, creo que sería genial.

—A sus padres no les va a gustar.

—Lo sé, Maggie ya me dijo que no, pero sigo insistiendo.

—Cuando era joven tuve una. Me gustaba la sensación de velocidad.

—Terrence, si me ayudas a convencerlos, te dejo que la manejes.

El mayordomo se rio abiertamente, luego se puso a hablar de cuando estaba en la universidad, su motocicleta y una chica a la que quería impresionar. Tanya escuchaba sin poner atención, ocupada como estaba en barajar las cartas una y otra vez. Tomó una, le dio la vuelta, El carro invertido, últimamente la obtenía en casi todas sus tiradas. No necesitaba concentrarse para preguntar algún mensaje, porque ya lo había escuchado, siempre gritaba lo mismo.

«Pelea, lo repite todo el tiempo, pero no sé contra qué, ni cuándo. No me sirve de nada. A veces no entiendo para qué trató de escudriñar en lo que ha de venir, se me esfuma de las manos. Esto es inútil».

Llegaron al bosque consagrado. Los muchachos iban en fila. Terrence seguía hablando con Pearl de motocicletas. Patrick, Hannah y Alex iban charlando de alguna tontería. El resto iba en silencio. Llegaron hasta un claro en el bosque, en medio había un círculo de rocas y al centro un espacio para hacer una fogata. Linda le explicaba a Georgina.

—Los rituales han cambiado mucho con el tiempo. Creo que ya no hay ninguna ceremonia de oración y cantos que implique danzar desnudos en torno al fuego, aunque en el pasado eran comunes.

—¿Cómo fue que se decidió cambiar eso? —preguntó la sirena.

—Supongo que mucho tuvo que ver la gran cantidad de eukids que fueron arrestados y quemados en hogueras por brujería. Lo mejor que la gente con magia puede hacer es mantener un perfil bajo y ocultarse. Preferible que una horda de humanos comunes furiosos te encuentren sentada frente al fuego sin hacer nada más que calentarte, a que te vean danzando desnuda en medio del bosque, adorando a la Madre Tierra.

Tanya pensó en su sueño recurrente, la bruja sentada en las cenizas, con su pinta de loca y sus demacrados dedos huesudos, los hombres armados y ella cortándose de tajo la garganta. Las palabras de Linda la hicieron imaginar que, quizá esa era la razón por la que la mujer prefirió suicidarse, antes que ser llevada, torturada, violada y ejecutada.

—¿Todo bien?

Tanya miró a su lado, Nick la observaba con un gesto amable. Lo cierto es que la joven tenía demasiado en mente: El Carro, sangre salpicando sobre cenizas, el manual del vidente.

—Estoy bien, papá, sólo estoy triste por Nana Val.

—Yo también.

Ella la mayor parte del tiempo se dirigía a sus padres adoptivos por sus nombres. Otras los llamaba papá y mamá. Se sentía bien. Nick era para ella más padre de lo que el señor Arrien jamás lo fue.

La familia estaba lista para empezar. Tanya miró hacia arriba, los árboles eran muy altos, entre sus ramas se colaban algunos rayos de sol, dando al espacio un halo místico de luz y de sombra. Los Kearney se posicionaron en torno al círculo, Rosa caminaba fuera del círculo, cantando en voz baja una canción de alabanza a la Madre Tierra, y mientras andaba tocaba a los árboles de alrededor, haciendo que las ramas se sacudieran como si los árboles quisieran manifestarse para ser parte de aquella oración en honor a su abuela. Maggie encendió el fuego, Serena sostenía las cenizas de su abuela. Hasta ese momento se había mantenido tranquila, pero ahora, que se preparaban para despedirla, se había puesto emocional otra vez y tenía las mejillas empapadas por las lágrimas.

Maggie hizo el saludo a la Madre de la Tierra y al Padre Creador. Los hermanos danzaban con los brazos en alto y hacían manifestaciones de sus poderes como ofrendas. Luego se tomaron de las manos y por turnos pronunciaron mensajes de despedida a la mujer a la que ellos habían querido como una abuela. Georgina le dedicó una canción sin palabras, con los sonidos puros de su garganta. Algunos se despidieron con frases simples, otros más elaboradas, pero sin importar lo elocuente o mesurado de sus frases, era claro que cada uno hablaba desde su corazón.

Al final, Maggie alzó su voz.

—Porque de la tierra venimos y a ella volvemos.

Todos se dejaron caer para poner las manos en la tierra. Maggie y Serena dejaron el círculo, uno a uno todos siguieron en fila. Rosa iba detrás de ellas, conforme avanzaba tocaba a los árboles y ellos saludaban agitando las ramas. Había hojas secas de otoño girando en el aire, volando en torno a la procesión. A Tanya le pareció algo muy bonito.

Ya en el cementerio, un hombre calvo aguardaba, siguiendo las instrucciones de Nick, quien previamente se había encargado de coordinar todo. Llegaron hasta los nichos, donde había un espacio con el nombre recién grabado de Valerie Smith.

Serena sostuvo en alto la urna donde estaban las cenizas.

—Abuela —murmuró—. Recuerdo cuando me trajiste con los Kearney, me dijiste que tenía que ser valiente. Fue fácil porque siempre estuviste conmigo. Ahora que te has ido, me vas a hacer mucha falta.

Se le quebró la voz. Tanya ya estaba a su lado para sostenerla; le dolía por Nana Val, pero ver a Serena así le rompía el corazón. Todos estaban llorando, excepto Linda que permanecía silenciosa, con un gesto serio. La pobre tenía los ojos terriblemente irritados, era el peor caso de conjuntivitis que Tanya hubiera visto jamás. De esta forma la familia se despidió de su abuela, mientras que cientos de hojas secas de otoño se precipitaban hacia el suelo, como hadas abatidas en vuelo.

En la noche cenaron con el dueño del hotel y su esposa. Él era uno de los principales líderes del pueblo. Su nombre era Max, era un eukid de la casta mineral con la rara habilidad de cambiar el color de objetos inorgánicos sólo con tocarlos. Linda y Georgina seguían hablando de brujas y las comunidades aisladas eukid. Al escucharlas, Tanya se preguntó cómo era posible que el estilo de vida de cualquier eukid fuera compatible con el de los comunes, lo suficiente para vivir entre ellos. De repente tenía más sentido vivir en un lugar apartado, como Stillwood, con otros eukid y sin tener que esconder sus poderes.

La conversación entre Nick y Max parecía haber tomado un tono severo. Tanya puso atención a lo que hablaban.

—No sabemos qué es lo que ocurrió —comentó Max—. Las desapariciones ocurrieron alrededor del tiempo en que iniciaron las reparaciones de la antigua fortaleza. Los que se han acercado a la Ciudadela no han vuelto. Nosotros somos gente de paz, pero quienes están allá, dudo que lo sean.

—Quizá podamos quedarnos a investigar —sugirió Rosa.

—¿Tú qué dices, Terrence? —le preguntó Nick.

—Igual que la señorita Rosa, podemos quedarnos un par de días.

—¿Serena?

—También estoy de acuerdo.

—Bien —anunció Nick y se volvió a Max—, veremos qué podemos hacer.

—Tengan cuidado —dijo Max—. Se nota que ustedes son eukid preparados. Puedo sentir que sus muchachos son algo especial. Pero quien quiera que esté al frente de la ciudadela también lo es.

Terminaron de cenar. Estaban cansados, se despidieron y se fueron retirando. Tanya no tenía sueño, quería sentarse frente al fuego de la chimenea a meditar. Serena se le acercó.

—Ya me voy a dormir, ¿vienes?

—Aún no, no tengo sueño.

—De acuerdo. Te veo luego —se despidió y se dio la vuelta.

—Serena, espera.

Ella regresó. Tanya tomó su bolsa y comenzó a buscar algo.

—Tengo algo para ti. Cierra los ojos y extiende la mano.

Serena obedeció. Tanya sacó una pulsera hecha con cordón de cuero, de la que colgaban cristales de colores.

—Ya, ábrelos.

Serena abrió los ojos, miró la pulsera en su mano.

—¡Es hermosa!

—La hice para ti —murmuró—. Quería hacerte algo para navidad, pero con todo esto que pasó, pensé en dártelo ahora. Te quiero mucho, Serena. Cuentas conmigo siempre.

—Gracias, me encanta.

Serena se le arrojó al cuello para abrazarla, Tanya se apretó contra su amiga, luego las dos chicas se tomaron de las manos con los dedos entrelazados.

—Tanya, hermana, tú y yo siempre vamos a ser mejores amigas.

—Las mejores de las mejores amigas.

Después Serena se despidió y Tanya se quedó sola. Se sentó frente a la chimenea y se concentró. Meses atrás, Maggie había hecho a Tanya sentarse frente a un brasero apagado para explicarle de la adivinación con fuego. Luego le explicó cómo encender el brasero. Era importante mantener la concentración. Le indicó, "si lo haces bien, el fuego te ayudará a ver más". Tanya preguntó, "¿Y las visiones son precisas?", Maggie respondió, "Eso depende de ti. Yo creo que es mejor que otras formas de adivinación, como las bolas de cristal, hay eukids que dicen que sirven, para mí es un mero truco de feria poco confiable. Sólo inténtalo". Desde ese día, Tanya había trabajado en ello, pero en todos esos meses, no había logrado ver nada.

Esa noche se concentró a la espera de encontrar algo sobre el presentimiento de peligro que había llegado a ella en sus sueños. Sumida en sus pensamientos, apenas y notó cuando la esposa de Max se le acercó.

—Una psíquica siempre reconoce a otra y tú no eres cualquiera.

Tanya se volvió hacia ella. La mujer sonrió, su nombre era Betty.

—¿Qué es lo que estás tratando de ver?

Tanya no sabía si debía decir algo o no. Optó por manejarse con cautela.

—Quiero saber lo que hay a nuestro alrededor y lo que va a pasar.

—Pero al parecer no has tenido éxito. Puedo ver tu frustración, yo también la he sentido. Quieres ayudar, pero no tienes nada.

—Es verdad —murmuró Tanya.

—¿Me permites? —dijo la mujer al tiempo que acercaba su mano a la mano izquierda de Tanya, ella asintió. Betty la tomó y le dio la vuelta para ver las líneas. Estaba seria.

—Eres Aries, podrás usar el fuego, pero aún no.

Con la uña dibujó una pequeña línea justo en el centro de la mano de Tanya. Luego la soltó y tomó su bolsa.

—¿Tienes una daga?

—No.

Betty sacó una daga con la empuñadura de madera oscura que tenía un dragón labrado con la cola enroscada en torno a la empuñadura.

—Toma, toda bruja debe tener una.

Al ver la resplandeciente hoja afilada, Tanya se estremeció.

—No, gracias, no es...

—Anda, quédatela, por si alguna vez te hace falta —interrumpió Betty al tiempo que le puso la daga en la palma y le cerró los dedos.

—Está bien, gracias.

Betty sonrió, se levantó y se alejó. Tanya ya no pudo concentrarse después de eso. Decidió subir a dormir.

Al día siguiente, pasado el mediodía, los Kearney partieron en los autos rumbo al norte. La noche anterior no todos habían puesto atención en la conversación de Nick y Max, así que en la mañana, durante el desayuno, Nick le explicó al grupo.

—No lejos de aquí, varias millas al norte, hay un antiguo castillo eukid conocido como La Ciudadela. Lleva muchos años abandonada. De acuerdo con lo que nos dijo Max, algunos pobladores de Stillwood notaron que han empezado a reparar las murallas de La Ciudadela. Algunas personas que se acercaron han desaparecido. La gente sospecha que ocurre algo malo.

—Max mencionó —comentó Rosa—, que han visto monstruos en el bosque, siguiendo instrucciones de alguien poderoso.

—Suena como de la clase de casos que nosotros atendemos —dijo Patrick y sonrió complacido.

Los ojos de Pearl y Alex brillaron ante la expectativa de un enfrentamiento. Tanya suspiró altanera y pretendió darle la importancia de quien sólo quiere hacer su trabajo y nada más. La verdad es que tenía miedo, en su mente resonaba aquel mal presentimiento. Las SUVs, se adentraron en el bosque hasta que lo denso de los árboles hizo imposible seguir así. En ese punto y se detuvieron y descendieron para seguir a pie.

—Manténganse alerta —indicó Maggie.

—¿Por qué no nos dividimos en grupos? —dijo Pearl.

—Buena idea —dijo Nick—. Somos doce, vayamos en grupos de cuatro. Rosa, Alex, Georgina y Maggie. Terrence, ve con Tanya, Linda y Patrick. Pearl, Ginger y Serena, vengan conmigo.

Echaron a andar por el bosque. La joven psíquica se repetía que cualquier temor que hubiera tenido antes era infundado. Ellos eran fuertes, no tenía nada que temer. Estuvieron caminando sin encontrar nada durante un buen rato. Entonces vieron una huella.

—Demonio —señaló Linda.

—Este parece ser grande —advirtió Patrick.

«Si sólo es uno, entonces esto no es problema», se dijo Tanya.

—¡Miren esto! —Exclamó Terrence.

En eso escucharon un ruido, se pusieron alerta. Una mujer malherida salió tambaleándose de entre los arbustos, se veía confundida, iba descalza. Apenas los vio comenzó a pedir ayuda a gritos. Ellos corrieron hacia ella. La mujer se desplomó. Linda se apresuró hacia ella.

—No dejen que me lleven —exclamó la mujer—, por favor.

—¿Quiénes? —preguntó Linda.

La mujer perdió el conocimiento. Terrence sacó su celular, no tenía recepción.

—Esto no es bueno —dijo Terrence—. Señorita Tanya, tenemos que volver con los demás. ¿Podría hablarles?

—Déjamelo a mí.

Ella se comunicó a las mentes del grupo, les mostró lo que ocurrió. Acordaron que volverían al punto de partida. Terrence se echó a la mujer en la espalda. Iniciaron la caminata de regreso. No habían avanzado mucho cuando escucharon de nuevo un ruido. Se pusieron en guardia, el sonido era como un gruñido. Frente a ellos se plantó un hombre de cabello platinado, llevaba una chaqueta y pantalones negros y una camisa color tinto. Detrás de él marchaban cuatro monstruos, eran más grandes, de piel de un color marrón rojizo y ojos amarillos; eran demonios.

—¿A dónde creen que van? No pueden llevarse a esa mujer, nos pertenece

—Está herida, necesita ayuda —dijo con aplomo Terrence.

—El único lugar al que irá es a su celda, donde será castigada por tratar de escapar. Entréguenla y márchense... Aunque ahora que lo pienso, algunos sirvientes extras agradarían a la Señorita Euphorbia.

Linda dio un paso al frente con su cara de muñeca sonriente.

—No deberías subestimarnos —murmuró.

—Atrápenlos —ordenó el hombre.

Los demonios se lanzaron hacia ellos. Linda levantó su muro de cristal, los demonios chocaron contra él. La pelea comenzó, Tanya eligió un oponente. Terrence, pese a tener a la mujer a su espalda, se movía con agilidad y lanzaba sus cápsulas de energía oscura. Un demonio sujetó a Tanya, era muy fuerte, ella liberó una mano, le tocó la cabeza y lo miró a los ojos, «¡dolor!». El demonio se llevó las manos a la cabeza y cayó al suelo retorciéndose. El tonto de Patrick se defendía bien con los puños, había derribado al demonio con el que combatía, ahora era el hombre de pelo platinado el que peleaba con él.

—Eres fuerte —dijo el hombre—. Veamos qué puedes hacer con esto.

El hombre lanzó un rayo luminoso, Patrick apenas y alcanzó a esquivarlo. El hombre saltó detrás de los árboles y se perdió en el follaje.

—¿Dónde estás? —preguntó Patrick.

El hombre atacó por la espalda, Patrick no lo vio venir, pero Tanya lo presintió con suficiente tiempo para arrojarse hacia él y protegerlo. El rayo alcanzó a golpearla. Ella y Patrick cayeron al suelo.

—¿Me salvaste? —murmuró Patrick sorprendido.

—¡Idiota! —Contestó Tanya—, casi te alcanza.

No había terminado de decir esto cuando un nuevo demonio descargó un furioso golpe en su dirección. Patrick tomó a Tanya entre sus brazos y se giró para esquivar el ataque. El tonto era fuerte y veloz, tenía que reconocerlo. Se incorporaron de un brinco, fue entonces que notaron que más demonios habían llegado. Linda tenía en ambas manos cuchillas de cristal que lanzaba en todas direcciones, sin titubear. Tanya despidió su energía, un halo naranja la rodeó, apuntó con su mano y descargó un rayo contra un demonio, luego contra otro.

—¡Debemos salir de aquí! —gritó Terrence.

La retirada no era sencilla, eran demasiados. Patrick se convirtió en grulla, voló en torno a los demonios para distraerlos, Terrence, Linda y Tanya echaron a correr en retirada, detrás de ellas las siguió Patrick volando. Las chicas y Terrence derribaron algunos demonios. Corrieron para regresar al punto de partida, debían encontrarse con los demás. Notaron que conforme se alejaban los demonios no los seguían. Al parecer guardaban una zona específica. La grulla volvió a convertirse en Patrick, éste se puso a correr a la par con las chicas y Terrence.

Poco después Rosa apareció de entre los árboles seguida de Maggie y Alex. Detrás de ellas venían cuatro monstruos. Rosa iba tocando árboles y estos sacudían sus ramas hacia abajo para golpear a los enemigos que las perseguían.

—¡Ya fue suficiente! —espetó furiosa Alex Dalca— *Thunder!*

En todo el bosque resonó un crujir eléctrico, luego el sonido del trueno provocado por un intenso relámpago con el que Alex fulminó a un par de monstruos. A la par, Rosa se giró, toda ella resplandecía con su energía luminosa. Un rayo salió de sus palmas, en él se distinguían miles de pequeñas espinas, un demonio cayó fulminado, el otro escapó.

Llegaron a los autos. Ginger y Nick salieron de entre los árboles y se reunieron con los demás. Terrence puso a la mujer en el suelo.

—Ella necesita ayuda.

Linda miró a su alrededor.

—¿Dónde están Pearl, Georgina y Serena?

Se miraron unos a otros en estado de alerta. Las llamaron por sus nombres. Pearl se acercó corriendo.

—¡Aquí estoy! Lo siento, un eukid me entretuvo.

—¿Flaco, cabello plateado y cara de estúpido? —preguntó Patrick.

Pearl asintió con la cabeza.

—¿Lo detuviste? —inquirió Hannah.

—Está muerto —confirmó Pearl.

—¿Y Serena y Georgina? —preguntó Tanya.

—Yo estaba segura de que Georgina me estaba siguiendo —dijo Alex.

—Serena estaba peleando a mi lado —indicó Pearl.

Llamaron a gritos a Georgina y a Serena. Tanya se sentía alarmada. Se concentró, las buscó con su mente.

—Algo está mal —comentó Tanya—. No lo entiendo, no puedo encontrarlas, es como si hubieran desaparecido.

Maggie también trató de comunicarse con ellas. Obtuvo el mismo resultado que Tanya.

—Debemos volver a buscarlas —exclamó Tanya al tiempo que se tocaba la espalda, le había comenzado a doler el golpe que recibió.

Rosa se le acercó por detrás.

—¿Estás bien?

—No es nada, solo es un golpe.

—Fue cuando salvó a Patrick —explicó Linda.

Tanya sintió las miradas del grupo encima. Vio sus expresiones sorprendidas por lo que Linda acababa de decir. A Tanya le pareció una tontería.

—No es importante, debemos volver por Serena y Georgina.

«Dos ya no volvieron... dos ya no volvieron», resonó en su cabeza.

—No podemos volver a dividirnos —dijo Pearl—. Tenemos que regresar juntos y pensar en una estrategia.

—También debemos buscar ayuda para esta mujer —señaló Terrence—, yo puedo llevarla a Stillwood.

Maggie se veía preocupada y temblorosa. Entonces dijo algo que resonó en la cabeza de Tanya con el sabor de la fatalidad traída por una responsabilidad pesada.

—Quizá deba ir contigo. De cualquier forma no fui de mucha ayuda en el bosque. De no ser por las chicas, me hubieran matado. Es mi culpa que Georgina se haya quedado atrás.

Terrence se apresuró a tranquilizarla.

—Señora, no se juzgue tan duramente.

Los ojos de Maggie se llenaron de lágrimas, balbuceó algo, Terrence la interrumpió:

—Señora, tranquilícese. Nosotros sabíamos bien que este día llegaría. El destino de los jóvenes es combatir. Nosotros ya no podemos protegerlos, ahora es turno de ellos de pelear.

Maggie se veía alterada. Terrence señaló a la mujer malherida.

—Creo que lo mejor que podemos hacer por ella es llevarla a Stillwood. Venga conmigo, señora Maggie.

—¿Pero y ellos?

—Estarán bien. Quizá estén mejor sin tener que preocuparse de nosotros.

Maggie lo ayudó a subir a la mujer a la SUV. Les dijo a los demás que volverían y se alejaron.

Patrick se acercó a Tanya.

—Hey, T., escucha, yo... quería decir... Gracias —murmuró.

Tanya notó que se veía avergonzado. Ella asintió con la cabeza.

—Lo primero es un reconocimiento del área —indicó Linda.

—Patrick —llamó Nick—. Vuela sobre el bosque, damos una idea del perímetro y de todo lo que veas.

El tonto asintió, se convirtió en grulla y levantó el vuelo. Hannah hizo aparecer su arco dorado, lo tensó y una flecha dorada apareció. Ella y Pearl dijeron que explorarían el perímetro sin alejarse demasiado.

Rosa se acercó a Tanya con un botiquín que había bajado de uno de los vehículos. Ella tenía buena mano para hacer curaciones y le gustaba hacerlo. Abrió el botiquín y sacó una pomada de árnica para golpes y dolor muscular. Tanya se dio la vuelta y se levantó la camisa, sintió el frío de la pomada sobre la piel caliente, y la mano firme pero suave de Rosa, se sentía bien. Seguro se le haría un moretón, pero la pomada ayudaría a que sanara pronto. Rosa frotaba el área con calma.

—Siempre pensé que odiabas a Patrick —comentó.

—No lo odio —replicó Tanya—. Me irrita la mayor parte del tiempo pero eso no significa que le desee el mal. Al final seguimos siendo familia.

Rosa sonrió.

—Es verdad.

Tanya bajó la cabeza, de nuevo se concentró.

«Serena, responde. ¡Serena, por favor, responde! Esto no está pasando, ¿le he fallado a Serena? Primero su abuela y ahora esto... dos ya no volvieron... ¡no puedo aceptarlo! Tiene que regresar».

Se sintió desesperada, la última persona que hubiera querido le ocurriera algo era a ella. Volvió a llamarla, anhelaba la respuesta de su psique. La mente de Serena era con la que más veces se había comunicado en la vida, conocía tan bien el camino cognitivo que debía trazar para escuchar su voz, que ahora que no podía alcanzarla, le era inevitable dejar de pensar que algo estaba terriblemente mal.

VII.- Cadenas

Serena

Las jóvenes eran conducidas a empujones. El lugar apestaba a humedad, a efluvios humanos y a moho de construcción antigua. Max había dicho que, la Ciudadela fue construida durante el inicio de La Rebelión por un perverso eukid oscuro, el cual cayó ante los Sabios. Luego sus seguidores se dispersaron y la Ciudadela permanecía abandonada desde entonces. No era un lugar agradable, era un castillo gris compuesto por torres, edificaciones y patios rodeado por un alto muro. Las enredaderas y plantas invasoras le daban un aspecto aún más descuidado.

Serena tropezó, sus captores la hicieron ponerse de pie de un violento tirón. Los grilletes en sus muñecas eran pesados, Serena había tratado de desbaratarlos usando sus poderes, pero fue inútil. Detrás de ella, Georgina se resistía con violencia a ser llevada. Uno de los guardias le dio una bofetada, la sirena cayó al suelo, un hilo de sangre escurrió de su boca. Ella levantó la vista y le dirigió una mirada asesina, no se veía como una dulce sirena sino como una arpía lista para sacarle las entrañas. Tomó aire y emitió un grito estridente, alto y agudo. Los guardias se llevaron las manos a las orejas, algunos se retorcían de dolor. Serena misma hubiera deseado poder cubrirse ambos oídos, pero los grilletes no se lo permitían. Sentía cómo el grito aturdía su razón.

Una vez, jugando verdad o reto con sus hermanos, aceptó que Tanya le diera un dolor de cabeza. Tanya se metió de golpe en su mente y Serena sintió una punzada dolorosa. No había sido agradable. En ese momento en la Ciudadela, hubiera preferido un dolor de cabeza de Tanya que seguir escuchando aquel horrible chillido, que le hacía sentir como si el cerebro le fueran a estallar. Georgina se estaba quedando sin aire. Uno de los guardias, se abalanzo contra la sirena para taparle la boca, ella le mordió la mano hasta sangrar, el guardia gritó. Alguien se apresuró a traer un pedazo de tela para amordazarla.

Las llevaron hasta una habitación. Ahí esperaba una mujer con un vestido oscuro, muy bien arreglada, con las uñas pintadas de rojo y los labios rosados. La mujer tenía los ojos verdes y con la luz el cabello negro tenía un cierto reflejo verde. Su cara era pálida como el talco. Parecía aburrida. Fijó la vista en las alféreces.

—Así que estas son las intrusas que invadieron nuestra propiedad sin invitación. Según me dijeron, derrotaron a mis demonios. —La mujer se aproximó con aire arrogante y analizó a Serena— Difícil de creer, eres muy joven y no pareces tan fuerte. Dime, quién eres y porqué te has atrevido a invadir mi castillo.

Serena apretó los labios, sabía bien que más valía ser prudente y no revelar nada. Defenderse no era opción, ya le había quedado claro que cualquier cosa que intentara sería un esfuerzo vano. Ella meditó:

«Tal vez hay magia en estas cadenas, yo debería ser capaz de abrirlas. Algo no está bien, mis poderes no funcionan».

Serena miró el suelo, todo el piso era de losas de piedra, ella debería ser capaz de hacer que el material se quebrara y que piedras volaran en todas direcciones para atacar a sus enemigos, pero tampoco podía.

Alguien la sacó de sus pensamientos con una bofetada.

—Pon atención, la jefa te hizo una pregunta.

Serena enfrentó con la mirada al guardia, luego a la mujer que, con una ceja arqueada, la miraba indiferente.

—¿Qué estaban haciendo en mi propiedad?

—Estábamos paseando por el bosque. El castillo parece abandonado, no creímos estar invadiendo la propiedad de nadie.

—Detecto magia en ti. ¿Qué clase de poderes tienes?

—No lo sé —murmuró.

La mujer sonrió, de sus labios escapó una risa burlona.

—No detecto ningún poder especial. Debes ser de clase baja.

Se volvió hacia Georgina, quien se retorcía como un animal rabioso. De su boca amordazada escapaban gruñidos.

—¡Ah, tú eres diferente! ¿Ella es la que hizo aquel horrible sonido?

—Sí, señorita Euphorbia.

La mujer le sujetó la cara a la sirena con una mano, con la otra tiró de los párpados inferiores hacia abajo. Estudió los ojos de la sirena.

—Tienes membranas interiores y tus pupilas se encogen al mínimo con la luz; reflejo de adaptación para controlar la luz y mejorar la visión bajo el agua. —La tomó del pelo, tiró de su cabeza hacia abajo, con la otra mano jaló de la oreja, analizó la parte posterior y le dijo a uno de los guardias— ¿Ves esa línea? Ahora que está en tierra firme parece una cicatriz, pero cuando cambia a su verdadera forma, la piel se abre para exponer las branquias. —Soltó a Georgina y la miró divertida— Parece que tenemos una sirena. Interesante, eso explica ese desagradable chillido. Muy bien, nos será útil. —Acercó su cara a la de Georgina y le habló con voz calmada— Voy a decirte esto una sola vez. Si vuelves a gritar, haré que te arranquen la lengua, ¿está claro? De cualquier forma, como precaución, te daremos un poco de diefembaquia.

Se dirigió hacia un mueble donde había frascos.

—A la otra intrusa enciérrenla en un calabozo.

Los guardias arrastraron a Serena mientras que Georgina se quedaba atrás. Serena gritó horrorizada:

—¡No, Georgina!

«Debo quitarme estos grilletes, ¡Georgina, no la toquen!... Tanya, ¿por qué no me has buscado? Necesitamos ayuda.»

De nuevo trató de usar sus poderes, no funcionaron. La arrastraron hacia un oscuro calabozo donde la arrojaron dentro y cerraron la puerta. Se hizo silencio. Miró a su alrededor. Como a unos ocho pies de alto había una ventana por la que se colaba la luz de la luna.

Serena se puso a pensar en lo que ocurrió una hora antes, en el bosque, cuando se vieron frente a los monstruos. Nick peleó con la seguridad que da la experiencia, Hannah lanzaba flechas en todas direcciones. Serena en cambio estaba imposibilitada. Luego llegó aquel guerrero con semblante de lince y poderes de metal. Sus ataques de energía eran algo especial. Pearl fue quien contestó su ataque con su fuerza titánica y agilidad de gato que la hacían una contendiente formidable. El enemigo sorprendido dijo, "nada mal para una chica con cara de tonta". Para algunos, a simple vista Pearl encajaba en el estereotipo de la rubia tonta y delicada. Nada más lejos de la realidad. Serena creía que prejuzgar bajo la luz del estereotipo era muy estúpido. Pearl se impuso ante aquel tipo. Entonces el enemigo contraatacó, se multiplicaban los demonios. Tenían que salir de ahí, rápido. Serena y los demás echaron a correr por el bosque, fue ahí que alguien la tomó por la espalda.

En la oscuridad de su celda, Serena trató una vez más de liberarse.

«Vamos, grillete, rómpete por la mitad... vamos, ¡rómpete!».

Sacudió las manos invadida por la impotencia. Tenía ganas de maldecir a todo pulmón, pero ese no era su estilo.

—Tanya, —murmuró al vacío de la noche—. ¿Me escuchas?

Silencio y nada más. Serena no lo podía creer, Tanya estaba fuera de aquel castillo, estaba en su rango de alcance, entonces, ¿por qué su mente no llamaba a la de Serena? Temió que algo le hubiera ocurrido también a ella y los ojos se le llenaron de lágrimas.

La puerta se abrió de golpe, eran los guardias, arrojaron dentro a Georgina y cerraron tras de sí. Serena fue hasta ella, la sirena carraspeaba, se llevó las manos a la garganta y tosió.

—¿Estás bien? ¿Qué te pasó?

Georgina abrió la boca, de sus labios escapó lo que parecía ser un apagado silbido y nada más. Serena se congeló, era como si la humedad de la celda en la que se encontraban estuviera colándose por sus venas.

—Gin, ¿qué te han hecho?

Georgina empezó a gimotear, no fue capaz de articular una sola palabra, apagados silbidos fue todo el sonido que pudo producir. Serena levantó las manos para poder pasar el hueco entre sus brazos por la cabeza de Georgina y abrazarla. Georgina se arrojó contra su pecho, su cuerpo se agitaba en espasmos mientras lloraba. Serena hizo una súplica mental,

«Maggie, por favor, busca nuestras mentes. Ayuda».

Apoyó la cara contra la cabeza de Georgina. Cerró los ojos y las lágrimas le surcaron las mejillas. Miró hacia la ventana, la luna ya estaba en lo alto, su pálida luz nacarada era toda la iluminación con la que contaban. El invierno se acercaba, los días se volvían cortos y las noches más frías.

«Debemos salir de aquí», se dijo, «si tan solo pudiera usar mis poderes... No entiendo qué es lo que está pasando».

Estaba desesperada, pero se dijo que debía conservar la calma y pensar lo más racionalmente posible. Sus poderes habían dejado de funcionar y al parecer Georgina tampoco tenía los suyos, pues ella tampoco había usado sus ataques de energía para luchar. Pensó en la mujer a la que habían llamado jefa. ¿Sería acaso una bruja poderosa con la capacidad de neutralizar los poderes de otros? Descartó esa idea; la jefa parecía arrogante, se hubiera mofado de haberlo hecho, en cambio parecía creer que Georgina y Serena eran eukids de clase baja. Siguió pensando en todas esas cosas hasta que se quedó dormida.

Se despertó a la mañana, había un estruendo de puertas pesadas que se abrían y se cerraban.

—Serena —dijo una voz tan apagada que apenas y era un susurro.

—Gin —le tocó la cara—, puedes hablar.

Carraspeó y respondió en un susurro muy bajo, Serena tuvo que poner atención también en leer sus labios.

—No puedo... usar mis poderes...

Le dio un absceso de tos.

—No hables, te vas a lastimar.

Georgina le dio una palmada en el brazo demandando su atención, lo que tenía que decir era importante.

—Hay una energía... red sobre mí...

Serena se mostró consternada. En eso la puerta se abrió, dos guardias entraron y las obligaron a levantarse.

—Andando, princesas. Hoy les espera un largo día.

Afuera, en el patio principal de la Ciudadela, había otras personas, era un grupo como de veinte, en su mayoría hombres y algunas mujeres jóvenes. A Serena la obligaron a incorporarse a ese grupo, el cual fue dirigido hacia uno de los muros. A Georgina la condujeron hacia una de las salidas de la Ciudadela, la cual daba hacia un lago. Serena lo podía ver a cierta distancia, no estaban muy lejos una de la otra. Uno de los guardias se acercó a Serena, le quitó los grilletes de las muñecas y le dio una herramienta, otro guardia comenzó a dar órdenes.

—No tenemos todo el día —apuntó hacia el cielo—. Esas nubes son de lluvia, así que trabajen rápido y bien.

Frente a ellos había roca y material para construcción. Alguien le dio un empujón a Serena que la hizo caer, los guardias se rieron.

—¿Qué estás esperando, princesa? ¿Te crees demasiado buena para trabajar solo por ser atractiva? Eso aquí no te servirá, ¿entendiste?

Ella era sin duda una chica muy bonita. Con cabello oscuro y rizado que le llegaba a media espalda, cara ovalada, labios carnosos y ojos castaño claro enmarcados por tupidas pestañas y unas muy bien trazadas cejas. Otro de los prisioneros se acercó a ayudarla. Era un hombre maduro, ya canoso, las manos le temblaban. Era delgado, muy blanco y con los ojos grises. Sus dedos estaban callosos. Serena se incorporó, se contuvo de contestarle a los guardias y pensó: «Si tuviera mis poderes, haría volar esas rocas hacia sus cabezas».

Georgina aguardaba junto al lago, un guardia tenía una cadena muy larga que comenzó a extender y otro más un balde con agua. Con ellos iba aquella mujer que conocieron la noche anterior. Georgina le dedicó una silenciosa mirada hostil. La mujer se le acercó con su aire de diva.

—La Ciudadela ha estado aquí desde los tiempos de los Cinco Sabios, alguna vez fue grandiosa. Aquí habitaron eukids poderosos y se pelearon muchas batallas, es por eso que el haber encontrado a alguien como tú nos es muy útil. Vas a bajar al lago para traernos todo lo que encuentres en el fondo. Procura fijarte en objetos que brillen inusualmente, podrían ser tesoros antiguos y objetos mágicos.

Al decir esto último sonrió complacida. El hombre de la cadena se acercó a Georgina, pasó la cadena por su cintura y colocó un candado. Ella se retorció, dio un salto hacia atrás y le dedicó una mirada hostil, el sujeto se había propasado y había tocado su trasero. Sus compañeros guardias se rieron. La jefa llamó a aquel guardia, éste se aproximó a ella con respeto y puso una rodilla en tierra. Quienquiera que fuera esta mujer, ellos le temían. Ella le habló con su voz suave, cuyo agudo timbre tenía algo elegante.

—Escúchame bien, no voy a tolerar vulgaridades. Vuelves a hacer eso y lo vas a pagar con sangre, ¿está claro?

Los guardias dejaron de reírse, el que fue reprendido bajó la cara avergonzado.

—Sí, señorita Euphorbia. Le ruego que me perdone.

Ella hizo un gesto con la mano, él se levantó y se alejó de prisa, no sin antes voltear atrás y dedicarle una mirada iracunda a Georgina.

Euphorbia regresó su atención a la sirena.

—Como has visto, yo no voy a permitir que nadie te falte el respeto. Encontrarás que puedo ser dura pero también muy generosa con mis sirvientes siempre y cuando obedezcan y hagan lo que digo. Pero quien desafíe mis órdenes o rompa el orden establecido, lo pagará muy caro. Ahora, supongo que prefieres quitarte la ropa para que no se moje.

Georgina le dirigió una mirada recelosa. Por primera vez desde que había vuelto a vivir en tierra firme, se notaba incómoda por desnudarse frente a otros. Obedeció en silencio, procurando que su cabello la cubriera tanto como fuera posible.

—Muy bien, ahora empieza.

La sirena se acercó al lago, miró el agua y se volvió hacia Euphorbia.

—¿Ocurre algo?

—Agua dulce —dijo con voz ronca y apagada.

—Ya veo, así que eres un eukid de mar. No te preocupes, he leído mucho sobre ustedes y vengo preparada con agua salada.

Chasqueó los dedos, el guardia que sostenía el balde se acercó en el acto a Georgina y vació de golpe el contenido del balde sobre ella. Georgina cayó al suelo al convertirse sus piernas en cola de sirena.

—Listo, ahora, a trabajar.

La sirena estaba furiosa. Se arrastró adentro del agua. Afuera los guardias iban dejando ir la cadena; la sostenían firmemente para asegurarse que pudiera moverse pero que no pudiera escapar.

El aire silbó, vino el chasquido y el intenso dolor en la espalda de Serena.

—¡Deja de distraerte! —Gritó el capataz— ¡A trabajar, princesa!

Serena hervía de rabia e indignación. El hombre pálido le habló en un susurro:

—Mejor no los hagas enojar, no sabes lo crueles que pueden ser.

Serena se quedó cerca de él, siguiendo su paso para imitar sus acciones. Unos preparaban mezcla de cemento mientras otro grupo traía piedras. Mientras trabajaba, muchas cosas pasaron por su mente, lo primero fue lo que acababa de ver con Georgina, ella decía que no podía usar sus poderes, al igual que Serena, sin embargo, eso no parecía haber afectado el hecho de que seguía siendo una sirena.

«No entiendo", medito, "pensé que al no tener sus poderes, no podría transformarse, sin embargo ellos la mojaron y ella se convirtió. Euphorbia dijo que detectaba en mí a un eukid, pero no sentía mis poderes. No puedo usar mi poder, Gin tampoco, ¡pero se convirtió!».

El capataz golpeó a una mujer joven. Serena hervía de indignación.

—Lo hacen por el gusto de sentirse superiores —murmuró el hombre pálido. Lo peor es que además todos ellos tienen extraños poderes. Nadie me creería las cosas que he visto aquí.

—Humano común —murmuró Serena.

—¿Qué dijo? —preguntó el hombre.

El látigo le dio en la espalda al hombre, éste hizo una mueca de dolor pero se contuvo de quejarse.

—¡Trabajen en silencio!

Serena permaneció callada. Meditó sobre la razón por la que no podía usar su poder, entonces recordó lo que Georgina dijo en la mañana. Ella mencionó que había una energía sobre ella, una red. ¿Cómo se había dado cuenta? No era algo que se pudiera ver a simple vista. La única forma era sintiéndola. ¿Cómo había hecho Georgina para sentirla?

Meditó sobre sus últimos entrenamientos en casa, Nick les había dicho que era importante que desarrollaran la habilidad de sentir energías exteriores, así percibirían si tenían una amenaza cerca. Alex, Serena y Tanya hasta ahora no habían tenido mucho éxito. Patrick era un caso perdido, Ginger parecía comprenderlo y Pearl iba mal. Rosa había progresado mucho, pero Georgina era sin duda la más aventajada. Ella había sentido a aquella red de energía.

Mientras empujaba una carretilla con material, Serena se dijo que, si quería salir de ahí, ese era el momento para de una buena vez lograr un progreso en su habilidad para percibir energía. Se mantuvo en silencio, concentrada para afinar los sentidos. Era consciente de la arena en sus manos, el repiqueteo de piedra y los sonidos del bosque, el olor húmedo y mohoso de la Ciudadela; esos sentidos no eran los que debía afinar, sino el sexto sentido, de donde manaba su energía y su poder. Este pensamiento ocupó su mente hasta pasado el mediodía, en que los dejaron detenerse para comer.

Estaban sentados en el suelo, rodeados por los guardias, el hombre canoso le regaló su trozo de pan y Serena no dudó en aceptarlo, estaba muy hambrienta. Se preguntó si Georgina estaría bien, si le habrían dado un descanso también.

—Serena —se presentó.

—Jules —dijo el hombre pálido.

—¿Tiene familia?

—Mis hijos son grandes, mi esposa murió el año pasado.

La voz del guardia retumbó como un trueno.

—¡Dejen de platicar y terminen! Tenemos que seguir trabajando.

La alférez se dirigió de nuevo a Jules.

—¿Por qué has sido amable conmigo?

El hombre sonrió, con los ojos embebidos de melancolía.

—Creo que es lo menos que puedo hacer para conservar un poco de humanidad en un lugar como este.

Serena asintió, en una situación como aquella, lo menos que podían hacer era ser amables entre ellos. Nadie merecía ser tratado así. Ella era muy consciente de que mirando hacia atrás en su propio árbol genealógico, varios de sus antepasados habían sufrido la esclavitud y la segregación racial, crímenes despreciables e injustificables dentro de cualquier sociedad. La indignación era una razón más para motivarla con más fuerzas, no podía sólo esperar a que Tanya y los demás vinieran a salvarlas, esto se había vuelto un asunto personal, por la sangre de sus antepasados. Serena supo que era su obligación liberarse y derrotarlos.

Terminado el descanso regresaron al trabajo. Jules se quedó cerca para ayudarla. A la joven le dolían los brazos y tenía las manos con cortaduras y ampollas. Nada de eso le importaba, Serena seguía absorta en sus pensamientos, concentrada en sentir. Su poder y su energía tenían que seguir ahí.

«Lo que soy sigue en mí, tal como sigue en Georgina su naturaleza de sirena. Ella es lo que es y yo soy lo que soy».

De pronto, sintió muy al fondo un pequeño destello metálico, atrapado por algo, en efecto, como dijo Georgina, similar a una red extendida sobre su piel. Una energía invasora.

—¡Más rápido, princesa! —gritó el capataz.

«Calma, no debo dejar que este imbécil me afecte», se dijo.

Se concentró, casi de inmediato volvió a percibir aquella energía maligna. Le pareció que era más bien como una prenda de látex adherida a ella, sin imperfecciones, hecha para cumplir bien el cometido de atrapar sus poderes, de inmovilizar a los tentáculos invisibles de su poder para que no pudieran agarrar objetos o romperlos. Por fin, había hecho un progreso. Ahora era momento de encontrar la forma de librarse de aquello, pero, ¿cómo arrancarse algo que no podía tocar con sus propias manos? Se sintió abatida, parecía que no le quedaba más remedio que esperar a ser rescatada o que aquello perdiera fuerza y desapareciera por sí mismo. Ninguna de las dos ideas le gustaba, ella encontraría la forma, aún no estaba lista para darse por vencida.

Cayó la noche, estaba haciendo frío. La empujaron de vuelta a su celda. Georgina aún no había regresado. Serena se dejó caer sobre una vieja colchoneta apestosa. Volvió a concentrarse en la red que la envolvía. ¿Cómo librarse de eso? Necesitaba pensar, pero había tanto en su cabeza que le costaba tranquilizarse. Se dijo que era una muy mala suerte que eso ocurriera justo cuando ella estaba emocionalmente devastada por la muerte de su abuela. Le bastó pensar en ella para que los ojos se le llenaran de lágrimas, le dolía que ya no la vería más en la casa, pero debía tener resignación, porque la muerte es parte del proceso natural de la vida y porque su abuela así lo hubiera querido.

Recordó una tarde de su infancia.

Las piernas de la niña brincaban en una coordinada danza, al compás de la cuerda de saltar que pasaba debajo de sus pies para luego volar sobre su cabeza una y otra vez, mientras que la pequeña contaba. Su abuela la miraba desde el pórtico.

—Serena, ven con tu abuela un momento.

Se detuvo y soltó la cuerda que cayó exhausta a sus pies. Corrió hacia su abuela, mientras las trenzas del cabello volaban.

—Serena, escúchame bien. Tengo algo que decirte. —La tomó de la mano y la hizo sentarse a su lado en la banca del jardín. —¿Recuerdas de lo que hablamos respecto a nuestros poderes?

—Los que no le debo enseñar a nadie.

—Sí, esos mismos. Escúchame bien, tú tienes un talento mucho más grande del que yo jamás podré tener. Eres especial porque has sido elegida para pelear.

—Pero tú me dijiste que no debía pelear en la escuela.

La abuela sonrió y le dio una palmadita en la mejilla.

—No me refiero a esa clase de peleas. Me refiero a que tú eres una guardiana elegida para pelear contra gente mala.

—¿Cómo la Mujer Maravilla?

—Algo así. Escúchame bien, vamos a ir a ver a unas personas porque vas a vivir con ellos. Ahí hay otros niños que también son especiales como tú. Vas a poder usar tus poderes y te vas a divertir.

La niña miró a su abuela como si no supiera si lo que acababa de escuchar era bueno o malo. De cierta forma, lo que le decía sonaba en sus oídos similar a cuando su abuela le dijo que iría a la escuela. Su abuela le había dicho que sería genial, que no debía preocuparse ni llorar, porque iba a divertirse mucho. Serena estaba tan emocionada, hasta que llegó a la escuela y vio a todos aquellos niños llorando. Cuando le preguntó a su abuela por qué lloraban ella dijo, "porque son miedosos, pero tú no", y Serena, dijo fuerte, "¡yo no!". No tenía que temer, después de todo, no todos los niños lloraban, había otros que parecían estar muy bien. Ahí frente a su abuela, escuchando sobre aquella casa con otros niños eukid, se imaginó que sería igual, una especie de escuela a la que iría por algunas horas, Además, su abuela parecía tranquila.

La noche del viernes su abuela preparó su maleta. Serena no dejaba de pensar en aquella familia. Esperaba divertirse. Entonces Serena notó que el equipaje de su abuela era mucho más ligero.

—Abuelita, ¿dónde están tus cosas?

Su abuela tenía una expresión miserable.

—Escúchame bien, Serena. Estoy enferma, tengo un cáncer, no creo que vaya a vivir mucho más tiempo.

La niña escuchó sin entender en realidad a qué se refería con eso de "cáncer".

—Pero si estás enferma, quién te va a cuidar.

—No te preocupes por mí.

Las palabras la golpearon, dejando en su pecho una sensación de vacío. Aquel primer día de clases, un niño le dijo que lloraba porque sus papás no volverían. Serena pensó que eso era ridículo, claro que volvería, igual que su abuela volvería, ella lo sabía. Ahora, frente a su abuela, tuvo una certeza similar pero a la inversa y la invadió una abrumadora sensación de abandono. La pequeña meneó la cabeza en una negativa. Nana Val le puso las manos en los hombros.

—Serena, escúchame.

—No, abuela, yo quiero estar contigo.

La niña se deshizo en lágrimas. La anciana mujer se abrazó a ella, también estaba llorando. Su abuela le acarició la cabeza.

—No debes tener miedo. Serena, debes prometerme que pase lo que pase vas a ser siempre muy valiente, porque si no, el día en que me muera no voy a poder descansar.

—¡Yo no quiero que te mueras! —berreó la pequeña más fuerte.

—Serena, por favor no llores. Yo voy a estar siempre a tu lado, pero tienes que prometerme que vas a ser fuerte.

Nana Val la liberó de su abrazo, se arrodilló frente a ella, con sus arrugadas pero firmes manos morenas sobre los hombros de Serena.

—Pase lo que pase, siempre vas a ser valiente, ¡promételo!

En ese entonces Serena creía que no volvería a ver a su abuela, pero al final las cosas resultaron mucho mejor. Las dos se mudaron con los Kearney, ellos buscaron el mejor tratamiento médico que su seguro pudo pagar y su abuela derrotó al cáncer. Vivió varios años más, rodeada del amor de sus nietos adoptivos y murió pacíficamente mientras dormía.

Los recuerdos revoloteaban en la oscuridad de la celda y por encima de todos ellos, el eco de la voz de Nana Val repitiendo, "tienes que ser valiente, promételo".

La puerta de la celda se abrió, entró el guardia desagradable que había tocado a Georgina en la mañana, con ella al hombro. La dejó caer en el suelo como quien se desprende de un saco de patatas. Otro guardia arrojó la ropa de Georgina al suelo y le aventó lo que parecía una toalla vieja. El guardia que la trajo se acercó y le dio una bofetada tan fuerte que Georgina cayó al suelo, un hilo de sangre brotó de su boca.

—Eso es por meterme en problemas con la señorita Euphorbia.

Georgina se cubrió la boca con la mano.

—Te vas a arrepentir —balbuceó con voz apagada y ronca.

Él se rio, se dio la vuelta indiferente. La puerta volvió a cerrarse. Serena se apresuró a ir junto a la sirena.

—Gin, ¿estás bien?

Ella asintió con la cabeza. Levantó la cara, puso atención al ruido exterior, como quien quiere asegurarse que no hay nadie cerca. Acto seguido, se metió los dedos índice y pulgar en la boca y se sacó una varilla de metal oxidado. Sangre escurrió de sus labios.

—Me obligaron a sacar cosas del lago...

Se interrumpió para toser. Acto seguido tomó la varilla y la introdujo en la cerradura de sus grilletes. La varilla de metal hacía pequeños chasquidos dentro de la cerradura, como si luchara ciegamente por encontrar el punto exacto. Serena se la quitó de la mano, era más fácil si ella la ayudaba.

—Euphorbia quería que revisara todo el fondo y ver si encontraba algún objeto mágico.

—¿Y encontraste algo de valor?

Georgina meneó la cabeza en una negativa.

—Esa estúpida me hizo trabajar para nada... —tosió—, en su imaginación creyó que encontraría el collar perdido de Vy...

Volvió a toser, tomó aire con dificultad.

—No hables —le suplicó Serena—, has recuperado la voz pero no quiero que te lastimes.

Escucharon pasos. Serena se echó para atrás hacia una esquina, Georgina tomó la toalla y se pegó a la pared opuesta. El sonido de los pasos siguió de largo sin siquiera acercarse. Mientras aguardaban a estar seguras de que estaban fuera de peligro, Georgina comenzó a secarse la cola.

—¿Por qué no puedes transformarte tú sola? Te he visto, no necesitas secarte para recuperar tus piernas.

—No puedo usar mis poderes.

Serena estaba sorprendida, hubiera pensado que sin poderes, Georgina revertiría a la naturaleza humana con la que nació, pero no era así. Su naturaleza era la de una sirena, ya fuera que pudiera usar o no su poder. Ella era quien era y eso no se podía cambiar.

Georgina arrojó la toalla a un lado y se movió a gatas hacia donde habían arrojado su ropa, se puso de pie y se vistió a medias, no se podía poner la camisa por los grilletes que tenía en las manos. Serena le ordenó que se acercaba para poner a trabajar la varilla en el cerrojo del grillete. Un instante después, el grillete se abrió. Georgina se frotó la adolorida muñeca. Serena se puso a trabajar en el siguiente. Georgina trataba de no toser, Serena la contempló con la luz de la luna, notó que estaba llorando.

—Gin, vamos a estar bien.

Ella sacudió la cabeza.

—Mi voz...

—Te recuperarás, estoy segura de eso. Puedo apostar a que Terrence o Maggie saben cómo arreglar tu voz para que vuelva a sonar como antes.

Georgina estaba cabizbaja. El grillete se abrió.

—Uno menos. Vamos a salir de aquí —le aseguró Serena.

Se puso a trabajar en uno de los grilletes de sus propias muñecas. Ahora que había abierto dos, tenía la seguridad de que los siguientes serían sencillos. Georgina terminó de vestirse. Serena abrió un grillete, luego se puso a trabajar en el otro. Un crujido metálico la interrumpió, frente a sus narices tenía una frustrante visión de derrota, sus dedos sostenían media varilla, la otra mitad seguía dentro de la cerradura, como si se escondiera y se burlara de su fracaso. Serena exhaló en señal de frustración. Georgina fue hacia la puerta, estaba concentrada. Puso la palma derecha a la altura de la cerradura. Serena percibió la energía de la sirena, era una sensación extraña, podía notarla atrapada, haciendo un esfuerzo enorme para tratar de abrirse paso por la red que la contenía.

De la mano de Georgina salió un rayo azul que golpeó la puerta. La suerte estaba de su lado, la oxidada cerradura dio de sí, la puerta crujió y se abrió. Serena se incorporó, no importaba que aún tenía un grillete en una mano con una cadena colgando, quizá le sirviera de arma. Las chicas salieron sigilosas por el pasillo.

Al pasar por una de las puertas, miró por la ventanilla de la puerta y vio a Jules en el suelo, abrazado a sus rodillas.

—Georgina, espera. No puedo irme sin él. Se lo debo.

Georgina parecía desesperada por salir de ahí, sin embargo no se negó. Se acercó a la puerta de nuevo se concentró. Serena la contempló interesada.

«Si ella logró romper esa cubierta maligna, nada me impide a mí hacerlo también».

Se concentró, percibió la energía sobre ella, en toda su extensión, como un guante ajustado. Meditó que el látex, si lo presionas, puede estirarse, pero llega un punto en que da de sí y se desgarra. Se dijo que esto debía ser igual. En el fondo visualizó algo más, era su propio corazón, su mente, su alma, su centro, era ella misma, un pequeño punto metálico, era hora de hacerlo levantarse.

Georgina abrió la puerta.

—Jules.

El hombre las miró asombrado, Serena se apresuró hasta su lado y lo ayudó a levantarse.

—Andando, tenemos que irnos.

Él asintió.

Georgina no lo vio venir, estaba de espaldas, uno de aquellos guardias estaba ahí.

—¡No! —gritó Jules.

El guardia sonreía sardónico, Gin trató de defenderse, pero él era un eukid con poderes intactos. La arrojó contra la pared. Ella se desplomó aturdida. El guardia se rio, levantó la mano, una cápsula de poder se formó en su palma y disparó. Lo que siguió fue muy rápido, Serena escuchó su propio grito y el de Jules. Él cayó al suelo.

—Estúpido —se rio el guardia—, no tenías que atravesarte.

Serena sujetó a Jules entre sus brazos.

—¿Por qué, Jules, por qué?

Sus ojos se cerraron. Serena quiso llorar, estaba temblando, el punto metálico dentro de ella era ahora como una pulsar, como una estrella compacta en expansión. Nunca perdonaría lo que acababan de hacer a Jules. El guardia se dio la vuelta divertido, otros dos de sus compañeros entraron, uno tenía un látigo.

—Yo me encargaré de que sean castigadas por tratar de escapar.

Se dirigió hacia Georgina.

—¡Ponte de pie!

El chasquido del látigo, el gemido de dolor de Georgina fueron sonidos distantes, Serena estaba absorta por completo dentro de sí misma. El látigo también la tocó pero no lo sintió, para ella no había nada más que sus pensamientos.

«No tengo más tiempo que perder, si hay un momento para liberarme es ahora».

—¡De pie! —gritó el hombre.

Serena se levantó enfocada en su concentración y en el punto de energía en expansión. Dentro de su corazón, en algún lugar oscuro, una guerrera resplandeciente como la plata se abría paso, como desgarrando el capullo que la aprisionaba. La red se rompió, aún había fragmentos de esa energía, pero ya no tenía el mismo efecto, ya no la contendría más. El guardia no se atrevió siquiera a moverse, ya no parecían tan confiado. Serena estaba resplandeciente de energía. Se escuchó un crujido de algo metálico que se rompía. El grillete que Serena tenía en la muñeca, cayó al suelo derrotado.

Serena resplandeció y frunció el entrecejo. Ella podía ser sumamente agradable y amable; no era popular en la escuela sólo por ser una cara bonita. Pero en ese momento, frente a aquellos imbéciles, no tenía ganas de mostrar nada de su lado bueno. Estaba furiosa.

A su alrededor las baldosas del suelo crujieron, eran los tentáculos de su telekinesis, buscando una pieza suelta para arrojarla. Miró al guardia.

—Bring it on, bitch!

Hizo volar pedazos de baldosas contra los guardias. Apretó los puños y se lanzó contra ellos. Solo esperaba que su abuela la estuviera viendo. Serena no tenía miedo.

.....

Euphorbia bebió un poco de vino, cerró el libro que estaba leyendo y lo puso a un lado.

—Estúpida sirena —murmuró—, dice que no hay nada en el lago. Mañana la haré trabajar doble, no está buscando bien.

Suspiró frustrada. Cuando fue asignada para encargarse de las reparaciones de la Ciudadela, se imaginó que sería el inicio de una emocionante aventura. Se veía a sí misma como la soberana de un castillo, con súbditos atentos, encantados de deleitarse con su belleza. En vez de eso tenía, unos veinte guardias burdos y mal olientes, un puñado de demonios mucho más feos y tres veces más pestilentes y una fortaleza gris cayéndose a pedazos. Habían traído a otros para obligarlos a trabajar, ellos limpiaron un poco el lugar, pero no era suficiente, la Ciudadela seguía lejos de ser el hermoso castillo que hubiera deseado.

Euphorbia estaba aburrida. No había visto nada interesante en todo ese tiempo, ni siquiera un enemigo con quién entretenerse. Si al menos tuviera la compañía de su querido Zumaque.

De pronto se puso alerta, sintió una presencia a sus espaldas, una tan sigilosa que apenas ahora notaba. Se giró de golpe, un rayo de energía verde salió de su mano. La presencia esquivó el impacto y sujetó a Euphorbia por la muñeca.

—¿No pensarás de verdad que eres rival para mí, o sí?

Euphorbia ardía de indignación, al ver a esa rata con su máscara negra. La odiaba cuando escondía su presencia así y se le acercaba de sorpresa por detrás. Odiaba que nunca la detectaba sino hasta que ella quería.

—¡Suéltame, Molly!

Molly sonrió, su mano enguantada se abrió con indiferencia. Euphorbia le dedicó una mirada glacial.

—Estúpida centinela —murmuró con desprecio.

—El ama quiere saber si la Ciudadela está lista para recibirla.

—Aún hay trabajo que hacer, pero si el ama quiere mudarse, puede hacerlo y no tendrá problema en encontrar sus habitaciones limpias en el ala sur como ordenó. También la torre está lista, ese lugar es la perfecta sala de guerra desde donde podrá dirigir su ataque.

La centinela se movía con la elegancia y sigilo de un gato. Su estilizada figura negra iba de un lado a otro sin quitarle la vista de encima a Euphorbia.

—El ama está en camino. Me pidió que me adelantara para asegurarme que no hay ningún problema.

—Ninguno, todo marcha a la perfección.

A lo lejos escucharon a alguien gritar *Thunder!*. Acto seguido un estruendo. Fue como si un rayo hubiera caído cerca de ahí. Molly se giró con indiferencia, como adivinando de qué dirección provenía.

—¿Qué fue eso? —preguntó Euphorbia sin salir de su estupor.

Molly se dirigió hacia la ventana.

—Un trueno, qué raro, no está lloviendo. Lo hubiera pensado más temprano, pero el viento se llevó las nubes y tenemos una noche clara. Mira, ahí en el cielo, ¿crees que esa sea la constelación de Orión?

Euphorbia miró altanera a Molly, odiaba todo de ella; su estúpido uniforme de centinela con su estúpida estrella negra, su estúpida actitud y su estúpida sonrisa.

—Eso no fue un rayo. ¿Qué habrá sido? —exclamó Euphorbia.

—Dímelo tú, dijiste que tenías todo bajo control.

—Yo misma iré a ver de qué se trata.

—Haz lo que tengas que hacer. El ama estará aquí dentro de poco.

Molly se colocó de espaldas a la ventana y se dejó caer hacia atrás. Euphorbia apretó los puños, le daba gusto que se hubiera ido. Se dirigió indignada hacia la puerta. Fuera lo que hubiera sido aquel ruido, ella misma se encargaría de eliminarlo.

VIII.- Asalto

Patrick

Sostenía dos pequeñas hachas. Levantó una, apuntó y la lanzó con precisión. El filo se clavó en el árbol, muy cerca de la diana marcada por él mismo. Patrick arrojó la segunda, ésta fue a dar muy cerca de la otra. Se dirigió hacia el árbol, las desclavó y volvió hacia donde estaba. Debía seguir practicando puntería, sobre todo porque él era el único lo bastante inútil para no poder arrojar energía. Al menos así tenía un arma con qué defenderse.

La familia acampó para pasar la noche cerca de la Ciudadela y estar listos para el asalto al día siguiente. Los ánimos eran de tensión. Patrick quería estar solo y pensar. A veces no sentía que fuera de verdad un alférez, ni siquiera sabía a qué casta pertenecían sus poderes. Terrence le había dicho una vez que era cuestión de encontrar la motivación correcta para que explotara su poder. Mientras pensaba en ello, Patrick tomó el hacha y se dispuso a arrojarla. Una flecha dorada surcó el aire y fue a clavarse en el centro de la diana. Él volteó hacia atrás.

—Hey, Ginger.

—Así que aquí estabas, practicando.

Ella levantó el arco dorado, tensó la cuerda y una nueva flecha apareció. Disparó. Esta vez ni siquiera se acercó al blanco.

—Quizá debas practicar tú también —comentó Patrick.

—*The story of our lives*. Entrenar, entrenar y practicar.

Había algo de amargura en el tono de su voz al decir aquello. Patrick se acomodó las dos hachas en el cinturón. Hannah bajó sus hermosos ojos negros. El arco se desvaneció en el aire.

—Necesito un descanso. ¿Quieres comer algo? —preguntó Patrick.

—No realmente, pero debemos hacerlo para tener fuerzas. El asalto a la Ciudadela comenzará al caer el ocaso.

Eso significaba que Georgina y Serena estarían un día completo allá. Eso no le gustaba a nadie, pero era lo mejor, el lugar estaba vigilado.

Hannah y Pearl se habían encargado de cazar un par de conejos. Rosa trajo raíces y frutas. Ella podía intuir qué plantas eran tóxicas y cuales eran comestibles, estaba en su naturaleza. Patrick se sentó con Hannah a comer en silencio. Al cabo de un rato ella comentó:

—Odio esto, nunca antes habían atrapado a uno de nosotros.

—No hay de qué preocuparse —dijo Patrick—, estaremos bien; entramos, pateamos algunos traseros, rescatamos a las damiselas y cabalgamos hacia el ocaso.

Al decir esto último comenzó a tararear el tema de *The Magnificent Seven*. Hannah se rio y Patrick se dio por satisfecho, ahí estaba de nuevo aquel sonido maravilloso. Contempló a Hannah embobado.

—A veces me gustaría ser como tú, más despreocupada y confiar que todo va a salir bien. ¿Te puedo confesar algo?

—Adelante.

—La verdad es que no me gusta pelear, mucho menos la idea de que en el proceso le tengamos que quitar la vida a algo.

—¿Te refieres a quitarle la vida a un apestoso y salvaje demonio? No sabía que fueras a iniciar una campaña por las vidas de los monstruos.

—No me refiero a eso.

—Menos mal, por un momento pensé que querías llevarte uno a casa de mascota.

Ella hizo una mueca de enfado, él seguía con su tonta sonrisa burlona.

—¡Patrick, hablo en serio!

—Ok, ok, lo siento. Mejor termina lo que ibas a decir.

—Mira, de cierta forma me he insensibilizado a detener monstruos, porque sé que hacen daño. Pero es mucho más difícil cuando tienes que detener a una persona. Tal vez todo esto te parezca una tontería.

—No es una tontería —murmuró, se sintió tentado a hacer un chiste, pero se contuvo—. Yo sé que mientras otras chicas se preocupan de la escuela u otras cosas, ese no es tu caso. Nosotros tenemos un deber que no es fácil, pero es lo que tenemos que hacer, porque así es la vida.

—No debería ser así, es más, a veces no creo ni siquiera en esta misión que nuestros padres dicen que tenemos. No entiendo eso de que los Sabios nos convocaron para reencarnar para enfrentar fuerzas malignas que van a traer destrucción para eukids y comunes. ¡Yo no sé quiénes son esas fuerzas! No tiene sentido, al menos no para mí.

Patrick la contempló, la melancolía presente en su rostro cabizbajo, la manera en que suspiraba y apretaba las manos.

—Hannah, todo lo que nos ha pasado ha sido porque así es nuestro destino. Si hasta Nana Val lo sabía. Nada es coincidencia; la muerte, el abandono, todas esas cosas debían pasar para acercarnos como familia. Tenemos que hacer lo que debemos, aun cuando nos gustaría estar haciendo algo más. A veces uno no hace lo que quiere, sino lo que debe.

Ella le dedicó media sonrisa.

—Supongo que tienes razón.

—Claro que la tengo —sonrió jactancioso, miró a su alrededor, Pearl estaba cerca—. Hey Pearl, ¿tienes algún remordimiento por aquel tipo en el bosque anoche?

—Me temo que no. Lo siento pero era él o yo.

—Pero no era necesario, ¿o sí?

—Tenía que defenderme. Ellos atacaron con fuerza y no se iban a detener porque le dijera: "seamos amigos, veamos juntos el catálogo de Macy's". No podemos titubear; tenemos que hacer lo que tenemos que hacer.

—¿Lo ves? —dijo Patrick.

Hannah se tornó pensativa. Pearl añadió:

—Terminen de comer, Nick quiere que discutamos la estrategia.

—Adelante, yo estoy listo —anunció Patrick e hizo un gesto confiado, el mismo que usaba para impresionar a las chicas en la escuela. Lo cierto es que por dentro tenía miedo.

Los Kearney avanzaban sigilosos, guardaban cierta distancia entre ellos, sin perderse de vista. Alex volaba de un árbol a otro, escondiéndose en las copas de los árboles. Esta vez se aproximaron menos confiados y más alerta de la situación. Intercambiaban señas para indicarse que el camino era seguro. Un par de veces Alex y Patrick divisaron desde lo alto demonios. Alex silbaba, la señal de Patrick era un graznido. Al escuchar cualquiera de las dos señales, Tanya conectaba las mentes de los jóvenes para advertir de algún peligro.

La gran sensibilidad de Linda ayudaba, lo mismo que la experiencia de papá, quien dominaba la habilidad de percibir energías de enemigos que se aproximaban. Aquí y allá había enfrentamientos que procuraban terminar rápido y en silencio. No había espacio para titubear, un instante de duda arruinaría la misión.

Patrick pasó volando por encima del muro. Alex lo siguió. Derribar la entrada no sería sencillo, la Ciudadela era una construcción en apariencia resistente, también había magia en sus paredes para reforzarla. Lo más práctico era que Alex y Patrick abrieran la puerta por dentro.

Patrick aterrizó frente a unos guardias y se puso a graznar.

—Una grulla.

—¿No tienes hambre?

Él se transformó frente a ellos.

—¿Qué tal si les doy a probar mis puños?

Patrick atacó de frente, Alex por la espalda. Pusieron a los guardias fuera de combate. Bajaron las escaleras y se escabulleron hacia la puerta. Abajo había dos guardias, Patrick se dijo que no sería problema. Alex y él los derribaron. Luego fueron hacia el mecanismo que abría la puerta.

—Apresúrate —murmuró Alex.

—Ya lo tengo, es cosa de un minuto.

Una voz desde una torre cercana gritó:

—¡Hey, ustedes allá!

—Maldición, nos vieron.

—Patrick, ocúpate de la puerta, yo me encargo.

Alex hizo un vuelo corto hacia la torre. Le arrojaron ataques de energía y flechas, ella las esquivó. La alférez encendió su energía, lanzó una descarga hacia la ventana, el guardia se agachó para esquivarla, ella aprovechó ese momento para colarse dentro.

Patrick abrió la puerta, los alféreces entraron corriendo.

—¿Dónde está Alex? —preguntó Papá.

Todos escucharon el grito de "*Thunder!*", seguido por el estruendoso impacto de un relámpago.

—¡Lady A.! —exclamó Linda con los ojos bien abiertos, en algo que quizá era su manera de manifestar alarma.

—Parece ser que nuestra idea de asalto silencioso se acaba de ir a la mierda.

—¡Patrick! —exclamó papá y le dirigió una mirada dura que se traducía en, "no hables así".

Patrick se encogió de hombros, a su lado Pearl murmuró:

—Yo también lo pensé.

Ambos intercambiaron gestos de complicidad. Rosa comentó:

—Esto sin duda habrá puesto en alerta a todos. Tenemos que apresurarnos.

—Lo mejor será que nos separemos —sugirió Tanya.

Patrick notó de nuevo cierta incomodidad en Hannah. A discreción, hizo un gesto para preguntarle si estaba bien, ella, con semblante severo asintió con la cabeza.

—Iré hacia allá —expresó en automático Linda—, no puedo dejar sola a Alex, debo ir con ella.

—Ginger —ordenó papá—, ve con Linda.

Linda ya estaba corriendo. Hannah dio algunos pasos de espaldas al tiempo que le decía a Patrick:

—Hacemos lo que tenemos que hacer —luego se giró y se apresuró a ponerse a la par de Linda.

Tres demonios salieron al patio central. Pearl olfateó su presencia y fue la primera en ponerse en alerta. Apestaban a sangre podrida y corrupción orgánica. Pearl sonrió, sus ojos centellearon.

—Vayan ustedes, yo me quedaré a detenerlos.

Papá le hizo un gesto con la mano a Rosa, Tanya y Patrick para indicarles que siguieran adelante, luego se posicionó junto a Pearl.

—¿De verdad pensabas que dejaría sola a una de mis princesas?

Pearl sonrió divertida.

—Creo que yo voy a tener que protegerte, viejo —bromeó al tiempo que adoptaba una posición de combate.

Papá se rio de buena gana.

—Muy bien, demuéstrame.

Los monstruos atacaron, Pearl y papá reaccionaron en el acto.

La bruja psíquica apuntó en una dirección, creyó haber encontrado a Serena. Patrick y Rosa la siguieron. Entraron en un edificio oscuro sin más iluminación que la de la luna que se colaba por las ventanas. Rosa se concentró e hizo una bola de energía luminosa, la sostuvo en la mano; funcionaba bastante bien como lámpara. Mientras subían escaleras y se adentraban en aquel laberinto de pasillos Patrick no dejaba de pensar en Hannah diciendo, "Hacemos lo que tenemos que hacer". No había sido una declaración de una guerrera honorable antes de ir a pelear, sido un acto de sumisión de quien siente que no hay opción y acata el rol que le tocó, muy a su pesar. Qué diferente comparada con Pearl, en cuyos semblantes brillaba una especie de excitación ante la idea de un combate, o con Tanya o Rosa, que avanzaban con paso decidido, sin temor. No pudo evitar temer por Ginger, ella era fuerte, sin embargo le preocupaba que se distrajera, perdiera concentración y fuera lastimada.

«Hannah, la niña del caballo. Ella sabe cuidarse», se dijo, «es sólo que, una parte de mí siempre querrá protegerla; no puedo evitarlo».

Se toparon con dos eukid con uniforme de soldados, venían platicando como si nada. En cuanto vieron a los hermanos cambiaron su actitud relajada por una de alarma y atacaron. Tanya se ocupó de uno, Rosa del otro. Un demonio apareció, Patrick le enterró una de sus hachas en el cuello. Recogió su arma y pensó de nuevo en Hannah y lo que habían hablado sobre pelear.

«Yo no tengo problema con eso», meditó Patrick, «me gusta pelear, quizá sólo la parte de acabar con el enemigo es la que puede llegar a ser desagradable».

Contempló la hoja del hacha manchada de sangre pestilente de demonio. Los soldados caídos se repondrían. No era fácil herir a otros, no creía que hubiera ningún soldado en el mundo al que en realidad le gustara esa parte el trabajo, o tal vez sí. Prefirió no pensar más en eso.

Llegaron al piso superior, iban corriendo por el pasillo cuando escucharon un estruendo.

—¡Cuidado! —gritó Rosa y extendió los brazos a los lados para indicar a Patrick y a Tanya que no se movieran.

La pared se abrió en un estallido de piedras, el cuerpo inerte de un guardia cayó frente a ellos, sus ojos abiertos tenían el vacío de la muerte. Se asomaron por el hueco de la pared, en el otro lado su hermana resplandecía por el poder de su energía. Resoplaba agotada, aún con las manos extendidas al frente y remanentes metálicos de la energía que había arrojado con las manos.

—¡Serena! —gritó Tanya y corrió a su lado para abrazarla.

Su mejor amiga en todo el mundo cayó de rodillas, exhausta.

—¿Estás bien? —preguntó Rosa.

—Me alegro de verlos —Serena sonrió—. Yo estoy bien

Extendió la mano hacia la izquierda, apuntando hacia otro agujero en otra pared, la cual conducía hacia una celda, en cuya pared opuesta había otro agujero. Patrick escuchó que a lo lejos había alguien peleando.

—Georgina necesita ayuda.

Patrick se precipitó por el boquete en la pared, sin detenerse a ver si las alféreces lo seguían. Saltó por los boquetes de los muros de una celda a otra hasta que llegó hasta donde Georgina estaba en el suelo, golpeada, un guardia en el otro extremo también con marcas de combate.

—¡Muere! —gritó el guardia.

—¡No! —exclamó Patrick.

Se lanzó hacia él, le dio a probar sus puños. El hombre era fornido. Patrick era rápido y no tenía problemas para esquivar sus ataques, lo derribó. Sacó una de sus hachas, la levantó.

—Espera —dijo una voz ronca.

Patrick miró hacia atrás, Georgina ya estaba de pie, se acercó a él. Le sujetó la mano y le quitó el hacha.

—Él es mío.

Sus ojos brillaron con furia maniaca. Esta no era una dulce sirena de cuento de hadas, sino una harpía, un monstruo marino iracundo de cuyo canto hay que apartarse. Georgina levantó el hacha y la descargó en la cabeza del hombre. Ni el grito de horror, ni el espectáculo de sus sesos salpicando la pared la hicieron titubear. Le quedó claro que su dulce hermanita no tenía ningún resquemor ante la idea de acabar con un enemigo.

—Esto es por mi voz —acto seguido escupió sobre el cadáver.

Patrick contempló la escena sin atreverse a siquiera respirar. A su hermana le dio un terrible ataque de tos. Tanya, Serena y Rosa llegaron.

—¿Estás bien? —preguntó Serena.

Georgina asintió con la cabeza.

—Traté de comunicarme con ustedes usando mi mente, pero por más que lo intenté no pude lograrlo —comentó Tanya.

—Eso es raro —señaló Serena—. Nosotras no podíamos usar nuestros poderes. Al principio pensábamos que tenía que ver con el hecho de estar dentro de la Ciudadela. Luego, Georgina se dio cuenta que había una energía bloqueando sus poderes. Fue entonces que noté que me ocurría lo mismo.

—Tenemos que salir de aquí —expresó Patrick.

—Espera —dijo Serena—. No podemos irnos sin antes liberar a todos los presos. También tenemos que sacar a Jules, no puedo dejarlo aquí.

Serena les contó brevemente lo que había ocurrido, las cosas que habían visto. Patrick estaba indignado.

—Bien, aún tenemos trabajo que hacer.

Patrick revisó el cadáver del guardia, encontró un llavero. Salieron de la celda, Serena los guio por un pasillo. Se paró frente a una puerta, se concentró.

—*Come on, come on!*

Por fin el cerrojo crujió y la puerta se abrió. Mientras tanto, Patrick probaba las llaves en otras puertas. Era rápido, tenía buen ojo para adivinar la llave que abría cada cerrojo. Serena hacía un esfuerzo por romper la cerradura. Tanya, Georgina y Rosa se encargaron de sacar a las personas y las guiaron a la explanada central. Ahí contemplaron a varios demonios derribados. Papá y Pearl tenían heridas sangrantes, pero seguían de pie y estaban de buen humor. De la torre donde estaban las demás vino un estruendo. Papá y los alféreces miraron en esa dirección.

—Siento una energía terrible —comentó papá.

—Tanya, debemos ir —expresó Rosa, Tanya asintió con la cabeza.

—Tengan cuidado —dijo papá.

—Yo también voy —anunció Patrick.

—No, mejor quédate aquí con estas personas. Debemos de protegerlas.

—No tienes poderes que sirvan —señaló Tanya con una nota ácida.

—¡¿Quieres callarte?! —Espetó Patrick.

—¡No empiecen! —Exclamó papá— Rosa, Tanya, adelante.

Ellas se dirigieron corriendo hacia la torre. Patrick estaba herido en su orgullo, le dirigió a su padre una mirada recriminatoria.

—Escucha, yo sé que quieres ayudar, pero Tanya tiene razón. No has mejorado en el uso de tus poderes. Quien quiera que sea el enemigo que enfrentan Alex, Linda y Hannah puedo sentir que es muy poderoso, tú no eres rival para alguien así.

—Sabes, a veces me cuesta trabajo creer que yo también soy un alférez. Si soy parte del grupo debe haber algo que pueda hacer.

—Podrás, pero primero tienes que mejorar en los entrenamientos.

—O quizá esta clase de crisis sean lo que necesito.

—No tiene caso arriesgarse así, debes ser prudente.

—Claro, porque soy un inútil. ¡Mejor me largo!

Acto seguido se transformó en grulla y levantó el vuelo.

—Patrick, escúchame... ¡Patrick!

Se alejó volando, estaba furioso.

«Váyanse a la mierda», refunfuñó en su mente.

Odiaba sentirse así, Patrick, el eslabón más débil. Para ellas no era sino el payaso del grupo, alguien a quien nadie pedía ayuda real porque no podía arrojar ataques de energía. Estaba enojado con papá, por hacerlo a un lado; con Tanya porque la bruja tonta tenía una habilidad natural para ser odiosa; con Serena y Georgina, por haberlos arrastrado hacia aquella misión; pero sobre todo, consigo mismo por ser inservible.

Un recuerdo joven apenas forjado minutos atrás, rodó por su cabeza igual que una moneda de un cuarto, redonda brillante, ronroneando contra el suelo. Ginger, la forma en que lo había mirado antes de ir hacia donde Alexandra Dalca estaba. "Hacemos lo que tenemos que hacer". Ella tenía su poder y sus armas, pero también un lado vulnerable que mostró a Patrick, porque confiaba en él y porque lo necesitaba.

«Hannah, tú no quieres hacer esto, sin embargo no huyes. Recurriste a mí para darte valor y yo estoy volando lejos como un perdedor. No puedo irme, ella cuenta conmigo».

Se sintió avergonzado por haberse ido así. Planeó en el aire con las alas bien abiertas, tenía que apresurarse si quería regresar.

Regresó y se dirigió hacia el edificio donde se libraba la pelea. Voló junto a las ventanas, miró a Tanya y a Rosa combatiendo contra un grupo de demonios. En el piso superior contempló a Alex y Ginger en el suelo, Linda sostenía un muro de cristal mientras que una mujer con aire arrogante lanzaba un poderoso rayo contra ellas. Linda no iba a resistir más tiempo. La mujer se veía divertida, el muro de cristal se cuarteó y se deshizo en pedazos, el rayo alcanzó a Linda.

Algo grande y pesado golpeó a la mujer, fue una grulla que se arrojó con todas sus fuerzas contra ella y que en el aire se transformó en un joven que le propinó una patada. La mujer le dedicó un gesto de desprecio, Patrick aterrizó, se volvió con un rápido movimiento y arrojó una de sus hachas. La mujer levantó la mano, despidió una onda de energía que detuvo al hacha.

—¿Eso es todo lo que tienes?

Hizo un gran círculo con la mano, una ráfaga de energía golpeó a Patrick, arrojándolo contra la pared. Quedó aturdido en el suelo un momento. Alexandra se puso de pie.

—Euphorbia, esto aún no ha terminado.

—Eres insistente. Tienes poderes interesantes, casi siento pena de tener que matarte.

Alex elevó su energía, corrientes moradas de electricidad subían y bajaban por su cuerpo. Un halo de color verde oscuro metálico rodeó a Euphorbia, en una de sus manos se formó una bola de energía.

—Hiedra venenosa —murmuró.

Descargó su rayo. Alex contraatacó con su poder eléctrico. Ginger se estaba poniendo de pie. Patrick llamó su nombre, ella volteó a verlo.

—¿Estás bien?

Hannah estaba temblando.

—Es muy fuerte —musitó con una nota de desolación.

El joven alférez le habló en voz baja, con una convicción firme de acero.

—No puedes temer. Somos cuatro y haremos lo que tengamos que hacer.

La energía entre las dos contrincantes estalló en ambas direcciones, Euphorbia apenas y dio un paso atrás. Alex volvió a caer. Euphorbia se veía molesta. Se inclinó hacia adelante, le estaba sangrando la nariz.

—Ustedes son una plaga difícil de acabar. ¡Ya me cansé de esto! ¡Las mataré ya mismo!

Arrojó un rayo contra Hannah. Nunca la tocó, algo se había interpuesto entre ellas, un joven con una energía de ninguna casta, de color verde pardo.

—¡Patrick! —gritó Hannah horrorizada.

Él resistía firme como roca, todo resplandeciente con su indefinida energía opaca. Miró a Hannah directo a la cara.

—No falles el tiro —murmuró.

Ella entendió, preparó el arco. Patrick contó:

—Uno, dos, tres...

Dejó de resistir, se dejó caer. Todo ocurrió en una fracción de segundo, Euphorbia apenas y se dio cuenta que detrás del abatido guerrero, la alférez centauro, con mano firme, toda ella resplandeciendo de poder, saltó por encima de Patrick para quedar más cerca y disparar una flecha dorada. El afilado proyectil fue a incrustarse en la garganta de Euphorbia, ella hizo un sonido horrible, como si se estuviera ahogando. La flecha se desvaneció en el aire, Euphorbia cayó de rodillas, tosiendo sangre. Esta vez no pudo detener las cuchillas de cristal de Linda. Alex ya estaba de pie. Linda tenía listo su ataque de cristal.

—Déjamelo a mí —le dijo Alex divertida, había en su voz algo de coqueteo, algo de dulzura y algo de malicia.

Linda se hizo hacia atrás, con su sonrisa de muñeca. Lo último que escuchó Euphorbia en su vida, fue el sonido de un trueno.

Patrick permanecía en el suelo, no se podía mover, le dolía todo. Una mano amable le tocó la cara. Abrió los ojos.

—Hey, Ginger.

—Buen trabajo de equipo.

Él asintió. Estaba adolorido. Ella le sonrió.

—Gracias.

—Lo que sea por mi niña feral favorita.

Ella cerró el puño y lo agitó en un movimiento amenazante.

—¡Aaaah! Lo siento, lo siento —dijo con su tono burlón. Ella se rio.

Alex y Linda lo ayudaron a sentarse.

—Creo que Tanya y Rosa tenían problemas afuera.

—Iré a ver —replicó Linda con tono de robot.

Abrió la puerta, salió, ellos podían escuchar el combate en la escalera, los gruñidos de demonios siendo derribados, luego silencio y los pasos de las tres guardianas entrando a la sala donde yacía el cuerpo inerte de Euphorbia. Ellas se sorprendieron de ver Patrick ahí. Él le dedicó a Tanya una mirada desafiante; en esta ocasión no solo no había requerido ser salvado, él había llegado al rescate. La bruja no hizo comentarios y él se dio por bien servido. Ya no tenía fuerzas para pelear más por ese día, ni siquiera con ella. Rosa le ofreció su hombro para que se apoyara y ayudarlo a caminar. Hannah lo sostuvo del brazo opuesto, tener a Ginger así, tan cerca era agradable, ella era su amiga más querida.

Salieron de aquella habitación, bajaron las escaleras. Al llegar a la planta baja, Linda se detuvo y miró hacia atrás.

—¿Ocurre algo? —preguntó Patrick.

Ella se mantenía estática como un maniquí.

—Por un momento creí sentir que alguien nos seguía, pero ya no detecto nada.

Tanya miró en la oscuridad, se llevó una mano a la cabeza, se concentró.

—No percibo la mente de nadie. Confío más en tu habilidad para sentir presencias, ¿crees que debamos estar alerta?

Linda se concentró, escaneaba la habitación con la mirada, como quien quiere encontrar algo.

—Qué raro, en verdad creí sentir a alguien.

—¿Pero puede alguien esconder su energía de ti? —preguntó Alex.

Linda volvió a sonreír inocente.

—No lo sé.

Tal y como Patrick se esperaba, Papá estaba enojado con él por actuar de una manera impulsiva e imprudente. Patrick se mantuvo callado mientras lo regañaba.

—Te arriesgaste demasiado —sentenció papá—. Sin embargo, gracias a ti un enemigo muy poderoso fue derrotado. Buen trabajo.

Patrick sonrió de oreja a oreja, de esa manera segura y confiada tan propia de él. Papá le dio una palmada en el hombro.

—O sea que estás orgulloso de mí —concluyó Patrick con cierta arrogancia.

—Sí, lo estoy. ¡Pero aprende a no ser tan imprudente!

Patrick estaba de muy buen humor. Ahora todo lo que necesitaba era una hamburguesa con doble carne, una enorme Coca Cola con mucho hielo, un baño y acostarse a dormir. Pero todo eso tendría que esperar, lo importante ahora era ayudar a los secuestrados a volver a casa. No les dieron ninguna explicación ni nombres a los comunes, que apenas eran un par de todo el grupo. Papá había hablado con mamá por el celular, ella y Terrence venían en camino, llegarían en cualquier momento con las SUVs y gente del pueblo con vehículos para trasladar a las víctimas. Mientras tanto, los chicos se dedicaron a atender sus heridas.

Al cabo de un rato escucharon a alguien acercarse. No parecía ser mamá ni Terrence. Era un automóvil blanco con vidrios polarizados seguido de cerca por cuatro motocicletas con personas vestidas como los soldados que encontraron más temprano esa noche, en la Ciudadela. Los hermanos se pusieron en guardia. El auto entró en la Ciudadela y se detuvo. La puerta se abrió, una elegante dama, alta, delgada, vestida de negro con un abrigo negro y guantes descendió.

—Buenas noches —saludó.

El sonido de su voz era dulce, sin una sola nota de hostilidad. La mujer paseó la vista por el grupo. Patrick la contempló, le recordaba a Catherine Zeta Jones, con ojos oscuros de tupidas pestañas y larga cabellera negra, lustrosa y abundante, recogida hacia un lado y con mechones de cabello bajando en una ordenada cascada sobre su hombro izquierdo.

—¿Alguien puede decirme qué está pasando? —preguntó.

—¿Quién es usted? —Se atrevió a preguntar Alexandra.

—Mi nombre es Belladonna y soy la actual dueña de este castillo.

Eso sirvió para que los guardianes elegidos se alteraran de golpe y estuvieran más alerta. Papá extendió la mano en una señal que pedía calma. Se acercó a Belladonna.

—Entonces quizá usted pueda darnos una explicación de lo que estaba pasando aquí, me refiero a la gente secuestrada para obligarla a trabajar.

La hermosa Belladonna fijó su atención en papá, todos sus movimientos eran lentos y elegantes.

—¿Usted está a cargo de ellos? —preguntó Belladonna al tiempo que los apuntaba con el dedo, como si estuviera jugueteando.

—Son mis hijos.

Pearl y Serena se acercaron. Serena habló con tono severo y educado.

—Sus hombres nos capturaron a mí y a mi hermana —comentó a la par que apuntaba a Georgina, quien tenía el ceño fruncido en una abierta actitud de desconfianza—. Nos trajeron para obligarnos trabajar.

Al espetar esto último, fue muy marcada una nota de reproche. Belladonna abrió la boca, en una mueca silenciosa de asombro.

—¿Es eso posible? Tenía al mando a una allegada de confianza, mi dulce Euphorbia. Ella me dijo que había conseguido gente que viniera a trabajar, pero no que hubiera secuestrado a nadie,

—Pues eso fue lo que sucedió —afirmó papá—. Toda esa gente estaba aquí en contra de su voluntad.

Belladonna se llevó una mano a la cara, hizo un gesto horrorizado.

—Esto es terrible, me cuesta creerlo. Yo sólo quería que mi castillo recibiera mantenimiento. Jamás me hubiera imaginado que la dulce Euphorbia fuera capaz de algo así. Lo siento tanto.

Sus movimientos eran delicados, era como ver a una diva del cine de la época de oro. Hizo un gento que parecía de remordimiento.

—Yo misma veré que Euphorbia pague por lo que sucedió.

—No será necesario —comentó Patrick—, ya la hemos derrotado.

Belladonna parecía sorprendida, se acercó.

—Ustedes son eukids fuertes y no temen a nada, ¿no es así?

—Hacemos lo que podemos —respondió Pearl cautelosa.

Belladonna la miró con interés, como si la estuviera estudiando. Luego se volvió hacia sus hombres.

—Reúnanse el salón central, tengo cosas que hablar con todos.

—Sí, señora.

El soldado se apresuró hacia la entrada del edificio. Ella se volvió de nuevo hacia los alféreces.

—Tengo el mayor de los intereses de resarcir a toda esta gente. Espero entiendan que no puedo cambiar el pasado. Lo único que puedo hacer es ayudarlos a volver a casa.

—Se lo agradecemos —comentó papá—. Hemos pedido más ayuda, viene gente en camino con vehículos para llevarnos a todos.

—Muy bien, mientras esperan quizá pueda hacer que les traigan de comer. Sólo deseo que acepten mis más sinceras disculpas.

—No es con nosotros con quien debe disculparse —sentenció Serena—, sino con ellos —apuntó a la gente liberada.

La mujer levantó la cara con un toque altanero, meditó un segundo.

—Naturalmente. —Acto seguido lanzó una orden al aire— Molly, ven conmigo.

Detrás de los muchachos alguien dio unos pasos, era una mujer toda vestida de negro, con botas, guantes y un traje ceñido al cuerpo de una sola pieza que la cubría por completo hasta el cuello. Ella avanzó con paso firme, sin siquiera voltear a verlos ni decir una palabra. Se detuvo junto a Belladonna y se dio la vuelta para quedar mirando al grupo. Era muy pálida, con los ojos negros y los labios pintados de un tono chocolate. Su cabello era una maza abundante y alborotada de largos mechones que le caían en todas direcciones, a Patrick le recordaba a John Smith de The Cure. Sobre el pecho de la mujer de negro, en relieve sobre el traje, se distinguía una estrella negra de cinco puntas.

—Quédense tranquilos, que nadie va a molestarlos hasta que se vayan.

Belladonna se alejó de los guardianes en dirección hacia las víctimas. Molly iba a su lado en todo momento, sin separarse de ella. La vieron hablar con algunos, tomarle las manos a otros. Varios de los guardias derrotados que ya se habían recuperado, estaban de regreso, dispuestos a cumplir órdenes, Belladonna los mandó a descansar.

Linda tenía los ojos bien abiertos como lunas llenas gemelas, era lo más parecido a una expresión de asombro.

—Nunca sentí su presencia —murmuró—. Debe haber estado detrás de nosotros, vigilándonos desde la oscuridad y nunca sentí su presencia.

Patrick miró con recelo a Belladonna y Molly, había algo que no le gustaba.

—Escuchen —dijo papá—. Lo importante es que parece que todo está bien y no tendremos que pelear más por hoy.

—¿Le crees? —preguntó Pearl.

—Yo no —dijo la voz cavernosa de Georgina.

—Debemos ser precavidos —ordenó papá— y mantenernos alerta de cualquier rumor que escuchemos al respecto.

—Nick —murmuró Pearl—, es ella, la mujer de negro que nos vigilaba aquel día, desde los árboles.

—Pero dijiste que aquella llevaba una máscara —señaló Rosa.

—Sí, pero aunque ese día no le vi la cara, podría jurar que es la misma, huele igual.

Los jóvenes permanecieron en silencio hasta que mamá y Terrence llegaron seguidos por gente de Stillwood. Mamá fue hasta donde estaban las víctimas y rápidamente identificó a los que eran humanos comunes. Ella debía encargarse de algo muy importante, usar su hipnosis para borrarles la memoria de su cautiverio y del poder de los eukids.

Las personas rescatadas abordaron los vehículos. Subieron también el cadáver de un humano común, el cual Serena dijo que había sido muy amable con ella. En cuanto a la mujer que encontraron en el bosque, mamá los puso al corriente, ella estaba mejor, era una eukid de clase baja. Aquella mujer les contó del trabajo forzado al que eran sometidos y mamá se preocupó mucho por Serena y Georgina. Ahora que las veía sanas y salvas, se sentía más tranquila.

Los Kearney fueron los últimos en partir. Abordaron las SUVs. Terrence estaba al volante de una, mamá de la otra. Aquella mujer, Belladonna, se despidió deseándoles buen viaje.

—Ha sido un placer conocerlos. Tal vez volvamos a vernos en el futuro —comentó con su aire de diva.

Papá asintió, luego subió a la SUV, en el asiento del copiloto junto a mamá y partieron. No hubo nada inusual el resto del camino. Mamá conducía mientras escuchaba una selección de canciones de *Duran Duran*. Papá se quedó dormido. Patrick iba en silencio. A su lado, Hannah dormía, lo mismo que Georgina y Linda. Habían salido bien librados de ésta, la que sin duda había sido su primera batalla real. Sin embargo, el joven Kearney estaba preocupado, porque no le quedaba duda que esto apenas era el principio.

«Esta vez triunfé, incluso salvé el día. Pero quizá la próxima vez no sea tan afortunado. Yo entiendo perfecto mi situación, no soy estúpido. Necesito descubrir mi verdadero poder y hacerlo pronto».

IX.- Romanza

Georgina

Una de las primeras cosas que hicieron al volver a Stillwood, fue llevar a Georgina con el doctor del pueblo. Él les dijo que su voz volvería, que el daño no era permanente, pero que debía cuidarse y guardar silencio. Betty, esposa de Max, preparó un jarabe a base de buganvilias y otras hierbas, y le dio instrucciones para beberlo. Después de eso los Kearney emprendieron el regreso a Battle Shore.

El lunes siguiente, en la escuela, ella temía la reacción de Nelson cuando se enterara que ella había perdido su voz. Ya estaban en la tercera semana de octubre, cerca del festival. La sirena apenas podía hablar. Estaba lejos de volver a cantar.

—¿Qué fue lo que te pasó? —le preguntó.

—Tengo una infección en la garganta —mintió en un susurro.

—El festival es en dos semanas.

—Lo siento —murmuró cabizbaja. Se sentía fatal de fallarle.

Nelson pareció pensativo, con una mano se echó hacia atrás un largo mechón de cabello negro que le caía sobre el ojo.

—Escucha, si no puedes ensayar, no pasa nada. Sigue las instrucciones del doctor, recupérate.

—Pero yo quiero cantar —dijo casi en una súplica.

—Y a mí me encantaría que lo hicieras, pero es más importante tu salud. Vamos a ver cómo te sientes y entonces decidimos lo que haremos. En todo caso, puedo ajustar la escala y cantar yo.

La acompañó hasta su clase, iba hablando de todo un poco, no parecía molesto. Al día siguiente Nelson llegó con un paquete de dulces de miel en la mano y una flor para ella. La sirena se derritió, le conmovía la forma en que se preocupaba por ella.

Estaba enamorada, pero se contenía de demostrarlo. Le encantaba Nelson, sin embargo no dejaba de sentirse vulnerable de una forma que nunca había sentido con otros muchachos cuando vivía en el mar. Él era un humano, eso la llenaba de un miedo irracional, no se podía quitar de la cabeza historias que había escuchado en el mar de cómo los humanos habían sido la perdición de los habitantes del agua.

Una de sus favoritas, y más conocidas, era *El corazón que canta*. En ella, una joven sirena que se había acercado demasiado a la orilla conoció a un apuesto humano, el cual decía ser un curandero. Ella se enamoró, pensaba mucho en él cuando pasaba tiempo en la noche, sobre las islas, mirando la luna. Únicamente le contó a su hermana menor, a quien le hizo prometer que no le diría a nadie. Un día mientras se encontraba en su atolón favorito, le dijo a su hermana, "voy a salir del mar para ir a pasear con Charles", que era el nombre del caballero. Se despidió y prometió volver antes de la siguiente luna llena.

La luna avanzó en el cielo, hasta su cenit de plenitud y deslumbrante belleza argentina, pero la joven sirena no regresó. Preocupada, su hermana contó a los demás todo lo que sabía. Ella, junto con otros eukid de agua, fueron a tierra firme y se dieron a la tarea de buscarla.

Ocurrió que el atractivo y buen doctor no era tal, sino un charlatán, el cual se ganaba la vida estafando y vendiendo falsos remedios. No tenía ningún poder, no sabía de pociones curativas, no tenía estudios de anatomía, no era ni siquiera un eukid de clase baja, sólo un común farsante. Él había escuchado que, la carne y la sangre de las sirenas puede ser usada para crear remedios, así que cuando la joven salió a tierra firme de su mano, él la llevó a su casa para pasar la noche, prometiéndole que al día siguiente la llevaría al zoológico, a los museos y a otros muchos lugares de los que él le había hablado. Ella lo siguió. Una vez en la casa, él le dijo que antes de dormir, quería mostrarle algo en su sótano. Ella lo siguió escalera abajo. La sorpresa que le aguardaba fue el filo de un hacha. Él la despedazó y guardó su sangre y carne en frascos de vidrio. Había machacado todo, únicamente conservó entero su corazón, el cual aún después de días de muerta se mantuvo rojo y fresco.

La hermana menor buscó por todas partes sin éxito, extrañaba a su hermana y en lo profundo de su alma tenía un mal presentimiento. Una noche de luna llena, como la noche en que su hermana prometió volver, la chica se dejó caer derrumbada en un parque. Se echó a llorar, no podía más, la duda la estaba matando. Juntando sus manos, hizo una oración al cielo, al Gran Espíritu de la Madre Agua. "Por favor", suplicó, "quiero encontrar a mi hermana". Fue entonces que escuchó una voz purísima que cantaba un lamento de traición y desengaño. La joven se secó las lágrimas, se puso de pie y siguió el sonido. Era tan débil e imperceptible que nadie más que ella podía escucharlo, y es que esa voz cantaba directamente a su alma y no a sus oídos. La joven llegó hasta la casa del charlatán, quien había hecho una fortuna con sus elixires de sirena. Se asomó por las ventanas y ahí lo vio, sobre una repisa, el corazón de su hermana en el frasco. La joven comprendió lo que había ocurrido. Volvió corriendo hacia donde estaban sus amigos del mar, bajo formas de hombres y mujeres, y les contó lo que había visto. Ellos se dirigieron juntos a la morada del asesino. Entraron a la casa procurando no hacer ruido y rodearon la cama del charlatán quien dormía profundamente. Los seres de mar lo llenaron de golpes, el charlatán despertó sobresaltado. Las sirenas y tritones lo sometieron con facilidad, el tipo era una basura sin poderes. La joven sirena lo confrontó. "Me quitaste a mi hermana adorada, es hora de que me lleve lo que me pertenece, su corazón, pero antes tienes que pagar". Dicho esto, tomó uno de los propios cuchillos del hombre y lo apuñaló, procurando que el daño no fuera mortal. Luego, ella y sus amigos obligaron al hombre a marchar con ellos al mar, se adentraron con él en el agua y lo entregaron a los tiburones, que lo despedazaron sin misericordia.

En cuanto al corazón de la sirena, su hermana lo llevó hasta su atolón favorito, donde entre cantos nacidos de lo más hondo de su espíritu, lo besó y empapó con sus lágrimas, como si fuera un tesoro preciado de oro y nácar, y lo sepultó en el fondo. Se dice desde entonces que, en las noches de luna llena, en ese atolón aún se puede escuchar el canto de la sirena, que advierte a otros sobre no confiar a ciegas en extraños, en especial, si son de tierra firme.

Georgina cavilaba y se preguntaba si debía confiar en Nelson Anker. Tenía miedo de que pudiera lastimarla, pero luego se sentía como una tonta por pensar esto último.

«Él es un humano común y yo una guardiana elegida, soy fuerte, si acaso él debería temerme a mí. Si se atreve a lastimarme, lo lamentará».

Sin embargo, no dejaba de tener cierto resquemor, pues en realidad no temía a heridas físicas, sino a las heridas emocionales. Volvía a pensar en la historia del Corazón que Canta y meditaba que, era más bien como una parábola del hombre que se apodera del corazón de la sirena y la destruye. Georgina tenía miedo a dar su corazón.

Con cada día su voz mejoraba y el sonido era más claro. Para el viernes de esa semana, su voz estaba mucho mejor. A Georgina le hubiera gustado enfocarse en la canción, sin embargo, el festival de noviembre no era su única preocupación. Tenía que ponerse a estudiar porque venían exámenes a finales de octubre. Ella odiaba las matemáticas, le costaba mucho trabajo entender las fórmulas. Ese mes habían visto algo que era complicado. Incluso Pearl, que era muy buena estudiante, parecía tener problemas. A ella no le gustaba ir mal en la escuela, era una joven muy dedicada con un alto sentido de responsabilidad. De inmediato buscó la ayuda en su mejor amigo, Richard, quien siempre iba bien en las clases.

En la cafetería, Pearl se había sentado con Richard a resolver algunos problemas de matemáticas. Georgina los observaba y trataba de seguirlos. Eso hasta que llegó Nelson.

—Hola, ¿están estudiando?

—Yo estoy tomando un descanso —dijo la sirena al tiempo que cerraba el cuaderno.

Pearl levantó la vista por un momento y sonrió con un gesto pícaro, Georgina se encogió de hombros, por debajo de la mesa sintió que Pearl le dio una suave patada al tiempo que saludaba a Nelson, Georgina contuvo el aliento, temía ruborizarse. Nelson se sentó al lado de la sirena.

—Sabes, a mí no me gusta estudiar en horas de receso. Prefiero repasar en casa.

—Sí, tienes razón. Eso es lo que haré, repasaré en la tarde en casa.

Nelson sonrió.

—Qué bien, así podemos hablar en lo que ellos estudian.

De nuevo sintió una patada, Pearl sonrió sin despegar la vista del cuaderno y empezó a tararear *Get lucky,* al principio muy bajo, Richard la escuchó y comenzó a seguirla, luego los dos ya estaban moviéndose en la silla al ritmo de la canción. Se miraron a los ojos y sonrieron con complicidad.

—Ya terminé —dijo Pearl.

—¿Cuánto te dio de resultado?

Ella le enseñó el cuaderno, el mostró el suyo.

—Lo mismo —anunció Richard—. Las grandes mentes piensan igual.

—Es lo que siempre digo.

—Hagamos el siguiente.

Georgina estaba interesada en la interacción entre ellos.

—Son muy similares —le dijo a Nelson.

—¿Quieres ver qué tanto? A los dos les gusta hasta la misma música y es raro que no estén de acuerdo, mira esto... Hey, Richard, Pearl, ¿Empire of the Sun o Daft Punk?

—Daft Punk —replicaron al mismo tiempo sin separar la vista del cuaderno.

Ambos seguían concentrados en lo que hacían, sus dedos bailoteaban en las calculadoras mientras sostenían sus lápices con la misma mano, ambos con idéntica expresión.

—El otro día me quería acordar de una canción de Daniel Guetta.

—¡David! —corrigieron al unísono.

Georgina sonrió divertida. Nelson se inclinó hacia ella y le dijo al oído.

—¿Te gustaría verlos pelear?

Acto seguido, Nelson se dirigió de nuevo a ellos.

—Hey, chicos, hablando de música retro, ¿Erasure o The Pet Shop Boys?

—¡The Pet Shop boys! —Exclamó Pearl.

—¡Erasure! —dijo él al mismo tiempo.

Ambos se miraron con cierta sorpresa.

—¿En serio? —le reclamó ella.

—Su synth-pop es mucho más refinado.

—¡Por favor, Richard! No hay ni punto de comparación.

—Hablando de synth-pop, tienes que admitir que Depeche Mode es aún mejor, ¿cierto? —espetó Nelson.

—¡Por supuesto! —Exclamó Richard— Depeche Mode es muy superior.

—¡No! —Protestó Pearl—. Depeche Mode es excelente, pero no.

Ella se echó para atrás, cruzó los brazos e hizo un gesto de incredulidad. Tenía los ojos verdes grandes y redondos como los de un gato enfadado. Pearl y Richard se olvidaron de las matemáticas para discutir.

Nelson se inclinó hacia Georgina.

—Te lo dije —comentó con una sonrisa burlona—. No te preocupes, ellos se adoran y esto no va a durar más que unos minutos. Además, él está loco por ella.

—¿De verdad? —preguntó Georgina.

—Pero no le digas —y se llevó el dedo índice a los labios en una señal de silencio.

Nelson se levantó, la sirena lo siguió.

—Nelson, hay algo que quería decirte.

—Te escucho.

Ella sonrió nerviosa.

—Mi voz ya está bien. Estoy lista para ensayar otra vez.

Él sonrió.

—*Awesome.* ¿Crees que te puedes quedar hoy después de clases?

—Por supuesto.

—Muy bien, entonces te veo a la salida.

Nelson se alejó, ella se quedó ahí de pie con el corazón palpitando a toda velocidad. Le encantaba la idea de volver a pasar tiempo con él y su música. Se volvió hacia la mesa para recoger sus cosas, mientras Richard y Pearl seguían discutiendo.

En la tarde Georgina se reunió con Ron y Nelson. Él estaba encantado, decía que sonaba excelente. Para ella, que conocía mucho mejor su propia voz de esencia de agua, sabía que aún no estaba al cien por ciento recuperada. Eso no la desanimó. En los siguientes días, alternaba entre estudiar para los exámenes y practicar. En casa hacía ejercicios vocales, en el mar, mientras nadaba, iba tarareando la canción una y otra vez. En las playas solitarias a las que salía de noche, cantó la canción de Nelson para la luna y las olas del mar. Se guardó de no entonar la canción en casa. Nelson y Georgina querían que fuera una sorpresa para todos.

Los días se escurrieron, octubre se disolvió en la corriente del tiempo para dar paso a noviembre. Llegó la noche del festival. Mamá, papá, Terrence y sus hermanos estaban ahí para verla. La sirena usaba un vestido vaporoso con mangas de color blanco, cintas rojas y unas botas negras. El cabello rubio y lacio le caía casi hasta la cintura. Últimamente había pensado en cortarlo, pero no estaba segura.

Mientras aguardaba su turno, Georgina se tronaba los nudillos. El teatro estaba lleno. Tras bambalinas miraba a la audiencia y de sólo pensar en que pronto tendría tantos ojos encima se ponía nerviosa. Trató de distraerse con las actuaciones de los otros participantes. Hasta ese momento todos los números habían sido buenos. No le cabía duda que había chicos talentosos en la preparatoria.

Nelson y Ron vestían un saco negro, con una camisa blanca y una enorme rosa roja en la solapa. Ron practicaba pasajes de la pieza a ejecutar, lo hacía a diferentes ritmos para calentar, con una sordina de metal sobre el puente del chelo para no hacer ruido. Georgina ya había preparado su voz, ahora esperaba.

Una de las maestras se acercó, les indicó que era su turno. Ron le quitó la sordina al chelo y se puso de pie. Nelson se veía confiado, su seguridad lo hacía aún más atractivo. Georgina tomó aire.

—Estoy lista —dijo con poca convicción.

Se estaba poniendo muy nerviosa. Sin siquiera pensarlo, unió las manos y volvió a tronarse los nudillos. Nelson se acercó a ella, le tomó las manos con una de las suyas, con el dedo índice de su otra mano le tocó la barbilla y le levantó la cara para hacerla que volteara a verlo.

—Gin, escucha, vas a hacerlo muy bien. Te sabes la canción, tienes la voz y adoras cantar. Sólo gózalo, ¿de acuerdo?

—De acuerdo.

Salieron a escena, Ron se sentó en una silla a la izquierda del escenario, con el chelo entre las rodillas. A la derecha, Nelson se puso detrás del piano electrónico. Georgina se colocó al centro, detrás del micrófono. El público aplaudió para recibirlos. Ella mantenía los dedos entrelazados, controlando la ansiedad por tronarse los nudillos otra vez. El público guardó silencio. Mamá la saludó con la mano, papá mostró su pulgar arriba, Serena sostenía su celular, ya estaba grabando la presentación.

Las primeras notas del piano sonaron, Nelson las ejecutaba marcando un lento compás de un adagio en La menor. La grave voz del chelo seguía como un bajo murmullo. Georgina estaba muda, con la lengua pegada al paladar. Volteó a ver a Nelson, quien tenía la vista clavada en ella, hizo un ligero movimiento con la cabeza, ella comprendió, le decía que podía hacerlo, mientras arrastraba las notas, para darle espacio a iniciar la canción. La sirena observó al público, el teatro estaba casi oscuro. Se dijo a sí misma que podía hacerlo, que no era muy diferente a cantar en la noche, bajo las estrellas, en medio del océano.

—*Yo soy aquella que te llama con esta voz,*
la que tiene tanto amor,
aquel que un día por la calle olvidaste.
La que busca a tientas en las sombras de la noche
con la esperanza rota de alguna vez volver a tocarte.

Cuando llegó al primer agudo falsete, todos aplaudieron y aullaron. Georgina cerró los ojos, no quería pensar en ellos. Se dijo que no estaba ahí, que estaba lejos, sobre la playa de una isla remota, con la luz de la luna llena haciendo brillar las escamas de su cola y el murmullo de la marea como único acompañamiento.

La audiencia dejó de aplaudir o gritar y se hizo un silencio sepulcral. La sirena tenía las miradas de todos sobre ella. Eran como estrellas en la noche callada escuchando una canción de un amor no correspondido y una voz que implora una oportunidad a sabiendas de que no hay esperanza. De pronto las palabras parecían fáciles, naturales, casi como si cantara algo salido de su propio espíritu. Pensó en ella misma y en Nelson Anker, en aquella descarga eléctrica la primera vez que se conocieron y que seguía ahí, palpitante como una infección que se arrastra bajo la piel y se extiende incontenible.

—*...Escucha la melodía de mi corazón*
Se desangra por tu ausencia
Demasiado estúpido para olvidar
Esperando que vuelvas.... A mí...

Ya había recorrido tres cuartos de la melodía, ahora la parte dramática. Las notas del piano mantenían una lenta cadencia, era una oda a las heridas mortales del amor. El sonido del chelo se hizo más dramático, más lúgubre. Georgina abrió los labios, dejó salir desde el fondo de su garganta el sonido más puro que tenía para dar, en un segmento donde no había palabras, sólo la voz. Era un ave operática de cristal desplegando las alas, con plumas de prismas clarísimos, proyectaban destellos multicolores sobre la audiencia, envolviendo el lugar en un caleidoscopio melódico delirante.

Su voz subió una escala, luego una más para dar su espíritu en notas aguda como de violín a un público que permanecía mudo, como si no pudieran creer lo que escuchaban y no se atrevieran a hacer el más mínimo sonido para no mancillar la magnificencia de aquella voz. La sirena cantaba para ellos, pero en el fondo de su corazón, a quien se entregaba era únicamente a uno, al que había compuesto aquella melodía, al que se había adueñado de sus pensamientos.

Su voz se elevó como queriendo tocar el cielo, ascendiendo en espiral con el piano y el chelo que la siguieron hasta el clímax de la nota más dramática. Luego el sombrío descenso en espiral escala abajo y de vuelta al principio, con el piano y el chelo, como quien otorga un respiro. Ella tomó aire para la parte final, abrió los ojos y cantó con suavidad.

—*Por ti...yo moriría por ti*
Aunque sólo me desprecies
Aguardaría una vida para darte
Todo mi amor...

Alargó la última sílaba de la palabra "amor", luego, su boca se cerró definitivamente y el chelo y el piano dieron dio su última lastimera nota.

El silencio en la sala era total, tanto que la última nota del piano resonó como un eco hasta que se perdió en el silencio. Georgina contuvo el aire, miró al público, nadie se movía, todos tenían la vista fija en ella como hipnotizados, algunos estaban llorando. De pronto, todos de golpe, como si hubieran roto un hechizo, se levantaron en una ruidosa ovación. Había gritos, aplausos y silbidos. Georgina soltó el aire, sonrió y miró hacia el piano. Nelson se veía satisfecho. Salió detrás del piano para ponerse a la derecha de Georgina, Ron a su izquierda, se tomaron de las manos e hicieron una caravana. La sirena buscó con la vista a su familia, mamá y papá estaban llorando, aplaudiendo emocionados. Patrick y Pearl gritaban entusiasmados y agitaban los brazos.

La sirena se rio. Salió el profesor que conducía la tertulia secándose las lágrimas.

—Eso fue espectacular, jovencita. Usted tiene una voz privilegiada de sirena.

Georgina contuvo el aliento. El profesor pidió otra ronda de aplausos para despedir a Nelson, Ron y Georgina. Los tres abandonaron el escenario. Tras bambalinas, todos querían felicitarlos.

—Eso fue fantástico.

—Es como Mariah Carey.

—¿Tienes mucho estudiando canto?

—Es toda una diva.

Georgina estaba abrumada. Daba las gracias aquí y allá. Nelson, que no le había soltado la mano, tiró de ella con suavidad. Georgina lo siguió. Los dos salieron del teatro, para escapar hacia la noche constelada.

La luna diáfana brillaba en lo alto. Ambos estaban eufóricos.

—¡Éxito total! —exclamó Nelson.

—Todos amaron tu canción.

—Todos te amaron a ti —hizo una pausa, su rostro cambió, se tornó serio, se acercó a ella—, pero yo más que ellos.

Las mejillas se le pusieron heladas, la sirena sintió un vacío en el estómago. El corazón le latía tan fuerte que casi podía escucharlo. Tenía la vista clavada en él. Sus manos aún entrelazadas.

«Un humano no puede traer nada bueno para una sirena, dicen los cuentos. Sólo perdición. Y aun así, esto es lo que más quiero».

Se aproximó a él, quedó tan cerca que podía percibir su aliento. Notó que él también estaba nervioso. Georgina levantó la mano que tenía libre y la puso sobre el pecho de Nelson, en un gesto casi infantil, como si quisiera comprobar por sí misma que su corazón latía tan rápido como el de ella. Nelson tomó aire, luego se inclinó para besarla.

X.- Centinelas

Pearl

Era de noche, afuera estaba nevando. Dentro de la casa la única luz presente era la que emanaba de diecisiete velas sobre un pastel en torno al cual la familia se encontraba cantando *Happy Birthday*. Al terminar la canción, Serena se recogió el cabello hacia atrás, se inclinó y sopló. La casa quedó a oscuras. Todos aplaudieron, Patrick y Pearl gritaban y tamborileaban en la mesa como quien apoya a su equipo de futbol. Luego se hizo la luz, Terrence estaba de pie junto al interruptor. En el aire flotaban espirales de humo de las velitas. La familia había hecho una reunión informal en torno a la mesa de la cocina. Algunos de los chicos, incluyendo a Serena, estaban en pijama. Ella así lo había querido y estaba encantada.

—Gracias, gracias a todos.

Maggie se apresuró a quitar las velas del pastel. Pearl quiso ayudar a partirlo. Terrence le quitó el cuchillo.

—Deje eso, señorita Pearl, yo me encargo.

—Yo puedo ayudar.

—No es necesario. Estoy para servirles.

El cuchillo cambió de manos. Pearl se hizo a un lado.

—Al menos te ayudo a repartirlos.

Terrence sonrió y asintió con la cabeza. Él cortaba las rebanadas, las ponía en los platos y Pearl los iba pasando a cada uno hasta que todos tuvieron una rebanada. Al final, cuando todos se habían servido, Terrence tomó una rebanada y una cuchara.

—El primer cumpleaños del año —señaló Ginger.

—Menos mal que nací el 2 y no el 1 de enero —comentó Serena—, o peor aún, el 31 de diciembre, porque si hubiera caído en año nuevo, nadie notaría nunca que es mi cumpleaños.

—No es como que hayamos hecho nada interesante en Año Nuevo —se quejó Alex.

—Te das cuenta, Terrence —dijo Patrick en tono burlón—, tu cena no fue interesante.

Terrence fingió estar dolido, el resto del grupo se rio a carcajadas. Alex trató de defenderse pero era demasiado tarde, todos estaban haciendo chistes. Alex le dirigió una mirada asesina a Patrick.

—¿Quién es el siguiente en cumplir años? —preguntó Georgina.

—¿En serio no te acuerdas? —dijo Nick y se puso severo.

—Deberías saberlo —añadió Serena y también se puso severa.

La sirena se encogió de hombros.

—Lo siento, es que no recuerdo...

Serena sonrió y se apresuró a interrumpirla.

—Estoy bromeando. Nosotros no esperamos que recuerdes.

—Pero quiero saberlos todos —murmuró ella.

—Muy bien, presta atención —anunció Pearl—. El que sigue es Nick.

Georgina se encogió de hombros.

—Papá, lo siento.

—Es el 30 de enero —dijo con fingido enfado—. Espero mi regalo.

Pearl apuntó a la sirena.

—Tú, el 5 de febrero.

—Cumplo diecisiete.

—Luego Tanya, el 23 de marzo, también diecisiete años. Después Rosa, el 24 de abril, cumple dieciséis. Luego yo, diecisiete el 7 de junio. Después Linda, el 9 de julio cumple dieciséis. Patrick, dieciséis el 26 de Julio. Mamá, el 10 de septiembre.

—¿Cuántos años cumples? —preguntó Georgina.

—Demasiados —dijo ella.

—Pero no tantos como papá, ¿verdad? Porque él se ve más grande que tú. ¿Cuántos años se llevan ustedes?

Nick sonrió

—Tu mamá y yo nos llevamos veinte años.

—Luego sigue Lady A. —dijo Linda—, cumple dieciséis el 1 de noviembre.

—Y finalmente —anunció Patrick—, nuestro pequeño eslabón perdido.

—No sé si en realidad haya nacido en esa fecha, se sospecha que nací en algún momento de diciembre. Para fines prácticos, mis papeles están con la fecha del 8 de diciembre y cumplo dieciséis.

—¿Qué hay de ti Terrence? —preguntó la sirena.

—El 28 de octubre —replicó el mayordomo.

Algunos pidieron una segunda rebanada de pastel, pronto no quedó mucho del enorme pastel cuadrado, de chocolate adornado con fresas y almendras, sobre el cual estaba escrito "Feliz cumpleaños Serena".

—Es bueno que hayamos tenido algunos meses de paz. Me refiero a que no hemos sabido de Belladonna, sus seguidores o nada raro relacionado con la Ciudadela —comentó Linda.

—Nuestros amigos en Stillwood dijeron que nos notificarían de cualquier cosa extraña que ocurriese —señaló Nick—, sin embargo no creo que sea necesario escuchar de ellos. Aunque aquella mujer parecía inocente, su actitud era muy sospechosa. Les apuesto que si algo llegara a suceder, nos vamos a enterar, porque no va a ser algo pequeño.

El grupo se tornó cabizbajo. Patrick estaba meditabundo, en todos estos meses seguía sin controlar su energía ni descubrir su casta de poder.

«Esto no es bueno», meditó Pearl, «pase lo que pase, debemos mantenernos optimistas. ¡Nosotros podemos con lo que sea!».

Habló con voz fuerte y animada.

—Oigan, esto es un cumpleaños, no un funeral. ¡Quiten ya esas caras largas! —Tomó su vaso— Propongo un brindis por nuestro futuro éxito y para la buena suerte.

Todos asintieron. Pearl miró dentro del vaso.

—Excepto que, mi vaso está vacío.

—Deberíamos de brindar con champagne —dijo Tanya—; burbujas para la buena suerte.

—Esa es una excelente idea —sentenció Maggie—. ¡Hagámoslo!

Los chicos reaccionaron emocionados, Nick, con el ceño fruncido se dirigió hacia su esposa.

—¿Estás segura en darles alcohol?

—Ya no son unos niños —señaló ella—. Además, prefiero que si van a probar alcohol, aprendan a beberlo con nosotros a que lo hagan con chicos del colegio y hagan algo estúpido.

Nick meditó un segundo. Luego añadió:

—Cuando tienes razón, tienes razón.

—Terrence, ¿puedes encargarte? Creo que tenemos varias botellas de vino espumoso.

—En seguida, señora.

Terrence se dirigió hacia donde guardaban las botellas. Maggie se levantó para ir por copas, Rosa fue a ayudarle. Pearl tenía curiosidad por el vino. Ya había probado cerveza antes, en una fiesta de un compañero de la escuela, pero había sido un sorbo que se le subió pronto a la cabeza y tuvo que abandonarla, ella no quería meterse en problemas con. Terrence los iba a recoger en menos de una hora y si la veía en mal estado, le diría a sus padres y ellos la castigarían.

Terrence volvió con las botellas y Maggie y Rosa con las copas. Terrence descorchó y a vertió en las copas el líquido dorado y espumoso que olía a notas dulces y afrutadas. Las copas fueron pasando. Tanya sostenía la suya por el cáliz y se admiraba en el reflejo de la ventana, como sintiéndose bella y sofisticada.

—En realidad no se sostiene así —le dijo Nick—. Las copas no tienen tallo por mera estética. Si las tomas por el cáliz, el calor corporal de tu mano pasa a la copa, calienta el vino y altera el sabor.

Tanya cambió la forma en que sostenía la copa para imitar a Nick. Pearl ya sabía cómo sostener una copa, lo había visto muchas veces, cuando era niña, en casa de su madre biológica y su esposo, pero no hizo ningún comentario, ella jamás había revelado ni un minúsculo detalle de aquellas personas. Cuando se unió a la familia Kearney, ella únicamente le dijo a Maggie y Nick que se había escapado y que no pensaba volver nunca. Pronto se dio cuenta que Maggie leía la mente y tuvo miedo. Los siguientes dos años de su vida con los Kearney, Pearl vivió con cierta paranoia de que Maggie o Tanya entraran a su mente, supieran de su madre y la enviaran de vuelta, así que se prohibió a sí misma pensar en el pasado y procuraba llenar su cabeza con toda clase de pensamientos no relacionados con su verdadera madre. No fue sino con los años que Pearl llegó a confiar en los Kearney. Ya no tenía razón para no contarles la verdad, pero de cualquier forma, prefería que ese pasado quedara enterrado.

Ya estaban todos listos con copas en la mano.

—Bien —dijo Maggie—, ¿alguien quiere decir algo?

—Tú —le dijo Nick a Pearl—, esta fue tu idea.

Todos asintieron y pusieron su atención en ella. Pearl sonrió.

—Okay. —Levantó la copa— Quiero brindar, por nosotros, porque sin importar lo que suceda, nosotros jamás nos demos por vencidos. Deseo que sigamos siempre unidos y juntos podremos con lo que sea.

Todos chocaron sus copas y exclamaron, "¡salud!".

Después del brindis. Maggie se dirigió al grupo.

—Aprovechando que estamos todos juntos, hay algo que quiero compartir con ustedes.

Los alféreces pusieron atención.

—He estado investigando respecto a la mujer que acompañaba a Belladonna, Molly. Me llamó la atención su uniforme, la estrella negra. Sé que Pearl, tú ya nos lo habías descrito antes, pero no le di tanta importancia hasta que vi la forma en la que está trazada la estrella, no de la forma convencional sino con un centro estrecho y largos brazos. Estaba segura que lo había visto antes, pero no recordaba, así que me puse a investigar y encontré algo. Molly pertenece a una élite de mercenarios llamados Centinelas Negros.

—¿Centinelas Negros? —murmuraron varios del grupo.

—Antiguamente, su misión era ser la escolta personal de Vy, pero después de su asesinato se dispersaron. Hay quienes incluso creen que fueron los centinelas negros los que traicionaron a Vy y por ende, son responsables de su asesinato. Desde entonces son como gatos vagabundos, van de un lugar a otro sin confiar en nadie, toman lo que pueden y se quedan donde les conviene. Se piensa que todos tienen un objetivo común al que siguen siendo leales, sin embargo, pocos lo creen, pues los centinelas no son otra cosa que mercenarios de dudosa lealtad, que prestan sus servicios al mejor postor. Algo interesante, es que se dice que quien se convierte en centinela, lo será siempre en todas sus reencarnaciones. Si un centinela desea dejar de serlo o es despojado de su uniforme por faltar a los códigos de su élite, tiene que morir y en las siguientes reencarnaciones volverá siempre como humano común o como animal, pero nunca más como eukid; quien renuncia a la estrella negra, renuncia a sus poderes para siempre.

—¿Cómo se convierte uno en centinela? —preguntó Hannah.

—Nadie lo sabe, sus rituales son un misterio. Siempre tienen que ser de casta oscura o eukids que hayan alcanzado la dualidad y cuyo poder predominante sea el de oscuridad. Todos visten siempre el mismo uniforme, a veces con máscara, a veces sin ella. Una de sus habilidades es la capacidad de cambiar sus ropas con sólo encender su energía, de manera que siempre usen su uniforme en combate.

—¿Hay alguna utilidad en eso? —preguntó Serena.

—Los trajes de energía brindan protección adicional contra los ataques de un enemigo. No es igual pelear con ropa común que con un traje de batalla. Es como una especie de armadura, no tan resistente, pero sí mucho más ligera.

—Así que uno puede crearse un traje con energía. Las sirenas y tritones hacen algo así, ¿no es así Gin? —preguntó Tanya.

—Sé que hay eukids de agua que cuando tienen necesidad de salir a tierra firme, usan una habilidad con la cual con su energía y agua se proveen de vestidura por el rechazo que tienen los terrestres a la desnudes.

—¿Tú puedes hacerlo?

—No, nunca lo intenté. Pero creo que es una habilidad muy útil, mejor que usar ropa, lo cual no es muy práctico, porque al recuperar mi aspecto y atuendo previo, estaría todo empapado.

—Cierto —comentó Patrick—. Una vez quedé atrapado en una tormenta, cuando llegué a casa y retomé mi forma humana, toda mi ropa estaba mojada.

—Es verdad —asintieron Hannah y Pearl, quienes también poseían habilidades para cambiar de forma.

—Deben tener cuidado con Molly —prosiguió Maggie—, los centinelas negros no son oponentes que deban ser tomados a la ligera; son muy fuertes, veloces en combate y hábiles como los mejores guerreros que pueda haber.

—Lo que más me sorprende —murmuró Linda con su gesto inescrutable de muñeca seria— es que no pude detectar su presencia. Creí que lo había hecho, podía sentir que había alguien vigilándonos, pero una y otra vez su presencia se me escapaba.

Nick comentó al grupo:

—Cuando aprendan a detectar energías a su alrededor como lo hace Linda y sobre todo, cuando se vuelvan más hábiles en controlar sus propias energías, se darán cuenta que así como pueden incrementar el nivel de energía, también lo pueden reducir. Es una habilidad útil para esconderse de un enemigo que te persigue o incluso en combate.

—Los centinelas negros son expertos en eso —prosiguió Maggie—, se hacen imperceptibles como si desaparecieran, se mueven con la sutileza de sombras para caer de sorpresa y atacar con todo su poder. También son inmunes a trucos psíquicos. Verán, la mente tiene varios umbrales, el único umbral de los centinelas negros al que los seres de la casta psíquica tienen acceso es al de la comunicación telepática, y aun ese lo pueden cerrar a voluntad. Todos los demás umbrales mentales son inaccesibles. Ni siquiera la más hábil de las psíquicas podría penetrar su mente para leerla.

—Pero todos tienen un punto en que se quiebran —añadió Tanya con malicia.

Pearl no estaba del todo segura de en qué estaba pensando T., pero lo sospechaba, quizá alguna historia pasada de brujas sometiendo a enemigos capturados a intensas torturas físicas y mentales para penetrar sus mentes. Maggie pareció comprender lo mismo y respondió:

—No los centinelas negros. Sin importar cuánto se trate de entrar a su mente o se recurra a otros métodos como la tortura, un centinela negro dejará de respirar antes que revelar sus secretos. Hay quienes afirman que en situaciones de crisis y cautiverio, lo centinelas son capaces de suicidarse con tan sólo pensarlo.

—Eso suena como el perfecto agente secreto —comentó Alex.

—Lo serían si fueran confiables —añadió Terrence.

—Es cierto —asintió Maggie—. Belladonna debe de tener razones de peso o un muy buen arreglo para tener a Molly a su servicio y de una forma tan cercana. Hay un proverbio que dice, "el día que quieras perder la cabeza, ponla en manos de un centinela negro y date la vuelta". El refrán es obvio que advierte sobre gente poco confiable a quienes no deberías darles la espalda, pero la analogía con los centinelas negros está ahí por una razón.

La siguiente semana Pearl fue al cine con Marcus. Hacía bastante que no lo veía. Mientras se lavaba las manos, se miró en el espejo del baño, le hacía falta algo. Se secó las manos en la máquina de aire. Luego regresó frente al espejo, sacó de su bolsa el lápiz labial, se pintó la boca de un discreto rojo y se aplicó algo de polvo en la cara. Se sentía segura de sí misma, sus ojos verdes resaltaban como gemas y el cabello rubio le caía recto sobre los hombros. Sonrió confiada y salió del baño. Marcus debía estar sentado en las sillas de la zona de comida rápida. Se dirigió allá, esperaba encontrarlo entretenido con el celular. Para su sorpresa, él estaba hablando con dos sujetos, se preguntó si sería algún amigo y se aproximó. Fue entonces que notó que Marcus estaba molesto.

—¿Marcus? —lo llamó.

Los tipos levantaron la vista hacia donde estaba ella. Uno de ellos tenía ojos castaños y tupidas pestañas, era hispano, de piel bronceada, rasgos varoniles, muy guapo. Lo que no le gustó fue la forma en que se le quedó viendo a ella, con una mezcla de hostilidad y lujuria.

—Hola, preciosa. —Se dirigió a Marcus— ¿Ella está contigo?

El otro tipo habló, era un hombre blanco, grande y gordo.

—¿No nos presentas?

Marcus apretó los puños, parecía que se contenía de reaccionar. El tipo que habló primero se levantó y le tendió la mano.

—Es un placer, *preciosa*.

Pearl no sabía si saludarlo o no, él tenía la vista clavada en ella como un lobo sobre un pedazo de carne. Tendió la mano por educación.

—Mucho gusto.

Luego tuvo que tirar de su mano porque él no la soltaba. Nunca antes le había molestado tanto la forma en que alguien la observaba como aquel sujeto.

—Marcus, me sorprendes, ¿de dónde sacaste a una nena así?

Marcus se levantó de golpe, la mesa crujió y la silla se fue hacia atrás, haciendo un estruendo al golpear el piso. La gente a su alrededor volteó en su dirección. Marcus tomó a Pearl del brazo y la jaló detrás de él. El gordo se puso de pie. Marcus los enfrentó con un gesto furibundo.

—¡Lárgate, Rufo!

Pearl se puso en guardia, esos tipos no eran amigos, le quedó claro. Alguien había llamado al guardia de seguridad del centro comercial. Rufó miró a su alrededor, le dedicó a Marcus una sonrisa sardónica y retrocedió.

—Tranquilo, no queremos problemas, ¿verdad?

Luego se dirigió al gordo y con un movimiento de cabeza le indicó que se marchaban.

—Nos veremos después, Marcus. Piensa en lo que te dije. Te lo aseguro, te puede ir muy bien. —Luego le guiñó un ojo a Pearl— Nos vemos después, *preciosa*.

Marcus estaba temblando. Pocas veces Pearl lo había visto tan enojado. Cuando los tipos desaparecieron, Marcus se volvió para levantar la silla.

—¿Estás bien? —le preguntó Pearl.

El soltó una ruidosa bocanada de aire, como quien hace un esfuerzo por controlarse.

—Sí, no te preocupes.

—¿Quiénes eran ellos?

—Nadie... unos imbéciles... nadie... ¡no te preocupes!

—¡Marcus!

Él la miró a los ojos por primera vez desde que ellos se fueron. Guardaron silencio.

—Lo siento —se disculpó—. No son buenas personas. No te preocupes, yo me encargaré. Debemos darnos prisa o perderemos la película.

Ella asintió y lo siguió.

En la oscuridad de la sala, con la pantalla resplandeciente frente a ellos, Marcus se notaba severo, al parecer seguía pensando en lo que ocurrió momentos antes. Pearl también estaba severa, pero por una razón muy distinta. Su cabeza volvió a la noche del cumpleaños de Serena. Pearl no ponía atención a la película, estaba ensimismada recordando aquella conversación sobre los Centinelas Negros, algo en ellos le producía una especie de fascinación. Una voz en la oscuridad la sacó de sus pensamientos. No era la voz de los protagonistas de la película, sino la de Marcus repitiendo su nombre en un susurro.

—Pearl... Pearl.

Ella volteó ligeramente sobresaltada.

—Perdón, ¿decías algo? —replicó en voz baja.

—¿Está todo bien?

Ella asintió con la cabeza. Los labios de Marcus dibujaron un "ok" y volvió a poner atención en la pantalla. Pearl lo imitó, trató de concentrarse en la película.

Cuando salieron del cine el aire se sentía helado, con aquella caricia punzante del viento invernal que advierte una posible nevada.

—¿Qué te pareció la película? —le preguntó Marcus mientras caminaban hacia el auto.

—Estuvo bien.

Silencio. Marcus tomó aire.

—Pearl, siento mucho lo que pasó antes, con esos sujetos.

Pearl lo miró, él estaba severo.

—Al que llamé Rufo, lo conocí cuando éramos niños y jugábamos soccer. Entonces éramos amigos. Pasó el tiempo y ya no supe nada de él. Lo volví a encontrar hace poco, al principio me dio gusto saludarlo, entonces me contó lo que ha hecho de su vida y no es bueno. Se ha dedicado a ganar dinero fácil con cosas ilegales.

—¿Qué hace?

—No quiero hablar de eso, ¿de acuerdo? Mira, yo nunca tuve dinero y lo sabes, pero mi mamá trabajó muy duro por darme una educación para que yo hiciera algo con mi vida y no voy a defraudarla nunca.

Se detuvieron junto al auto. Marcus estaba serio.

—Te lo digo, ese tipo va a acabar muy mal y yo no quiero tener nada que ver con él.

—Está bien —dijo ella y le tocó el brazo.

Él bajó la vista hacia el punto en que tenía el tacto de ella. Pearl se sintió avergonzada, pensó que quizá le había molestado. Iba a retirar la mano cuando él levantó la suya para detenerla de la muñeca.

—Sabes —dijo con voz suave—, últimamente he estado pensando que te conozco desde hace bastante tiempo, eres mi mejor amiga y me gustas mucho. Siento que entre nosotros se podría dar algo. No sé, quizá deberíamos salir como en una cita y ver qué pasa.

Pearl contuvo el aliento, el corazón le latió con fuerza. Él estaba siendo honesto con ella. Tal vez ella debía hacer lo mismo, no es que en realidad estuviera segura de lo que sentía por él, no lo sabía. Pero había una razón por la que siempre se ponía muy contenta cuando la invitaba a salir, la misma por la que se perfumaba después de una carrera en la pista de atletismo cuando sabía que él la iría a ver.

—Marcus —comenzó con cautela—. A mí también me gustas mucho, pero no sé si es por el cariño que te tengo desde que nos conocimos, ¿te acuerdas de ese día?

—Estabas sacando comida de la basura —dijo él con una sonrisa.

Ella se encogió de hombros avergonzada.

—Tú me ofreciste ayuda, incluso me dijiste que podía quedarme en tu casa por un par de días, aunque tú mamá no se veía muy feliz.

—Ella dijo que no.

—Y tú saliste con aquel sermón de que el reverendo en la iglesia era lo que enseñaba.

Marcus soltó una carcajada.

—Estaba jodiendo con mi madre. Yo lo inventé para convencerla de que te quedaras.

—Yo no quería ser una molestia, pero en cuanto salí a la calle me metí en problemas por alguien que me acusó de robar, lo cual no hice... al menos no a él.

—La policía te iba a llevar. Entonces apareció la mujer rica y dijo que ella se haría responsable. No sé cómo fue que convenció a los policías de que te soltaran.

«Porque es su habilidad psíquica», pensó Pearl, «Maggie usa hipnosis para convencer a la gente que haga lo que ella quiere. Es más difícil en los eukids cuya energía brinda cierta protección mental, pero funciona perfecto con humanos comunes, como aquel policía».

—Maggie fue convincente —explicó Pearl— y supongo que el oficial estaba de buenas.

—Tuviste suerte, pasaste de sacar comida de la basura a tener una familia con dinero. —Bajó la vista— Recuerdo que cuando te vi subir a su auto, creí que nunca te volvería a ver. Y una semana después volviste a visitarme.

—Le dije a Maggie que tenía que pagarte a ti y a tu madre lo que habían hecho por mí. Además, te extrañaba. Sabes, antes de conocerte nunca tuve un amigo real, creo que en mi vida tú fuiste mi primer amigo verdadero.

La mano Marcus acarició la de ella que se estremeció con el toque de los fuertes dedos de él sobre su piel. Ella no tenía guantes y el viento helado le quemaba la piel, sin embargo, el contacto con él era aún más intenso. Él dio un paso para acercarse más a ella.

—¿Por qué no lo intentamos? Mira, va a haber días, quizá semanas enteras, en que no voy a poder verte ni hablarte porque tengo mucho que estudiar en la universidad, pero yo no estoy jugando y mucho menos contigo. Quiero ver qué resulta, ¿qué dices?

Se tomó un momento para pensarlo. Clavó la vista en los ojos oscuros de Marcus, sí, él le gustaba, pero, ¿podría su relación tener ese fulgor de algo más que amigos?

—Pero si no resulta, ¿crees que podremos seguir siendo amigos?

—No estoy muy seguro, pero supongo que hay que intentarlo.

—Supongo.

Él sonrió, Pearl sintió que al ver sus ojos caía en un extraño trance, algo iba a suceder. Él se aproximó, Pearl cerró los ojos, lo siguiente fue el contacto de sus labios. Ella no supo cómo reaccionar, no tenía casi experiencia con muchachos. Fue un beso largo y suave. Él se separó un instante. A Pearl le temblaban las piernas. Marcus volvió a besarla, esta vez la boca de ella pareció responder mejor, actuando de manera meramente instintiva para devolverle el beso. Al cabo de un momento, se separaron y se miraron en silencio.

—Se hace tarde. Anda, te llevaré a tu casa.

Ella asintió. Subieron al auto y emprendieron el camino hacia la mansión. Pearl no habló mucho. No podía dejar de mirarlo, había algo muy especial en él que la atraía como el norte a la aguja de una brújula.

Al llegar a la mansión, Marcus se apresuró a abrirle la puerta del auto, ella se aferró a él antes de irse. Los brazos de Marcus la rodearon, le acarició el pelo.

—Que pases buenas noches, Pearl.

—Tú también.

Se inclinó para volver a besarla. No quería que la soltara, ella se dio cuenta que podía hacerse adicta a sus labios. No fue fácil decir adiós. Marcus subió a su auto. Ella se quedó de pie en la puerta mirándolo partir. Luego entró en la casa y se dirigió a su habitación. Quería irse pronto a la cama, tenía demasiadas cosas en mente: Belladonna, la escuela, los centinelas, su misión como alférez y Marcus; aquel beso que aún palpitaba en sus labios.

XI.- Desilusión

Rosa

El sonido del piano en la sala de actividades flotaba en la oscuridad de la casa con la discreción misteriosa del humo de incienso. Rosa estaba sola, con la puerta cerrada, sin más luz que la de la lámpara de brazo posicionada sobre el piano, que alumbraba la partitura y las teclas. Tocaba *The End of August*. Yanni era uno de sus músicos favoritos, lo admiraba. Había alguien más que también le gustaba Yanni, ese era Nelson Anker.

Mientras sus dedos acariciaban las teclas, Rosa recordó meses atrás, una tarde, en la academia de música, estaba tocando *The End of August*. Al terminar la pieza alguien aplaudió, era Nelson que la escuchaba desde la puerta del salón. Ese día la profesora le dijo que tenía el talento para ser una concertista, Rosa se sintió orgullosa de sí misma, pero fue la intromisión de Nelson lo que de verdad la emocionó. Él le dijo, "Eso fue excelente" y se puso a hablar con ella. Eso la puso feliz y triste a la vez; feliz de que él conversara con ella; triste porque Nelson sólo se acordaba de su existencia cuando hablaban de música. Tenían eso en común, sin embargo nunca había bastado para que él se fijara en ella.

Lo de Rosa fue amor a primera vista. Cerca de él sentía como si el pecho se le llenara con la enormidad del cielo nocturno claro y constelado. Qué ironía que fue en una noche así cuando todo se oscureció, eso fue la noche en que la sirena cantó en el festival con su voz enervante. Rosa se había conmovido hasta las lágrimas, a su lado Linda estaba atenta e inexpresiva, como un robot que empieza a entender la maravilla del mundo. Al terminar la pieza, sobrecogida por la interpretación, Rosa se levantó para ir a felicitarlos. Salió del teatro, supuso que quizá la puerta trasera del lugar estaría abierta, esperaba entrar por ahí. Lo que no esperaba es que ellos ya estarían afuera, ella con los brazos alrededor del cuello de Nelson; él con las manos en la espalda de ella, confundidas con sus largos cabellos rubios; ambos con los ojos cerrados y los labios unidos en un interminable beso, con aquella ansiedad de quien necesita tomar el aire para respirar directamente de la boca del otro.

Rosa llegó al final de la pieza. Se quedó inmóvil con las manos sobre el piano. Últimamente le pasaba mucho, cuando quedaba presa de la melancolía, sus manos, sus piernas, todo en ella quedaba inmóvil, invadida por una sensación inmensa de vacío. Estaba muy deprimida. Se obligó a reaccionar. Se levantó y fue hacia la ventana. Estaba nevando. Se quedó ahí parada, mirando hacia el exterior. El blanco abrazo de la nieve había cubierto ya todo el jardín amurallado. No se distinguía dónde estaba la alberca, la cual permanecía tapada hasta el fin de la estación. Afuera no había más que oscuridad y frío.

Suspiró, qué doloroso era cuando el aire era expulsado de su pecho, dejando atrás la punzante sensación de vacío. Volvió junto al piano, lo único que le brindaba algún tipo de consuelo. Tomó asiento, puso las manos sobre las teclas para tocar una pieza que se sabía de memoria, *Clair de lune* de Debussy, su canción favorita en todo el mundo.

La puerta se abrió, alguien entró con sigilo.

—Me gusta esa canción —dijo Linda en un perfecto español.

Siempre desde que eran niñas, Linda procuraba hablar en español con ella, decía que era bueno para que lo practicaran. En casa de los Kearney habían incluido el español como parte de la educación de los chicos. Nick, Rosa, Linda y Pearl lo hablaban con fluidez, Serena y Patrick eran bastante buenos. El resto tenía un nivel de moderado.

—Sigues triste por lo mismo, puedo sentirlo.

—No me digas nada, por favor.

—No me gusta verte así. Al menos puedo absorber tu dolor para ayudarte a desahogarte.

—Ya te he dicho que no lo hagas más, no sirve de nada; absorbes mi dolor y mi corazón crea más.

Rosa siguió tocando. Al cabo de un instante en silencio, Linda comentó:

—Estaba pensando, ¿por qué no hablas con Gin?

—¿Para qué?

Lo último que necesitaba era tener una discusión con su hermana.

—Para que puedas cerrar este asunto. Di todo lo que tengas que decir y ya que te desahogues, podrás seguir adelante.

Rosa se encogió de hombros.

—Lo voy a pensar, pero no le veo caso.

Volvió a tocar desde el principio la melodía de Debussy. Linda se recargó sobre el piano para escuchar. Luego volvió a interrumpir.

—Oye, Rosa, ¿no quieres que veamos una película en Netflix?

—Gracias, Linda, pero prefiero practicar un poco más.

Linda suspiró, le dedicó una larga mirada.

—Está bien, como tú quieras.

Se acercó a Rosa y le dio un abrazo.

—Que pases buenas noches.

—Tú también, Linda.

La puerta se cerró con un sonido seco. Continuó tocando mientras su mente traía la imagen de Nelson, con el cabello negro sobre la cara, rasgando las cuerdas de la guitarra. Antes era común verlo solo, ahora a su lado siempre estaba ella, con su aire desenfadado de mar salvaje. A veces Gin se dedicaba a escucharlo, otras cantaban juntos. Se veían tan hermosos, con sus aspectos desaliñados. Eran la imagen perfecta para la portada de un álbum de *soft rock* de los setentas. Era una lástima que él nunca se hubiera fijado así en Rosa.

Al día siguiente fueron a Battle Shore. Los chicos querían ir a la pista de hielo que fue instalada en el estacionamiento de un conocido centro comercial. Rosa no opinó nada al respecto, pero lo cierto es que no quería ir; odiaba patinar. Todos parecían estarla pasando bien. Nick y Maggie patinaban juntos, hablando de quién sabe qué, de esos momentos en que se olvidaban de ser padres y se enfocaban en ser pareja. A Rosa le gustaba verlos así, porque a quién no le gusta ver que sus padres se aman, aunque también le dolía verlos tan enamorados. Para hacer las cosas peor, Georgina le mencionó a Nelson que irían a la ciudad y lo invitó a unírseles. Al principio la sirena tuvo problemas para patinar, pero al cabo de un par de intentos y dos caídas, parecía comenzar a dominarlo. Se veía feliz junto a Nelson.

Alex, sin que nadie lo notara, se valía de su habilidad para volar para detenerse en el aire y no caer. Rosa no se dio cuenta sino hasta que Linda, en una vuelta veloz, al pasar junto a Rosa comentó.

—Lady A. está haciendo trampa.

Linda se deslizaba como una profesional, completamente despreocupada; su habilidad para sentir a las personas era el perfecto radar que le indicaba hacia qué lado moverse para no tocar a nadie. Hannah, Patrick y Pearl estaban haciendo una carrera y casi chocaron contra una persona que les gritó. Ellos se disculparon a la ligera y se alejaron. Se aproximaron a Rosa, Pearl y Patrick frenaron de lado, haciendo saltar astillas de hielo.

—Hey, Ross, ¿cómo vas?

—Más o menos.

Patrick la tomó de las manos y tiró de ella.

—Lo que necesitas es soltarte para que le pierdas el miedo.

Rosa se dobló hacia adelante e inútilmente trató de aferrarse al suelo, comenzó a repetir, "no, no, no", completamente aterrada.

—¡Patrick, déjala! —lo reprendió Hannah.

Él se encogió de hombros.

—Sólo trataba de ayudar.

Auxilió a Rosa a llegar de vuelta a la orilla. Ella se aferró igual que alguien que se ahoga se sujetaría a un salvavidas.

En los altoparlantes sonó una canción de *Imagine Dragons*.

—¡Adoro esa canción! —exclamó Hannah.

—Vamos a dar una vuelta —dijo Pearl con energía.

Patrick se fue detrás de ellas. Los tres eran hábiles para patinar.

Alguien cayó, Rosa miró hacia atrás, Georgina había resbalado por tercera vez y jalado a Nelson con ella. Se rieron mucho y se ayudaron uno al otro a incorporarse, luego siguieron patinando como si nada. Rosa suspiró.

«Debo admitir que es bonita y encantadora. Lástima que yo no soy como ella, quizá entonces Nelson se hubiera fijado en mí».

Miró a los demás, unos chicos desconocidos estaban haciendo conversación con Tanya y Serena. Admiró a la joven trigueña de ojos lilas y el cabello rizado dorado, después a su compañera morena, con aquellos penetrantes ojos castaños, sus labios que se arqueaban en una sexy sonrisa y su aire como de modelo de pasarela.

«Yo no soy una belleza exótica como Tanya, ni tengo el atractivo de Serena».

Patrick, Pearl y Ginger cantaban a gritos mientras patinaban con soltura.

«No soy bonita y divertida como Hannah, ni tampoco tengo el carisma y la belleza de Pearl, ¡la señorita perfecta!».

En el centro de la pista, Linda hacía giros de bailarina, indiferente al mundo que la rodeaba. Sus saltos atraían la admiración de otros. Linda hizo una pausa al terminar la canción, un chico se le acercó. Ella fue educada pero cortante y lo dejó en un santiamén.

«Qué ironía», meditó Rosa con una nota amarga, «si tan sólo ese chico supiera que los hombres no son su tipo y que pierde el tiempo con ella».

Alex refunfuñó:

—*This is stupid, I'm out.* ¿Te quedas aquí?

Rosa contempló a Georgina y a Nelson.

—No, voy contigo. Esto de patinar no es para mí.

Ambas abandonaron la pista, fueron a devolver los patines y a recuperar sus zapatos. La sensación del suelo firme era acogedora.

—Tengo hambre —comentó Alex—, ¿quieres que compremos algo?

—Yo no tengo hambre. Prefiero sentarme.

—Ok —dijo—. Voy por una hamburguesa y ya vuelvo.

Rosa tomó asiento en una de las mesas alrededor de la pista mientras que Alexandra se dirigía a hacer fila al stand de comida. Rosa contempló a la gente que la estaba pasando bien, luego se giró hacia un lado, prefería no mirarlos. Notó que en una mesa cercana estaba sentado un hombre maduro, distraído con su celular, por alguna razón le resultaba familiar. Bajó la vista antes de que se diera cuenta de su atención, no quería parecer maleducada. Se talló un ojo con el puño, quería irse a casa y volver junto al piano. Entonces, una voz fuerte le habló, un hombre con un inglés con acento marcado.

—¿Tú no patinas?

Rosa levantó la vista, el sujeto del celular se dirigía a ella.

—No, no es para mí.

—Te entiendo, a mí tampoco me gusta patinar, pero ese puesto de comida hace muy buenas hamburguesas. ¿Las has probado?

Rosa miró hacia el stand, donde Alex aún seguía en la larga fila.

—No, pero mi hermana va a comprar una.

El hombre sonrió. De nuevo, había algo que le resultaba familiar, pero Rosa no podía acordarse.

—Te me haces conocida, muchacha.

—Es curioso, usted también a mí. Pero no sé de dónde.

—¿Qué edad tienes?

—Quince años, señor. En abril cumpliré dieciséis.

El hombre la miró con interés, analizándola con expresión de quien se quiere acordar de algo importante. Sacó su cartera y extrajo de ella una foto, la miró con atención y luego miró a Rosa.

—Eres tan parecida a mi hija. Debe tener tu edad.

—¿Dónde está su hija?

—No lo sé. Su madre se enojó conmigo y se la llevó lejos hace muchos años y de la manera más injusta. No me dejó volver a verla.

El hombre le tendió la foto. Rosa echó un vistazo, un escalofrío le recorrió el cuerpo, pero no por la temperatura invernal, sino por la sorpresa, una para la cual no estaba preparada. En la foto había una pareja, aquel sujeto con menos años, junto a una mujer que Rosa apenas recordaba. La otra cara era la de una niña pequeña sonriente, frente a un pastel de cumpleaños. Esa cara la conocía muy bien, pues la había visto en el espejo toda su vida. El hombre parecía leer la reacción que la fotografía había causado en Rosa, esto hizo que se levantara para acercarse a ella con un vivo interés dibujado en el rostro.

—¿Será acaso posible?

—Yo... yo...

—¿Rosa?

La joven alférez se puso de pie, estaba muda. Esto no podía estar sucediendo. Trató de nuevo de decir algo, pero las palabras no le salían. Miró hacia el puesto de comida, Alex estaba recibiendo su orden. De algún lado Rosa sacó fuerzas para murmurar.

—Debo ir con mi hermana.

—¿Es ese tu nombre? ¿O alguna vez lo fue?

—Yo... yo... —titubeó.

—¡Hey, Rosa! —La llamó con un grito Ginger, asomada del otro lado de la valla de la pista— ¿Por qué te saliste? Regresa.

—Nosotros te cuidamos para que no te caigas —prometió Patrick a su lado, luego añadió en español— *¡Ándale, hermana!*

Rosa tampoco pudo responder a ellos, seguía estática, con la boca abierta, la lengua paralizada y las palabras atascadas al fondo de la garganta. El rostro de Patrick cambió, Hannah quizá no había notado su turbación, pero para Patrick no había pasado desapercibida. Rosa se giró hacia el hombre. Pasó saliva con fuerza, apretó los puños y se obligó a hablar. La voz le salió en un débil murmullo.

—Mis hermanos me esperan.

Ella le devolvió la foto. El hombre se abalanzó hacia ella con la desesperación novelesca de los padres que temen perder de nuevo algo muy valioso. Le tomó la mano.

—¡Espera, por favor no te vayas!

Rosa quería correr directo a casa; no hacia el piano, sino hasta su cuarto, cerrar la puerta y esconderse bajo todas las cobijas de su cama.

—Tú eres mi hija, ¿no es así?

—Yo... yo... —tiró de su mano, él no la soltaba.

—Eras adoptada, ¿o me equivoco?

—¡Suélteme!

—Espera, te lo suplico. No tienes idea de la angustia que he tenido todos estos años sin saber de ti y de tu madre.

A sus espaldas Patrick patinaba en dirección a la salida de la pista con aire de buscar pelea. Al pasar le dijo algo a Pearl, ella también volteó en dirección a Rosa y su gran sonrisa se transformó en un gesto asesino. Siguió a Patrick.

Rosa sacudió el brazo y se liberó. Se dio la vuelta, el hombre la alcanzó.

—¡Por favor no te vayas! Yo entiendo que tu vida está con tu familia adoptiva, yo sólo quiero saber que estás bien. Sé que el que nos hayamos encontrado así debe ser muy confuso.

Rosa se detuvo en seco, una lágrima se le escurrió por la mejilla.

—Si no quieres hablar ahora está bien —sacó del bolsillo de su chaqueta una tarjeta y una pluma, le dio la vuelta a la tarjeta y escribió en ella—. Puedes llamarme cuando quieras.

Alex venía con una hamburguesa en un plato desechable y con una Pepsi. Patrick, seguido por Pearl, se acercaba con gesto de pocos amigos. Rosa miró a su alrededor como un gato asustado que quiere escapar. Apenas el hombre le tendió la tarjeta, ella la tomó y echó a correr hacia el estacionamiento. A sus espaldas escuchó la voz de Patrick.

—¿Qué está pasando aquí? —bramó.

Rosa no volteó atrás, quería alejarse de todo. Corrió sin dirección, entre los autos, no sabía a dónde ir. Luego pensó en la Van y eso le dio cierta sensación de seguridad. Se limpió las lágrimas, no entendía por qué lloraba. No había pensado en su padre en todos estos años. En su madre sí, todo el tiempo, pero su padre era una figura ausente.

Pasó junto a una gran pila de nieve sucia que se había erigido con la barredora de nieve. Sus ojos se posaron en ella y un recuerdo saltó en su mente, el de aquella noche en que conocieron a Nick y Maggie Kearney. La imagen era confusa, estaba en una SUV con su madre, ella tenía una expresión dura, callada y desesperada.

—Muñeca —murmuró Rosa en español. Así era como mamá la llamaba.

Llegó a donde estaba estacionada la Van. Se recargó junto a ella. Miró la tarjeta que tenía en la mano, decía. "Raúl Salazar" y un número telefónico. Sin embargo ese no era el antiguo apellido de Rosa Kearney, si mal no recordaba era Huerta. Entonces recordó que, cuando escaparon, mamá había dicho, "olvídate de él, no es tu padre, de todas formas". Nunca había pensado en realidad en ello hasta ahora que veía la tarjeta con aquel nombre escrito, ¿sería acaso que en verdad su papá no era su papá? Huerta debía ser el apellido de mamá.

Recordaba muy poco de su padre, pero las escasas imágenes que tenía eran buenas. Él jugaba con ella haciendo avioncitos de papel. Quizá por eso nunca entendió por qué un día, sin más, mamá le dijo que tenían que irse sin decirle nada a papá. Tal vez una de esas cosas de parejas que no tienen que ver con los hijos, pero que duelen de todas formas. Rosa cerró los ojos. Justo cuando se sentía tan deprimida por Nelson, llegaba aquella sombra del pasado a causarle más daño.

No supo cuánto tiempo estuvo recargada contra la Van, llorando en silencio, cuando alguien se le acercó.

—¿Rosa, estás bien?

Los ojos castaños de Rosa se abrieron. Linda y los demás estaban ahí, sus expresiones eran severas. El único que faltaba era Terrence, quien tenía esa noche libre. Rosa miró al grupo, podía leer en sus rostros verdadera preocupación, incluso en la expresión de Georgina, quien había dejado a Nelson para seguir a la familia.

—Estoy bien —dijo cabizbaja.

Maggie se acercó a ella y le puso las manos en los hombros.

—¿Qué pasó? —le preguntó.

—Nada —contestó.

«Todo», gritó su mente, «teníamos que venir a esté estúpido lugar, iodio patinar! Todos se la están pasando bien menos yo y justo cuando creía que no podía sentirme más triste, mi padre aparece».

Maggie la miraba con una expresión de quien escucha atentamente, esto hizo que la joven se encogiera de hombros. Notó que la mano de Maggie seguía haciendo contacto con ella y se sintió avergonzada. Sabía que Maggie podía leer lo que estuviera pensando en el momento si la tocaba. También sabía que podía evitar que sus pensamientos fueran expuestos si estaba en guardia, pero Rosa no estaba en guardia, así que de seguro mamá había escuchado todo aquello. El gesto de simpatía de Maggie parecía confirmarlo.

—¿Quién era ese hombre? —preguntó Patrick.

Le bastó a Rosa notar su actitud grave para saber que no tenía caso mentir, porque ellos al parecer ya lo sabían. Esa pregunta era más bien la de alguien que espera una confirmación.

—Era mi padre.

Ahí, en el estacionamiento, no quería hablar del asunto. Nick preguntó si quería que ya se fueran. Ella se encogió de hombros. Sabía que no era tarde, apenas eran las 8:00 PM y los demás quizá aún querían patinar. Bajo otras circunstancias ella hubiera sonreído y dicho con amabilidad que no pasaba nada, que podían volver a la pista. Pero esa noche no tenía ganas de ser esa persona, quería ser egoísta y por eso dijo, "quiero irme a casa". Los alféreces asintieron sin protestar, ellos sólo querían que ella estuviera bien.

En el camino de regreso, Rosa hubiera preferido no decir nada, pero tras un rato en silencio, ahí en la oscuridad impersonal de la Van, terminó por desnudar su corazón y les contó lo que había ocurrido.

—¿Y cómo te sientes al respecto? —preguntó Hannah.

—No lo sé —murmuró —. Él mencionó que mi madre se enojó con él y me alejó.

—¿Crees que sea cierto? —preguntó Nick con un tono receloso.

—No lo sé.

—Hay casos donde los padres se separan y tratan de poner a los hijos en contra del otro —comentó Alex

—Es cierto —dijo Maggie—, pero cuando la madre de Rosa la dejó con nosotros, comentó que no debíamos dejar que su padre se acercara a ella.

—¿Y cuál fue la razón? —preguntó Hannah.

—No dio explicaciones —comentó Maggie—. Dijo que para ella era mejor ya no involucrarse más.

—¿Qué sentiste en él cuando nos acercamos? —le preguntó Serena a Linda.

—Ansiedad, alegría por haberla encontrado. Noté preocupación por algo y a la vez alivio. Sin embargo, quién sabe cuál era la razón que originó esas emociones.

Fue en ese momento en que todos estaban hablando de ella como si no estuviera ahí, que Rosa sintió la intensa necesidad de irse a la cama.

De vuelta en la mansión, se encerró en su cuarto para esconderse debajo de las cobijas. Ahí permaneció por un largo rato, en posición fetal. Quería dormir, pero no podía. Trató de obligarse a ello, cerró los ojos

En su cabeza podía escuchar la voz de mamá llamándola desde la puerta de la cocina. Recordaba muy bien su casa en Guadalajara, el patio trasero donde había un gran lavadero de piedra y muchas macetas con plantas. El patio tenía una puerta que daba a la cocina, aquel recuerdo siempre traía a su mente el olor de chiles poblanos, cuando mamá los ponía a asar en el comal para después despellejarlos, quitarles las semillas y cortarlos en rajas para hacer quesadillas. A Rosa le encantaba cuando mordía la quesadilla y al tirar se quedaban colgando hilos de queso.

—*Mamá* —murmuró Rosa en la oscuridad.

Ella era muy buena. Luego pensó en papá, hubiera deseado ser capaz de recordar más de esa infancia lejana, cuyas imágenes eran vagas y borrosas. Ni siquiera recordaba mucho del viaje de México a Estados Unidos, solo que estuvieron dentro de un camión enorme y que ella tenía mucho miedo.

Rosa se abrazó a la almohada. Ahora volvía aquel hombre a su vida y le rogaba que lo dejara hablar con ella. Tras un rato inmóvil, sin poder dormir ni dejar de pensar, Rosa se levantó, alcanzó su bolsa, sacó el celular y la tarjeta. Marcó los números del teléfono de su papá, luego medito la posibilidad de oprimir el botón de marcar. Al final, optó por no hacerlo. Puso el celular y la tarjeta a un lado y volvió a taparse hasta la cabeza.

En los siguientes días continuó pensando en papá, tenía cierta inquietud por volver a verlo y hablar con él. Luego pensaba en mamá y se preguntaba por qué se había alejado. Lo cierto es que mientras más lo pensaba, más la carcomía la curiosidad. Al cabo de una semana decidió compartir sus inquietudes con Maggie y Nick, le parecía lo justo, después de todo, ellos la querían como a una hija y Rosa no quería hacer nada a sus espaldas y actuar como una malagradecida. Ellos escucharon hasta el final.

—Así que, ¿qué piensan? ¿Creen que deba buscarlo y hablar con él?

Nick seguía con aquella actitud grave y desconfiada.

—No creo que sea una buena idea —comentó al fin.

«Lo sabía, debe estar celoso», pensó Rosa.

Contuvo el aliento, sus sentimientos eran muy complicados. Estaba enojada y de alguna forma se sentía traicionada y decepcionada.

—Entiendo —murmuró cabizbaja.

—Rosa —se apresuró Maggie con firmeza—, antes que digas nada o que te molestes con nosotros, por favor, escúchanos, ¿de acuerdo? Entiende esto, nosotros te amamos y vamos a respetar cualquier decisión que tomes. Si quieres hablarle a tu padre, está bien, nosotros no vamos a impedírtelo ni a negártelo, estás en libertad de hacerlo. Simplemente queremos que seas cuidadosa. Tu madre, cuando te dejó con nosotros, insistió mucho en que ese hombre no era bueno y que no debías acercarte a él.

—Pero no les dijo por qué, con el pretexto de no querer problemas, que así era mejor y que no le creerían. Quizá era sólo que estaba enojada por algo personal, porque así tenía que pasar para que me abandonara y unirme a esta familia, ¿no creen? —replicó desafiante.

Aquello no era común, Rosa siempre se mantenía de buen talante y se conducía de una manera calmada, muy distinta al tono con el que había respondido. Nick tomó aire y lo expulsó con fuerza.

—No te pongas así, nosotros sólo queremos lo mejor para ti.

—¿Ustedes qué saben?

—Rosa...

—Él es mi padre. Quizá me ha buscado todos estos años y ha estado preocupado sin saber de mí. Si de pronto desapareciera, ¿ustedes se preocuparían?

—¡Por supuesto que sí! —Exclamó Maggie— Eso ni lo dudes.

—Entonces, quizá podrían ser comprensivos con lo que a lo mejor él siente, o yo.

—Nadie está diciendo lo contrario —sentenció Maggie—, jamás hemos dicho tal cosa y te repito, no te vamos a impedir que le hables si eso es lo que quieres. ¿De acuerdo?

Silencio. Ellos esperaban una respuesta.

—¿De acuerdo? —volvió a repetir Maggie.

Rosa asintió con la cabeza.

—Lo único que te pedimos es que seas prudente. Nosotros te queremos y estamos de tu lado. Nuestra opinión se basa únicamente en lo que hablamos con tu madre. Eso es todo. ¿Puedes prometer que vas a tener cuidado?

Rosa miró a sus Maggie y Nick alternadamente. Nick, que se mantenía callado, con gesto receloso, volvió a resoplar enfadado. Rosa bajó la vista.

—Lo prometo, voy a tener cuidado.

A pesar de tener luz verde por parte de sus padres adoptivos, le tomó tiempo decidirse. Fue a mediados de febrero. Esa mañana, en la escuela, Nelson llegó con un conejo de peluche para Georgina. Ella le echó los brazos al cuello para besarlo apasionadamente en medio del pasillo. A su lado, Rosa escuchó a algunas chicas opinar:

—Qué romántico.

—Hacen una pareja preciosa.

Sintió un vacío en el estómago. Aquella herida seguía doliendo tanto. Si tan solo Nelson supiera que a Rosa le encantaban los conejos. Se sintió sola, con una intensa sensación de abandono. Se alejó de ahí. Pensó en el consejo que le había dado Linda, uno que ella insistía que le serviría. "Habla con Georgina, cuéntale cómo te sientes". Rosa meditó:

«No quiero hablar con ella, eso podría no servir más que para causar enemistad entre nosotras. Todavía tengo que vivir con ella, entrenar y pelear a su lado. No creo que deba hacerlo. Pero sería lindo hablar con alguien».

Fue así que sin más, volvió a pensar en su papá y tuvo la necesidad de establecer contacto con alguien en quien quizás pudiera confiar.

Esa tarde al llegar a casa, buscó la tarjeta y tomó su celular. Luego caminó por el jardín interior hasta un banco de piedra, en torno al que había un muro cubierto por enredaderas, todas sin hojas, como un esqueleto dormido aguardando la primavera. A los lados había múltiples macetas, eran sus amadas plantas que aún dormían a la espera de la primavera. Miró hacia arriba a sus queridos árboles. Luego el celular, presionó los dígitos y el botón de "llamar". Escuchó el largo sonido electrónico de la marcación, silencio, otra vez el sonido electrónico, silencio, un tercer resonar, silencio, el sonido por cuarta vez, interrumpido por la voz masculina que contestaba.

—¿Hola?

Tomó aire, estaba nerviosa. Las palabras no le salían. Debía obligarlas.

—Hola, soy Rosa.

Terrence estacionó el auto en frente del café. Rosa iba sentada a su lado. Ella le había pedido a Terrence que fuera él quien la llevara. Así era más fácil.

—En cuanto quiera que pase por usted, mande un mensaje a mi celular y estaré aquí en un instante, señorita.

—Gracias, Terrence —le dijo al mayordomo.

—Y si necesita refuerzos, sabe que cuenta con mis poderes también.

—No tienes que preocuparte, Terrence. Puedo cuidarme sola.

Descendió del auto. Entró en el café. No sabía qué esperar. Llevaba puestos unos pantalones grises, un suéter blanco con delgadísimas rayas rosas, unos *flats* negros sin medias y un abrigo. Llevaba el cabello sujeto en una cola de caballo. Se había puesto un poco de rímel y un lápiz labial ligero, aretes de plata. Se miró en el reflejo de vidrio que cubría el gran ventanal al entrar al café. Estaba linda, lo suficiente para que su padre la viera. No sabía que esperar. Raúl Salazar aguardaba en una mesa, con una taza de café frente a él, al verla se puso de pie y la saludó con un abrazo. Ella estaba nerviosa.

—¿Qué quieres tomar? Pide lo que quieras.

Rosa le agradeció y eligió algo del menú. Él se levantó y le dijo que le traería lo que quería en seguida. Ella aguardó en la mesa. Al cabo de unos minutos volvió con la bebida, la puso frente a ella y volvió a sentarse.

—No puedo creer que estés aquí —comentó papá—. Todos estos años me he preguntado dónde podías estar. Siempre supe que algún día tenía que volver a saber de mi hija y por eso es que jamás dejé de buscarte.

—¿Cómo llegaste a Battle Shore?

—Alguien me dijo que tu mamá te trajo a Estados Unidos. Investigando y preguntando aquí y allá tuve una pista hasta la costa oeste, pero lo cierto es que ha sido como andar a ciegas. Había escuchado que te dio en adopción, pero ni una pista. ¿Aún hablas español? —le preguntó en esta lengua.

—Todavía lo hago —replicó con cierto acento—, pero no lo hago tan bien como debería.

—¿Prefieres que hablemos en inglés o en español?

—Español está bien. La verdad es que debería hablarlo más.

El resto de la conversación fue en español. Él empezó a hablar de los largos años, de la desesperación, de la gente que había encontrado a su paso y la frustración de no tener respuestas. Rosa bebió un poco, el café *latte* con vainilla estaba muy bueno. Escuchaba atenta.

—Tus padres, ¿te tratan bien?

—Son los mejores —respondió.

—Pero, ¿saben de tus poderes?

Rosa se quedó helada en el acto.

«¿Es que sabe algo?».

—¿Poderes?

Su padre levantó su taza de café y la puso a un lado, luego tomó una cuchara y sacó algo de café el cual vertió en el plato sobre el que descansaba la taza, luego, con el dedo índice tocó el plato y el café se congeló en el acto. La boca de Rosa se abrió en una sorpresa.

—Yo también soy eukid.

—Siempre pensé que tú y mamá eran comunes.

—Ella lo era, pero yo no. Mi casta es luminosa. Puedo reducir la temperatura de lo que está a mi alrededor.

—No recordaba nada de esto.

—Está bien, eras muy pequeña. Tú tenías un talento especial con las plantas. Me di cuenta una tarde en que reviviste un ramo de flores marchitas, ¿lo recuerdas?

Ella meneó la cabeza en una negativa.

—Fue tan gracioso. Yo le había comprado a tu mamá un ramo de flores por su cumpleaños. Al cabo de una semana ya estaban todas secas. Entonces tú te acercaste caminando, las tocaste con tu manita y volvieron a recuperar su encanto como el primer día. Tú mamá parecía tan avergonzada, como si no quisiera que nadie viera lo que podías hacer. Pero yo le demostré que no había nada de malo en eso, que yo entendía.

Rosa sonrió aliviada. Así que después de todo él también era como ella, un eukid luminoso.

—Nick y Maggie lo saben —comentó Rosa.

Y eso fue todo lo que le dijo, no le contó de sus entrenamientos, ni de su misión como alférez, ni nada. Nick le había pedido que fuera cuidadosa, y no hablar de los guardianes parecía adecuado por ahora. Dio otro sorbo al café.

—¿Por qué se separaron mamá y tú?

Él apretó los labios.

—Nosotros discutíamos como todas las parejas. Luego —hizo una pausa, bajó la vista como quien piensa bien sus palabras—, le fui infiel, lo admito. Ella se enojó y no quiso saber de mí, dijo que me quería fuera de sus vidas. Cometí un error, de acuerdo, pero lo pagué muy caro.

«Así que es eso, o es lo que quiere que sepa. Parece honesto. ¿Es eso lo que pasó? ¿Mamá era una mujer herida y furiosa?».

—No la juzgo. Las relaciones humanas son muy complicadas. A veces uno cuando está muy herido por amor hace tonterías.

—Es posible.

—Tú, ¿te has enamorado alguna vez?

Rosa bajó la cara, pasó ambas manos por la superficie de la mesa como quien quiere planchar las arrugas de un mantel invisible.

—A decir verdad, sí.

—No pareces muy contenta.

—No, digamos que no me ha ido bien.

—¿Por qué no me cuentas? Quizá pueda darte un consejo.

Su semblante era amable, se mantenía a la expectativa como quien espera al menos poder dar eso, un consejo, cuando por años le ha sido negado dar todo lo demás. Rosa tenía ganas de contarle, no tanto por él, sino por ella, cuyo corazón roto aún dolía y necesitaba hablar con alguien.

—Hay un muchacho que siempre me ha gustado. Lo conozco desde hace un par de años, por la academia de música a la que voy yo en las tardes.

—¿Tocas algún instrumento?

—Toco el piano.

—Sería genial si alguna vez pudiera escucharte.

—En mi próximo recital, te prometo que serás mi invitado —replicó con convicción y prosiguió—. Él toca el piano, la guitarra y canta muy bien. Nos hablamos, pero jamás se ha fijado en mí.

—No veo por qué no, eres muy bonita.

Sus labios se curvaron en una sonrisa amarga.

—Gracias, supongo —Rosa se encogió de hombros.

—Lo digo en serio, no sólo porque seas mi hija. Mírate; tienes ojos negros grandes y expresivos, pestañas largas, una cara muy linda, te ves en muy buena condición física, ¡tocas el piano! Ese muchacho no sabe lo que se pierde

De los labios de Rosa escapó una risita amarga.

—Lo peor es que él se fijó en una de mis hermanas. Ahora ellos son novios y yo tengo que verlos de cerca todo el tiempo. La noche que nos encontramos, él estaba ahí en la pista de patinaje, con ella.

—¿Te refieres al rubio bravucón?

—Ese era Patrick, mi hermano adoptivo.

—¡Ah, ya veo!

—Quizá no la viste, una chica rubia con un muchacho alto de cabello largo y negro.

—No sé quiénes. Dime algo, ¿ella sabía lo que sentías por él?

—No, nunca se lo conté. No pensé que fuera importante.

—¿Y él?

—No sabe.

—Supongo que es tu primer amor.

Ella suspiró y de nuevo la invadió esa sensación de vacío.

—Rosa, el primer amor siempre duele más que todos. Y los amores no correspondidos son aún peor. Quizá ya hayas oído esto antes, pero no hay nada que hacer, sólo seguir adelante con tu vida. Tal vez no me lo creas ahora, pero esto va a pasar. ¿Cuándo? No lo sé, tarda, pero poco a poco va a sanar, depende de ti, de la actitud con la que enfrentes las cosas. Mientras lo sigas pensando y dándole vueltas en tu cabeza, te vas a seguir haciendo daño, ¡tú sola! Tienes que olvidarlo. Yo sé que no es fácil, no lo es, duele, pero es parte de madurar y crecer. Así es la vida y uno tiene que seguir adelante.

Volvió a suspirar abatida.

—Alguien me dijo que debería hablar con mi hermana, sacar todo lo que pienso y cerrar eso.

—No es mala idea, puedes probarlo si crees que te servirá de desahogo. Pero si lo que vas a hacer es pelear con ella, quizá sea mejor no hacerlo.

—Yo no quiero pelear, yo no soy así. A mí no me gusta pelear.

—Entonces, haz la prueba, ve, habla con ella en plan amistoso. Luego cierras ese capítulo y adelante con tu vida.

—Tienes razón, esto ha durado demasiado tiempo. Quizá sea momento de olvidar.

—Esa es la actitud. Ánimo, vas a estar muy bien.

Siguieron hablando el resto de la tarde de todo un poco. Raúl quería saber de ella, sus películas favoritas, la comida que más le gustaba, si tenía otros pasatiempos además de tocar el piano. Rosa le contó de lo mucho que le gustaba la música y le gustó descubrir que ambos tenían en común que su actor favorito era Tom Hanks. Después del primer café, se levantó y fue a la barra por otro latte de vainilla.

El tiempo se fue volando, en la taza aún tenía menos de la mitad del segundo café. Miró su reloj, eran casi las 8:30 PM, le pareció una buena hora para despedirse, pero antes debía hacer algo en privado; tanto café había despertado una enorme urgencia en ella. Se excusó y se dirigió al baño. Mientras estaba sentada en el inodoro le mandó un mensaje de texto a Terrence. Él contestó que estaría ahí en quince minutos. Tiempo suficiente para terminar el café y despedirse. Dejó correr el agua del inodoro y salió.

Se lavó las manos. De repente le pareció escuchar algo así como un murmullo, ella miró por el espejo, detrás de ella no había nadie, retiró las manos y el grifo automático dejó de dispensar agua. Se acercó a la máquina de aire caliente, tuvo que mover las manos un par de veces antes que el sensor la detectara y arrojara su chorro de aire, entonces, pese al ruido de la máquina, volvió a escuchar el murmullo, esta vez un poco más fuerte. Rosa volteó hacia atrás, no había nada. Se dijo que quizá sólo fue el ruido de la cañería.

Regresó a la mesa. Levantó la taza y bebió de golpe lo que quedaba del café. Quizá por lo rápido que se estaba enfriando, tenía un gusto no tan agradable como cuando se lo sirvieron, sabía un poco amargo.

—Ya casi me tengo que ir —le dijo a su padre—. Me la he pasado muy bien. Quizá podamos vernos en otra ocasión para platicar.

—La verdad es que no quiero que te vayas. Después de tanto tiempo sin verte, es muy duro tener que decirte adiós.

—No tenemos por qué romper el contacto.

—No me entiendes —ya no sonreía, estaba severo—. Es que no te puedes ir. Tienes que venir conmigo.

«Esto no me gusta, algo en su aspecto no es tan amigable como hace un rato... qué extraña sensación, quizá fue demasiada cafeína, porque siento que me tiemblan las manos».

—Sabes, Rosa, tú tienes un talento especial que se está desperdiciando. Eres una de las eukid más interesantes que haya conocido jamás. Sé de gente a la que le gustaría conocerte, guerreros muy poderosos que estarían encantados de tenerte de su lado. Podríamos beneficiarnos mucho estando en el bando correcto.

Rosa se puso nerviosa. De pronto, en su oído le pareció escuchar una voz que sonaba como un eco distante, como si el viento murmurara su nombre. Miró hacia arriba, el techo del café, todo el lugar daba vueltas.

—*Rosa... ¡cuidado!* —llamó la voz del viento.

Ella se giró, no había nadie hablándole al oído.

«¿Es qué me estoy volviendo loca que ya oigo voces?»

—*¡Vete ahora!* —gritó la voz.

Rosa se incorporó de golpe y al hacerlo le pareció que perdía la percepción del lugar. Se precipitó hacia la salida. Lo vio venir tras de ella. Ella levantó su mano, no le importaba si estaba en un lugar con otras personas que pudieran verla, le arrojaría sus espinas si se acercaba. Entonces se dio cuenta que había pasado algo más, su poder no estaba ahí, era como si algo lo estuviera conteniendo, como si le hubiera quitado su energía. La invadió el pánico, tenía que huir. Salió del café, corrió por la banqueta, entre las personas que salían de los locales comerciales.

—¡Rosa, espera! —venía papá gritando detrás de ella.

El mareo se hacía peor y sus poderes no respondían. Se preguntó cómo podía pasar esto, entonces recordó lo bien que sabía el café, luego se disculpó un momento y...

«¡El café! Puso algo en mi café cuando me levanté al baño».

Se escabulló detrás de un callejón que guiaba hacia la parte posterior del centro comercial, donde estaban los contenedores de basura. Quizá pudiera esconderse ahí. Trató de elevar su energía, sus poderes no respondieron, era como si no los tuviera, tal y como le había ocurrido a Serena y a Georgina en la Ciudadela. No podía defenderse. Su unica opción era esconderse.

Sacó el celular, presionó "marcar" al primer número que vio, cualquiera de la familia servía. Estando por orden alfabético en el celular, la elegida fue Alex, tenía que apresurarse. Estaba sonando, entonces alguien la tomó por el pelo, la jaló hacia atrás y le arrebató el celular. Era un sujeto enorme, de aspecto desagradable, que llevaba un abrigo negro. Ella luchó, trató de liberarse, pero sus movimientos se estaban haciendo lentos y más débiles. Sus piernas perdieron fuerza a la par que una pesada somnolencia la invadía. Un viento helado inundó la atmósfera.

—Déjala, no hará nada.

El sujeto la soltó, Rosa se desplomó. En el suelo miró los zapatos de su padre acercarse. Se detuvo frente a ella con aire triunfal.

—Vas a venir conmigo. Tengo planes y he esperado demasiados años.

No podía ni siquiera gritar, sus ojos se habían puesto muy pesados. Perdió el conocimiento.

Avanzaba en la oscuridad de un sueño profundo del que no podía despertar, en el que había caído por el narcótico. Nada tenía sentido.

—Rosa —le habló mamá—, cuídate mucho, muñeca.

La niña no lo entendió al principio, pero mamá se estaba despidiendo para siempre. Ella le dijo que estaría bien, que aquel lugar era ahora su hogar. Rosa miró a su alrededor, la mansión de los Kearney era genial. Los otros niños eran simpáticos, aunque no le entendía a Patrick y a Georgina. Linda en cambio hablaba español, ella desde el principio dijo que sería su mejor amiga y no la dejaba de seguir. Sin embargo, ella no quería una mansión con un gran jardín, mayordomo y alberca, ella quería a su mamá. Ella le dijo que no era posible, sólo, estando separadas, Rosa estaría a salvo de... ¿de qué? Mamá no lo dijo.

—Tienes que ser muy valiente. ¡Prométemelo!

Y la pequeña lo prometió, tal y como le prometió a Maggie que sería cuidadosa, ¿y qué hizo? Confiar de la manera más estúpida en el hombre del que le dijeron se cuidara.

«Rosa» le habló otra voz en su cabeza, una que parecía amigable. Era un hombre viejo, la voz del viento, la que le había dicho que escapara.

«Ayúdame», le pidió Rosa, «no sé a dónde me llevan ni puedo despertar».

«Tienes que defenderte sola».

«Pero no puedo, alguien ha bloqueado mis poderes».

«Debes liberarte, tú puedes hacerlo».

«Por favor, ayúdame», insistió Rosa, «necesito despertar».

«No puedo hacer eso, pero mientras estés en este estado puedo ayudarte a recordar».

«¿De qué me sirve recordar ahora?».

«Te ayudará a entender lo que ha pasado con tu vida».

«Lo que yo necesito es despertar, tener mis poderes de vuelta y escapar».

«¡Debes recordar!», insistió el viento.

«No es posible, yo era muy pequeña».

«La memoria es una cosa curiosa», comentó el viento, «almacena como una grabadora, y aun cuando tú conscientemente no puedas recordar, eso no significa que los recuerdos no estén ahí. La memoria sólo se borra con la muerte. Los únicos que pueden conservar recuerdos a través de las reencarnaciones son los centinelas negros, ¡no olvides eso! También se dice que algunos psíquicos poderosos pueden tener algunas visiones del pasado en

sueños y en visiones. Pero eso de momento no viene al caso, yo no quiero mostrarte un pasado distante, sino tu propio pasado en esta vida».

La oscuridad parecía disiparse, a lo lejos escuchaba un ruido familiar, el del tapón de la olla exprés, el olor de los frijoles. Algo más, un olor a carne condimentada se estaba cocinando.

«Tu memoria es tuya, permite que te ayude a ver».

«Únicamente percibo olores».

«Así es al principio, la memoria olfativa es una de las más poderosas».

La oscuridad terminó de disiparse. Mamá estaba picando zanahorias, apio y papas para cocinar... "¡picadillo!", sí así era, a Rosa la hacía reír esa palabra. Había alguien más, era papá, estaban discutiendo, últimamente lo hacían mucho. Él hablaba y hablaba y ella parecía enfadada. La pequeña se acercó y escuchó sólo una parte.

—No tienes idea de lo que dices. Los poderes de Rosa son grandes. Se acercan tiempos de guerra y ella podría aprender de otros.

Mamá echó la verdura picada en una olla, luego puso la tabla de picar y el cuchillo al fregadero y se volvió hacia papá.

—No me importa lo que digas —comentó firme—. Mi hija no tiene que tomar bando con nadie ni ir a ninguna guerra, me escuchaste.

—¡Carajo, mujer! ¿Eres idiota o no entiendes?

—No me hables así. No te acercarás a mi hija.

Él se aproximó a pasos apresurados, la tomó del brazo, ella gimió.

—¿O qué? Dímelo, qué va a hacer una humana común como tú.

—Me lastimas.

—Podría congelarte el brazo. Podría aniquilarte en un momento.

—¡No, por favor, no!

—Mamá —llamó la pequeña.

Raúl la soltó y se separó de ella. Mamá se llevó una mano al brazo y se lo frotó para quitarse el frío. Mamá se apresuró a abrazar a Rosa y llevarla en brazos para sacarla de la cocina.

La escena se perdió en las tinieblas, luego la oscuridad volvió a disiparse y le mostró a Rosa, un caleidoscopio de escenas. El día que mamá se presentó sin más en el colegio al que iba Rosa para sacarla de clases, antes de la hora de recreo. En el auto ya estaba una maleta con sus cosas y el conejito de peluche favorito de Rosa. No volvieron a la casa, salieron a carretera. Mamá manejó todo el día. En la noche se detuvo en un hotel de paso y cerró la puerta.

—¿Dónde está papá?

—Es de él de quien huimos.

—¿Por qué?

—No te preocupes, él en realidad no es tu padre.

El caleidoscopio de recuerdos llevó a Rosa hasta Tijuana, donde vivía una hermana de su mamá, la tía Caro. Ellas no tenían dinero y tenían que irse lejos, aún más lejos. Mamá tenía miedo de que incluso en aquel lugar, papá las encontraría. Tenían que esconderse.

—Pues sólo que te pases del otro lado —dijo la tía Caro.

—Es curioso —dijo mamá lacónica—, pero ahí es a donde me dijo aquel joven que debía llevarla.

—¿Cuál joven? —preguntó tía Caro.

—No tiene importancia. Lo vamos a hacer, pero ni yo ni la niña tenemos visa y el trámite puede tardar. No sé si tengamos tanto tiempo.

—No necesitas visa. Mi compadre conoce a alguien y te pasa, no te preocupes, tú déjamelo a mí.

La escena cambió. Rosa observó cuando subieron su maleta en la caja de un tráiler, al fondo, donde mamá y ella se escondieron en la oscuridad. Había otros, unos cuantos. Nadie hablaba, todos estaban callados. Al llegar al otro lado, el hombre los hizo bajar a todos en una gasolinera, era de noche. Mamá no quería dejar la seguridad del tráiler.

—Pero no hemos llegado —dijo mamá con desesperación—. Usted dijo que iba hasta Oregón. Yo le pagué y le dije que necesitaba ir hasta Oregón.

—Con lo que me dio sólo la puedo dejar en California.

—¡Eso no fue lo acordado! Yo le pagué por ir a Oregón.

—Cambió la tarifa, ¡ahora se me bajan las dos!

—Por favor —suplicó mamá.

—¿Acaso tiene con qué pagarme?

—Le di lo que tenía, no sea así, por favor, se lo suplico, ayúdeme.

El hombre le sonrió, mamá parecía nerviosa.

—Quizá haya otra forma —miró a Rosa, luego a mamá—. Vamos haciendo esto, saque a la niña en lo que usted y yo hablamos en privado.

Mamá parecía aterrada, luego suspiró derrotada. Llevaron a Rosa a la cabina del tráiler, la hicieron que se sentara con su conejito de peluche en el asiento del copiloto.

—No toques nada —le dijo mamá con la voz que usaba cuando la estaba regañando—. Escúchame bien, te quiero quieta y calladita, ¿entendiste?

—Tengo miedo.

—Abraza a tu conejo. Cántale la canción de "La muñeca fea".

De haber estado despierta, Rosa hubiera comenzado a temblar y llorar. Miró a mamá irse con ese hombre, de vuelta a la caja del tráiler, mientras ella, abrazada a su conejito, comenzó a cantarle bajito la canción de la muñeca fea. Rosa no había pensado en esa canción en años, era la que mamá le cantaba en las noches antes de dormir. Al cabo de un rato el hombre y mamá regresaron. Subieron a la cabina. Él se acomodaba la camisa. Mamá se apresuró a cambiar a Rosa de lugar, para que la pequeña quedara sentada del lado de la ventana y mamá en medio. Él se rio entre dientes y le tocó la rodilla a mamá.

—Tranquila, reina, que nada le va a pasar a su hija. Hay que seguir, que aún nos faltan horas antes de llegar a Oregón.

Rosa notó que mamá había perdido un arete.

«¡Basta!» exclamó Rosa, «¡Ya no quiero recordar! Todo esto es muy doloroso. De niña veía, pero no entendía estas cosas horribles que pasaban».

«Es tarde para eso, la puerta está abierta».

«¿Cuál es el objeto de hacer esto?».

«*Que sepas la verdad para que ese hombre no te pueda engañar ni manipular, para que no te confundan y también demostrarte que, tal vez en algún momento haya algo que te duela y te sientas sola, pero si pones las cosas en perspectiva, verás que siempre has tenido a tu lado a otros que te aman y que han estado dispuestos incluso a sacrificarse por ti*».

Rosa comenzó a llorar. El torbellino de recuerdos volvió a sacudirse, la oscuridad se tornó en blancura, era como estar dentro de una esfera de nieve siendo agitada violentamente. Mamá había conseguido una SUV usada en Portland. El invierno había llegado. Ese año, había sido inclemente. Había algo en la nieve que aterraba a mamá. Dejaron Portland para ir a Battle Shore.

Una noche cayó una terrible ventisca. Mamá parecía alterada, era como si la nieve fuera el presentimiento de algo terrible, algo de lo que quería escapar. Le ordenó a Rosa que subieran al auto. Era noche, Rosa tenía sueño, mamá le dijo que durmiera en el auto. Manejó sin rumbo, como quien sabe que debe llegar a algún lugar que en realidad no sabe dónde está. El auto dejó de moverse, mamá perdió los estribos, Rosa la vio golpeando el volante histérica, frustrada, la escuchó murmurar. "Ya no sé qué hacer". Fue entonces que alguien golpeó el vidrio, mamá saltó asustada. Era Terrence, quien les habló con voz amistosa. Mamá hablaba muy poco inglés. Él se dio a entender con ella en inglés y algo de español. Se alejó, al cabo de unos minutos volvió con Nick, él hablaba perfecto español. Le dijo que podían remolcar la SUV hasta su casa y revisarla ahí. Ella tenía miedo, pero aceptó, había algo que la hizo confiar. Quizá la forma tan fija en que Rosa se le quedó viendo a Nick y luego dijo:

—*Mamá, ese señor es bueno.*

Ellos se encargaron de la SUV, mamá abrazaba a Rosa contra su pecho. Hacía tanto frío. Las llevaron por un camino entre árboles hasta la mansión. Esa noche durmieron en una cama suave, fue la última vez que mamá le cantó la canción de la Muñeca Fea. De nuevo oscuridad, el eco de la voz de mamá resonaba diciendo: "no tengas miedo...".

Los ojos de Rosa se abrieron, estaba acostada en algo suave. El lugar olía a muebles viejos, parecía el sótano de una casa, casi todo el cuarto estaba en penumbras, excepto por la luz que se colaba por una ventana, Rosa se incorporó y fue hasta ella, era pequeña, pero no tanto para impedirle escabullirse. Trató de abrirla, estaba bien cerrada. Miró hacia afuera, vio árboles, algunos cúmulos de nieve que aún no se había derretido de la última nevada. Afuera estaba nublado, el sol se veía como un disco plateado, por su posición debía ser casi medio día. Al parecer estaban en algún lugar en medio del bosque. Rosa se concentró, trató de comunicar su energía con la de los árboles a su alrededor, trató de sentirlos. Fue inútil, sus poderes seguían ausentes.

La puerta se abrió, era papá.

—Veo que ya te despertaste.

—¿Qué estoy haciendo aquí?

—Nos vamos a reunir con un conocido.

—¿Qué es lo que quieres? ¿Utilizar mis poderes para tu beneficio?

Tocó el marco de la puerta, energía luminosa salió de su mano y se deslizó por la pared, enfriando todo el cuarto. Rosa comenzó a temblar.

—Se acercan tiempos difíciles, Rosa. Se están haciendo bandos para pelear por la supremacía sobre los eukids.

—Los que se rebelaron contra los Cinco Sabios volverán para traer caos, muerte y desolación —murmuró.

—Has escuchado las premoniciones —asintió Raúl satisfecho—. Ya veo, tus padres adoptivos quizá no sean unos estúpidos como creí en un principio y te han enseñado un par de cosas. Lo que no entiendo es qué ha pasado contigo. Cuando eras niña tenías potencial, sin embargo ahora casi no puedo sentir tu poder. ¿Me estás ocultando tu naturaleza? Está bien, no tengo prisa por ponerte a prueba. Pronto, cuando tengas que pelear.

—Yo no voy a pelear contigo ni para ti —expresó determinante.

—Sí, es verdad, dijiste que no te gusta pelear. No importa, tú harás lo que yo te diga, hija. Y si no quieres, no importa, hay maneras de obligarte.

—Yo no soy tu hija y tú lo sabes.

—¿Tu madre te dijo eso?

—Quiero oírlo de ti.

Guardó silencio un momento, luego asintió con la cabeza.

—Es verdad. Cuando conocí a tu mamá tú eras un bebé. Yo la amaba, no creas que no. Luego descubrí lo que tú eras y eso despertó más mi interés. Había poder en ti, cosa rara, la mayoría de los eukids no se manifiestan sino hasta que tienen al menos unos siete años. Tú en cambio, aún no hablabas y ya revivías plantas secas. Lo que hacías era demasiado asombroso para ignorarlo. Tu madre no quería que yo te entrenara. Era una mujer muy tonta.

—¡No hables así de mi madre! —replicó con voz firme.

Raúl Salazar se rio.

—Me parece divertido es que la defiendas a pesar de que te abandonó.

Rosa pensó en todo lo que acababa de recordar mientras dormía.

—Jamás podría odiarla por lo que hizo —sentenció—, tenía sus razones.

—Sabes, hace tiempo me enteré dónde vive, me sorprendió descubrir que tiene otra familia con la que es feliz. ¿No te enoja saber eso?

—No —respondió—. Espera un momento, la encontraste, ¿me has estado buscando todo este tiempo? Nuestro encuentro no fue casualidad, tú sabías dónde estaba.

—Nunca perdí la esperanza de encontrarte, porque no creerías que iba a renunciar tan fácil a tener a alguien con tu talento. Me enteré que estabas en Battle Shore, aunque no sabía dónde aún. El que me topara contigo en ese lugar fue algo muy afortunado, hija.

—No soy tu hija.

—Te alimenté, te vestí, te cuidé, te eduqué, esas cosas cuentan. Yo tenía tanta ilusión en la idea de entrenar a mi hija, para que peleara conmigo.

—Jamás voy a hacer lo que quieres. Mi familia vendrá a buscarme.

Él se rio.

—Nos iremos antes de que lleguen. Piensa lo que te digo. Cuando los reyes y reinas se levanten, más vale estar del lado de los ganadores. Es tiempo ya de salir de las sombras, dejar de escondernos de los comunes y someterlos. Es hora de poner un orden y control, como en tiempos de Los Cinco Sabios, pero más efectivo y con puño de acero.

—No puede ser bueno querer ser líder si no se traerán paz ni justicia para otros.

—La paz está sobrevalorada y la justicia es relativa. Escucha, piensa lo que te digo. Las cosas no tienen que ser así entre nosotros, me agradas. Quizás no seas mi hija, pero eso no significa que no te quiera como tal. Yo puedo ser tu mentor, sígueme y verás que nos irá muy bien. Un nuevo imperio se instaurará y nosotros tendremos poder y gloria.

—Nunca. En el pasado, aquellas fuerzas de discordia no ganaron y en el presente tampoco ganarán, mientras haya guerreros con valor dispuestos a defender la paz.

—Piensa lo que quieras por ahora. Pronto te darás cuenta lo equivocada que estás.

Salió de la habitación y cerró la puerta con llave. Rosa se dejó caer en el sillón. Esto no era bueno, tenía que salir de ahí. Debía recuperar sus poderes. Si esto era como lo que ocurrió en la Ciudadela, entonces la clave era la energía que bloqueaba sus poderes.

«Papá... no, ¡Raúl! Dijo que sentía mi energía, o sea, que mi poder sigue conmigo, esto prueba que me está ocurriendo lo mismo que a Georgina y Serena. Tengo que liberarme de la misma manera que ellas lo hicieron, no tengo más opción».

Lo primero era detectar la energía invasora, Rosa se concentró, ella hasta ahora había hecho buenos avances en su capacidad de sentir energías. Se sentó en profunda meditación, procurando mantenerse relajada. Le tomó un rato detectarla, era como una red que cubría todo su ser, no tenía agujeros ni puntos débiles. Era un encantamiento fuerte y silencioso. Se preguntó en qué momento aquello había caído sobre ella; jamás lo había notado.

Al caer la noche alguien llegó. Rosa los escuchó hablar en el piso superior. Al cabo de un rato, el sujeto que había ayudado a Raúl a detenerla, bajó, la tomó del brazo y la llevó arriba. Sentado en un sillón, desparpajado como quien mira televisión en su casa, había un hombre todo vestido de negro, con botas y guantes también negros. Su cabello encrespado a primera vista parecía negro, pero al moverse los reflejos de la luz revelaban su extraño color verde oscuro. No fue sino hasta que se giró para verla que Rosa notó la estrella negra; era un centinela negro.

—Mira, Edd —dijo Raúl—, ella es mi hija de la que te hablé.

El tal Edd la contempló indiferente.

—No parece nada especial.

—Falta de entrenamiento. Pero te puedo asegurar que tiene un gran potencial.

Rosa permanecía en silencio, sin sus poderes estaba en desventaja. El centinela se levantó, se acercó a ella y la analizó detenidamente.

—*What do you say, sweetheart?* ¿Estás lista para dar tu vida al servicio del Emperador de la oscuridad?

Rosa no contestó, bajó la vista.

—Mírame cuando te hable —profirió Edd.

Rosa alzó la cara, el centinela negro la miró fijamente, de pronto pareció interesado

—Qué ojos más extraños tienes. Es como si pudiera ver el cielo estrellado en tus pupilas. Nunca había visto nada igual. Comienzo a creer que tu padre quizá tenga razón respecto a ti, tal vez sí eres un eukid de alto nivel.

El centinela negro sonrió satisfecho.

—Muy bien, Raúl. Le diré al Emperador que tú y tu hija quieren verlo. Admito que estoy sorprendido, siempre pensé que eras un cobarde.

—Me juzgas mal. Por cierto, ¿saben que se rumora que hay alguien más formando un ejército? Quizá el emperador deba darse prisa en atacar.

—Los rumores nos tiene sin cuidado. La guerra apenas comienza y al final prevalecerá el que tenga la mejor estrategia y no quien lance el primer ataque.

Su invitado se fue. Raúl estaba complacido.

—¿Has pensado en lo que te propuse, hacer equipo conmigo?

—No hay nada que pensar, ya sabes mi respuesta.

Raúl se aproximó a Rosa, la tomó del brazo, a su alrededor resplandeció una energía luminosa de color gris claro. Su contacto era helado, la guardiana se quejó, trató de liberarse, pero él era fuerte. A su lado, su compañero brilló con una energía de color acero.

—Se me está acabando la paciencia —sentenció Raúl—. No quiero hacerte daño, pero si me obligas, lo haré—la joven se quejó, hielo salía de la mano de Raúl y se adhería al brazo de ella, le quemaba la piel—. No tienes idea de lo que soy capaz. Podría ir a buscar a tu madre, a su actual esposo y a sus tres hijos y traerte sus cabezas en bloques de hielo. Quizá eso te guste, tus hermanos son muy lindos, el mayor tiene nueve años, el otro seis y el más pequeño aún es un bebé.

—¡No, eso no! —Exclamó Rosa— No te lo permitiré.

—Entonces, harás lo que yo te diga o ellos pagarán.

Acto seguido, la arrastró de vuelta al sótano, la empujó adentro. Ella se giró hacia él mientras se frotaba el brazo en el punto donde la había sujetado.

—Rosa, por tu bien, mejor que me sigas de buena manera. Yo no soy un mal tipo, puedo ser muy generoso con la gente que aprecio. Si me obedeces y eres buena, verás que en mí tendrás a un padre y maestro con la mejor disposición de ayudarte. Únete a mí y verás que nos puede ir muy bien juntos.

—Nunca. Aquellos que se opusieron a los Cinco y ahora buscan poder, lo único que traerán al mundo es caos. Yo no puedo ser parte de eso jamás.

—Supongo que tus padres adoptivos te dijeron eso —comentó con sarcasmo— Sabes, si tu madre no te hubiera alejado de mí y me hubiera permitido entrenarte, pensarías de una forma muy distinta. Dices lo que dices porque es lo que te enseñaron, igual que un mono amaestrado. Conozco a la gente como ellos, ilusos que creen que el débil debe ser protegido y esa clase de estupideces, cuando el mundo real es muy distinto. Esta vida se rige por la ley del más fuerte, esa es la verdad. Allá afuera a nadie le importan tus sentimientos, gana el que golpea, el que pelea y arrebata. Piensa en lo que te digo, sabes que tengo razón.

Raúl salió. La puerta crujió al cerrarse.

Sentada en el suelo, abrazando sus piernas, Rosa estaba meditabunda. Por la pequeña ventana se colaba la luz azul de la luna. La joven tarareaba *Clair de Lune*, con la melancolía de quien está profundamente desengañada. La invadía una fuerte sensación de culpa por haber sido tan tonta de creer que podría hablar con su padre.

«Las ilusiones al final se rompen, como cuando Nelson aplaudió desde la puerta cuando toqué aquella pieza de Yanni... Soy una tonta».

Volvió a suspirar, abatida. Quería volver a casa con Nick, Maggie y los demás. Le hubiera encantado escuchar a Hannah riendo, a Patrick y a Tanya peleando en el pasillo o la voz de la sirena entonando alguna melodía sin letra. Pensar en Georgina la hizo sentirse aún más tonta, había estado triste por ella y Nelson durante meses y ahora todo eso le parecía una trivialidad, como el capricho de una niña pequeña. Gin jamás había tenido siquiera un gesto desagradable con ella.

«Debí haberle hecho caso a Linda», meditó, «hablaré con Georgina en la primera oportunidad que tenga y luego seguiré con mi vida».

En su cabeza también giraba un pensamiento inoportuno, las palabras del hombre al que creía su padre, se había referido a ella como un mono amaestrado. Se preguntó si acaso no tendría razón. Rosa meditó:

«Nosotros hemos crecido escuchando que somos guardianes elegidos para combatir el caos. Tal vez si hubiera crecido con él, mi manera de pensar sería diferente. Sin embargo, me cuesta trabajo creer que yo sería como él. No me gusta ver sufrir a la gente. Cuando ayudamos a alguien, se siente correcto. Además, nada de lo que me han dicho es falso, he visto las visiones que Tanya y Maggie han compartido con nosotros y creo que no es mera casualidad las diferentes formas en que Alex, Tanya, Pearl, Hannah, Linda y yo llegamos a la mansión. Y aun si por alguna razón nunca hubiera llegado con ellos, creo que en algún momento habría visto algo cruel que me hubiera dolido en el corazón y habría cuestionado a mi padre. Me niego a creer que si él me hubiera criado yo sería así».

La joven se incorporó, avanzó hacia la ventana y se puso a analizar el marco. No quería romper el vidrio para no hacer ruido. Vio un espacio entre el marco y la pared, tal vez pudiera sacar el marco. Exploró el sótano en busca de herramientas. En la oscuridad andaba a tientas. De pronto, sus manos tocaron algo que cayó e hizo un ruido metálico, se puso de rodillas, busco el objeto, era una barra de acero. Corrió hacia la ventana, puso la parte más delgada de la barra en una grieta entre el marco y la pared, aplicó fuerza. Tomó un par de horas, ella fue paciente e insistió hasta que el marco se movió. Siguió aplicando fuerza para hacer que el marco se saliera de su posición. Luego, cuando le pareció que era suficiente, puso la barra a un lado y empujó con las manos. Se abrió un hueco, metió los dedos, jaló el marco y lo sacó de su lugar. Lo puso a un lado, luego se puso su abrigo y escapó.

Afuera hacía mucho frío. Se cerró hasta arriba el cierre del abrigo y echó a andar sin saber a dónde ir, todo lo que quería era alejarse. Al cabo de algunas horas caminando, se encontraba fatigada, ya estaba amaneciendo. Juzgó que estaba lo bastante lejos para tomar un respiro, necesitaba descansar. Fue hasta un árbol, recargó la espalda en su tronco. Estaba tan cansada y hambrienta. Abrazó sus rodillas y de sus labios surgió una plegaria.

—Madre Tierra que envuelves todas las cosas, que eres dos fuerzas de creación y destrucción, luz y sombra, padre creador y madre a la vez, ayúdame a volver a casa. Dame fortaleza y calma para lidiar con esto.

Cerró los ojos, volvió a concentrarse en buscar su propia energía. Recordó lo que Georgina y Serena contaron de su experiencia, tenía que encontrarse a sí misma, como un punto en el fondo de su ser que poco a poco se levanta y romper el encantamiento desde adentro. Rosa se puso a buscar en la oscuridad de su ser un punto luminoso. De pronto lo encontró, estaba ahí, cálido y vivo, era la esencia misma de su ser.

Escuchó algo que rompió su concentración, era el ladrido de un perro que se acercaba. Rosa se levantó y echó a correr. Las piernas le dolían, tenía los pies entumidos por el frío. Escuchó un rumor, conforme se acercaba el sonido se hacía más fuerte. Era agua corriendo, debía tratarse de un río caudaloso. Tropezó, se fue de bruces al suelo, metió las manos para protegerse de pegarse en la cara. El tobillo izquierdo lanzó punzadas de dolo, se lo había torcido. Se escondió detrás de un árbol para espiar. Distinguió al perro. Éste se detuvo, olfateó en el aire, luego frente a sus ojos se transformó en el hombre que acompañaba a su padre.

—¡Por aquí! —Gritó— tengo su rastro.

Se estaban acercando. Aterrada, Rosa se incorporó y cojeando, volvió a echar a correr. El hombre la vio y se fue detrás de ella. Rosa siguió adelante, a la par que la presencia sonora del río se iba haciendo más ruidosa. Su carrera llegó a su final, frente a ella el suelo se acababa en una muy inclinada pendiente, al fondo de la cual corría un ancho río. Una poderosa energía helada la golpeó por la espalda y la derribó. A su alrededor el rocío y la humedad en el suelo sobre la hierba se congelaron.

Raúl Salazar se veía molesto. Su energía gris brillaba.

—Estoy muy decepcionado de ti, Rosa. Tratando de escapar así. Esta vez te voy a dar una lección.

Su compañero dio un paso firme, Raúl lo detuvo en el acto.

—Calma, está acorralada, no va a ir a ningún lado.

La joven estaba desesperada. El viento del bosque sopló sobre su cabeza, en su oído le pareció escuchar otra vez aquella voz diciendo su nombre.

«Por favor, ayúdame», suplicó mentalmente.

—*¡Rosa, concéntrate!*

«Vamos», se dijo a sí misma, «debo liberarme ¡ahora!».

Cerró los ojos, miró dentro de ella misma. Al principio era oscuridad, vio un pequeño punto brillando como una esfera comprimida, muy al fondo. Entonces, la esfera explotó, ondas luminosas salieron en todas direcciones, como si fuera el *Big Bang*, como si tuviera un universo entero en expansión, extendiéndose imparable. La energía que la cubría no fue rival, se hizo pedazos de la forma dramática en que tras una explosión nuclear los vidrios, los edificios, todo a su paso se ve reducido a trizas. Aquel sitio en medio del bosque se vio iluminado por una poderosa luz blanca e intensa. Raúl y su compañero contemplaron boquiabiertos el prodigio sin atreverse siquiera a moverse. La joven a la que habían estado persiguiendo estaba en el centro de aquel resplandor, calmada, silenciosa, con los ojos cerrados. Rosa se levantó con un movimiento elegante como un cisne, se quedó de pie, con los ojos cerrados, concentrada en sí misma.

—No... no es posible —murmuró el acompañante—, ¡¿qué es este poder?! ¡¿Cómo puede tener tanto poder?!

—Esto es mera presunción. No temas, ahora ve por ella.

El acompañante de su padre encendió su poder metálico y se lanzó contra Rosa. Ella hizo un delicado movimiento con la mano.

—No —murmuró.

Lanzó un poderoso rayo, el hombre dio un horrible alarido. Cayó al suelo inmóvil. Raúl no podía creerlo, estaba aterrado.

—Rosa, no tenemos por qué pelear —dijo amable y dio un par de pasos para acercarse—, esta no eres tú. Por qué no volvemos a la cabaña y hablamos. Vamos, hija, tú no le harías daño a tu padre.

Rosa movió la mano en dirección a él, no podía dejarlo ir, mamá, su nuevo esposo y sus hijos estarían en peligro siempre. La alférez sentenció con voz apacible:

—Tú no eres mi padre.

Él lanzó un contraataque que no sirvió de nada. El rayo de Rosa impactó a Raúl Salazar, su alarido resonó por el bosque. Cayó derrotado para siempre, tendido a los pies de la joven.

La blanca luz que iluminaba aquellos árboles se apagó, el universo nacido del *Big Bang* volvió a comprimirse hasta la bola luminosa de la que había salido. Rosa abrió los ojos, expulsó una bocanada de aire. Dio un paso atrás, se sintió mareada. Había usado toda su fuerza y ya no le quedaba más, ni siquiera para sostenerse en pie. Dio unos pasos, pisó un pedazo de hielo y resbaló. La alférez cayó y se deslizó por la pendiente cuesta abajo sobre la nieve, sobre piedras, sobre nada, estaba volando. No, ¡estaba cayendo! Vino el impacto en el cuerpo de agua helada. La envolvió la corriente y la invadió una sensación de desesperación. El cauce del río la tenía atrapada, su abrazo era fuerte, la estaba arrastrando hacia el fondo.

XII.- Intermezzo

Terrence tuvo un mal presentimiento cuando llegó al café y se dio cuenta que la señorita Rosa no estaba ahí. El mayordomo miró su celular, no tenía mensajes de ella. Estacionó la SUV y descendió, a su alrededor no detectaba la energía de la joven alférez. Preguntó por Rosa a algunas personas. Alguien por fin le dijo que había visto a una joven con esa descripción irse y en qué dirección. Terrence fue hacia allá. En eso sonó su celular, era la señorita Alexandra Dalca.

—Terrence, tú ibas a pasar por Rosa, ¿está todo bien? Tengo una llamada perdida de ella. Le marco y marco pero no contesta.

Mientras hablaban los ojos de Terrence dieron con algo en el suelo, un brazalete, estaba seguro de habérselo visto a la señorita Rosa.

—Me temo que tenemos problemas, señorita Alex.

Una hora después, la familia estaba en aquel lugar. Una gatita calicó y con ojos verdes olfateaba el suelo buscando rastro.

—Huele a perro —dijo la gata—, no precisamente uno real, hay algo humano en el olor, sin duda un eukid.

Maggie estaba concentrada. Tanya estaba en el auto, echaba cartas esperando tener suerte de ver algo, al menos un presentimiento de dónde empezar a buscar. Nick trataba de mantenerse calmado pero se notaba que estaba alterado. Una grulla aterrizó cerca de ellos.

—La oscuridad de la noche no ayuda mucho —comentó y recuperó su forma humana—. No he visto nada.

—No puedo comunicarme con ella a su mente —dijo Maggie—. Esto no tiene sentido

—Está ocurriendo de nuevo —comentó Serena—. Igual que en la Ciudadela. Algo debe estar bloqueando los poderes de Rosa.

Tanya bajó del auto y se acercó, en sus manos sostenía una carta.

—Parece que estamos de suerte, tengo una pista. Se la han llevado al bosque. Veo una cabaña bastante lejos de aquí, también veo un río. Nos llevan ventaja, pero podemos alcanzarlos.

Salieron en la Van en la dirección indicada. Raúl Salazar había tenido la precaución de usar su poder lo menos posible para que su energía no fuera percibida. Tenía la ventaja de lo grande e inaccesible del lugar a donde llevó a Rosa, pero sabía muy bien que ellos los encontrarían, así que tenían que ponerse en movimiento.

Los Kearney buscaron un lugar donde acampar. A la mañana siguiente reanudaron la búsqueda sin éxito hasta que cayó la noche. El ánimo en general era de tensión, estaban muy preocupados. Acordaron que se levantarían temprano y se fueron a dormir. Cerca de la madrugada, mientras ellos dormían, en alguna otra parte de esas montañas Rosa escapaba por la ventana. A las 5:00 AM del día siguiente, los Kearney ya estaban de pie retomando su búsqueda. Se dividieron en grupos: Patrick, Linda, Georgina, Nick y Maggie cubrirían un lado; Terrence, Tanya, Serena, Alex, Hannah y Pearl irían en la otra dirección.

Patrick volaba por encima de los árboles. Linda tenía un presentimiento respecto a la dirección en que debían dirigirse y el grupo que iba con ella la siguió. Marchaban por una pendiente. Abajo corría un río caudaloso, podían escuchar el fuerte rumor del agua.

—Del otro lado del río —señaló Linda—, algo me dice que es allá.

—Quizá haya un punto por donde podamos cruzar, iré a investigar —dijo Patrick y levantó el vuelo.

Dieron algunos pasos cuesta abajo, Linda se detuvo de golpe, con los ojos bien abiertos.

—Siento algo —murmuró— una gran energía... es ¡enorme!

Acto seguido, observaron el resplandor blanco despidiéndose de entre los árboles del otro lado. Ellos no podían creerlo, aquello era fuerte y desconocido, no se parecía a nada que hubieran visto antes.

—¡¿Qué es ese poder?! —exclamó Maggie

El resplandor duró un momento, luego la energía desapareció. Lo que siguió fue la visión de alguien que rodaba inerte por la pendiente.

—¡Rosa! —gritó Maggie.

Observaron cuando Rosa caía al agua. Las piernas de la Georgina se pusieron en modo de carrera cuesta abajo. Apenas alcanzó a quitarse la chaqueta y la camisa. No había tiempo para más. Se arrojó al río, tuvo que usar su poder para transformarse en esa agua dulce. Puso a trabajar su sonar, que le ayudó a dibujar en su cerebro un mapa de las cosas bajo el agua. La corriente era fuerte, pero su cola era poderosa y ella no temía. Se concentró para sentir la presencia de su hermana, nadó con precisión, cada segundo era vital para una terrestre. La sirena la encontró. Fue hasta ella, la tomó en sus brazos y la llevó hacia arriba. Rosa tosió, de su garganta emergió un sonido ahogado.

—Tranquila, ya te tengo —dijo la sirena.

Nadó contra la corriente para llevar a Rosa hasta la orilla más cercana, ahí la liberó. Rosa se sujetó a una roca, estaba temblando de frío, todo le dolía y los labios se le habían puesto morados.

—Ya estás a salvo. Me alegra que te encontráramos.

—¿No tienes frío?

—No, uso mi energía para calentarme. ¿Por qué no lo intentas? Eso te hará sentir mejor.

Rosa miró a la roca, la orilla, luego a Georgina, apretó los ojos y los labios como quien mantiene un debate interno, luego sacudió la cabeza.

—¿Está todo bien? —preguntó Georgina.

—No, Gin. Hay algo que debo decir y ya no puede esperar.

—¿Ocurre algo? ¿Estás herida?

Rosa meneó la cabeza de lado a lado, suspiró y clavó la vista en los ojos azules de Georgina. Sus labios se abrieron, la voz que escapó parecía a punto de quebrarse.

—Yo... siempre he estado enamorada de Nelson.

La reacción de la sirena fue de consternación, en su cara se dibujó la sorpresa. Rosa continuó.

—Desde que lo conozco. —Tomó una bocanada de aire y se dijo que no debía llorar—. Y ahora que él está contigo me duele siempre que los veo juntos. Lo siento, no pienses que te digo esto a manera de reclamo, yo quería decir lo que siento porque necesitaba sacarlo.

Se hizo silencio.

—¿Él lo sabe?

Rosa sacudió la cabeza.

—No, jamás se ha fijado en mí ni sabe lo que siento. Yo entiendo que no puedes obligar a que te quiera quien no te quiere. Yo no puedo cambiar el hecho de que se fijara en ti y no en mí y está bien. Yo no pretendo conseguir nada, yo sólo quiero que no haya mala sangre entre nosotras. Somos un equipo, somos familia y eso es lo único importante.

Georgina enmudeció por un momento, luego, se acercó a Rosa y la abrazó con fuerza. Rosa se aferró a ella.

Una grulla descendió y tomó forma humana.

—¡Rosa estás bien! —exclamó Patrick.

Linda, Nick y Maggie venía bajando la pendiente. Maggie lanzó un mensaje telepático al otro grupo para informarles. Linda miró a Georgina, luego a Rosa y sonrió complacida.

—Vaya, veo que ahora ya todo está bien —afirmó Linda.

Rosa asintió con la cabeza.

—Sí, ahora todo está bien.

Ayudaron a salir a Rosa del agua, ella se abrazó a Nick y a Maggie.

—Mamá, papá, lo siento.

Ellos no hicieron reclamos, al contrario, estaban felices de tenerla de vuelta. Lo que pasó ya no tenía importancia.

Una vez en casa, Rosa le contó a la familia lo que había escuchado, todo parecía indicar que había más enemigos, como aquel al que el centinela negro había llamado emperador. Una pregunta flotaba en el aire: ¿quién estaba bloqueando sus poderes? Durante su estancia en la Ciudadela, Serena y Georgina sospecharon de Euphorbia, pero ella estaba muerta. La siguiente en la lista era Belladonna, aquella dama amable que había pretendido estar horrorizada por lo que había hecho Euphorbia. Y ahora sabían de otro grupo y su líder. ¿Acaso era él quien lanzaba sus ataques desde la distancia?

—Cualquiera es un posible sospechoso —comentó Maggie—; el tal Emperador, o Belladonna, o alguien a quien no hemos enfrentado aún.

—Lo mejor que pueden hacer es estar alerta —dijo Nick.

Rosa también les contó de su madre, de lo que había descubierto de su pasado y de la extraña voz en su oído.

—Por un momento pensé que me estaba volviendo loca, pero no es así, yo sé que es real, esa voz me ayudó.

—No te estás volviendo loca —señaló Linda—, yo también la he escuchado.

—También yo —dijo Maggie—. Cuando supe que estaba embarazada de Georgina, la escuché por primera vez, tal y como la describes. Fue él quien me habló de los alféreces, comentó que dos llegarían por mi sangre pero que hacían falta siete. A su padre casi le da un infarto, él exclamó, "¡¿Nueve hijos?! Yo ya no soy tan joven, dos está bien, pero nueve".

Nick se encogió de hombros.

—En ese momento sonaba como una locura. Al año siguiente que nació Patrick, su madre me mostró las visiones que recibía en sueños. Entonces supe lo que tenía que hacer: vendimos nuestro condominio en el centro de la ciudad y mandamos construir esta mansión para ser nuestro refugio.

—No volvimos a escuchar a aquella voz por varios años. Entonces, una mañana, volvió a hablarme, fue muy breve, me dijo que fuera a una casa que servía de albergue para niños huérfanos. Así lo hice y, ahí estaba Linda esperando por nosotros.

—Nosotros llegamos sin saber a quién buscar y ella sabía quiénes éramos y por qué estábamos ahí —añadió Nick.

—Señorita Linda, ¿pero cómo supo quiénes eran ellos? —preguntó Terrence.

—Por el Atalaya —replicó con su gran sonrisa de muñeca y su soltura de quien cuenta algo natural—, así es como le digo a esa voz. Creo que le gusta, le queda muy bien. Él es algún tipo de vigilante de nuestra causa.

Tanya se tornó pensativa y comentó:

—Me pregunto dónde se encontrará físicamente el Atalaya. Saben, también se dirigió a mí cuando era niña, que empecé a tener visiones mientras dormía. Me dijo que tenía que usar mis poderes psíquicos para ver lo que había ocurrido, dijo que podía ayudarme, pero que no podía mostrarme todo.

—Porque el pasado es inaccesible —completó Rosa—. Él mencionó eso antes de hacerme recordar cosas de mi propio pasado.

—Recuerdo la voz que me llamó hacia el mar el día que me ahogué. Años después, fue la misma voz la que me dijo que volviera —comentó Georgina.

Pearl pensaba en su propia historia. Recordó cuando se escapó de la mansión de su madre biológica. Fue una voz en el viento la que la guio hasta Battle Shore. Por un momento pensó mencionarlo, pero prefirió callar; jamás había hablado de su infancia con los Kearney y no tenía intención de hacerlo ahora.

Todos estaban meditabundos. Tenían enemigos de los cuales cuidarse y al parecer, un aliado en la voz misteriosa del Atalaya, lo cual era útil, sin embargo, lo mejor era mantenerse alerta.

Era la segunda semana de marzo. Los días se volvían más templados. Ese fin de semana los hermanos no tenían entrenamiento. El día era agradable, los árboles se estaban llenando de flores. Rosa tocaba en el piano el *Intermezzo* de la *Cavalleria Rusticana* de Pietro Mascagni. Las puertas de vidrio de la sala de actividades estaban abiertas. Linda practicaba posturas de ballet frente al espejo; el recital de primavera de su academia de baile, estaba casi a la vuelta de la esquina. Al fondo del jardín, Patrick, Alex y Hannah jugaban voleibol con Maggie.

Tanya, Serena y Georgina estaban echadas en la hierba, escuchando música. Pearl salió y se sentó en el suelo junto a ellas.

—¿Cómo te fue anoche? —preguntó Tanya con una sonrisa pícara.

—Bien, Marcus y yo fuimos a cenar y platicamos, hacía ya semanas que no tenía la oportunidad de verlo.

—¿Y pasó algo interesante? ¿Se besaron otra vez?

Georgina y Serena se incorporaron, la atención de las chicas cayó sobre Pearl, ella sonrió avergonzada.

—Bueno, decidimos no ser sólo amigos. Él es mi novio.

—Cuenta todos los detalles —dijo Serena.

Pearl se puso roja como una amapola.

—No hay mucho que contar, estuvo bien.

—Me da gusto por ti —expresó Tanya—. Es tu primer novio, ¿cierto?

Ella asintió y se encogió de hombros.

—Hacen una linda pareja —comentó Serena—. Por cierto, no olvides cuidarte, ¿tienes condones?

—¡Serena! —prorrumpió Pearl, su cara estaba muy roja.

—¿¡Qué!? Es normal y hay que ser responsable.

—Sí, pero es algo pronto, además yo nunca...

—No tiene nada de malo —indicó Tanya—, ¿cierto Gin?

—Es cierto —dijo Georgina—, no tiene nada de malo.

—Es que yo aún no estoy pensando en... eso —respondió Pearl completamente avergonzada.

—Siempre es bueno estar preparada —comentó Tanya—. Esperemos que sea un caballero y no un imbécil como otros.

—¿Lo dices por Jack? —preguntó Serena.

—Claro —afirmó y sonrió maliciosa—, pero al final tuvo lo que se merecía.

—¿Te refieres a Jack, el que era capitán del equipo de *football?*

—Ese mismo —asintió Tanya.

—¿Era capitán? —preguntó Georgina, quien no estaba muy familiarizada con el chico del que hablaban.

—Sí, pero se rompió un brazo al inicio del año escolar, cuando al correr dio con una grieta en el suelo —comentó Pearl.

—Se lo merecía por estúpido —dijo Tanya con aire arrogante—. Él y yo lo hicimos y luego se puso a presumir con sus compañeros del equipo.

—Yo quería darle una lección —explicó Serena—. Mi intención abriendo esa grieta era dejarlo en ridículo. Por lo mismo, cerré la grieta antes que alguien más la viera.

Pearl estaba sorprendida.

—No puedo creerlo, tú lo hiciste.

—Y lo volvería a hacer encantada —asintió Serena—, ¡vaya estúpido!

Tanya y Serena sonrieron con complicidad.

—En el mar —comentó Georgina— la gente tiene una actitud más relajada respecto al sexo que aquí en tierra firme. Para la gente terrestre parece ser un tabú. Allá no le dan mucha importancia, es algo natural, una forma de establecer vínculos afectivos. Cuando estaba en el mar tuve contacto con otros seres de mar y compartí varios jóvenes que conocí.

—¿Y con Nelson? —preguntó Serena.

La sirena frunció el cejo.

—No lo hemos hecho. Él parece darle mucha importancia, puedo darme cuenta que Nelson quiere, pero a la vez tiene miedo, como si no supiera qué hacer. Los terrestres le dan demasiada importancia.

—¡Ok, suficiente! —Interrumpió Pearl— De verdad no quería saber tanto. A decir verdad, no tenemos que seguir hablando de sexo.

—Como sea, me da gusto por ti y por Marcus —dijo Tanya.

—A mí también —añadió Georgina—. Pero, ¿qué hay de Richard?

—Richard es mi amigo.

—Marcus también era tu amigo.

—Sí, pero Richard nunca ha tenido ninguna intención de querer algo más. Marcus en cambio me dejó ver que estaba interesado en mí.

Georgina suspiró y guardó silencio. Ella y Nelson habían hablado al respecto. Richard estaba enamorado de Pearl, pero en efecto, no se atrevía a decirle nada. Georgina al principio no lo había notado, luego comenzó a fijarse en la forma en que se comportaba junto a ella, el tono de su voz y la forma en que la miraba. Pobre Richard, le iba a doler cuando se enterara.

Papá llegó a casa, mamá dejó el juego para ir al encuentro de su esposo. Patrick, Hannah y Alex se acercaron a las chicas en el pasto y se echaron junto a ellas, Linda también se acercó para tomar un descanso.

—¿Estás lista para la presentación? —preguntó Serena.

—Eso creo —respondió Linda.

Tanya atravesó la entrada a la sala de actividades para acercarse al piano, tomó a Rosa del brazo.

—Anda, toma un descanso y siéntate con nosotros.

Rosa asintió, se levantó del piano y salió al jardín, donde fue a sentarse con los demás.

—Me da gusto que Marcus sea tu novio —dijo Linda, Pearl volvió a ponerse roja.

—¿Escuchaste desde adentro mientras practicabas?

—Escuché todo, por cierto, T., Jack se lo merecía.

—¿A quién se refieren? —Intervino Patrick y se dirigió a Tanya— ¿Al imbécil con el que salías?

—Por fin estamos de acuerdo en algo —exclamó Tanya—, ¡era un imbécil!

Todos querían que Pearl hablara de Marcus. Ella estaba muy avergonzada. Pearl nunca había tenido interés en salir con chicos o en tener novio, para ella sus prioridades eran la misión de los guardianes y los entrenamientos, sacar buenas notas en la escuela y la pista de atletismo.

Patrick pareció pensativo por un momento, luego comentó:

—Marcus me agrada. Pero, ¿qué hay de Richard?

Pearl lo miró pasmada

—¿Tú también piensas que hay algo con él? Richard y yo sólo somos amigos.

Patrick apretó los labios y luego respondió:

—Ok, si tú lo dices.

Y se guardó de hacer más comentarios.

Los hermanos estuvieron hablando de todo un poco. Pearl estaba decidida a quedarse con el oro en todas las competencias de velocidad, no más darle oportunidad a nadie, claro, sin delatar sus poderes. En lo que iba del año, estaba brillando en la pista de carreras.

Pronto sería el cumpleaños diecisiete de Tanya y había prometido que por fin sacaría su licencia de conducir. Los jóvenes estaban emocionados porque Nick y Maggie habían dicho que, dado que ya empezaban a tener licencias de conducir, comprarían dos autos más por si los chicos los necesitaban. Habían dicho que serían autos compactos. Ellos estaban encantados con lo que fuera. En el caso de Pearl, se había salido con la suya y la ayudarían a comprar una motocicleta junto con lo que ella tenía ahorrado.

En la última semana de marzo iba a ser el baile de primavera de la escuela, los chicos lo esperaban con ansias. Pearl iba a llevar a Marcus, Georgina iría con Nelson. Hannah decía que había alguien, Patrick ya le había preguntado a una chica, las demás aún no sabían con quién ir.

—No creo ir —espetó Alex indiferente—, los bailes son estúpidos. Además, no estoy interesada en nadie. Prefiero quedarme en casa.

—Alex, tienes que ir, no seas gruñona.

—¡Sí! —exclamaron todos a la vez.

Empezaron a nombrar a diferentes muchachos y algunas chicas en las que Alex quizá podría estar interesada. A ella le atraían algunos, sin embargo, eso no cambiaba su opinión de que el baile era estúpido.

Los hermanos estaban eufóricos, haciendo chistes, algunos vulgares, riéndose a carcajadas, como quien se burla de una vida nueva que apenas comienza y la enfrenta con franca inocencia. En algún momento Patrick hizo un comentario fanfarrón de sus habilidades como guerrero. La sirena respondió saltando sobre él para taclearlo, eran como gatos de una misma camada revolcándose, mientras las demás chicas animaban a Gin gritando, "¡pégale, pégale!" y se reían.

Dentro de la casa, Maggie los contemplaba. Nick abrazó a su esposa.

—Y pensar que cuando me dijiste que teníamos que tener a nuestro cargo a una familia de nueve, me pareció una locura.

—Tuvimos suerte de haber contado con Terrence y Nana Val.

Nick asintió.

—Son buenos chicos —dijo Maggie con melancolía—. Así debería ser siempre.

Nick se tornó meditabundo. Él entendía muy bien a su esposa, ellos eran buenos hijos, tan llenos de vida, tan ruidosos, tan especiales cada uno a su manera. Su vida debería ser así, burbujeante de entusiasmo, sin más preocupación que el siguiente examen o la licencia de conducir; viviendo la vida paso a paso. Pero no era así, ellos tenían una misión y quizá sería peligrosa. Al menos tenían momentos como aquel, en que no eran más que jóvenes creciendo juntos. Se quedaron ahí de pie, observándolos. A Maggie le parecía que en el aire, aún flotaban las notas del piano con el *Intermezzo*.

Un par de noches después Linda horneaba galletas en la cocina con la ayuda de Terrence.

—Ve que fácil es, señorita —le decía Terrence mientras sacaba la bandeja del horno con las manos protegidas con acolchados guantes de cocina.

—Eres el mejor, Terrence.

Linda le dio un beso en la mejilla. Patrick se aproximó con movimientos teatrales.

—¡Ooooh! Esto se ve muy bien.

—No son para ti —sentenció Linda.

—No pasará nada si tomo una. Es por control de calidad.

Se apresuró a robar una galleta, estaba tan caliente que tuvo que pasarla de una mano a otra mientras soplaba.

—Quizá deba aprender a esperar —sentenció Terrence.

Patrick se echó la galleta a la boca

—Es perfecta. Pero no puedo dar un veredicto definitivo en cuanto a la calidad de estas galletas. Tendré que tomar otra muestra para el análisis.

Con un movimiento de su mano, Linda puso un campo de cristal sobre las galletas, evitando que Patrick pudiera tocarlas.

—Basta, o no dejarás nada. No son para ti.

—¿Para quién las haces?

—Son para una amiga.

Al día siguiente los jóvenes iban en la Van rumbo a la escuela. Serena conducía con aire resuelto. Tanya, a su lado, iba cambiando las estaciones del radio. En el siguiente asiento iban Patrick, Rosa y Linda. En la parte de atrás, Georgina y Hannah discutían sobre qué se pondrían en el baile de primavera de la escuela. Pearl y Alexandra iban tarareando la canción que estaba en la radio.

—Así que, hiciste galletas para una amiga. ¿Alguna razón en especial?

Linda se encogió de hombros.

—Ella es mi compañera en el laboratorio de química. Es muy amable y puedo sentir que le simpatizo.

—¿Te gusta? —preguntó abiertamente Rosa.

Linda esbozó su acostumbrada sonrisa; no parecía tener en su repertorio de expresiones faciales más que unas cuantas, incluyendo aquella sonrisa que la hacía que pareciera más una muñeca que una chica de carne y hueso.

—Ella es muy agradable...

—¿La vas a invitar al baile de primavera? —interrumpió Patrick.

Tanya volteó hacia atrás.

—¿Y sabes si eres su tipo? Tú sabes, que esté interesada en chicas.

—Bueno... eso no lo sé —confesó sonriente.

—¿No te parece muy arriesgado tratar de invitarla sin saber primero si ella está interesada en ti de la misma forma que tú en ella?

—¡Oh, por favor, T.! —Exclamó Pearl— No seas aguafiestas. ¡Viva el amor!

Tanya frunció el ceño.

—No lo digo por ser aguafiestas, simplemente es que no sabes qué reacción pueda tener, no sabes si a lo mejor ella se moleste.

—Pero si no sintiera algún tipo de simpatía por Linda, ella lo leería en sus emociones, ¿cierto, Linda? —comentó Pearl.

—Cuando estoy con ella percibo que le agrada hablar conmigo y no parece incómoda, aunque siempre nos hemos tratado como amigas.

Patrick reflexionó las palabras de Tanya, ella tenía un punto válido, sobre todo si la simpatía de la otra chica era meramente amistosa. Patrick comentó:

—Odio admitirlo, pero estoy de acuerdo con T.

—Admito que no sé si ella está interesada en salir con chicos o con chicas. Por lo que la conozco no parece interesada en ningún muchacho.

—¿Tú que dices, Alex? —preguntó Hannah.

Alexandra tenía el ceño fruncido, miraba por la ventana.

—Linda sabe lo que hace. Yo qué sé.

—Yo digo que te arriesgues —asintió Rosa—. ¿Qué es lo peor que puede pasar? Que diga, no gracias, no estoy interesada. Al menos sabrás que sólo te quiere como amiga y podrás superarlo.

Durante el receso de cambio de clases, Patrick se dio una vuelta por el aula donde Linda iba a tomar su clase de química. Tenía curiosidad por saber si tendría éxito. También tenía otra razón, la bella Susan, la chica a la que él había invitado al baile de primavera. Ella estaría ahí. Patrick caminaba con Hannah y Alex.

—Conseguir pareja es fácil —expresó arrogante—. Soy guapo, divertido, carismático, buen deportista y estudiante. ¿Quién no querría estar con un bombón de simpatía como yo?

—Eres un payaso —replicó Hannah.

—Señor Payaso para ti, Ginger.

Ellas se burlaron, luego, Hannah se tornó severa.

—Ya hablando en serio. No me gusta para ti. Tiene una voz irritante.

—¡¿En serio?! ¿Y tú con quién vas a ir?

—Robert Wilson me invitó.

Patrick se rio entre dientes.

—¿Qué es tan gracioso?

—Ese perdedor tiene más cara de pato que el Pato Donald.

—¡Cállate, Patrick! —exclamaron al unísono.

—¿Qué le ves que te pueda atraer? —Preguntó.

—Es lindo.

—Súper lindo —hizo eco Alex.

Hannah se despidió y se marchó.

Patrick dejó a Alex para ir a hablar con Susan; ella estaba con otra chica, Cathy. Vio que Linda se les acercó y saludó. Cathy se volteó a mirarla con gesto amable. Linda preguntó si podía hablar con ella. Susan se puso a mirar el celular. Linda le dijo a Cathy que había traído algo para ella y le mostró las galletas. Ella parloteaba respecto a que el día anterior las había horneado, luego comenzó a hablar del baile de primavera. A la par, la actitud de Cathy cambió. Sus labios se torcieron en una mueca de repulsión. Patrick se tornó severo.

«No necesito poderes como los de Linda para leer la antipatía que siente».

—¡Alto! —Exclamó Cathy— ¿Yo te gusto?

—Sí y me preguntaba si querrías ir al baile conmigo.

Susan intervino.

—¡Eww! —exclamó con desprecio.

—Sí, ¡eww! —Afirmó Cathy—. ¿Crees que sólo por ser amable me gustas? Yo lo que quiero es pasar la materia; tú pareces no tener problemas con química. Además yo no tengo esos gustos anormales.

Linda se encogió de hombros. Bajó la vista hacia el regalo que sostenía en sus manos, como si entre el papel celofán y las chispas de chocolate estuviera buscando algo qué decir.

—Lo siento —murmuró sin que se alterara la sonrisa de su rostro—. No era mi intención molestarte.

—Estás enferma. Mejor no me hables.

—¡Fenómeno! —refunfuñó Susan con una mueca burlona.

—No se enojen —suplicó Linda con amabilidad—. Mejor me voy.

Se dio la vuelta y se retiró rápidamente. Patrick la vio alejarse. Pensó en las deliciosas galletas que había hecho con tanta dedicación. Miró de nuevo a las dos amigas, escuchó a Susan decir.

—Las lesbianas están mal, mejor dile al profesor que te cambie de compañero.

—Eso voy a hacer, qué asco.

La indignación lo invadió. Se aproximó a ellas con paso firme.

—Retira lo que dijiste —ordenó Patrick con voz firme.

Susan se giró, al ver que era él sonrió e hizo gala de coquetería.

—Hey, Patrick.

—Retráctate —repitió lacónico.

—¿Qué? —Susan parecía no dar crédito a lo que escuchaba.

—No tienes por qué juzgarla así. —Después se dirigió a Cathy— Y tú, sólo tenías que decirle "no gracias", no era necesario humillarla. Ella nunca te faltó el respeto.

—Espera —exclamó Susan— ¿Por qué te pones de su lado? ¿Crees que eso es normal? Eso en antinatural y ofende a Dios.

Patrick le dedicó una larga mirada helada. No entendía de dónde había sacado Hannah aquello de que su voz era irritante, pero de pronto le pareció que Hannah tenía razón y ya no la encontró tan atractiva, justamente por lo que salía de su boca. Patrick sentenció con aplomo:

—Mejor busca alguien más con quién ir al baile. Eres bonita pero tienes una actitud de mierda.

La mano de Susan voló hacia su cara, Patrick levantó el brazo y la detuvo. Ella pareció profundamente indignada y a la vez aterrada, como si no se hubiera esperado la reacción segura y veloz de un hombre obviamente mucho más fuerte que ella. Patrick le bajó la mano, ella tenía cara como si se fuera a poner a gritar, lo mismo que su amiga.

—El hecho de que yo sea un caballero y como tal, no te pueda poner una mano encima, no te da a ti el derecho a tratar de pegarme, ni yo tengo por qué permitirlo. No vuelvas a intentarlo.

Miró a ambas chicas.

—Manténganse lejos de mi hermana.

Se alejó de ahí furioso mientras las escuchaba gritar:

—¡Eres un patán!

—¡Imbécil!

Patrick no hizo caso, se retiró. Al pasar notó el semblante iracundo de Alex, que al parecer también había observado toda la escena. Alex fue en dirección a ellas, al pasar levantó a discreción la mano y chasqueó los dedos. Una corriente de energía estática salió de su toque eléctrico y fue a parar a los cabellos de las chicas. No parecieron notar cómo se les erizó el cabello sino hasta que alguien pasó y las apuntó para burlarse. Ellas se pusieron a dar quejidos mientras con los dedos trataban de reacomodarse el cabello.

Patrick se dirigió hacia el bosque, lo que quería era localizar a Linda. No tuvo que andar mucho, la encontró sola, sentada en una jardinera. La altura del lugar ofrecía una vista espectacular. Ella estaba completamente inexpresiva. Patrick se preguntó qué podría pasar por su mente, quizá de haber tenido lágrimas la hubiera encontrado llorando. En vez de eso ella sólo miraba al frente.

—Hey, Linda. —Se acercó— ¿Te encuentras bien?

Linda puso su cara sonriente con un dejo de inocencia.

—Estoy bien. Tanya tenía razón, fui una tonta y debí haber tenido más cuidado. Quizá te preguntes cómo es que yo con mis habilidades no pude detectar correctamente lo que ella sentía. La verdad es que me equivoqué, dejé que la atracción que siento por ella me hiciera creer que por su simpatía podía tener una oportunidad.

—No le hagas caso a Tanya. Tenías que intentarlo y desengañarte. Ahora lo sabes y puedes superarlo, tal y como dijo Rosa.

Ella bajó la cara y asintió. Sus labios seguían curvados en una franca sonrisa. Patrick sabía que Linda tenía roto el corazón.

—Siento mucho lo que pasó, Linda.

—No te preocupes, estoy bien. Es una lástima.

—Pues si aún tienes ganas de ir al baile, me acabo de quedar sin pareja. ¿Quieres venir conmigo? Podría ser divertido —canturreó—. Te puedo asegurar que soy muy buen acompañante, es más, estoy dispuesto a ponerme un vestido si eso te hace feliz.

Ella le sonrió.

—Anda, di que sí.

—Okay, iré contigo.

—*Awesome, we have a date.* Espero que seas puntual, porque no me gusta que me hagan esperar. Luego me das tu dirección para irte a buscar.

Ella le tendió las galletas a Patrick.

—Toma, las hice para mi pareja para el baile.

Patrick abrió los brazos e hizo un gesto como de galán de cine. Linda se arrojó hacia él, Patrick la abrazó y le dio un beso en la cabeza.

—Eres el mejor hermano del mundo.

—Lo sé, yo también me amo.

Marzo terminó con el ansiado baile de primavera. Aquella noche de viernes, las chicas estaban ocupadas en arreglarse. Patrick planchó su camisa, se lavó los dientes, se puso colonia y se peinó el cabello. Mientras aguardaba notó que Alexandra era la única que parecía no tener prisa. Patrick la interceptó cuando pasó por el pasillo en dirección a la escalera.

—¿Tú no te arreglas?

—Yo no voy.

—¿Por qué?

—No tengo cita.

Con las manos en los bolsillos, Patrick se le acercó.

—Ven conmigo, yo te invito. Seré tu cita.

—Mi hermano, en serio.

—¿Tiene algo de malo? Muchas chicas se sentirían afortunadas de que yo las invitara. Además, de lo que se trata es de divertirse y nada más.

—¿Y Linda?

—Ella también es mi cita, ¿qué con ello?

Linda se asomó por la puerta de su cuarto. Patrick se dirigió hacia ella.

—¿Qué dices, Linda? ¿Verdad que tú también quieres que Alex venga con nosotros y sea nuestra cita?

—¡Sí! Vamos, Lady A., sé nuestra cita.

Patrick miró a Alex desenfadado.

—Ya la escuchaste, está de acuerdo. Yo creo que, es una buena idea. A ti te gustan los chicos y las chicas. Bueno, ahora puedes tener ambos.

Alexandra les dedicó un gesto receloso. Linda aguardaba a la expectativa.

—De acuerdo. Iré con ustedes.

Linda estaba encantada. Corrió a tomarle la mano y la jaló hacia su cuarto para ayudarla a buscar algo que ponerse.

Un par de horas más tarde, ya estaban todos en el baile. Los jóvenes Kearney tuvieron una buena velada. Georgina y Nelson pasaron tiempo con Pearl y Marcus. Tanya y Serena no fueron con nadie, prefirieron ir solas y pasar el tiempo con su grupo de amistades, algunos chicos se les acercaron y ellas, en sus papeles de las chicas populares, disfrutaron de la atención. Rosa fue en compañía de un chico al que desde hacía días veía en la biblioteca, ella se dijo que era momento de no pensar más en Nelson. Se armó de valor, invitó al muchacho de la biblioteca y él aceptó. Rosa dijo que se divirtió mucho.

Patrick, tuvo más compañía de la que esperaba. Llegó con las dos jóvenes, cada una tomada de un brazo, lo cual lo hacía sentir como de galán de video musical. Sucedió que, el que sería la cita de Hannah la dejó plantada. En cuanto Patrick se dio cuenta que estaba sola, la invitó a bailar y pasó gran parte de la noche con ella. Hannah volvió a casa con el corazón roto pero feliz de tener de su lado a alguien como Patrick. Él en cambio, al final de la noche estaba pensativo, dijo que era solo que estaba cansado.

Al día siguiente los hermanos tenían entrenamiento. Patrick practicaría meditación con Rosa, ella lo estaba ayudando con algunos ejercicios de relajación, a la espera de que así pudiera encontrar la concentración que le hacía falta para descubrir su verdadero poder antes de su cumpleaños dieciséis.

Ese mismo sábado Pearl estrenó por fin su nueva motocicleta, estaba encantada. En todos esos días no habían escuchado de demonios o eukids causando problemas, ni de Belladonna, ni de ningún otro enemigo. La primavera había iniciado con notas de calma; era como si hubiera algo en el ambiente que hacía sentir a los alféreces que nada podía salir mal.

XIII.- Diez de espadas

Pearl

El cielo estaba estrellado y diáfano sin una sola nube.

«Patrick se equivocó», pensó Pearl, «dijo que llovería, pero no es así».

La cabeza aún le daba vueltas, estaba aturdida, la habían golpeado demasiado. Su cuerpo yacía boca arriba, no sabía cuánto tiempo llevaba ahí. Hacía un momento que por fin había despertado y lo primero que contemplaron sus ojos no fue el techo de su habitación, sino el cielo nocturno al desnudo.

«Esto no puede estar sucediendo». Cerró otra vez los ojos, «no es verdad, es un sueño... es un sueño... una pesadilla».

Una ráfaga de viento frío acarició su piel con el toque macabro de una mano huesuda, Pearl se estremeció. Ondas de dolor la invadieron, recordándole que estaba herida, reafirmando la realidad de pesadilla. Abrió los ojos. Hubiera dado cualquier cosa por contemplar el techo de su cuarto, pero en vez de eso, tenía en frente la oscuridad del cielo nocturno, los árboles del lugar en el que yacía y el dolor. Levantó la mano derecha, una punzada intensa la obligó a no moverla. Debía de tener la muñeca rota. Levantó la izquierda y se la llevó a la cara. Las lágrimas volvieron a asomar a sus ojos. Tomó aire y se obligó a contener el llanto. Se pasó los dedos de la mano izquierda por la cabeza, tocó un punto adolorido. Deslizó los dedos hacia la cara, la piel alrededor del ojo izquierdo y el pómulo; toda esa zona se sentía caliente e inflamada, el lado derecho de su rostro no estaba mucho mejor. Se tocó la nariz y el dolor la invadió, debía de tenerla rota. La sangre que le había brotado de las fosas nasales se le había secado sobre el labio, el cual estaba hinchado y sangrante, se lo habían reventado cuando la abofetearon.

Y pensar que ese viernes había iniciado como cualquier otro, agradable y sin novedad. La gracia del viernes está precisamente en que es viernes, la puerta hacia el fin de semana. Ese día, Pearl estaba emocionada porque en la noche vería a Marcus. Tenía ganas de enseñarle su motocicleta nueva. Nick se había ofrecido ayudarla a comprar un auto, quizá un Jeep, pero lo que Pearl quería era una moto.

Al llegar a casa, Patrick arrojó sus cosas en uno de los sillones.

—¡Viernes, *ooh hoo*!

—¡Patrick! —exclamaron al unísono Ginger y Alex.

Él sonrió de aquella forma socarrona en que siempre lo hacía cuando ellas lo reprendían por ser tan escandaloso. Pearl subió rápidamente las escaleras para dejar sus cosas en su cuarto. Para cuando volvió, Patrick ya estaba haciendo su bailecito de viernes mientras cantaba a todo pulmón una canción de The Cure.

—La cena está lista —anunció Terrence.

Tanya y Serena iban discutiendo lo que se pondrían para ir a una fiesta en casa de quién sabe quién, Ginger, Alex, Linda y Rosa se dirigieron al comedor. Patrick se acercó a la ventana y la abrió de par en par.

—Creo que primero voy a dar una vuelta.

—¡Patrick!

Esta vez fue la voz de Maggie la que le habló. Él se volvió hacia su madre, aún con esa seguridad tan propia de él, pero menos burlón de lo que había sido un momento antes con las chicas.

—Primero, come. Por cierto, hoy te tocan los platos.

—Mamá —protestó Patrick—, mira este cielo tan azul, perfecto para ir a volar.

—Podrás salir todo lo que quieras cuando termines.

—Mejor ahora, escuché en *The Weather Channel* que va a llover. Por favor, mamá. Debo aprovechar ahora que la tarde está tan agradable, porque si llueve ya no podré salir.

—Patrick...

—Te prometo que me ocuparé de los trastes todo lo que queda del fin de semana. Por favor, no tardaré, estaré aquí en una hora.

En un segundo se transformó en grulla y escapó por la ventana.

—¡Patrick! —lo llamó Maggie inútilmente.

—No tardo —prometió mientras se alejaba—. Gracias, mamá, eres la mejor.

Pearl disfrutó de la comida en familia. A ratos se entrometía en las conversaciones. No dejaba de pensar en Marcus a quien vería en un par de horas. En ese momento no le hubiera pasado por la cabeza que la noche terminaría de una manera tan funesta para Marcus ni para ella. Al terminar la comida, en cuando Georgina se vio libre de responsabilidades, se levantó de su silla, se quitó toda la ropa y la arrojó por el suelo.

—Voy a dar una vuelta. El mar me llama.

—Gin, querida, te amo, pero ¿de verdad es necesario ver tu trasero desnudo todo el tiempo? —exclamó Pearl y miró a su alrededor a la espera de la reacción de las chicas, porque nadie hace un comentario en broma sin esperar una reacción del público, y ahí estaban, las risas de Rosa y Hannah, a quienes les había hecho gracia. Pearl les guiñó un ojo.

A Georgina no le importaba desnudarse en casa, su sentido del pudor era casi inexistente. Ella se limitó a responder:

—Vuelvo el domingo.

—¿Qué no deberías esperar dos horas antes de nadar? —comentó Pearl con ironía.

Georgina la miró con cara de "¡qué tonta!", Pearl de nuevo sonrió de oreja a oreja y miró a Serena que sonreía.

—No dejes tus cosas tiradas —ordenó Maggie.

—No, mamá, lo siento.

Georgina recogió su ropa y sus zapatos y subió corriendo las escaleras. Al cabo de un momento volvió escalera abajo, salió por la puerta de vidrio que daba al jardín lateral para bajar al mar.

En la noche. Pearl se preparó para salir. Se arregló el cabello, se colgó una cadena de plata con un lindo pendiente de piedra color verde y se puso perfume. Luego dedicó unos minutos a enchinarse las pestañas y ponerse rímel. Quería verse bonita para Marcus. Estaba emocionada, él había sido su primer amigo real y ahora, era también su primer novio.

Se puso lápiz labial y se miró con orgullo en el espejo, admiró su propia belleza, su cabello rubio y cómo resaltaban sus ojos verdes. Era agradable verse arreglada de vez en cuando en vez de con el estilo deportivo que usaba casi a diario. Esa noche iría en la motocicleta hasta casa de Marcus, quería presumir su nueva adquisición. Comenzó a poner todas las cosas en su bolsa. Le hacía falta algo: las llaves de la moto y su celular. Bajó las escaleras, su mirada iba de aquí a allá.

—Pearl, ¿has visto a Patrick? —preguntó la voz de Rosa.

Se giró hacia la escalera, Rosa venía bajando. Detrás de ella se encontraba Ginger con gesto severo.

—Creo que no ha regresado.

Rosa se volvió hacia Ginger.

—Tendremos que irnos sin él.

Ginger pareció decepcionada. Rosa se dirigió de nuevo a Pearl.

—Vamos al cine, ¿quieres venir?

—Tengo una cita con Marcus.

Nick, Maggie, Alex y Linda bajaron las escaleras.

—¿Ella no viene? —Preguntó Nick.

—Tengo una cita —repitió Pearl y sintió cómo se ruborizaba.

Nick tenía cierta mirada inquisidora, Maggie una pícara sonrisa de complicidad que decía, "espero me cuentes todo cuando vuelvas".

—No llegues tarde.

—Vuelvo temprano, Maggie.

—Cuídate.

—Así lo haré, Nick.

Él se acercó a ella y le puso una mano en el hombro, Pearl se sintió ante él como una niña. Nick le habló con su voz de padre protector.

—Confío en ti, ¿de acuerdo? Más bien, el que debe de cuidarse es él, si trata de hacer algo estúpido.

Pearl leyó entre líneas, "tienes tus poderes para protegerte, tú eres responsable".

Él se despidió con un paternal beso en la frente. Se dio la vuelta y salió con Maggie y las demás. Pearl volvió a subir las escaleras, no podía encontrar las llaves. Entró a su cuarto, miró sobre la cama. Ahí estaba el celular, una cosa menos, ahora, a encontrar las llaves. En eso recordó que las había dejado en el comedor. Corrió hacia allá. La casa estaba sola. Terrence no volvería sino hasta el día siguiente. Serena y Tanya se habían ido con sus amigos. Pearl encontró las llaves de la moto en una mesita decorativa. Sobre ella había un jarrón morado con flores naturales que Nelson le dio a Georgina hacía un mes. Se habían marchitado días atrás, pero Rosa se encargó de extender su tiempo de vida. Pearl sonrió, le gustaba la pareja que hacían Georgina y Nelson, y lo que había hecho Rosa había sido un gesto muy generoso y maduro de su parte. Sobre la mesa también descansaba el mazo de cartas de Tanya. Pearl las miró y pensó en el otro día que Tanya le leyó su fortuna. Frunció el ceño. Las cartas yacían boca abajo. Con un movimiento rápido las abrió como en abanico a la par que pensaba:

«Y mi fortuna para esta noche es...».

Tomó una carta y la contempló, la imagen mostraba a un hombre que yacía de bruces, con diez espadas clavadas en la espalda, bajo un cielo oscuro.

«Vaya, una carta violenta, me pregunto qué significará. Quién sabe. Aquel día Tanya dijo que la carta de la torre y el rayo vaticinaba evolución y cambio. Ésta bien podría significar... no sé, ¿buena fortuna, tal vez?».

Sonrió, dejó la carta con las demás. Tomó las llaves y se dirigió hacia la puerta. No podía esperar más para encontrarse con Marcus.

Pearl deslizó la punta de los dedos sobre su labio hinchado y roto. La boca le sabía a sangre. Recordó el momento en que Marcus y ella se encontraron horas antes aquella noche. Él la había saludado con un beso y aquella sonrisa que ella tanto amaba.

—Me gusta —dijo cuando vio la motocicleta.

—¿Quieres dar una vuelta?

Él se rio, se mordió el labio inferior. A ella le encantaba cuando hacía eso.

—Creo que esto no es para mí. ¡Y sigo pensando que deberías buscar un medio de transporte más seguro!

Pearl desmontó y colgó el casco, tenía todo el cabello sujeto en una cola, se quitó la liga y sacudió la cabeza para dejar que el cabello cayera libre, él la miró de arriba abajo.

—Estás hermosa.

Ella estaba satisfecha.

«Siempre ha sido mi mejor amigo. ¿Puedo amarlo más que eso? Sí, él me gusta y siento algo pero aún no estoy segura».

Recordó algo que días antes conversó con sus hermanos, respecto a cómo se sentía estar enamorado. Georgina dijo, "es como si estuvieras lleno de aire y de pronto fueras a levantar el vuelo". Serena comentó, "se siente como mariposas en el estómago". Patrick, que rara vez se tomaba algo en serio, dijo: "¿Aire, mariposas? A mí me suena más a gas, en cuyo caso lo que necesitas es cagar". Ginger y Alex exclamaron: "¡Cállate, Patrick!" y Tanya, con una mueca de enfado espetó "¡cerdo!". Rosa opinó que el amor era algo que lo mismo te da gran dicha que penetrante tristeza. ¿Cómo se sentía el amor? Pearl pensó en ello en el auto de Marcus, todo el camino.

Fueron al cine, ver películas era lo que más les gustaba hacer, sin embargo esa noche ninguna atrajo su atención. Decidieron caminar un poco, Marcus dijo que ese día había pasado demasiado tiempo sentado. Mientras caminaban, él hablaba de lo bien que le estaba yendo en la universidad. Ella escuchaba con atención todo lo que él tuviera que decir. Al cabo de un rato él se detuvo y la miró en silencio. Ella se preguntó de nuevo cómo se sentía el amor. Entonces lo supo al perderse en su mirada. Casi como si le leyera el pensamiento, Marcus confesó:

—Tú sabes que te amo, ¿cierto?

Sus mejillas se pusieron calientes, le dio gusto que la luz artificial fuera suficiente para mirarse, pero no tanta como para que él notara que se había ruborizado. Ella asintió.

—También yo —murmuró.

—También tú, ¿qué?

—Ya sabes.

—No, no sé de qué hablas.

Ella tomó su mano, tiró de ella, como quien juega a escapar, pero en realidad quiere estar cerca, lo más cerca posible. Él le dio un tirón y la atrajo a sus brazos, sus ojos oscuros eran amables, como estanques serenos bajo una noche clara. Pearl estaba hipnotizada. Quería decirlo, sus labios se separaron, pero las palabras se le quedaron pegadas en el paladar. Él la atrajo para besarla. Ella estaba feliz, flotando en un sueño de humo violeta y mariposas. Entonces escuchó la voz, aquella maldita voz salida desde el infierno.

—Vaya, vaya. No pierdes el tiempo en divertirte.

Marcus y Pearl se separaron, él la tomó de la mano y la jaló detrás de él en un gesto protector. Frente a ellos tenían a un grupo de cinco hombres, él que los saludó, ya lo conocía, el tipo desagradable con el que se toparon aquel día en el cine. Le decían Rufo, puertorriqueño, bien parecido y con pinta de matón. A Pearl no se le había olvidado el gesto furioso que tenía Marcus, aquella noche en el cine, cuando le pidió que se largara, ni la sonrisa lasciva que Rufo le dedicó a ella al marcharse.

—Esta debe ser mi noche de suerte, el buen Marcus y su noviecita.

Era muy incómodo la manera en que la miraba, pero ella no tenía miedo.

«Elegiste muy mal a tus víctimas para molestar», pensó Pearl con ironía y mentalmente se preparó para pelear.

Rufo iba acompañado por un tipo rubio, alto, que bien hubiera sido capitán de un equipo de *football*; un gordo con cara de rufián; un sujeto muy blanco con la cabeza rapada y un tipo con una camisa roja, que parecía nervioso, como si hubiera seguido al grupo por ser parte de algo, pero sin estar convencido de ello.

—Váyanse —sentenció Marcus. Casi sonó como amenaza.

—Pero si acabamos de llegar —se burló Rufo—. ¿Ya pensaste en lo que te propuse? El negocio. Estamos hablando de mucho dinero.

—Ya te dije que no me interesan, yo no quiero nada con criminales.

Marcus se puso en marcha y tiró de la mano de Pearl para indicarle que lo siguiera, ellos les cerraron el paso. Rufo se veía molesto.

—Me decepcionas, Marcus. Pensé que éramos amigos.

En un segundo, se lanzó contra Marcus seguido de dos de sus amigos. Pearl pensó con seguridad:

«¿Tres contra uno? Oh no, de esto me encargo yo. Será sencillo».

Ella se movió no tan rápido como solía hacerlo, puso fuera de combate a uno de ellos. Sin embargo, algo estaba mal, porque cuando otro más de ellos, el rubio, entró para auxiliar a su compañero, de repente le pareció que sus fuerzas eran superiores que las de ella. Marcus tomó a Pearl de la mano y tiró de ella, ambos echaron a correr. Marcus iba delante, ella apenas podía seguirle el paso, aquello disparó una ruidosa alarma de peligro en su cabeza.

«¿Por qué es tan rápido? Él es humano, no es eukid como yo».

Algo estaba mal, Pearl sentía que corría con fuerza, pero de repente eso no era suficiente. Ellos los alcanzaron, sometieron a Marcus y lo golpearon. El gordo y cabeza rapada sujetaron a Pearl. Ella luchó con violencia para tratar de liberarse. Ellos aullaron en un tono burlón.

—La chica es briosa —dijo el gordo.

Rufo le dedicó otra vez esa lasciva sonrisa, con movimientos felinos se abalanzó con rapidez contra ella y le dio un golpe en la cabeza que la dejó aturdida. La sometieron. Ellos hicieron lo mismo con Marcus.

—Vamos a dar un paseo —murmuró y sonrió siniestro.

Los subieron a su auto, condujeron cerca de ahí, hasta un área boscosa, donde los hicieron bajar y los obligaron a caminar entre los árboles. Estaba oscuro, sólo tenían la luz de una farola que estaba a unos cien pies de distancia y la de la luna en lo alto. De vez en cuando escuchaba a lo lejos a algún auto pasar rápidamente por la calle.

Se detuvieron, el lugar era silencioso. A Marcus lo obligaron a arrodillarse. El rubio, cabeza rapada y camisa roja cuidaban de él. Cabeza rapada sostenía una navaja contra el cuello de Marcus. El gordo sujetaba a Pearl por la espalda. Era fuerte, demasiado y ella no podía liberarse. Se sintió desesperada.

«Algo está mal, es como si no tuviera mis poderes eukid, como si tuviera las fuerzas de una simple chica humana», meditó y el miedo la invadió.

Rufo se acercó a ella, el gesto con el que la miraba era perverso.

—Me gusta tu noviecita —murmuró—. Quizá hasta se me olvide que no quisiste ser mi socio.

La besó en el cuello y comenzó a manosearla. Ella se revolvió con furia, le tiró de patadas. El torció la boca. Pearl notó algo más, en sus pupilas brilló cierta chispa metálica que no era humana sino eukid.

—Creo que primero voy a tener que amansarla.

La abofeteó de lado a lado con una fuerza terrible, luego la golpeó en el estómago. Ella quedó sin aire, su cuerpo se dobló hacia el frente. Con un movimiento rápido, Rufo puso las manos en la espalda de ella, sujetó el borde de la camisa y tiró arriba para quitársela.

—¡No! —Gritó Marcus— ¡Déjala en paz, no la toques!

Ella recuperó el aliento, emitió un grito ahogado y forcejeó mientras él le arrancaba el brasier. Acto seguido, Rufo le dio una patada en la rodilla, ondas de dolor la invadieron, la pierna se le dobló. Su brazo derecho se liberó por un momento, ¡debía luchar! Él le detuvo la mano, se la torció y aplicó fuerza sobrehumana, ella gritó de dolor, pudo escuchar los huesos de su muñeca crujir. Rufo volvió a golpearla en la cara y la arrojó al suelo. Antes de que pudiera levantarse, él ya estaba sobre ella. Le tomó las manos y se las levantó por encima de la cabeza.

—¡Sujétala bien! —le ordenó al gordo.

El gordo la dejó inmovilizada. Pearl trató de zafarse sin éxito, él le apretaba los brazos, esto mandó más señales de incontenible dolor desde la muñeca que Rufo le acababa de romper. Rufo la golpeó con los puños cerrados, una y otra vez, en la cara y en el abdomen. Después, le desabrochó los jeans y de un tirón le sacó los pantalones y la ropa interior. Marcus protestaba, le gritaba toda clase de amenazas, las cuales eran contestadas con insultos y golpes. Los forcejeos de ella no servían de nada, Rufo era mucho más fuerte.

Escuchó el cierre de los pantalones de él bajar, se llenó de terror. Él le separó las piernas, se escupió en la mano. Ella gimió asustada cuando él la exploró a fondo con los dedos, la lastimaba. Rufo sonrió igual que lo haría un perverso demonio, con un gesto de infame sorpresa.

—Marcus, no sabía que tu noviecita fuera virgen. —Luego se volvió hacia ella— No te preocupes, mi amor, vamos a arreglar eso.

Apenas pudo contener un alarido, el dolor fue desgarrador. Rufo le tapó la boca con la mano. Los ojos se le llenaron de lágrimas. El gordo reía a carcajadas. De algún lugar salían los gritos de Marcus, mientras Rufo la embestía con furia hasta quedar satisfecho. Él se separó jadeando, ella estaba llorando. Alguien se había acercado, era el tipo con el cabello tan amarillo como el maíz. Rufo volteó hacia él.

—¿Te gusta? —Se levantó y se acomodó los pantalones— Adelante, diviértete.

—No, por favor ¡no!

Pearl se agitó histérica. No podía soltarse, el gordo la tenía bien sometida. El dolor en la muñeca era intenso, pero era peor lo que le esperaba.

—¡Oye! —Protestó el gordo— Yo no quiero estar solamente aquí mirando.

—¡Espera tu turno! —ordenó Rufo y el gordo guardó silencio.

Pearl escuchó con terror el tintineo de la hebilla del cinturón del rubio. Pronto lo tuvo encima. Ella luchó, gritó, en su cabeza se preguntaba por qué no podía usar sus poderes para pelear o para convertirse en gato y escapar entre los arbustos. Nada, no podía.

—¡Déjala en paz! —Bramó Marcus— ¡Ya basta, no la lastimen!

Rufo se burló y se dirigió hacia él para golpearlo con su terrible fuerza eukid.

—Pero si la función acaba de empezar, Marcus. Observa bien, quizá aprendas algo de lo que debes hacer con ella.

Pearl le suplicó al rubio que por favor no lo hiciera. Él se mostró irritado, cerró la mano y le descargó dos puñetazos en la cara.

—¡Deja de moverte! *Stupid bitch.*

La mente se le llenó de estrellas mientras que un chorro de sangre le manó de la nariz. El ultraje y el dolor volvieron a repetirse. Cuando terminó, el gordo protestó de nuevo. El rubio le dijo que podían cambiar lugares y así lo hicieron. El gordo fue el peor. Primero la atacó como habían hecho los otros dos. Era tosco, tanto que el dolor se intensificaba con cada nueva embestida. La golpeó por el mero gusto de someterla y antes de terminar, decidió que quería forzar su placer en ella de otra forma más humillante. Ellos eran sordos a sus lágrimas, al daño que le causaban. Cuando terminó, se acercó cabeza rapada.

—Ahora voy yo.

—Espera —ordenó Rufo—. Voy yo de nuevo, pero esta vez —apuntó a Marcus— quiero que él lo vea bien.

Se acercó a Pearl, la sujetó su cabello, el mismo que horas antes ella se había cepillado y arreglado para que Marcus la viera bonita. Ahora estaba todo enmarañado y sucio de tierra y sangre. Rufo se puso en cuclillas, la obligó a sentarse y la rodeo por la espalda.

—Sabes, Marcus, me gusta mucho tu noviecita y creo que comienzo a gustarle también a ella, ¿no es así, preciosa?

Ella no contestó.

—¡No es así! —tronó y le sacudió la cabeza.

—¡No! —Sollozó Pearl —¡No me gustas!

Él comenzó a tirarle puñetazos.

—¡Voy a hacer que me ames!!

Ella trató de protegerse con las manos, mientras Rufo le pegaba y la llamaba con términos misóginos. Luego volvió a penetrarla con rabia. De pronto el dolor se detuvo, alguien había separado a Rufo, ¡era Marcus! De alguna forma se había liberado de camisa roja, quien sostenía el cuchillo en turno y observaba todo desde lejos con cara de temor. Marcus golpeó a Rufo, pero no fue suficiente. El gordo y el rubio acudieron a ayudar a su líder. Ellos lo derribaron y lo golpearon en el suelo. Furioso, Rufo se lanzó contra él para atacarlo con su fuerza sobrehumana. Pearl murmuró su nombre, "Marcus", quiso levantarse, entonces tuvo frente a si la sonrisa cáustica de cabeza rapada.

—Creo que ahora sí, ya es mi turno.

Ella cerró los ojos resignada, ya no luchó, ni suplicó porque no tenía caso. Vino de nuevo el dolor punzante, tenía la caliente respiración de aquel sujeto sobre su cara. Percibió el intenso olor a saliva de su boca, el cual la llenaba de asco. Aun así se quedó muy quieta y en silencio, a la espera de que todo terminara. Los minutos que duró el ataque se escurrieron lenta y tortuosamente.

Entonces escuchó que alguien exclamó:

—¡Ya déjalo, ya lo mataste!

Ella quedó en shock, eso no podía ser verdad. Camisa roja se aproximó corriendo.

—Tenemos que irnos.

—Espera... ya casi termino... ya...

—Tenemos que irnos —repitió camisa roja—. Una patrulla anda cerca, ¡tenemos que irnos!

—¿Y qué hacemos con ella?

Cabeza rapada puso sus manos alrededor del cuello de Pearl y apretó.

—¡Déjala! —Exclamó camisa roja—. Ella está acabada.

Cabeza rapada la soltó pronto a insistencia de su compañero. Ella quedó tendida, sin moverse. Ellos discutían, mencionaron que quizás ella también estaba muerta. Camisa roja era insistente, se tenían que ir. Rufo accedió y fue entonces que Pearl se dio cuenta que Rufo tenía una cortada en el abdomen y el rubio en el brazo. Intuyó que, de alguna forma, cuando Marcus se liberó se había hecho con el cuchillo. Pero de nada había servido, porque ahora ellos se alejaban mientras que ellos yacían en el suelo sin moverse, sin fuerzas. El mundo se convirtió en un remolino negro, la succionaba. Entonces perdió el conocimiento.

Tras recordar todo, Pearl estaba temblando. Deslizó los dedos por su barbilla, el cuello, donde ya no tenía la cadena de plata que se había puesto ese día. Recorrió su pecho desnudo. Un apretado nudo se le hizo en la garganta, mientras sus dedos seguían bajando por su abdomen hasta su entrepierna, donde tenía un punzante dolor. Se sintió sucia, los dedos se le impregnaron de una humedad viscosa y la invadió el asco. Levantó la mano, la contempló a la luz de la luna; qué negra se veía la sangre sobre sus dedos. Cerró los ojos y un largo grito de horror escapó de su garganta. Poco a poco se fue quedando sin aire, tomó una bocanada y del alarido pasó a los gimoteos.

—¡Marcus, Marcus! —Llamó a su novio, pero no obtuvo respuesta.

Hizo acopio de fuerzas para arrastrarse hasta donde estaba su novio, lo sacudió, llamó su nombre, pero él no se movió, sus manos estaban heladas. Había sangre, en su pelo, en su cara, en el suelo donde él permanecía inerte.

—Por favor, Marcus, despierta, ¡despierta!

¿Qué había dicho Rosa? Que el amor también es tristeza y tenía razón, porque ahí frente al cuerpo de Marcus, algo dentro de Pearl se quebró para siempre. Pearl se desplomó hacia un costado, miró hacia el cielo. A su alrededor no había nadie que la ayudara. Le hubiera gustado escuchar la sirena de una patrulla, o ruido de voces. En cambio, sólo contaba con la melodía fúnebre de su propio llanto. Por segunda vez en esa noche, se preguntó dónde podría estar su teléfono celular.

«Necesito ayuda, pero ¿quién podría escucharme? Si tan solo alguien pudiera saber que estoy aquí, alguien que sintiera mi dolor».

Este pensamiento la llevó a hacer algo desesperado. Levantando la cara al cielo y sin saber por qué lo hacía, Pearl gritó:

—¡Linda, ayúdame!

Tenía ganas de vomitar. Al cabo de un rato de estar ahí llorando, se obligó a moverse, nadie vendría al rescate de ella o Marcus. Buscó su ropa. Se puso la camisa sin problema, en cambio, ponerse los jeans probó ser una tarea lenta y penosa. Hizo un nuevo acopio de fuerzas y se incorporó, las piernas le temblaban, hilos de sangre descendían por sus muslos. Revisó las bolsas de los jeans, no tenía su celular, se lo habían quitado. Buscó el de Marcus, no estaba por ningún lado. Camisa roja mencionó que había visto una patrulla. Eso significaba que, aunque estaban entre los árboles, quizá no se habían adentrado tanto, ella misma creía recordar que escuchó a un auto pasar a lo lejos.

Echó a andar muy despacio, dolía caminar; la rodilla se le había inflamado y la entrepierna le ardía. Gotas de sangre se deslizaban por sus piernas, manchándole los jeans. Su mente estaba revuelta, era como si anduviera por una realidad alternativa de la que quería alejarse, una realidad desagradable de muerte y malestar, de cuyos efluvios emanaba un olor nauseabundo, como recordatorio de la pesadilla acontecida. Llegó a la calle, siguió caminando, no supo por cuánto tiempo, pero en todo ese rato apenas vio un auto el cual no quiso detenerse. Tal vez no la habían visto, tal vez la habían ignorado. Debía ser bastante tarde. Comenzó a temblar de frío. De pronto, distinguió un automóvil, éste se detuvo.

«Debe ser la patrulla, debe ser la patrulla... ¿pero dónde están las luces rojas y azules?... quizá las tiene apagadas».

Pearl se desplomó. Alguien le habló, la voz le pareció familiar. Sus ojos enfocaron para reconocerla, se parecía a Serena, descendiendo del puesto del conductor. Venía acompañada. Ellas se acercaron corriendo.

—Tienen que ayudarlo —murmuró Pearl.

Las miró bien, sí, una era Serena y la otra era ¡Linda!

—¿Qué te pasó? ¡Tiene sangre! ¡Está herida, está herida!!

—La policía —balbuceó—, él necesita ayuda.

Fue entonces que vio las luces rojas y azules. Una patrulla se acercó. Escuchó la voz del oficial, al parecer alguien había llamado a la policía, Pearl se preguntó si quizá el conductor del auto que no quiso detenerse. Eso no importaba, nada importaba, sólo Marcus, aun cuando temía que ya era tarde para él. Ella volvió a repetir su súplica.

—Por favor, él necesita ayuda.

El oficial estaba impecable, con aquel corte de cabello militar y su uniforme azul oscuro sin una sola arruga. Pearl le indicó en qué dirección ir. El oficial se puso a hablar por el radio, luego le dijo a Pearl que todo estaría bien, que la ayuda venía en camino. Pearl ya no entendía nada, su mente estaba volviendo a desvanecerse. Escuchó otra vez la voz familiar de su hermana.

—¡Pearl, mírame!

«Serena, estás aquí».

—Por favor, dinos qué te pasó —suplicó Serena.

Pearl abrió la boca, las palabras se le atoraron, pero esta vez no por la emoción, sino por la vergüenza y la humillación. No sabía cómo explicarles, bajó la cabeza y se echó a llorar.

XIV.- Vulnerables

Linda

Navegaba por un mundo onírico que ya había soñado antes. Frente a ella un palacio abandonado. Había algo en la construcción, en sus torres grisáceas que tenía el gusto de lo familiar. ¿Era un sueño o sólo el eco de otra vida? Le gustaba porque estaba desolado y por esa sensación de ser un territorio conocido. De pronto percibió algo, era como una ola enorme que se aproximaba a la playa de su mente. Una muralla de agua cargada de emociones funestas; era desesperación, desconsuelo, congoja y pánico. La ola golpeó y con ella un grito... "¡Linda, ayúdame!". El eco resonó con fuerza, debilitando las paredes del castillo y trayendo consigo oscuridad, la del cuarto, la de la noche.

Linda despertó de la misma forma en que una muñeca abriría los ojos mecánicamente. Se sentó en la cama. Estaba segura de lo que había sentido; alguien la había llamado. Se concentró para sentir las presencias existentes en la mansión, las conocía bien, sabía quién estaba. Algunos estaban ausentes. Georgina, pero ella sabía cuidarse en el mar, ese era su territorio. Patrick no había vuelto, eso ya no era normal, él a veces se demoraba cuando salía a volar, pero algo preocupaba a Linda. Además faltaba alguien, Pearl no estaba en casa. Rememoró la voz del sueño, «¡Linda, ayúdame!», la voz de Pearl.

Tanya abrió los ojos y se sobresaltó apenas notó que frente a ella tenía a Linda con el gesto inexpresivo que tendría un gato que observa a su dueño mientras duerme.

—Me asustaste, ¿por qué no llamas la puerta?

—Pearl está en peligro —replicó ignorando la pregunta de Tanya.

—¿De qué hablas?

—No ha vuelvo a casa. Tengo un mal presentimiento. Le marco a su celular pero no contesta. Pensé que quizá podrías encontrarla con tu mente.

—Pearl es muy fuerte, sabe cuidarse sola.

—Por favor —insistió Linda.

Tanya se incorporó refunfuñando. Se concentró, no podía encontrar su mente. Se llevó una mano a la cabeza, su rostro se tornó meditabundo.

—Esto es extraño, si está en la ciudad, debería estar en mi rango de alcance. Hay algo que no me gusta.

La psíquica hizo un segundo intento inútil, se estaba poniendo nerviosa, Linda podía sentir cómo se alteraba su estado de ánimo, como si hubiera sembrado en ella la semilla del mal presentimiento.

En cuestión de minutos, los Kearney salieron de prisa. Nick y Maggie iban en un auto; Tanya se sentó en el asiento del copiloto junto a Terrence en otro vehículo; Linda iba con Serena en otro. Había siempre una razón para poner a Tanya, Maggie y Linda en diferentes grupos cuando se separaban para buscar, esa era sus capacidades psíquicas, en el caso de Tanya y Maggie, y la habilidad súper-sensible de detectar presencias de Linda. Si se separaban e iban en diferentes direcciones, podían cubrir más efectivamente una mayor área de búsqueda.

Esa noche Linda tuvo éxito. No la buscó por su energía, tenía un presentimiento de que no serviría. En vez de eso, se concentró en buscar en la distancia su corazón sufriendo, suplicando ayuda como la voz en sus sueños. Fue así que, de pronto, volvió a sentir el caos emocional de Pearl y eso le sirvió de guía. Para cuando la encontraron era evidente que algo muy malo había ocurrido, ella estaba en *shock*, llorando y suplicando que ayudaran a Marcus. A poco, llegó una patrulla, alguien había llamado a la policía de manera anónima. El oficial trató de preguntarle qué había ocurrido, ella no dejaba de llorar y balbucear "me lastimaron, yo no quería".

Horas más tarde, en el hospital donde aguardaban, Linda no se podía quitar de la cabeza la imagen de Pearl cuando la encontraron. Los Kearney se veían apesadumbrados. Aguardaban en silencio, como si al no hablar se negaran a creer que sus peores sospechas de lo que ocurrió con Pearl fueran ciertas. Aquel solemne e incómodo mutismo sólo empeoró cuando una trabajadora social se acercó para hablar con Nick y Maggie. Las palabras de la trabajadora habían resonado fuerte, Linda lo leía en sus caras y lo percibía en sus emociones.

Ellos se tomaron un momento antes de acercarse a las chicas. La noticia las estremeció y las llenó de rabia. La trabajadora social les dijo que Pearl y Marcus habían sido atacados por una banda, él había sido asesinado y ella abusada sexualmente. Maggie y Nick hablaban de eso consternados, parecían ausentes, como si quisieran no creer aquello.

Las emociones de las hermanas eran un mar de indignación y rabia que se arremolinaba. La única que se mantenía con su acostumbrada ecuanimidad era Linda, con su careta de muñeca seria. Tenía que ayudarlos a tranquilizarse, ella sabía cómo. Dejó que las aguas de todo ese remolino caótico de ira y angustia se desahogara en ella. Era un remedio paliativo, pues eso no cambiaba las cosas, pero era algo que ayudaba a tranquilizar un poco los ánimos. Tenían demasiado de qué preocuparse por la que yacía sedada en una cama de hospital y por el hermano desaparecido. Necesitaban el desahogo que Linda podía proporcionar.

Más tarde, Linda estaba sentada en silencio junto con los demás en el cuarto de hospital donde dormía Pearl. Linda se mantenía inmóvil, con las manos en el regazo. Nadie decía nada, todos estaban muy afectados por la noticia. La trabajadora social les había dicho que Pearl se recuperaría pronto, pero que el daño psicológico y emocional no sería fácil de superar, que ella necesitaría tiempo y que podía ofrecer información de grupos de apoyo y profesionales que podían ayudarla. El único que no estaba ahí era Terrence, él había regresado a la mansión a la espera de que Patrick volviera, lo cual no ocurrió. Eso también preocupaba al grupo.

Un zumbido llamó la atención de Linda, era el celular de Nick en modo de vibrador. Tomó la llamada, la conversación de su lado de la línea fue una serie de monótonas respuestas cortas:

—Hola... ok... sí... ya veo.... Bien... te esperamos... es complicado, ella se pondrá bien...

Nick colgó. Maggie lo miró a la expectativa.

—Patrick no ha regresado. Terrence dice que salió a buscar a los alrededores pero no hay rastro de él. Ahora viene para acá. Cuando llegue nos organizaremos y nos dividiremos para ir a buscarlo.

Las chicas asintieron en silencio. Un ruido llamó su atención, muy sutil, como el aleteo de una mariposa, era el ruido de la sábana que cubría a Pearl, había bastado un movimiento, luego vino el débil quejido gutural, Pearl se agitó como una mariposa atrapada en la telaraña de un sueño del que quiere despertar. El quejido subió de intensidad con la desesperación de quien quiere gritar. Pearl se incorporó, Maggie se apresuró a su lado. La tomó del brazo para evitar que hiciera algún movimiento brusco con el que pudiera lastimarse.

—Tranquila, ya estás a salvo.

Pearl abrió los ojos. Maggie volvió a repetirle que todo estaba bien, ella miró rápidamente a todos a su alrededor.

«Es como un gato atemorizado buscando la forma de escapar», meditó Linda.

—Ya estás a salvo —dijo Nick.

—Marcus, ¿dónde está?

Serena, Tanya, Alex, Rosa y Hannah intercambiaron miradas.

—Está muerto, ¿no es así?

Maggie bajó la cara como si buscara la manera de explicar la noticia entre los pliegues de la sábana.

—Lo sentimos mucho. Marcus era un buen chico —comentó Nick con tono severo.

Las lágrimas se acumularon en los ojos de Pearl. Ella suspiró con aquella rapidez de quien está a punto de echarse a llorar.

—Fueron ellos —murmuró Pearl—, ellos lo mataron.

—¿Quiénes? —preguntó Hannah con cautela.

—Los mismos que me violaron. Eran cinco y yo no pude hacer nada para impedir que me lastimaran. Me hicieron mucho daño.

Linda percibió el odio con el que lo dijo. Miró su rostro desfigurado, apenas y podía abrir el ojo izquierdo. Sus brazos estaban llenos de moretones. Las lágrimas acumuladas comenzaron a rodar por sus mejillas.

—Ellos obligaron a Marcus a mirar mientras se turnaban para violarme. No pude defenderme, no tenía mis poderes... ¡Yo no quería!

La voz se le quebró, Maggie se apresuró a tratar de darle algún consuelo. La indignación crecía en el grupo. Linda quería ayudar a Pearl. Ella sollozaba y se culpaba, una y otra vez, de no haber tenido sus poderes para impedir que la lastimaran a ella y a Marcus.

«No puedo quitarte lo que sientes ni lo que pasó, pero puedo ayudar a que te desahogues», pensó Linda.

Se concentró en lo que Pearl sentía, se vio de pronto a sí misma como si estuviera de pie frente a una presa a punto de reventar por tanta agua, una presa de la que ella tenía una válvula para dejar que parte de esa agua cayera sobre ella y la presa no explotara. Eran demasiadas cosas; dolor, vergüenza, furia. El agua cayó a cuentagotas.

«Un remedio paliativo. Te ayudo como te ayudaría desahogarte llorando por horas. Ojalá pudiera hacer más».

Percibió algo, era una energía extraña sobre Pearl, era ajena, apretada como un guante a la medida. Linda dedujo que esa era la energía que había bloqueado sus poderes. Entonces, Linda se sorprendió de cómo es que ella había sido capaz de sentir las emociones de Pearl. Lo único que se le ocurrió es que los sentimientos estaban en otro plano distinto al de la energía física y el poder mental, uno que la red no podía bloquear y al que únicamente ella tenía acceso. Poco a poco la magia de Linda estaba haciendo efecto, las lágrimas seguían derramándose, pero los sollozos eran menos, Pearl se fue tranquilizando.

Alex estalló:

—¡Hijos de puta, pagarán por esto! —Bramó con todos los cabellos erizados por la electricidad que la recorría— Dinos quiénes son y nosotras los encontraremos y los haremos pedazos.

Tanya se apresuró a secundarla. Pearl pareció amedrentada, comenzó a balbucear, pero no atinaba a decir una palabra.

—No quiero hablar de eso —expresó por fin con un susurro.

—No tienes que hacerlo si no quieres —comentó Tanya con los puños apretados, luego levantó la mano—, sólo déjame leer tu mente y yo veré sus asquerosos rostros.

El gesto de Pearl fue de terror.

—No, por favor, ¡no!

Se echó para atrás, Maggie le tocó el hombro para tranquilizarla, ella se sacudió aterrada.

—¡No me hagan esto! Por favor, no quiero que vean lo que me hicieron, es muy humillante, ¡no me hagan esto!

Maggie le indicó a Tanya con un ademán que se hiciera para atrás.

—Pearl, hija, tranquila.

—¡No! —Exclamó casi en un alarido— Por favor no me hagan esto.

Maggie levantó las manos.

—Pearl, te lo prometo, ni yo ni Tanya vamos a usar nuestros poderes para leer tu mente. Te doy mi palabra. Nadie va a volver a hacer nada sin tu consentimiento.

Pearl la miró como si se debatiera entre creerle o no. Linda intervino con un tono educado y monótono que la hacía sonar como el HAL 9000:

—En realidad no tienes de qué preocuparte. Aún si Maggie o Tanya quisieran leer tu mente no podrían, al menos no ahora. La energía que bloqueó tus poderes sigue sobre ti, puedo percibirla. Esa energía impide la comunicación psíquica.

Se hizo un silencio incómodo, Maggie se encogió de hombros. Tanya suspiró y le dedicó una larga mirada suplicante y desesperada a Pearl. Linda permanecía impasible. Pearl las observó como si ellas fueran enemigos de los que debía cuidarse, luego bajó la vista. Daba lástima verla en ese estado. Ellos estaban acostumbrados a recibir golpes y heridas por los entrenamientos y en práctica cazando monstruos o enfrentando eukids problemáticos. Sin embargo, jamás ninguno de ellos había recibido un daño tal como el que le habían hecho a ella.

—Vamos todos a calmarnos —indicó Nick con su voz determinante y firme—, nadie va a hacerle preguntas a Pearl que no quiera contestar. En todo caso de momento los únicos que van a interrogarla son los oficiales de la policía.

«Linda», resonó la voz de Maggie en su cabeza, «haz que todas se tranquilicen, por favor, no necesitamos que estén alteradas en este momento, sobre todo Pearl».

«Ya me encargo».

Linda absorbió el gran cúmulo de emociones, lo suficiente para que se calmaran y escucharan lo que se tuviera que hablar ahí. Nick se dirigió a Pearl con voz firme pero suave, cuidando mucho sus palabras.

—Pearl, comprendo tus deseos de no querer hablar de lo que pasó por ahora, y está bien si no quieres decirnos nada, pero vas a tener que hablar con la policía, es lo correcto y además es inevitable; eres la única testigo del asesinato de Marcus, las autoridades quieren verte tan pronto como sea posible para tomar tu testimonio. La familia de Marcus merece que se haga justicia, nosotros no podemos revelarnos a los humanos comunes, así que tendremos que colaborar con los oficiales.

—¡¿Y dejárselo a ellos?! —vociferó Alex.

—Alex, basta —intervino Serena—, Nick tiene razón.

Linda notó que la siempre inseparable de Serena, es decir, Tanya, volteó a ver a su amiga favorita como si no pudiera creer lo que acababa de decir.

—Escuchen bien —se dirigió Nick al grupo—, nosotros tenemos cosas qué hacer, nuestra prioridad es descubrir quién bloqueó los poderes de Pearl, que seguramente es la misma persona que hizo lo mismo con Georgina, Serena y con Rosa. Quien quiera que esté detrás de esto es un enemigo poderoso. Dejaremos que las autoridades hagan su trabajo y nosotros haremos el nuestro.

—En esta situación odio admitir que tienes razón —murmuró Rosa—. No sabemos el alcance de la fuerza de ese enemigo, quizá también esté detrás de la desaparición de Patrick.

Pearl preguntó sin levantar la cara:

—¿Qué le pasó a Patrick?

—No lo sabemos. No volvió a casa. No contesta el celular. Tanya y yo hemos tratado de comunicarnos con su mente, pero no hay rastro de él, como si estuviera perdido.

«Pobre Maggie», meditó Linda, «su corazón de madre está sufriendo».

También la ayudó a ella. Era en verdad doloroso ser quien calmara el estado de ánimo general de la familia, todos ellos le dolían pero no podía expresarlo.

«Si yo tuviera lágrimas lloraría, pero eso no es posible».

Pearl apretó el puño del lado de la muñeca que no tenía rota. Linda de nuevo reparó en los moretones que le habían dejado en la piel, no quería ni pensar en el infierno que había vivido. En ese momento le quedó claro a Linda que no podían presionar a Pearl a hablar, ellos quizá querían vengarla, pero lo mejor sería darle tiempo. La trabajadora social tenía razón, las heridas más profundas no estaban en su cuerpo, sino en su espíritu y su mente.

—Me quiero ir a casa, por favor —suplicó Pearl.

Maggie trató de abrazarla, ella se sacudió como si lo último que quisiera fuera el contacto de otra persona.

—No quiero estar aquí, quiero irme a casa.

—Está bien —asintió Maggie—, ahora que ya estás despierta, le diremos a la doctora para volver lo más pronto posible a la mansión.

Nick se volvió hacia las jóvenes.

—¿Por qué no van a buscar algo de beber y nos dejan hablar un momento con Pearl?

En su mente, Linda escuchó la voz de Maggie, quien seguramente les decía lo mismo a las demás:

«Salgan por favor, Pearl necesita espacio y lo que tenemos que hablar con ella no va a ser fácil».

Rosa, Hannah, Tanya y Serena se dirigieron a la puerta sin hacer más comentarios, Alex protestó, insistió en que quería ir a buscar a esos hijos de puta. Linda se le acercó, la tomó de la mano y absorbió un poco de la cantidad de cólera que tenía Alex.

«Lo suficiente para que te calmes un momento y me sigas, después podrás volver a estallar todo lo que quieras».

—Vamos, Lady A.

Tiró de ella en dirección a la puerta. Alex suspiró enojada y se dejó guiar. Linda dirigió una mirada más hacia atrás. Nick y Maggie estaban hablando con Pearl respecto a la policía, lo que tenía que hacer por ella y por Marcus. Pearl meneaba la cabeza de un lado a otro. Sus ojos verdes vertían más lágrimas. Linda cerró la puerta tras de sí.

Fueron a la cafetería, una vez ahí, Alex volvió a la carga.

—Tanya, tal vez tú puedas buscarlos con tus poderes, todo lo que necesitamos es una visión de sus asquerosas caras.

—Puedo intentarlo —replicó lacónica—, quizá vea algo, aunque sería más sencillo si ella me dejara leer su mente.

—Alex, Tanya, basta —ordenó Serena.

—Serena, no puedo creer que no quieras hacer nada —protestó Alex—, estamos hablando de Pearl.

—Nick tiene razón —comentó Rosa—, a quien debemos de buscar es a quien ha estado bloqueando nuestros poderes. Ya le pasó a Serena, a Georgina y a mí. El peligro es serio y este enemigo es tan responsable como aquellos sujetos.

«Y aquí es cuando Lady A. explota». Linda la conocía bien y sentía la ola de emociones emergentes.

—¿¿Es que se han vuelto locas?! Somos familia, si se meten con uno se meten con todos. Eso creo yo y pensé que ustedes creían igual.

—Yo lo creo —sentencio Tanya furibunda—, ¡esos malditos tienen que pagar!

Linda se fijó en ella, en la forma en que lo había dicho, detectó indignación y rabia, pero había algo más, algo que hacía que sus deseos de venganza no fueran iguales que los de Alex. Analizó las emociones de Tanya, en el fondo, había desesperación y algo similar a la culpabilidad, como la que tendría una persona que se siente obligada a reparar un daño que ha causado. Pero ¿por qué? ¿Qué razón tenía Tanya para sentirse culpable?

Las chicas siguieron discutiendo el asunto. Alex hizo gala de un vasto repertorio de insultos contra aquellos sujetos a los que ella misma quería electrocutar. Tanya, con los brazos cruzados, insistía en que debían hacer algo. Serena y Rosa apoyaban a Nick. Hannah no hizo comentarios, estaba pensativa y callada. Tras un rato de discutir, las chicas se sumieron en el silencio. Sus tazas estaban intactas, no tenían ganas de probar el café que tenían en frente.

Linda se preguntaba si, así como había rastreado a Pearl por sus emociones, podría ayudar a encontrar a Patrick. Pronto descartó la idea, de Pearl al menos tenía una muestra de qué buscar, el grito de ayuda que había llegado hasta ella mientras dormía. En el caso de Patrick, no tenía ningún rastro que seguir. Luego se preguntó cómo es que había escuchado a Pearl en sus sueños. Quizá estaba despertando nuevas habilidades, de eso aún no estaba segura, pero tenía confianza que con el entrenamiento lo averiguaría.

Al cabo de un muy largo rato Nick apareció.

—¿Cómo está Pearl? —preguntó Hannah.

Nick se veía severo. Linda sabía que era como mirar la punta de un iceberg, por dentro él estaba muy alterado, mucho más de lo que manifestaba. «Él y Maggie sufren, pero quieren ser fuertes por el bien del grupo».

—Ella estará bien —respondió Nick—, necesita descansar. No se preocupen, por ahora tenemos muchas cosas que hacer.

Alex se plantó frente a él para reprocharle:

—No puedo creer que no quieras venganza, Nick. Pensé que te importábamos como tus hijas, que éramos familia.

—¿En serio eso piensas? —preguntó Nick, su voz tenía ahora un tono enfadado—. Créeme, quiero tanto o más que tú buscar a quienes le hicieron esto y hacerlos pedazos. Si mantengo la calma y les pido que ustedes también lo hagan es únicamente por ella. Pearl está destrozada, acaba de pasar por un evento traumático y lo último que quiero es causarle más sufrimiento. Bastaría que nos mostrara quiénes son y nosotros los haríamos pagar, pero ella no quiere que ustedes sepan más, ni que le hagan preguntas, ni que se metan en esto y no quiere que nadie lea su mente

Al decir esto último le dedicó una mirada a Tanya, ella se encogió de hombros.

—Ella ha aceptado hablar con la policía únicamente por Marcus, ella no quiere intervenir en la investigación de su asesinato. Pero tiene mucha vergüenza de lo que pasó y no quiere que nosotros sepamos detalles.

—Ella no tiene nada de qué avergonzarse, es inocente.

—Estoy de acuerdo, Alex, pero así es como ella se siente en este momento y lo que menos necesita es que nosotros la presionemos y la hagamos sentir aún peor. Ella no necesita un grupo de personas alteradas, necesita de nuestro apoyo, paciencia y amor. ¿Quieren ayudarla? Entonces mantengan la calma y respeten su espacio y sus deseos hasta que ella esté lista para abrirse con nosotros.

Alex apretó los puños, los ojos se le llenaron de lágrimas. Linda notó que Tanya tenía los ojos vidriosos y de nuevo sintió una ola de culpabilidad. La alférez psíquica trató de discutir algo, básicamente lo mismo que Alex, pero mucho más moderada, Nick volvió a insistir en respetar los deseos de Pearl.

Ginger se levantó en silencio y salió de la cafetería. Linda fue detrás de ella. Hannah caminó por el pasillo hasta la entrada del hospital. Frente a sus puertas de vidrio translúcido se detuvo. Afuera estaba lloviendo.

«Está preocupada», notó Linda.

—Ginger —la llamó.

Hannah volteó a verla, estaba llorando.

—¿Cómo supiste que Pearl estaba en peligro?

—Tuve un presentimiento —explicó Linda.

—¿Cómo funcionan tus presentimientos?

—No lo sé, sólo vino a mí.

Hannah bajó la vista. Luego volvió a mirar afuera, hacia el cielo nublado.

—Él tenía razón —murmuró—, dijo que iba a llover. Ahora ayudaría que tuvieras otro de esos presentimientos y pudiéramos encontrarlo.

Linda se acercó a Hannah.

—Patrick estará bien, ya verás.

Hannah se limpió la nariz con la manga del suéter.

—Nick tiene razón. Nuestra principal preocupación debe ser encontrar a ese enemigo. Siempre que neutralice nuestros poderes nos pondrá en una posición muy vulnerable. Mira a Pearl. Aún no puedo creerlo, ella siempre ha sido tan segura y tan fuerte. Esto hace que me pregunte, qué somos sin nuestros poderes. Me aterra pensar en lo indefensos que estamos sin ellos y lo que podría sucederle a cualquiera de ellas, a ti, a mí o a Patrick

Otra lágrima fugitiva rodó por la mejilla de Hannah, Linda se apresuró a abrazarla.

—No sabemos si Patrick está en peligro ni dónde está —sollozó—. Qué tal que le ha ocurrido algo muy malo y está herido sin poder pedir ayuda.

—Estará bien —dijo Linda—. Vamos a encontrarlo, ya verás.

Hannah se aferró a Linda, ésta miró al cielo, tan gris como el momento en que vivían mientras se preguntaba:

«Patrick, ¿dónde estás?».

XV.- Incendio

Patrick

Su mente estaba nublada, el golpe había sido terrible. Su cuerpo yacía inmóvil en el suelo de piedra. ¿Cómo es que había terminado así? Hizo un movimiento, ondas de dolor lo invadieron, debía tener el pie roto. «¿Dónde estoy? Todo está tan revuelto, necesito pensar». ¿Qué día era? Lo sabía, era viernes. Horas antes estaba en casa cantando *Friday I'm in Love*. Tenía frente a sí todo el fin de semana y ningún deber de la escuela. Luego fue hasta la ventana, la abrió y escuchó el eco del viento que invitaba a su espíritu de ave a volar. Se marchó prometiéndole a mamá que no se iba a demorar, pero una vez que tuvo la caricia eólica en las alas, siguió volando sin pensar en la distancia ni el tiempo. Para cuando cayó el ocaso, descubrió que se había alejado mucho más de lo que planeaba.

«Mamá se va a enojar. ¡Ah, ya se le pasará!».

Sabía que lo iban a regañar pero no le importaba, él casi no se tomaba en serio los regaños. De cualquier forma, era momento de volver a casa. Emprendió el vuelo. Distraído como estaba, no notó al monstruo volador que lo seguía y que aterrizó entre los árboles, donde tomó forma humana. El enemigo encendió su poder y disparó un poderoso rayo de energía. Patrick perdió el control, hizo acopio de fuerza para remontar el vuelo. Un segundo ataque siguió, esta vez sí vio a tu atacante, parecía un muchacho, pálido, de cabello blanco grisáceo. Un mechón le caía en el lado izquierdo de la cara. Saltando de árbol en árbol se acercó a toda velocidad, era casi como si volara, era rápido y su energía superior. Patrick recibió el impacto de su rayo, se estremeció de dolor y se precipitó en caída.

Había en el suelo un agujero, era la entrada de una caverna, el joven alférez caía hacia allá. Fue entonces que ocurrió lo inesperado, fue como si le quitaran la energía que usaba para mantenerse transformado en grulla. Perdió sus alas, en un reflejo inútil trató de aferrarse a lo que fuera con las manos. Vino el impacto, el crujir de huesos y su propio quejido. Quedó aturdido sin poder levantarse. Tenía los ojos abiertos, no podía articular palabras ni quejarse. Su atacante se asomó, su expresión era indiferente, tenía un celular en la mano, apuntó la cámara hacia Patrick y tomó una foto. ¿Por qué hacía eso? Patrick se preguntó si así como estaba, inmóvil y roto parecía muerto, lo cual dejó a su enemigo satisfecho de lo que había hecho. Por cierto, ahora que Patrick recordaba, el aspecto de su atacante no estaba del todo seguro de si era un chico o una chica.

Le tomó un rato a Patrick estar del todo consciente otra vez. La cabeza le dolía. Movió la pierna y miles de agujas de dolor se le clavaron en el pie izquierdo. Se sentó y notó que tenía el pie volteado en una dirección anormal. Se tocó la cara, tenía sangre en la frente. Miró hacia arriba, el agujero por el que había caído estaba alto, no había manera que pudiera alcanzarlo por sus propios medios. Trató de transformarse, pero no pudo.

«¿Pero qué pasa?», se preguntó, era como si sus poderes lo hubieran abandonado.

Miró a su alrededor, escrutó el oscuro lugar, no veía ninguna salida. El dolor del pie era terrible. Se tomó un momento para respirar profundo y controlarse.

«Ok, no pasa nada, voy a salir de aquí, sólo tengo que volar, escapar por donde entré y buscar atención médica».

Transformarse era algo muy natural en él, como levantarse y echar a andar; caminar no es algo que se piense, sólo hay que poner un pie delante del otro y el cuerpo sigue de manera mecánica. Sin embargo, no pudo hacerlo. Se concentró, puso su mente en ello. Nada. Comenzaba a enojarse.

«Vamos, maldita sea, ¿qué me pasa?».

Al cabo de un rato se dio por vencido. Se sentía raro. Miró sus manos llenas de raspones y de nuevo su pie. Se sintió tan vulnerable como un humano cualquiera. Necesitaba ayuda. Buscó su celular, lo debía tener en el bolsillo del pantalón. Para su fortuna no se había roto en la caída. Para su desgracia la pantalla, con letras indiferentes anunciaba, "Sin señal".

Debía buscar una salida. Patrick meditó:

«No voy a poder caminar así, debo poner el pie en su lugar».

Se arrastró, movió la pierna y la atoró entre dos rocas, fue una tarea lenta, pues cada movimiento atraía más dolor. Cuando estuvo asegurada, hizo rápidas respiraciones profundas, no debía titubear o sería peor. Contó, uno, dos, tres... Un alarido surgió de la caverna, afuera algunos pájaros que estaban alrededor levantaron el vuelo. Abrumado por el dolor, Patrick se desmayó.

Despertó horas más tarde. El día se había vuelto noche, el pie se le había hinchado colosalmente y el celular seguía sin señal. No quedaba más que esperar a que en casa alguien lo extrañara. Mamá o Tanya lo encontrarían con sus poderes psíquicos y sus hermanas lo rescatarían. Se resignó a esperar. El tiempo se escurrió, la luna subió en el cielo claro y sin lluvia. Patrick se sintió feliz de haberse equivocado respecto al clima. Siguió tratando de transformarse sin éxito. Por un momento le pareció percibir una especie de energía que lo envolvía, como si quisiera ocultarlo. No entendía nada. Estaba muy cansado y adolorido para intentar cualquier cosa. Se acomodó lo mejor que pudo en el suelo de piedra para dormir.

Una gota de agua lo despertó. Abrió los ojos, el techo de la cueva estaba filtrando líquido. Ya había amanecido, la lluvia repiqueteaba con timidez. Patrick sonrió con ironía y amargura.

—Genial, después de todo no me equivoqué y sí llovió.

El estómago lo saludó con un gruñido. Patrick se palmeó el abdomen. Con rostro inexpresivo y serio dijo:

—Muero de hambre. Al menos no moriré de sed.

Acto seguido hizo con las manos como si tocara un redoble de tambor por su mal chiste. Suspiró derrotado, se sentía como un idiota.

Las horas pasaron, sus poderes no volvían y nadie había hecho contacto con él. No podía esperar más, Se incorporó trabajosamente, el dolor en el pie era terrible. Avanzó muy lento por la cueva, tanto como se lo permitió la luz que se filtraba por el techo. El celular no ayudaba mucho, se le estaba terminando la batería. No se alejó mucho, no sólo porque el pie se lo impedía, también tenía miedo a perderse. Mejor regresar a donde estaba.

Hizo con sus manos un cuenco, tomó agua que aún seguía cayendo y bebió. La lluvia no cedía. Para la noche del sábado ya tenía el agua a los tobillos, ninguna posibilidad de salir pronto. El celular estaba muerto. Patrick se movió hasta una parte más elevada de piso y se acomodó sobre las rocas para pasar la noche.

La lluvia aún caía en la mañana del domingo. Era una precipitación constante de gotas ligeras. Sin embargo, eso no implicaba que aquel ejército constante de peones mojados no fuera a meterlo en problemas, pues el agua seguía acumulándose a su alrededor. No tenía forma de trepar por la pared. Ya había intentado gritar a la espera de que quizá alguien pasaría por ahí y lo encontraría, aunque sabía que era una posibilidad muy remota. El dolor era abrumador y tenía mucha hambre. Siguió insistiendo en transformarse sin éxito. Al final se cansó y para distraer su mente se puso a cantar *Fly away* mientras el repiqueteo del agua lo acompañaban.

Cayó la noche del domingo, Patrick se encontraba cansado y derrotado. Permanecía sentado en el mismo espacio elevado del suelo en el que pasó la noche anterior. Era el único punto donde aún había rocas para sentarse que sobresalían del agua, pues en el resto de la cueva el agua ya le llegaba a las rodillas. Cantaba *Loser*, con la apatía de quien de verdad se siente un perdedor, el más grande del mundo.

Trató una vez más de transformarse, nada. Al menos, a fuerza de reiterada concentración en su energía, se había hecho consciente de la energía ajena a él que bloqueaba sus poderes. Era como una especie de red muy resistente y que no sabía cómo quitarse. Eso era tan frustrante.

«Me voy a morir aquí», pensó, «sin mis poderes no soy nada... aunque a decir verdad, a quién engaño, soy un perdedor. Soy el único que ni siquiera sabe a qué casta pertenece. No puedo disparar rayos de energía. No debe haber sido difícil para el enemigo neutralizarme... a veces me cuesta trabajo creer que yo también soy un guerrero elegido».

Patrick recordó semanas atrás, una tarde en que entrenaba con Pearl. El combate había sido muy parejo, los dos eran veloces. Pearl estaba silenciosa, con el sigilo de un gato, meditando su siguiente movimiento. Patrick se arrojó hacia ella, le lanzó varios golpes, ella esquivó algunos, bloqueó otros, estaba retrocediendo. Patrick estaba cerca, la distancia entre ambos era tal que podía casi sentir su aliento. Tiró otro golpe, ella lo detuvo con una mano, la otra la puso a la altura del pecho de él con los dedos abierto y disparó su golpe de energía. Patrick emitió un quejido y cayó de espaldas. Pearl se le acercó, sudorosa y respirando agitada. Le tendió la mano para ayudarlo a incorporarse.

—Eres buena para hacer esos ataques a quemarropa —comentó Patrick—, solamente odio cuando me los haces a mí.

—Peleaste bien —dijo Pearl con su franca sonrisa y le dio una palmada en el brazo.

Ella se dirigió hacia donde descansaban dos botellas de agua. Tomó una y le arrojó la otra a Patrick. Él no estaba nada contento.

—No, Pearl, tú y yo bien sabemos que no es así. Mientras no sea capaz de lanzar ataques de energía siempre estaré en desventaja.

Ella se acercó, dio un sorbo a su botella.

—Sabes, tal vez te ayudaría hacer ejercicios adicionales de concentración. Quizá la meditación que hace Rosa y sus ejercicios de yoga te sirvan. ¿Por qué no hablas con ella? Eso te puede ayudar.

Él se quedó meditabundo, estaba irritado. Debía hacer algo, tal vez Pearl tenía razón.

Esa tarde se reunió con Rosa mientras estaba regando sus plantas. Qué tranquilo se sentía entre sus rosales, como si cada planta transpirara agradecimiento a ella por sus cuidados. Era fácil hablar con Rosa, siempre tan gentil. Ella escuchó sin interrumpir todo lo que él tenía que decir, estaba desesperado por su inhabilidad, debía haber algo para mejorar. Rosa dejó la manguera a un lado y cerró la llave del agua. Se sentó en el pasto e invitó a Patrick a sentarse frente a ella.

—Yo creo que, para descubrir la naturaleza de tu poder, necesitas partir por saber quién eres.

—Eso es fácil —dijo él con aire resuelto—, yo sé muy bien quién soy.

—¿De verdad?

—Por supuesto, soy Patrick.

Ella sonrió con aquel aire tranquilo y amistoso.

—No te pregunté tu nombre, te pregunté quién eres.

Él frunció el ceño.

—Eso no tiene sentido.

Ella musitó:

—Si las rosas tuvieran otro nombre, ¿olerían distinto?

Ella le clavó sus ojos negros, aguardando su respuesta. Él se tornó serio, reflexionó por un momento.

—El nombre no hace a la rosa ser lo que es. Entonces, si la respuesta no es mi nombre, ¿cómo se supone que conteste?

—En realidad es una respuesta compleja. Definir a una persona no es tan sencillo. Es como armar un rompecabezas en el que cada pieza tiene un significado: lo que piensas, lo que crees, lo que sientes, el pasado, el presente, la manera en que reaccionas, tu talento, tu poder, tus debilidades y defectos. Si pones una sola pieza, no tiene sentido, en cambio si las pones todas juntas, formas a la persona.

Se quedó pensativo, ¿quién era él? Tenía que responder a eso antes que nada. Rosa le indicó que ayudaría reflexionar y meditar. Ella cruzó sus piernas y adoptó una postura de Flor de Loto.

—Abre tu mente. Aprende a detectar tu propia energía, concéntrate, siéntela, estúdiala para que puedas desarrollarla.

—¿Cómo puedo hacer eso? —preguntó Patrick.

—Cierra los ojos y concéntrate. Tienes que aprender a guardar silencio interior, necesitas relajarte por completo para que puedas sentir tu energía y expandirla. Está ahí, es la misma que usas para convertirte en grulla, tócala. Libera tu espíritu y tu poder.

Después de esa tarde Patrick hizo una rutina de meditar en las noches, acostado en su cama, con la luz apagada, tratando de sentir esa energía, buscando dentro de sí. Un par de veces creyó sentir algo, otras tantas se quedaba dormido. Ahora, estando ahí, en la caverna, se dijo que tenía un buen espacio, para intentarlo sin estar tan cómodo como para dormirse.

«Debo hacerlo, tengo que liberarme de lo que sea que está bloqueando mis poderes. Es mi única oportunidad de salir vivo de esto».

Cerró los ojos, sentado en una roca, trató de no pensar en el dolor del pie roto, ni en el frío, ni en la humedad ni en nada más. Se quedó así por un largo rato en silencio. Al cabo de un rato, su mente empezó a divagar.

«Silencio... ¿Qué hora será?... soy un perdedor... tengo hambre... debo concentrarme... esa maldita red sigue sobre mí, debo vencerla».

Un resplandor iluminó la caverna por un instante. El atronador ruido resonó en cada rincón; era el dios rayo que ordenaba a la lluvia caer con más intensidad. Otro rayo rasgó la oscuridad con sus garras eléctricas, el cielo nocturno estaba encendido, el eco de la luz que se colaba por la abertura del techo le mostró a Patrick algo aterrador, el agua estaba subiendo rápidamente. Pronto la sintió, el espacio en el que estaba ya no escapaba al agua. Patrick se tuvo que poner de pie.

«Concéntrate... debo relajarme... debo relajarme... Si la rosa se llamara distinto, ¿olería diferente? ¿Qué esa frase no es de Shakespeare?... Concéntrate, Patrick... el poder está en mí, escucho mi propio corazón».

Patrick logró percibir su propio poder junto con la red de energía que lo restringía, la apreció en su totalidad, cómo lo envolvía. A su alrededor, el agua helada subía. Otro relámpago, el estruendo fue tal que retumbó en las paredes de piedra. Patrick dio un sobresalto, la frustración lo invadió y gritó:

—¡¿Cómo se supone que me relaje?! ¡Estoy atrapado en esta jodida cueva de mierda!

La voz de Rosa repitió en su cabeza aconsejándolo, "Mantente relajado y si se te dificulta hacerlo, piensa en cosas agradables, en momentos en los que te hayas sentido seguro de ti mismo y trae esa energía y ese estado de ánimo al momento en que vives".

—Puedo hacer eso —murmuró—, pensar en algo agradable.

Un recuerdo asomó de inmediato, era algo en lo que, a decir verdad, no había dejado de pensar desde hacía días: la noche del baile de primavera, al que había ido con Linda y Alex. Se abrazó a ese recuerdo mientras el agua de la cueva seguía subiendo. Patrick respiraba profundo, mientras su mente repasaba los recuerdos de aquel viernes.

Él llegó con sus hermanas. Alex y Linda estaban muy guapas con sus vestidos cortos. Patrick no pudo evitar sentirse como Hugh Hefner. Serena y Tanya se separaron para ir a ser el centro de atracción de los chicos populares. Hannah dijo que había quedado de verse con su cita y se fue a buscarlo.

Richard y Nelson se acercaron. Nelson sólo tenía ojos para Georgina, llevaba una flor de papel que acomodó en el cabello de la sirena. Georgina estaba hermosa, con su vaporoso vestido lila. Ella quería bailar, Nelson no bailaba, pero estaba dispuesto a hacerlo por ella.

—Te ves muy bien —le dijo Richard a Pearl.

—Lo dices porque eres amable —replicó ella con desenfado, con aquella actitud segura y alegre tan propia de ella.

—Lo digo porque es verdad. Siempre andas deportiva, ¡no digo que te veas mal! Es solo que... hoy estás más bonita.

Patrick estuvo de acuerdo, Pearl no se arreglaba tanto como Tanya y Serena, pero no era necesario, ella sonreía y brillaba con luz propia. Ella iba sola, al parecer Marcus iba a estar muy ocupado con algo de la universidad. La situación parecía idónea para Richard, quien tenía una cara de tonto, perdido por completo en el cabello rubio platinado de Pearl. Lástima que el gusto no le duró demasiado. Alguien se acercó por detrás a Pearl. Patrick lo notó, él le hizo una seña poniéndose el dedo índice en los labios para indicarle que no dijeran nada, se acercó con cautela y cubrió con sus manos los ojos de Pearl. Ella olfateó rápidamente, conocía muy bien el aroma tan familiar y querido de él.

—¡Marcus! —exclamó encantada.

Se giró para verlo a la cara, se saludaron con un beso en la boca.

—*Oh man!* ¿Cómo es que siempre sabes que soy yo?

—Tal vez es que soy una bruja —bromeó.

Ellos se rieron, Richard también, el pobre se veía forzado.

— Pensé que no podrías venir porque tenías que estudiar.

—Hice tiempo para ti. Ven, vamos a bailar —expresó Marcus.

La tomó de la mano y se perdieron en un remolino de luces y personas. Pearl y Marcus se veían bien juntos, tan felices y tan enamorados. Patrick los miró un momento, luego contempló a Richard y su semblante decepcionado. Richard pronto se disculpó y se alejó para perderse entre la multitud pero en dirección contraria a la pista de baile. Patrick meditó:

«Pobre Richard, fundador y *CEO* de la *Friendzone*».

Patrick condujo a sus citas hacia la pista.

—Andando, chicas, vamos a bailar.

Linda y Alex tenían buenos movimientos. Le gustaba estar con ellas, se estaba divirtiendo más de lo que quizá se hubiera divertido con aquella estúpida chica prejuiciosa. Ahora se alegraba de no verla.

Un rato después, Patrick vio pasar al dichoso Robert Wilson con su rostro de pato idiota. ¡Cosa rara! Iba acompañado de otra chica que no era

Hannah. Patrick se preguntó dónde podría estar la niña del caballo. La buscó con la mirada entre la multitud, sin poner atención a sus compañeras. Lejos de la pista la divisó, estaba sentada a un lado, con los brazos cruzados y un aire triste. Patrick se sintió muy mal por ella, si había algo que no le gustaba era ver a Hannah así.

—Chicas, ¿les importa si las dejo un momento?

—¿Qué pasa? —preguntó Linda.

Patrick apuntó en dirección a Hannah.

—Déjenme ir a hablar con ella. Ustedes sigan bailando si quieren.

Patrick se dirigió hasta ella, Hannah ni siquiera notó cuando se acercó.

—Hey, Ginger —saludó Patrick.

Ella volteó, estaba llorando.

—¿Estás bien?

—Sí —contestó a la vez que se limpiaba la cara con un pañuelo desechable.

Patrick la escudriñó con la mirada, ella suspiro y se tornó cabizbaja.

—¿Qué pasó con "Caradepato"?

—Parece ser que invitó a alguien más y se le olvidó decirme.

Patrick le ofreció su mano.

—Anda, vamos a bailar.

Hannah pareció sorprendida.

—¿Y tus otras compañeras?

Patrick se volvió en dirección hacia donde las había dejado. Alex y Linda bailaban despreocupadas, con sus movimientos sugestivos.

—Se la están pasando bien, tú no te preocupes por ellas. Anda, Ginger, vamos a bailar.

Hannah estaba hermosa con su vestido naranja. Tras un rato bailando la alegría volvió a brillar en sus ojos negros y los labios de Hannah se arquearon en una sonrisa. Él se sentía completamente confiado, seguro de sí mismo. De pronto la melodía cambió por otra más lenta. Hannah bajó la vista, parecía avergonzada y lista para alejarse, él la tomó de la mano y la atrajo hacia él. Pasó una mano por su talle y la condujo, deslizándose con la música.

—¿No te importa bailar así de cerca conmigo?

—No —respondió Patrick—, a decir verdad, me gusta estar así contigo.

Ella le rodeó el cuello con los brazos. La tenía muy cerca. Su cabello olía cálido, como a vainilla y sándalo.

—Supe cómo defendiste a Linda. Me pareció muy noble de tu parte.

—No fue nada. Haría lo mismo por cualquiera de ustedes.

El momento era perfecto. Patrick pensó que de todas las chicas del mundo que hubieran podido salir con él, con ninguna otra se hubiera sentido mejor que con la que ahora tenía en sus brazos. Deslizó suavemente los dedos por la aterciopelada piel canela del brazo de Hannah. Le tomó la mano y la hizo girar y girar para volver a sus brazos. Hannah le dedicó una sonrisa que no había visto antes, discreta, pero con el poder de una ráfaga de viento que arrasó con su seguridad y lo dejó como a un niño vulnerable.

—¿Siempre eres así de encantador? —preguntó Hannah.

—A veces me salen las cosas bien.

Un temblor recorrió su osamenta. Ella significaba demasiado para él. Fue en ese instante que Patrick se dio cuenta que Richard no era el único morador de la *friendzone*. La mente de Patrick comenzó a gritar:

«¿Qué me pasa? No puedo sentir esto, es una locura, es mi hermana..., bueno, no realmente. Crecimos bajo el mismo techo, pero no tenemos ningún parentesco. A todas las amo igual; Gin, mi hermanita de sangre, Pearl, Alex, Linda, Serena, Rosa y la malvada bruja del Oeste. Pero Hannah... no es igual. Hannah, la niña feral a la que le regalé mi caballo color naranja. Hannah, la chica hermosa que me vuelve loco con su perfume especiado y su vestido naranja. Ginger, a la que hago reír con mis tonterías. Es mi hermana, es sólo eso... creo que es eso... ya no sé».

—¿Y tus otras citas? —preguntó Hannah.

Ambos voltearon hacia donde ellas bailaban muy cerca, sin dejar de mirarse a los ojos como si no existiera nada más en el mundo. Cada una con los brazos en torno a la otra. Alex con aquel aire seguro de chica ruda que no le importa nada y Linda con su sonrisa inocente.

—Me temo que no te extrañan.

Patrick se volvió hacia Hannah y se escuchó a sí mismo decir:

—No importa, yo tampoco a ellas.

Ginger sonrió, pero no dijo nada. En ese momento él se sintió como un estúpido por haberlo dicho y al recordar ese detalle en la cueva, volvió a sentirse como un gran estúpido.

«¿En qué estaba pensando?... En cosas naranja, en el caballo y en su vestido... ¿Por qué le dije eso? Bueno, ya no importa. Lo dicho, dicho está y a ella pareció no molestarle».

Con el agua hasta la cintura, Patrick estaba relajado, lo suficiente para concentrarse en su propio corazón y fue ahí donde encontró una motivación poderosa para pelear.

«Hannah, no puedo morir aquí. Necesito volver a verte».

Se aferró a aquel pensamiento. Mantenía los ojos cerrados. No prestaba atención al repiqueteo de las gotas de lluvia implacables, Patrick tenía en mente su propio ser.

«Concéntrate en tu energía, haz un esfuerzo... Quién eres... ¿qué se supone que conteste?... soy Patrick, mucho gusto, el payaso de la clase, estudiante, galán, miembro activo de la *friendzone*, idiota, patán, Señor Encantador, hermano y perdedor... *Damn!* Esto no tiene que tener una respuesta completa. Yo soy yo y ¡no voy a morir en esta cueva! Soy un alférez elegido y nunca me daré por vencido. Ya es hora de hacer que el rompecabezas tenga sentido».

Y entonces lo tuvo. La energía en cada una de sus células despertó. Su voluntad era un ave revoloteando, que se reúsa a estar atrapada porque sabe que nació para volar. El poder en su interior se levantó y la red comenzó a romperse. El ave abrió las alas y entonces sucedió. Patrick percibió dentro de sí una chispa brillante y cálida. La red caía a pedazos y la chispa ardía más y más.

Patrick apretó los puños, dejó escapar un grito a la par que hacía un esfuerzo supremo para expulsar energía. La red se desbarató por completo, Patrick quedó libre, pero aun no acababa, aquello era apenas era el comienzo. Mantuvo los ojos cerrados, siguió concentrado elevando su energía, ya era hora de que el ave supiera de verdad lo que significaba abrir las alas.

El resplandor pardo de su poder creció, adquirió claridad, se tornó amarillo brillante, luego se tornó naranja, dejó de ser un mero halo resplandeciente y se vio más como la cabellera ardorosa de una hoguera. El agua a su alrededor estaba hirviendo, espirales de vapor subía enloquecidas. Dentro del pecho tenía un incendio. Abrió los ojos, soltó otro grito y una nueva expulsión de energía. Patrick levantó la cabeza, extendió los brazos, se estaba transformando, no en una blanca grulla, sino en un ser más fuerte.

El brillo de sus plumas llenó de luz la cueva, su energía era una gran pira. Emitió un poderoso graznido, aleteó y se elevó entre las columnas de vapor, fuera de la cueva, hacia el cielo nocturno y tormentoso donde fue recibido por gotas de agua que se retorcían en vapor al tocarlo.

«Yo soy lo que soy. Yo soy ¡fuego!»

XVI.- Oscuridad

Pearl

No salió de su habitación en toda la mañana del lunes. Acostada en la cama, permanecía inmóvil, en posición fetal. Se concentró en sentir su energía, por fin estaba libre de aquella red que bloqueó sus poderes. La notó con claridad por primera vez el sábado en el hospital. Aquella maldita red que cayó en el peor momento. Se la arrancó rompiendo poco a poco hasta que ya no quedó nada.

Se concentró, desapareció la joven silenciosa y apareció una gatita silenciosa, blanca con manchas. Podía usar sus poderes, ya era ella misma otra vez, al menos en ese sentido. Cerró los ojos, quería dormir, eso le ayudaba a evadirse del mundo para ya no pensar ni sentir.

Alguien llamó a la puerta, Pearl recuperó su forma humana. La puerta se abrió, era Rosa.

—¿Quieres que te traiga algo de comer?

—No tengo hambre —murmuró con un hilo de voz.

—No has comido nada en todo el día.

—No tengo hambre.

Rosa se sentó en silencio en la cama. Pearl se lo agradecía, no quería que le dijeran nada, ya era bastante el infierno que tenía en la cabeza. Tras un instante, Rosa se puso de pie.

—Te traeré un sándwich y un poco de jugo de naranja.

—Gracias —murmuró lacónica.

Rosa asintió y se dirigió a la puerta. Pearl la contempló; qué bonita era Rosa, con todo el pelo negro recogido en una cola de caballo. Era muy sencilla en su arreglo personal y sus modos, sin embargo, tenía un porte distinguido. Sus movimientos delicados y su caminar la hicieron recordar a alguien.

Kerri

Mamá era tan bonita, rubia con los ojos verdes. Su porte y sus movimientos delicados la hacían parecer una reina como las de las historias de sus libros. En los cuentos de hadas las reinas a veces eran buenas o malas. Mamá era lo primero con sus tres hermanos mayores y lo segundo con Kerri. Papá no era mejor, rara vez le dirigía la palabra.

Pasó los primeros 9 años de su vida en México. En ese entonces, papá estaba muy bien posicionado trabajando como director para una compañía minera canadiense. Desde pequeña, Kerri dio muestras de un carácter extrovertido y sociable. Hablaba español con soltura de lengua nativa, mejor que el inglés o el francés, los cuales usaba en casa con sus padres y hermanos.

La familia Sullivan se mudó a Toronto unos meses antes del cumpleaños número diez de Kerri. Se establecieron en una mansión. Los

Sullivan siempre tuvieron ropa y juguetes a manos llenas. De los cuatro, a Kerri era a la que menos cosas le daban, pero eso no le importaba. A ella le gustaba jugar al aire libre, la mayor parte del tiempo lo hacía sola. Tenía dos hermanas, mayores que ella por tres y cuatro años y un hermano, seis años mayor que ella. Él era el único con el que Kerri llevaba una relación estrecha, ella lo amaba. Entre ellos siempre hablaban español, "porque si lo dejas de practicar, se te olvida", decía él. A Kerri le gustaba su colección de autos miniatura y él tenía en Kerri a una aliada. A menudo la regañaban, le decían que dejara de comportarse como marimacha, que fuera más femenina. Kerri siempre andaba con las rodillas raspadas y la ropa sucia de lodo y le encantaba colgarse de las barras de mono.

Los chicos iban al mejor colegio privado y tomaban clases de artes en su tiempo libre. Kerri no tenía habilidad para la música o la danza, le gustaba jugar baseball y amaba leer. Los libros eran su refugio, en especial cuando se sentía triste por la forma glacial en que la trataban sus padres. Había muchos detalles sutiles, como el hecho de que a ella nunca le hicieron una fiesta de cumpleaños como a sus hermanos, o que papá traía de sus viajes cosas bonitas para sus hermanos, como dulces y postales que hablaban de otros lugares, mientras que a Kerri le tocaban plumas con nombres de hoteles. A veces papá la miraba de reojo y se tornaba enfadado, ella no sabía por qué.

Pearl

Se estaba quedando dormida, la realidad se disolvía poco a poco, como una cucharada de sal en un vaso de agua vertida por Morfeo. En la oscuridad onírica resonó su propio grito de ayuda. Despertó sobresaltada. El cuarto estaba en silencio, su oído sensible percibía el monótono el tic-tac del reloj que estaba sobre el tocador. Se incorporó para quedar sentada en la cama y al hacerlo se miró en el espejo del tocador, contempló su cara amoratada e hinchada. Tenía en la muñeca derecha un vendaje rígido y aún sentía algo de ardor ahí donde ellos la habían desgarrado.

Tomó una bocanada de aire para contener las ganas de llorar. Se sentía sucia. Aspiró fuerte, toda ella olía al jabón con el que se había restregado para arrancarse de la piel el inmundo hedor de aquellos hombres. Se concentró para verificar de nuevo que estaba libre de energías invasoras bloqueando su poder. No quería confiarse, afinó sus sentidos para ampliar su percepción. De pronto se dio cuenta que por fin podía detectar otras energías a su alrededor, puso atención como quien escucha un sonido que poco a poco se hace más claro. Abajo había dos presencias, una era oscura y la otra resonaba como el agua.

«Gin y Terrence han regresado, ¿habrán encontrado a Patrick?».

Puso atención, percibió una energía que resonaba con la materia de los pensamientos, debía ser Tanya. Había alguien más, luminosa y gentil, era Rosa. Los demás no estaban, buscaban a Patrick desde el sábado. Rosa y Tanya se habían ofrecido a quedarse en casa con Pearl y en caso de que tuvieran alguna noticia de Patrick.

Dos energías más llegaron, una era como la de Tanya, pero más madura, la otra era de guerra. Pearl se levantó con cuidado, en la pierna tenía puesta una rodillera, debido a esto caminaba con cierta cojera. Abrió la puerta, reconoció las voces. Avanzó por el pasillo y se detuvo antes de llegar a la escalera para no ser vista, desde ahí escuchó.

Kerri

Obtuvo respuestas espiando una conversación entre la esposa de uno de los hermanos de su papá y la hermana de su papá. Kerri exploraba la casa de su tía, encontró la biblioteca. Estaba mirando un libro cuando escuchó voces afuera, en el pasillo. Kerri temió que si la encontraban, mamá se enojaría y volvería a castigarla, debía mantenerse callada. Se acercó a la puerta.

—Esa zorra lo engañó y lo peor es que mi hermano no firmó un acuerdo prenupcial antes de casarse y no le conviene divorciarse. Lo peor es que haya hecho que mi hermano le diera su apellido a la hija bastarda de su amante.

—Por cierto ¿cuál de los cuatro es?

—La menor. Pobre de mi hermano, tener que cargar con una niña que no es suya y verle la cara todos los días.

Kerri se congeló. "Bastarda", ¿qué clase de palabra era esa? De pronto todo tomó sentido. Papá no la quería porque en realidad no era su hija.

Pearl

La emoción de Maggie era evidente.

—Fue repentino, lo estaba buscando y encontré su mente. Debe estar cerca si está en mi rango de alcance. Dice que viene volando a casa.

—¿No ha llegado? —Preguntó Hannah.

—No —respondió Rosa.

Pearl se concentró, podía distinguir el tipo de casta de cada energía en casa, con diferencias propias que hacía que los pudiera reconocer, casi de la misma manera en que era capaz de distinguir el olor de cada persona. Por fin entendió la forma en que Linda los percibía a todos, aunque sin duda la capacidad de percepción de Linda era más refinada.

De pronto percibió una energía, era grande y terrible. Se acercaba a la casa. ¿Qué era ese poder? ¿Acaso el enemigo atacaría en la mansión? Debía poner a la familia sobre aviso. Pearl se dirigió a la escalera.

—Algo se acerca —exclamó— Siento una energía.

Una bola de fuego descendió en el jardín lateral. Maggie, Terrence y las chicas salieron por la puerta de vidrio de la estancia. Pearl se agarró al barandal de la escalera y descendió tan rápido como pudo. Se quedó al pie de la escalera. Miró hacia afuera, era un ave majestuosa e incandescente.

—¡Un fénix! —exclamó Terrence.

El fénix bajó las alas y ahí frente a ellos tomó forma humana, era sólo un muchacho con la ropa muy sucia y múltiples raspones.

—¡Patrick! —Estalló Hannah.

Su sonrisa era amable como siempre.

—Siento haber llegado tarde. —se dirigió a Maggie— Espero los platos sucios del viernes sigan esperando por mí.

Maggie corrió a abrazarlo, querían tocarlo, ver que estaba bien.

—¿De verdad eres tú? —Dijo Tanya con los ojos abiertos como búho.

—Claro que soy yo. Puedes leer mi mente, pero ten cuidado con lo que ves, he estado viendo ciertos videos en internet que aún puedo recordar...

—¡Patrick, eres un cerdo! —exclamó Tanya con un gesto huraño.

—También te extrañé, ¡bruja!

—¡Idiota!

No cabía duda, era Patrick, el mismo bufón de siempre. Se tambaleó con un gesto de dolor. Terrence se apresuró a sostenerlo.

—Necesito ir al hospital —expresó—. Tengo roto el pie.

—Hermano —dijo Georgina preocupada— ¿qué fue lo que pasó?

—Una energía bloqueó mis poderes y un enemigo me atacó. Me caí en una cueva. Estuve atrapado sin poder salir. Luego empezó a llover y la cueva se llenó de agua, casi me ahogo. Entonces me concentré, me liberé y mis poderes por fin emergieron. Quería volver de inmediato, pero me dejé llevar un poco por mis nuevas alas. Acabé tan agotado que me detuve a descansar y me quedé dormido. Apenas desperté esta mañana.

—Ya nos contarás todo a detalle —dijo Maggie—. Vamos, necesitas atención de inmediato.

Terrence lo cargó en sus brazos dentro de la casa. Al cruzar la puerta de vidrio, Patrick notó la presencia de Pearl, ahí al pie de la escalera.

—*Geez!* ¿Qué te pasó a ti? —preguntó en cuanto la vio.

La algarabía del grupo por su regreso se convirtió en un silencio incómodo. Pearl se sintió expuesta y pequeña.

—También bloquearon mis poderes y no pude defenderme.

Salieron todos excepto Rosa. Pearl volvió a subir la escalera hasta su cuarto, cerró la puerta y se echó en la cama. Su familia ya se encargaría de contarle todo a Patrick. Ella no quería volver a hablar de eso, ni con él ni con nadie. Ya había sido bastante con lo que le contó a la doctora en el hospital. Pearl apenas y pudo soportar sus preguntas, fotografías y exámenes médicos. Hablar con la policía también fue difícil, ellos hicieron preguntas y ella les dijo cuanto pudo, lo hizo por Marcus más que por ella misma. Al menos Patrick había vuelto, esa era una buena noticia para su corazón que estaba roto por el que ya no volvería más. Pearl cerró los ojos. No quería sentir ni pensar nada, sólo dormir.

El martes todo parecía haber vuelto a la normalidad en casa. Nick trabajó medio día en la firma y volvió temprano. Maggie se quedó en casa para ayudar a Terrence a cuidar a Patrick y a Pearl. Ella procuró no hacer contacto con nadie. Maggie le subió el desayuno al cuarto. Ella apenas y mordió el pan tostado y bebió algo de jugo. Durmió mucho. A ratos despertaba y podía escuchar a Patrick en el cuarto contiguo jugando videojuegos. La energía indefinida de Patrick, ahora era siempre como una llamarada. Nadie se hubiera imaginado que él fuera un eukid de fuego, la menos común de las castas, con un poder terrible y destructor. Conociendo a Patrick, seguro estaba ansioso de que su pierna se recuperara para poner su poder a prueba en los entrenamientos.

En la tarde, cuando sus hermanas volvieron de la preparatoria, Gin le trajo a Pearl notas de las clases para que no se atrasara. Algunas estaban escritas en computadora, con notas adicionales a mano en tinta azul, con una letra bien trazada que en ese momento no identificó, pero que sin duda no era de la sirena. Pearl contempló las hojas con indiferencia, no tenía cabeza para ponerse a estudiar. Seguía conteniendo las ganas de llorar. Las lágrimas no derramadas se le acumulaban en la garganta haciendo un nudo tan doloroso que apenas y podía mover el cuello. Pensó que la sensación no la dejaría en todo el día, sin embargo, de repente se sentía desahogada, como si hubiera estado llorando por horas. Casualmente el nudo se había desbaratado con la llegada de Linda, era obvio que ella absorbía sus emociones. Eso le molestó, Pearl no quería que nadie la tocara de ninguna forma, seguía aterrada ante la idea de que Maggie o Tanya leyeran su mente y no quería que nadie volviera a invadir su espacio sin su consentimiento.

A la hora de la cena su estómago gruñó; tenía hambre. Añoró sentarse a la mesa con los demás. La detenía la vergüenza de que la vieran, sin embargo, era consciente de que no podía quedarse encerrada para siempre. Salió con cautela de gata miedosa. Bajó las escaleras y se acercó. Serena, Rosa y Georgina ayudaban a traer platos a la mesa. Patrick se veía tan confiado y fanfarrón como siempre.

—¿Y qué más pasó hoy en mi ausencia? —le preguntó a Ginger.

—Nada, eso que te conté y los deberes que te traje. Es todo.

—¿Y mis admiradoras no preguntaron por mí?

Alex y Hannah soltaron risas burlonas.

—Nadie preguntó por ti —se apresuró a proferir Hannah.

—Yo sé que dicen eso porque quizá, un poco en el fondo, estás celosa.

—¡Estás demente! La caída en la cueva te dejó peor de lo que ya estabas.

—Como sea. Lo importante es que la próxima semana volveré a clases. Pronto el poderoso fénix estará de regreso.

Tanya pasó a su lado con rostro enfadado. En una mano sostenía un plato y con la otra apuntó a sus pantalones.

—Poderoso fénix, tienes la bragueta abierta.

Las chicas se rieron. Patrick se apresuró a subir el cierre de su pantalón. Pearl contuvo la respiración, el grupo estaba ruidoso, no estaba segura de si quería hacer esto.

«Debo hacerlo», se dijo y avanzó.

La primera en percatarse de su presencia fue Linda, ella volteó en su dirección y dijo su nombre. Las miradas de los demás siguieron, la algarabía disminuyó. Pearl se sintió expuesta. Se repitió a sí misma que debía mantener la calma. Maggie se aproximó a ella.

—Pearl, ¿cómo te sientes?

Vio las intenciones de ella de tocarle el brazo, dio un paso hacia atrás, Maggie pareció entender que no debía hacer contacto con ella.

—Mejor —murmuró Pearl y bajó la vista—. Tengo hambre.

—Te iba a subir algo, pero me alegra que hayas bajado. Siéntate.

Pearl se dirigió hasta su silla del comedor, cerca de Patrick.

—Hey —la saludó el fénix con tristeza y le dirigió una mirada de quien busca con cautela la complicidad de dos viejos amigos.

—Hey —respondió casi en un susurro y pensó, «lo sabe».

Bajó la vista, le hubiera gustado salir corriendo, pero algo la calmó, otra vez Linda absorbiendo el cúmulo de sus emociones. Sabía que lo hacía por ayudar, pero le molestaba. ¿Con qué derecho se tomaba la libertad de manipularla?

Cenó en silencio sin poner atención a lo que las chicas hablaban en la mesa. Por un instante recordó a Marcus con el cabello empapado de sangre. Pearl se recriminó por ello.

«No recuerdes, estás cerca de ellas».

Comenzó a cantar una canción mentalmente, a la par que tomaba el vaso y lo acercaba a sus labios para beber un largo sorbo. Debía ser cuidadosa, pues así como Linda miraba en sus emociones, Tanya o Maggie podían estar al acecho para tratar de leer su mente. Eso la aterraba, temía ser vulnerable y estar expuesta a ser invadida, como si no tuviera control sobre su cuerpo y mente. Ellas no parecían poner atención, tal vez Pearl estaba siendo paranoica. Aun así no podía correr el riesgo. Meditó:

«Quizá exista una forma de bloquearme a mí misma, similar a la red del enemigo, pero controlado por mí, para que no puedan ver lo que siento o pienso... y ojalá no hayan escuchado esto».

Se prometió que buscaría la manera de bloquearse a sí misma. Después, una pregunta fúnebre rodó por la redondez de su cabeza.

—Mamá, papá —dijo, la atención del grupo se volvió hacia ella y de nuevo se vio invadida por esa desagradable sensación de quedar expuesta. Hizo acopio de valor, sobre todo por la pregunta que haría— ¿Cuándo va a ser el funeral de Marcus?

El silencio se hizo lúgubre. Nick estaba severo, Pearl dedujo que lo sabía.

—El funeral será este sábado.

—Quiero estar ahí.

Nick y Maggie intercambiaron miradas. Ella habló primero.

—¿Estás segura? Has pasado por una experiencia traumática...

—Dije que voy a ir —interrumpió con un tono que no daba lugar a discusión—. Es lo menos que puedo hacer por él. Tengo que decirle adiós.

—Como tú quieras —asintió Nick tras una breve pausa.

Pearl volvió a sumirse en el silencio.

La mañana del sábado iba a ser la primera vez que saliera de casa desde el incidente. Se puso una falda, medias y una blusa negra, se cepilló el cabello. Todavía tenía un parche en la nariz, los moretones de la cara ya se habían desvanecido en gran parte. Ya no tenía problemas para abrir el ojo izquierdo y la piel de este lado de la cara había tomado una tonalidad violácea verdosa. El maquillaje no era de mucha ayuda. Se puso unas gafas de sol, eso ayudaría a disimular. Estaba aterrada, se repetía que debía mantener la calma, que todo estaría bien, pero en el fondo tenía ganas de escapar, quería salir corriendo sin mirar atrás y nunca volver.

Kerri

Ocurrió durante una reunión en casa. Una de sus tías dijo que quería una foto de los seis Sullivan juntos. Ahí estaban, la perfecta familia en apariencia. Kerri no se sentía contenta, después de lo que había escuchado respecto ser la hija "bastarda", el posar en familiar y sonreír como si nada le parecía falso. En cuanto creyó que ya nadie ponía atención en ella, se escabulló hacia la biblioteca, quería estar sola. Pasaba sus dedos sobre los lomos de los libros, leyendo el título y el autor. No se decidía cuál tomar.
—¿Qué estás haciendo aquí?
Kerri se giró sobresaltada, era un hermano de papá.
—Hola, tío —saludó la pequeña.
—No soy tu tío, ¿lo sabías?
Se aproximó más, algo en él no le gustaba. Apestaba a alcohol. Ella retrocedió y se pegó contra el librero. Él extendió la mano para acariciarle la mejilla.
—Eres muy bonita, como tu madre. Seguro eres igual a ella, ¿no es así, pequeña zorra?
Kerri trató de escabullirse, él la tomó del brazo y la jaló hacia él. Ella forcejeó. El corazón le latía con fuerza, estaba aterrada. Algo ocurrió, se sintió fuerte y de sus manos salió energía. Él salió volando hasta el otro extremo del cuarto, chocó contra un librero y cayó acompañado de una cascada de libros y un estruendo. Kerri miró sus manos, no entendía lo que acababa de ocurrir, pero ya habría tiempo para averiguarlo. Él la miró desconcertado. Ella respiraba agitada, no podía demostrarle que tenía miedo, apretó los puños y le gritó:
—¡No vuelvas a acercarte a mí o lo lamentarás, hijo de puta!
Escuchó pasos, alguien venía, la puerta se abrió, era mamá. Aquel cerdo se levantó como si nada y salió. Mamá se acercó a Kerri.
—¿Qué está pasando? —preguntó con el tono de voz que usaba para regañarla.
—Yo no he hecho nada, él quiso tocarme.
Mamá le volteó la cara con una sonora bofetada, la mejilla le ardió.

—Cállate, ¿cómo te atreves a mentir así?

—No es mentira —insistió con los ojos llenándose de lágrimas.

—¡Dije que te calles! No quiero escuchar una palabra más.

Kerri estaba temblando. Mamá la miró con un gesto que no mostraba nada amable hacia ella, meneó la cabeza en una negativa.

—No sé en qué estaba pensando. Nunca debiste nacer.

Mamá se alejó. El sonido de aquellas últimas palabras la abatió como un relámpago y ella quedó como árbol carbonizado en medio del bosque. Kerri corrió hasta su cuarto, cerró la puerta, puso el seguro y se echó en la cama a llorar, tanto que en un momento pensó que nunca más en la vida, volvería a vivir nada que le doliera así. Estuvo inconsolable hasta que se quedó dormida.

Despertó en la madrugada, la fiesta ya había acabado y todos en casa dormían. Por la ventana se colaba la luz helada de la luna llena. Esa noche, algo en Kerri cambió; de repente se sintió menos niña y más endurecida por el dolor. Las lágrimas ardían, ya no quería sentir, quería escapar lejos. Pero ¿a dónde? Entonces lo escuchó, sonaba como viento colándose por la ventana, era la voz de un anciano muy amable.

—No llores, pequeña. No vale la pena. De cualquier forma, tu lugar no es aquí, sino en la tierra de las oportunidades.

—¿Quién eres? —Preguntó desconcertada.

—Un amigo. Hay una familia que te espera, unidos por un propósito más sólido que la sangre. Ahí está tu destino, deja que te ayude a encontrarlo.

Había algo reconfortante en aquella voz y lo que prometía.

—Oportunidades —repitió Kerri—, todo el mundo sabe que la tierra de las oportunidades es Estados Unidos.

—Así es. Ahora levántate, toma tus cosas y marcha al oeste. Aquí no hay nada para ti. Yo te guiaré hasta donde está tu verdadera familia.

Kerri miró a su alrededor, la mansión de los Sullivan le pareció más una jaula que un hogar. Se puso jeans, un suéter, una chaqueta, una gorra deportiva y tenis. Tomó una mochila, puso en ella apenas un cambio de ropa, su animal de peluche favorito y todo el dinero de sus ahorros. Kerri se escabulló por la casa para tomar el dinero de sus hermanos, el del bolso de mamá y la cartera de papá. Ella era silenciosa, sus hermanos decían que era como un gato.

Salió por la puerta trasera. Bajo la luz plateada de la luna llena contempló por última vez aquella casa y echó a andar. Extrañaría mucho a su hermano. Como sea, en un par de años él se iría a la universidad y se olvidaría de ella. Kerri se dio la vuelta, no debía tener miedo. Apretó el paso, no sabía cuál era ese destino del que habló la voz del viejo del viento, lo que sí sabía con certeza es que nunca volvería atrás.

Pearl

—¿Estás bien? —le preguntó su hermano.

Pearl asintió con la cabeza. Patrick le tocó el hombro, luego puso las manos en las muletas y se desplazó hacia la sala funeraria donde estaba reunida la familia de Marcus. Pearl estaba temblando, respiraba profundamente mientras se repetía que debía calmarse. Entraron, nadie parecía prestar atención a los recién llegados y eso la tranquilizó. La mamá de Marcus estaba deshecha en uno de los sillones, la pobre mujer había envejecido diez años en esa semana. Fueron hasta ella.

—¡Qué crimen tan terrible! —escuchó a alguien comentar.

—Ojalá atrapen a los responsables —opinaba amargamente otro más.

Maggie y Nick fueron los primeros en darle el pésame a la madre de Marcus. Detrás de ellos se acercó Pearl, escondida detrás de las gafas de sol que había decidido, no se iba a quitar. La buena mujer la reconoció de inmediato. Pearl abrió la boca para decir algo, comenzó a tartamudear. Tenía demasiada culpabilidad y vergüenza con ella.

—Lo siento mucho, yo... yo... no pude hacer nada.

Ella se levantó, abrazó a Pearl.

—Tú no tienes la culpa de nada. Esos monstruos algún día pagarán por lo que les hicieron a Marcus y a ti.

Las lágrimas rodaron por sus mejillas. La madre rompió a llorar. Ambas estuvieron abrazadas gimoteando, compartiendo una misma pena por un hombre muy querido que no sonreía más. Al cabo de un momento, se separaron. La madre de Marcus volvió a dejarse caer en el sillón. Pearl se dirigió hacia el ataúd de Marcus. No quería verlo, pero a la vez no se podía resistir. Se asomó al féretro, Marcus tenía una expresión inerte, vacía, su piel estaba cubierta de maquillaje. Podía oler los químicos que se habían usado para embalsamarlo, pero no podía olerlo a él. Aquel rostro era familiar, pero el Marcus que amó estaba ausente. Recordó la primera vez que se topó con aquellos ojos amigables que ahora permanecerían cerrados.

Kerri

Fue siguiendo a la voz del Atalaya que llegó hasta Battle Shore. En el camino había hablado con algunas personas sin decir a nadie un nombre que se había prometido no volver a pronunciar. No podía correr el riesgo de que alguien la encontrara y la llevara de regreso. Ahí estaba, en el lugar que el anciano le dijo que encontraría su destino. La niña estaba entusiasmada y hambrienta. Vio pasar a un hombre con una playera de Pearl Jam, en la mano llevaba media hamburguesa que envolvió y tiró a la basura. Ella se apresuró.

«Este debe ser mi día de suerte», se dijo optimista, «¡media hamburguesa! ¡Gracias Pearl Jam!».

Tenía la cabeza dentro del bote de basura cuando escuchó su voz.

—Hey, no hagas eso.

Ella volteó con un sobresalto. Era un chico afroamericano algo mayor que ella. En la espalda tenía una mochila, en una mano sostenía un balón de soccer. En la otra un sándwich.

—¿Tienes hambre? Puedes comerte éste, yo no tengo hambre.

La pequeña contempló aquellos ojos oscuros, amistosos, sin un dejo de malicia. Ella tomó el sándwich y se apresuró a morderlo.

—Gracias. Veo que te gusta el soccer.

El chico se encogió de hombros.

—Está bien. Es diferente.

Se puso a hablar con ella, de inmediato le agradó.

—Si aún tienes hambre, creo que tengo algo más en mi mochila. Por cierto, soy Marcus —dijo al tiempo que le tendió la mano.

—Me llamo... —se interrumpió, Kerri Sullivan estaba muerta, ese nombre no debía volver a repetirlo jamás, ahora estaba en otra tierra y tendría una vida nueva— Soy Pearl.

Pearl

Se aferró al barandal de madera que se interponía entre ella y el ataúd donde yacía su novio. El nudo en su garganta se había hecho tan grande y estaba tan endurecido que casi no podía respirar.

«Yo creí que era mi día de suerte porque tenía a mi alcance media hamburguesa, en cambio lo fue porque te conocí. Marcus, tú pensaste que me olvidaría de ti cuando me fui con los Kearney, pero no fue así, siempre volví a ti porque fuiste tú mi primer amigo verdadero y eso es algo que uno no se encuentra todos los días. Marcus, lo último que me dijiste fue que me amabas y yo no fui capaz de gritarte que sí te amo, isí te amo!».

Murmuró el nombre de Marcus. Se sintió mareada, la oscuridad nubló su mente al evocar aquella noche, el desgarrador dolor que la invadió cuando vio a Marcus inmóvil en el suelo. Pearl no podía con tanto dolor, sus piernas se doblaron, creyó que caería en un abismo cuando alguien la tomó del brazo para detener su caída, era Nick.

—Pearl, ¿estás bien?

Alguien más la sostuvo del otro brazo, era Serena.

—Estoy bien. Necesito sentarme.

Serena la sujetó, Pearl se dejaba guiar como una muñeca rota, sin voluntad propia, sin fuerzas y con el peso de demasiadas lágrimas.

Durante el servicio permaneció quieta, sin poner mucha atención a lo que hablaba el reverendo. De vez en cuando se limpiaba alguna lágrima. No se interesó sino hasta que el reverendo comenzó a hablar sobre la justicia que algún día tendría que llegar para Marcus y su madre. Lo volteó a ver, le parecía que cada palabra era metal al rojo vivo sobre sus pensamientos.

—El mal no puede prevalecer para siempre. Llega un día en que las cosas caen por el peso de sus pecados y el destino se encargará de que aquellos que obraron de una forma tan cruel paguen. *That day will come and justice will be served.*

Pearl meditó:

«Hacer que paguen, cobrar venganza. ¿Justicia o venganza? ¿Cuál es la diferencia? No es más que semántica. Creo que en realidad no hay mucha diferencia, pues la venganza también es justicia».

Una energía llamó su atención, se estaba volviendo hábil para percibirlas. ¡Linda otra vez! Con sus buenas intenciones de ayudarla a desahogarse. Pearl se concentró, visualizó a su propia energía como si fuera una barrera, se dijo que debía cubrirse para que ella no se acercara. El efecto adormecedor de Linda se detuvo, Pearl había logrado bloquearse a sí misma. Miró a la madre de Marcus, seguía muy triste aunque un poco más tranquila; sin duda también por la entrometida de Linda. La protección de Pearl no duró mucho, pero no importaba, lo había logrado, ese había sido un avance importante. Se prometió que mejoraría para bloquearse a sí misma por completo y evitar que la tocaran.

Miró hacia un lado, notó a dos mujeres cuchicheando mientras pretendían no ser obvias en observar a Pearl. Ellas no sabían que Pearl las veía porque los lentes oscuros no revelaban la dirección de su mirada verde. Pearl de inmediato reconoció ese gesto de indignación y lástima con la que la observaban.

«Ellas también saben lo que me hicieron», comprendió y se sintió expuesta, humillada y sucia, «la familia y amigos de Marcus saben cómo murió, que lo golpearon hasta matarlo mientras violaban a su novia. Saben quién soy. Haber venido fue un error, debo salir de aquí».

Esperó a que el reverendo terminara el oficio para decirle a los Kearney que estaba cansada y que quería irse a casa. Se retiraron. Todo el camino del regreso se sumió en el silencio. Linda iba en el mismo auto que ella. A poco Pearl distinguió de nuevo esa sensación como pequeñas punzadas que se acercan sigilosas. Esta vez puso el bloqueo más rápido y no la dejó que tomara nada.

«No sé qué hagas con todo lo que absorbes, pero este duelo es mío, ¡mío! No quiero que nadie se acerque a mí», le dijo mentalmente aunque sabía que no había manera que ella la escuchara.

Luego sus pensamientos revolotearon las palabras "justicia" y "venganza". La ira la invadió, se dio cuenta que más que desconsolada, estaba furiosa.

Volvieron a la mansión. En cuanto escuchó detrás de ella la puerta cerrarse, se quitó los lentes, ya no pudo contenerse más.

—¡¿Por qué?! —Explotó y las lágrimas brotaron de sus ojos en un torrente incontrolable— ¿Por qué tuvo que pasar todo esto? ¿Por qué?

Una de sus hermanas dijo su nombre, trató de tocar su hombro, Pearl se sacudió con violencia, no quería que nadie volviera a tocarla jamás. Dio algunos pasos para poner distancia, se giró y los enfrentó a la cara. Pearl apretó el puño de la mano izquierda, estaba temblando por la ira helada. Le gritó a su familia:

—¡No necesito nada! Ustedes no comprenden. ¡Déjenme en paz!

Se apresuró hacia la biblioteca; era entre libros donde se escondía cuando estaba triste desde que era Kerri Sullivan. Apenas cerró la puerta tras de sí, escuchó la voz de Patrick proferir:

—Juro que encontraré a los malnacidos que le hicieron esto y los mataré.

—¡Es lo que yo digo! —Exclamó Alex— Deberíamos hacerlos pagar.

—Vamos a calmarnos todos —sentenció Nick—, hemos hablado de esto...

Barullo de voces. Pearl recargó la espalda en la puerta, quería que se callaran y no escucharlos más. Se deslizó para dejarse caer sentada, con la espalda recargada en la puerta. Se llevó ambas manos a los oídos y se los cubrió. Cerró los ojos mientras se repetía una y otra vez:

«No quiero pensar, no quiero sentir nada».

Al cabo de un rato se destapó los oídos. Silencio. Quizá se habían callado, quizá se habían llevado sus argumentos a otro lado. Se levantó, quería irse a donde nadie la viera, pero fue consciente que de nada serviría, pues el infierno en el que estaba atrapada se había arraigado en su cabeza. Su memoria estaba llena de demonios violentos entonando blasfemos cantos sobre una pesadilla que la acompañaría a donde fuera. Se tumbó en el sillón para llorar un amargo manantial de miseria. Se dejó llevar por el llanto, hasta que se quedó dormida.

Oscuridad, las calles de la enorme metrópolis le eran desconocidas, aquello era un laberinto de edificios monstruosos, que se alzaban como serpientes tratando de arrancar un pedazo de cielo negro, sin luna ni estrellas. Un ruido la alertó, la gata miró a su alrededor, olfateó el aire, apestaba a peligro y a muerte. En eso escuchó una voz:

—¿Tienes hambre?

Era un niño de grandes ojos negros, en la mano sostenía media hamburguesa. Se puso en cuclillas a la altura de la gata.

—Ven, amiga, no tengas miedo. ¿Tienes hambre, bonita?

La gatita se acercó ronroneando, con su cola muy en alto. De pronto la expresión del chico cambió, se tornó severa, sus ojos se llenaron de silencio y vacuidad. Se incorporó y se alejó.

«Espera, no te vayas».

La gata trató de seguirlo. Un gruñido llamó su atención, se giró. Detrás de sí había fauces llenas de colmillos, eran perros monstruosos. La tenían rodeada. La gata arqueó el lomo y echo las orejas hacia atrás en actitud agresiva. La atacaron por todas partes, uno una pata, otro la cola, otro la mordía por el cuello. La sacudieron y la arrojaron ensangrentada, incapaz de levantarse. Debía luchar, apenas y consiguió darles unos cuantos arañazos. Ellos eran más fuertes, eran aberraciones pervertidas que no pararían hasta destruirla.

«¡Que alguien me ayude, por favor!».

De la oscuridad surgió otro gruñido, uno mucho más profundo y terrible. Una silueta oscura con los ojos brillando como jade encendido la vigilaba.

—¡¿Es que no puedes defenderte?! —Le reprochó la sombra— No eres sino una basura. Ojalá que te maten.

«Por favor. ¡Por piedad!»

—¡Defiéndete!!! —gritó con voz de mujer animal.

Un perro le arrancó la cola, otro la mordió en la cabeza y el líquido del ojo comenzó a escurrirle por la nariz. Otro perro le arrancó la pata. Le abrieron el abdomen, vio sus propios intestinos por el suelo, su sangre. Escuchó su propio grito de dolor, ascendía estridente hasta el cielo.

Se incorporó de golpe gritando. Tomó aire, el sudor frío poblaba su frente. Tenía la respiración agitada. La puerta se abrió, era Georgina seguida por Ginger.

—¿Pearl, estás bien?

—Sí, Gin, estoy bien. Lo siento, tuve una pesadilla.

Ellas se quedaron ahí en silenciosa compañía, no porque no tuvieran nada que decir, sino porque así era mejor y Pearl se los agradecía. Al cabo de un instante Pearl comentó:

—¿Cómo hago para olvidar?

—Pearl —habló Georgina—, no dejes que esto te destruya. Tú eres quizá una de las personas más fuertes que he conocido. Yo sé que puedes con esto.

—Y cuando te sientas deprimida, recuerda que nos tienes a todos nosotros y aquí vamos a estar siempre, hermana —añadió Ginger.

—Gracias, Hannah.

Ginger reparó en un detalle, en el sillón, justo en la parte donde había descansado la mano de Pearl mientras dormía, la tela estaba desgarrada con los cortes de las cinco uñas. Pearl lo miró y se encogió de hombros.

—Lo siento, no quería romperlo.

—No te preocupes, a lo mejor Serena puede arreglarlo.

El resto de la noche Pearl estuvo un poco más tranquila. Se dio un baño y luego se puso a leer las noticias de la semana en internet. Miró lo que ocurría con la política, el mundo y el clima. Llegó a las noticias locales, se topó con un acontecimiento cruel que le ocurrió a una pareja, no mencionaban nombres, pero los hechos le eran horriblemente familiares. Se sintió asqueada al punto en que si seguía mirando, terminaría por vomitar. Apagó la laptop y se fue a dormir.

Al día siguiente bajó a desayunar. Cuando se encontraba al pie de la escalera fue consciente al instante de un pequeño hilo de poder que se le acercaba; era Linda. Pearl se concentró y puso una barrera, Linda ya no pudo avanzar más. Pearl alzó la vista hacia el escalón donde aguardaba Linda. Ella pareció sorprendida, como si hubiera quedado en evidencia y no pudiera creer que no podía tocar las emociones de Pearl. Con los ojos llenos de rabia, Pearl le dijo en voz muy baja, gesticulando bien para que Linda pudiera leer sus labios.

—Déjame en paz.

«No es una petición, Linda. Es una advertencia», meditó Pearl.

Pearl se dirigió al comedor, tenía hambre. La familia se estaba reuniendo para desayunar. Esperó a que todos estuvieran ahí, sin importar si ya estaban sentados o no para hablarles, lo que tenía que decir no podía esperar más. Llamó su atención, las caras de todos se volvieron hacia ella. Pearl comentó:

—Yo quisiera decirle un par de cosas: la primera, gracias por haber ido conmigo al funeral de Marcus, ayer debe haber sido uno de los días más difíciles de mi vida. —Hizo una pausa para tomar aire, se le estaba quebrando la voz—. Yo siento mucho haberles gritado.

—No te preocupes, Pearl, no hay nada que perdonar —dijo Tanya y todos asintieron—. Nosotros estamos aquí para apoyarte. Somos familia.

—Sabes que cuentas con nosotros—añadió Rosa—. Te amamos.

Todos asintieron.

—Gracias. —Hizo una pausa— Lo segundo que tengo que decir es algo que ya hablé con Nick y Maggie y necesito que ustedes lo escuchen. Sé que les gustaría encontrar a... a quienes me... —titubeó, respiró profundo le resultaba muy difícil siquiera mencionarlo— a quienes me lastimaron. Sé que lo hacen porque quieren ayudar, pero no lo necesito. —Levantó la cara, con un gesto determinante— Voy a decir esto una sola vez y espero que lo entiendan. No quiero que traten de averiguar quiénes son, ni que traten de buscarlos. Si lo que quieren es ayudar entonces encuentren a quien ha estado bloqueando nuestros poderes y no se atrevan a investigar sobre los asesinos de Marcus, porque no es asunto suyo.

Patrick y Alex eran predecibles, fueron los primeros en fruncir el cejo, con cara indignada de "¡¿qué?!", Tanya los siguió:

—¡¿Cómo puedes pedirnos eso?! Esos cerdos te ultrajaron y quieres que no hagamos nada.

—¡No puedes hablar en serio! ¡Esos malditos merecen sufrir!

Pearl no tenía paciencia ni ganas de escucharlos, estaba furiosa.

—¡No empiecen! —Gritó furibunda, ellos guardaron silencio— ¡Esto no es asunto suyo! Esto es personal y si alguien va a hacer pagar a esos malditos, soy yo. ¡Esta batalla es mía y no quiero ni necesito su ayuda!

Esta vez fue Hannah.

—Pero...

—¡No! —La interrumpió de golpe— No es su problema. ¡No se metan en mis asuntos!

Un gruñido seco escapó de su garganta, como el de un animal salvaje dispuesto a matar a la primera provocación. Si se hubiera visto en un espejo en ese momento, hubiera notado que su rostro no reflejaba nada más que un odio ciego. Miró los rostros de los alféreces, Tanya y Georgina parecían como si fueran a romper a llorar. Todos ellos se notaban enojados, con la frustración pintada en la cara, excepto Linda, por supuesto, quien tenía su cara seria. Nadie se atrevió a decir nada más.

—Será como tú quieras —asintió por fin Serena.

—Bien, eso es todo. No quiero volver a hablar de esto con ustedes nunca más —concluyó Pearl y se sentó para tomar el desayuno.

No volvió a llorar de la forma en que lo había hecho tras el funeral, por lo menos no en frente de los Kearney. En casa volvió a ser parte de la rutina de las actividades domésticas. Pearl permanecía seria y callada. Georgina seguía trayendo notas y apuntes. Pearl no fue a la escuela en dos semanas. Sabía que no podía quedarse en casa para siempre, pero tenía miedo, no creía ser capaz de soportar estar cerca de otras personas.

Era la tarde del viernes de la segunda semana de no ir a clases. La puerta de vidrio de la estancia, que daba al jardín lateral, estaba abierta de par en par. Pearl estaba sentada afuera en una de las sillas de jardín. Estaba concentrada en las energías de quienes estaban en casa. De pronto notó una energía pequeña, demasiado para ser eukid. Un momento después, Georgina se aproximó.

—Tienes visita.

Pearl la miró.

—No quiero ver a nadie.

—Lo sé, pero no pude convencerlo de que no viniera. Es Richard.

—¿Richard?

Se sintió incómoda. Lo último que quería era que él también la mirara con condescendencia.

—¿Por qué está aquí?

—Porque quiere verte. Ha estado preguntando por ti todos los días. Además, yo le dije que estaba bien que viniera.

Pearl la miró con gesto de indignación. Georgina se justificó.

—Yo sé que no quieres ver a nadie. Pero esto te hará bien. En momentos así es cuando se necesita más el apoyo de un amigo verdadero. No te preocupes, no sabe lo que te pasó, le dijimos lo mismo que a todos los demás, que estuviste en un accidente de auto.

Pearl suspiró resignada.

—Bien, que pase.

Un rato después él entró por la puerta, en sus manos sostenía un ramo de flores blancas.

—Pearl, ¿cómo estás? Traje esto para ti.

Algo tienen las flores que derriten el corazón. La comisura izquierda de su boca se curvó en una minúscula sonrisa, por primera vez en dos semanas, luego retomó el mismo aspecto severo.

—Estoy bien. Gracias, están hermosas.

—También te traje los deberes. Te he estado mandando notas con Georgina.

De nuevo una minúscula sonrisa amarga. Pearl tomó las notas, algunas escritas en computadora, otras con aquella letra bien trazada.

—Eso explica todo —murmuró.

—¿Explica qué?

—Ya decía yo que Georgina no pudo haber hecho las notas.

Richard sonrió. Algo en él la hizo sentirse mejor. Ella apuntó a una de las sillas para indicarle que tomara asiento.

—Gracias, Richard.

—Es un placer, por ti haría lo que fuera.

Ella volvió a fijar la vista en el ramo de flores, estaban bellísimas. Richard le tendió un sobre con una tarjeta, era de un gatito de caricatura enfermo en cama. En letras grandes decía, "*Get well soon*". Adentro un mensaje escrito por Richard.

—Siento mucho la pérdida de tu novio. Ese accidente fue una tragedia.

Pearl bajó la vista mientras reflexionaba:

«Un accidente de auto... Bueno, supongo que es mejor contar esa historia».

—Muchas gracias, Richard, eres el mejor.

—¿Cuándo vas a regresar a clases?

—El próximo lunes —respondió en automático.

«No puedo quedarme aquí, tengo que salir y volver a mi vida».

—Si necesitas ayuda en la escuela, puedes preguntarme lo que sea.

Pearl volvió a fijar la vista en las flores, estaban tan lindas, tan limpias y frescas. Sentía vergüenza de mirar a Richard.

—Pearl —habló él—, te conozco muy bien, lo bastante para saber que tienes mucho dolor y no eres la misma. Yo sé que perdiste a alguien que amabas, pero te apuesto que a él jamás le hubiera gustado verte así. Tú eres una sobreviviente. La vida continúa, no es fácil pero poco a poco, con cada día, vas a estar bien.

Pearl levantó la cara, los ojos se le estaban llenando de lágrimas. Tomó aire para reprimirlas. De pronto le pareció que lo que él había dicho, a su manera tan honesta, breve y sencilla, tenía sentido.

—Gracias, Richard.

—Ánimo, Pearl.

Pearl le pidió que le contara de la escuela. Richard comenzó a hablar. Ella lo escuchó con atención, fijó su atención en él, con su gesto amable. Quizá en el mundo había monstruos pero también había otros que eran buenos como Richard. Ella tenía que ser fuerte, el lunes volvería a la escuela. No sabía de dónde sacaría valor para dejar atrás el horror que vivió pero esperaba descubrirlo con el tiempo.

XVII.- Humo

Tanya

Tomó una larga bocanada, retuvo el humo y lo expulsó lentamente. Nunca se había atrevido a fumar en las inmediaciones de la mansión, pero ya no podía con la ansiedad y fumar la tranquilizaba. Estaba recargada en una roca frente a la playa, eran las 7:00 AM. Ese día se había levantado sin necesidad de despertador tras una noche de mal sueño.

«Yo lo sabía y no hice nada», repitió la voz de su consciencia.

De entre las olas salió la sirena arrastrándose, usó su poder, recuperó su forma humana y marchó hacia la casa. Tanya la contempló mientras se acercaba, desnuda, con un pescado en la mano que se venía comiendo. Tanya tomó otra bocanada, no le preocupaba que la sirena la viera fumar, ella no correría a acusarla con sus padres. Ninguna de sus hermanas haría algo así, es más, ni siquiera el imbécil de Patrick. De cierta forma, envidiaba a Georgina, la libertad que debía experimentar en el océano, aunque la verdad es que a Tanya no le gustaba el agua. Envidiaba más Patrick, debía ser maravilloso navegar por el cielo con sus alas de fuego.

«Si al menos pudiera volar para irme muy lejos. Pero, no creo que sirva, porque la culpa me seguirán a donde vaya».

Pensó en Pearl, cuando volvió a la escuela, Tanya supuso que las cosas volverían a ser como antes. Su rodilla estaba bien, el doctor le dijo que podía correr. Pearl era fuerte, sus heridas físicas sanaron. Las interiores era otra historia. El martes, en vez de dirigirse a la pista de atletismo a la hora de la salida, abordó en la Van con los demás para irse a casa.

—Pensé que hoy tenías entrenamiento —dijo Linda.

—No me voy a quedar —respondió malhumorada.

—Pero tú amas correr —señaló Hannah.

—¡¿Nos podemos ir a casa o qué?! —replicó de mal talante.

—Ok —dijo Hannah sorprendida y subió a la Van.

Pearl no era la misma, cuando no estaba de mal humor, estaba deprimida. En la escuela ya no hablaba con otras personas, se movía como una sombra que no desea ser vista. Tanya incluso la miró en el pasillo ignorando a un grupo de chicos con los que jugaba baseball.

Recordó aquel día en que Pearl le pidió que le diera su fortuna, Tanya escudriño su futuro en busca de cualquier cosa y escuchó el horrible grito pidiendo ayuda, luego la miró de negro con aquel gesto de odio.

«La vi vestida de luto, cambiada por el dolor. Pensé que lo mejor era ser reservada para hablar de las visiones negativas. Ahora veo que soy un fracaso como alférez y como hermana. Había en torno a ella un mal augurio de dolor y muerte y yo no hice nada».

El viento salado despeinó sus rizos dorados, algunos cabellos le cayeron en la cara, ella se los quitó con la mano que tenía libre. Dejó caer lo que quedaba del cigarrillo y lo pisó para apagarlo. Quería darse un baño y lavarse los dientes antes de que Nick y Maggie olieran el humo del cigarrillo impregnado en ella. Se dirigió a la casa, entró por el jardín interior, cruzó la sala de actividades, salió hacia el pasillo y ahí se encontró con Linda y su eterna sonrisa de robot.

—Hey, T., ¿todo bien?

—Todo bien —replicó Tanya.

Desde hacía días Linda la miraba con cierto interés. Era obvio que percibía que Tanya estaba inquieta. Mejor ignorarla. Tanya pasó de largo. Linda la siguió.

—Por cierto, T., tú sabes que si hay algo de lo que quieras hablar, yo estaré encantada de escuchar.

—Gracias, estoy bien.

Linda dio un paso atrás, sin duda había percibido la creciente hostilidad de Tanya.se apresuró a subir para darse un baño.

Para cuando bajó de nuevo, Maggie, Georgina, Hannah y Alex ya estaban ahí. Tanya se le acercó a Georgina.

—Cuando bajas al mar, ¿después no estás cansada?

—Duermo en el mar —contestó ella—. Por eso no tengo sueño.

Luego Georgina se puso a hablarle de Nelson. Tanya la escuchó con interés se notaba que los dos estaban muy enamorados.

Al poco rato bajó Nick. Pearl y Rosa venían detrás de él. Tanya sonrió y bajó la vista, sintiéndose incómoda por la sensación de culpabilidad que no la dejaba mirar a Pearl a la cara, mientras volvía a pensar en las cartas, aquella maldita Torre. Pearl ocupó su lugar. Rosa se detuvo en la entrada con un gesto extraño, como si esperara algo, carraspeó y dio los buenos días, Maggie le contestó el saludo y le preguntó si quería jugo. Nick se acomodó en su asiento, tomó un montón de papeles y se puso a leer, se disculpó alegando que era un caso muy importante para la firma de abogados. Rosa se sentó en silencio.

Tanya estaba callada, ensimismada en sus pensamientos. Escuchó la voz de Linda al entrar al comedor, cantando *Happy Birthday*, seguida por Serena y Patrick. Linda se acercó a Rosa por detrás y la abrazó fuerte. Casi al mismo tiempo, Terrence se acercó y puso un plato frente a Rosa, sobre él había dos *pancakes* y estaba escrito con chocolate líquido, "feliz cumpleaños".

—Feliz cumpleaños, señorita Rosa. Espero le guste.

Las caras de todos los chicos reflejaron una mezcla de sorpresa y vergüenza. Tanya miró su celular, la fecha indicada en la pantalla leía claramente 24 de Abril. Rosa sonrió y le dio las gracias a Linda y a Terrence. Patrick la tomó de la mano y la hizo levantarse.

—Ven para que te abrace, ¡ándale, hermana!

Nick bajó los papeles, se veía muy avergonzado, Maggie intercambió una mirada silenciosa con su esposo y le habló a su mente. Ellos también lo habían olvidado. Terrence, como adivinando lo que hablaban, les dijo:

—No se preocupen, ya me encargué de comprar el pastel que le gusta a la señorita Rosa.

Ellos suspiraron aliviados, aunque no del todo.

—Gracias, Terrence, como siempre eres el mejor.

Pronto los que la ignoraron se acercaron para abrazar a Rosa y disculparse, ella que tenía un carácter amable, no se lo tomó a mal.

—Lo siento tanto —se disculpó Maggie—, me siento terrible.

—No pasa nada —comentó Rosa—. El día no se ha acabado.

Más tarde Tanya tuvo oportunidad de hablar con Rosa en privado. La psíquica tomó aire, no sabía por dónde empezar.

—Yo quisiera disculparme por olvidar tu cumpleaños.

—No tienes por qué, no fuiste la única.

—¡Eso lo hace aún peor! Si estuviera en tu lugar y el día de mi cumpleaños todos me ignoraran, me echaría a llorar.

Rosa sonrió, toda ella irradiaba una afable paz y una madurez admirable para alguien que apenas cumplía dieciséis años.

—No hay de qué disculparse. T., yo entiendo que con lo que ha pasado en casa, en especial lo de Pearl, últimamente todos estén afectados y se les haya pasado. No estoy enojada. Pero si te hace sentir mejor, disculpa aceptada.

Tanya se sintió aliviada, no había sido tan difícil. Entonces un pensamiento la volvió a sumir en la vergüenza y culpabilidad.

«¿Habrá alguna forma de pedirle perdón a Pearl?».

Más tarde, Rosa dijo que quería mostrarle a la familia algo importante. Se reunieron en la sala de actividades. Rosa tenía su Kindle.

—Creo que tenemos problemas. Ayer en la noche leí esta nota en las noticias. —Les tendió el Kindle y prosiguió mientras sus hermanas lo pasaban para echar un vistazo— Siempre procuro revisar las noticias locales de las ciudades y poblados más cercanos a la Ciudadela. No he dejado de sospechar que es cuestión de tiempo antes de que vuelvan a hacer algo.

—Creo que ninguno de nosotros le creyó una sola palabra a Belladonna el día que la conocimos —opinó Georgina.

Alex tomó el Kindle de manos de la sirena, Tanya miró sobre el hombro de Alex y leyó: "Lo que pareciera un cuento paranormal, fue la realidad de *Jane*, una mujer oriunda del estado de Washington, quien asegura que un monstruo fue quien secuestró a su pareja de cinco años, el cual continúa desaparecido". De inmediato llamó su atención la descripción del dicho monstruo, unos seis pies de alto, olor nauseabundo, afilados colmillos y garras, piel rojiza marrón, ojos amarillos, columna vertebral sobresaliente, producía un chirrido grave. No cabía duda, aquello era un...

—¡Demonio! —Sentenció Hannah—. Pero, ¿por qué se llevaron a ese hombre?

—Quizá para trabajar en la Ciudadela —comentó Serena enfadada.

—No, esto es diferente —comentó Maggie—. Verán, hemos estado en contacto con Max y Betty para informarnos sobre cualquier actividad en torno a la Ciudadela. Por lo que sabemos, ya no se han hecho reparaciones. Me llama la atención que se llevaran a aquel hombre y no tocaran a su pareja. Me pregunto si acaso él era eukid.

—¿Por qué? —preguntó Nick interesado.

—Belladonna parecía estar juntando un ejército, lo más lógico es que quiera aumentar sus números buscando soldados eukid —comentó Patrick.

Maggie asintió.

—Si es así —dijo Alex—, entonces tenemos que buscar en las noticias notas de desapariciones similares en varios estados a la redonda. Belladonna no se va a tomar la molestia de viajar por todo el país o el mundo para recaudar soldados, ella es práctica y quiere atacar.

Maggie murmuró:

—La guerra comienza. El Atalaya me dijo que, cuando los enemigos se levantaran, los alféreces serían la única esperanza. En mi sueño vi caos y oscuridad. Entonces salía la luna. Ese sueño tenía la naturaleza de las visiones proféticas y eso es lo que más me preocupa, porque las profecías son susceptibles a ser encontradas por otros psíquicos, que luego las cuentan y pasan de boca en boca como cuentos para niños. Belladonna debe saber quiénes son ustedes, quizá sea ella quien ha estado afectado sus poderes. Por ahora lo único de lo que tenemos certeza es que se prepara para atacar.

—Belladonna seguro estará buscando reclutas en un área que podría incluir el sur de Canadá y los estados de Washington y Oregón, quizás también Idaho —comentó Linda—. Lo mejor será que estemos siempre alerta a cualquier enemigo o energía que se acerque.

El resto estuvo de acuerdo.

El sábado siguiente Tanya salió a fumar a la parte posterior de la casa, terminó su cigarrillo, dejó caer la colilla en la arena y la aplastó con el pie. Más tarde tuvieron entrenamiento, los hermanos practicaban sus habilidades para percibir energías. Por fin ya todos lo habían logrado, ahora debían practicar. El ejercicio de ese día consistía en que, por turnos, con los ojos vendados, uno de ellos se paraba en el centro. Sin hacer ruido, alguien a su alrededor lanzaba una bola de energía y la persona en el centro tenía que esquivarla o detenerla. Tanya debía admitir algo, su capacidad de percibir energías en realidad aún no era tan buena. Ella seguía siendo dependiente de sus poderes psíquicos. Algo que siempre la ayudaba era concentrarse en escuchar los pensamientos que su oponente tuviera en el momento. Con los ojos vendados, abría su mente, escuchaba los murmullos de los pensamientos.

«Mi turno, agua».

«Voy yo, fuego para la bruja».

Ella los paró a todos sin fallar, fue entonces que le pegó una inesperada bola de energía metálica.

—Concéntrate —le gritó Maggie.

—Eso hago —refunfuñó.

«Luz de rosas blancas».

«Toma una flecha».

Tanya la detuvo en seco. De pronto, entre aquel barullo de pensamientos alcanzó a escuchar a alguien cantando una canción en su mente, sólo un instante, antes de perderse como una sombra. Muy tarde percibió el golpe de energía metálica por segunda vez. Se quitó la venda, frente a ella estaba Pearl con su semblante hostil.

«¿Me odia? ¿Sabrá que pude haberla prevenido y no lo hice?».

Trató de leer su mente, no vio nada, fue como toparse con una barrera metálica. Los alféreces eran conscientes ante el hecho de que Tanya podía leer lo que pensaran en el momento. Nick les había dicho que, al pelear con un psíquico era imperativo, o controlar sus mentes para que el psíquico no las leyera, o pelear impulsivamente sin meditar mucho el siguiente ataque. Pearl era hábil en pelear así. Además su mente era diferente a la de los demás.

Desde que Pearl fue adoptada y supo lo que Tanya y Maggie podían hacer, se notó desconfiada. La primera vez que Tanya utilizó su entonces no muy bien dominada habilidad para leer su mente, escuchó vagamente a Pearl repetir una y otra vez, "piensa en otra cosa", seguido por el estribillo de *Viva la vida*, de Coldplay. Con el tiempo Tanya se volvió hábil, fue entonces que notó que la mente de ella era inusualmente difícil de leer. Siempre había sido así. Sin embargo, ahora, enfrente de ella en aquel entrenamiento, Tanya descubrió que su mente era impenetrable por completo.

No era como que Tanya tratara de leer mentes ajenas todo el tiempo, no le gusta invadir la privacidad de otros. Sin embargo, recientemente lo había hecho con Pearl. No podía creer que ella no quisiera su ayuda para cobrar venganza. Tanya decidió que la ayudaría aunque Pearl no quisiera, todo era cuestión de leer su mente en el momento exacto. Lo intentó un par de veces, la vio recordando a Marcus. Una noche Pearl se despertó gritando tras haber tenido una pesadilla y por un breve instante Tanya tuvo un vistazo aterrador: Pearl se miraba las manos y la piel se le derretían como cera, hasta quedar en los huesos. En lo alto había una luna sangrienta, redonda como una boca que grita horrorizada. Tanya rompió el contacto, no quería ver más. La mente de Pearl era un caos de dolor y miedo. A Tanya le tomó tiempo reunir valor y curiosidad para volver a espiar la mente de Pearl. Para entonces el bloqueo silencioso de su mente ya era omnipresente.

Ese día Tanya había escuchado la mente de Pearl por escasos segundos, luego nada- Ella de alguna manera se las había ingeniado para levantar un muro sobre su propia mente. Tanya estaba impresionada.

—Buen trabajo, chicos —los felicitó Maggie.

Maggie se volvió hacia Tanya, parecía molesta. Quizá ella ya sabía lo que Tanya había visto en las cartas y ahora la odiaba por no haber hecho nada por proteger a su hermana. Hubiera querido ver la mente de Maggie, pero sabía muy bien que, la mente de un psíquico es impenetrable para otro psíquico. Maggie usó la vía de comunicación telepática, el mensaje llegó claro.

«Estás dependiendo demasiado de tus poderes psíquicos y no estás haciendo lo que deberías hacer».

«Eso no es verdad, si estoy concentrada en sentir energías».

«*Tanya, Stop! I know what you're doing.* Quiero que expandas tus sentidos, no que siempre dependas de una sola habilidad».

Tanya asintió con la cabeza.

—¿Nos estamos perdiendo de algo? —comentó Patrick al tiempo que apuntaba con el dedo a su madre y luego a Tanya una y otra vez.

—Así parece —dijo Hannah.

—¡Siguiente! —exclamó Maggie con voz firme.

Rosa se acercó, Tanya le entregó la venda para los ojos. Rosa se preparó. Comenzó otra ronda de ataques. Rosa apenas y se movía, esquivaba el golpe o detenía el ataque con la mano. Era buena y estaba haciendo un gran trabajo.

Tanya volvió a mirar a Maggie, notó que se veía molesta con ella.

«Si al menos tuviera manera de saber si lo sabe o no».

Ella quizá no podía leer lo que Maggie pensaba, pero había alguien que podía leer su corazón y eso quizá ayudara.

Cuando terminó el turno de Rosa, Maggie les dio unos minutos de descanso. Tanya se dirigió a Linda.

—¿Podrías hacerme un favor?

La chica con su gran sonrisa de robot respondió.

—Por supuesto, ¿necesitas hablar de algo?

—Creo que Maggie está enojada conmigo, ¿sabes si es cierto?

—Lo está —replicó Linda sin siquiera pensarlo.

—¿Conmigo?

Linda asintió con la cabeza con un gesto casi infantil.

—No creo que sea nada muy serio. ¿Pasa algo? Sabes que si necesitas hablar, estaré encantada de escucharte.

—No pasa nada —replicó Tanya con frialdad y se dirigió a la casa.

Fue después de la cena que Maggie la llamó a la cocina, ya todos se habían retirado, excepto Nick, quien no parecía muy contento. Tanya suspiró resignada.

«Bueno, supongo que no puedo huir de esto».

Entró a la cocina.

—¿Pasa algo? —preguntó.

Nick levantó la mano, entre los dedos pulgar e índice sostenía una colilla de cigarrillo.

—¿Sabes qué es esto?

Tanya permaneció estática por un lapso de unos diez segundos.

—Es —inició con cautela—, no lo sé; basura de la playa.

—¿Y cómo llegó esto aquí?

—No lo sé.

—Lo sabes muy bien —replicó Maggie—. Es tuyo.

—Eso no es cierto. Alguien más debe haberlo tirado.

—¿Y cómo sabías que estaba en la playa? Yo en ningún momento mencioné dónde lo encontré, únicamente te pregunté si sabías qué era.

«¡Estúpida!», se recriminó Tanya y suspiró derrotada. No le quedaba más que admitirlo.

Por la siguiente hora mantuvo la boca cerrada y se aguantó el sermón de sus padres. Le dijeron muchas cosas; que si era menor de edad, que si era un hábito desagradable, que si no era bueno para su salud, que si causaba cáncer, que si se le iban a manchar los dientes, que si era menor de edad otra vez, que si cáncer otra vez. Cuando sus padres agotaron las palabras, siguió el castigo, no saldría con amigos por un mes.

—Y algo más —añadió Maggie—, entréganos los cigarrillos que tengas.

—¡¿Qué?!

—Ya me escuchaste, ¡entrégame tus cigarrillos ahora!

Tanya salió de la cocina seguida por Maggie y Nick, subió hacia su habitación, estaba furiosa. Tomó su bolsa y la volteó de cabeza para vaciar el contenido sobre la cama, tomó la cajetilla y bajó. Ellos esperaban en la estancia. Nick estiró la mano, ella le entregó la cajetilla de mala gana.

—No sé ni para qué hacen esto, en la primera oportunidad que tenga me voy a comprar más.

—¡Tanya!

Ella corrió escalera arriba, al tiempo que Serena, Alex, Rosa y Georgina salían de la sala de actividades. Tanya escuchó la voz de Maggie.

—Esto también va para ustedes.

—Yo no he hecho nada —dijo Alex.

No prestó atención a qué más le dijeron a las chicas ni quería. Seguro ya sospechaban que Serena y Alex a veces le pedían cigarrillos a Tanya.

En el pasillo, camino a su cuarto, se topó con Linda.

—Hey, T.

—¡Fuera de mi camino! —le gritó.

Tanya entró en su habitación y azotó la puerta. Estaba furiosa, odiaba haber perdido la cajetilla. Sin embargo, tuvo que admitir que en el fondo lamentaba que la hubieran castigado por fumar y no por su fracaso para advertir sobre el futuro. Ella sentía que merecía el castigo. Irónicamente, en ese momento deseó un cigarrillo.

Se acercó a la cama donde yacían todas las cosas que salieron de su bolsa, el libro del vidente, sus cosméticos, goma de mascar, la daga que le regaló Betty y un atado de palitos de madera resinosa para encender fuego y practicar su adivinación, cosa que hacía tiempo no intentaba porque no había hecho ningún progreso. En medio de todo, divisó un cigarrillo suelto, algo maltratado, pero al menos tenía uno. Se lo llevó a los labios, daba lo mismo fumárselo ahí en el cuarto, castigada ya estaba.

Tomó el encendedor, se dirigió a la ventana, la abrió y encendió el cigarrillo. Dio una larga bocanada y expulsó el humo hacia afuera. Descansó el brazo sobre el marco de la ventana, para que las cenizas cayeran fuera. Se quedó mirando las espirales de humo. No tenía ganas de hacer nada, de cierta forma no le importaba que en la noche no podría ir con Serena y las chicas a la casa de un compañero de escuela que daría una fiesta, aprovechando que sus padres no estarían en todo el fin de semana.

«Merezco este castigo», meditó al tiempo que expulsaba el humo lentamente hacia el cielo.

Esa noche los jóvenes salieron a divertirse. Pearl se quedó en casa, dijo que tenía mucho dolor de cabeza y que no quería ver a nadie, luego se encerró en su cuarto para no oír ningún argumento de que salir la animaría. Tanya se fue a dormir temprano.

Se encontró rodeada por una neblina tan densa que apenas y le permitía ver más allá del largo de su brazo.

—Hola —llamó, no obtuvo respuesta.

A lo lejos escuchó una voz femenina tarareando una tonada. El sonido parecía distante. Caminaba sin saber a dónde iba. Conforme avanzaba el canturreo se hacía más claro. Iba a paso lento, temía tropezar. La niebla no permitía distinguir nada más que el color gris, era como si fuera víctima de una ceguera extraña, como la descrita en un libro de Saramago.

Continuó avanzando, la voz se hacía más fuerte. Percibió un fuerte olor a quemado en la atmósfera que la rodeaba, estaba en la neblina, se dio cuenta que en realidad humo, sin embargo ella no estaba sofocada ni había tosido una sola vez y sabía por qué: estaba soñando, era consciente de ello. El humo no podía dañarla.

Apretó el paso. La cortina de humo se fue disipando, esto le permitió darse cuenta que estaba en un bosque donde los árboles se miraban como esqueletos retorcidos, ennegrecidos por un incendio. Algunos árboles tenían huecos en el tronco, esto les daba una expresión de espectros gritando de terror. Los pies de Tanya dieron con algo, miró hacia abajo, había tropezado con el cadáver casi completamente devorado de un cordero. Lo que quedaba de la piel y la carne estaba chamuscado. Levantó la vista, se contuvo para no gritar de terror ante la visión de cinco cadáveres de caballeros quemados, aún con sus yelmos puestos, sus armas estaban regadas por el suelo.

Echó a correr, siempre siguiendo la voz que cantaba hasta que llegó a la pared de piedra de una torre muy antigua junto a un muro de roca de una montaña. Los muros estaban manchados de hollín. La voz provenía de ahí. Tanya no podía entender cómo alguien podía estar tan despreocupado tarareando en un lugar así.

Se adentró, subió las escaleras, eran bastantes. Llegó al piso superior, el cual daba a un largo pasillo, eso no tenía sentido, por fuera no pareciera que la torre pudiera albergar algo así. Quizá estaba conectada con alguna estructura más grande escarbada en la montaña, sin embargo el lugar no estaba oscuro como se esperaría al internarse en una caverna, sino muy bien iluminado. Tanya siguió, llegó hasta una puerta, el canturreo provenía de adentro. Sujetó el pomo y empujó.

Ella estaba en el mismo lugar en el que siempre la había visto, sentada en el suelo sobre una capa de cenizas, dibujando con el dedo figuras extrañas. Iba toda vestida de negro, con un velo que le cubría la cabeza. No podía verle la cara, lo único que distinguía eran mechones grises de cabello rizado ennegrecido en las puntas como se si hubiera quemado. La mujer cantó:

—Conocí a una bruja tonta y entregó su corazón, lo trituré para hacer salsa para un caldo de cazón. Era una bruja estúpida que no veía más allá de su nariz, la empalaron bajo un sauce y la enterraron junto a la raíz.

—¿Quién eres? —preguntó Tanya.

La bruja se rio entre dientes.

—No soy la bruja estúpida, si es lo que querías saber; ese papel ya lo tiene alguien más —comentó y apuntó a Tanya con su dedo huesudo.

—¡Cállate! Tú no sabes nada.

—Sé mucho más que tú, eso tenlo por seguro.

La bruja siguió tarareando, su dedo hacía trazos en la ceniza. Nada de lo que dibujaba tenía sentido, para Tanya parecían simples garabatos. Su canción la irritaba. Enfurecida, Tanya pisoteó las cenizas para borrar los garabatos. La bruja se rio.

—Siempre has sido temperamental, tienes tanto poder y no sabes usarlo. Pero no te preocupes, algún día podrás y cuando eso pase, los que buscan a la luciérnaga, se la llevarán, muy para su pesar.

—¿Quiénes? ¿A qué te refieres?

La bruja suspiró con condescendencia, como quien habla con un estúpido.

—Había una vez un ratón que se enteró de un secreto de sus amos. El ratón era una luciérnaga a la vez. Una noche la serpiente encontró al ratón en su madriguera y tocó la puerta, "ratoncito, ratoncito, sal a jugar que no voy a hacerte daño". El ratón sabía que era tarde para volar, porque ellos habían visto su luz y lo seguirían hasta el fin del mundo. Temía que ellos lo obligaran a confesar el secreto de sus amos. Mejor que se perdiera en el sueño de la muerte, así que tomó un cuchillo.

—Alguien vino por ti —murmuró Tanya—, sabes algo.

—¡Sabía! Ahora está perdido, como debe de ser. No obstante, eso no pone a salvo al ratón, pues en cuanto recupere su brillo de luciérnaga, la serpiente volverá, porque aunque la serpiente no sabe lo que el ratón sabía, la serpiente necesita otras cosas que el ratón sabe.

—¿Pero quién es la serpiente? ¿Qué quiere del ratón?

La bruja volvió a reír.

—¡Maldición! No entiendo para qué te apareces en mis sueños y me dices cosas que no me sirve una mierda. No hablas claro. ¡Estás loca!

La bruja tomó el velo y tiró hacia arriba para descubrir su cara, luego enfrentó a Tanya.

—Ahora dime, ¿quién es la loca?

Tanya se llevó una mano a la boca para no gritar, lo que vio la dejó pasmada. Era una mujer madura, trigueña con penetrantes ojos de color violeta. La única diferencia entre ellas era el cabello dorado de Tanya y su juventud.

—No es posible —murmuró.

Ella era exactamente igual en todo, como si se estuviera viendo en el espejo de otra vida, o como si acabara de encontrar a su gemela demente. A lo lejos distinguió el ruido de una compañía de caballos que se aproximaban.

—Hay cosas que muchos creen que son imposibles. Sin embargo, hay manera de hacerlas. La luz que emite la luciérnaga es demasiado valiosa para la serpiente, por eso necesita al ratón como aliado.

—¿Y si el ratón se niega?

*La bruja volvió a reír entre dientes, Tanya ya comenzaba a sentirse
fastidiada de aquella risa sardónica. Alguien estaba subiendo la torre.*
—*La serpiente tiene maneras de obligar al ratón y el ratón será
sometido. El ratón obedecerá y se manchará las manos de sangre inocente
para atar huracanes a la voluntad de la serpiente. Quizá más le valdría al
ratón cortarse la garganta ahora.*
Los pasos se hicieron más fuertes, ya estaban ahí.
—*¡Abre la puerta!* —*Gritó alguien desde afuera*— *estás acorralada.*
*Tanya volteó un instante hacia la puerta que apenas hacía un momento
ella había abierto y ahora estaba cerrada. Luego volvió a mirar a la bruja,
ésta tenía un cuchillo en la mano. Los que estaban afuera comenzaron a
empujar la puerta, la iban a derribar. La cara de la bruja se retorció en una
mueca de la que escapaban carcajadas estridentes.*
—*¡No!* —*gritó Tanya.*
*La bruja reía histérica mientras se abría la garganta de tajo a tajo. La
sangre salpicaba las cenizas, se escurría con rapidez...*

Tanya despertó sobresaltada, la casa estaba en silencio. Miró el reloj,
eran cerca de las cuatro de la mañana. Tenía la garganta seca. Salió del cuarto,
necesitaba un poco de agua. En vez de ir al baño a llenar el vaso en el grifo,
prefirió bajar a la cocina, quizá caminar por la casa la ayudara a despejar su
mente de aquel mal sueño.

Bajó las escaleras. Frente a la puerta de vidrio que daba al jardín, divisó
una silueta, era ella, ahí de pie mirando hacia afuera.

—Pearl —murmuró Tanya.

Ella la volteó a ver.

—¿Te desperté? —preguntó Pearl con voz apagada.

—No. Lo que pasa es que no puedo dormir, tuve un mal sueño.

Pearl suspiró ante el sonido de esas palabras, con el cansancio de quien
padece del mismo mal.

—Tampoco puedes dormir, ¿no es así?

Pearl volvió a fijar su atención hacia afuera.

—No, también tuve un mal sueño.

Se quedó en silencio. Tanya trató de mirar en que pensaba, de nuevo se
topó con silencio metálico. Por un momento se sintió tentada a preguntar
cómo logró un bloqueo mental tan perfecto, pero se dio cuenta que hacerlo
sería quedar en evidencia que había estado tratando de hacer lo que Pearl le
pidió que no hiciera. Se sintió invadida por la culpa, pensó en el tarot y en el
día que Marcus la fue a ver competir en la pista de carreras. Entonces ella
estaba feliz, era una joven enamorada. Ahora no quedaba rastro de esa Pearl, la
que tenía enfrente estaba rota.

—Pearl —la llamó.

Ella volteó. Tanya quería abrazarla, decirle lo mucho que lamentaba todo
lo que le ocurrió, pero las palabras no salieron, no sabía ni por dónde empezar.

—¿Te importa si me quedó aquí contigo un rato?

—Adelante —murmuró.

Tanya se paró a su lado mirando hacia afuera. La noche era clara, con una luna creciente, melancólica y solitaria. Casi podía escuchar en aquella luz azul a Rosa tocando *Clair de lune* en el piano. Sintió que se le rompía el corazón. Apretó la mandíbula, hizo un esfuerzo para no llorar.

XVIII.- Guerra

Rosa

Era sábado. Esa mañana Nick y Maggie estaban fuera por trabajo, Terrence se había tomado el día libre. Rosa bajó las escaleras, tenía hambre. Una vez en la estancia, notó un sonido de agua, se dirigió al medio baño cercano, ahí se encontró a Patrick, Tanya y Serena. Apestaba al olor de la humedad de las cañerías y a desechos, lo suficiente para quitarle el apetito a cualquiera. El piso del baño era un desastre, había agua sucia por todas partes. El escusado estaba fuera de lugar, con la tapa levantada.

—¿Estás segura que no puedes repararlo? —preguntó Patrick a Serena.

—No es como que chasquee mis dedos y todo lo que sea que esté roto vuelva a su lugar, necesito saber exactamente qué se rompió y donde iba para unirlo. Quizá podría si supiera fontanería.

Serena se inclinó y apuntó algo.

—Algunas partes ya se ven podridas, yo no puedo arreglar eso, no soy capaz de cambiar la constitución física de un objeto, si ya hay un proceso de oxidación o deterioro, no puedo arreglarlo.

—¿Qué pasó? —se atrevió a interrumpir Rosa.

—El escusado comenzó a echar agua por todas partes. Quién sabe qué habrá hecho Tanya —explicó Patrick.

Tanya lo miró indignada.

—El escusado comenzó a tirar agua después de que tú entraste.

—Justo cuando tú acababas de salir —respondió él y se volvió hacia Rosa—, todo parece indicar que nuestra amigable bruja local hace caca radioactiva.

Tanya hizo una mueca de enfado, levantó la mano derecha hacia Patrick con el dedo medio bien extendido. Él emitió una sonrisita socarrona e hizo un movimiento como de quien atrapa algo en el aire con la mano y luego se lo guarda en la bolsa del pantalón. Serena se concentró, hizo que toda el agua sucia retrocediera, usaba su telekinesis para limpiar.

—Es lo mejor que puedo hacer por ahora. Tenemos que llamar a un fontanero.

—¿Quieres que ayude a buscar uno y lo llame? —se ofreció Rosa.

—Sí, por supuesto. Gracias Rosa.

Georgina y Alex bajaron y se dirigieron al comedor para desayunar. Rosa las siguió. Así empezaba una mañana tranquila.

—Hoy amanecí como con ganas de pastel y café. Ya no puedo esperar a mi cumpleaños —exclamó Patrick.

—Hey —dijo Linda—, pero no será una larga espera, mayo se está yendo muy rápido y en los primeros días de junio es el cumpleaños de Pearl.

—¡Es cierto! —Exclamó Patrick— Vamos a tener pastel, ¿cierto, Pearl?

Ella ni siquiera levantó la vista del plato. Respondió con un tono helado:

—No quiero pastel.

Los hermanos voltearon hacia ella consternados, Pearl ni se inmutó.

—Pero a ti te encanta el pastel —comentó Alex.

—No quiero pastel —repitió lacónica—, ni nada.

—No hablas en serio —dijo Serena.

En respuesta se escuchó el ruido seco de sus puños golpeando la mesa y un gruñido animal salido de su garganta, como el que emitiría un tigre furioso listo para atacar. Pearl se puso de pie lentamente, por primera vez en todo ese rato levantó la cara para enfrentar a todos con la mirada llena amargura; no había en ella ni un dejo de la chica jovial que solía hacer chistes con Patrick. Ella no dijo nada más, se transformó en un gato negro y se retiró rápidamente. Los chicos guardaron silencio por unos segundos.

—Bueno —suspiró Patrick con cautela—, supongo que no me queda más que esperar al cumpleaños de Linda.

Alex volteó en la dirección en que Pearl se había marchado, luego se dirigió al grupo.

—¡Era negra en vez de calicó! Siempre pensé que cuando una persona se transforma no puede cambiar el aspecto en el que cambia.

—Quizá es posible —replicó Patrick— si hay un cambio dramático en su energía y personalidad. No lo sé.

Los jóvenes guardaron silencio. La escena había dejado una sensación incómoda en el grupo. Había una situación evidente para todos en la casa que nadie se atrevía a abordar: Pearl necesitaba ayuda. Su melancolía y sus cambios de humor lo gritaban aun cuando ella se sumía en el silencio. Los hermanos lo sabían, pero ¿cómo ayudar a quien no quiere ser ayudada?

Tanya se llevó las manos a la cabeza y comenzó a frotarse las sienes. Serena a su lado, le tocó el hombro, ella volteó a verla, Serena se tocó la barbilla y Tanya la miró en silencio un momento, luego se levantó y se dirigió a la cocina. Serena fue tras ella, en la entrada de la cocina la tomó de la mano y se quedaron ahí en silencio.

Linda se inclinó hacia Rosa y murmuró:

—¿Qué te pasa? ... A mí nada, estoy bien... T., algo tienes... déjame, te digo que no tengo nada... Te conozco mejor que nadie...

—¿Qué haces? —le preguntó Rosa.

—Imagino los diálogos en sus cabezas —replicó con su sonrisa y su voz de robot—. Pobre T., si fuera ella yo también me sentiría así de mal.

Ese último comentario dejó intrigada a Rosa. Nadie les ponía atención. Le habló a Linda en español en voz baja.

—¿Le pasa algo a Tanya?

—Ella tenía un presentimiento de que algo iba a pasar, pero nunca puso sobre aviso a Pearl y ahora se siente responsable de lo que le ocurrió.

—¿Cómo sabes eso?

—Lo deduje. Yo no puedo leer la mente como ella, pero leo su corazón. Desde aquella noche, Tanya está abrumada por la culpabilidad. Al principio no entendía por qué, pero poco a poco fui comprendiendo. La culpa la invade siempre que está cerca de Pearl y es peor cuando está teniendo un mal día. Dime algo Rosa, si tú fueras un eukid psíquico como Tanya y tuvieras un mal presentimiento pero no dijeras nada, y luego ocurriera algo como esto, ¿cómo te sentirías?

Rosa volteó hacia donde se encontraban Tanya y Serena. La psíquica meneaba la cabeza en una negativa, la otra le hablaba firme. El silencio de las dos, mirándose a la cara, discutiendo sin palabras gracias a la habilidad de T. para mantener la conversación privada. Rosa respondió:

—Me sentiría enojada conmigo misma y muy triste. Tiene sentido lo que dices, sin embargo, si es cierto lo que dices, creo que T. está siendo muy dura consigo misma. Conocemos a Tanya, ella jamás guardaría una advertencia de algo malo deliberadamente. Quizá interpretar lo que ve no es tan sencillo. A lo mejor ni ella misma sabía bien qué pasaría y no dijo nada por no preocupar a Pearl con una suposición. No lo sé.

Linda sonrió satisfecha.

—Pienso igual. Lástima que T. no se sienta así. Puedo percibir que ella tiene temor, quizá a ser juzgada o a que todos la odien como se odia ella misma. Quizá le ayude hablar con Serena, para que pueda desahogarse. Eso es mejor de lo que yo puedo ofrecer absorbiendo su angustia.

El resto de la mañana transcurrió sin novedad. El fontanero llegó pronto en lo que terminaba su trabajo, Rosa se puso a tocar el piano. Ella se encargaría de pagarle cuando se retirara. Linda entró a la sala de actividades, se hizo una cola en el pelo y se puso a hacer ejercicios de elasticidad y a practicar posturas de ballet. Al cabo de un rato Tanya y Serena entraron por la puerta del jardín, Tanya con la cabeza baja y sin decir una palabra, cruzó la sala de actividades y se dirigió hacia el pasillo. Serena se detuvo junto al piano. Rosa dejó de tocar.

—¿Ya se fue el fontanero?

—Aún no, sigue trabajando. —Rosa hizo una pausa—Serena, ¿está todo bien con Tanya? ¿Qué le ocurre?

—No es nada, está un poco presionada. Dice que se siente un fracaso como psíquica, que podría hacer un mejor trabajo previniéndonos del futuro. Cree que de nada le sirve practicar tanto su adivinación si no puede evitar cosas malas. Pero yo le digo que no debe sentirse mal, el futuro no está escrito, siempre está cambiando y nadie puede verlo todo.

—¿Tiene alguna razón para pensar así? —inquirió Linda.

—La verdad es que no. Entiendo que hemos tenidos algunos problemas y que han pasado cosas malas, pero no es razón para tener una actitud tan pesimista. Creo que se está preocupando de más.

Serena salió de la sala de actividades.

—Creo que tenías razón —expresó Rosa.

—Tanya quiere mucho a Serena, jamás le mentiría, pero eso no significa que le esté contando toda la verdad —sentenció Linda.

Para cuando Nick y Maggie volvieron el fontanero ya se había retirado. Los Kearney se reunieron en el comedor. Algunos tenían sus laptops otros tenían sus Kindle. Sobre la mesa yacía un mapa, sobre este habían colocado banderitas para marcar lugares donde, según las noticias sensacionalistas, ocurrieron avistamientos de monstruos o donde se decía que habían desaparecido personas junto con sus respectivas fechas escritas a un lado. Serena puso una banderita en un lugar al este de Oregón, luego con una pluma escribió la fecha del ataque. El lugar estaba a unas dos horas de camino de Battle Shore. Los chicos voltearon a verla.

—Encontraste algo bastante cerca —señaló Hannah.

Serena asintió con la cabeza. Alex se aproximó, su gesto era severo.

—Vienen en nuestra dirección. Miren las fechas y el flujo de los ataques.

—Esto es una provocación —murmuró Pearl.

—Debimos acabar con Belladonna cuando la tuvimos enfrente. Tiene que ser ella —afirmó Patrick—. Debe llevar tiempo vigilándonos con ayuda de su centinela. Sabe que seremos su principal obstáculo y por eso se ha dado a la tarea de acecharnos. El camino es claro, vienen directo hacia acá.

—¿Tú que piensas, Rosa? —preguntó Alex.

—Estoy de acuerdo con Patrick. Nada de esto es coincidencia, todas nuestras sospechas apuntan a Belladonna. Las fechas de los primeros ataques en el suroeste de Canadá. Su avance hacia acá es claro. Nos está declarando la guerra.

—Tienes razón —comentó Serena—. Ella seguro sabe que nosotros sospechamos y nos está tentando para que vayamos a su encuentro.

—Y eso es justo lo que vamos a hacer —profirió Patrick con los puños apretados y los ojos resplandecientes por las llamaradas de su poder—. Si quiere guerra, guerra tendrá. Iremos hasta la Ciudadela y acabaremos con ella.

—¿Y si no está en la Ciudadela? —señaló Tanya.

—No veo por qué habrías de dudarlo.

—Quizá porque pienso antes de disparar —refunfuñó—. No creo que Belladonna sea la clase de líder que se sienta a mirarse las uñas mientras otros hacen el trabajo sucio. Ella debe estar tramando algo más, bien podría estar fuera de su castillo, dirigiendo la expedición de sus monstruos, en todo caso quizá deberíamos salirle al encuentro antes del siguiente ataque.

Patrick frunció el ceño, Tanya lo miró con condescendencia.

—Los dos, no empiecen —exclamó Maggie—, estamos ante una situación importante y debemos pensar muy bien nuestro siguiente movimiento.

—Hay algo más —prosiguió Linda—, podría apostar que ella también es quien ha estado bloqueando nuestros poderes.

—¿Por qué lo dices? —preguntó Serena.

—Porque si sabe dónde encontrarnos, también puede hacer ataques específicos en momentos específicos. Los bloqueos no han ocurrido al azar, sino en situaciones en que estábamos vulnerables y de verdad necesitábamos nuestros poderes.

Al escuchar esto, Pearl se revolvió incómoda, bajó la vista y permaneció pensativa en completo silencio.

—Pero, ¿qué hay de aquel enemigo con el que el supuesto padre de Rosa quería unirse? —señaló Georgina.

—Mi padre mencionó a un Emperador al que quería servir. Nosotros no hemos escuchado nada de quien quiera que sea ese enemigo.

Nick también estaba pensativo, finalmente respondió:

—No dudo que haya otros enemigos preparándose para esparcir discordia, pero por ahora debemos enfrentar a aquel que tenemos enfrente.

—No lo sé —dijo Alex—, podría ser también que Belladonna se esté aprovechando de la situación.

—Eso muy pronto lo sabremos —dijo Rosa—. Si hay algo de lo que no me queda dudas, es que debemos salir a su encuentro. No sabemos para qué quiere a aquellos que se han llevado pero no podemos permitirle que sigan lastimando inocentes. Tenemos que pelear.

Nick estaba serio, midiendo la gravedad del asunto. Al final asintió.

—Tenemos que ir a buscarla, eso es más importante que nada.

—Si es necesario, saldremos fuera y ya después yo me encargaré de sus profesores en la escuela—comentó Maggie.

La principal habilidad de Maggie era la de la hipnosis. Gracias a eso, podía convencer a la gente que hiciera lo que ella quisiera. Funcionaba muy bien en humanos comunes. Rosa la había visto usar su magia varias veces. Una vez una profesora llamó a Maggie por un moretón que le encontró a Rosa en el brazo, producto de un combate. La profesora estaba lista para llamar a *Child Services*. Maggie le pidió una palabra en privado, clavó la vista en ella y le habló con voz suave. La profesora se convenció de que Maggie era una excelente madre y olvidó todo el asunto.

Maggie les había enseñado a los hermanos que la mejor arma contra un psíquico es hacerse fuertes en el uso de su energía para protegerse, como con un escudo y controlar sus pensamientos. No era sencillo y no había manera de lograr un bloqueo total, Tanya podía leer pensamientos en combate y Maggie, más de una vez usó su habilidad para engatusar a los chicos para que hicieran labores en casa. Conforme fueron creciendo, se fueron haciendo fuertes y estaban más alerta para resistirse a su hipnosis. Una vez Rosa estaba feliz por tener la última galleta de la caja, entonces mamá se la pidió y Rosa la cedió sin pensar, para cuando cayó en cuenta, Maggie ya se había comido la mitad frente a sus ojos. Ella protestó y Maggie le regresó media galleta al tiempo que le decía, "fortalece tu mente". La única que al parecer nunca tuvo problemas para esquivar aquellos trucos mentales era Pearl. Mientras que Tanya era inmune por completo, por su naturaleza psíquica. Al respecto, Maggie explicó que, no creía que existieran maneras en que un psíquico pudiera controlar a otro psíquico.

Estaba decidido, saldrían a investigar y si tardaban, Maggie se encargaría de arreglar sus ausencias con los profesores en la escuela.

—No piensen que esto es excusa para que no repasen sus lecciones. Los quiero ver estudiando en sus ratos libres —sentenció Maggie—, se acercan los exámenes finales y quiero buenas notas.

Los chicos corearon una nota de decepción.

—Creo que hay un patrón en el camino que sigue el enemigo, quizá podamos establecer un radio en un área e investigar —comentó Alex.

—Yo sé dónde van a atacar —espetó Tanya.

—Parece que tu radar está captando alguna señal hoy, T. —dijo Linda.

Tanya asintió, tomó una banderita y la colocó en el mapa.

—Tengo un fuerte presentimiento de esta área.

Rosa se tomó un momento para ir a regar sus plantas. Era algo que la relajaba. En ese momento lo necesitaba. Se acercó a uno de los árboles, sus blancos dedos acariciaron la corteza, en lo alto las ramas del árbol se sacudieron como movidas por el viento, uno que no había soplado.

—Lo sé —murmuró Rosa—, debo ser fuerte como tú. Los árboles mueren de pie, así los alféreces deben permanecer, de pie hasta el final de la batalla.

No podían darse el lujo de subestimar a sus oponentes, Rosa creía que no hay enemigo pequeño, ni se le da jamás la espalda a un adversario. Pasara lo que pasara, debían ser fuertes y apoyarse entre ellos. Los Sabios lo sabían y por eso los hicieron reencarnar hermanos adoptivos, porque siendo familia serían más fuertes. Cada uno era parte importante de aquel equipo. Rosa contaba con sus hermanas y su hermano y ellos contaban con ella. No se podía dar el lujo de dudar o tener miedo.

«No debo temer», se dijo, «debo ser fuerte como este árbol».

Georgina y Alex se acercaron. La sirena estaba fascinada mirando todas las flores que se habían abierto.

—Has hecho de este extremo del jardín un lugar hermoso.

—Gracias.

—Vamos a salir a carretera —anunció Alex—. Si necesitas cambiarte de ropa o hacer algo, tenemos diez minutos.

Rosa miró hacia abajo estaba descalza, debía apresurarse. Cerró el grifo del agua y se dirigió corriendo a la casa. Subió a su habitación, se puso calcetines y unas botas bastante cómodas, luego se miró en el espejo y se hizo una cola en el pelo, bien apretada sin división, ella acostumbraba peinarse así todo el oscuro cabello.

Diez minutos después ya estaba fuera de la casa. Nick dijo que le dejaría un mensaje a Terrence. La familia se dividió en dos SUVs. Rosa, Georgina, Alex y Linda subieron con Maggie, el resto se fue con Nick. Sus padres tenían un plan de en qué dirección conducir basados en el presentimiento de Tanya. Explorarían un radio de algunas millas a la redonda de ese punto.

El viaje fue tranquilo. Linda iba sentada en el asiento del copiloto cambiando las canciones del Ipod de Maggie. Georgina conversaba con Alex. La sirena había tomado una pastilla contra el mareo, también ayudaba que, tras todos estos meses viviendo en tierra firme, parecía más adaptada a los viajes largos en auto. Alex le preguntó de Nelson. Georgina estaba contenta, Nelson y ella se llevaban de lo mejor, sin embargo, recientemente tenían un tema incómodo de conversación.

—Con la llegada del verano Nelson no hace más que hablar de que quiere que vayamos a la playa —contó Georgina.

Alex arrugó la nariz.

—Eso no suena como una buena idea.

—Si me mojo en el mar, quedaré expuesta.

—¿No hay manera en que impidas la transformación?

—Muy difícilmente, tendría que concentrarme para mantenerme en forma humana con mi energía y no hay manera de ocultar el resplandor de mi magia. Además, en cuanto me vuelva a salpicar el agua, el cambio será automático.

—Entiendo, lo mejor que puedes hacer alejarte y decirle que no quieres ir a la playa por ninguna razón.

—Es lo que he estado haciendo. Es una ironía, Nelson piensa que odio el mar y no sabe en realidad lo mucho que lo necesito para vivir.

—Quizá algún día, ¿no crees?

Georgina sonrió.

—Tal vez algún día, si seguimos juntos podría contarle la verdad. Él y yo nos llevamos tan bien. El otro día fuimos al cine, la sala estaba vacía y la película no era buena. Como no molestábamos a nadie, nos pusimos a platicar como si la estuviéramos viendo en su casa. Nos divertimos más por nosotros mismos que por las ridículas secuencias de acción en *slow motion*. A Nelson le gustan las películas de acción de los ochentas, dice que entonces era más emocionante y brutal.

Rosa sonrió. Le daba gusto por ellos. Nelson ya no le dolía, sólo a veces un poquito en la esquina izquierda del corazón, pero era algo que ella había decidido olvidar. Le dolió cuando su corazón se rompió, pero aprender a superarlo fue parte de madurar.

Llegaron a la zona indicada. Las SUVs tomaron diferentes direcciones, el grupo de Nick cubriría un área y el de Maggie otra. Rosa miró hacia afuera, no encontró nada raro. Linda iba callada, parecía concentrada. Rosa notó que tenía los ojos bien abiertos y una expresión congelada, como de robot en estado de alerta. Alex chasqueaba los dedos una y otra vez con la vista fija en ellos.

—¿Está todo bien? —preguntó Georgina.

—No entiendo, no puedo hacer descargas.

Rosa las volteó a ver, eso no era normal. Un gesto de espanto se dibujó en el rostro de Georgina, fue entonces que algo explotó al frente. Maggie giró de golpe el volante, la SUV se salió del camino y se dirigió hacia un claro. Al principio Rosa pensó que fue una suerte haber llegado a ese punto, de lo contrario hubieran chocado contra un árbol. Luego meditó que eso no había sido casualidad, pues había ahí otros esperando. Aquello había sido planeado, ellos sabían que ellas los buscaban.

Las chicas descendieron del auto. Frente a ellas tenían a un sujeto de cabello gris azulado. Iba vestido con pantalones negros y una camisa púrpura y gris con enormes solapas. El sujeto sonreía sardónico.

—Tal y como lo predijo el ama, las alféreces vendrían a nuestro encuentro y aquí están.

—¿Quién eres y qué es lo que quieres? —preguntó Maggie.

—Mi nombre es Zumaque y soy un mensajero.

—De Belladonna, ¿no es así? —preguntó Georgina.

Zumaqué asintió con la cabeza.

—El ama las invita a Ciudadela. Cuando llegue el momento ella mandará por ustedes y si ustedes saben lo que les conviene, se unirán a ella. Ya es tiempo de que alguien tome el control y reestablezca un reino para todos los eukids, con un gobierno que nos dé una causa y una dirección, una figura de autoridad a la que rendir tributo. Sólo Belladonna puede heredar el mando que dejaron atrás los Cinco Sabios, bajo un nuevo orden más eficiente. La tradición dice que, quien recibiera el título de Alférez del imperio ocuparía un cargo especial como protector y confidente del gobernante. Ustedes fueron nombradas alféreces por los Sabios, por lo tanto, lo más razonable es que ustedes sirvan a Belladonna tan pronto tome el poder.

Alex comenzó a reírse.

—Belladonna debe ser muy estúpida si cree que nos vamos a unir a ella. Los Cinco Sabios eran justicia y paz. Belladonna en cambio, es unaególatra. Está hambrienta de poder y nosotras fuimos elegidas para detener a dementes como ella.

Zumaque frunció el ceño.

—No te preocupes, tú no serás parte del trato. Cuando el ama nos envió a su encuentro, nos dijo que debíamos darles este mensaje y retirarnos. —Dio algunos pasos a la izquierda con la elegancia de un tigre que acecha a una presa— Yo le contesté, como ordenes, pero hay algo que necesito hacer. Saben, yo amaba a Euphorbia. —Apretó los puños— No es justo que vivan las responsables su muerte. Le pedí al ama que me dejara al menos hacer pagar a quien descargó el golpe final. Según me enteré, su poder era eléctrico. ¿Saben qué dijo Belladonna? No sólo asintió, sino que dijo que me haría las cosas fáciles, no por mí o por Euphorbia, sino por demostrarles a ustedes lo que ella es capaz de hacer. Contéstame algo, perra eléctrica, no puedes usar tu poder, ¿cierto?

Zumaque y sus acompañantes se lanzaron hacia ellas. Los otros eran dos mujeres y dos hombres de aspecto hostil. Los cuatro vestían uniformes de color beige y negro. Eran rápidos, mucho más ágiles que los guardias que vigilaban la Ciudadela meses atrás. Rosa, Georgina y Maggie detuvieron a sus atacantes. Zumaque se deslizó más rápido que todos ellos directo hacia donde estaba Alexandra Dalca.

Rosa recordó lo que acababa de ocurrir en el auto, ella no podía hacer descargas.

—¡No! —exclamó alarmada.

Fue muy rápido, el resplandor de energía, el puño cargado de poder, imparable, sin conmiseración. Alex gritó de dolor y cayó de bruces. Ella temblaba de dolor, de entre sus labios se escurrió un hilillo de sangre. Zumaque, altivo y lleno de odio, la levantó en el aire.

—Esto es por Euphorbia.

Descargó un golpe cargado de energía gris metálica y resplandeciente, esta vez al hacerlo estiró los dedos, los cuales cual cuchilla se enterraron en el costado de la guardiana eléctrica. Alex cayó pesado sobre la hierba. No se levantó, su cuerpo seguía temblando de dolor. De su costado brotó sangre, dejando una mancha en su camisa, en sus jeans y en el pasto.

Rosa debía intervenir. Un soldado se interpuso, Rosa se defendió, no podía perder tiempo con él. Linda apenas había logrado esquivar los golpes de su atacante, ella a su vez no contraatacaba, sólo retrocedía. Rosa se apresuró a ayudarla. Linda respiraba agitada. Miró a Alex con gesto helado e inexpresivo, que era lo más aproximado que ella podía hacer para demostrar preocupación y enfado. Rosa le habló.

—Linda, ¿estás bien?

—Denme un momento, es todo lo que necesito —respondió y se tornó meditabunda, con las manos juntas como si estuviera rezando.

Rosa derribó a su enemigo, éste hizo un esfuerzo y se incorporó, pero no la atacó, se detuvo. Los otros tres soldados hicieron lo mismo. Zumaque notó la actitud de sus compañeros, había algo raro en ellos.

—¿Qué pasa con ustedes?

—Ya ha sido suficiente —murmuró una de las mujeres.

—Quiero ir a casa a darme un baño —dijo otro y sus compañeros asintieron.

Zumaque dirigió una mirada asesina a las chicas, luego se fijó en Maggie quien estaba concentrada y resplandeciente. Zumaque volvió a ponerse en movimiento, veloz como el viento, su puño se iluminó y descargó un poderoso ataque. Maggie apenas y pudo detenerlo. Lo cuatro soldados de Zumaque reaccionaron sorprendidos.

—¿Qué estaba diciendo? —dijo otra de las mujeres.

—¡Malditos débiles de cerebro! —Gritó Zumaque— Se dejan engañar tan fácilmente por un truco de hipnosis. —Se volvió hacia Maggie— Te crees muy lista usando tus poderes psíquicos contra mis soldados. Escuché tu voz en mi cabeza, también lo intentaste conmigo y fallaste, no soy un eukid de clase media o baja como ellos, soy un guerrero de clase alta, un simple truco de convencimiento no sirve conmigo. Ahora les daré una lección. —Se dirigió de nuevo a sus soldados— ¡Qué están esperando! Hagan su trabajo. Pueden empezar con ella —apuntó a Linda—, les aseguro que no presentará mucha resistencia.

Georgina ayudaba a Maggie, Rosa volteó hacia Linda, ella permanecía inmóvil.

—Mis poderes también están bloqueados. Necesito más tiempo.

Rosa apretó los puños. Avanzó hacia el frente para plantarse firme con los brazos abiertos frente a sus enemigos.

—No van a tocarla, no lo permitiremos. Mamá, Gin, encárguense de los otros dos. Zumaque, yo seré tu oponente.

Zumaque la contempló de arriba abajo y se rio, primero entre dientes, luego a carcajadas.

—Debes estar bromeando, o tal vez tienen ganas de morir. ¿Es que no te has visto nunca en un espejo? Una chica tan frágil como tú no tiene nada que hacer frente a mí.

Rosa no reaccionó, permaneció firme con la vista clavada en él.

—Muy bien, sí así lo quieres, entonces así será. —Zumaque se volvió hacia sus acompañantes— Encárguense de las otras, yo me divertiré con esta princesa.

Georgina y Maggie adoptaron posiciones de combate.

«Rosa», le habló Maggie en su mente, «ten cuidado, es un oponente demasiado poderoso».

«Lo tendré, no te preocupes, mamá, estaré bien».

Rosa se preparó. Apenas y lo vio venir hacia ella, era rápido. La guardiana detuvo todos sus golpes.

—Nada mal —ronroneó Zumaque—. Muy bien, princesa, vamos a jugar un poco más rudo.

Lanzó un grito y se arrojó de nuevo hacia Rosa, ella detuvo los golpes, lanzó algunos que él esquivó. No alcanzó a ver el puñetazo, Rosa cayó al suelo. Zumaque estiró la mano, una bola de energía se concentró en el centro de su palma.

—¡Muere!

Rosa apenas alcanzó a incorporarse y adoptar una postura defensiva, con los brazos en cruz para detener el impacto.

«Es muy fuerte. No debo titubear, tengo concentrarme y utilizar todo mi poder o estaré perdida», se dijo.

Zumaque se acercó caminando tranquilo. A su alrededor, Georgina y Maggie peleaban con los soldados. Rosa no podía simplemente aguantar y esperar a ser salvada. No, ella tenía que ser autosuficiente, por Linda y por Alex, y porque era una alférez. Cerró los ojos para concentrarse mejor. Encendió su energía. No era necesario repetir una explosión de energía como cuando se liberó del bloqueo de sus poderes, en la montaña. Sólo tenía que concentrarse y dar una buena pelea.

Zumaque adoptó una postura de ataque, elevó su energía, cerró el puño, éste resplandeció de poder y lanzó su ataque metálico. Rosa levantó las manos y un rayo luminoso formado por cientos de espinas blancas fue expulsado como contraataque. Los poderes chocaron, la hierba bajo sus pies se estremeció como azotada por una ráfaga de aire. Él parecía que iba a ganar, entonces el poder se inclinó en su contra. Zumaque no podía creerlo, la chica frágil con los ojos cerrados estaba ganando. Aquello era humillante. Zumaque lanzó un grito, fue entonces que algo lo golpeó con fuerza en la cabeza, perdió concentración y las espinas de Rosa lo golpearon.

Rosa bajó los brazos, abrió los ojos. Zumaque tenía una rodilla en tierra, de su frente manaba sangre, que se escurría sobre la nariz. Rosa notó que en el suelo había una piedra de buen tamaño con una marca roja, como un beso ensangrentado. Alexandra, aun retorciéndose de dolor y con sangre en el costado, se había incorporado y le había tirado la piedra a la cabeza.

Zumaque se incorporó furioso.

—¡Maldita, te arrancaré la cabeza!

Una voz dulce y educada interrumpió.

—No tan rápido.

Linda sonreía con su gesto de muñeca, cerró los ojos, tomo aire y lo expulsó como quien hace un esfuerzo. Toda ella resplandeció con su acostumbrada energía luminosa.

—¡Uf! —Dijo con un tono infantil y su sonrisa cándida—, así que así es como se siente cuando Belladonna bloquea tus poderes. Eso fue interesante.

—¡¿Qué?! —Zumaque reaccionó muy consternado— No es posible, ninguna de tus compañeras ni tu hermano se pudieron liberar del bloqueo de Belladonna en menos de veinticuatro o hasta cuarentaiocho horas.

Linda ladeó la cabeza y comenzó a explicarle a Zumaque:

—A diferencia tuya yo no necesito concentrarme y buscar energías para detectar a otros a mi alrededor. Es un sentido natural como la vista o el oído. No puedes imaginarte cómo percibo al mundo que me rodea; hablarte de ello es casi como explicar a un ciego de nacimiento lo que significa ver. En este momento siento tu enojo, pero también tienes miedo, podrás decir que no y esconderlo a todo el mundo con tu cara de guerra, pero no de mí.

Zumaque se quedó pasmado. Linda prosiguió.

—Mientras veníamos en el auto sentí una energía que se acercaba a mí y me envolvía, acto seguido, por primera vez en mi vida, los ecos de las energías vitales de quienes me rodeaban guardaron silencio. Fue bastante raro, no poder sentir a mi familia en el auto. Luego recordé que esta magia no es perfecta, tiene agujeros y hay umbrales que escapan a su bloqueo. Cuando bloquearon los poderes de Pearl aún podía leer sus emociones. Claro que ahora que era yo la bloqueada, eso también calló, pero no importó. De inmediato me concentré en lo que había sobre mí y me puse a buscar esas imperfecciones, como estar cubierto con una manta que sabes que en algún lugar tiene un agujero. Fue divertido.

Zumaque temblaba ante aquella joven sonriente. Linda volvió a juntar las manos como si rezara, dobló los dedos hacia adentro para cerrar los puños, en el acto ocho cuchillas de cristal emergieron de entre sus dedos. Movió los brazos hacia atrás y hacia el frente, con la elegancia letal de una mariposa que agita las alas. Un rayo de energía fue proyectado hacia Zumaque y dentro de él las cuchillas. Fue un ataque rápido, fue golpeado por segunda vez por la energía de otra de las guardianas.

Mientras tanto, los dos oponente de Georgina habían caído, Maggie batalló un poco más para dominar la pelea. Maggie y Georgina avanzaron hacia Zumaque en actitud desafiante.

—Parece que ahora somos cuatro contra uno —señaló Rosa resplandeciente de energía—. No creo que quieras pelear contra nosotras al mismo tiempo. Zumaque, vuelve con Belladonna y dile que agradecemos su oferta, pero que coma mierda. Estamos listos para enfrentarnos, a la hora que quiera y cuando quiera.

Zumaque estaba furioso, miró hacia sus malheridos compañeros, ellos estaban acabados. Irritado les grito.

—¡De pie, zánganos inútiles!

Ellos se incorporaron. Zumaque se dirigió hacia las alféreces.

—Ya nos volveremos a ver las caras.

Se alejaron.

Las chicas corrieron hacia Alex que yacía en el suelo.

—Alexandra, ¿cómo te sientes? —Preguntó Maggie— Déjame ver la herida, necesitas ayuda. ¡Rápido, el botiquín!

Georgina obedeció, corrió hacia la SUV, sacó de la cajuela el botiquín de primeros auxilios y volvió con él.

La joven con el cabello como tormenta de fuego seguía temblando de dolor. La mancha de sangre se había extendido. Linda le tomó la mano, tenía los ojos bien abiertos, su gesto era serio.

—Lady A., resiste.

La situación era grave, Rosa se sentía impotente ahí frente a Alex mientras Maggie abría el botiquín y se limpiaba las manos con una toalla desinfectante.

«¿Habrá algo que pueda hacer?», se preguntó Rosa.

Tuvo una reacción meramente instintiva, sin saber por qué, puso sus manos sobre el abdomen de Alex, cerró los ojos y se concentró. Toda ella resplandeció por su energía, ésta bajó por sus manos y cubrió de luz la herida de Alex. Linda, Georgina y Maggie se quedaron estáticas, contemplando lo que estaba sucediendo.

«Quiero ayudarte, quiero servir porque eso es lo más importante, porque mis hermanas y mi hermano son todo para mí, quiero sanarte».

Las chicas no se atrevieron a decir una palabra, ellas observaron solemnes, como quien es testigo de algo importante, un prodigio lento, una herida que en unos pocos minutos se estaba cerrando, hasta que no quedó nada, como si jamás hubiera ocurrido. Sólo quedó una mancha de sangre en la ropa como único vestigio.

El resplandor se apagó, Rosa retiró las manos y abrió los ojos. Alex se sentó. Se tocó el punto en que la habían lastimado, miró a Rosa boquiabierta.

—¿Cómo hiciste eso? No sabía que lo pudieras hacer.

—No lo sé, yo tampoco sabía —murmuró Rosa—, fue cosa del momento, sólo supe que tenía que hacerlo.

Maggie le puso una mano en el hombro.

—Eso fue increíble.

Las chicas estaban felices, comenzaron a abrazarse. Ayudaron a Alex a incorporarse.

—Me perdí toda la diversión —dijo Alex al tiempo que chasqueaba los dedos, nada sucedió—. Y lo peor es que sigo sin poderes.

—Tienes que concentrarte —comentó Georgina—, una vez que percibas la magia de Belladonna sobre ti, podrás comenzar a atacar desde adentro para romperla.

—¿No me pueden ayudar?

—Me temo que lo tienes que hacer tú, Lady A. —sonrió Linda—. Por cierto, estuviste genial con esa piedra, ¡qué puntería! Hasta Pearl, Patrick y Hannah estarían muertos de envidia.

Alex sonrió orgullosa, se notaba que seguía frustrada pero al menos haber podido ayudar un poco le agradaba. Le dio una palmada en el hombro a

Linda y se dirigió a ella con aquel tono desenfadado de chica ruda tan propio de ella.

—Oye, me impresionó lo fácil que te quitaste de encima el bloqueo. Buen trabajo.

—Eso fue increíble —comentó Maggie—, nunca dejas de sorprenderme, Linda. A veces creo que hay más en ti que no sabemos.

Volvieron a la SUV. Maggie se sentó frente al volante.

—Denme un momento —dijo y se concentró, al cabo de un momento se dirigió a las chicas— Listo, volvamos a casa, allá veremos a los demás. Parece ser que ellos también se enfrentaron a otros enemigos. Están bien, nada como lo que encontramos nosotras.

Maggie puso el auto en movimiento y emprendió el camino de regreso.

Reunidos en la estancia, los Kearney hablaban de todo lo ocurrido. Tanya había tenido un presentimiento de alguien en peligro. Bajaron de la SUV y echaron a andar hacia una apartada granja abandonada donde encontraron tres pestilentes monstruos y dos chicas secuestradas. Se encargaron de matar a los monstruos y de ayudar a las chicas a volver a casa. Alex y Georgina les contaron lo que sucedió con su grupo, les hablaron de Zumaque, del mensaje de Belladonna y la forma en que Rosa y Linda se habían enfrentado a aquel poderoso enemigo.

—Debo decirles —comentó Patrick con tono dramático—, estoy sorprendido, no tanto por el combate en sí o porque Linda se haya librado del bloqueo en menos de una hora y sin volver a casa con un pie roto.

—¿Envidia, poderoso fénix? —se burló Serena, las chicas se rieron.

—Esperen un momento —prosiguió Patrick—, déjenme terminar. Todo eso es sorprendente, pero lo que de verdad me asombra es el, "que Belladonna coma mierda". Rosa, ¿en serio?

Rosa se encogió de hombros.

—Siempre eres tan correcta —señaló Patrick—. ¿Cómo te llamó el idiota ese? "Princesa", y tiene razón, ¡eres una princesa!

—Pero estuvo bien dicho —comentó Maggie—, que coma mierda.

—¡Mamá! —exclamaron los chicos.

Se rieron. El estado de ánimo general del grupo era bueno, lo necesitaban para relajarse. Rosa estaba satisfecha con el éxito que habían tenido ese día, sin embargo, también estaba inquieta porque comprendía que esto era sólo el comienzo.

Alex se puso de pie.

—Lo único que me tiene molesta es que no he recuperado aún mis poderes, aunque ya puedo sentir esa energía sobre mí.

—Date un descanso —sugirió Nick—. Necesitas relajarte para concentrarte mejor. Quizá mañana cuando despiertes lo lograrás.

Georgina, Patrick, Serena, Linda y Rosa asintieron con empatía, Pearl en cambio no dijo ni una palabra. Rosa notó que había en su callado gesto una gran melancolía.

«Y apuesto a que piensa en lo afortunada que es Alex, aún tiene el bloqueo pero al menos está a salvo en casa».

—Quizá tengan razón, necesito descansar un poco. Voy a tomar un baño.

Alex se dirigió hacia las escaleras. Hannah se levantó y se estiró.

—Lo bueno es que, con excepción de algunos raspones, nadie salió herido hoy. Bueno, excepto por la cortada que el demonio le hizo a Pearl en el brazo.

—¿Es grave? —le preguntó Rosa a Pearl.

—No, pero necesito lavármela y curármela.

Tanya contuvo la respiración, se notaba molesta. Rosa se aproximó hacia Pearl, le tocó el brazo con delicadeza.

—¿Me permites?

Pearl asintió con la cabeza. La herida estaba cubierta con una gasa, que tras la pelea, Nick le había puesto. Rosa desprendió la gasa con cuidado, era una cortada larga. Pearl se encogió de hombros.

—Me distraje por un instante mientras peleaba; creí ver a la centinela negra vigilándonos, pero no estaba ahí, o quizá se retiró.

—Ninguno de nosotros la vio —explicó Hannah—. Supongo que era de esperarse, los centinelas desaparecen como sombras.

—Está bien, creo que puedo con esto. Ven, siéntate —le indicó Rosa.

Maggie miró a su esposo, el asintió en que ellos también subirían a dormir, se despidieron y subieron las escaleras. Serena, Hannah, Patrick y Georgina los siguieron. Rosa centró su atención en el brazo de Pearl. Puso la mano encima y se concentró. Su mano brilló con aquella luz cálida y blanca. Aliviar requería esfuerzo. Rosa respiraba tranquila mientras la herida se encogía poco a poco y la piel se recuperaba hasta no dejar rastro. La luz se apagó, Rosa retiró la mano.

—Listo.

Pearl se miró el brazo, se lo tocó el punto donde ya no había herida.

—¡Wow, gracias!

—No hay de qué.

—Jamás me hubiera imaginado que pudieras hacer algo así.

—Aún necesito saber cuál es el alcance de lo que puedo hacer. Yo solamente quiero ayudar al grupo, sea mucho o poco lo que pueda hacer.

Pearl se levantó, se dirigió hacia la puerta del jardín. Tanya fue detrás de ella.

—Pearl, ¿está todo bien?

—Sí —respondió lacónica y sin voltear a verla—. Necesito un poco de aire fresco antes de dormir.

—¿Quieres compañía?

—No, quiero estar sola.

Pearl salió al jardín, cerró la puerta tras de sí, Tanya se quedó ahí de pie. Linda se acercó a Tanya.

—Lo que dijo Rosa es cierto. Al final lo más importante es poder hacer algo para ayudar al grupo, en la medida que podamos. Pienso que eso significa que también debemos aprender a aceptar lo que no podemos hacer, ¿sabes a lo que me refiero, T.?

Tanya se volvió con un gesto apático. Linda mantenía su semblante tranquilo.

—No sé a qué te refieres.

—No fue culpa tuya, T.

—¿De qué estás hablando? —preguntó Tanya con un tono incómodo.

—Lo que le pasó a Pearl. No fue culpa tuya.

Tanya se quedó pasmada un instante, luego, recuperando su aplomo, hizo un gesto irritado, se acercó a Linda y le tocó la cabeza mientras mantenía los ojos violeta clavados en los de Linda. Tanya resplandeció con poder psíquico para provocar una terrible cefalea.

—¡Déjame en paz! —bufó como una serpiente amenazadora.

Tanya iba a darse la vuelta. La mano de Linda la alcanzó por el brazo. Linda tenía los ojos cerrados y su rostro no manifestaba nada, sin duda que la estaba pasando fatal por el dolor de cabeza. Linda abrió sus ojos azules de muñeca, la miró de frente y sus labios se separaron para volver a decir con toda calma:

—No fue culpa tuya.

Tanya apretó los dientes, cerró los puños y se abalanzó hacia Linda para golpearla. Linda la abrazó, Tanya forcejeó un instante y dejó de luchar para aferrarse a ella. Tanya temblaba, pero ya no de ira. Rosa escuchó claramente los gimoteos de su llanto. Linda le dio una suave palmada en la espalda.

—Está bien, hermana, está bien. No fue tu culpa.

—¡Sí lo fue! —Estalló— Yo la vi en mis cartas, ella vestía de luto. Había un mal augurio y no hice nada para impedirlo.

—No tenías manera de saber qué y cuándo, ¿o sí?

—No, no sabía, ¡yo no sabía! Pero no es excusa. ¿De qué me sirve mi poder si no puedo impedir algo tan horrible como lo que le hicieron? Si no tengo visiones más precisas.

Linda volvió a cerrar los ojos, el dolor de cabeza debía ser insoportable. Ella no se quejó ni se movió mientras dejaba que Tanya se deshiciera en lágrimas sobre su hombro.

Rosa permaneció ahí de pie, sin decir una palabra, contemplando la escena, Tanya con los ojos rojos gimoteando desconsolada, mientras Linda le hablaba con la gentileza de una madre que ayuda a una hija a sanar su corazón. Le decía que debía aprender a aceptar que no podía saberlo todo, que a veces hay cosas que uno no puede cambiar, que no debía cargar con tanto ella sola.

Rosa ese día descubrió que podía aliviar heridas físicas. Estando ahí en la estancia, tuvo que reconocer que Linda a su manera también tenía un don curativo.

XIX.- Caballos

Patrick

Se colocó en posición de pelea. Su oponente, callada e inmóvil, aguardaba a que él hiciera el primer movimiento. Patrick sabía muy bien que no debía fiarse, Pearl era formidable para pelear. Él estaba emocionado. Había estado esperando por semanas, primero a recuperarse de la fractura y luego a que en algún entrenamiento le tocara practicar combate con ella, para poner a prueba sus poderes de fuego.

«Esto será divertido», meditó y esbozó una sonrisa.

El reproductor sonaba con algo de *Tears for fears*. A mamá y papá siempre les gustaba poner música mientras los jóvenes entrenaban. Es por eso que a ellos les agradaba mucha de la música de sus padres, en especial Patrick y Pearl quienes tenían un marcado gusto por la música de los 80s, cada uno con sus preferencias; ella adoraba el pop electrónico y Patrick el rock. Ese día papá los estaba supervisando y tenían una selección de buena música.

El joven se movió con rapidez y tiró el primer golpe, ella detuvo el impacto y respondió con una combinación de golpes. Patrick dio un salto atrás, juntó energía en su puño, lo proyectó hacia el frente y una ráfaga incandescente salió disparada. Ella lanzó con su rayo metálico, luego se acercó para atacar. Patrick contraatacó. ¡Ya la tenía! La sujetó y la arrojó por el aire. Patrick contempló la escena eufórico, lo había logrado, derrotó a Pearl, ¡y de qué forma! Levantó los brazos al aire.

—¡YEAAAA!!!! ¡Victoria para el fénix!

Papá se acercó corriendo a donde Pearl se incorporaba.

—¿Estás bien?

Ella se sentó meneando la cabeza como si algo le molestara.

—Sí, estoy bien —refunfuñó.

—¿Qué te pasó? ¿Por qué te distrajiste? Ya casi lo tenías.

«¿Perdón?», Patrick se quedó pasmado,

Ella mantenía la vista fija en un extremo del campo, Nick volteó hacia allá, no había nadie. Pearl volvió a sacudir la cabeza como en una negativa.

—Lo siento. Yo no estoy concentrada.

—¿Quieres tomarte un descanso?

Ella no respondió. Papá se puso de pie y le tendió la mano para ayudarla a levantarse, ella la tomó y papá le dio un tiró.

—Anda, ve a dar una vuelta para despejarte, luego si te sientes con ganas de seguir entrenando vuelves, ¿de acuerdo?

Pearl asintió y se alejó. Papá se volvió hacia Patrick, no parecía contento, tenía ese gesto con el ceño fruncido de cuando le iba a dar un sermón.

—No tienes que ser tan fanfarrón y menos cuando consigues una victoria de pura suerte.

—¡¿Suerte?! —Exclamó molesto— Papá, ¿de qué estás hablando? Eso no fue suerte.

—Estás demasiado confiado, el lado izquierdo de tu defensa es débil y no te concentras como deberías.

—¡Por favor! Ella era la que estaba distraída, ¿no deberías estarle dando este sermón a ella? Esto es doble moral.

No era justo, Pearl era la que tenía problemas de atención, no él. Papá lo dijo, ella se distrajo mientras que Patrick peleó bien. Papá tomó aire lentamente y lo expulsó irritado. Sin quitar la vista de encima de Patrick, gritó hacia atrás.

—¡Chicas, necesito alguien que venga a pelear con Patrick!

Las guardianas voltearon hacia ellos. Tanya estaba en el suelo sentada frente a un brasero encendido con mamá a su lado. Tanya volteó y luego volvió a su meditación frente al fuego. Georgina peleaba con Rosa, ambas se detuvieron y voltearon, lo mismo que Serena, Alex y Linda.

—¿Quién será? —Sonrió Patrick confiado— T. parece entretenida con el fuego. Alex y su rayo, tal vez. ¿Qué tal tú, Serena?

—Yo seré su oponente —dijo una voz.

Patrick miró hacia atrás, era Hannah que venía saliendo de la casa. Contuvo el aliento, «¿Por qué ella?», pensó y ocultó su turbación con una sonrisa confiada. Hannah se acercó hacia él.

—Y la siguiente contrincante es nuestra niña feral favorita, Hannah, la chica del caballo, ¡Ginger! De rancho caballo.

—Deja de jugar y concéntrate en lo que haces —lo reprendió papá.

—Esto será divertido —sonrió Hannah y se plantó firme frente a Patrick.

La joven extendió los brazos con las manos cerradas como si sostuviera algo largo y delgado. Un punto dorado apareció entre ellos y se extendió de lado a lado, largo y delgado, para formar un bastón de unos cuatro pies de largo. Hannah adoptó posición de combate.

«No quisiera pelear con ella... ¡Qué tontería! Soy un fénix, no hay manera en que pueda derrotarme... esto será fácil», se dijo.

Patrick hizo el primer movimiento, ella era rápida, detuvo todos sus golpes con su bastón, luego lo golpeó con el bastón ¡en el lado izquierdo de la cara! Patrick se echó para atrás, concentró su energía con ambos puños, los proyectó hacia el frente y un remolino de fuego salió en dirección a Hannah. Ella hizo girar el bastón como un molino, la ráfaga de fuego chocó y se desvió lejos de ella.

—Mi turno —anunció segura de sí misma.

Se lanzó hacia él, no alcanzó a esquivar el golpe del bastón. Él tiró un puñetazo, ella se agachó y con el bastón lo golpeó en las piernas, Patrick cayó de espaldas. Hannah gritó, con los ojos resplandecientes de furia, Patrick miró el extremo del bastón bajando hacia su cara, no alcanzaría a detenerla. Cerró los ojos y esperó el golpe. Esperó y esperó, los suficientes segundos para darse cuenta que su rostro estaba a salvo. Abrió primero un ojo, luego el otro, el extremo del bastón estaba a escasos milímetros de su cara. Hannah comenzó a reírse.

—La chica del caballo gana —anunció triunfal.

Papá exhaló enfadado.

—Patrick, practica tu defensa, ya sabes qué lado es el más débil.
Ya probado su punto, se retiró para ir a ver a las demás.
Hannah comenzó a reírse, tenía acorralado a Patrick, entre el bastón y el suelo. Ella estaba de pie, con una pierna a cada lado de él. El bastón desapareció, luego ella se dejó caer para quedar sentada a horcajadas cobre él. Hannah puso sus manos el pecho de Patrick, como si quisiera estrangularlo.
—¿Quién es tu mami ahora, poderoso fénix?
—Está bien, está bien, tú ganaste. Ahora ya déjame levantarme.
Ella sonrió con malicia.
—No.
—¿No?
Meneó la cabeza en una negativa.
—Me gusta esta posición.
Patrick se puso muy nervioso. En el reproductor había empezado a tocar *Love song* de The Cure, la banda favorita de Patrick.
«*Damn, Hannah!* ¿Por qué me haces las cosas tan difíciles? No deberías jugar así... si supieras que me tienes a tu merced siempre que quieras... ¿Por qué esa canción justo ahora?».
—Déjame levantarme.
Ella hizo presión con la mano para mantenerlo sometido. Su rostro estaba severo.
—Ya te dije que no. Ahora eres mío.
Patrick pasó saliva, podía sentir todo su cuerpo reaccionando ante la proximidad de Hannah, sus células vibrando por la excitación. Tenía que quitársela de encima, antes de que en sus pantalones se volviera muy notorio la forma en que ella lo afectaba. Se puso serio, se incorporó y la empujó.
—¡Anda, ya quítate!
Ella se echó hacia el pasto, su expresión cambió a una avergonzada.
—Perdón, no quería que te enfadaras, sólo estaba jugando.
«...esa canción, justo ahora... *Damn, Hannah!*».
Suspiró abatido.
—No estoy enojado, es sólo que no deberíamos jugar así.
—Antes, nunca te habías molestado.
Ella lo miró con aquellos ojos grandes, puros y oscuros, como los del más noble de los caballos.
—Lo sé —bajó la vista como buscando las palabras perdidas en la tierra y el pasto—, pero las cosas ya no son iguales, ya no somos niños. Somos guardianes y tenemos que ser más serios.
Hannah se rio.
—Tú hablando de seriedad, ¡quién lo diría!
Patrick se levantó, luego le tendió la mano. Qué suave era el toque de sus dedos, su satinada piel de canela. Hubiera querido levantarla de un tirón y, como en las películas, tomarla en sus brazos para besarla pero se contuvo. Se limitó a ayudarla a incorporarse.
—Lo digo en serio. Ya somos mayores.

—Patrick, no tenemos ni siquiera edad legal para beber. Yo sé que por la forma en que fuimos criados para pelear y las cosas que hemos pasado, hemos tenido que madurar muy rápido. Sin embargo, aún no somos adultos y hay mucho que no sabemos de la vida. Quizá te parezca tonto, pero yo no tengo prisa por crecer.

Patrick guardó silencio. Luego comentó lo primero que pasó por su mente.

—Tengo sed, vamos a la cocina por agua.

Hannah asintió y se dirigieron a la casa.

Más tarde, en su habitación, Patrick encendió su laptop y se puso a leer las noticias, debía haber algo inusual que hubiera pasado recientemente en Oregón, otro ataque de los seguidores de Belladonna. Al cabo de un rato se topó con algo que llamó su atención. Una mujer desaparecida, cuyos restos fueron encontrados incinerados.

«Hasta ahora nuestros enemigos jamás han hecho nada como esto, otra historia que no es para nosotros... sin embargo, aquí dice... ¿hombre con cabeza de caballo?...».

Patrick se quedó pensativo, quizá era la obra de algún asesino con un mórbido gusto, en cuyo caso la historia era material para las autoridades. Sin embargo, algo no le gustaba, quizá el hecho de que fue encontrada en el bosque, en una hoguera, rodeada por un círculo de piedras blancas ennegrecidas por el humo. La posición y la orientación frente a los árboles que aparecía en la foto, era similar a la de algunos rituales de adoración mística eukid. Nana Val, su querida abuelita a la que extrañaban, les había enseñado que dentro del culto antiguo a la Madre Tierra abundaban los círculos de piedras. Aquello era eukid, lo mejor sería mostrárselo a la familia para ver su opinión. Se levantó, tomó la laptop y se dirigió abajo.

Los Kearney escucharon a Patrick, leyeron la noticia y miraron las fotos.

—No creo que sea algo para nosotros —comentó Alex.

—Suena a ritual eukid. Coincido con Patrick—dijo Tanya.

«Vaya, la bruja está de acuerdo. Gracias, T.», pensó Patrick.

—Estoy de acuerdo —dijo mamá—, es obra eukid. Aunque quizá no relacionado con Belladonna. En todo caso, deberíamos investigar.

—Scio no es muy lejos, si nos vamos ahora quizá podamos ganarle al tráfico de la hora pico —expresó papá—. Si no es nada serio, quizá volvamos hoy mismo. En el peor de los casos, mañana, y ya luego arreglamos su nota de ausencia para la escuela.

En menos de treinta minutos la familia ya estaba a bordo de la Van. Mamá dijo que no se sentía del todo bien y que prefería quedarse. Confiaba que los hermanos estarían bien, además, tenía a Terrence y a papá.

—Lástima que no vengas —comentó Hannah.

—Así es mejor, necesito ir a comprar pastillas para las alergias; creí que teníamos en casa. También debo revisar algunas cuentas del negocio. Además, no es necesario que yo vaya, con ustedes es suficiente, están alcanzando un nivel impresionante de poder. Sólo manténganse alerta y estarán bien.

—Pero nos harás falta —murmuró Hannah.

Mamá la abrazó y le dio un beso en la mejilla.

Terrence iba al volante. En el camino los chicos se quedaron dormidos, estaban cansados tras el entrenamiento en casa. Patrick no soñó nada, su descanso fue profundo, lo necesitaba. Se despertó más tarde, cuando su cuerpo se percató de un cambio a su alrededor, la Van había disminuido la velocidad. Casi todas las chicas estaban despiertas. Georgina estaba pálida, la estaba pasando fatal en el auto. Patrick sólo esperaba que su hermanita no se fuera a vomitar. Pearl le ofreció una pastilla para el mareo que ella aceptó de inmediato.

—Siento mucho no habértela dado antes —se disculpó Pearl—, no me acordé que la tenía en mi bolsa.

—No te preocupes —dijo Gin—, aún me sirve.

Tanya se despertó con un sobresalto.

—¿Todo bien? —le preguntó Serena.

—Sí, solo un sueño recurrente. ¿Ya llegamos?

—Eso parece —comentó Serena.

—Quizá quieras poner a trabajar tu radar para ver si tenemos idea de a dónde ir, o por lo menos ver si captas que hay esta noche en la televisión, lo que suceda primero —indicó Patrick.

La bruja hizo cara de desagrado, él emitió una risita burlona. Tanya se concentró con los dedos, índice y mayor de cada mano juntos, a ambos lados de la cabeza. Linda miraba hacia afuera, con expresión interesada. De pronto indicó.

—Terrence, da vuelta allá, a la izquierda. Es ahí a donde debemos ir.

—¿Cómo sabes? —preguntó Rosa y bostezó.

—Tengo un presentimiento de que lo que buscamos está allá. Da vuelta a la izquierda.

Papá volteó hacia Linda, la observó pensativo, luego se volvió hacia el frente.

—Terrence, seguiremos lo que Linda diga. Nunca he entendido del todo por qué tiene esos presentimientos desde que era niña, pero tienden a ser acertados.

—Fue lo que pensé, señor —comentó Terrence.

Siguieron por un camino solitario por un lapso de unos veinte minutos hasta que divisaron una granja, un amplio corral y un grupo de unos siete caballos. Terrence estacionó la Van, papá y los chicos descendieron. Casi como si los estuviera esperando, un hombre salió a su encuentro. Llevaba el pelo largo y marchito, todo lleno de cabellos grises y blancos, era seco de carnes, con una quijada cuadrada y ojos hundidos. En sus manos llevaba un trapo de cocina con el que se venía secando las manos. Tenía los ojos de un color gris acero, y la manera en que se fijaba en ellos era inquisitiva.

—¿Puedo ayudarles? —preguntó al tiempo que paseaba la mirada por el grupo.

—Buenas tardes —saludó papá—, no queremos problemas, creo que estamos algo perdidos.

—Me parece difícil de creer que un grupo de eukids como el de ustedes esté perdido. Ustedes buscan algo.

—Es posible —replicó papá con cautela

Tanya se acercó.

—Usted es un psíquico.

—Los brujos nos reconocemos, ¿no es así? —dijo con un gesto desconfiado.

—¿Qué clase de habilidades tiene? —preguntó ella.

—Curandero, no soy un guerrero y no quiero problemas.

Tanya alzó las manos.

—Ni nosotros venimos a traerlos, sólo tenemos algunas preguntas.

El hombre accedió a escuchar. Patrick tenía que admitir que Tanya estaba manejando bien la situación. Se inclinó hacia Linda y le habló en un susurro.

—Hey, Linda, ¿qué es lo que vamos a encontrar aquí?

—No estoy segura.

Tanya prosiguió:

—Hemos visto en las noticias que ha habido una serie de desapariciones. Estamos siguiendo el rastro de los responsables.

—Yo y otros eukids de la región estamos enterados de ciertas desapariciones. Nosotros no tenemos nada que ver, somos gente de paz, la mayoría vivimos de lo que cultivamos en nuestras granjas y de nuestros animales —explicó el hombre y apuntó a los caballos.

—Queremos saber si ha visto demonios o ha escuchado de ellos en compañía de soldados —comentó papá.

—¿Y cuál es el interés que tienen en este asunto?

«¡No digan nada!», les ordenó Tanya mentalmente, «presiento que oculta algo. No se preocupen por sus pensamientos, leer la mente no está en sus habilidades».

—Se llevaron a mi esposa —respondió papá.

—Buscamos a nuestra madre —comentó Rosa cabizbaja siguiendo la mentira que había iniciado papá—. Queremos encontrarla.

—¿Madre de todos ustedes? —comentó el hombre con ironía.

—Son mis hijos adoptivos —explicó papá—. Nosotros también somos gente de paz que vivimos a nuestra manera, lejos de aquí.

El hombre asintió.

—Entiendo. Por desgracia dudo que pueda servirles, sólo sé lo que he escuchado por rumores.

—Cualquier cosa que nos pudiera decir, nos es de gran ayuda —insistió papá.

—Ya veo. Disculpen que no los invite a pasar, pero la casa está muy desarreglada.

El sujeto se dirigió hacia la parte posterior de la casa, los Kearney lo siguieron. Su nombre era Jason Loveheart, vivía solo. En la parte posterior de la casa tenía un pequeño invernadero donde cuidaba de plantas medicinales, y una mesa de picnic. No había suficientes asientos para todos, pero eso no les importaba a los hermanos, estaban acostumbrados a los inconvenientes de ser un grupo numeroso. Entre ellos había una regla implícita bastante simple, el lugar era de quien lo tomara primero. Patrick y Georgina se sentaron en el suelo, recargados uno en la otra, mientras que Tanya, Alex, Hannah, Linda y Terrence permanecieron de pie, recargados en la barda del corral. Papá había tratado de ceder su asiento a una de las chicas pero ellas se negaron.

Jason no les dijo nada nuevo, rumores de demonios, los raros secuestros, el miedo entre los eukids. Su mejor arma era no andar solos y permanecer alerta. Les contó un poco de la comunidad eukid de aquella región. Había varias granjas esparcidas, pocas de humanos comunes. Otros eukid vivían en el pueblo, no eran muchos, si acaso unas treinta familias con poderes de clase baja.

Hannah no ponía atención, su atención estaba en los caballos que corrían del otro lado del corral. Ella se alejó del grupo a unos cien pies y se recargó en la baranda del corral, llamó a los caballos para que se acercaran y ellos no tardaron en aproximarse. Hannah les acarició el cuello y les tocó delicadamente aquel espacio magnético que demanda un mimo, entre los ojos, desde la frente hasta la nariz. Jason la miró, se levantó y se dirigió hasta Hannah, parecía interesado.

—Veo que te gustan los caballos.

—Demasiado, tiene usted unos animales preciosos.

Jason le dio una palmada en el cuello a un macho, este se echó hacia atrás nervioso.

—Ya, ya, tranquilo. Son algo salvajes, no están tan acostumbrados a que recibamos visitas y eso debe estar poniéndolos nerviosos. Pero por alguna razón tú les gustas.

Se le quedó viendo un momento con un gesto analítico:

—Eres una cambiaformas, para ser preciso, una centauro; eso explica todo.

—Es verdad —comentó Hannah—, aunque también tengo una historia con los caballos, yo...

Hizo una pausa, como si de pronto se hubiera dado cuenta que estaba a punto de cometer el error de hablar demasiado de sus vidas. Patrick se incorporó, no le agradaba ese sujeto ni un poco.

—Yo colecciono figuras con forma de caballos —comentó Hannah, le dirigió una rápida mirada a Patrick y prosiguió—, cuando era niña leí el libro de Belleza Negra y desde entonces son mis animales favoritos. Tenía dos caballos de plástico con los que me encantaba jugar.

Patrick sentía el estómago como lleno de golondrinas revoloteando, ella había mentido, haciendo de su historia la de ella. Quizá ella también era consciente de la conexión entre ambos, o Patrick quería pensar que así era. Y pensar que de niños, él le gritó a mamá que no le gustaba la recién llegada y ahora la adoraba y sentía que era su obligación protegerla de aquel tipo extraño.

—Le agradecemos su ayuda —comentó papá—. Se está haciendo tarde, pronto caerá la noche. Será mejor que nos vayamos antes de que este oscuro.

—Si les sirve de algo —comentó Jason—, acabo de recordar un detalle: siguiendo por este camino, hacia el bosque, es donde he escuchado rumores de que los vieron esconderse. Yo no soy hombre que se atreva a investigar, soy sólo un curandero. Siento no poder hacer más por ustedes.

Los chicos se despidieron y se dirigieron a la Van. Terrence arrancó y se alejaron. En efecto ya se estaba haciendo de noche, pronto estaría completamente oscuro.

—¿Qué les pareció? —preguntó papá.

—Creo que miente —replicó Linda—, quiere aparentar una empatía y preocupación que en realidad no siente.

—¿Creen que trabaje para Belladonna? —preguntó Rosa.

—No parece muy poderoso ni fuerte —comentó Serena—, quién sabe si alguien como él le sería de ayuda a Belladonna.

Patrick seguía molesto, no le gustó para nada ver a ese tipo cerca de ella. No eran simples celos. Algo que no estaba bien.

Alex añadió.

—La única pista que tenemos por ahora es lo que nos dijo del bosque. Quizá debamos ir allá e investigar por nosotros mismos.

—Estás muy callado —dijo Georgina—. Hermano, ¿tú qué opinas?

Las chicas voltearon hacia él, Hannah fijó su atención en él con aquellos hermosos ojos negros. Patrick deseó no parecer un tonto en frente de ella. Sonrió con su careta de estar en control total.

—Yo digo que vayamos a investigar y a estirar las piernas. Si hay algo raro, pronto lo sabremos. Nosotros podemos con lo que sea.

Alex y Georgina secundaron a Patrick. Terrence encaminó la Van hacia el bosque.

Ya estaba oscuro. Una luna casi llena se estaba elevando en lo alto. Su luz ayudaría, de cualquier forma, los chicos traían linternas. Caminaban entre los árboles, avanzando en silencio. No habían visto nada aún. Patrick trataba de ir concentrado en lo que debía hacer, estando todos juntos no debían temer. Apuntó la linterna hacia el lado derecho, puso atención a sus sentidos. El ruidoso canto de los grillos era todo lo que podía escuchar, no sentía ninguna energía, no divisó nada raro. Distraído como estaba, no se dio cuenta que una de sus hermanas se detuvo y chocó con ella. Ambos voltearon a verse.

—Lo siento —murmuró Pearl.

—¿Viste algo?

—Eso creí, pero...

Se interrumpió, estaba atenta hacia un punto entre un par de árboles, Patrick también apuntó su linterna hacia allá. No había nada.

—No se detengan —ordenó Serena—, debemos permanecer juntos.

Patrick y Pearl siguieron.

Sin que ellos lo supieran, no muy lejos de ahí, pero si lo suficiente para no ser percibido, un hombre tarareaba una tonada mágica. Metió la mano izquierda a un tazón donde tenía un polvo grisáceo, llevó su mano hasta la altura de su boca, con la palma hacia arriba y el polvo en ella. Elevó su energía e hizo un conjuro. Acto seguido sopló el polvo, éste flotó haciendo nubes y expandiéndose. Las nubes se precipitaron hacia el bosque a la par que multiplicaban su tamaño. Avanzaban imparables como una neblina fatal que llenaba todo de confusión y silencio.

Linda se detuvo en seco.

—Siento algo.

—¿Dónde? —preguntó Serena.

Linda tenía los ojos bien abiertos y el rostro serio.

—A nuestro alrededor, se están acercando.

—Estén alerta —advirtió papá.

Se prepararon para lo que fuera. Patrick apretó los puños, el poderoso fénix no temía a nada.

—¿Qué es eso? —preguntó Georgina.

Los jóvenes miraron en la dirección que ella apuntaba. Una enorme nube se abalanzó sobre ellos, todo a su alrededor quedó envuelto en una densa neblina que no les dejaba ver. Patrick volteaba en todas direcciones las luces de las linternas apenas se distinguían, eran como pequeños fantasmas luminosos saltando en un tenebroso universo, condenados a vagar confusos en una densa bruma.

De pronto los escuchó. Al principio era como un sueño, el sonido que se acercaba resonaba como un eco muy distante, proveniente de otra dimensión. Sonaban como caballos a galope. Los escuchó relinchar; hubiera jurado que la furia de su clamor era como el que emitirían caballos jineteados por espectros salidos del averno.

—¡No se separen! —gritó la voz de Serena.

Ella también sonaba como un eco distante. Patrick se sintió mareado, aquella nube de polvo tenía un efecto alucinógeno que ofuscaba los sentidos.

—¡No se separen! —gritó papá.

Patrick dio un paso atrás, su espalda chocó con alguien, se dio la vuelta, su cabeza confusa tuvo una visión celestial en medio de aquella confusión.

—Patrick —exclamó Hannah.

Él pudo deducir por su gesto que ya estaba también experimentando los efectos narcóticos de la bruma. Ella dirigió el brazo en su dirección, él sin siquiera pensarlo hizo lo mismo. Sus manos se encontraron y se sujetaron.

—Por favor, no me sueltes —suplicó ella.

Por un momento le pareció que aquello era parte de la alucinación, Hannah pidiéndole con su dulce voz que no la dejara, su mano entrelazada con la de él, ¿es que estaba soñando? Entonces notó que su gesto no era el de una chica enamorada, sino que estaba aterrada. Patrick no tuvo tiempo de preguntar, alguien atacó, parecía un guerrero armado con un trinche como los que se usan para la paja en los establos, su rostro estaba cubierto con una máscara con la forma de una cabeza de caballo. Patrick no notó la presencia del sujeto sino hasta que estuvo muy cerca. Esquivó el golpe y lo contestó con un rayo de poder lanzado con la mano que tenía libre. Había más, estaban en todas partes, aquí y allá escuchaba combates, las guardianas estaban peleando para defenderse.

Otro jinete atacó por la espalda. Hannah se limitó a esquivar el ataque, no contestó con energía. Se aferró a Patrick en vez de usar sus puños para defenderse. Hannah era toda una amazona, sabía pelear y lo hacía bastante bien, ¿por qué no hacía aparecer su bastón dorado?

«Su poder, ¡no puede usarlo!».

Nuevos relinchidos lo rodearon. Miró a su derecha, un jinete pasó muy rápido junto a él y le pegó en la cara. Patrick arrojó su fuego, falló, la cabeza le daba vueltas y su precisión no era buena. Llegó otro jinete, le lanzó energía metálica, lo golpeó, a su alrededor se habían juntado ya tres jinetes, o eso creía. Estaba mareado y confundido, entre caballos reales y máscaras. Un caballo negro arremetió contra ellos.

—¡No me sueltes! —gritó Hannah.

Le pareció que la perdía, la niebla era tan densa. Una fuerte sensación de nausea lo invadió. Tenía que pelear sin importar nada.

—¡No aguanto más esto! —vociferó y encendió su energía.

Todo él resplandecía como el fuego, se veía igual que una antorcha brillando en medio de una ventisca invernal. Patrick lanzó su flama contra el siguiente jinete, el caballo se encabritó con un relinchido espantoso. El jinete cayó pesadamente al suelo. Patrick se lanzó contra él, el jinete contestó con energía metálica. El joven guardián no se amedrentó, no le tomó mucho ponerlo fuera de combate. En eso escuchó un grito de horror. Conocía bien la voz.

—¡Ginger! —la llamó.

Una luz metálica se encendió en medio de la bruma, era un poder que parecía repeler algo en aquella fosca y con ello la neblina perdía fuerza, se disipaba lentamente, lo suficiente para distinguir a uno de aquellos jinetes cargando a Hannah.

—¡NO!!!!!!

Otro jinetes atacó, Patrick encendió su fuego, lo arrojó contra su oponente. Su puntería fue mala por la confusión narcótica. Como en una pesadilla vio alejarse al jinete con ella sobre su caballo.

—¡PATRICK!

—¡HANNAH!

Otro jinete se abalanzó contra él con su rayo metálico, Patrick arremetió, no se dejaría vencer, tenía que ir tras ella. Le dio a probar su poder y lo derribó a sus pies. Trató de ir tras Ginger, pero ya no la vio por ningún lado. La neblina seguía disipándose, expulsada por el resplandor metálico de Serena, quien al parecer había detectado algo mineral en aquel polvo y lo estaba repeliendo. Poco a poco la niebla perdía toda eficacia.

—¿Están todos bien? —preguntó papá.

—¡Se llevaron a Hannah! —exclamó Patrick.

Una expresión de indignación se extendió entre las chicas, Terrence y papá

—¿En qué dirección? —preguntó Georgina.

—Vi a alguien huir hacia allá —apuntó el joven alférez con el brazo.

—Pearl, ve si puedes detectar algún rastro —ordenó Serena.

Pearl se dirigió hacia donde Patrick indicó que la vio por última vez y se inclinó para ver si detectaba algún olor con su olfato.

Patrick volvió su atención hacia el jinete que derrotó, el cual hizo un intento de levantarse para escapar, arrastrándose como el inmundo gusano que era. Patrick lo sujetó y lo arrojó en medio de la familia.

—Tenemos una pista —anunció.

Terrence se apresuró a sujetarlo. Le quitaron la máscara, detrás de ella estaba la cara de un sujeto joven. Era fornido.

Papá se dirigió a él agitando el puño.

—¿Dónde está mi hija? —vociferó.

El tipo no contestó, miraba a todos con desprecio. Tanya se le acercó visiblemente irritada. Sus rizos dorados se agitaban con la energía germinada en su mente. Detrás de ella venían Linda y Alex.

—Nosotras nos encargamos, papá —le indicó Linda con voz suave al tiempo que le tocaba el brazo, papá retrocedió.

Tanya puso una mano sobre la cabeza del sujeto y acercó su mirada a la de él.

—Vas a decirnos a dónde se llevaron a nuestra hermana.

—¡Jódete! —replicó el tipo altanero.

La psíquica ladeó la cabeza, sus ojos resplandecieron, el hombre se quejó por el intenso dolor de cabeza que comenzaba a taladrarle la razón. Alex se plantó firme emanando su energía oscura. Comenzó a frotarse las palmas de las manos con un movimiento circular. Separó las palmas, de entre sus manos brotó el zumbido de la corriente eléctrica, que en rayos morados iba de una palma a otra. Linda sonreía con fascinación, como una niña lista para divertirse. De manera mecánica levantó la mano derecha, de entre sus dedos salió una larga daga afilada de cristal.

Tanya bufó:

—Ya veo, así que eres hábil en ocultar lo que piensas. Muy bien, no quieres hacer esto por las buenas, tendremos que hacerlo por las malas. Todo suyo, chicas.

Se hizo a un lado sin despegar la vista del sujeto, en algún momento comenzaría a hablar o su mente se quebraría y revelaría sus pensamientos. Alex y Linda se acercaron. Linda, sonriente, habló con voz cantarina.

—De verdad lo sentimos, pero tendremos que presionar hasta que hables y yo detecte que no mientes o mi hermana tenga acceso a tus pensamientos; lo que ocurra primero. ¿Quieres iniciar, Lady A.?

—Encantada.

El zumbido eléctrico tomó una connotación macabra y cruel.

Un alarido se elevó entre los árboles.

El fénix se alejó, no quería ver ni escuchar a Alex y Linda haciendo aquello. Se quedó mirando en la dirección en la que había visto a Ginger por última vez. Pearl intercambiaba palabras con Rosa, papá y Georgina, al parecer percibía algún rastro, pero era difícil seguir debido a aquel polvo. Patrick apretó los puños, no podía creer que le habían arrancado a Hannah en su propia cara. No permitiría que le hicieran daño. Se prometió que la encontraría, costara lo que costara.

XX.- Sacrificio

Hannah

En cuanto divisó las nubes de aquella neblina avanzando hacia ellos, su primera reacción fue preparar su bastón para pelear, era su arma favorita. El problema fue que el bastón no apareció. Instintivamente se echó para atrás y dio con Patrick. Ella le suplicó que no la soltara. La cabeza le daba vueltas y vueltas, el aire era tóxico. Lo que siguió después fue rápido, el jinete atacó y soltó a Patrick. Hannah fue sujetada, tiró de patadas en un esfuerzo estéril, se la llevaron a bordo de un caballo magnífico, de pelaje negro, musculoso, con una crin larga y espesa. Otro hombre a caballo se acercó, le sopló otro polvo extraño que la dejó apenas consciente.

Entre sueños, tuvo una extraña visión, una mujer morena que gritaba, "¡escóndete!", fue una fracción de segundo, el sueño se llenó de humo, algo se quemaba, luego volvió a ver al caballo avanzando entre la bruma. ¿A dónde había ido la mujer? Ella y el caballo eran lo mismo, la niebla y el humo.

«No debí separarme de Patrick».

Su mente, se estaba aclarando. El jinete se había detenido. La bajaron del caballo, alguien se acercó a verificar si ya estaba despierta, era una mujer gruesa de cabellos largos y canosos. Hannah reaccionó arisca. Miró a su alrededor, estaba en un extenso campo rodeado por los árboles. Dos mujeres la sujetaron y la obligaron a caminar.

—¡Suéltenme! —gritó Hannah.

Una de ellas, rubia, como de unos treinta años. Le acarició la barbilla como si estuviera estudiándola. Ginger en respuesta la escupió en la cara. Ella se limpió indignada, con el dorso del brazo, luego levantó la mano para abofetearla, pero alguien la sujetó.

—Ah, ah, ah, ni se te ocurra, es demasiado valiosa para permitir que le dejes alguna marca visible, recuerda, debe estar intacta.

La mujer bajó la cabeza en un gesto de obediencia y se retiró. La voz del que la defendió provenía de un sujeto con el cabello largo y grisáceo. Ya lo conocían, su nombre era, algo así como Jason o James.

«Creo que James», pensó, «y su apellido sonaba como Lovecraft... pero no, ese fue un escritor. Su apellido era... Lovecraft... ¡NO! No era Lovecraft... No me puedo acordar del nombre correcto».

La joven guardiana siempre había sido terrible para recordar nombres, cuando le presentaban a alguien, trataba de repetir en su mente el nombre. Luego se le volvía a olvidar o lo confundía y cambiaba, así que no le quedaba más que enfrentar la vergüenza de disculparse y pedir que se lo repitieran.

—Nos volvemos a ver, jovencita. Antes no tuvimos mucho tiempo de conversar. Para empezar, ¿podrías decirnos tu nombre?

Hannah no respondió, el tal James o Jason suspiró.

—No seas mal educada. Vamos a hacer esto de nuevo. Mucho gusto, soy Jason Loveheart. Estas son Becky y Sarah —dijo y con un ademan apuntó a las mujeres que sujetaban a la guardiana—. Ahora dinos tu nombre.

Hannah paseo la vista a su alrededor, se había formado una multitud de al menos unas treinta personas, muchos de ellos llevaban máscaras y extrañas armazones sobre la cabeza con la forma de cabezas de caballos.

—Ginger —respondió, siempre le había gustado más que la llamaran así.

Jason Loveheart se volvió hacia la multitud.

—¡Salve Ginger *ecuex rea*!

—¡¡¡*Rea*!!! —exclamó la multitud y se hizo silencio.

—¿Qué es todo esto? —preguntó la guardiana.

—Durante generaciones hemos vivido en paz a nuestra manera. Somos gente de caballos y de fuertes tradiciones, consagrados a nuestros rituales a la Madre Tierra. Pero hace un par de meses algo rompió la paz, hordas de demonios han estado cazando a los nuestros, se han llevado a nuestros hijos.

Ginger notó que entre la multitud, al escuchar esto último, algunos habían bajado la cabeza, abrumados por la indignación y el dolor.

—Ni mi familia ni yo tenemos nada que ver con eso —se apresuró a decir.

—La Madre Tierra me ha hablado, se avecinan tiempos violentos. No podemos sentarnos de brazos cruzados, tenemos que prepararnos para pelear.

—¡¡¡SÍ!!! —gritaron algunos levantando un puño en alto.

—Tenemos que hacernos fuertes.

—¡¡¡SÍ!!!

—No podemos permitir que esto siga ocurriendo.

La multitud respondió con gritos de apoyo a su líder.

—Somos eukids de clase media y baja. Si hemos de defendernos, necesitamos más poder. Es por eso —dijo con voz serena volviéndose a Ginger—, que necesitamos un sacrificio humano y equino a la vez.

Hannah se quedó boquiabierta.

—*Wait... what??*

Jason le dio la espalda y echó a andar. Las mujeres cómo sea que dijo que se llamaran empujaron a Hannah para obligarla a seguir a su líder, el cual marchaba erguido con las manos en la cintura

—Nosotros somos básicamente guerreros minerales, luminosos y oscuros. Yo, su líder, soy su único psíquico. He visto en mi lectura de hojas tiempos de guerra. Nuestra única opción es fortalecernos. Se me ocurrió investigado la manera de tomar los poderes de otro eukid para unirlos a los míos. Pero magia así no se consigue de a gratis, es necesario un sacrificio.

Se acercó a una mesa sobre la que había un tazón con una sustancia roja. Volvió hacia donde estaba la joven, metió los dedos en el tazón.

—Sacrificamos a una doncella fuerte y hermosa y uno de nuestros mejores caballos, pero no funcionó. Oré por respuestas y entonces llegaste tú, una centauro de clase alta, eres perfecta. Jamás había escuchado tan alto el eco de los caballos en una persona como en ti. Veo que eres géminis, justo en el otro extremo de sagitario, quien apunta su flecha hacia ti.

—Pero soy sagitario —replicó molesta.

—Fue lo que dije, sagitario es tu signo y el ascendente es géminis.

Ginger frunció el cejo, no estaba tan segura de si su don era acertado como proclamaba, y aunque no sabía la fecha exacta de su nacimiento, al menos sí tenía la certeza de su signo zodiacal. Cuando Hannah fue encontrada siendo una niña feral entre caballos, se hizo una investigación para tratar de localizar a su familia. Después se supo que cerca de donde fue encontraba, había una granja abandonada. Ahí vivió y murió un ermitaño y su esposa, una mujer migrante cuya identidad nunca se supo. Existía registro de que había visitado a un médico un par de años atrás, estaba embarazada. De acuerdo con las notas del doctor, se esperaba que diera a luz para la primera semana de diciembre. ¿Qué pasó en aquella granja? Nadie lo sabía, pero al menos Hannah sabía que había nacido sagitario.

—Eres virgen.

Hannah se ruborizó, al menos esta vez había acertado.

—¡Eso no es asunto suyo!

Tienes poderes luminosos —prosiguió el curandero.

— Casta metá...

Se apresuró a taparle la boca con la mano llena de aquel polvo rojo, que le dejó toda la boca manchada. Ginger inhaló un poco y comenzó a toser.

—¡Silencio! Yo lo sé todo. Eres una chica inocente que jamás ha dañado a nadie. No hay sangre alguna en tus manos.

«Se equivoca, maté mi primer demonio a los 11 años».

—Tienes un poder que no imaginas, quizá porque aún no has despertado tus poderes, quizá no sabes usarlos.

—¿De qué está hablando? —Protestó Ginger.

Él le apretó la nariz y jaló hacia arriba, Ginger se quejó, los ojos se le pusieron vidriosos y se le escurrieron las lágrimas.

—¡Te dije que guardaras silencio!

La soltó, ahora también le había quedado roja la nariz. El polvo le picaba las fosas. Le dio un ataque de estornudos. Después del sexto estornudo, la joven se sintió un poco mejor, pero aún con ardor en las fosas nasales. Jason estaba cantando algo que ella no podía entender.

Con los dedos le dibujó a Hannah una larga línea roja que iba desde lo alto de la frente, en la línea de nacimiento del pelo, hasta la punta de la nariz. Le tendió el tazón a uno de sus ayudantes. La mujer gruesa de cabello gris se acercó solemne y le dio un cuchillo, Jason lo tomó y apuntó a la garganta de Ginger, ella pasó saliva y al hacerlo pudo sentir lo afilada que estaba la punta. Jason jaló la camisa de Ginger, con el cuchillo la desgarró, luego con las manos la rompió por la mitad, mientras la mujer de pelo gris la miraba con frialdad, sin embargo, había algo en la forma en que asistía a Jason que daba la impresión de que no le gustaba aquello.

Le quitaron la camisa, dejándola sólo con el brasier. Entonces la mujer de cabello gris metió las manos al tazón de polvo rojo, acto seguido, las pasó por todo el torso de Hannah. Las otras mujeres trajeron collares de cuentas de madera y plumas y se los colocaron a Ginger. Después la arrastraron hasta una estaca donde la ataron con las manos en alto. Hannah notó que alrededor habían apilado madera y que estaba en el centro de un círculo de piedras blancas. Comenzó a gritar. Se retorció, luchó por liberarse sin éxito. Se echó a llorar y sus lágrimas cayeron imparables hacia el suelo.

—Por favor, no hagan esto —le suplicó a la mujer de cabello gris.

Ella se volvió por un instante hacia Hannah, por primera vez en todo ese rato hizo contacto visual con ella.

—Lo siento —murmuró.

A su alrededor, otros parecían movidos por la escena, sin embargo nadie hizo nada. Hannah insistió con la mujer.

—Tú no quieres hacer esto, por favor, quiero volver a casa con mi familia.

La mujer apretó los labios, luego se dirigió a Jason.

—Esto no es necesario, ya lo hicimos una vez y no obtuvimos nada.

—Aquello fue un error de cálculo. Esta vez es perfecta, ¿no lo ves? Rezamos por respuestas y la Madre Tierra nos envió una centauro. Su poder nos volverá guerreros de clase alta y entonces podremos vencer a nuestros enemigos y recuperar a nuestros hijos. ¿Es que no quieres volver a ver a tu muchacho?

La mujer apretó los puños. Se dirigió a otros como buscando ayuda.

—No tenemos certeza de que la Madre Tierra vaya a concedernos todo lo que queramos. Es nuestra guía espiritual, no la maldita Lámpara de Aladino. Nuestra fe no debería empujarnos a actuar así.

El tal Jason se dirigió a la multitud:

—Nadie aquí debe dudar de la Madre Tierra, ¿o es que desconfían del poder de la oración? —varios entre la multitud menearon de inmediato la cabeza en una negativa, otros parecían no saber qué responder al respecto y permanecieron en silencio— Nosotros creemos, nuestra fe nos guiará a la victoria. Hacemos lo que tenemos que hacer, ¿cierto? —Exclamó, la gente respondió afirmativamente— Ahora terminen de preparar el altar para el sacrificio.

Uno a uno todos se retiraron, dejaron a Ginger con sus lágrimas. Toda la situación parecía como una pesadilla hecha a la medida para ella por la fijación de aquella gente con los caballos. No había sido casualidad que justo en ese momento sus poderes fueran bloqueados. Belladonna los vigilaba, sabía dónde estaban para dirigir sus ataques. Eso no era todo, ahora también le quedó otra cosa clara a Ginger, Belladonna identificaba situaciones de peligro específicas para cada alférez. Recordó algo que dijo Linda una vez: sin sus poderes ellos eran vulnerables.

«Eso es lo que Belladonna quiere, que tengamos miedo, que nos hagan daño... ¡No! Yo debo ser valiente, soy una alférez... Es solo que no puedo hacerlo sin mis poderes, necesito ayuda. Hermanas, Patrick, ¡ayúdenme!».

Ahora más que nunca deseó tener a Patrick cerca. Había algo en él que siempre la hacía sentir segura. Sin querer recordó la noche del baile de primavera, ella estaba humillada, sola y con el corazón roto, entonces él surgió con su sonrisa boba y sus palabras amables. En ese momento cómo le hubiera encantado escuchar su voz. No existía nadie como él.

Jason volvió, se le acercó canturreando mientras colocaba flores en la larga trenza negra de su cabello.

—¿De verdad crees que vas a lograr algo asesinándome? —preguntó Ginger.

El sujeto dejó de cantar. Tras una breve pausa explicó:

—No sé, quisiera predecir el resultado, pero soy sólo un psíquico de clase media y no tengo idea de si este experimento funcionará. Quiero ver si es posible transferir tus poderes hacia mí.

Ella levantó la cabeza y lo miró consternada.

—Eso no es posible.

—Es lo que se dice. Yo pienso que sólo hay una forma de averiguarlo. Tengo suerte de que esta gente me tiene más fe de la que deberían, la situación con algunos de sus hijos secuestrados es ideal para hacer que hagan lo que yo quiera y que me ayuden a hacer lo que no podría por mí mismo y atrapar a alguien como tú. Si mis cálculos son correctos, no sólo lograré algo que nadie más ha logrado, también tendré la dualidad, juntando mis artes psíquicas y tu esencia luminosa de caballo.

—Yo ni siquiera soy de la casta luminosa, mi poder es de metal.

—¡Silencio, niña ignorante! Que ya vamos a comenzar.

Los seguidores de aquel demente se aproximaron y se plantaron a su alrededor. Se movían como autómatas, indiferentes al momento. Los rostros de algunos reflejaban cierto remordimiento por lo que estaban a punto de presenciar, Hannah se dijo que quizá podía tratar de apelar a su buena voluntad.

—¡No, por favor! —Suplicó— Yo también soy la hija de alguien, podría ser la hija de cualquiera de ustedes.

Jason dio una orden, una de las mujeres se acercó y la amordazó, los gritos de Hannah quedaron ahogados. Estaba temblando aterrada; si había algo que no le gustaba era el fuego, no quería morir así.

La gente cantaba, Jason tomó una antorcha se acercó solemne y la pasó por los maderos a su alrededor, la caricia ígnea encendió la hoguera. Acto seguido se posicionó frente a ella y comenzó a elevar su energía. Las llamas se extendieron para rodearla, el humo subía, le irritaba sus ojos y hacía más difícil respirar. Quería gritar, el fuego le daba miedo, sentía calor. Su sudor la empapaba y el calor le hacía daño.

Escuchó gritos a su alrededor, la multitud estaba alterada. A Ginger le pareció que divisó un resplandor azul el cual se aproximaba en su dirección, no la golpeó a ella sino a las llamas, y al hacerlo fue como brisa fresca del océano, extinguiendo la hoguera. Esta vez fue Jason quien gritó.

—¡No, lo están arruinando todo!

Ginger no estaba segura de si el rayo azul había consumido todo el fuego, porque de pronto le pareció que aún quedaba una flama brillante que se le acercaba volando, quizá una antorcha arrojada por alguien. Aquel fuego atacó a Jason Loveheart, lo dejó tendido en el suelo. La llama se le acercó, ella cerró los ojos. Percibió su calor, sin embargo no quemaba ni le hacía daño. Sintió el toque familiar de unas manos, que le quitaron la mordaza de la boca y le acariciaron el rostro.

—Hannah, ¿estás bien?

Abrió los ojos, conocía tan bien aquella voz querida. Nunca antes se había sentido tan feliz de verlo.

—Patrick.

A su lado Georgina se apuraba a desatarla. Apenas se vio libre, sin saber por qué, un impulso hizo que Ginger le arrojara los brazos al cuello a Patrick, él la abrazó.

—¡Cuidado! No tienes que ser tan efusiva, niña del caballo.

Hannah se separó, él sonreía con aquella seguridad tan propia de él.

Dos hombres a caballo venían hacia ellos, Georgina los recibió con un estridente grito que hizo encabritar a los caballos. Hannah y Patrick se llevaron las manos a los oídos. La sirena se volvió hacia ellos.

—Lo siento —dijo sin en realidad sentirlo.

Georgina fue a recibir con sus puños a los jinetes.

El tal Jason Loveheart se incorporó. De un bolsillo atado a su cintura sacó un extraño polvo negro, dijo unos pases y sopló en dirección a Patrick, el polvo se transformó en el aire en una mancha monstruosa como de tinta, se hizo grande y se arrojó hacia Patrick igual que una ameba voraz. Patrick luchó con aquello, Jason Loveheart se rio, aunque no por mucho tiempo. Rayos de fuego salieron de todas direcciones de la ameba, Patrick gritó y expulsó energía para liberarse, la ameba se disipó. El curandero se quedó pasmado. Patrick estaba todo resplandeciente, en sus manos se concentró energía ardiente que sólo él podía manipular.

—Así que eres un fénix, ¡sorprendente! Jamás había visto uno.

—Así que te gusta quemar. Muy bien, veamos si esto te gusta.

Se lanzó hacia él y descargó su energía a quemarropa, entonces, al entrar en contacto el poder del fénix con la bolsa de misteriosos polvos, las ropas del hombre se prendieron en llamas. Aterrado, Jason trató de apagarlas a manotazos. El fuego se extendió, pronto todo él estaba en llamas, gritando y corriendo hasta que cayó desplomado, retorciéndose mientras ardía y quedaba inmóvil. Hannah sintió nauseas, le asombraba el poder del Patrick, pero también le temía.

Rosa se acercó, quería saber si Hannah recibió daño. El fuego había alcanzado a sacarle ampollas en las piernas, Rosa se ocupó de ellas en un instante. Hannah respiró aliviada.

—Gracias, Rosa, ya estoy bien. Tan sólo no puedo usar mis poderes.

—Te tomará quizá un día —comentó Rosa.

—O dos —añadió Patrick.

El joven se quitó la camisa y se la tendió a Hannah.

—Toma, no es que me desagrade la vista, pero no puedes andar así.

—¡Patrick! —exclamó Ginger apenada y se la arrebató.

Él sonrió y se dio la vuelta para alejarse de ellas. Hannah se quitó los collares y se colocó la camisa. Tan pronto la tuvo puesta, le fue imposible no reparar en el olor con el que estaba impregnada, mezcla de sudor y loción con notas de vetiver y cítricos. Por un instante se olvidó que Rosa estaba a su lado y aspiró profundo ese olor, tenía algo hipnótico. No debía pensar en ello. Por mucho que le gustara su aroma, se trataba de Patrick, su hermano adoptivo y compañero alférez, nada más. No debía darle importancia, aunque no dejaba de pensar en que quería olisquear la camisa una y otra vez.

En torno a ellos, las chicas, Nick y Terrence tenían dominada prácticamente la pelea. La mujer de cabello gris, al ver el horrible final de su líder, exclamó:

—¡Basta! ¡Paren ya, por favor!

Linda la volteó a ver, la joven se notaba interesada por algún auténtico sentimiento que detecto en la mujer. Se acercó a ella con calma, la mujer levantó las manos.

—No más violencia, por favor. Jason está muerto, ¡esto se acabó!

Sus palabras tuvieron un efecto en sus compañeros, se veían abatidos. Ginger fue hasta aquella mujer, estaba enojada por lo que había sucedido, porque ellos habían sido partícipes y se limitaron a observar y ser parte del macabro juego de aquel demente.

Linda desprendió una gran cantidad de energía luminosa, resplandeció con intensidad, estaba usando todo su poder para absorber emociones intensas de todos. Hannah notó que, aunque seguía enojada, la emoción ya no era tan fuerte. Linda les habló:

—Vamos todos a calmarnos y hablar por un minuto, es todo lo que pido.

Los alféreces se agruparon. Alex se dirigió a la mujer.

—Monstruos, todos ustedes. Eligieron muy mal a su víctima esta vez.

—¿Acaso crees que queríamos hacer esto? —Respondió ella furiosa, luego volteó hacia donde estaba Ginger— Nunca quisimos lastimarte ni a ti ni a las otras.

—¿Las otras? ¿Cuántas más? —preguntó Pearl irritada.

—No importa. Sepan que no somos tan malos, no como ustedes y sus demonios.

—¿Qué es lo que van a llevarse ahora? —Preguntó otra mujer presa de la histeria, con la cara bañada en lágrimas— Nos han quitado a nuestros jóvenes, ¡¿qué es lo que quieren de nosotros?!

—¡Nosotros no nos hemos llevado a nadie, sarta de imbéciles! —exclamó Patrick.

Linda avanzó hacia el frente con las manos extendidas en ambas direcciones para indicando a ambos bandos que no pelearan. Seguía resplandeciendo para controlar los ánimos generales.

Nick se acercó a la mujer.

—Creo que sé lo que les ha ocurrido, es por los demonios, aparecen por sorpresa y se llevan a las personas.

—Durante una de nuestras reuniones para rezar a la Madre Tierra y agradecer por sus dones, ellos aparecieron y se llevaron a algunos de nuestros hijos. Nuestro curandero y líder dijo que, con nuestro nivel de energía no sería suficiente para protegernos, que era necesario sacrificios para crear encantamientos para volvernos más fuertes, defendernos y encontrar a nuestros niños. Nosotros sólo queremos que los nuestros vuelvan.

Hannah miró a su alrededor, notó que algunas personas se habían acercado a quienes seguramente eran sus parejas, unos se tomaban de las manos, otros se abrazaban, varios estaban llorando. De pronto ya no se sintió enojada con ellos, eso no tenía nada que ver con Linda, sino con la empatía que experimentaba por aquellas personas y por su dolor.

«Maldito James... cómo sea que se llamara el hijo de puta. No era más que un manipulador que vio una oportunidad para su experimento absurdo».

—Señora —dijo Nick solemne—, nosotros hemos venido hasta aquí justamente buscando a esos enemigos. Sabemos lo que hacen y no vamos a permitirlo. Es nuestra intención derrotarlos.

—Queremos que nuestros hijos vuelvan.

—Y volverán —sentenció Serena dando un paso al frente para enfrentar a la multitud con aplomo—. Tienen nuestra palabra de que vamos a hacer todo lo posible por regresar a aquellos que se han llevado.

Los guardianes, Terrence y Nick asintieron.

—Ustedes son sólo unos muchachos —se quejó alguien—, son demasiado jóvenes, no tienen idea de lo que esos monstruos son capaces de hacer.

Tanya respondió con arrogancia:

—Creo que hoy hemos demostrado lo que somos capaces de hacer.

El que habló se encogió de hombros. Rosa añadió.

—Permitan que los ayudemos, nosotros haremos cuanto esté a nuestro alcance para ver que sus hijos vuelvan.

Detrás de ellos alguien aplaudió con ironía. Ginger volteó, bajo la luz de la luna y con el reflejo bailarín del fuego de las antorchas encendidas, contempló a una mujer toda vestida de negro, desde el cuello a la punta de los pies. La suave brisa nocturna le daba algo de movimiento a sus ya de por sí alborotados cabellos color caoba.

—Debo admitirlo, familia, casi me conmueven.

—Molly, ¿qué es lo que quieres? —rugió Alex.

—*Come down, Sparky*. Sólo hago mi trabajo —contestó la centinela.

Los alféreces se pusieron en guardia, Hannah también lo hizo por inercia, luego se dio cuenta de la futilidad de aquello, pues no estaba en condiciones de pelear contra eukids, mucho menos contra una centinela negra.

—El ama está muy molesta, han estado entrometiéndose en nuestro camino. También está ofendida por la negativa a unirse a ella.

—Qué bueno —replicó Patrick con malicia—, esa era la intención.

—Sólo para darles una lección, les he traído algo en qué entretenerse y me voy a llevar algunos granjeros a cambio para nuestras filas.

Un sonido estridente y gutural surgió del bosque, el suelo tembló por pisadas, de entre los árboles surgieron demonios enormes. La gente comenzó a gritar.

Nick y se dirigió a la mujer de cabello gris.

—Reúna a su gente, si pelean, qué sea en grupo. Nosotros nos haremos cargo.

La mujer asintió, luego gritó con voz potente.

—¡Ya lo escucharon, formación de combate y no se separen!

Los que no eran jinetes corrieron para formar un grupo. Los jinetes volvieron a sus caballos. Los alféreces se prepararon para atacar.

Cundió el caos, cada demonio valía por tres, eran rápidos, violentos y fuertes. Uno de los demonios iba a atacar a una mujer y su esposo, rápida y con la gracia de una bailarina, Linda se paró frente a ellos y levantó un muro de cristal. El demonio fue a estrellarse contra él. Luego le indicó a la pareja que se reuniera con los demás, ellos obedecieron.

Eran siete demonios, pero eso bastaba para tenerlos ocupados. Estos no eran como otros que habían visto antes, eran enormes, de unos ocho pies de alto, cuatro brazos y garras de cuatro dedos. De sus fauces de fatales colmillos escurría una saliva espesa y maloliente. Tenían una cola flexible con púas afiladas en la punta, similares a las de un estegosaurio, las cuales usaban dando terribles coletazos.

Hannah se preguntó por un momento por qué esta vez no había enviado soldados. Quizá porque aún estaban reeducando a los nuevos miembros. Los demonios en cambio, eran como animales amaestrados.

Alguien la jaló del brazo, Patrick de nuevo.

—Quédate atrás —ordenó.

—No, yo no tengo miedo.

—¡Pero qué terca eres! Entiende que en este momento no nos ayudas.

—Él tiene razón —lo secundó Tanya al tiempo que lanzaba una cápsula de energía—, sin tu poder eres vulnerable.

Aquellas palabras la ofendieron. Estúpido Patrick y estúpida Tanya, siempre se la pasaban peleando y justo en ese momento se aliaban para estar de acuerdo. Alguien más razonable hubiera hecho caso sin chistar, Ginger no quería ser razonable, estaba enojada. Era cierto que nunca le había gustado pelear, era un tema que más de una vez había provocado emociones contrarias en su corazón, sin embargo, ser una alférez la enorgullecía. Deseó ser capaz de transformarse en centauro y empuñaba su arco.

«No es justo», pensó, «cuando los poderes de Georgina fueron bloqueados ella pudo transformarse en sirena con el contacto con el agua salada. ¿Qué debo hacer yo para transformarme, para poder pelear?».

Casi en el mismo momento comprendió que era una queja absurda, Georgina era muy distinta a ellos, por algo a los poderes de agua se les llama Casta Exclusiva; su naturaleza entera era muy diferente a la de los eukid terrestres. Ginger tuvo que aceptar que no le quedaba más que esperar.

Observó a su familia y a los granjeros pelear, esta vez juntos. Alex sostenía un combate muy difícil con Molly, quién era mucho más rápida y parecía divertirse. Serena y Pearl luchaban contra un monstruo de proporciones colosales, más alto que los demás. En un momento, aquel monstruo hercúleo se distrajo cuando vio el resplandor eléctrico de Alex, se olvidó de sus oponentes y arremetió contra ella de sorpresa, arrojándola al suelo. Pearl le hizo frente de nuevo, mientras que Serena detuvo un ataque de Molly y respondió con otro.

Ginger corrió hacia Alex, ella se quejaba de dolor.

—¿Estás bien?

—Estoy bien.

Serena no la estaba pasando mejor con Molly, no era una rival fácil, era de lo mejor que las chicas hubieran visto jamás. La centinela se rio divertida.

—No entiendo que los motiva a meterse en nuestro camino una y otra vez. Ustedes pueden ser muy persistentes, ¿por qué?

No era una pregunta retórica, el tono de Molly y la forma en que se le quedó mirando pedían una respuesta.

—Porque lo que Belladonna hace no es justo.

—La existencia de un nuevo orden eukid me parece bastante justo.

—No de la forma en que ella lo busca. No podemos permitirlo, esa es nuestra misión como alféreces elegidos por los Cuatro Sabios.

Molly se rio.

—Pero qué tontería. ¿Te refieres a aquella supuesta leyenda de la esperanza de los sabios? Conozco el cuento, lo escuché de niña. Se dice que los Sabios, antes de morir, vaticinaron un futuro funesto, para lo cual dejaron un rayo de esperanza que despertaría y haría frente al caos. Y ahora ustedes se toman ese atributo. ¡Por favor! Sospecho que padecen de delirio de grandeza.

—Es real, es por ello que hemos reencarnado y hemos sido reunidos como familia y equipo.

—Escucha, es momento de un cambio entre los eukids y Belladonna tiene una solución.

—Crees en Belladonna. Yo pensé que los centinelas negros no seguían a nadie, que eran mercenarios que peleaban por conveniencia y lo mismo les traicionar a sus jefes en cuanto se les da la gana.

—También tenemos ideales reales, no cuentos de hadas. Los Cinco Sabios fueron un capítulo glorioso eukid, pero hace mucho que desaparecieron y nada queda de su legado. Si así fuera, yo no pelearía por Belladonna.

—Quizá sea momento para reconsiderar tu lealtad. Oh, lo olvidé, los centinelas negros no saben nada de lealtad.

Molly ladeó la cabeza, miró a Serena con condescendencia.

—Tú no sabes nada. Basta de charla, pelea.

El combate prosiguió.

La guardiana eléctrica estaba irritada, aquel colosal demonio parecía invencible. Miró a Serena que había tomado su lugar con Molly, luego levantó la vista, el cielo se estaba nublando, a lo lejos divisaron un rayo ir de una nube a otra nube. Apretó los puños irritada.

—¡Suficiente! Ese maldito monstruo tiene mucha fuerza y yo tengo muy poca paciencia.

Se quitó las botas.

—¿Qué haces? —preguntó Hannah.

—Necesito hacer tierra, las suelas son de goma.

Alex encendió su energía, rayos oscuros surcaban por su cabello. Ella echó a correr lejos de Hannah. Levantó los brazos al cielo. Otro rayo saltó de nube a nube. El cabello de Alex se erizó con locura. Hannah entendió lo que pretendía.

Pearl tenía problemas. Una pareja de jinetes se acercó a ayudar, Ginger decidió hacer lo mismo. Se acercó corriendo, levantó piedras del suelo y las arrojó contra el demonio, éste se molestó, los jinetes atacaron con sus rayos de poder, dándole un auxilio necesario a Pearl.

El estruendo del rayo al golpear a Alex hizo que todos los presentes se sobresaltaran. Hannah supo lo que seguiría, le gritó a los jinetes y a Pearl que retrocedieran. Alex apuntó su rayo hacia el enorme demonio. El chillido de la bestia fue horroroso, luego se desplomó. Alex no había terminado, dirigió la otra mano hacia donde estaba Molly.

—No me olvidé de ti.

Hannah se apresuró a saltar sobre Serena para derribarla. Sintieron la intensidad del rayo. La centinela negra salió volando por los aires, cayó pesadamente quejándose de dolor. Acto seguido Alex perdió el conocimiento y se desplomó.

—¡Alexandra! —gritó Ginger.

Serena y Ginger corrieron a su lado.

Otro de aquellos demonios se tornó furioso, se dirigió hacia ellas. Serena se incorporó para enfrentarlo, el demonio la derribó, luego fue en dirección a Hannah, ella contuvo el aire.

«Oh no, creo que esta no es mi noche».

Hannah echó a correr hacia el bosque, pensando que quizá lo perdería entre los árboles, era su mejor oportunidad. Se escondió detrás de un árbol. El demonio lanzaba coletazos en todas direcciones, cortando ramas y arbustos con su afilada cola. Ginger trató de escabullirse, escuchó un silbido, apenas y pudo esquivar un coletazo que bien hubiera terminado con su vida, ¡la había encontrado!

—¡Fuego! —gritó una voz.

El monstruo fue golpeado por el poder del fénix. Detrás de él otro ataque, el de una guerrera con energía metálica y cabello rubio. Pearl descargó su rayo y el demonio cayó.

—¡Patrick, Pearl!

Ambos se le acercaron corriendo. Georgina venía tras ellos.

—¿Todo bien? —preguntó el fénix.

—Sí, estoy bien.

—Vaya, parece que ya todo pasó —comentó satisfecha la sirena.

—Hermanita, te perdiste toda la diversión.

Ellos empezaron a hablar relajados, ya no había de qué preocuparse.

De pronto Pearl se tornó seria, parecía haber detectado algo entre los árboles y se alejó de ellos. Ginger no le quitó la vista de encima a Pearl. Patrick y Georgina, estaban eufóricos por la emoción de un gran combate y la victoria conseguida. Lo que siguió después fue como en cámara lenta, Hannah vio al demonio volver a incorporarse, Pearl con la vista fija en un punto, callada, inmóvil. El demonio hizo un último acopio de todas sus fuerzas, dio un salto.

«¿Pearl, por qué no te mueves?», gritaba Ginger en su mente.

Hannah corrió hacia ella, el demonio se giró, su cola dibujó un círculo, el aire silbó. Hannah no dudó, se arrojó hacia Pearl, el filo descendió con fuerza. Hannah empujó a Pearl. Escuchó un silbido, vino el golpe y dolor. Las dos jóvenes cayeron al suelo.

Patrick y Georgina se percataron de lo que estaba sucediendo. La sirena descargó un poderoso rayo azul, el demonio fue lanzado contra un árbol, golpeó fuerte, cayó y esta vez ya no se levantó más. Sólo para asegurarse, la sirena fue hasta donde estaba para romperle el cuello.

Pearl se giró hacia Hannah, estaba alerta traspirando, como si no terminara de entender lo que había sucedido. Hannah sintió un intenso dolor en la pierna ardía más que ninguna otra herida que le hubieran hecho en toda su vida. Sus jeans estaban rasgados y su muslo abierto en un corte profundo y largo. La sangre manaba a chorros. Hannah comenzó a gritar.

XXI.- Pánico

Pearl

Vio una sombra, Pearl fue en su dirección. Ahí estaba, era una centinela enmascarada, con aire hostil. Antes de que Pearl pudiera decir o hacer nada, escuchó su voz acusadora.

—*Fue tu culpa.*

«¿*Mi culpa?*», pensó Pearl.

La centinela replicó con voz potente.

—¿*De quién más? Zorra estúpida. Tú mataste a Marcus.*

Pearl se quedó helada, sin saber qué decir o hacer, perdida en un abismo de su mente. Lo siguiente que supo es que alguien la había empujado y estaba en el suelo junto a Hannah. El corte en su pierna era profundo, había sangre por todas partes. En un segundo Patrick y Georgina estaban junto a Hannah. Pearl se levantó y se hizo a un lado sin despegar la vista de ellos.

—¡Es mucha sangre! —exclamó Georgina.

—Tenemos que detener la hemorragia —sentenció Patrick.

Ginger gritaba presa del pánico. Patrick se dirigió a ella severo.

—Hannah, escúchame, confía en mí. Gin, ¡sujétala fuerte! —ordenó y el tono imperativo de su voz fue tal que no dejaba lugar ni a titubeos.

Georgina tomó a Hannah por los brazos, Patrick puso su mano sobre la herida, resplandeció ardiente por una bola concentrada de energía directamente sobre la carne. Hannah volvió a gritar de dolor, se retorció en brazos de la sirena. Pearl miraba todo horrorizada. El olor de la carne quemada le revolvió el estómago. Hannah se desmayó.

—¡Necesitamos a Rosa! —exclamó Patrick.

Georgina se puso de pie y echó a correr, al mismo tiempo alguien venía, eran Terrence y Serena. Patrick clamó Patrick histérico.

—¿Dónde está Rosa? ¡Rosa! ¡¡¡ROSA!!!

Georgina regresó con Rosa pisándole los talones. La delicada joven se acercó hasta Hannah, miró la herida y se llevó una mano a la boca sobresaltada por la magnitud de la herida y tanta sangre.

—Esto es mucho más que un raspón, es peor de lo que pensaba.

—Tú puedes ayudarla, por favor —suplicó Patrick.

Rosa puso sus manos y se concentró. No estaba funcionando. Rosa cerró los ojos, toda ella resplandecía. Poco a poco la herida empezó a sanar. La carne quemada volvió a ser roja y el corte a unirse. La frente de Rosa se perló de sudor, sus manos comenzaron a temblar. No quería romper la concentración, siguió concentrada. Abrió la boca y emitió un quejido, la herida se redujo considerablemente. De pronto, a Rosa le dio un espasmo, el resplandor de su energía se apagó, su cuello se tensó y se desplomó a un lado.

Terrence revisó rápidamente a ambas jóvenes.

—La señorita Hannah ha tenido mucha suerte, ahora la herida es mucho menor y no tendrá problemas para sanar por sí sola. La señorita Rosa está exhausta. Debemos llevar a ambas a casa.

Terrence se apresuró a tomar a Rosa en brazos. Patrick hizo lo mismo con Hannah, se incorporó y por primera vez en todo ese rato se dirigió hacia Pearl. Él estaba furioso, su gesto era acusador y hostil.

—¡¿Cuál es tu problema?! *What is wrong with you!!*

Pearl se encogió de hombros. Quería decirles del centinela, pero se contuvo por un pequeño detalle. Ya en el pasado les había dicho qué creía que los seguían y ellos nunca parecían ver u oír nada. Esta vez la centinela había estado ahí frente a todos, le había hablado, seguía ahí cuando ellos se acercaron, pero ninguno pareció notarlo.

Los demonios estaban derrotados. Los habitantes de aquella comunidad reunieron los cuerpos para quemarlos.

—¿Dónde está Molly? —preguntó Georgina.

—Escapó —respondió Tanya—. Increíble que sobreviviera al rayo de Alex. No cabe duda que los centinelas negros son unas ratas bastante difíciles de exterminar.

Tanya asistía a Alexandra, ella estaba aún aturdida pero bien. Manipular aquel relámpago la había lastimado. Antes de atender a Ginger, Rosa la había ayudado.

Nick habló con la mujer de cabello gris, quien al parecer ahora sería la nueva líder de aquella comunidad. Su nombre era Lori. Ella estaba orgullosa de los suyos. Sin embargo seguían preocupados por sus hijos. Había algo respetable en Lori, se notaba que era una mujer sensata. No parecía muy molesta por la pérdida de su líder.

—Era nuestro guía, pero lo cierto es que nunca me simpatizó del todo. Lo respetaba porque era lo que parecía correcto. Quizá podamos empezar de nuevo, nosotros y su familia. Sus hijos son algo extraordinario.

Nick asintió, volteó hacia Tanya y Linda. La psíquica miró los pensamientos de Lori y asintió. Linda sonrió y le tendió la mano. Nick le contó quiénes eran ellos y le dijo que buscaban hacer frente a Belladonna para detener su avance y los secuestros. Lori escuchó solemne.

—Cuando era niña —dijo al fin—, mi abuelo me contó esa historia, cómo los Cuatro Sabios restantes hicieron un plan para cuando el caos regresara. Por lo que a mí respecta, ustedes, bien podrían ser quienes dicen que son, o podrían ser sólo un grupo de guerreros muy bien preparados con ínfulas de grandeza. En ambos casos eso para nosotros es lo mismo. Lo que de verdad deseamos es recuperar a nuestros niños y jóvenes.

—Ellos volverán —afirmó Serena —nosotros veremos que así sea.

Y los chicos asintieron.

Hannah despertó, estaba aliviada de que todo hubiera terminado. Rosa en cambio, cayó en un profundo sueño. Lori les ofreció que pasaran la noche en su granja, Nick le agradeció el gesto pero le dijo que debían volver a casa.

Ya en la Van, en el camino de regreso, Terrence conducía. Hannah estaba tranquila, se sentía muy cansada, débil y hambrienta. Le habló a Patrick, sentado a su lado.

—Por cierto, gracias por salvarme, por lo que hiciste con mi pierna.

—Dale las gracias a Rosa.

—Tú detuviste la hemorragia.

—Tome algo de mérito, joven Patrick —interrumpió Terrence—, estuvo bien pensado.

Silencio por un rato.

—¿Por qué hueles mi camisa? —le preguntó Patrick.

—No sé a qué te refieres.

—Te he visto hacerlo varias veces, olfateas mi camisa, ¿tan mal huele?

—¡Sí, huele mal! A sudor.

—Pues si no la quieres regrésamela, que me está dando frío.

—No, ahora es mía. Ahora, cállate, que me voy a dormir.

Ella se acurrucó contra su hombro, él recargó la cabeza sobre la de ella. Ambos se quedaron dormidos. Pearl permanecía en silencio, se sentía avergonzada. Una voz acusadora en su mente no dejaba de gritar, "es tu culpa". Deseaba que cesara. Evitó dormirse en todo el camino, ya sabía lo que le esperaba, si cerraba los ojos, con la cabeza rebozada de esos pensamientos, tendría pesadillas, quizá un ataque de pánico, y eso era peor.

Llegaron muy tarde a casa, estaban exhaustos. Maggie los estaba esperando. En cuanto vio a Rosa corrió alterada hacia ella, sujetó su cara con sus manos.

—¿Qué le pasó? —preguntó.

—Usó toda su energía al máximo y está agotada —respondió Terrence.

Terrence llevó a Rosa hasta su cama, Maggie lo siguió, no sin antes decirle a la familia que tenía algo que mostrarles, pero que podía esperar al día siguiente.

—¿Alguno de ustedes tiene exámenes o algo importante que entregar mañana en la escuela? —preguntó Nick.

Los chicos contestaron con una negativa.

—Bien, tómense libre el día de mañana. No tienen que ir a clases.

Eso los puso de buenas.

Una hora más tarde, ya estaban todos en sus camas profundamente dormidos. Tres horas más tarde, tal y como temía, Pearl se despertó de golpe tras una pesadilla. Acalló el grito de horror en su garganta. Lo que no podía silenciar eran los ecos de recuerdos y de sensaciones que reptaban por su cuerpo. Los sentía sobre ella, era como si su propia piel le jugara una broma cruel al hacerle revivir aquella noche. El pánico la invadió.

«Estoy a salvo. ¡No es real!», se repetía.

Al cabo de algunos minutos que le parecieron eternos, la alteración causada por el pánico fue disminuyendo. Del terror pasó a la desolación. Se abrazó a la almohada y hundió la cara en ella para ahogar el llanto. Se le hizo un apretado nudo en la garganta, tanto que dolía. Se obligó a no llorar. Se quedó muy quieta, abrazada a la almohada hasta que se quedó dormida.

Eran alrededor de las 8:30 AM cuando se despertó. Salió de su cuarto para dirigirse al baño. La puerta del cuarto de Rosa estaba entreabierta, se asomó con cuidado, adentro estaba Maggie sentada a su lado, acariciándole la cabeza, mientras que Terrence le tomaba la presión y escuchaba su pecho con un estetoscopio. La joven se movió un poco.

—¿Cómo te sientes? —preguntó Maggie.

—Cansada —respondió arrastrando la palabra como si estuviera drogada.

Pearl observó procurando no ser vista, como una sombra silenciosa. Era una gran ventaja contar con un médico en casa. El mayordomo de los Kearney era más que un excelente cocinero, también era un médico que había servido en el ejército de los Estados Unidos. Perdió su licencia cuando en vez de prescribir analgésicos se volvió adicto a ellos. A muchos les hubiera parecido una locura que su abogado le ofreciera trabajo en su propia casa, ayudando a su esposa y a sus hijos pequeños. Pero así tenía que ser, el destino los cruzó y la voz del Atalaya le dijo a Nick que le ofreciera una oportunidad. No se equivocó. Terrence era amado como un miembro más de la familia.

Pearl miró a Maggie, los jóvenes Kearney fueron niños afortunados al tenerla como madre. Maggie era todo lo que la pequeña Kerri hubiera esperado de la señora Sullivan. Ahora podía darse el lujo de recordar el pasado, ya no importaba. Pearl estaba tranquila porque por fin había logrado bloquear su mente. La única vía abierta era la de la comunicación telepática, la cual se escuchaba en una frecuencia distinta a la de los pensamientos y recuerdos. Eso era suficiente. Ahora por fin tenía privacidad total en su mente.

Alrededor de las 1:00 PM la familia se reunió en el comedor para el lunch. Nick ya estaba en casa, si algo surgía en la firma de abogados, esperaba poder arreglarlo desde casa. Terrence sorprendió a los chicos con una olla de chili con carne y frijoles.

—Terrence, eres el mejor, es mi comida favorita.

—Después de la noche que pasó, es lo menos que puedo hacer por usted, señorita Hannah.

Georgina estaba pensativa.

—Me gustaría ponerle queso, pero temo que lo lamentaré después.

—Por si acaso, deja abro la ventana —replicó Patrick.

—¡Por qué siempre tienes que ser tan desagradable! —refunfuñó Tanya.

—Patrick, ya siéntate —le indicó Maggie.

Él se reía con descaro. Pearl se sentó en silencio y se dispuso a comer sin apetito. Sus hermanos en cambio comían con un hambre voraz.

Linda fue la primera en percatarse de la presencia de ella al acercarse, se volvió contenta.

—¡Rosa, ya estás mejor!

Todos voltearon hacia la entrada del comedor, Rosa se acercaba, aun en pijama, con una sudadera puesta y el cabello negro y lacio que le caía un poco más abajo de los hombros. Ella se veía tranquila, con aquella sonrisa amable y discreta tan propia de una dama, de una princesa, de alguien como ella.

Maggie se levantó.

—¿Cómo te sientes?

—Mejor, tengo hambre. No puedo creer que haya dormido tanto.

Rosa fue a ocupar su lugar en el comedor.

—¿Por qué traes esa sudadera con este calor? —preguntó Hannah.

—Tengo frío.

Terrence puso frente a ella un plato con una porción generosa.

—Con esto se calentará y recuperará energía, señorita.

Al llegar al postre Nick se dirigió a la familia.

—Anoche estuvieron muy bien, hubo algunos errores, pero independientemente de lo que cada quien haya hecho, creo que todos podemos enriquecernos y aprender de la experiencia.

«Esto no me va a gustar», meditó Pearl y se le revolvió el estómago con lo poco que había comido.

—Quiero que sepan que estoy muy orgulloso de su valor, sin embargo, procuren no ser imprudentes. No por terminar rápidamente un combate se pongan en un peligro extremo.

—¡Nick, dame algo de crédito! —exclamó la alférez eléctrica.

—¿Qué te hizo pensar que podías manipular un rayo?

—*I don't know, I just took a chance and it worked.* Maté al demonio, detuve a Molly y lo mejor es que no llovió sino hasta que ya estábamos de vuelta a casa.

Nick suspiró severo como quien se recuerda que debe ser paciente. Pearl observaba en silencio, como aguardando a recibir una estocada, sabía que anoche ella había cometido un terrible error y lo iban a mencionar.

—De no ser por Rosa estarías en muy mal estado.

—Está bien, quizá fue arriesgado. La próxima vez dejaré las medidas extremas como último recurso. Por cierto, gracias, Rosa.

—Sí, gracias, Rosa —dijo Ginger—, esta nueva habilidad tuya es increíble.

Los chicos asintieron.

—Aunque esta habilidad —comentó Maggie dirigiéndose a Rosa— tiene el inconveniente de que consume toda tu energía.

Ella asintió.

—No tengo tanto problema con heridas pequeñas, pero las grandes demandan demasiada energía y concentración de mi parte. Ayer ya estaba cansada cuando Ginger fue herida. Sin embargo, no podía dejarla así,

—Haberte arrojado así, sin tus poderes, para salvar a Pearl también fue algo imprudente —señaló Alex.

—Somos un equipo, tenemos que hacer lo que tenemos que hacer, ¿o no?

—Replicó Hannah— No iba a dejar que lastimaran a mi hermana.

—Y a todo esto, Pearl, ¿qué fue lo que viste en el bosque? —preguntó Georgina.

Las miradas de los alféreces se fijaron en ella, Pearl se sintió expuesta, hubiera querido convertirse en una sombra y escabullirse.

Nick sentenció:

—Eso ya no importa, el punto es recordarles a todo que deben estar atentos. No quiten la vista de su oponente, no se distraigan, no se confíen y nunca bajen la guardia. Cada quien medite sobre su propio desempeño, analicen sus aciertos y fallos y aprendan de la experiencia.

Los chicos asintieron. Pearl tenía ganas de vomitar. Maggie comentó:

—Bien, ahora hay algo más que tenemos que mostrarles.

Maggie se levantó, fue hasta el mueble del comedor, abrió el cajón superior y sacó un periódico doblado.

—Ayer cuando revisaba la correspondencia me encontré con que alguien dejó esto en el correo, es para ustedes.

Tanya, siendo la más cercana a Maggie se apresuró a tomarlo. El periódico estaba abierto en la sección de sociales. La nota era sobre una reunión con motivo del aniversario de una compañía local para lo cual se hizo una gala con importantes hombres de negocios y servidores públicos. En la foto posaban cuatro caballeros de traje y una dama de aspecto distinguido, su vestido, sus joyas, su cabello, todo era perfecto, como si fuera miembro de la realeza. Los chicos la conocían, la misma mirada maliciosa.

—¡Belladonna! —exclamó Patrick.

—Dentro del periódico también venía esta nota.

Maggie les mostró un papel doblado por la mitad. Lo desdobló y leyó:

"Qué tal, alféreces:

Como a estas alturas ya han de saber, estoy muy interesada en ustedes y lo que pueden hacer, pero sobre todo en lo que pasa cuando eso que pueden hacer no lo pueden hacer.

Sé que han estado frustrando algunas de nuestras misiones y han matado a varios de mis demonios. Eso no está bien, aunque debo admitir que encuentro su perseverancia bastante divertida.

Yo he estado viajando aquí y allá buscando soldados y también aliados para mi causa. Respecto a esto, ¡les tengo noticias! He decidido regresar a la Ciudadela, ¿cuándo? Aproximadamente en unas dos semanas. Quiero hacerles una invitación para que vengan a visitarme. Tengo una oferta para ustedes, aunque me temo que no será tan generosa como la primera. Su primera respuesta me decepcionó. Espero que esta vez sabrán elegir mejor, aunque dudo mucho que puedan volver a rechazarme.

Con amor,

Belladonna".

Los chicos guardaron silencio.

—¿Y ahora qué sigue? —preguntó Alex.

—Supongo que tenemos que ir a hacerle frente —comentó Patrick.

—Eso es inevitable —afirmó Georgina—, pero esto no me gusta, me temo que es una trampa.

—Yo también lo creo —dijo Serena. Sin embargo, creo que no tenemos muchas opciones, tenemos que enfrentarla y poner un alto a sus planes de una vez por todas.

El resto del grupo asintió, luego se quedaron silenciosos y pensativos. Nick por fin comentó:

—Belladonna dijo que volvería a la Ciudadela en dos semanas, yo digo que le demos esas dos semanas. No sé qué opinen ustedes.

—Que sean tres —dijo Patrick—, ninguna razón en especial, sólo por fastidiarla en caso de que de verdad nos esté esperando.

—Y pensar que ya va a terminar el año escolar. Parece ser que vamos a iniciar las vacaciones de verano con la que será nuestra misión más difícil hasta ahora —murmuró Tanya.

Los chicos se tornaron meditabundos. Era como si un cuervo de fatalidad hubiera extendido sus alas sobre sus cabezas y hubiera arrojado sobre ellos un halo sombrío.

Más tarde Maggie se le acercó a Pearl. Le dijo que necesitaba hablar con ella en privado. Pearl exhaló apesadumbrada, ya imaginaba lo que le diría, la amonestaría por lo ocurrido. La siguió al estudio.

—Tu padre y yo estamos preocupados. Andas muy distraída, Hannah dijo que te quedaste quieta mirando a la nada y no viste el peligro que tenías.

«¿A la nada? Pero sí tenía enfrente a una centinela negra».

Iba a mencionarlo pero se detuvo, no sabía por dónde empezar, cómo hablar de algo que estaba ahí y que al parecer nadie más había visto ni oído. ¿Y sí se estaba volviendo loca? Optó por adoptar una actitud fría.

—Lo siento. Yo cometí un error, pero no volverá a pasar.

—Pearl, no tienes que disculparte, eso ya está en el pasado y no importa. No es de eso de lo que quiero hablar, sino del problema de fondo. Tú eres quizá uno de los eukids más talentosos que haya visto en toda mi vida, pero últimamente no has sido tú, no solo para pelear. Tú no estás bien desde lo que pasó con Marcus y contigo.

—No quiero hablar de eso —respondió de golpe.

—Tenemos que hacerlo, porque te está haciendo daño. Lo que te hicieron fue algo traumático que te está afectando.

—¡Dije que no quiero hablar de eso!

—Lo sé, pero es necesario. Pearl, eres una sobreviviente y estás muy lastimada, queremos ayudarte.

—No necesito ayuda. Estoy bien, de verdad.

—Sabemos que tienes problemas para dormir, estás deprimida, no te concentras. A tu padre y a mí nos gustaría que reconsideraras la opción de hablar con un psicólogo.

—¡No! —protestó.

Ya se lo habían sugerido, en el hospital, en la estación de policía, en casa. Pearl no quería ir a ningún grupo de ayuda para sobrevivientes de abuso sexual ni ver a ningún terapista. No quería volver a contarle a nadie lo que le hicieron, lo que quería era olvidar.

—Pearl, estás sufriendo...

—¡Dije que no!

—No tienes que pasar por esto sola. Hay quienes pueden ayudarte.

—No necesito ayuda, te digo que estoy perfectamente bien. Estoy triste porque perdí a alguien a quien amaba, pero lo voy a superar. La vida continúa y no hay más de que hablar. ¿Me puedo ir ya?

Maggie suspiró descorazonada, le dirigió una mirada desesperada y le tocó afectuosamente el brazo. Pearl se sintió segura dentro de su ya permanente bloqueo mental, sabía que Maggie podía mirar en las mentes de aquellos que tocaba, pero nunca más en la suya. Maggie murmuró:

—Si cambias de opinión sabes que siempre estaré para ayudarte.

—Lo sé. Gracias, mamá.

La primera semana de junio fue también la última semana de escuela. Pearl anhelaba que el año escolar terminara para ya no saber más de matemáticas, ni de biología, ni ninguna otra materia. Le costaba concentrarse en la escuela. Su cabeza no hacía más que dar vueltas de manera obsesiva a ciertos pensamientos, los tomaba, los volteaba y los pensaba una y otra vez hasta dejarlos desgastados y descoloridos, para empezar de nuevo. Aquel día seguía con la imagen de Hannah en el suelo con la pierna desgarrada, Patrick llamando a gritos a Rosa, el fuego, la sangre, la luz de Rosa, fuego, sangre, ¡Rosa! Colapso. Ira, un reclamo, "*what is wrong with you?*".

—Pearl...

«La centinela fue una ilusión. Lo que fue real fue la sangre. Había que cauterizar o se hubiera desangrado... ¿acaso no se mueren así en el rodeo? Una cornada a la pierna y se desangran».

—Pearl...

«Hannah fue llevada en sacrificio, como res en matadero, o en corrida de toros... así es como se mueren los toreros... Le arrancaron la camisa. Al menos no la usaron por turnos como si fuera un objeto, ni la dejaron desnuda y sangrando en medio del bosque... ¿qué está mal conmigo?».

—¡Pearl!

Ella levanto la vista, los pensamientos se disiparon. Richard la observaba con atención.

—Perdón, ¿qué me decías?

—Te pregunté si ya tienes la respuesta del problema de matemáticas.

Miró el cuaderno, el lápiz en su mano permanecía inmóvil y la ecuación seguía ahí, cual acertijo ignorado en el papel inmaculado.

—Yo... Lo siento, no he terminado.

"Ni siquiera has empezado", se burló el papel de ella y el problema indignado seguía sin respuesta. Richard apretó los labios, pareció reflexionar. Sus ojos azules eran tan amables. Cerró su propio cuaderno.

—Creo que debemos tomar un descanso, ¿no te parece?

Ella asintió con la cabeza. Richard se levantó.

—Voy por una soda, ¿quieres que te traiga algo?

Ella titubeó, él aguardaba.

—Agua está bien.

—Claro, ya te la traigo.

Richard se alejó, Pearl cruzó los brazos sobre el cuaderno y apoyó la cabeza. Ofrecía un aspecto apático y triste. Estaba sentada en una mesa exterior. A su lado, en la mesa contigua dos chicas conversaban animadas. Al principio no prestó atención, hasta que la conversación dio un giro.

—¿Un monstruo? Pero qué tontería.

—Dicen que es verdad, que los han visto en algunas partes del estado. Son grandes, con colmillos y garras y se llevan a las personas.

—¡Por favor! ¿Dónde viste eso, en YouTube? No creas esas cosas sólo porque lo viste en un video.

—Uno de mis primos me dijo y me enseñó lo que vio en las noticias.

—Pues yo no creo en monstruos, eso no existe. Al único monstruo al que deberías tenerle miedo es al mismo ser humano, ¡no a monstruos imaginarios! No viste, por ejemplo, lo que le pasó a aquella pareja hace unos meses.

A Pearl se le hizo un nudo en el estómago.

—¿Una pareja?

—Sí, los atacaron y dejaron en el bosque.

—No lo sabía.

Pearl contuvo el aliento. Cuando vio la historia en las noticias, quedó muy alterada. Fue un momento irreal, como ser desprendida de su propio cuerpo y contemplarse a sí misma, ajena de su propia existencia.

—Una banda se los llevó a la fuerza. A él lo mataron a golpes y a ella la golpearon y la violaron.

—¡Qué horror! ¿Y qué pasó?

—Pues ellos se fueron dándolos por muertos a los dos, pero ella estaba viva y en cuanto pudo, salió de ahí a buscar ayuda.

—¡Pobre! Oye, ¿y cuántos eran?

—¿Quiénes?

—Los que la violaron.

—Mmmh, no lo sé, creo que tres.

«Cuatro. Uno de ellos lo hizo dos veces», señaló Pearl en su cabeza.

—¿Y qué fue de ella?

—No sé. En esos casos nunca revelan identidades para proteger a la víctima. Quién sabe qué habrá sido de ella. Después de lo que tuvo que vivir, debe estar muy mal. Yo estaría destrozada.

«No saben que ella está sentada cerca de ustedes. Así es mejor. Marcus, al menos nadie sabe nuestros nombres».

Una profunda sensación de nauseas la invadió. Cerró el cuaderno, se levantó, recogió sus cosas y las puso dentro de su bolsa. Se colgó la bolsa al hombro y se alejó caminando. Cerca del edificio. Vio a un grupo de chicos, uno de ellos la miró y esbozó media sonrisa, ella ni siquiera devolvió ese gesto, bajó la cabeza y apretó el paso, él pareció consternado, pero no se atrevió a hablarle, siguió en lo suyo como si nada. Antes, al caminar por los pasillos de la escuela, Pearl solía detenerse a saludar a cuanto conocido se topara. Entonces no estaba tan rota como ahora, que no se soportaba ni a sí misma.

Volver a la escuela había sido más duro de lo que pensó en un principio. La tarde en que Richard le llevó flores, ella se dijo que todo volvería a la normalidad. Fue sencillo pensarlo. Pronto se dio cuenta que ya nada era como antes. Ahora le incomodaba la proximidad de otras personas. Además le molestaba la condescendencia con la que la miraban por la tragedia de haber perdido a su novio en un "accidente de auto". Ella no quería la lástima de nadie, ni que se le acercaran. Optó por encerrarse en sí misma y no hablar con nadie. Estaba demasiado deprimida, no tenía ánimos de estudiar, o de volver a la pista de atletismo. Al menos al volver a la escuela le vino la regla. Fue un gran alivio tener la confirmación de su cuerpo de que no estaba embarazada de ninguno de esos monstruos, no habría necesidad de hacer una visita a la clínica de Planned Parenthood.

Volvió a pensar en Patrick con Hannah en brazos reclamándole, sólo que esta vez sonó con la voz de Marcus.

«¿Qué está mal? Todo está mal. Marcus, te extraño demasiado, me haces falta. Mi amor, te decepcionarías de verme ahora. Creo que he perdido la razón, tu ausencia me duele todo el tiempo. Lo peor es que creo que estoy alucinando, porque veo centinelas negros que nadie más ve».

—*Así que crees que soy una alucinación.*

Se detuvo en seco con un sobresalto. Ahí estaba de nuevo una centinela en medio del pasillo. Los alumnos iban y venían pero nadie reparaba en ella. Pearl comenzó a temblar, la centinela se rio entre dientes.

—*Bueno, es posible que lo sea.*

Pearl se alejó del edificio, se dirigió hacia el bosque que rodeaba la escuela. Iba a paso rápido. Alguien la saludó, ella lo ignoró por completo.

—¿Qué le pasa a Pearl? —preguntó uno de ellos.

—Déjala, está loca —murmuró otro joven a su espalda.

"Loca", repitió Pearl. Tal vez lo estaba, ya no era la chica alegre de antes, sino una joven sombría y asustada. Su actitud arisca alejó pronto a todos, excepto a Richard, quien tenía infinita paciencia para ella, hasta en esos días malos en que Pearl estaba irritable y deseaba morirse. Lo cierto es que ella jamás podría ser cortante con él.

Se detuvo, se recargó contra un árbol y miró hacia arriba, el sol brillaba en lo alto, colándose entre las hojas como si fueran cientos de pequeñas hadas. Cerró los ojos. En el pecho el corazón le latía acelerado por el miedo creciente que la invadía.

—*Dime algo, ¿por qué me tienes miedo?*

Pearl abrió los ojos de golpe, miró a su izquierda, ahí estaba la centinela, muy cerca de ella como no lo había estado hasta ese entonces. El gesto de Pearl era de asombro y terror. Contempló a la centinela, era distinta a Molly, el traje negro era el mismo, pero deslustrado y no tenía la estrella negra sobre el pecho. Su oponente tenía los ojos de un color tan claro que parecían los de un albino, con las pupilas de un verde lechoso, casi blanco.

—*Anda, contesta, ¿o qué? ¿Te comió la lengua el gato?*

Volví a reírse con malicia, Pearl se alejó algunos pasos.

—No eres real.

—*Creo que ya aclaramos ese tema.*

La figura se acercó con paso desenfadado.

—Vete —murmuró, el corazón le latía en crescendo como marcando el ritmo de una melodía tenebrosa— ¡Vete!

—*Me tienes miedo a mí también, ¿o me equivoco?*

—No te tengo miedo.

—*¡Cobarde!*

Se acercó a Pearl muy rápido y la abofeteó con fuerza. Pearl se tocó la cara, la mejilla le ardía. Para no ser real pegaba bastante fuerte. Ella tenía los puños apretados, todo su oscuro semblante era hostil.

—*Dime algo, ¿de verdad quieres olvidar?*

En la garganta de Pearl quedó ahogado un grito de espanto al ser puesta en evidencia.

—*¿Te sorprende que conozca tus pensamientos? Lograste crear una barrera para que nadie entre en tu mente. Sin embargo, recuerda que yo estoy adentro, contigo. Por cierto, Kerri Sullivan te manda saludos.*

—No eres real, ¡no eres real!

—*¡Estúpida! Ni siquiera deberías de dudar si olvidar o recordar, ¡oh no! No vas a olvidar, vas a recordar cada detalle que haya quedado grabado y vas a salir a buscarlos.*

—¡No eres real! —le gritó histérica.

La centinela le dio un puñetazo en el estómago, Pearl se dobló hacia el frente. Sintió las manos de su oponente en la espalda, tomando de su camisa y tirando como si quisiera arrancársela, esto provocó una violenta reacción en Pearl. Se enderezó de golpe.

—¡NO, ALEJATE DE MÍ!!!!!

—*¡Recuerda y cuéntamelo todo!*

—¡No quiero hablar de eso, no quiero!

Echó a correr entre los árboles y a cada paso la centinela la seguía de cerca. No tenía escapatoria. Dejó de correr y se aferró a un árbol.

—*Empieza a contar, ¿cuántos fueron?*

Sintió el pánico que se estaba apoderando de ella. La memoria de las células de su piel estaba resonando con los ecos de la pesadilla.

—*La cuenta inicia con uno.*

«Estaba feliz de estar con Marcus, pero no sabía que no tenía mis poderes. Belladonna, ¡maldita Belladonna!».

—*Dos.*

«Rufo, el mismo monstruo que vimos en el cine, el que quería que Marcus se uniera a él para ganar dinero fácil con su actividad criminal».

Los recuerdos giraban como una ventisca. Pearl aún podía escuchar sus propios gritos y los de Marcus. Maldito Rufo, recordaba tan bien su cara, él era un tipo muy atractivo, pero por dentro era un monstruo, con los ojos resplandecientes por el brillo metálico de su casta mineral.

—*Y sigue el número... Tres.*

Lo vio en su mente, un joven rubio muy bien parecido que bien hubiera pasado por el capitán del equipo de *football* de una serie de televisión. Rufo le dijo, "adelante, diviértete" y él se acercó.

—*Sigue.*

«Cuatro, el gordo. Hasta ese momento me había sujetado las manos. Era una bestia, lo que me hizo..., sus ojos, las marcas de acné en su cara, su risa gutural. Él estaba junto a Rufo cuando golpearon de muerte a Marcus».

Recordó un detalle, un tatuaje en su cuello que bajaba hacia el hombro, con forma de una serpiente. Ese detalle no se lo dijo a la policía porque apenas ahora lo recordaba.

—*Fuck the police! ¡Tú los vas a cazar como ratas! ¿Quién sigue?*

«Cinco, cabeza rapada... quería que fuera su turno».

Las lágrimas cayeron imparables mientras recordaba los ojos de un color azul glacial de aquel hombre, su nariz achatada y su voz.

—*Y finalmente...*

—Seis —murmuró— el de la camisa roja.

Sin duda latino, en mala condición física, pelo negro desordenado y una expresión aterrada, como si no quisiera estar ahí.

«Pero estuviste, fuiste testigo y por eso también eres culpable, ustedes seis son culpables, ¡son seis! Seis, me faltan seis».

Se dejó caer sentada al suelo, recargó la espalda contra el tronco del árbol, se abrazó a sus rodillas y ocultó la cara entre sus brazos. Temblaba, el pánico se había apoderado por completo de ella, mientras mentalmente repetía aquel número, seis, seis, seis.

Una mano tocó sus brazos al tiempo que llamaba su nombre. Ella dio un sobresalto aterrada, se echó para atrás y se golpeó la cabeza contra el tronco del árbol. Se llevó una mano a la cabeza. Miró a su alrededor. La centinela se había esfumado. Enfrente estaba un rostro familiar con cabello rojizo y ojos azules. Richard retiró la mano.

—¡Tranquila, soy yo! Cálmate, no pasa nada.

Richard permanecía en cuclillas frente a ella. Pearl quiso decir algo, pero las palabras se le quedaron atoradas en la garganta, el ataque de pánico las había congelado. Ella temblaba, sollozaba incontrolable, como si todo lo que se había prohibido llorar en días pasados saliera de golpe ahora.

—Pearl, dime qué te pasa.

Ella bajó la vista.

—Pearl, mírame.

Le dio unos segundos, ella seguía gimoteando inconsolable.

—¡Pearl, mírame!

El tono imperativo de su voz la hizo sentirse casi obligada a hacerlo. Él estaba severo, pero había algo en él que seguía siendo amable.

—Escúchame bien, te estás ahogando, vamos a respirar.

Volvió a bajar la mirada al tiempo que unas palabras escaparon de la prisión de sus labios, igual que una palomilla fugitiva.

—Tanta sangre.

—¡Mírame, no bajes la cara! Soy yo, Richard, estoy aquí para ayudarte. Yo jamás te he lastimado y nunca lo voy a hacer, tú me conoces. Aquí no hay sangre, estamos en la escuela, entre estos árboles, tenemos examen de matemáticas en una hora, yo estoy bien, tú también.

Ella levantó la cara, el brillo del sol entre las ramas le hirió los ojos llorosos. Trató de hablar, no pudo hacerlo.

—Pearl, te estás ahogando. Vamos a respirar juntos. Necesito que me ayudes. No te pido nada más, no tienes que levantarte, no tienes que decir nada, ni siquiera tienes que dejar de llorar, sólo respirar, ¿puedes hacer eso por mí, por favor? Es muy fácil.

Ella asintió con la cabeza.

—Bien, yo cuento, uno —inhalo—, dos —exhalo—. ¡No lo estás haciendo! Vamos de nuevo, uno... dos... eso es, lo estás haciendo mucho mejor... uno... dos... uno... dos...

Pearl obedeció, al principio inhalar venía interrumpido por el gimoteo del llanto, pero poco a poco se fue haciendo más sencillo. Siguió respirando, uno, dos, uno, dos, a veces interrumpida por algo de tos.

—Muy bien, sigue así, uno... dos.... Lo estás haciendo bien. Mira aquí traje el agua que querías, ¿quieres un sorbo?

Ella asintió con la cabeza. Richard le dio la botella, ella giró la tapa y bebió un cuarto. Se estaba calmando. Sus ojos seguían vertiendo lágrimas, pero al menos ya estaba controlada. Richard se metió las manos a los bolsillos como buscando algo, por fin extrajo un pañuelo desechable y se lo tendió, ella se sonó la nariz.

—Mejor —dijo él retomando el tono amble y la sonrisa sencilla—. Mira esto, hay una chica muy linda detrás de la montaña de mocos.

Ella se rio de esa forma histérica en que a veces se ríe al mismo tiempo que se llora, porque la risa aflora como algo necesario aun cuando el llanto y el dolor prevalecen.

—¿Qué pasó? Te fuiste. Me dijeron que te vieron venir sola para acá. Vine a buscarte porque me preocupé.

—Nada.

—Dudo mucho que "nada" pueda afectarte así.

Ella guardó silencio, bajó la cabeza, se abrazó de nuevo a sus rodillas.

—Pearl —dijo con cautela—, me parece que tienes Trastorno de Estrés Postraumático, por el accidente.

—¿Accidente?

—En el auto, y por lo que le pasó a tu novio.

«Richard, si supieras que no hubo ningún accidente, a mi novio lo mataron y a mí me hicieron mucho daño... Richard, si supieras».

Por un instante se sintió tentada a contárselo todo, de sus poderes, de Belladonna y aquella noche, pero prefirió callar. Era demasiado vergonzoso.

Qué pensaría de ella. No más indiscreciones, era dueña de su silencio y así era mejor.

—¿Quieres hablar de ello?

—No —murmuró.

—Está bien, no tenemos que hablar de eso. Si me permites decirte algo, Pearl, tú eres una de las personas más fuertes que conozco y sé que puedes con esto. Si sientes que en algún momento se vuelve demasiado, recuerda que no estás sola, tienes a tu familia y me tienes a mí, incondicionalmente, hoy y siempre.

Ella clavó la vista en Richard, se quedaron así por un instante, mirándose sin decir nada. Él le tocó la mano, su contacto era cálido y suave.

—Richard, ¿te puedo pedir un favor?

—Lo que sea.

—No le digas a nadie que me viste así, por favor. No quiero preocupar a mi familia.

—Está bien, te prometo que no le digo a nadie. Solo ten en cuenta que el TEPT puede afectar tu vida y tu salud, en algún momento vas a tener que hablar con un profesional.

Ella no respondió. Guardaron silencio un momento.

—Pearl, dime qué puedo hacer para alegrarte aunque sea un poco.

Ella alzó los hombros y torció la boca en una mueca que lo mismo indicaba "no sé", que la indiferencia en la que se estaba sumiendo, como quien no quiere pensar, ni sentir, sino quedarse entumido en un cómodo ataúd.

—¿Sabes qué me ayuda cuando me siento mal? Escuchar un poco de música, ¿quieres que ponga algo?

Asintió con la cabeza, Richard sacó su celular, buscó algo.

—Esta es una de mis favoritas, es algo vieja.

Pearl escuchó el lento ritmo marcado por un piano electrónico, la suave voz del vocalista, la melodía sonaba para ella como un dulce vals electrónico. La pantalla del celular decía, *"Stay with me"* de Erasure. Él murmuró el título, y al hacerlo sonó más como si hiciera una súplica salida de su corazón, pero ella no lo notó. Pearl se fue tranquilizando, con aquella melodía que se le quedaba en la cabeza. De nuevo se sintió agradecida de tener a Richard a su lado.

—Gracias, Richard, eres un buen amigo.

Pearl bajó la vista concentrada en la canción. Richard guardó silencio un momento, contuvo el aliento antes de responder resignado.

—Es un placer, después de todo, para qué son los amigos — respondió con una nota amarga, pero de nuevo fue algo que ella ni siquiera notó.

La tarde del seis de junio Pearl estaba echada en la cama mirando videos en la laptop. De pronto escuchó una voz que gritaba su nombre y alguien llamando a la puerta. Era Rosa.

—¡Pearl, ven rápido! Te necesito.

—¿Qué pasa, está todo bien?

—Hay una rata.

—¿Una rata?

—Sí, en la cocina, se metió al cuarto de lavado.

—¿Y por qué no la mataste?

—¡No! —Prorrumpió y se llevó una mano a la boca— Ven por favor, a mí me da mucho asco.

Pearl se incorporó fastidiada, Rosa se apresuró a tomarle la mano y arrastrarla fuera. Bajaron las escaleras, entraron a la cocina. Rosa se detuvo en seco frente al cuarto de lavado, apuntó con el dedo.

—Ahí está, yo la vi, se metió detrás de la lavadora.

Pearl olfateó el aire.

—No la huelo.

—¡Te digo que está ahí, por favor!

—Rosa, ¿en serio? Puedes matar demonios y no puedes con una simple rata.

—No te burles. Me dan miedo.

—Lo siento, no quise ofenderte. Ya la busco —respondió lacónica.

Se transformó en una gata negra y entró al cuarto de lavado, bajo su forma felina sus instintos la hubieran hecho reaccionar de inmediato, sin embargo no detectó nada.

—¡Ahí está! —Gritó Rosa y cerró de golpe la puerta— ¡Mátala, mátala!

Pearl no encontró nada. Recuperó su forma humana.

—Rosa, no hay ninguna rata, debe ser tu imaginación.

Se dirigió a la puerta, tomó el picaporte, este estaba estático.

—Rosa —agitó el picaporte—, ¡abre la puerta! —golpeó con los nudillos.

—¡La rata, mátala!

Pearl contuvo aire, se estaba enfadando de aquella tontería. Tenía presente el olor penetrante del jabón para lavar, del suavizante y del blanqueador, sobre todo este último en exceso como si hubieran desinfectado.

—Rosa, te puedo asegurar que no hay ninguna rata... ¿Rosa? ¿Rosa?

Agitó el picaporte.

—Ok, esto ya no es gracioso, abre la puerta ahora... ¡¿Rosa?!

Silencio un instante, luego la voz de la joven.

—¿Estás segura?

—Sí, estoy segura, no hay nada.

La puerta se abrió lentamente.

—Lo siento, hubiera jurado que la vi. A lo mejor escapó.

Se dio la vuelta, Pearl salió del cuarto de lavado con la intención de regresar a su habitación. Mientras sus pies se ponían en marcha y los olores del detergente y el cloro se quedaban atrás como fantasmas higiénicos, en la entrada al comedor notó un aroma dulce como de fresas. Se detuvo en seco, frente a ella estaba toda la familia reunida, Nick, Maggie, Patrick, las chicas y Terrence, quien sostenía una bandeja de pay casero cubierto de fresas frescas y jalea. Una sensación de vacío invadió su estómago, las mejillas y las manos se le pusieron heladas.

—Antes de que digas nada —se apresuró a decir Rosa—, vamos aclarando algo, esto no es ninguna celebración de cumpleaños —las chicas se apresuraron a corear un "no" y menear la cabeza en negativa—, esto es sólo un postre, hoy ni siquiera es tu cumpleaños.

—Es mañana —interrumpió Patrick.

Tanya a su lado le dio un codazo, él se quejó, carraspeó y añadió.

—Pero claro, eso no es importante para nadie... ¡Auch!

Se quejó por un segundo codazo y ya no dijo nada más.

Pearl abrió la boca, Rosa la interrumpió.

—Por favor, sólo te pido un momento.

Pearl miró a todos de un lado a otro, quería salir corriendo, sin embargo no lo hizo, porque Rosa se lo había pedido y porque Linda seguro tenía algo que ver en que se hubiera contenido. Rosa volteó hacia la familia, Serena le hizo una seña de que continuara.

—Ahora que ya terminamos un año escolar más y antes de ir a la Ciudadela, queremos decirte algo importante: Pearl, nosotros sabemos que no la estás pasando bien, lo que ocurrió contigo y Marcus fue horrible. Estás muy lastimada y nosotros lo estamos contigo. Eres nuestra hermana y si algo te hiere, a nosotros también nos duele.

Pearl volvió a pasar la vista por el grupo, todos estaban severos, Maggie parecía a punto de ponerse a llorar. Sólo Linda no mostraba nada más que la fría seriedad de una muñeca.

—Nosotros qué más quisiéramos ayudarte, pero sabemos que eso no es lo que quieres y está bien. Nosotros respetamos tu silencio, tu espacio y tus deseos porque te amamos demasiado.

Pearl temblaba, pero ya no sabía si era por el vacío del estómago, por las ganas de correr lejos o por aquella muestra de afecto.

—Queremos recordarte que no estás sola, estamos contigo.

—Somos un equipo y estamos aquí para ti —añadió Ginger.

Los chicos asintieron. Rosa sentenció:

—Somos familia y vamos a estar a tu lado siempre, pase lo que pase.

Se hizo silencio, Pearl se miró las manos, los ojos se le estaban poniendo vidriosos.

—Yo... yo... no sé qué decir.

—No te preocupes, no tienes que hacerlo —contestó Linda con su sonrisa inocente, luego levantó la mano sosteniendo una espátula— ¿Quieres una rebanada?

Pearl asintió con la cabeza. Terrence puso la bandeja en la mesa, Linda le tendió la espátula y Terrence comenzó a dividir el pay en pedazos.

—¿Qué tal un abrazo? —ofreció Patrick con los brazos abiertos y una cara tonta que a Pearl casi la hace reír.

—Ok.

—Yo también quiero un abrazo —profirió Serena.

—No puedes dejarme sin uno —se quejó Tanya.

—Tengo una idea —exclamó Georgina— ¡Abrazo grupal! Claro, si Pearl lo permite.

Todos aguardaron, Pearl se decidió y dio su consentimiento con un movimiento de cabeza. Los jóvenes abrieron los brazos y se enlazaron en un círculo en torno a Pearl. Mientras contemplaban la escena, Nick rodeó a su esposa con el brazo, ella se limpió una lágrima.

—Nada podrá detenerte jamás, tú eres más fuerte que esto.

—Te amamos, Pearl.

Ella no pudo evitar sonreír. Una sonrisa triste. Se separaron. Terrence le tendió un plato con una rebanada, ella le agradeció.

—Es un placer servirla, señorita.

Pearl miró el plato, pareció dudar qué hacer.

—Dicen que no es de cumpleaños, pero sí es de cumpleaños, ¿no es así?

Los chicos guardaron silencio y se miraron unos a otros como si no se atrevieran a contestar por no saber la reacción que eso provocaría. Linda no temió responder con soltura:

—Algo así. Fue idea de Rosa.

—Eso explica todo el numerito de la rata.

Rosa se encogió de hombros avergonzada.

—De verdad lo siento, pero tenía que ser sorpresa.

—Entiendo. Si esto es algo así como de cumpleaños, quizá pueda tener una vela para hacer un deseo de cumpleaños. Eso me gustaría.

—Por supuesto —se apresuró a contestar Terrence.

Se dirigió hacia la cocina y volvió con un encendedor y un paquete de velas para pastel.

—Debo tener las diecisiete.

—No es necesario, sólo quiero una aquí en mi rebanada.

Patrick sugirió con tono lúdico y nada serio.

—Quizá podríamos hacer algo mañana con pastel de verdad y payasos... ¡Auch! ¡Carajo, Tanya, para ya!

—Yo no te he hecho nada, pájaro bobo.

—¡Me diste otro codazo, bruja!

—Esa fui yo —exclamó Alex—. A ver si guardas silencio.

Nick interrumpió.

—¡Chicos, basta ya!

Terrence ya había colocado una sola vela sobre la rebanada de Pearl, hizo fuego con el encendedor y lo acercó a la mecha. Pearl clavó la vista en la llama, sus ojos verdes resplandecían con aquella pequeña luz. En su mente, el número seis bailoteaba. Seis, seis, deseaba encontrar a seis y destruirlos.

Linda comenzó a cantar bajito *Happy Birthday*, el resto se le unió. Al final de la canción Pearl tomó aire, sopló y la vela se apagó. La familia aplaudió. Pequeñas espirales de humo ascendieron retorciéndose, Pearl las contempló mientras pensaba en su deseo, un anhelo amargo.

XXII.- Sueño

Georgina

Echada en la cama, Georgina pasaba las páginas de un libro con fotografías de animales. Nelson, sentado en una silla, probaba varios acordes y cantaba algo en voz baja. El cuarto de Nelson era agradable, mucho más ordenado que el de ella y no porque el cuarto de Georgina fuera un desastre, sino porque su novio era un fanático de la limpieza.

—Debe ser fantástico viajar por el mundo ver a todos estos animales.

—... y me llevaste hasta el fondo...

—¿Quién tomó esto?... ¿Nelson?

—... me arrastraste a tu infierno de arena y sal... Perdón, ¿decías algo?

—Sobre quién habrá tomado estas fotos.

—Mmmh, no lo sé, creo que colección del *National Geographic*.

Volvió a pasar páginas, Nelson probó otro acorde.

—...y me llevaste... no así no, mejor..., y me llevaste hasta el fondo, me arrastraste a tu infierno de arena y sal... y me perdí en el deseo desgraciado... en tu cuerpo de mar...

—¿Es una canción nueva?

—Sí, desperté esta mañana con la idea en la cabeza.

—¿Es de amor?

—Más bien de mal amor. Ella es una sirena y es su perdición.

—¿Una sirena?

—Sí, creo que es bastante apropiado. En la mitología las sirenas vuelven locos a los hombres, los atraen y los matan.

—¿Y tú crees que sea cierto?

—Las sirenas no existen, Gin.

—Claro. Pero si existieran, ¿crees que de verdad serían tan malas?

Nelson hizo silencio mientras pensaba, su mano izquierda dibujó dos acordes distintos, como si ya estuviera pensando en lo siguiente que tocaría.

—No lo sé, algo tan hermoso podría ser engañoso y mortal.

—Quizá son los humanos los que las tratan mal.

—Es posible, el ser humano por naturaleza tiende a destruir todo lo que está a su alcance. Tal vez existían y sin saber ya hemos acabado con las sirenas. O tal vez son demasiado inteligentes para acercarse a nosotros.

—Quizá —murmuró Gin y su expresión se tornó sombría—. Tal vez no haya final feliz para un hombre y una sirena.

—No necesariamente, mira por ejemplo a *La Sirenita*.

—Muda, caminando con dolor, lejos de su familia, ve al hombre que ama casarse con otra, el sol la vuelve espuma, se convierte en un espíritu de luz y llora por primera vez. Creo que no es un final feliz.

—No estaba hablando de la historia original de Hans Christian Andersen, más bien estaba pensando en la de Disney, es un final feliz, si eso es lo que buscas, aunque bastante alejado de la fuente original, por la casi ridícula postura de Disney de sacrificar un buen argumento para hacer películas *family friendly*.

—Es verdad —comentó y volvió mirar el libro, pasó la página.

—Entonces mañana te vas de viaje con tu familia.

Georgina asintió con la cabeza.

—Y ¿cuándo volverás?

—No lo sé, en un par de semanas.

Nelson torció la boca pensativo sin quitarle la vista de encima, Georgina estaba loca por él, le encantaba verlo con el pelo negro cayéndole sobre los hombros, sus ojos oscuros, sus jeans desgastados.

—Te voy a extrañar, Gin. Lo que más quisiera es disfrutar el verano contigo, ir a la feria o convencerte de que vayamos a la playa. Tú sabes cuánto me gusta el mar, si por mí fuera, estaría ahí todos los días.

—Lo sé, lo siento, pero de verdad me da miedo el mar. Lo detesto.

«Nelson, mi amor, lo que de verdad detesto es mentir sobre el mar y mentirte a ti, pero yo sé que si ves lo que soy, no vas a reaccionar bien».

—Algún día te voy a convencer, Georgina. Te voy a llevar al mar y yo te voy a cuidar de que no te pase nada. Sabes, le haces honor a tu nombre, Georgina, significa "la que trabaja la tierra", o "granjera". Te queda como anillo al dedo porque prefieres estar en tierra.

En realidad mamá le había dado ese nombre porque quería consagrar a su primera hija a la Madre Tierra. Al final el nombre había resultado una ironía, o quizá bastante adecuado para una sirena nacida en tierra firme.

Georgina no dijo nada, volvió centrar su atención en el libro.

—Gin, anoche tuve un sueño rarísimo.

—¿Qué soñaste? —preguntó mientras pasaba otra página.

—Qué íbamos al cine.

—Quizá porque vamos casi cada semana.

—Fue un sueño muy real, era como la última vez que fuimos al cine, todo igual, tú hasta tenías el mismo vestido que te pusiste ese día, ya sabes, el vestido rosa que me encanta.

Georgina levantó la cabeza, de pronto el libro de animales dejó de interesarle.

—¿Y qué pasó en tu sueño?

—Ya habíamos salido del cine, íbamos platicando, entonces sentía como que alguien nos estaba siguiendo, de alguna forma que no puedo explicar. Comenzaba a caminar más rápido y tú también, como si también lo supieras. De pronto, escuchábamos un ruido y tú me gritabas, "¡Nelson cuidado!", me daba la vuelta y había ahí un monstruo horrible. Yo iba a protegerte, pero tú me empujabas y detenías al monstruo como si nada, ¿puedes creerlo?

—Como si fuera la protagonista de la película de acción.

—Sí, detenías a esa cosa, como si fueras la protagonista de tu propia serie de televisión, "Gin Kearney, *Monster hunter*".

—Seguro.

—Luego llegaba un muchacho, se veía delicado, algo afeminado, pero créeme que era de temer. Tú le preguntabas, "¿Quién eres y qué quieres?".

—¿Qué decía?

—No sé. Hablaban cosas raras, ni me acuerdo qué fue.

Georgina escuchaba mientras las imágenes volaban en su memoria.

El joven pálido de aspecto andrógino se acercó a ellos, tenía todo el cabello blanco, con algunos mechones de fleco cayéndole en el rostro y los ojos de color acero. Levantó las manos y aplaudió.

—*Muy bien, jovencita. Se ve que tienes talento.*

Su voz no era grave, más bien era aguda. Georgina entonces se dio cuenta que era una mujer, no un hombre. La sirena no le quitó de encima la vista a su oponente, ni al demonio y a los otros dos soldados que la seguían.

—*Mi nombre es Amanita, sierva de Belladonna. Tú se nota que estás entrenada, así que no tengo que explicarte lo que somos los eukids. En cuanto a tu compañero, me temo que tendremos que iniciar de cero.*

—*¿De qué está hablando?* —*preguntó Nelson.*

Georgina contuvo el aliento, muchas veces deseó contarle a Nelson, pensando en cómo explicarle. Al final optó por no contarle nada. Y ahora aquí estaba, la gente de Belladonna para arruinarlo todo.

—*Existen dos clases de seres humanos* —*comenzó Amanita*—*, los humanos comunes y los humanos eukid. Yo, ellos, ella y tú pertenecemos al segundo tipo.*

—*¡¿Qué?!* —*Nelson exclamó pasmado.*

—*Él es sólo un humano común* —*replicó Georgina*—. *Déjalo ir ahora y arreglemos esto nosotras solas.*

—*Él tiene mucha agua, no tanta como tú, que ni siquiera eres terrestre. Verán, una de mis habilidades es detectar el tipo de poder que tienen otros eukids.* —*Apuntó a Georgina*— *Eukid de agua* —*su dedo índice cambió de dirección para apuntar a Nelson*— *y descendiente de eukids de agua nacido en tierra, razón por la que ese poder está vedado para ti, pero quizá si te conviertes en soldado, si trabajas en tu concentración y logras una dualidad parcial, creo que desarrollarás poderes de otra casta, minerales u oscuros, tal vez. Aunque te lo advierto, no será fácil, requerirá entrenamiento.*

Georgina no cabía de su asombro, así que ella y Nelson tenían más cosas en común de lo que jamás hubiera pensado. Era romántico de cierta forma, la conexión espiritual que los unía.

—*La razón por la que estoy aquí es porque estamos reclutando talento. Ha llegado el tiempo de que vuelva a haber un gobierno único para todos los eukids. Únanse a nosotros.*

—*Tendrás talento para detectar poderes, pero eres tan tonta que no te das cuenta que estás tratando de reclutar a uno de tus enemigos.*

Amanita frunció el ceño, Georgina sonrió.

—*Ya una vez Belladonna nos invitó a formar parte de sus filas y le dijimos que comiera mierda. Y aquí estás de nuevo hablando conmigo.*

Nelson proseguía animado con su relato.

—El joven se enojaba y comenzaba a lanzarnos rayos. Entonces tú también arrojabas rayos con tus manos, como en las series de animé.

—Sospecho que ves mucha televisión. ¿Y qué pasó después?

—Se escuchaba un grito horrible, tan agudo que sentía que me iba a estallar la cabeza. Entonces me tomabas de la mano y echábamos a correr. Luego tú sacabas tu celular y le marcabas a alguien.

—¿Y con quién hablaba?

—Quién sabe. Luego ocurría lo más raro del sueño.

—¿Qué pasó?

—Bueno, ya vez que el cine al que fuimos está cerca del malecón.

—Sí.

—El joven iba hacia el mar con un cubo de palomitas, volvía con agua, te la arrojaba encima y tú te caías al suelo. Yo volteaba para ayudarte y me daba cuenta de que ya no tenías piernas, en vez de eso tenías una cola como de sirena. —Nelson se rio— Era una cola de pez con escamas rojas y negras.

«Eso fue jugar sucio», reflexionó Georgina, «Amanita sabía que yo era un ser de agua y lo que me pasaría si me mojaba. Eso le dio un instante, en lo que yo me concentraba y volvía a mi forma humana, para atacar».

Georgina volvió a ver la escena en su cabeza, la expresión de sorpresa, casi de horror de Nelson, Georgina siempre había pensado que su cola era muy linda, pero al parecer él no creía igual. En ese momento Amanita tomó a Nelson del brazo...

—*¡No!* —*exclamó Georgina.*

—*Al menos me llevaré a uno de los dos. Él nos servirá de alguna forma.*

Amanita se alejó. Georgina encendió su poder y recuperó su forma humana. No los podía perder de vista. Tenía que hacerse cargo hasta que llegaran los demás. Esperaba que no tardaran. Se levantó y echó a correr detrás de Amanita. La seguía de cerca, no se iba a rendir, preparó su cápsula de poder azul. Amanita se volvió usando a Nelson como escudo.

—*Anda, atrévete, dispara contra él.*

Georgina titubeó.

—Él me obligaba a seguirlo —prosiguió Nelson—. Corríamos, corríamos y corríamos, creo que nunca había corrido tanto en un sueño. En eso se detiene y ahí estabas tú otra vez.

—Como sirena.

—No, otra vez ya eras tú, pero no sé qué pasaba que brillabas con una luz azul —Nelson sonrió—, te digo que fue un sueño bastante loco. Y en eso alguien golpeaba al joven por detrás, yo me zafaba, volteaba la cabeza y veía que alguien había venido a salvarnos. A que no adivinas quién era.

—¿Alguien que conozco?

—Sí, de tu familia.

—¿De mi familia? Mmmh, no sé, ¿mi papá?

—No.

—Patrick, Alex, Pearl.

—Tampoco, eso quizá hubiera tenido más sentido.

—No sé, ¿quién?

—Serena, ella se le fue al joven a golpes como en una película de acción, ¿puedes creerlo? Eso jamás pasaría.

—¿No crees que Serena podría pelear?

—No. Me agrada tu hermana, pero ella y Tanya no son del tipo que se ensuciarían las manos. Ellas son las chicas populares con maquillaje y cabello perfecto. No me imagino a alguien como Serena pelear así como en mi sueño.

—Tal vez no deberías juzgar al libro por su portada.

—Lo siento, no lo decía con mala intención.

—Está bien, quizá tengas razón. Y luego ¿qué más pasaba?

—Pues llegaba Serena... No, corrección, ¡Súper Serena! Y empezaba a pelear con el joven y tú también. Las dos lo vencían, él se escapaba y ya no volvía.

«Amanita confiaba que ella junto con sus soldados y el demonio tenían ventaja. Entonces llegaron refuerzos; mamá, Tanya, Alex y Ginger. Al verse superada en número decidió marcharse».

Recordó lo ocurrido.

Georgina mantenía una posición de combate, su respiración era agitada por la pelea, tenía un raspón en una rodilla y la falda del vestido desgarrada.

—Ahora estás en desventaja. Somos seis contra cuatro, pero considerando que tus soldados aún no tienen experiencia, esto es más como seis contra dos, si es que tu demonio vale algo —murmuró Tanya.

Amanita frunció el ceño.

—En realidad no tengo ni por qué hacer esto. Belladonna me mandó a dejarles un mensaje, el cual supongo que ya recibieron.

—¿Te refieres lo que dejaron en el correo? —preguntó mamá.

—Correcto. Me he demorado en Battle Shore porque quería tomarme unos días para divertirme, quizá para reclutar más aliados. —Se dirigió a sus compañeros— No tenemos nada que hacer aquí. Andando, el ama nos espera de vuelta en la Ciudadela.

—Dile a Belladonna que prepare el café y galletas, porque vamos a ir a verla —exclamó Alex.

Amanita y su equipo se retiraron.

—Vaya sueño el que tuviste, como una película.

—Y aún no acaba.

—¿Hay más?

—Tú estabas hablando con Serena y alguien más de tu familia, Alex, creo. Te acercabas a mí y no sé por qué te tenía miedo. ¿No crees que es absurdo? —Nelson puso la guitarra a un lado, se levantó y fue a sentarse en la cama junto a ella tomándola de la mano— ¿Por qué habría de tenerte miedo? Amo todo de ti; tu personalidad, tu cabello, tu voz.

Georgina apretó su mano.

«Tenías miedo porque viste lo que soy y no podías entender».

—¿Y qué más? —preguntó.

—En eso llegaba tu mamá, se veía tétrica. Se me acercaba y se me quedaba viendo. De pronto todo comenzaba a temblar y a oscurecerse, las cosas se desvanecían, tú, Serena, todo se hacía oscuro. Fue ahí donde desperté.

Cabizbaja, Georgina recordó la reacción de su novio, la forma en que se alejó de ella. Una parte de su corazón aún dolía.

—*¿Qué eres? ¿Quién eres?* —*exclamó al tiempo que retrocedía.*

—*Nelson, puedo explicarte todo.*

—*¿Qué fue todo eso? Eres una bruja o algo así* —*preguntó con una nota de desprecio.*

—*¡Cuidado con lo que dices de las brujas!* —*refunfuñó Tanya.*

—*Ninguna de ustedes es lo que parece.* —*Se dirigió a Serena y a Tanya*— *Así es como se han hecho populares en la escuela, ¿no es así? Hechizando a todos para que las admiren con su magia.*

Tanya meneó la cabeza como si no pudiera creer la estupidez que acababa de escuchar.

—*Nelson, tienes que tomarlo con calma* —*indicó Serena.*

—*Esto es lo que soy* —*dijo Georgina*—, *una sirena. Pero no es malo, ¿escuchaste lo que Amanita dijo? Tú también eres como nosotros.*

—*¡No, claro que no! Yo soy sólo un tipo normal, yo no sé de eu... ¡cómo sea que se llamen!* —*Hizo una larga pausa*—. *El festival de talento... ya entiendo, hechizaste a todos con tu voz de sirena para que te adoraran.*

—*Yo no puedo hechizar a nadie, algunas sirenas tenemos muy buenas voces y a los terrestres les gustan. Cantar es uno de mis talentos.*

—*Me hechizaste, para que me enamorara de ti, como en la mitología.*

—*Nelson...*

—*¡Déjame!*

Se llevó ambas manos a la cabeza y se peinó el cabello negro hacia atrás. Georgina comenzó a llorar, ella no podía creer que ahora él pensara que su amor era producto de embrujos. Sus palabras la herían. Ella jamás haría algo como eso, en primer lugar, porque no poseía tal magia. En segundo, porque ella no quería a alguien que la amara así, un amor por encantamiento era falso. Nada de eso era cierto, ella creía en ese amor. Escucharlo hablar así le rompió el corazón. La joven sirena quería correr al mar y desaparecer entre las aguas. Mamá se le acercó.

—*No llores, Gin.*

—*Él me odia.*

—No es eso, es sólo que todo esto ha sido una gran sorpresa. Cuando la gente tiene miedo a veces dice cosas que después lamenta.

—Ojalá pudiera borrar todo lo que pasó.

—Se puede hacer —comentó Hannah—, mamá podría usar su hipnosis y hacer que olvide lo que ha visto, así todo sería como antes.

—Pero eso sería un engaño —protestó Alex—. No entiendo qué tiene de bueno estar al lado de alguien a quien le tienes que borrar la memoria para que te quiera.

—Yo creo que sería mejor que olvide —insistió Hannah.

Georgina estaba desesperada, no sabía qué hacer. Estaba de acuerdo con Alex tenía razón, sin embargo, Georgina no quería sacar a Nelson de su vida, estaba demasiado enamorada. Al fin tomó una decisión.

—Prefiero que olvide, no quiero perderlo.

—¡Esta es una muy mala idea! —Opinó Alex— Como sacada de una estúpida película sobrevalorada de drama romántico.

—No me importa.

Tanya movió la cabeza de nuevo en una negativa, ella tampoco estaba de acuerdo, Alex rodó los ojos hacia arriba en una mueca de enfado e incredulidad. Ninguna de las dos dijo nada más. Mamá sentenció:

—Si eso es lo que quieres, así lo haré. Pero debo advertirte, si él es eukid, es más difícil de borrar por completo. La magia que corre por sus venas protegerá algo en su memoria, un fragmento que en algún momento volverá, como un sueño o una duda que no lo dejará en paz.

—Por favor mamá, hazlo, no quiero perderlo aún.

Mamá le dedicó a su hija una larga mirada.

—Muy bien, déjamelo.

Se dirigió hacia él, tan amable, tan en su papel de madre preocupada.

—Nelson, no te he preguntado si no te pasó nada. Déjame verte, creo que tienes algo en la frente.

Instintivamente Nelson retrocedió, ella avanzó con paso firme, con los ojos fijos en los de él igual que un depredador frente a su presa. Nelson iba a decir algo, las palabras se atoraron en la garganta. Se quedó congelado por el golpe de la hipnosis, sin poder bajar la cara ni parpadear. De los labios de él salió un seco sonido gutural. Así se quedaron por espacio de unos minutos. Mamá resplandecía y repetía en un ronco susurro monótono, "nunca pasó, olvídalo".

El resplandor desapareció, mamá rompió contacto. Nelson pudo cerrar los ojos, se llevó una mano a la frente y se tambaleó. Mamá y Serena frenaron su caída. Nelson se desvaneció en un profundo sueño.

—¡Nelson! —lloró Georgina.

—Estará bien —dijo mamá.

Lo llevaron hasta su auto y lo pusieron en el asiento trasero, Georgina se sentó a su lado. Mamá le quitó las llaves y se posicionó en el asiento del conductor. Serena les dijo que las seguiría en la SUV de mamá. Tanya llevaría a Alex y Ginger a casa en el otro auto y se despidieron.

En todo el camino Georgina no le quitó la vista de encima, le acariciaba la cara y se recargaba en su hombro igual que un náufrago sujetando un salvavidas. Al llegar a casa de Nelson, mamá le quitó las llaves y entró primero, en caso de encontrarse con alguien, Georgina y Serena la siguieron con un Nelson medio dormido que casi no podía caminar.

El papá de Nelson estaba en la cocina, mamá rápido se dirigió hacia él, bastó el contacto visual para que se congelara, ella se acercó con la vista fija en él.

—Nunca estuvimos aquí. Regresa a tu cama.

El hombre obedeció.

—Al menos no me queda duda que su papá es un humano. Eso fue fácil.

Dejaron a Nelson en su cama y se retiraron.

Nelson tomó la guitarra y comenzó a tocar. Georgina seguía callada mirando a su novio. Al día siguiente de aquel incidente él no recordaba nada. Ella creyó que todo estaría bien. Ahora, no sabía qué pensar.

—Gin, ¿ocurre algo?

—Sí, es que... —se quedó callada, él la miró a la expectativa—. Nada, sólo pensaba en que te voy a extrañar en el verano.

—Oye, cuando vuelvas haremos algo divertido, podemos ir a la feria, sé que te encantará subirte conmigo a todas las atracciones.

Ella sonrió.

—Seguro, es una cita.

—Y te pones el vestido rosa que me encanta.

—Me temo que está arruinado.

—¿Qué le pasó?

—Me senté en un chicle cuando fuimos al cine —mintió.

—Qué mal, de verdad me gustaba cómo te veías con él.

Nelson volvió a probar un par de acordes.

—Cántame una canción.

—¿Qué te gustaría escuchar?

—Lo que sea está bien.

—Ok, esta es una de mis favoritas.

—¿Es tuya?

—No, es de Lifehouse.

Nelson comenzó a cantar *You and me*. Georgina se quedó absorta contemplándolo rasguear la guitarra, encantada por completo con la voz de aquel humano al que amaba sin razón, desde el primer momento en que lo vio en la escuela.

Cuando terminó la canción, Gin se levantó, le quitó la guitarra y la colocó a un lado. Se volvió hacia él y lo besó con intensidad. Las manos de Nelson la rodearon, las podía sentir acariciando su espalda de arriba abajo. Ella se separó un instante, lo miró a los ojos, podía ver que la deseaba tanto como ella a él. Había algo que la sirena quería desde hacía tiempo, pero se había contenido porque él tenía algunas reservas. En ese momento ella vio que él ya no se detendría. Sujetó la parte inferior de su camiseta y tiró de ella hacia arriba con decisión, él tuvo que levantar los brazos, acto seguido ella se quitó el vestido con un movimiento de bailarina y se quitó el brasier. Sacudió la cabeza para reacomodar su cabello hacia atrás. Con lo mucho que odiaba la ropa. Deseaba que él la mirara tal y como era. Nelson estaba extasiado, como quien contempla el amanecer en el prodigio de su piel tostada y sus curvas. De los labios de Nelson escapó una pregunta en un susurro.

—¿Estás segura de que quieres hacerlo?

En respuesta ella se volvió a inclinar hacia él para besarlo apasionada, mientras sus manos buscaban la hebilla de su cinturón para desabrocharle los pantalones y liberar su erección, luego dobló la pierna izquierda y la colocó a un lado para sentarse a horcajadas sobre él y lo empujó hacia atrás, Nelson se aferró a ella como a una cosa muy preciada y anhelada de la que quisiera no desprenderse jamás, casi como si temiera que una misteriosa marea fuera a llevársela lejos.

Se dejaron llevar por instintos primitivos escondidos en la piel, que reaccionan al contacto de las caricias y los besos y que saben cómo corresponder. El acto de hacer el amor no fue del todo perfecto y eso sólo lo hizo más bello, más intenso, más pleno, por la conexión, las risas y la complicidad compartida. Él la penetró primero de una forma pausada, como si temiera lastimarla. Ella lo guio para que siguiera sin reservas. Pronto el temor se disipó y bebió de su amor con vigor. La sirena se entregó a él con la fuerza indómita con que se zambullía en el mar, se estremeció en sus brazos sin pensar en nada, ni en enemigos, ni en batallas, ni en sueños nacidos de realidades escondidas, sólo en el hombre con el que compartía aquel amor, hasta que ambos quedaron exhaustos.

Con la cabeza recargada en el pecho de Nelson, la sirena dibujaba ochos con sus dedos, él le acariciaba el dorado cabello.

—Te amo, Gin.

—Y yo te amo a ti.

—Dile a tu mamá que no quieres ir y quédate conmigo.

—Tú bien sabes que no puedo —murmuró.

Nelson le acarició la cabeza.

—Te voy a extrañar. No me queda más que esperar a que los días se pasen rápido para volver a verte.

«¿Y si no regreso? No, no puedo pensar así. Soy una alférez y debo vencer a mis enemigos. Nelson, mi amor, debo ganar para volver a ti».

—Diviértete mucho, ok.

—Por supuesto.

Se acercó a su boca para besarlo, el toque de sus labios era adictivo. Le peino el cabello negro con las manos, contempló sus ojos negros y volvió a besarlo una y otra vez.

En la noche Nelson llevó a Georgina a su casa, la sirena se quedó de pie en la puerta para despedirlo con la mano mientras su auto se alejaba luego entró en la casa. Se dirigió a la cocina, tenía sed. Había luz, alguien estaba ahí, era su madre sacando una taza del horno de microondas.

—Gin, ya estás de vuelta. ¿Cómo está Nelson?

Guardó silencio y bajó la vista. Debía contarle.

—Mamá, Nelson recordó. ¡No exactamente! Tuvo un sueño.

Su madre le dedicó una larga mirada silenciosa.

—Ya veo. Era de esperarse.

La sirena bajó la vista, su mano izquierda subió a la correa del bolso que colgaba de su hombro y la recorrió con sus dedos ansiosos.

—¿Por qué no tomas una taza de té? —Preguntó mamá— Anda, siéntate, yo te lo preparo. Te ayudará a relajarte para dormir.

Georgina tomó asiento en una de las sillas de la mesa de la cocina, mamá llenó una taza con agua y la metió en el microondas, el zumbido electrónico del ciclo del horno se hizo omnipresente. Mamá sacó una caja llena de bolsas de té de diferentes sabores. Luego fue hasta el refrigerador por leche de almendras para Georgina. El microondas emitió un pitido agudo, mamá sacó la taza, puso una bolsa de té de hierbabuena y llevó la taza con cuidado a la mesa donde la colocó frente a su hija. Trajo la azucarera y una cuchara. Fue por su propia taza, la llevó hasta la mesa y se sentó. Mamá dio un sorbo a su taza sin despegar sus ojos expectantes de su hija. Por fin Georgina rompió el silencio.

—No sé qué hacer. Yo lo amo. No quiero que se aleje de mí.

Sintió ganas de llorar, no podía despegar la vista del líquido caliente que había cambiado de translúcido a ambarino. Sus dedos tomaron la etiqueta de la bolsa de té y jugueteó con ella, llevándola de arriba abajo en la taza.

—¿Qué voy a hacer si descubre que no fue un sueño? Va a odiarme.

—Eso no lo sé. Al principio sin duda su reacción no será la mejor, ya después cómo tome la verdad, es algo que no lo sabrás sino hasta que suceda.

—Preferiría que nunca recordara. Me gustaría que tú lo volvieras a hipnotizar para que olvide el sueño.

—Pero la magia en su sangre hará que una duda siempre prevalezca. Quizá lo que voy a decir no sea algo que te gustará escuchar. Gin, te estás preocupando de más, eres muy joven, no sabes qué ocurrirá mañana, si tu destino es con él u otro. No te preocupes, todavía tienes mucho por aprender y por vivir. Sin embargo, supongamos, que ustedes están destinados a estar juntos. Entonces, en algún punto tendrás que decirle la verdad, porque no puedes construir una relación sobre una base de mentiras.

—¿Tú crees que tenemos futuro?

—He conocido muy pocos casos de quienes encuentran al amor de su vida en sus años de juventud. En las novelas rosas es lo común, pero en la vida real eso pasa muy poco. En tu caso no sabrás que ocurrirá sino con el tiempo, sin aferrarte y dejando que pase lo que tenga que pasar.

—Me da miedo pensar en qué va a decir si llega ese día en que tenga que ser honesta. Tanya y Alex tienen razón, soy una tonta.

—No seas tan dura contigo misma. Escúchame bien, Gin, nadie tiene la verdad absoluta. Quizá tienen razón, o quizá no la tienen. Yo no te puedo decir cómo va a reaccionar Nelson el día en que se entere. No sabes y a lo mejor, termina por decirte que no le importa y te acepta como eres.

Ella sonrió, levantó sus ojos azules.

—Eso sería maravilloso.

—Pero también existe la posibilidad de que, en efecto, te repudie y diga que no quiere estar cerca de ti, en cuyo caso vas a tener que ser fuerte para dejarlo ir. Sin embargo, eso no lo sabrás sino hasta que ocurra.

—Me da miedo el futuro.

—A todos nos da miedo la incertidumbre del futuro, pero no por eso dejas de vivir el presente. Georgina, no llores por el día que no has vivido, vive hoy y vívelo con entusiasmo. Ama sin importar qué tan largo o corto sea ese amor y no te preocupes por lo que va a pasar mañana. Ten fe en lo bueno que pueda ocurrir, pero también prepárate para lo peor.

—Supongo que tienes razón.

—Gin, el valor no es sólo para los combates, también es para la vida.

La sirena se encogió de hombros bebió un largo sorbo de la taza.

«Nelson, será lo que tenga que ser... Ni siquiera sé qué pasará en la Ciudadela... Voy a regresar para estar contigo».

A la mañana siguiente los chicos subieron sus maletas en las SUVs, estaban solemnes, esto no era un viaje de vacaciones. Georgina se tomó una pastilla para el mareo y se acomodó en el asiento, preparándose para lo que fuera que ocurriera.

XXIII.- Atrapados

Alexandra

El lugar era exactamente como lo recordaba, una vieja fortaleza cayéndose a pedazos, menos reparada de lo que hubiera esperado. Por lo visto, en todo ese tiempo Belladonna se había enfocado en reclutar seguidores, ya fueran voluntarios e involuntarios, y dejó el mantenimiento de la Ciudadela para después. Había algo en el ambiente que le estaba causando alergia, los ojos le lloraban y la nariz le escurría.

«Odio salir al campo», pensó Alex al tiempo que se limpiaba la nariz con el cuello de la camisa.

—Eso explica por qué tienes tantas camisas verdes —señaló Patrick.

Alex lo volteó a ver con una mueca de enfado.

—Guarda silencio, pajarraco.

Él dijo algo más, otra tontería sin gracia a la que Alex hizo oídos sordos, no así Ginger, quien sí se rio. Nick volteó enfadado y les indicó con una seña que guardaran silencio. Patrick hizo como si se cerrara la boca con un cierre. Ginger le dio un codazo. Él replicó en voz baja.

—Un poco de humor para relajar los ánimos, ¿verdad, Pearl?

Ella no contestó, lo ignoró por completo. Hannah murmuró:

—Patrick, basta.

Él sonrió, asintió y siguió adelante. Alex notó que Hannah se le quedó viendo de una forma que se estaba volviendo frecuente. Ella siempre había sido cercana a él. No era eso, era algo más, como si ahora también hubiera algo de admiración. Alex meneó la cabeza en una negativa.

«Estúpida Hannah, le tiene más respeto a ese tonto del que merece»

Linda se detuvo de golpe, el rostro inexpresivo y los ojos bien abiertos.

—Siento algo.

—Estén alerta —exclamó Serena.

Alex se preparó para pelear. Ya una vez fueron emboscados en las inmediaciones de la Ciudadela, no le sorprendería que ocurriera lo mismo. Los Kearney escucharon las pisadas rápidas de monstruos que se acercaban seguidos por pasos sobre la cama de hojas secas del bosque. Ellos llegaron y se plantaron firmes. Amanita los saludó:

—Bienvenidos, el ama los espera, ha ordenado que sean conducidos a su presencia inmediatamente. —Se dirigió a Maggie, Terrence y Nick— Sólo los chicos. Ustedes tres en cambio les tengo otra oferta, tienen "cinco" para correr antes de que me haga con sus cabezas. Cinco... cuatro... tres...

—Espera, ¿qué diablos es todo esto? —exclamó Alex.

—Dos... uno... ¡mátenlos!

Los demonios se abalanzaron hacia Nick, Maggie y Terrence.

—¡No! —gritó Georgina.

Los chicos entraron en combate con los soldados y demonios, quienes en total les doblaban el número y al parecer habían estado entrenando tanto como los chicos, pues ahora eran más poderosos. Amanita estaba tranquila, con una sonrisa de satisfacción. Se notaba que estaba pensando muy bien sus movimientos. Abrió los brazos, toda ella resplandeció con terrible poder luminoso y dirigió su rayo. Patrick, quien estaba ocupado con dos oponentes, no vio venir el rayo que lo impactó.

—Eso es jugar sucio, atacaste por la espalda —señaló enfadado.

Amanita tenía un lazo blanco que echó alrededor de Patrick y apretó, luego le dio el extremo de la cuerda a sus soldados.

—¿Quién dijo que en la guerra se debe jugar limpio?

Ella saltó para esconderse entre los árboles al tiempo que sus soldados levantaban a Patrick. Él trató de liberarse, fue inútil, aquella cuerda parecía restringir sus poderes. Alex volteó en el momento en que se lo llevaban. La situación le disgustó. Ella no podía permitirlo. Tal como Tanya dijera en una situación similar, quizá no fueran los mejores amigos, pero seguían siendo hermanos. Alexandra Dalca apretó los puños, sus manos se llenaron por una sensación deliciosa muy bien conocida, la de la corriente eléctrica. Apretó los puños.

—No voy a dejar que te lleves al bobo de mi hermano. *Thunder!*

Rayos morados erizaron sus cabellos, el relámpago nació en su puño y descargó. Amanita lo bloqueó como si nada. Se rio entre dientes.

—¿Eso es todo?

Algo la golpeó por la espalda, un rayo fuerte de energía, Alex cayó al suelo. Detrás de ella venía un sujeto de cabello gris azulado.

—Nos volvemos a ver, bruja eléctrica. Esta vez no tendrás tanta suerte.

Se preparó para descargar su poder envenenado. Un grito estridente los hizo estremecerse a todos, la sirena aprovechó eso para abalanzarse contra Zumaque, este se recompuso pronto y la derribó de un golpe.

—¡Gin, no! —La llamó Alex.

Amanita no le dio tiempo de ayudarla, la atacó, Alex se defendió. Era hábil, demasiado. Zumaque echó una cuerda blanca en torno a Georgina al tiempo que uno de sus soldados se apresuraba a amordazarla. Alex tenía problemas con Amanita, era rápida y no desperdiciaba sus ataques. Tanya acudió en su ayuda, lanzó su ataque de vértigo. Amanita recibió el impacto, se sujetó la cabeza aturdida por el ataque de Tanya. La bruja psíquica tomó a Alex de la mano.

—¡Corre!

Alex parecía no estar del todo consciente de lo que ocurría, un minuto antes estaba en el suelo y al siguiente estaba siendo arrastrada por Tanya. Corrieron bastante hasta llegar detrás de unos árboles, ahí se detuvieron. La psíquica se llevó los dedos índices a los lados de la cabeza. Ambas resoplaban, mientras recuperaban el aliento.

—¿Qué haces? —preguntó Alex.

—Busco a los demás.

Alex no podía llamarlos con la mente, pero podía ayudar buscándolo por su energía, después de todo había mejorado bastante en eso. No los detectaba. Ellos seguramente se estarían escondiendo reduciendo su energía al mínimo. A

282

Alex le hubiera gustado ser tan sensible como Linda para rastrearlos o para detectarlos por sus emociones. Pensó en Linda, su semblante delicado. Se preguntaba si estaría a la altura de aquella guerra.

«Linda, boba, cara de muñeca, ¿dónde estás? No sé por qué me preocupo. Ella puede con esto. Es otra de la que tengo dudas».

—Alex.

La joven eléctrica dio un sobresalto, miró a su lado, era Pearl. Nunca la sintió llegar, la maldita se había vuelto excelente en ocultar su energía, era casi como una sombra. De toda la familia ella era la única que había logrado tal nivel de control para desaparecer. Eso no le gustaba, la hacía desconfiar.

—¿Estás bien? —preguntó Pearl.

—Sí, estoy bien.

—Encontré a los demás —anunció Tanya—, vamos.

Las tres chicas se pusieron en marcha, se iban cuidando las espaldas. La situación no le gustaba a Alex ni un poco; esto no era entrenamiento, ¡joder! Era real. Tenía miedo, sin embargo, esa era una emoción que por ahora no podía darse el lujo de sentir, se recriminó a sí misma por ello. Alex siempre había tenido una manera muy dura de ver las cosas, tenía poca paciencia con otros y aún menos paciencia consigo misma.

«Nada de llorar como una idiota», se reprendió a sí misma, «ellos no van a detenerse y tú tampoco. Soy la reina del rayo, Alexandra Dalca. Soy una alférez y el miedo y la duda son para los débiles».

Ayudaba estar en compañía de Tanya, quien también tenía un temperamento frío. Pearl era otra historia. Solía ser una hábil guerrera. Ahora se había vuelto débil, insegura y descuidada. Sólo esperaba que no se repitiera otra situación como la ocurrida con Hannah y los locos de los caballos.

Alex frunció el cejo, tenía bien puesta su cara de guerra. Pronto sintió una energía que conocía bien, amable, luminosa y entrometida.

—Lady A. —saludó Linda con su sonrisa de muñeca.

Detrás de ella venía Rosa y Terrence quien llevaba a Nick malherido.

—¿Todo bien? —preguntó Alex fríamente.

—No encontramos a mamá —replicó Rosa, se veía preocupada.

—Por acá —indicó Tanya.

El grupo la siguió. Avanzaban rápido, Alex comenzó a rascarse el cuello, una reacción alérgica hacia algo en ese bosque bailoteaba alegremente en su cuello. El idiota de Patrick solía bromear diciendo que Alex era alérgica hasta a ser alérgica. Pero era una estúpida exageración, en realidad Alex era alérgica a menos cosas de lo que la gente pensaba, sólo tenía problemas con el polvo, el polen, las esporas, ciertos perfumes, lo cual se extendía a algunos jabones de tocador y detergentes de ropa, pero eso era todo. Patrick era un tonto exagerado.

—¡Escóndanse! —Exclamó Rosa.

Se ocultaron detrás de los árboles. Alex se sentía fastidiada, el contacto contra el tronco le provocaba comezón.

«¡Aguanta! No van a encontrarnos por tu culpa», se exigió a sí misma.

Tanya les indicó mentalmente que el peligro había pasado. Siguieron adelante. Al cabo de un instante se reunieron con Maggie. En ese momento no hablaron nada, se alejaron de la Ciudadela. Caminaron hasta que Nick no pudo más. Rosa se le acercó.

—Aquí no detectarán mi poder, ahora sí, deja que te cure.

Puso sus manos sobre Nick y se concentró, Nick la interrumpió.

—Ya es suficiente.

—No he terminado, papá.

—Lo sé, pero necesitas tu energía para pelear. Con esto es suficiente, puedo seguir así.

—¿Dónde están los demás? —preguntó Pearl.

—Yo vi cuando se llevaron a Patrick y a Georgina —dijo Alex.

La cara de Tanya se descompuso en una mueca de furia.

—Molly iba a llevarme a mí, pero Serena se interpuso y se la llevó.

—Yo traté de impedir que se llevaran a Hannah —dijo Nick—, pero no pude hacer nada.

A Alex esto no le gustaba, ella no se quedaría ahí simplemente. Ni siquiera lo pensó. Ella expresó con determinación:

—Tenemos que volver por los demás.

—Espera —dijo Linda—, no podemos ir sin un plan.

—¡No necesitamos ningún maldito plan! —Exclamó Alex— Volvemos y les pateamos el jodido trasero, ¿qué tal ese plan?

—Me gusta —replicó Tanya.

—Aguarden un momento —indicó Rosa—. No podemos actuar impulsivamente, tenemos que estar preparadas y pensar nuestro curso de acción. Es obvio que Belladonna nos quiere en su presencia y a final de cuentas eso es también lo que nosotros queremos, ¿no es así?

—Por supuesto —replicó Alex—, ¿y qué con eso?

Rosa prosiguió:

—Podemos dejar que nos lleven en sus términos o quizá debamos simplemente presentarnos ante ellos. En realidad da lo mismo.

—¿Estás hablando de rendirnos? —Exclamó Alex furiosa— Yo pienso darles batalla, a mí nadie me lleva atada y a la fuerza, yo iré por mi propio pie hasta donde está Belladonna y la venceré con mi rayo.

—Ellos no nos dejarán acercarnos en nuestros propios términos y eso acaba de quedar claro con lo que ocurrió.

Rosa fue contundente al decir cada palabra, Alex se encogió de hombros. Pearl estaba callada y pensativa, Tanya apretaba los puños.

—Ellos tienen la ventaja de estar en su territorio, tienen número y han estado entrenando. Nosotros podemos ganarles, no tengo duda, pero tenemos que ser astutos.

—Muy bien, Rosa, dime entonces que sugieres.

Rosa y Linda se miraron por un momento, luego Linda fue la que habló:

—Ellos quieren llevarnos ante Belladonna y nosotros queremos ir con ella. Lo más lógico es dejarnos llevar e iniciar el ataque desde adentro. No hay necesidad de vencer a su gente, Belladonna ha juntado un ejército obligando a otros a luchar por ella. Podrán servirla ahora, pero puedo apostar que no tiene su lealtad. Si ella cae, todo lo demás va a caer también.

—Hay otros que sí le son leales; Zumaque, Amanita y Molly, además aún tiene algunos demonios —señaló Pearl.

—Y los derrotaremos en su momento. Por ahora lo mejor será hacerles creer que nos han atrapado —sentenció Rosa.

—Pero por si acaso, una de nosotras debe quedar afuera —añadió Linda.

—¿Quién? —preguntó Alex.

Linda sonrió como quien discute lo agradable que está el clima.

—Quien quede al último cuando atrapen a los demás. Ese será nuestro seguro en caso de que las cosas se compliquen; ocho van frente a Belladonna y la novena alférez se acerca desde fuera en caso de que necesitemos ayuda para liberarnos. Supongo que la suerte decidirá quién de nosotras.

—Muy bien —asintió Tanya—, siendo así, vayamos hasta allá y toquemos a la puerta, seguro nos recibirán.

—Me gusta el plan —dijo Nick—. Adelante, vamos.

—Espera —lo detuvo Maggie—. Ni tú, ni yo, ni Terrence somos parte de este plan. Nosotros no vamos.

Las chicas se mostraron sorprendidas, pero no tanto como Nick.

—Tenemos que pelear, debemos salvar a los chicos.

Maggie se acercó a su esposo, lo tomó de las manos.

—No necesitan nuestra ayuda. Mi amor, nosotros no tenemos el poder que ellos tienen ni el de sus enemigos. A nosotros nos fue encomendada la misión de reunir a los guardianes, de criarlos como nuestros hijos y de entrenarlos para que aprendieran a pelear. Ahora depende de ellos. Más que ayudarlos, seremos un estorbo. Es hora de hacernos a un lado.

—Pero no podemos dejarlos...

—Nick, entiéndelo, no es nuestra pelea, es la de ellos. Tenemos que confiar en nuestros hijos, después de todo ellos fueron elegidos para reencarnar y hacer frente a esto.

Papá pareció derrotado, bajó la cabeza, apretó las manos de su esposa, meneó la cabeza como en una negativa, Maggie le dio un beso.

—Nicholas, recuerda lo que el Atalaya te dijo cuando lo escuchaste por primera vez. ¿Cuáles fueron sus palabras?

Nick respondió en voz baja:

—Me dijo, tú labor será quererlos como a tu familia y entrenarlos, deberás prepararlos para pelear.

—Exacto, eso y nada más. Prepararlos para la guerra y no pelear en ella. Nuestra labor ahora es dejarlos.

Ambos se quedaron en silencio. Nick se tornó melancólico. Finalmente murmuró:

—Cuando tienes razón, tienes razón.

Ella volteó a ver a Terrence, este asintió con la cabeza. Luego se volvió hacia las chicas.

—Tengan mucho cuidado. Yo sé que pueden hacerlo.

—Lo tendremos —asintió Rosa.

—Vamos —indicó Tanya.

Las alféreces emprendieron el camino de vuelta a la Ciudadela.

Alex miró hacia atrás, contempló a sus padres adoptivos y al mayordomo que las miraban mientras se alejaban. Algo en sus semblantes preocupados le resultaba patético. Ya que estuvieron a cierta distancia se atrevió a comentar.

—Qué exagerados.

Linda la volteó a ver.

—Eres dura, Lady A. No es tan simple dejar que tus hijos se suelten de tu mano por primera vez para cruzar la calle, o que salgan solos en la noche a estrenar su nueva licencia para conducir, o que vayan solas a pelear a muerte sin tu ayuda. Quizá algún día, cuando seas madre lo entiendas.

—Qué tontería. Yo nunca voy a tener hijos.

—Pareces muy convencida, quizá cambies de opinión algún día.

Tonta Linda. Tal vez tenía razón, había cosas que Alex no comprendía y quizá algún día lo haría, pero francamente esas cursilerías no le interesaban.

Llegaron hasta un claro, adelante no tenían más que pasto y al frente la entrada principal de la Ciudadela. Las chicas se voltearon a ver unas a otras.

—Recuerden, debemos dejar que crean que nos van a atrapar, pero una de nosotras debe escapar —señaló Tanya.

Las chicas asintieron. Alex sonrió confiada y maliciosa.

«Esa tengo que ser yo. ¿Quién mejor que yo?».

Alex consideraba que tenía la ventaja de que podía volar, además ella no temía a nada, era rápida y su rayo era terrible. Era perfecta para ser el comodín del equipo y para salvar a los demás si algo ocurría. Avanzó con decisión. Zumaque salió de entre los árboles y se detuvo frente a ellas.

—Así que han regresado. Muy bien, van a venir conmigo.

—No va a ser tan simple —replicó Tanya.

Un rayo luminoso salió de entre los árboles del lado izquierdo, Tanya apenas pudo esquivarlo. Amanita se aproximó.

—¿De verdad eso crees?

Por el lado derecho salió Molly seguida de dos enormes demonios.

—Terminemos esto, Belladonna aguarda.

La centinela lanzó su ataque oscuro, Rosa le hizo frente. Amanita peleó con Tanya y la derribó. Pearl y Linda se entretuvieron con los demonios. Zumaque se enfrentó a Alex.

—Tú y yo tenemos algo pendiente. Aún no te he hecho pagar por lo que le hiciste a Euphorbia.

Zumaque encendió su energía, esto hizo que su pelo cambiara de color, de gris azulado a negro azulado.

—Siempre le puedo decir a Belladonna que te resististe demasiado, que no pude llevarte con vida porque te maté accidentalmente en combate. Te haré pagar, ¡prepárate!

Zumaque le lanzó un poderoso ataque, Alex lo bloqueó, no se iba a dejar vencer por este imbécil, además, ella tenía que escapar. Intercambiaron golpes. Era fuerte, más que la vez anterior, se notaba que estaba más concentrado y menos confiado. Mientras tanto, Molly acorraló a Rosa. Ella no ofreció resistencia, decidió que era mejor rendirse en ese momento a recibir un daño mayor. Se dejó atrapar por el lazo blanco de Molly.

Un grupo de soldados se llevaron a Tanya y a Rosa. Amanita, Zumaque y Molly se pararon firmes frente a Alex, Pearl y Linda.

—Muy bien, ya sólo quedan dos más y un cadáver —señaló Zumaque.

—El ama dijo que los quería a todos.

—Cierra la boca, centinela. No sé ni por qué el ama es tan tonta para elegir como asistente a un centinela negro.

—El ama dijo que los quiere a todos —repitió Molly con frialdad en un tono que demandaba obediencia y no daba lugar para ser cuestionado.

—Muy bien, ¡cómo sea!

Se lanzó de nuevo contra Alex. Utilizó todo su poder para golpearla, sus puños eran rápidos, ¡más rápidos! Ella ya no pudo pararlos todos, recibió un golpe terrible en el estómago, se dobló de dolor. Él murmuró en su oído:

—Claro que los accidentes siempre pueden pasar.

«No vas a derrotarme, no ahora, tengo mi energía... a mí nadie me lleva».

La rápida sensación de la corriente eléctrica la recorrió, detrás de ella tenía a uno de aquellos demonios, éste la sujetó. Ella sonrió burlona y lo miró con malicia.

—Peor para ti. *Thunder!*

Dejó que la electricidad saliera desordenada, de todos sus poros, de cada cabello. El demonio gritó estremeciéndose por la corriente. Liberó a Alex, se tambaleó y cayó para no volver a levantarse jamás. Alex jadeaba tratando de recuperar el aliento. Zumaque la apuntó con la mano.

—Este es tu fin.

Detrás de ella alguien gritó:

—¡No, Lady A.!

«Linda, tú también confías en mí».

Pero Linda no se movió, no corrió a ayudarla ni nada. Alex recibió el ataque de Zumaque y se estremeció de dolor. Le lazaron con aquella cuerda blanca. En apariencia no tenía nada de especial, sin embargo basto el contacto para notar que era un objeto mágico hecho para restringir el poder de la persona atada. Antes de que pudiera apretarla, Alex se zafó, no se dejaría llevar tan fácilmente. Zumaque, Amanita y Molly lanzaron sus ataques, Linda alzó las manos con las palmas hacia el frente.

—Muro de cristal.

Un poderoso muro de cristal reluciente se interpuso entre Linda y Pearl y los ataques de sus enemigos. Alex se quedó sorprendida, la había dejado del otro lado del muro. Zumaque la alcanzó con su poder, Alex fue derribada una vez más.

—Ahora sí, muere.

Molly lo detuvo.

—¡Zumaque! El ama dijo, "con vida", ¡no te atrevas a contradecir sus órdenes!

Él refunfuñó y lanzó de nuevo la cuerda blanca cobre Alex, ella ya no se pudo resistir, estaba malherida.

«Esto no es posible, yo debía ser la última, la que las salvara a todas».

Zumaque y Molly discutían, mientras tanto, Amanita seguía descargando su rayo contra el muro de cristal de Linda. La guardiana, sin bajar las manos volteó a ver a Pearl.

—Vete ya.

Pearl estaba boquiabierta.

—¡¿Qué?! Linda, no voy a dejarte.

—Recuerda el plan, Pearl, alguien tiene que escapar, ¿quién mejor que tú? Anda, vete ya. Sé que encontrarás la manera de escabullirte para ayudarnos.

Pearl asintió. El muro de cristal no resistiría más tiempo. Pearl encendió su energía. El muro cayó, fue en ese momento que descargó su poder contra Amanita, acto seguido echó a correr hacia el bosque.

—¡Alto ahí! —gritó Molly.

Linda se interpuso.

—¿Te has olvidado de mí?

Le mostró los puños al tiempo que ocho cuchillas de cristal emergían de entre sus dedos.

—Linda —murmuró Alex.

La joven de pronto meditó que en todo el rato Linda se había mantenido cerca de Pearl.

«Linda, desde el principio pensaste en ella, la ayudas porque le tienes fe, más que a mí. Debería sentirme celosa, Linda tonta, ¿cómo puedes pensar que es mejor alférez que yo? Espero que no te equivoques».

Estaba perdiendo el conocimiento. Linda resistió un par de ataques de Molly antes de ser derribada. Mientras tanto, Amanita se incorporó y salió en persecución hacia el bosque, en busca de Pearl.

Molly y un grupo de guardias llevaron a Alex, Tanya, Linda y Rosa frente a Belladonna. Poco después, Zumaque y Amanita llegaron. Venían con las manos vacías, Pearl había logrado escapar. Belladonna contempló complacida a las recién llegadas. Alex trató de liberarse sin éxito, su poder eléctrico estaba ausente igual que la vez anterior. Belladonna sonrió a sus aliados.

—Cuatro más, esto es extraordinario. Han hecho bien su trabajo. Chicas, bienvenidas sean. Es agradable volver a vernos después de tanto tiempo.

Se dirigió hacia su mesa de trabajo, tomó tres esferas de cristal y las colocó en línea.

—¿Cuál es tu interés hacia nosotros? —Preguntó enérgica Tanya— Nos has traído aquí por una razón, merecemos saber cuál es.

—Es el hecho de que somos los Guardianes elegidos por los Sabios para detener a enemigos como tú, ¿o me equivoco? —sentenció Rosa.

Molly volteó hacia ella con una mueca de desprecio.

—¿Qué clase de estupidez es esa? ¿Elegidos por los Sabios?

—Tienes razón, Molly querida, es una estupidez. Estos chicos sólo hablan tonterías. Pero al menos nos servirán.

Hizo una seña con la mano, Linda pareció detectar algo malo, Alex lo supo, sólo de mirar la forma en que Linda abrió los ojos. Alex volteó a su alrededor, se dio cuenta que la centinela se movía hacia Tanya, quien comenzaba a resplandecer con su energía, el efecto de sus ataduras no duraría y Belladonna al parecer lo sabía. Lo siguiente fue muy rápido; la centinela se movió detrás de las chicas con el sigilo de una sombra, un instante sujetó a Tanya con fuerza, le tapó la cara con una estopa. Tanya se retorció, un ahogado quejido salió de su garganta.

—¡No! —gritó Rosa.

Tanya quedó desmayada, Molly la sujetó entre sus brazos.

—Molly, llévala a su celda, luego ya pensaré qué hago con ella.

—Sí, señora.

Molly se retiró con Tanya. Belladonna se tornó silenciosa por un largo instante, como si estuviera tomándose su tiempo para lo que tenía que hacer.

Zumaque protestó:

—¿Cuándo voy a vengar a Euphorbia?

Belladonna replicó con desdén:

—Espero que no olvides cuál es tu lugar, Zumaque. Tus planes no van por encima de los míos, necesito a estos chicos y los mantendré con vida por el tiempo que sea necesario. Por cierto, ¿qué no hace falta una?

Zumaque se encogió de hombros, bajó la vista avergonzado al tiempo que su cabello se tornaba gris. Belladonna se dirigió a Amanita.

—¿Dónde está la que falta?

—Escapó, su majestad. Pero no creo que debamos preocuparnos, ella volverá por sus hermanos, dudo mucho que vaya a dejarlos.

Zumaque insistió.

—Su majestad, esto no es justo. Hice una promesa a Euphorbia de que la vengaría y debo mantenerla. Quiero mi venganza.

Belladonna levantó una de sus manos, hizo un movimiento delicado en su dirección, un poderoso rayo lo golpeó y lo lanzó volando contra la pared. Las alféreces se quedaron boquiabiertas.

«No es posible», pensó Alex, «no hizo ni siquiera un esfuerzo. Su poder es terrible».

—Te lo advierto, Zumaque, mejor que aprendas a ser paciente. Tendrás lo que quieres cuando yo lo decida.

El cabello de Zumaque cambió de gris a negro, de negro a azul y luego volvió a ser gris.

—Lo siento, mi ama, no volverá a pasar.

—Bien. Ahora debo preparar a mis invitadas antes que se reúnan con los demás y se pongan cómodas, porque su estancia será larga.

—Merecemos saber para qué nos quieres —preguntó Linda, su voz era firme pero amable.

Belladonna le dirigió una mirada de desprecio, Linda sonrió inocente y confiada, como una muñeca incapaz de sentirse preocupada. Belladonna se asomó por la ventana, era como si se cerciorara de algo antes de hablar. Por fin, Belladonna explicó:

—Se dice que los alféreces son de lo mejor que hay, escogidos y bendecidos por los Sabios. Desde que escuché el cuento de los Elegidos, en mi infancia, siempre tuve curiosidad por saber si era verdad o mentira. Por fin, un día, tuve una visión en mi bola de cristal, un grupo ruidoso de adolescentes yendo a la escuela. Fue una gran decepción, los alféreces existían, es sólo que no podía creer que fueran un grupo de jóvenes tontos. Me puse a pensar que ustedes no merecían la misión que tienen. Se cree que los alféreces serán quienes continúen el legado de los Cinco. ¡Qué tontería! ¿Por qué habrían de poner al frente de los eukids a ustedes?

—Pero nuestra misión no es estar al frente de los eukid, al menos no como tú imaginas o como tú misma deseas estar —comentó Rosa.

Belladonna se mostró henchida de arrogancia y prosiguió:

—Con el tiempo, llegué a la conclusión de que si había alguien apto para tomar el control era yo. Pero estaba el inconveniente de ustedes, así que me dije a mí misma, voy a darles una probada de lo que soy capaz para que teman y me respeten, luego los haré que me sigan. Ustedes no retrocedieron cuando bloqueé sus poderes y rechazaron mi oferta cuando envié a mis mensajeros.

Belladonna resplandeció, abrió los brazos y comenzó a cantar con palabras extrañas que las chicas no entendieron, se quedaron pasmadas, el poder que percibían de ella era enorme, superior al de sus seguidores. Una energía envolvió a las alféreces, ellas sintieron como si algo les fuera arrancado y se estremecieron. Energía salió de cada una, Alex notó que esa energía tenía las características elementales de sus castas; luminoso de Rosa y Linda, de un morado oscuro de ella misma. Las energías volaron hasta las esferas donde quedaron encerradas, las chicas quedaron debilitadas.

—Me he apoderado de sus talentos. Al tomar su poder tomo también su lugar. Soy yo quien debe ocupar el lugar dejado por los Sabios y convertirme en la nueva soberana eukid.

Se dirigió a la puerta e hizo llamar de nuevo a sus guardias, estos aparecieron en un instante.

—Llévenlas al calabozo.

Los guardias las obligaron a caminar, Alex se sentía débil, a cada paso tropezaba. Notó que Rosa y Linda parecían sentirse igual, aunque Linda estaba relajada y sonriente; tenía más la actitud de una compradora a la que se le muestra una casa, que la de una prisionera siendo conducida al encierro. Alex encontraba eso irritante, cómo podía mantenerse ecuánime y sin emociones siempre, incluso en un momento como ese.

Las condujeron fuera de la torre, cruzaron un puente y se dirigieron hacia el este de la Ciudadela. Entraron en un edificio y bajaron más escaleras hacia un sótano, ahí abrieron una celda extensa, pensada quizá para albergar unos veinte presos. Las arrojaron dentro. No estaba del todo oscuro, en lo alto tenían una pequeña ventana por la cual se colaba la luz del sol, lo cual les permitió ver que Serena, Georgina, Patrick y Hannah se encontraban ahí.

La puerta se cerró con un estruendo y volvió a quedar bien segura.

Hannah se apresuró a abrazarlas, Rosa y Linda fueron recíprocas en afecto, Alex se quedó quieta, nada personal, quería mucho a su hermana, era simplemente que odiaba abrazar.

—¿Están bien?

—Sí, todo bien —replicó Alex casi con sarcasmo, se notaba molesta.

—¿Dónde están Tanya y Pearl? —preguntó Patrick.

—A Tanya, Belladonna ordenó que se la llevaran a otra parte, no sabemos dónde. Pearl escapó —respondió Rosa—. Acordamos que alguien debía quedar fuera como medida de seguridad en caso de que las cosas se complicaran para nosotros y necesitáramos tener alguien fuera para ayudarnos.

—¿Qué es lo que piensa hacer con Tanya? —preguntó Serena.

—No lo dijo —respondió Rosa.

Georgina apretó los puños.

—Si se atreve a hacerle algo...

—No creo que vaya a lastimarla —comentó Linda—, Belladonna dijo que nos necesita a todos, pero debe tener una razón para no tenerla cerca de nosotros. Antes de llevársela Tanya estaba en proceso de romper sus ataduras. Le dieron algo para hacerla dormir, quizá Belladonna teme a sus habilidades psíquicas. Sus trucos no han de ser efectivos en ella. Tanya es la única a la que Belladonna nunca aplicó su bloqueo de poderes.

Los chicos guardaron silencio un momento.

—¿Qué vamos a hacer? —preguntó Hannah, parecía abrumada.

—Y ¿cómo vamos a salir de aquí sin nuestros poderes? —Añadió Patrick.

—Algo se nos ocurrirá, por ahora debemos conservar la calma —dijo Serena.

Georgina llevó su atención de la ventana hacia el grupo.

—No va a ser sencillo, siento magia en estas paredes, esta celda está pensada específicamente para retenernos. No sé ustedes pero no creo que sea imposible —levantó las manos y contempló sus palmas—, ella dijo que nos había quitado nuestros poderes, sin embargo yo no me siento diferente.

Patrick murmuró:

—Dijo que nos había vuelto eukids de clase baja. Tal vez pueda...

Chasqueó los dedos, nada ocurrió, lo intentó un par de veces más sin resultado.

Alex se sentía irritada. Se miró las manos, su poder debía estar ahí, lo sospechaba porque había algo en las yemas de sus dedos que aún se sentía como un imán. Georgina se miró las manos y comentó.

—Esto es igual que la primera vez, es sólo un bloqueo. Sí, vi energía salir de mí y ahora no puedo usar mis poderes, sin embargo, dudo que Belladonna nos haya quitado algo. No sé, creo que si me hubiera quitado mis poderes, me sentiría diferente, sin embargo, me siento la misma.

Rosa cerró los ojos y se sumió en meditación.

—Vamos a salir de aquí —murmuró relajada—. No hay forma en que Belladonna pueda detenernos. Además, en caso de que algo se complique, tenemos a Pearl allá afuera.

Alex expulsó el aire de sus pulmones ruidosamente, en una manifestación de evidente frustración y enfado.

—Sí, Linda ayudó a la llorona a escapar —refunfuñó en voz tan baja que los chicos no alcanzaron a escuchar bien.

—¿Decías algo, Lady A.? —preguntó Linda a su lado.

—Nada, es sólo que... —hizo una pausa, le dirigió una mirada ácida a Linda y le reclamó— No puedo creer que la ayudaras a ella a escapar, sobre todo después de lo que pasó con la gente de los caballos y Hannah. Ella no es la más capacitada para ayudarnos, está distraída y un momento está triste, al siguiente enojada. No sé qué te hizo creer que podemos fiarnos de ella.

—Alex, basta —intervino Serena—. Deberías de confiar más en Pearl, no solo por su capacidad como guerrera, también porque somos familia.

—Digo la verdad y todos ustedes lo saben, Pearl ya no es confiable.

—¡Eso no es verdad! —protestó Georgina.

—No la subestimes —sentenció Linda—. Pearl es mucho más fuerte de lo que crees, Alexandra.

Alex contuvo el aliento, estaba molesta por la fe ciega de Linda en ella.

—Ojalá no nos falle, porque necesitamos ayuda, no estamos precisamente en la mejor situación posible —replicó y se guardó de no hacer más comentarios.

Se levantó, se dirigió hacia un extremo del calabozo y se recargó en la pared con los brazos cruzados.

«No puedo creerlo, me ha quitado mi rayo otra vez... tonta Linda, creer en ella en vez de mí»,

Observó irritada a la joven con la sonrisa tranquila de muñeca.

Rosa seguía en profunda meditación. Linda miró al grupo complacida.

—Pearl vendrá. En realidad no dependemos de ella para escapar, todo lo que necesitamos está aquí mismo. Belladonna ha cometido un terrible error al ponernos juntos. Esto será sencillo.

Los chicos la miraron extrañados.

XXIV.- Odio

Pearl

Corrió sin mirar atrás. Se concentró para reducir su energía y no ser detectada. Se escondió entre los matorrales. No debían verla. Meditó que sería más fácil esconderse si se transformaba. Así lo hizo. La gata negra salió rápidamente de su escondite para refugiarse en otro. Cualquier cosa servía; árboles, arbustos o rocas. No podía dejar que se la llevaran, ella era la última y debía actuar de acuerdo al plan.

«¿Pero por qué yo? ¿Por qué yo? Sobre todo después de lo que pasó con Hannah. No puedo hacer esto, hubiera sido mejor Tanya, Rosa, Alex o Linda».

Los escuchó acercarse, se ocultó. Zumaque y Amanita pasaron de largo sin detectarla. Zumaque estaba furioso.

—No es justo que no me deje ni a solas con esa chica.

—Ya, tómalo con calma, Zumaque.

—Odio esto, no me deja vengar a Euphorbia.

Se detuvieron. Amanita estaba atenta, aguzando el oído y la vista para captar cualquier ruido o movimiento, Pearl se quedó muy quieta.

—Escucha, Zumaque, tendrás tu venganza. Se paciente, Belladonna tiene un plan y para ello necesita a esos chicos. Una vez que haya conseguido lo que quiere, seguro te dejará matarla.

Él cabello de Zumaque estaba más oscuro que nunca, apretó los puños, luego se calmó y algunos mechones grises de cabello volvieron a aparecer.

—Está bien, aguardaré por ahora. Pero en cuanto Belladonna diga que no los necesita, la acabaré con mis propias manos.

—Andando, tenemos que encontrar a la que escapó.

—No debe andar muy lejos. Una chica tan atractiva no debe servir para pelear. Tiene cara como de la rubia estúpida de las que salen en las películas.

«Este imbécil piensa que porque una mujer es guapa debe ser débil o estúpida... otro idiota que sólo me ve como un pedazo de carne».

Pearl se sentía molesta. Se contuvo de hacer el más mínimo ruido, no podía caer en provocaciones sexistas, tenía que ser precavida. Permaneció inmóvil hasta que los sintió alejarse. Se escabulló de nuevo. Tenía que poner distancia, quizá volver hasta donde Maggie, Nick y Terrence esperaban, quizá decirles que todo había sido un error, que después de todo sí necesitaba de su ayuda, pero se dijo que no lo haría, ellos confiaban en ella, lo mismo que los demás. Maggie tenía razón, esta era su pelea, la misión de los alféreces y debían vencer por sí mismos.

«Pero ¿cómo voy a hacerlo sola? Yo no debí ser la última... ¡Idiota Zumaque! Yo no soy una rubia estúpida cliché de las que salen en las películas... o quizá sí lo soy, ¿por qué tengo tanto miedo?... ¡NO!! Yo no soy una chica tonta y débil, no lo soy... yo, ¿no soy débil?»

Escuchó un ruido, divisó un boquete en un árbol, se metió dentro y espero. Los minutos pasaron, los oyó regresar, detectó sus pisadas, sus protestas, sus exclamaciones de frustración por no encontrarla. Pearl debía esperar. ¿Cuánto tiempo? El necesario hasta fuera seguro salir.

Por fin los escuchó marcharse para no volver. Ella aguardó un rato más sin moverse, tenía que esperar en caso de que se estuvieran escondiendo o regresaran. Pearl aguardó por espacio de un poco más de una hora. Finalmente salió, olfateó el aire, no había rastro de ellos, tampoco sintió sus energías. Era seguro, pero por si acaso, permaneció en su forma felina.

Se fue lejos, hacia el bosque, caminó durante un buen rato hasta fatigarse. Cuando determinó que ya estaba bastante lejos, se acercó hasta un árbol y bajo su sombra recuperó su aspecto humano.

«¿Qué voy a hacer?», se preguntó. Dobló las piernas, puso los brazos sobre las rodillas y escondió la cara entre las manos. Se abrazó a sus rodillas, recargó la cabeza y cerró los ojos. Su consciencia comenzó a divagar en un punto en que casi estaba dormida pero seguía alerta. Se relajó, quizá más de la cuenta y más de lo que debería en una situación como aquella. Fue entonces que escuchó su voz.

—Levántate y pelea.

Alzó la cara y dio un sobresalto, contuvo el aliento aterrada. Estaba ocurriendo otra vez, la figura de la centinela sin estrella.

—¡Acaso no me escuchaste! Párate y pelea.

—No eres real.

La centinela tiró una patada. Pearl se repitió que no era real pero al mismo tiempo parecía tan real. Apenas pudo levantar el brazo a tiempo para bloquear el ataque. Experimentó dolor en el brazo, para ser una alucinación, pegaba bastante fuerte. La centinela arrojó otro golpe, Pearl se levantó de un salto, se puso en posición de defensa.

—Eres una vergüenza para los alféreces. Linda estaba loca cuando pensó en dejarte escapar. Tanya hubiera sido una mejor opción; Alexandra y su rayo hubieran sido mejor opción; la frágil Rosa hubiera sido mejor opción.

La centinela atacó, era rápida, sus golpes eran brutales. Pearl hizo lo que pudo por detenerlos. La centinela avanzaba, Pearl retrocedía en pasos intermitentes.

—¿No crees que cualquiera hubiera sido mejor que tú? Te hice una pregunta, responde.

—¿Qué quieres que te diga?

Recibió un golpe en la cara que la derribó, se llevó una mano a la boca, tenía un penetrante sabor a sangre.

—Eres una inútil, no sirves para nada.

—¡Eso no es cierto!

La centinela volvió al ataque.

—¡Basura! Eso y nada más es lo que eres. Antes eras fuerte, ahora no eres más que una llorona. Te mereces todo lo que te pasó; tú bien sabes a qué me refiero.

La sangre se le heló, ese había sido un golpe bajo, su lengua había dado una estocada mucho más hiriente que cualquiera de sus golpes físicos.

—¡Cállate!

—*Duele la verdad, ¿no es así? Saber que no eres más que una puta.*
Su puño dio un golpe certero, Pearl se tambaleó, hizo un esfuerzo para no perder el balance, dio un paso atrás. Su rival era implacable, volvió a la carga con sus agresiones físicas y verbales.

—*Es tan sencillo hacerte sentir mal. ¿Por qué ya no tienes la confianza de antes? ¿Por qué te volviste débil? No se podía esperar nada de una basura como tú. No has aprendido nada de lo dura que puede ser la vida. Tú... You're such a cry baby.*

—¡Cállate! —Gritó.

Pearl tiró un poderoso ataque de energía, la centinela retrocedió confiada y la contempló con desdén. Pearl exclamó:

—¡Tú no eres nadie para juzgarme! Tú no sabes nada de mí.

—*Parece que ya se te olvidó que yo sé todo de tu vida, Kerri Sullivan.*

La mención de este nombre hizo palidecer a Pearl, dio un paso atrás.

—*Sé que cuando llegaste a Battle Shore adoptaste por casualidad el nombre de Pearl y te prometiste enterrar el pasado. Sé que has tenido un gran dominio de tus pensamientos, que no volviste a pensar en ti como Kerri Sullivan sino como Pearl Kearney, primero, porque no confiabas en los Kearney y temías que si se enteraban de tu nombre te mandarían de regreso; después, porque ya no viste caso a pensar en una infancia distante que preferías olvidar. ¿Sabes qué es lo más lamentable? Que la pequeña Kerri era más valiente de lo que tú eres ahora.*

Pearl retrocedió, los ojos se le estaban llenando de lágrimas otra vez. La centinela la contempló con desprecio.

—*Entonces también tenías miedo, pero confiaste en la voz del Atalaya y te volviste fuerte. El miedo y el dolor fueron las fuerzas que te mantuvieron avanzando. ¿Te das cuenta? No dejaste que el miedo te derrotara, sino que lo usaste para armarte de valor y escapar de casa. Eso me hace creer que aún hay esperanza para una perdedora como tú. Presta atención a lo que te voy a decir, el odio y el miedo pueden ser tus mejores aliados. Ten miedo y usa esa energía como mecanismo de defensa. Odia a todos y convierte tu odio en fortaleza, en la motivación principal que necesitas para destruir a tus rivales. Eso es todo lo que necesitas, el odio es una fuerza poderosa, ¡úsalo! Ahora, pelea.*

La centinela de nuevo se lanzó contra Pearl, ella apenas y alcanzó a detener los golpes, tenía demasiadas cosas en la cabeza. Su oponente era rápida, era más difícil frenar sus ataques. Vino un puñetazo terrible, luego otro y cayó de espaldas.

La centinela gritó, dio un salto, iba a caer sobre ella con todo el peso de su cuerpo concentrado en una patada mortal. Pearl se hizo a un lado para esquivarla.

—*¡Odia, maldita sea!* —Le gritó mientras le tiraba de golpes— *Odia a tu madre para quien eras una molestia. Odia a tu padre biológico, quien quiera que haya sido, a quien quizá jamás le interesó saber de tu existencia. Odia al esposo de tu madre, para quien siempre fuiste un recordatorio de la*

infidelidad de su mujer. Odia a su familia que no se cansaban de criticarte y despreciarte, recuerda que te llamaron bastarda. Ódialos a todos.
Dolían las palabras y la forma tan ácida en que eran arrojadas. Empezó a llorar a la par que el combate se volvía más encarnizado.

—Odia tu destino como alférez, porque por causa de la maldita estrella bajo la que naciste es que no has podido llevar una vida normal, has tenido que enfrentar monstruos y entrenar mientras otros chicos de tu edad se divierten. ¡Odia a Belladonna, a ella más que nadie! Ella bloqueó tus poderes, te dejó vulnerable a merced de un perverso eukid. Odia a Rufo y sus compañeros, que te usaron para su diversión sin importarles el daño que te hacían, ódialos porque asesinaron a una de las personas que más amabas en el mundo, e incluso, odia también a Marcus, porque te dejó sola, porque es mejor estar enfadada por su ausencia que el dolor de saber que nunca volverá. Todo es más fácil si te enojas, ¡si odias!

Pearl emitió un alarido desgarrador al tiempo que concentraba su energía. Descargó con furia un golpe en el que iba concentrado toda su ira y su dolor, su cara estaba roja, las lágrimas corrían imparables por sus mejillas. El impacto que la centinela recibió fue brutal, luego vino otro y otro golpe. Se invirtieron los papeles, era ahora Pearl quien la estaba haciendo retroceder con sus ataques, cada vez más rápida, más fuerte, más hambrienta de destrucción. La centinela trató de contratacar, Pearl la detuvo como si nada, luego le lanzó su rayo a quemarropa y la centinela quedó abatida sobre el pasto. Sus miembros temblaron como haciendo un esfuerzo por incorporarse, pero ya no se levantó.

Pearl resoplaba por el esfuerzo, la boca le sabía a sangre y tenía la nariz congestionada por haber llorado. Aspiró con fuerza hacia la garganta y escupió unas flemas rosáceas. Se limpió las lágrimas con el dorso de la mano, contempló a su enemiga, lo había conseguido, había derrotado a su demonio interno. La alférez se sentó en el suelo, puso los brazos sobre las rodillas y se tomó un momento para recuperar el aliento. Una voz le habló:

—Lo hiciste muy bien.

Pearl levantó la cabeza, la centinela estaba de pie frente a ella, pero ya no con actitud agresiva. Pearl se incorporó de un salto y se puso en guardia.

—En verdad eres formidable, eres digna de tu estrella. No olvides lo que aprendiste hoy, convierte tus temores en fortalezas, proyecta tu ira y tu odio hacia tus enemigos y no podrán vencerte. Buena suerte. Ahora ve y ayuda a los demás.

El viento del bosque se volvió más intenso, era como un huracán proveniente de la centinela que no se movía, como si nada le afectara, mientras que Pearl en cambio tuvo que levantar los brazos para protegerse los ojos. Notó que la centinela se estaba desbaratando con el viento y éste a su vez envolvía todo en oscuridad. Pearl se sintió abrumada, el silbido del viento embotó sus oídos, todo se volvió caótico y negro, luego el ruido paró y el silencio volvió a reinar. Silencio y nada más.

Poco a poco distinguió otros sonidos, eran pájaros que cantaban en lo alto. Todo seguía oscuro. Se sentía desorientada. Fue consciente de que tenía los ojos cerrados y que estaba sentada. Abrió los ojos, levantó la cabeza que seguía apoyada en sus rodillas, miró a su alrededor, estaba en el mismo lugar y en la misma posición que cuando se quedó dormida.

«*Entonces, todo fue un sueño*».

Se incorporó, tenía en la boca cierto sabor a sangre.

«*Es extraño, me siento fatigada, como si acabara de pelear. ¿Acaso no fue un sueño? Debe haberlo sido, o algo así, una alucinación mía*».

Apretó los puños y puso su cara de guerra. Si fue real o no, en realidad eso no era relevante como lo que tenía que hacer, lo cual en ese momento sí era prioridad. Los guardianes elegidos contaban con ella y no iba a defraudarlos.

El ocaso se extendía y detrás de su manto venía la noche, la oscuridad la protegería para adentrarse hasta la torre de Belladonna. Se dirigió con paso firme de vuelta a la Ciudadela mientras que la primera estrella de la noche asomó en el cielo carmesí.

El ocaso se fue disolviendo de rojizo a violeta. Pearl llegó a su destino, la noche avanzaba veloz, más estrellas asomaron. La oscuridad ayudaría. Tomó su forma de gata negra y la uso para escabullirse, dando saltos entre los árboles hasta que sólo un salto era todo lo que la separaba de uno de los muros de la Ciudadela. No le había costado trabajo acercarse, se había vuelto más discreta, más silenciosa, igual que una sombra oscura. Y pesar que ella había deseado no ser nada más que una sombra para pasar desapercibida en la escuela y entre la gente, y ahora descubría que ser como una sombra no era sólo el anhelo de una chica cobarde, sino la cualidad de una guerrera que necesita moverse con sigilo. Dio el salto final, ya estaba dentro. Sus patas gatunas se movían rápido, dando muchos pequeños pasos para no quedarse rezagada.

Cuando consideró que no había peligro, volvió a su forma humana. Olfateó el aire, no percibía ni a Belladonna ni a sus hermanos. Se concentró para buscarla, el resultado fue confuso, todo el lugar parecía impregnado con la energía de su oponente. No logró percibir a los demás. Debía tener cuidado y estar alerta al menor indicio.

Alguien se acercaba, era uno de los soldados de Belladonna, un tipo grande que caminaba distraído, Pearl lo atacó por sorpresa, no le dio tiempo de gritar ni de decir nada, le aplicó una llave de lucha aprendida de Terrence, con tanta eficacia que el buen mayordomo le hubiera aplaudido. Sometió al soldado a su merced, Pearl aplicó presión, el soldado se estremeció.

—¿Dónde está Belladonna?

El soldado no respondió, ella aplicó presión, sus ojos brillaban de pura furia. Le volvió a hablar con voz glacial.

—No tengo tiempo ni paciencia, así que contesta o te romperé un brazo y luego seguiré con el otro, ¿dónde está Belladonna?

—Allá, ¡esa es su torre!

Miró en la dirección que le indicó el soldado. Lo soltó, luego descargó un certero golpe en la cabeza de aquel sujeto que lo envió al país de los sueños. Pearl confiaba en que permanecería inconsciente el tiempo suficiente para que ella llegara allá sin que diera alarma. Sus pies se pusieron en marcha nuevamente.

XXV.- En la torre

Los jóvenes miraron a Linda consternados, ella había dicho que aquello sería sencillo, sus hermanos no parecían creerlo.

—Estamos atrapados y no hay manera de salir —dijo Alex.

—Sí hay manera —murmuró Rosa—, con nuestros poderes.

Seis guardianes clavaron la vista en ella con gesto incrédulo. Linda sonreía divertida. Rosa juntó las manos como si rezara.

—Lo que pretende hacer Belladonna no es sino vana ilusión, no hay manera de que ni ella ni nadie pueda robar el poder de otra persona.

Rosa extendió la mano izquierda al frente, abrió la palma, sobre ella brilló una diminuta esfera de luz blanca. Bajó la mano con un movimiento delicado, la esfera se dividió en pequeñas serpientes luminosas que se escabulleron saltando entre las grietas del suelo, buscando en la tierra semillas dormidas, esperando bajo tierra una oportunidad para nacer, y al encontrarse con ellas las volvieron fecundas de una manera acelerada. Los chicos quedaron asombrados al contemplar pequeñas hierbas surgir entre las grietas del suelo, impulsadas por el toque vegetal de su hermana. Rosa prosiguió:

—La energía de todos los seres vivos fluye en armonía en la fértil faz de la Madre Tierra. Todo el poder emerge de la dualidad del Padre creador y la Madre Fecunda, ellos son dos y uno a la vez. De la misma forma en que el sol se levanta para todos y que nadie puede adueñarse del sol, la energía mágica otorgada por la Madre brilla en cada uno de nosotros desde que nacemos, es exclusiva para cada persona y nadie puede adueñarse de ella. Es la ruleta del destino la que hace que unos nazcan bajo cierta casta, la fortuna nos arroja al mundo con un destino incierto y está en cada persona usar lo que le tocó. No es posible cambiar lugar con alguien más ni apoderarse de lo que otro tiene, porque el poder es exclusivo de cada persona, como el alma misma. ¿Es que acaso hay manera de quitarle a alguien su alma? Puedes matar a otro y ni así le quitarás el alma, al extinguirse la vida el alma se marcha y el poder con ella. Alféreces, lo que Belladonna ha hecho es una farsa, ha vuelto a poner un bloqueo, no les ha quitado más que una buena cantidad superficial de energía, pero hay más de donde esa provino, está dentro de ustedes. Concéntrense, busquen en su interior y enciendan su poder.

Los chicos permanecieron en silencio sin atreverse ni siquiera a parpadear. Fue la sirena la primera en hablar.

—Yo no siento ninguna diferencia, me siento débil por la energía que absorbió, pero en esencia la misma sirena.

Rosa asintió con la cabeza. Abrió los ojos y enfrentó al grupo.

—Debemos ser discretos, recuerden que estamos en su castillo y ella puede sentirlo. Busquen en ustedes mismos y rompan con este nuevo bloqueo. Tenemos que guardarnos de actuar hasta que Pearl entre a la Ciudadela y esté frente a Belladonna, ese será el mejor momento para atacar. Vengan, acérquense, vamos a meditar, debemos estar listos.

Los jóvenes asintieron. Se sentaron en el suelo formando un círculo. No hablaron nada más, se quedaron inmóviles con gesto reflexivo.

.....

Molly permanecía recargada contra un muro, tomaba profundas bocanadas de aire mientras se concentraba en el dolor que estremecía su espina. Todavía no estaba recuperada desde que la bruja eléctrica la había golpeado con aquel rayo. Era tal el dolor que deseaba que Belladonna cambiara de opinión y le permitiera a Zumaque vengar a la estúpida de Euphorbia, pero Molly no era nadie para pedirle nada a su ama, ella no era más que una asistente y su lugar era obedecer, porque un centinela negro obedece siempre a menos que encuentre motivos para ya no hacerlo, como aquellas razones importantes propias de su élite.

Se llevó ambas manos a la espalda y aplicó presión en la región lumbar. Esperaba pronto tener tiempo para descansar y reponerse de sus heridas. La única razón por la que no se había ido a acostar era porque les hacía falta la chica rubia. Algo en ella llamaba la atención de Molly, no sabía explicar qué, sólo sabía que debía cuidarse de ella, porque era más de lo que aparentaba.

Cerró los ojos, con los dedos índice y pulgar puso presión en los lagrimares, en la oscuridad de sus párpados sus ojos dibujaron círculos negros coronados de dorado como eclipses solares. La cabeza le dolía. Pensó de nuevo en esa joven, ella no iba a abandonar a sus hermanos, seguro volvería por ellos. Fue entonces que detectó una energía muy sutil y oscura que se escabullía hacia la torre. Molly abrió los ojos y miró a su alrededor. Nada, sin embargo, seguía ahí. Podía percibirla, como una sombra escurridiza y silenciosa. Por un instante temió que fuera otro centinela, enemigo de Belladonna, tal vez Edward o Rain que servían al autoproclamo Emperador Oscuro. Pronto descartó esa sospecha, ellos no serían tan tontos para llegar sin invitación. Además, la energía de aquella sombra ni siquiera se sentía humana, sino felina, era un gato con un aura inusualmente metálica.

Hora de trabajar. Se escabulló entre las sombras con la rapidez y silencio propios de su élite. Observó a la gata convertirse en una joven, la que faltaba.

.....

Pearl miró hacia arriba, había luz en lo alto de la torre. El odio en su interior hervía más que nunca, quería a Belladonna antes que nadie. Todavía no daba el primer paso para cruzar el umbral de la puerta y subir las escaleras que la conducirían a lo alto, cuando sintió que algo se abalanzaba hacia ella, su nariz y oído reaccionaron en fracciones de segundo para llevarle evidencia adicional del enemigo. Pearl apenas se pudo girar a tiempo para detener el golpe. Mantuvo una postura firme. Molly arremetió con fuerza. Pearl resplandeció con su poder plateado y se defendió bien. Le clavó una mirada afilada llena de puro odio. La centinela sonrió confiada,

—Sigues siendo una rival formidable. Además te has fortalecido.

300

—Tú en cambio te has vuelto lenta.

La centinela frunció el entrecejo y volvió a atacar. Pearl se movió con seguridad, esquivó sus golpes, se le acercó y disparó un ataque a quemarropa en el costado. Molly se estremeció, ondas de dolor subieron por su espina. Contempló a Pearl mientras recuperaba el aliento, la alférez se veía segura.

—Escúchame bien Molly, no tengo tiempo que perder, debo llegar hasta donde está tu ama, iré contigo si lo que quieres es conducirme, pero a mí no me atas. Ahora que si lo que quieres es llevarme sometida como una presa, entonces me temo que tendré que derrotarte. Tú decides si tomamos el camino fácil o el difícil.

La centinela apretó los puños, estúpida chica arrogante, quién se creía para hablarle así. Bajo otras circunstancias, hubiera estado encantada de pelear con alguien como ella, porque una oponente así no se ve todos los días, pero las heridas internas la ponían en una situación de desventaja que no podía confesar a nadie. Decidió ser astuta y dejar que el ama se encargara.

—Pearl es tu nombre, ¿no es así?

Ella asintió con la cabeza.

—Muy bien, Pearl, será como tú pides. A mí me importa una mierda en qué estado te presente a Belladonna. Mi labor es llevarte ante ella.

Se dirigió con la cabeza erguida hasta el primer escalón de la torre. Le indicó a Pearl que la siguiera, ella obedeció con recelo. No podía bajar la guardia y ya no había vuelta atrás. Debía llegar hasta Belladonna.

Ascendieron en completo silencio por una escalera en espiral. No había puertas ni descansos, sólo escaleras arriba. Pearl pensó que era una construcción muy peculiar, una torre con una única habitación en lo alto. Se preguntó si habría algo en el centro, luego contempló a Molly, ella seguía subiendo con su aire indiferente de soldado.

Entraron a la habitación superior. Molly anunció la llegada de Pearl. Ella entró y ahí vio a aquella maldita bruja. Belladonna se levantó con elegancia de su asiento.

—Así que aquí está la última. Muy bien Molly, me has servido bien.

Pearl apretó los puños.

—Belladonna. He esperado mucho para darte tu merecido.

Pearl se lanzó al ataque, el ama levantó una de sus delicadas manos y le arrojó un rayo de energía que la empujó hacia atrás. Molly se apresuró a atarla igual que habían hecho con sus hermanos. Belladonna se rio. Se dirigió a su mesa de trabajo y preparó una esfera de cristal.

—Admito que estoy impresionada, eres fuerte, más de lo que pensaba. Tu poder será algo bello de admirar una vez que lo haya tomado.

.....

Rosa meditaba. Percibió el inicio de la pelea y abrió los ojos.

—Ya es hora —anunció con voz firme.

Los alféreces voltearon hacia ella.

—Hora de la función —ronroneó Patrick malicioso.

.....

—Dime algo, Belladonna, si lo que querías eran nuestros poderes, ¿para qué bloquearnos en momentos en que estuvimos en peligro? Bien pudimos haber muerto. Así no te hubiéramos servido de nada. Quiero saber por qué nos hiciste eso y cómo planeaste en qué momento hacerlo.

Belladonna le dedicó una mirada cargada de desdén. Pearl la enfrentó demandando respuestas.

—Yo era una niña cuando descubrí que soy lo que llaman, un Ave de Mal Agüero; puedo vaticinar desgracias, un talento muy inusual y valioso. Cuando sabes en qué momento tus enemigos están más vulnerables, sabes cuándo es mejor atacar. También descubrí la forma de crear campos de poder que bloquean los de otros. Estas dos habilidades me dan una gran ventaja. Elijo el momento, debilito a mis oponentes. Luego, doy el golpe de gracia. El dolor emocional y psicológico tienen la capacidad de minar a una persona, a veces mejor que el dolor físico; quiebra la voluntad de tus enemigos y los tendrás a tus pies. Destruí a algunos, otros se me unieron. Entonces escuché de ustedes. Supe que serían un obstáculo para mis planes. Ustedes no iban a morir, no era esa mi intención. Excepto quizá tu hermano.

—Así fuiste decidiendo a quién atacar y en qué momento.

—Unas veces elegí en base a la posible mala suerte, otras bastó con aprovechar una oportunidad. Yo sabía que Euphorbia quería explorar el lago, bloquear los poderes de la sirena fue un regalo para la dulce Euphorbia. En cuanto a Serena, ella estaba vulnerable, cargando el luto de haber perdido a su querida abuela; era buen momento.

—Luego siguió Rosa.

—Vi un eukid con poderes de hielo que quería manipularla, ella caería en una situación de estrés emocional, esperaba que ella estuviera confundida y socavar su autoestima y confianza. Lo que no previne, es que se mantendría firme en su afecto hacia ustedes, ni la forma en que ella sola vencería a su padre. Tampoco esperaba que desarrollara la habilidad de sanar heridas, eso fastidió los planes que tenía para que la bruja eléctrica quedara malherida tras el ataque de Zumaque, él era su mala suerte. Las cosas tampoco salieron bien con Linda. Ella debía sacrificarse por su compañera y quedar muy lastimada, en cambio se liberó como si nada de mi hechizo. Aún no entiendo cómo es que mi magia no la afectó.

—Quizá no eres tan buena —se burló Pearl.

Belladonna arrugó la nariz en una mueca arrogante de enfado.

—Predecir el futuro es complejo, tu hermana psíquica seguro sabe bien de lo que hablo. La mayoría de las visiones de eventos por venir son etéreas y están en constante cambio; a veces basta una mínima variación para alterar el curso del destino. —Belladonna sonrió burlona— Claro que a veces una tiene vistazos concretos de situaciones imparables. La fortuna es rebelde, a veces es cambiante, otras es fatal en su determinación, como en tu caso y el de tu novio, cuya desgracia se volvió inevitable con sólo un movimiento mío. No había nada que impidiera el destino de ese humano ni todo lo que tú ibas a sufrir.

Pearl apretó los puños y se revolvió con furia, Belladonna se mofó y le dedicó un gesto altanero.

—Tú eres exactamente el mejor ejemplo de lo que dije sobre herir emocionalmente a tu enemigo. Mírate, estás rota. Eso me ayudó con Hannah, ella tenía un muy mal augurio ese día.

—Ella pudo morir desangrada.

—Yo no vi muerte en su futuro, vi sangre y una herida que la dejaría casi incapacitada. Lo que no esperaba era que el fénix detendría la hemorragia y Rosa la curaría.

Belladonna hizo una pausa y en su cara se dibujó un gesto de desagrado.

—Ese estúpido muchacho, es al único de ustedes que quería muerto, la razón es simple, lo juzgué de ser inútil. Amanita lo derribó, yo creí que eso sería suficiente. Cometí el error de no escudriñar más en su futuro. Amanita me advirtió que veía poder en él y no quise escucharla. Ahora, no me gusta lo que veo.

Belladonna guardó silencio, recordó una visión que tuvo semanas atrás, mientras descansaba en su habitación. Con la vista en una copa de vino blanco posada a su lado. Una y otra vez se repetía cómo había sido tan ingenua para subestimar al muchacho, ahora convertido en fénix. De pronto, el reflejo del vino se llenó de luz incandescente, era un torbellino naranja que parecía venir por ella.

La voz de Pearl la sacó de sus pensamientos.

—Así que creíste que al ser un eukid indefinido no debías poner mucho esfuerzo en deshacerte de él. ¿Qué tan estúpida hay que ser para confiarte de esa manera?

Molly le dio una bofetada.

—Mide tus palabras, no le hables así al ama.

—Gracias, Molly querida. Tú, muchacha grosera, deberías aprender modales. Al final yo gané, los tengo a todos y me serán de utilidad.

Belladonna encendió su energía, la esfera brilló.

—¿Qué hay de Tanya? —Preguntó Pearl— A ella nunca la bloqueaste.

—Mi bloqueo es un hechizo mental, no sirve con otros psíquicos. Lo cierto es que no sé qué hacer con ella, hay mala suerte en su futuro, pero también grandeza. No sé qué es lo que veo... En fin, suficiente de esta plática, tengo cosas que hacer.

Belladonna comenzó el ritual, Pearl se estremeció, velos vaporosos de poder plateado salieron de ella y fueron hacia la esfera luminosa. La alférez se sintió débil. Su cabeza quedó colgando hacia el frente como una muñeca. Belladonna sonrió satisfecha, fue entonces que escuchó el estruendo. Molly que hasta ese momento se había mantenido en silencio a la espera de órdenes de su ama se sobresaltó. Era como si en alguna parte de la Ciudadela un muro se hubiera derribado tras una explosión. Belladonna se concentró para detectar si acaso algún enemigo entró en la Ciudadela. Lo que sintió fue el poder de sus prisioneros. Contuvo el aliento, tuvo un ligero presentimiento de mala suerte.

—Molly, quiero que vayas a investigar inmediatamente qué está ocurriendo y te hagas cargo.

Molly asintió con un movimiento de cabeza y salió corriendo.

Belladonna volvió su atención a la esfera de poder recién colectado, no cabía duda que era bella de admirar, aquel color plateado tan perfecto. Entonces notó algo turbio dentro, un puntito negro y vaporoso que se movía como una ameba agresiva.

Los hombros de Pearl se agitaron de arriba abajo en pequeños espasmos silenciosos de respiraciones rápidas.

.....

Tenía que escapar, antes que los soldados llegaran por la bruja, cuya voz resonaba entonando una canción.

«Debo despertar...»

Debía esconderse. Tenía idea de que en algún lugar había un pasadizo secreto, o tal vez sólo deseaba que existiera uno. La realidad es que no reconocía aquel castillo, aunque tenía la sensación de que había estado ahí en otra vida, una cuyos recuerdos se habían diluido en la muerte.

«Despierta...».

Alguna vez había amado a alguien... ¿cómo decía la canción?... Conocí a una bruja tonta que entregó, ¿su amor?... Ella renunció a ese amor por mantenerse firme en su lealtad a los Cinco... extraño saber eso. Quizá algo quedó impreso en su alma de eukid psíquica, no sé. Quizá tuve una visión del pasado... ¿Cómo decía la canción?... la bruja tonta entregó...

«Despierta...»

—Lo que entregó la bruja fue su corazón.

Tanya miró a su lado, ahí estaba la bruja con el cabello chamuscado y el velo negro que cubría su cara, tan idéntica como la suya. Su garganta estaba cortada de lado a lado y tenía manchas de sangre seca en el vestido.

—¡Como sea! No me importa esa canción, lo que necesito es saber cómo salir de aquí. Hay algo en mi mente, puedo verlo, ella le quitó sus poderes a los demás.

La bruja se rio entre dientes.

—¿De verdad crees que eso es posible?

Tanya medito un momento antes de contestar.

—No, es un absurdo, un truco psíquico para controlar a los alféreces.

—Bien. Parece que no eres tan tonta, después de todo.

«Despierta...».

—No sé cómo salir de aquí.
—Si lo sabes, te lo has estado diciendo una y otra vez, debes despertar.
—Ella usó algún tipo de sedante en mí.
—Lucha, usa tu poder. Despierta... ¡hazlo ya!

Tanya abrió los ojos de golpe y se incorporó. Miró a su alrededor, la celda estaba a oscuras y fría. Todo el cuerpo le dolía por el tiempo que había pasado durmiendo en el suelo de piedra. Se sentía ligeramente mareada, tenía un zumbido persistente en el oído izquierdo y la boca le sabía terrible. Ellos contaban con que ella permanecería dormida por un largo rato, quizá, pero de alguna forma había logrado despertar. Meditó:

«Ella nunca bloqueó mis poderes y ahora entiendo por qué. Los poderes de Belladonna son luminosos y psíquicos; quizá sea más fuerte, pero eso no cambia el hecho de que un psíquico siempre es resistente ante los trucos mentales de otro psíquico».

Recordó aquel horrible día en el hospital, cuando Pearl se echó a llorar histérica pidiendo que no leyeran su mente. Linda la había tranquilizado diciendo que el bloqueo no lo permitiría y Tanya supo que era verdad, porque ni teniéndola ahí en frente podía encontrar su mente. Lugo lo confirmó, cada vez que uno de ellos estuvo en peligro, Tanya había buscado sus mentes sin éxito.

«Porque el bloqueo requiere anclarse en el cerebro para extenderse como red sobre el eukid. Por eso no funciona conmigo... y ahora que lo pienso, no funcionó bien con Linda. Ella siempre ha tenido algunos presentimientos desde que era pequeña. ¿Será posible que ella también sea psíquica? Sus poderes son luminosos, pero quizá es más que eso...».

Se quedó perpleja con este pensamiento por un instante, luego se despabiló. Ahora no era tiempo de distraerse, tenía que salir de ahí como fuera e ir al rescate de los demás. Sus hermanos necesitaban su ayuda. Se dirigió a la puerta, estaba bien cerrada, Tanya sonrió confiada, era de madera, no ofrecería resistencia ante su rayo de poder. Encendió su energía, apuntó y disparó. Nada ocurrió.

—No es posible, no le hice ni un rasguño.

Se acercó a la puerta, notó que tanto la puerta como toda su celda estaban cubierta con alguna clase de magia.

—Ya veo. Alguna vez leí una historia sobre prisiones mágicas para retener a eukids. Nunca pensé que vería una.

Esto complicaría las cosas. Miró a su alrededor y reparó en un bulto en el suelo, era la pequeña mochila que Tanya llevaba colgada a la espalda cuando los atraparon. Se apresuró a tomarla, metió la mano y buscó, no tenía muchas cosas; un paquete nuevo de cigarrillos, un encendedor viejo, un mazo de cartas de tarot, una caja de mentas, algunos pedazos cortos de ocote para encender fuego y el cuchillo que le regaló Betty. Quizá serviría.

La puerta era muy simple, por lo visto confiaban en el poder de la habitación para encerrar, sin embargo, aquella puerta, igual que el resto de la

Ciudadela, estaba deteriorada por la falta de mantenimiento. La hoja del cuchillo era muy dura, la pregunta era si resistiría. Lo clavó moviéndolo de un lado a otro para horadar en la madera, desprendió algunas astillas. Repitió la operación por espacio de una hora. No era tan difícil, la madera estaba bastante podrida. Continuó hasta que se hizo de noche y notó que el cerrojo metálico se zafó de su sitio.

—Esto será suficiente.

Se levantó, encendió su energía, apuntó con la mano y descargó un rayo más poderoso que el anterior. Esta vez la puerta sí se movió. Tanya salió, los pasillos de aquel edificio eran oscuros. Se apresuró, vio escaleras, las bajó, no tardó en encontrar la salida. Frente a ella tenía una explanada, miró las construcciones que la rodeaban y que formaban la Ciudadela. ¿Hacia dónde debía ir? De pronto escuchó un estruendo, miró en esa dirección y se concentró, percibió las mentes de los guardianes, estaban ahí. Dio unos pasos en esa dirección. Entonces sintió energías, en otra parte la batalla comenzaba, sintió el poder de Belladonna y la fuerza metálica de Pearl.

—Pearl —murmuró—, estás sola contra Belladonna.

Cambió de dirección, se dirigió veloz de vuelta a la torre de Belladonna; los otros siete guardianes no la necesitaban, estarían bien sin ella.

«Pearl, resiste, ya voy. Esta vez no te voy a fallar, ¡no puedo hacerlo!»

.....

Al principio no había nada, únicamente oscuridad, luego se hizo la luz; era el espíritu fecundo que lo es todo; vida y muerte, hembra y macho; luz y sombra; fuego y agua; mente y cuerpo; tierra y aire; bien y mal; todo a la vez. La Madre Tierra los bendijo con dones especiales, ahora dependía de ellos el cómo usarlos; sombras eléctricas, metal, agua, claridad y fuego. En la oscuridad de la cueva resplandecieron las energías de los alféreces y ellos vieron que era suficiente para romper el encierro, que su poder era bueno.

Patrick fue el primero en ponerse de pie, se plantó frente a la puerta.

—Déjenmelo a mí, chicas, esto requiere músculo.

Arrojó su rayo de fuego. La puerta no se movió, él quedó pasmado. Georgina que ya estaba a su lado le dijo:

—Parece que no tienes suficiente jugo, hermano.

—Toda la celda está sellada con energía —murmuró Serena—. Bien, siendo así, parece que tendremos que forzar nuestra salida juntos.

Se levantó con un gracioso movimiento y extendió la mano al frente, los largos dedos morenos apuntando a la puerta, con la seguridad de una reina que ordena la muerte de sus súbditos, la cerradura metálica se sacudió. Georgina se le unió arrojando su poder de agua. Serena se concentró para reclamar al marco de piedra que se rompieran, a cada clavo en la madera que se soltara. Rosa se le unió. La puerta comenzó a temblar y se rompió de golpe haciendo un gran estruendo, pedazos de piedra salieron volando hacia afuera. Las chicas se apresuraron a salir. Georgina se dirigió a Patrick.

—Se dice gracias.

—Vaya, parece que se me cayó mi tarjeta de hombre entre estos escombros. Buen trabajo, hermanita.

Hannah se rio, le dio un suave codazo y salió con las demás, seguida por Patrick. Los jóvenes corrieron por los pasillos del edificio hasta que encontraron la salida que los condujo a la explanada de la Ciudadela. Los chicos miraron a su alrededor, las murallas y las torres que conformaban aquella fortaleza. Rosa expresó:

—Debemos apresurarnos a llegar hasta donde está Belladonna y derrotarla de una vez por todas.

Los chicos asintieron. Ya se disponían a correr hacia la torre de Belladonna, cuando el ruido de voces que se acercaban los puso en guardia, eran soldados atraídos por el estruendo de la puerta al ser derribada.

—¡Alto ahí! —Ordenaron.

—No parecen tan fuertes —dijo Hannah—, ustedes sigan, yo los detendré.

Georgina le respondió:

—Son demasiados y aún no nos hemos recuperado de toda la energía que Belladonna nos robó. No aguantarás mucho tiempo tú sola, me quedaré contigo.

—Yo también —sentenció Serena, luego se dirigió a los demás—. Ustedes ¿qué esperan? Váyanse ahora hasta la torre de Belladonna.

.....

Al principio no hizo ruido. Sus hombros temblaban en leves espasmos, parecía como si estuviera gimoteando, sin embargo no lloraba, Pearl se reía mientras mantenía la cabeza baja. Belladonna la miró con condescendencia. La risa se hizo audible, gradualmente fue subiendo de intensidad, era una risa notoria y sardónica.

—¿Eso es todo? Wow, de verdad eres estúpida.

Pearl levantó la cabeza, su boca estaba arqueada en una sonrisa maliciosa. Ya no parecía la chica amable que Belladonna contempló la primera vez que se encontraron cara a cara, ahora tenía más el semblante de una demente. Belladonna sonrió burlona, la actitud de Pearl era absurda, pues ahora que le había quitado energía y bloqueado sus poderes de nuevo, ella no representaba peligro. La bruja amenazó altanera:

—Majadera. Parece que tendré que enseñarte buenos modales.

Puso la esfera de cristal con la energía de Pearl en la mesa, la esfera rodó despacio apenas una pulgada y se detuvo en una fisura de la mesa. Belladonna se dirigía hacia Pearl cuando se detuvo en seco, sintió un poder elevándose frente a ella. Pearl apretó los puños, de su garganta escapó un gruñido que fue subiendo de intensidad hasta convertirse en un grito, el cual salió acompañado de una explosión de energía, tiró fuerte y rompió sus ataduras.

—¡No es posible! —Exclamó Belladonna—. ¿Qué clase de poder es este?

—¿Qué te hace pensar que no aprendí nada de la vez anterior? Estás repitiendo tus trucos. Yo ya no soy la misma, ¡no volverán a funcionar!

Pearl encendió su energía, un ligero resplandor metálico la rodeó. Su gesto era glacial.

—No hay manera que le quites el poder a nadie, en tu ingenuidad y soberbia no lo entiendes.

Belladonna no salía de su asombro, no podía creer que aquella chica se hubiera librado de su bloqueo.

«Es demasiado joven, no debería ser tan fuerte, ¡no es posible!».

Pearl seguía expulsando energía, toda ella resplandecía mientras adoptaba posición de combate.

—Te haré pagar por todo lo que has hecho, ¡vengaré a Marcus!

Pearl lanzó un ataque, Belladonna se movió hacia el lado izquierdo para esquivarlo. Sus movimientos eran elegantes, como los de un ave rapaz ejecutando una danza siniestra.

—Quizá seas fuerte, pero no más que yo. Si lo que quieres es pelear, está bien, te daré lo que quieres. ¡Ataca!

No había que decírselo dos veces, Pearl se arrojó hacia ella, sus golpes eran precisos, furiosos, sin embargo, no alcanzó a tocarla, en cambio Belladonna sí derribó a Pearl con su poder. Belladonna se rio entre dientes.

—¿Eso es todo?

Pearl se incorporó de un salto y se volvió a atacar. Belladonna era muy rápida, parecía divertida con el combate. Pearl se sentía débil, Belladonna le había quitado bastante energía, sabía que no iba a ganar en esas condiciones, entonces supo lo que tenía que hacer. Puso algo de distancia, creó una bola de energía entre sus manos y la arrojó, la esfera pasó a un lado de su oponente. Belladonna se burló.

—Tienes muy mala puntería.

No había terminado de decir esto cuando entendió lo que en realidad hizo. Se giró, escuchó el vidrio de la esfera romperse y lanzó un alarido.

—No estaba apuntando hacia ti —murmuró Pearl divertida.

La esfera con la energía de Pearl se rompió. La hechicera se volvió hacia la mesa y estiró las manos como si quisiera atrapar aquella energía que se le escapaba de entre los dedos. Pearl aún no terminaba, se apresuró hacia la mesa, sabía que cada segundo era valioso. Sus dedos tocaron la parte inferior de la tabla de la mesa, aplicó fuerza para volcarla en el aire en dirección al estante donde descansaban las otras esferas con los poderes de sus hermanos, unas se rompieron en el impacto, otras cayeron en el suelo donde se hicieron pedazos como esferas de navidad. El esfuerzo necesario para moverse con aquella rapidez dejó a Pearl exhausta, sólo esperaba que ocurriera lo que ella esperaba y así fue. La energía de Pearl liberada volvió hacia ella, atraída como hierro a un imán, llenando de fuerza sus células.

Belladonna gritó horrorizada, mientras sus manos desesperadas trataban de atrapar las energías, con la inutilidad de quien quiere atrapar al viento y se da cuenta que sus pretensiones son vana ilusión, las energías se dispersaron rápidamente en el aire para volver con sus dueños.

.....

—Ustedes sigan adelante —ordenó Serena,

—Pero son demasiados —comentó Rosa preocupada.

—Estaremos bien —afirmó Georgina.

En ese momento los chicos escucharon un sonido como un murmullo de voces de espíritus. Sonaba al rumor del mar en la costa, al grito de un ave ardiente, al canto del metal, a mariposas de cristal, a hojas de hierba mecidas por el viento, al chasquido de la electricidad y galopar de caballos. Los alféreces se vieron envueltos por energías vaporosas que bajaban volando hacia ellos, cada una buscando a su respectivo dueño. Todos ellos se sintieron fuertes.

—¡Hemos recuperado la energía que nos fue robada! —exclamó Alex.

—¿Cómo es esto posible? —preguntó Hannah.

—¡Pearl! —profirió Patrick.

—Te lo dije —ronroneó Linda a Alex, ella hizo una mueca arrogante pero no dijo nada.

—¡Vamos! —Exclamó Rosa— No podemos perder más tiempo.

Linda, Patrick y Alex asintieron y se dirigieron corriendo en dirección a la torre de Belladonna.

Hannah, Georgina y Serena adoptaron posturas de combate y encararon a la multitud de soldados que las rodearon. Uno entre ellos exclamó:

—¡Se están escapando!

Trató de ir tras los alféreces que acababan de marcharse, Hannah lo golpeó con una flecha de poder que lo dejó adolorido.

—Olvídense de ellos. —Estiró los brazos con los puños juntos, abrió los brazos y al separarse sus puños, el báculo dorado apareció, lo hizo girar y se colocó en posición de pelea— ¿Quieren pelear? Adelante, nosotras seremos sus oponentes.

Los soldados atacaron y las chicas se defendieron con destreza.

.....

El ama de la Ciudadela estaba furiosa, sus ojos negros eran pedernales afilados deseosos de matar a aquella chica. Le temblaba el labio, no podía creer que había perdido la energía de los alféreces así de fácil.

«Es mi culpa», medito ahogada por la rabia y la frustración, «los subestimé, pensé que eran como niños, fáciles de controlar...No, no debo temer. Un eukid se fortalece con años de experiencia, además yo desciendo de una familia de élite. Yo les enseñaré».

Pearl mantenía la posición de combate, estaba concentrada, lista para reaccionar al primer movimiento.

—Tengo un mal presagio de todos ustedes, no son sino mala suerte para mí. Será mejor que los mate, empezando contigo. —Levantó la mano en dirección a Pearl— Esta vez usaré todo mi poder, voy a tener el placer de destruirte, luego haré lo mismo con tus hermanos.

Belladonna lanzó su rayo, Pearl lo bloqueó, luego se lanzó en combate. Belladonna esquivó sus ataques con la gracia de una bailarina de ballet.

—¿Eso es todo? Debes estar bromeando si crees que con esto vas a derrotarme.

Expulsó energía, golpeó a Pearl, ella apenas pudo mantener en pie.

—¡No me daré por vencida! —Exclamó como si aquella amenaza fuera un mantra envenenado al que se aferraba para darse fuerzas, hizo energía entre las manos y la arrojó.

—Es inútil —murmuró Belladonna.

Excepto que no fue tan inútil, al recibir el impacto al principio lo controló con facilidad, luego el rayo se volvió más fuerte, ella estaba incrementando la intensidad. Belladonna recibió el golpe, sintió dolor. Se llevó una mano a la boca, se limpió el labio, tenía un poco de sangre, la suficiente para herir su vanidad.

—Me has hecho un rasguño —espetó— ¡Estúpida! ¿Cómo te atreves? Muy bien, no más concesiones, morirás en este instante.

Belladonna preparó su ataque y lo lanzó, Pearl recibió el golpe, el dolor la estremeció. Se puso de pie por su voluntad inquebrantable. Las dos eukid se atacaron con furia. Pearl sabía que tenía que valerse de astucia y rapidez. Se movía con la agilidad de un gato. Sin embargo, aquella danza no podía durar por mucho tiempo, Belladonna era demasiado fuerte.

Pearl logró conectar un par de ataques, a cambio había recibido otros. Por un instante, Pearl vio una oportunidad, se acercó, preparó su rayo para dar su ataque especial a quemarropa. Vino una explosión de energía, Belladonna quedó en pie y Pearl fue arrojada hacia atrás, cayó al suelo bocabajo, temblando de dolor. Belladonna jadeaba agotada por el demandante combate. Se rio entre dientes, luego se dobló por un intenso dolor en el abdomen, miró su costado.

—¡¿Qué?! No es posible, te arriesgaste de una manera totalmente estúpida al acercarte tanto a mí, te he golpeado, sin embargo, tú también lo hiciste.

Estaba sorprendida, jamás hubiera creído que nadie pudiera herirla de aquella forma. Pearl temblaba, haciendo un esfuerzo por levantarse, estaba demasiado malherida. Se repitió a sí misma que tenía que luchar.

Belladonna recuperó su aire arrogante, se acercó a Pearl.

—Fuiste una gran oponente, no lo voy a negar. Ahora, muere.

Abrió la mano, se dispuso a disparar justo sobre la cabeza de Pearl, entonces una cápsula de energía durazno le golpeó la mano. Belladonna retrocedió. Pearl levantó la vista, Tanya se encontraba en la habitación.

.....

Patrick y las chicas corrían en dirección a la torre de Belladonna cuando salieron a su encuentro Amanita y Zumaque.

—Ustedes no son más que problemas —dijo Zumaque y levantó la mano izquierda listo para arrojar un rayo de poder.

—No los dejaremos ir más allá de este punto —sentenció Amanita.

Rosa miró hacia la torre, tenían que llegar hasta allá.

—Somos cuatro contra dos —replicó Patrick con tono arrogante—, me parece que están en desventaja.

Amanita sonrió divertida.

—En realidad yo puedo con todos ustedes.

Encendió su energía y frente a los chicos se convirtió en un monstruo similar a un pterodáctilo, batió las alas y le lanzó en vuelo hacia ellos. Patrick reaccionó al instante. Envuelto en llamas, exclamó:

—Sigan adelante, ¡el monstruo volador es mío!

El fénix arremetió contra el pterodáctilo, ambos se atacaron. Volaron a lo alto, donde la luz del fénix iluminó la noche como una bengala.

Alex dio unos pasos al frente, se movía con seguridad retadora.

—Si mal no recuerdo, Zumaque, hace tiempo que quieres pelear conmigo. Bien, te daré el gusto. —Adoptó una postura de ataque— Rosa, Linda, sigan adelante. Dejo a Belladonna en sus manos, las alcanzaré en cuanto pueda.

Ellas asintieron y se pusieron en marcha.

—¡No les he dado permiso de retirarse! —Bramó Zumaque.

Alex arrojó el primer ataque.

—¡Dije que yo seré tu oponente!

Zumaque apretó los puños, miró un instante a las chicas que se alejaban, luego volvió su atención a Alex. El cabello de Zumaque parecía tener vida propia, cambiando de negro a gris y azul.

—Esta vez el combate será a muerte, no me importa si Belladonna me pide que me detenga, no más esperar para vengar a Euphorbia.

—¿Qué hay de especial en la tal Euphorbia? ¿Era tu novia, acaso?

Zumaque apretó los puños.

—Yo la amaba y fuiste tú quien le arrancó la vida, tú y tus hermanos. De ellos me encargaré después, pero eres tú a quien debo matar primero.

Alex movió los dedos de la mano derecha juntos, en un gesto de invitación a acercarse. La pelea comenzó, Zumaque era muy fuerte y hábil, Alex no tenía un combate sencillo. Él disparó sus ataques de energía, Alex desató su furia eléctrica.

.....

—¡Belladonna, no te permitiré que le hagas daño a Pearl!

Tanya se mantenía firme, con los labios apretados; sus ojos eran llamas color violeta, ardiendo por la determinación de pelear.

Pearl se incorporó, tomó una profunda bocanada de aire.

—¿Estás bien? —preguntó Tanya sin despegar la vista de su enemigo.

—Estoy bien, puedo seguir.

Belladonna arrugó la nariz e hizo una mueca de desprecio. Se dirigió a Tanya con un tono glacial.

—La única a la que no he tenido el placer de hacerle nada.

—Tu bloqueo se adhiere a la mente de la víctima. Eso no sirve conmigo.

—Así que entiendes cómo funciona mi mejor habilidad. Muy bien, entonces también sabes que, para vencerme tendrás que superarme en fuerza.

Vino un instante de silencio, eran como dos carnívoros estudiándose mutuamente. Belladonna fue la primera desplazarse, Tanya la siguió, lanzó un golpe, Belladonna lo detuvo y arrojó un rayo de energía. De esta forma el combate comenzó otra vez. Tanya peleó con coraje mientras Pearl la observaba con un dejo de admiración.

«T., nunca noté en qué momento te volviste tan fuerte. Siempre te he admirado, eres tan fuerte y tan poderosa. Hermana, hoy te admito más que nunca. Pero no puedo dejarte que hagas esto sola».

Belladonna descargó la furia de su rayo, Tanya no fue capaz de detenerlo, recibió el impacto, una descarga de dolor la invadió, de sus labios escapó un grito al tiempo que salió volando hasta estrellarse con la pared. Belladonna se rio entre dientes. Algo veloz la alcanzó por el costado, ella se volvió furiosa. Pearl estaba de nuevo en posición de combate.

—No hemos terminado.

—¡Tú otra vez!

Belladonna apretó los labios, de su boca escapó un gruñido, se volvió rabiosa con su rayo contra Pearl. La joven detuvo el impacto, respondió con su energía metálica, ambos poderes chocaron, al principio parecían iguales, luego, poco a poco Belladonna comenzó a ganar. Otro rayo se unió al de Pearl, era Tanya con todo su poder. Pearl la miró de reojo, incómoda por recibir ayuda. Tanya sentenció:

—No te dejaré sola.

Pearl era obstinada, ella hubiera querido ser ella y sólo ella quien se hiciera cargo de Belladonna, sin embargo su orgullo no pudo acallar la voz de la prudencia que le dijo que tenía mejores posibilidades con Tanya a su lado.

—Juntas, pero al final yo quiero asestar el golpe de gracia.

—¡Trato hecho!

El ama de la Ciudadela sonrió divertida.

—Pueden pelear en equipo si lo quieren, el resultado será el mismo.

El poder de las jóvenes hizo retroceder el de Belladonna, un poco, otro poco. La sonrisa de la hechicera se borró, no podía creer lo que estaba pasando, el poder de las dos alféreces estaba venciendo el suyo. Ellas se concentraron, expulsaron más poder y el de Belladonna fue rechazado por completo. Recibió el impacto y fue peor de lo que hubiera imaginado. No pudo contener la fuerza. Fue proyectada hacia un enorme armario, chocó contra sus puertas, estas se abrieron y diversos objetos cayeron sobre ella. Quedó inmóvil.

«No puede ser», pensó Belladonna, «estas dos chicas me han golpeado, ¡nadie jamás lo había hecho! Se arrepentirán, no puedo dejarlas con vida».

Entre los objetos a su alrededor, divisó algo brillante y afilado. Belladonna lo tomó.

—¿Lo logramos? —preguntó Tanya como si no lo creyera.

Pearl mantenía una actitud defensiva y desconfiada. Un estruendo sacudió la torre, el ruido vino acompañado del grito de guerra de un monstruo desconocido y del clamor familiar del fénix. Vino otro impacto aún más fuerte, era como si un automóvil se hubiera ido a estrellar en las paredes de la torre. El edificio crujió, polvo y pedazos de roca cayeron del techo, la pared que recibió el choque se cuarteó. Las guardianas voltearon hacia la ventana, vieron a Patrick en su forma de fénix luchando en el aire contra un monstruo alado de aspecto prehistórico.

—Quizá sea mejor que salgamos de aquí —comentó Tanya—, la construcción es vieja y está en tan mal estado que me estoy poniendo nerviosa con esos dos peleando así allá afuera.

Apenas acababa de decir la última palabra cuando Belladonna se incorporó con un grito, Tanya volteó, todo fue tan rápido que apenas alcanzó a reaccionar, Pearl en cambio fue más rápida para interponerse frente a Tanya.

—¡No! —exclamó Tanya con un alarido.

Vio el filo y la sangre. Pearl tenía una daga clavada en el abdomen, de nada sirvió tratar de detener el golpe con las manos. Gotas de sangre cayeron en el suelo de piedra, Pearl se tambaleó. Dio unos pasos hacia atrás, hasta pegar su espalda con la pared. Tomó retiró la daga de su herida y la dejó caer con el filo ensangrentado. Ella y Tanya intercambiaron una mirada, luego Pearl se desplomó. Tanya apretó los puños, las lágrimas llenaron sus ojos y se sintieron como ácido resbalando por sus mejillas. Belladonna se rio, Tanya se volvió hacia ella.

—¡Maldita Belladonna, pagarás por esto!

Se lanzó con todas sus fuerzas contra la hechicera, ésta sonrió divertida, lista para un nuevo combate.

.....

—¿Qué es lo que ves? —preguntó Nick a su esposa.

Ella tenía en frente una vela en cuya pequeña llama mantenía fija la vista. El fuego es un buen elemento para tener visiones. Mientras más poderoso es el eukid y más hábil es con el fuego, mayor es el rango de alcance de sus visiones. Maggie podía tener vistazos del presente.

Después de que dejaron ir a las jóvenes, fueron al poblado más cercano y buscaron una habitación en un hotel. Luego, Maggie puso su poder en acción para ver la pelea. Al principio nada, visiones vagas de sus hijos meditando, Tanya haciendo un agujero en la madera podrida de la puerta y nada de Pearl, cuya visión una y otra vez e difuminaban en oscuridad y silencio. Más tarde los vio, con más claridad, peleando en la Ciudadela. Recibía visiones esporádicas que compartía con Nick y Terrence.

—Serena, Hannah y Georgina pelean contra un grupo numeroso. Enfrentan a varios enemigos al mismo tiempo y lo hacen parecer sencillo.

—¿Qué más? —preguntó Nick presa de ansiedad.

—Veo una saeta de fuego... es Patrick, pelea en el cielo contra un monstruo. Jamás vi nada así. Mi ángel, es terrible y hermoso.

—¿Qué más?

—Veo a Alexandra... su rayo es sorprendente... se enfrenta a...

Maggie guardó un largo silencio, su mente y sus ojos buscaban en la llama.

—Si tan solo pudiéramos ver también —suspiró Terrence frustrado.

Maggie no podía manipular el fuego porque se quemaría las manos, así que no podía compartir la visión. Sin embargo conocía otra forma de mostrarles lo que veía.

—Necesito un espejo y agua.

Su esposo se levantó y se dirigió al baño, descolgó el espejo de la pared y volvió con él, Terrence ya estaba listo con un vaso con agua que trajo de la cocineta. Maggie sopló sobre la vela, el fuego se extinguió. Se dirigió hacia la mesa, puso el espejo con la superficie reflejante hacia arriba y vertió agua para crear una película sobre toda el área sin que se desbordarse fuera del marco, colocó los dedos índice y mayor de cada mano en esquinas opuestas. Un halo dorado brilló sobre su cabeza.

—Por los dones de Nuestra Madre Tierra, a quien está consagrada la luz, el fuego y los minerales. Por la fuerza creadora de donde sopla el viento, fluye el agua y se desprende el entendimiento, que se abra mi mente, que pueda ver a mis hijos.

El agua se movía haciendo ondas circulares, el reflejo del techo y de las tres caras sobre el espejo, se fue difuminando para dar paso a breves visiones que se dibujaban y desdibujaban sobre el agua. Maggie pronunció el nombre de Alex, las ondas del espejo se difuminaron y se llenaron de rayos violetas, observaron a la joven alférez lanzando su rayo contra un oponente más experimentado y fuerte. Sin embargo, ella no se amedrentaba.

Maggie trasmitió su energía, cambió la imagen, esta vez vio a Belladonna descargando todo su poder sobre Tanya, ella cayó y se volvió a levantar presa de la furia, entonces Maggie notó que la joven estaba llorando. Había alguien más ahí, una presencia sombría con la que no podía hacer un contacto.

«T., ¿qué pasa? Debo saber...».

Hizo un esfuerzo, su corazón de madre le dijo quién estaba entre las sombras, la llamó por su nombre, en el plano de la comunicación psíquica, el más accesible de los umbrales de la mente. La alférez respondió y esa simple conexión sirvió para que las sombras se disiparan, la imagen se aclaró y vio a Pearl en el suelo con sangre en sus manos.

—¡Pearl! —exclamó Nick e hizo un movimiento brusco, golpeó la mesa, el agua tembló y se perdió toda la imagen.

Su esposa lo volteó a ver enojada.

—Lo siento —se disculpó Nick.

Volvió a colocar los dedos en el espejo, concentró su energía y la imagen regresó. Se valió de nuevo del plano mental más básico, el de la comunicación psíquica; bastaba hablar para ser escuchado. El único problema era el rango de alcance, así como no es lo mismo hablarle a la persona que se sienta a un lado, que gritar desde una montaña. Maggie encendió su poder, requería más concentración para cruzar la distancia, valiéndose de la ayuda magnificada que brindaba el espejo y el agua.

«Pearl, ¿puedes escucharme?».

Silencio, silencio, luego un eco.

«Mamá».

«¿Qué te ha ocurrido?».

«Estoy bien».

—¿Qué está pasando? —preguntó Terrence.

—Le estoy preguntando —replicó Maggie con la tosquedad de quien ordena silencio y no ser interrumpido más.

«Tienes algo, ¿estás herida?».

Se hizo un largo silencio, al cabo de un momento contestó:

«No es nada, es apenas un rasguño. No te preocupes, sólo necesito lamerme la herida».

En el espejo, la joven se convirtió en una gatita negra. Aquel cambio en su naturaleza hizo que la imagen se perdiera.

«Ten cuidado» dijo Maggie, no supo si ella la escuchó.

Maggie le contó a Nick y Terrence lo que acababa de hablar. Nick estaba nervioso, quería saber más. Maggie volvió a concentrarse, esta vez fueron Rosa y Linda las que aparecieron, ellas corrían hacia la torre de Belladonna, la tenían enfrente. Tuvo un mal presentimiento, el enemigo se acercaba a ellas. Trató de descifrar qué clase de presencia era aquella. No pudo percibir nada, era como si ese peligro se evaporara en una bruma de tinieblas.

.....

Necesitaba tomar aire, Zumaque era fuerte, demasiado. El imbécil se había tomado muy en serio lo de vengar a Euphorbia. Alex también se tomaba muy en serio el combate. Su enemigo se estaba cansando físicamente, no así su voluntad, que seguía inamovible en su propósito de terminar con ella. No podía perder, debía derrotarlo e ir hasta la torre de Belladonna. Alex jadeó recuperando el aliento, no estaba dispuesta a mostrar debilidad, ella era una guardiana elegida, la mal llamada Bruja Eléctrica, pues de bruja no tenía nada, pues su mente no tenía la habilidad de descifrar conocimiento oculto o preparar curaciones.

—¿Eso es todo lo que tienes? —Preguntó con condescendencia— No puedo creer que alguien como tú le haya dado tantos problemas a Euphorbia.

Alex no iba a darle gusto de siquiera pensar que tenía ventaja sobre ella.

—Justo pensaba lo mismo, ¿esto es todo lo que tienes? No puedo creer que alguien tan orgullosa como ella se fijara en ti.

Se puso furioso, volvió a atacar, esta vez la joven estaba preparada, esquivó el golpe y le dio de lleno con la rodilla en el estómago.

No lejos de ahí, demonios y soldados rodeaban a Serena, ella sonreía con cierta malicia, como si disfrutara el combate. Hannah convertida en centauro, usaba su bastón dorado para defenderse. Georgina les seguía el paso con movimientos precisos. Por un instante miró de reojo hacia donde se encontraba Alex y se preguntó si necesitaría ayuda, luego sonrió confiada, tuvo la certeza de que estaría bien.

.....

Rosa y Linda divisaron la entrada y las escaleras que subían hasta el cuarto de Belladonna.

—Es ahí, Rosa, ¡vamos!

Rosa no sintió la presencia del enemigo sino hasta que el rayo negro la golpeó, Linda tampoco, de nuevo aquella figura había escapado de su sensibilidad. Miró a su alrededor con la expresión vacía que tendría un androide acelerado por encontrar a un enemigo que no podía percibir.

—Centinela negro —murmuró.

El enemigo hizo acto de presencia y esta vez tanto Linda como Rosa fueron capaces de percibirla. Molly habló a las alféreces.

—No permitiré que avancen más.

Las chicas adoptaron postura de combate.

—No vamos a retroceder —sentenció Rosa—, Belladonna tiene que ser detenida por el bien de todos los eukids.

Los labios de Molly se curvaron en una sínica sonrisa.

—Muchacha tonta, si les interesara el bien de todos los eukids, hubieran aceptado la propuesta de Belladonna cuando pudieron y se hubieran aliado a ella. Belladonna es la única que puede volver a unificarnos y traer justicia; ella es el bien de todos los eukids.

—¿Y crees que lo que ella hace es justicia? Secuestrar jóvenes para obligarlos a formar parte de su ejército.

—Medidas drásticas que tienen que ser tomadas. La justicia es algo relativo dependiendo del punto de vista de quien escriba la historia; no es casualidad que el vencedor es siempre el que recalca sus ideales bajo una luz positiva y hace mayor énfasis en sus muertos, como si no los hubiera en ambos lados de una guerra.

Linda intervino.

—Te equivocas, por más que quieras hacer parecer correcta una injusticia no deja de ser injusticia, esa medida drástica, como tú la llamas, no representa el deseo de una mayoría que anhela libertad y paz.

—La mayoría no sabe lo que le conviene y no porque la mayoría aclame algo significa que es correcto. El pueblo no puede decidir, necesita un líder que decida por él. Esa es Belladonna, quien será nuestra soberana.

—No porque la voluntad de una demente sea fuerte, significa que ella sabe lo que es conveniente para todos —prosiguió Rosa—. Ella obedece a sus ambiciones más egoístas. Es una falacia pensar que algo es bueno porque la mayoría lo opina, pero también es una falacia defender lo mismo porque así lo cree una sola persona que se considera especial. Belladonna no es ningún mesías, es más bien como el tumor que debe ser extirpado.

—Basta ya de tonterías. No las dejaré pasar.

Molly lanzó el primer ataque.

—Muro de cristal.

El rayo oscuro chocó con el muro de Linda.

—Rosa, sigue adelante, yo me encargaré.

La alférez asintió y corrió. A sus espaldas escuchó el crujir del vidrio del muro cayendo a pedazos y el golpe del rayo, un instante después, una mano de hierro la tomó del brazo, la hizo girar para darle un puñetazo, luego la arrojó por los aires en dirección a una abatida Linda. Le tomó un instante recobrar el aliento.

—Es muy rápida.

—Les dije que no irían a ningún lado.

Linda clavó su atención de robot en la centinela negra.

—Les aconsejo que no me subestimen, por algo Belladonna me hizo su asistente personal. Ustedes no pasarán. Ataquen las dos al mismo tiempo, si lo desean, el resultado será el mismo.

Rosa y Linda se incorporaron.

—Linda, parece ser que no hay otra opción, debemos derrotar a esta enemiga juntas.

Linda asintió con la cabeza. Las dos jóvenes atacaron.

.....

El fénix y el pterodáctilo chocaron en combate contra la torre de Belladonna, la construcción crujió y se inclinó hacia un lado. Amanita era terrible, no temía quemarse el pico ni las garras que parecían de acero. Aquel combate estaba lejos de ser sencillo. En aquel instante en que el estruendo de ambos combatientes al estrellarse contra la torre resonó en lo alto, Hannah volteó preocupada en su dirección, vio al pterodáctilo arrancar plumas de fuego, que caían como si fueran los restos de fuegos artificiales, dejando un rastro de cenizas.

«Patrick, no».

Dejó fuera de combate a su enemigo en turno, luego su báculo desapareció y en su lugar surgió el arco dorado, lo tensó, una flecha nació y apuntó hacia aquel monstruo, debía tener cuidado, no podía arriesgarse a herirlo a él, la persona que más le importaba en todo el mundo.

—¡Hannah!

El sonido de su nombre en labios de Serena distrajo su atención, volteó hacia su hermana, Serena meneó la cabeza de lado a lado en señal de negativa. Ginger comprendió, Patrick no necesitaba su ayuda y no debía insultarlo así, él ya no era el eukid de energía indefinida de antes, ahora era un temible combatiente de fuego, un digno alférez que había progresado demasiado en los últimos meses, igual que las demás. Un histérico alarido de demonio resonó, Belladonna aún tenía algunos monstruos. La centauro, se lanzó a galope hacia donde surgía el demonio y lo recibió con certeras flechas.

.....

Aterrizaron sobre el techo de uno de los edificios y recuperaron sus formas humanas, Patrick estaba lleno de raspones y heridas, ninguna seria.

Para Amanita en cambio, el daño recibido era peor y tenía múltiples quemaduras en los brazos y la cara.

—Cometí un error cuando creí que te maté sólo con dejarte caer en esa cueva.

—Así que fuiste tú quien me derribó y tomó aquella foto con su celular.

—Debí bajar a matarte. Sabes, los eukid de fuego son raros. Aquella vez, cuando te tuve cerca, detecté trazas de esa casta, pero pensé que me estaba confundiendo, que serías mucho más sencillo de aniquilar. Eso ya no importa, es momento de terminar este combate, voy a acabar contigo ahora mismo, ¡prepárate!

Patrick elevó su energía, ella no iba a ganarle. La actitud cabal y severa del fénix distaba mucho de ser la que sus hermanas se hubieran esperado; no estaba haciendo chistes, ni fanfarroneando frente a su oponente; él estaba tranquilo, con la mente bien enfocada en lo que estaba haciendo.

Sin que él lo supiera, su padre, a varias millas de distancia, contempló una fugaz imagen, y se quedó admirado de la madurez con la que su hijo estaba procediendo.

Amanita dio un grito y descargó un ataque de energía, Patrick hizo lo mismo, poniendo toda su fuerza en su torbellino de fuego, éste fue superior a cualquier cosa que Amanita hubiera hecho. Ella recibió el impacto y cayó al vacío, hasta el suelo donde quedó tendida, sangrando y sin volverse a mover. Patrick respiraba agitado.

«Lo hice, he derrotado a Amanita. Ahora debo seguir adelante, porque esto aún no termina».

Debía ir con Belladonna. Su torre estaba frente a él, lo suficiente cerca para ver cómo Belladonna tenía las manos alrededor del cuello de Tanya. Furioso, Patrick apretó los puños, se tiró al vacío y se convirtió de nuevo. El fénix voló hasta la torre, entró por la ventana y gritó:

—¡No toques a mi hermana!

Belladonna apenas se dio cuenta a tiempo para protegerse con la mano del torbellino de fuego que el fénix trajo con él. Se echó para atrás, Tanya se desplomó. Patrick adoptó su forma humana y se acercó a tenderle la mano, sin despegar la vista de Belladonna.

—T., ¿estás bien?

Ella asintió con la cabeza.

Belladonna estaba sorprendida, pero se mantenía confiada.

—Amanita, no siento su presencia y tú estás aquí. Es una lástima. En fin. ¿Quieres probar mi poder tú también?

Tanya se incorporó y volteó a su alrededor, no vio a Pearl por ningún lado.

—¿Pearl? —la llamó.

—Debe estar escondiéndose, como la cobarde que es. Seguro no quería que la vieran agonizar y se fue a morir a otra parte —se burló Belladonna.

Los rostros de Patrick y Tanya se descompusieron en muecas furiosas. El fénix espetó:

—Te arrepentirás de todo lo que has hecho, Belladonna. Yo seré tu oponente.

Tanya le tocó el brazo.

—Espera.

Él se volvió hacia ella.

—Es muy fuerte, no podrás tú solo.

Por un momento, Patrick se sintió tentado a cacarear que no se preocupara, que el poderoso fénix se encargaría, pero no lo hizo, lo detuvo el gesto preocupado de Tanya. La terrible angustia violeta de su mirada demandaba ser prudente. Si ella, que era tan orgullosa, tenía aquel miedo, era porque sin duda estaban frente a una oponente que no debían tomar a la ligera.

—Juntos —murmuró Patrick.

Ella asintió con la cabeza. Se posicionaron hombro con hombro.

.....

Los portadores de la estrella negra son considerados una élite de los mejores guerreros oscuros que han existido, y están entre las más poderosas selecciones de eukids, junto con los Guerreros del Viento, a quienes los Señores de los Cuatro Puntos Cardinales eligen para ser parte de la exclusiva casta eólica. Se dice que ser un centinela negro es un nombramiento al que no se puede renunciar, pues tantas vidas reencarne el centinela, en todas volverá a portar la estrella negra y recordará el conocimiento exclusivo de su élite, el cual no comparte con nadie. Hacía tanto tiempo que Molly no pensaba en esos secretos, para ella estaban relegados a un plano secundario, a ciertos recovecos de la memoria donde se guarda conocimiento obsoleto.

La centinela estaba decepcionada de lo que era, condenada a renacer con un recuerdo de una misión que ya no era sino un mero cuento de hadas. Ella era como una gata callejera sin dirección. Entonces encontró a Belladonna, quien le habló de un nuevo orden como el de antaño. Molly, que consideraba que aquella época que vivía era una de desencanto, en la que no había nada que perder y en cambio mucho que ganar, creyó en Belladonna.

Molly hizo retroceder a Rosa y a Linda. La alférez de rostro inexpresivo contraatacó. Rosa meditó lo que tenía que hacer, debía usar todo su poder si querían finalizar aquella pelea. Se concentró con los ojos cerrados, mientras Linda, con su semblante frío como androide, arrojaba dagas de cristal que la centinela esquivaba. Rosa estudió sus movimientos, notó ciertos titubeos. Se concentró en analizar a su oponente.

«En este momento que usa su poder para pelear, puedo sentir su energía y su presencia. También puedo sentir que está herida».

La centinela lanzó su ráfaga oscura. Cientos de mariposas de cristal surgieron de las manos de Linda para crear un torbellino en torno a ella, el poder de sombras golpeaba haciéndolas trizas. Linda decidió arriesgarse.

Mantuvo su torrente con una mano, con la otra hizo aparecer tres cuchillas de cristal y las lanzó en medio del torrente hacia la centinela. Una de las cuchillas fue a enterrarse en su muslo. Molly se quejó de dolor, tomó la cuchilla y la extrajo de su carne, la contempló con detenimiento, su tono translúcido, su pureza, los destellos tornasolados del cristal. Algo en ella de repente le pareció familiar.

—He visto esto antes, pero ¿dónde? En alguna vida pasada quizá.

La cuchilla de energía se desintegró. La centinela volteó hacia Linda, no se había tomado el tiempo de contemplarla, de sentir su poder luminoso, tan diáfano como aquel vidrio limpio tornasolado.

—Eres fuerte, deberían reconsiderar y unirse a Belladonna.

—Eso es imposible —respondió Linda con calma—. Como alféreces elegidos, nuestra misión es detener a aquellos que traerán caos a este mundo. Nuestra misión procede de los Cuatro, y por su memoria y la de Vy que fue asesinada antes de la guerra, debemos cumplirla.

El puño enguantado de negro de la centinela se apretó.

—Otra vez esa tontería. ¡Cómo pueden ser tan insolentes para hablar de los Cinco! Ensucian su memoria con sus historias falsas.

Los ojos de Linda se abrieron grandes como soles, era lo más cercano que su inexpresivo semblante podía hacer para develar una gran sorpresa.

—Interesante, la mención de los Cinco te ha molestado al punto de ofenderte, no me queda duda de que lo que los Cinco Sabios representaron significa demasiado para ti. ¿Por qué entonces sigues a Belladonna?

Molly se tornó lívida, de pronto tuvo una desagradable sensación de tener su alma desnuda frente a aquella chica. La odió por eso y se odió a sí misma, porque un centinela no debía mostrar jamás sus emociones. Era tan sencillo reducir su energía y desaparecer; no había ninguna complicación en enterrar sus pensamientos tras su escudo mental; pero el corazón era otra historia. Las reglas de su elite demandaban silencio y disciplina para no revelar nada, lo cual fácilmente se podía esconder bajo la máscara con su cara de guerra, similar a un jugador de cartas. Además, no existía nadie que pudiera leer lo que el corazón siente, o eso pensaba Molly.

—Sigo a Belladonna porque creo que ella regresará la gloria a los eukids, nos llevará a una nueva era, quizá por encima de los comunes. Ustedes no saben nada. Si alguien puede retomar el legado que dejaron los Cinco y construir algo nuevo es ella.

Rosa expulsó energía, toda ella estaba resplandeciente, sus ojos permanecían cerrados.

—Confías demasiado en una persona egoísta y cruel. Su manera de actuar está lejos de ser lo que crees. Ella sólo busca materializar sus propias ambiciones. Como alféreces tenemos que impedirlo.

Por un momento Molly tembló ante aquel poder, era impresionante. La centinela meditó:

«¿Quiénes son estas guerreras y por qué siento algo...? ¡No! No puedo dudar, mi misión es acabar con ellas».

Adoptó una postura de pelea.

—"Alféreces" —espetó aquella palabra con desprecio—. Alguna vez escuché ese cuento. Los Cuatro Sabios restantes, antes de morir eligieron soldados. Es solo un cuento, como el conejo en la luna u Orión y el escorpión. Nadie en su sano juicio creería esas patrañas.

Molly se dirigió hacia Rosa. Tras la oscuridad de sus párpados Rosa se podía concentrar mejor, debía dejar que se acercara, confiar en su percepción sensorial, porque en pleno combate ella no desaparecería cuando la atacara. Era una apuesta arriesgada que estaba dispuesta a jugar. La centinela arrojó su rayo, Rosa lo detuvo. Molly se abalanzó a gran velocidad para golpearla. Ya estaba cerca. Rosa abrió los ojos en el momento exacto. Una explosión de energía emanó de ella, las estrellas que brillaban al fondo de sus ojos negros relumbraron con intensidad. Molly contempló de cerca todo aquello, fue un resplandor que la sobrecogió, luego sintió el rayo, dejó escapar un alarido y fue proyectada de espaldas. Cayó en la tierra.

Hizo un esfuerzo para incorporarse.

—¿Qué fue eso? —Murmuró— ¿Quién eres tú?

Tenía mucho dolor, estaba casi derrotada, pero eso no le preocupaba sino todo lo que había visto.

—Algo no está bien, aquel polvo de cristal y ese poder...

«He visto esto antes, en otra vida, en otro pasado muy lejano, en cuentos de hadas. Mi sangre de centinela llama, me dice que estoy actuando mal, que debería saber, ¿qué debo saber?».

Y entonces, con esa velocidad de la luz que tiene el pensamiento, lo supo, su memoria reconoció lo que tenía que reconocer y más. Un extraño temblor la invadió, toda ella se llenó de frío, aterrada y avergonzada de la desesperanza que la había llevado a creer en Belladonna.

—¡No, no es posible! —exclamó.

Se puso de pie de un salto. Dio unos pasos hacia las alféreces, Rosa se puso en guardia, Linda en cambio se notaba relajada e interesada, no había en Molly hostilidad de la cual guardarse. La centinela puso una rodilla en tierra para postrarse con la cabeza baja. Las jóvenes se quedaron pasmadas.

—No lo quise creer, pero ahora me doy cuenta que estuve en un error. Por favor, les ruego que me perdonen.

Rosa y Linda se miraron.

—No entiendo de qué se trata esto.

Molly alzó la cara, su rostro estaba severo.

—He visto la verdad, el poder de los Cinco. No es un cuento inútil.

Un estruendo sonó a sus espaldas. Molly se incorporó con premura. Su rostro se deformó en una mueca.

—Belladonna... ¡Maldita!!!

Echó a correr hacia la entrada de la torre, al pie de las escaleras se volvió hacia las guardianas.

—Deprisa, debemos detener a Belladonna.

Rosa comentó:

—No entiendo nada.

—Ni yo, pero debemos ir, esto no es una trampa, sus sentimientos hacia nosotras han cambiado.

Irrumpieron en las escaleras de caracol de la torre siguiendo a Molly, quien avanzaba veloz para llegar hasta la que hasta esa noche fue su ama.

.....

Juntos atacaron y juntos fueron rechazados por el poder de Belladonna. Pearl contempló el combate mientras se relamía la herida que no paraba de sangrar, al parecer era mucho más profunda de lo que había imaginado. No podía detenerse por algo así, tenía que vencer, estaba empecinada en ello por la ira ciega que ahora era su motor para ponerse de pie. Volvió a su forma humana y saltó de su escondite para atacar. Belladonna esquivó los golpes y le lanzó una cápsula de poder, Pearl cayó.

Aquella distracción le dio tiempo suficiente a Patrick para preparar su siguiente ataque, lanzó su ráfaga de fuego. Tanya lo siguió y expulsó su rayo de energía. Belladonna los detuvo a ambos, estaba furiosa.

—No hay nada que puedan hacer, los mandaré al infierno a los tres.

Belladonna se alistaba a repeler los rayos de sus contrincantes, cuando un rayo oscuro la golpeó, su concentración se rompió y las fuerzas de Patrick y Tanya la golpearon. Belladonna gritó de dolor. Miró hacia la entrada de la habitación. Sus ojos se abrieron grandes en una mueca de asombro.

—Molly.

—¡Mentiste! Eres una harpía ambiciosa sin escrúpulos, muy alejada del ideal que hubieran deseado los Cinco Sabios. Tú no continuarás su legado jamás.

Rosa y Linda entraron. Lo primero que llamó la atención de Rosa fue ver a Pearl. Corrió hacia ella.

—Ya estoy aquí, yo me encargo.

Miró la herida de su hermana parecía grave. Rosa se sentía algo cansada, sin embargo, debía intentarlo. Cerró los ojos y puso las manos sobre ella.

Belladonna se puso de pie sin quitarle la vista de encima a Molly.

—Te atreves a traicionarme, después de todo lo que he hecho por ti. No cabe duda que la mala fama de traidores que tienen los Centinelas Negros está más que justificada.

—¡Nunca gobernarás sobre los eukids!

La atención de Belladonna se desvió hacia el resplandor de aquella chica frágil que había desarrollado la habilidad de curar heridas. Tenía un mal presentimiento, no de mala suerte en la vida de la joven sino en la propia. A decir verdad, ellas dos no le gustaban nada, Pearl y Rosa debían morir. Encendió su energía de golpe, cantó una tonada monótona en palabras que los alféreces no entendieron, aplaudió y de sus manos salió un intenso destello de luz que deslumbró a todos.

Lo que sucedió después fue muy rápido. Aprovechando la distracción creada, Belladonna disparó con todo su poder, tenía un único objetivo, las dos chicas que estaban en el suelo. La habitación se estremeció, el piso crujió bajo sus pies. La concentración de Rosa se interrumpió al sentir un peligro inminente, volteó hacia el rayo que se dirigía a ella, resplandeciente como si fueran las luces de un camión que está a punto de matar a un perro en la carretera. Antes de que pudiera reaccionar, una silueta se interpuso frente a ellas, fue como si un ciervo se hubiera lanzado frente al camión para inmolarse y dar oportunidad al perro a escapar del camión. Un alarido de dolor resonó en la habitación. El cegador destello y el rayo se extinguieron tras haber golpeado sin piedad a la figura oscura que se había interpuesto.

—¡No, Molly! —exclamó Rosa.

La centinela estaba temblando, trató de dar un paso y se desplomó. Pearl se sentó, Rosa apenas y había curado el cincuenta por ciento, pero era suficiente para que se sintiera mucho mejor. Rosa titubeó, como si quisiera ir a ver a la centinela, Pearl le indicó con la mano que lo hiciera. Rosa se levantó y fue hacia Molly, la tomó entre sus brazos Linda también se acercó a ella. Molly sonrió, sus ojos estaban llenos de lágrimas.

—Estoy feliz —susurró—. No era un cuento. Los Sabios han dejado un legado. Lo único que lamento es no haberme dado cuenta...

—No hables, yo me haré cargo de tus heridas.

Puso la mano sobre ella, Molly se la sujetó.

—No, no gastes tu energía en mí, ya es tarde. Además volveré para servir... los centinelas siempre lo hacemos... más ahora...

La mano enguantada cayó, sus ojos se cerraron, su cabeza colgó hacia un lado y las últimas lágrimas fluyeron por sus mejillas. Rosa sintió un estremecimiento en el alma. Apenas unos minutos atrás eran enemigas. No entendía por qué había cambiado de lealtad al punto de sacrificar su vida.

—La centinela traicionó a su ama y arriesgó su vida, ¿qué está sucediendo? —murmuró Patrick.

«¡Después investigamos!», gritó una voz en su cabeza, «Esta es nuestra oportunidad, Belladonna uso toda su energía en ese ataque, necesita un respiro. Debemos usar todo nuestro poder y derrotarla ahora».

Patrick miró a Tanya y asintió. Elevó su energía al máximo, Tanya hizo lo mismo, el fuego naranja y el poder mental durazno parecían entrelazarse, como si ambas energías se unieran en una gran hoguera. Juntos lanzaron un grito y un poderoso rayo. Debían dar todo de sí, sin titubear, sin piedad.

El gesto de Belladonna estaba desfigurado por la ira, primero esa maldita centinela la había traicionado, ahora esos chicos estaban presionando con un poder que no hubiera imaginado. El poder de los dos guardianes la golpeó, Belladonna fue proyectada hacia atrás, aquello era más de lo que podía soportar. El ama de la Ciudadela se estrelló contra la pared, entonces escuchó un crujido y parte del techo se desplomó sobre ella.

Patrick y Tanya resoplaban exhaustos. Esperaron un instante, nada, ella no se levantó. No sentían su energía, no hacía ruido. Patrick no podía creerlo, por fin lo habían conseguido.

—Lo hicimos —murmuró—. Lo logramos.

Patrick y Tanya se miraron mutuamente, el rostro de Tanya se iluminó. Ella y Patrick exclamaron al mismo tiempo.

—¡Lo logramos! ¡Derrotamos a Belladonna!

En un impulso de euforia ambos se abrazaron. Patrick la levantó en vilo y dio una vuelta con ella colgada a su cuello. Luego la liberó, se miraron de nuevo y comenzaron a reírse sin control. Tanya estaba feliz, había hecho algo extraordinario con la persona con que menos hubiera esperado. Nick estaría orgulloso de ver que por fin habían aprendido a trabajar en equipo.

Ella sonrió y le dio una palmada en el brazo a su hermano.

—Oye, buen trabajo.

Patrick cerró el puño y lo apuntó hacia ella, Tanya también cerró el puño y lo chocó con el de su hermano.

—Tú también, buen trabajo... ¡bruja!

—¡Idiota!

Otra vez les dio un ataque de risa.

Linda movió la cabeza en un sobresalto, sintió algo y ese algo se manifestó. Belladonna se irguió de entre los escombros, rota y maltrecha, resoplando por el daño que había recibido. Gruñó y alzó el brazo en dirección a ellos. En un segundo, algo afilado y resplandeciente de energía metálica plateada la golpeó en el pecho con tanta fuerza que se enterró por completo. Lo que la golpeó fue una daga cargada de energía metálica, la misma que Belladonna había usado minutos antes. El ama escupió un puñado de sangre y se desplomó para no volver a levantarse nunca más.

Tanya, Patrick, Rosa y Linda voltearon en dirección de donde surgió la daga, la energía de Pearl se estaba apagando, su mano aún brillaba por su poder metálico. Su gesto era helado y severo.

—Una menos y me faltan cinco.

Se tambaleó y se llevó a la mano a la herida. Sus hermanos se dirigieron hacia ella.

—¿Estás bien? —preguntó Tanya.

—Estoy bien, gracias a Rosa.

—No pude terminar de curarte. Ahora me hago cargo.

Antes de que pudiera hacer nada, toda la habitación crujió, Patrick miró el techo y las paredes.

—Chicas, si este edificio tuviera una alarma, estaría sonando como loca ahora mismo, porque creo que debemos salir de aquí ya.

Toda la torre tembló, el suelo se resquebrajó bajo sus pies. Rosa contuvo el aliento.

—¡Vamos!

Patrick se cubrió de plumas de fuego y salió volando por la ventana, las chicas se dirigieron corriendo hacia la salida, la estructura comenzaba a colapsar. Rosa y Linda salieron primero, luego Tanya, Pearl venía atrás, estaba débil, había puesto toda su fuerza en el ataque que acabó con su enemiga y sumado a la pérdida de sangre. Antes de llegar a la escalera, el suelo se abrió bajo sus pies. Ni siquiera alcanzó a gritar.

.....

Nunca habían bajado una escalera tan rápido en sus vidas. A espaldas de Rosa, las piedras caían. Al acercarse a la última parte, Rosa saltó para dejar atrás los escalones que faltaban, sus hermanas adoptivas hicieron lo mismo. El sonido de la Torre al derrumbarse fue ensordecedor, era difícil respirar y ver con tanto polvo. Rosa se levantó el cuello de su camisa para cubrir su nariz y boca. Sus oídos rezumbaban con un largo pitido. Tenía que alejarse, seguir al frente, donde el aire era más fresco.

—¡Hermanas! —exclamó la voz de Hannah.

Rosa volteó, era Serena, Alexandra, Hannah y Georgina quienes venían hacia ellas resoplando agotadas. Las chicas se alegraron de ver que Tanya estaba ahí con ellas, era un alivio tras la incertidumbre de no saber a dónde se la habían llevado.

—Zumaque está muerto —anunció Alex.

—Ya no quedan demonios —afirmó Serena—, los matamos a todos. Los soldados de Belladonna están derrotados.

—Se recuperarán para navidad —añadió Gin.

—¿Y Belladonna? —preguntó Alex.

—La hemos vencido —afirmó Tanya.

Patrick aterrizó, el rostro de Hannah se iluminó. Él se dirigió hacia las alféreces que escaparon de la torre.

—Estuvo cerca. Por cierto, ¿dónde está Pearl?

Las jóvenes miraron a su alrededor.

—Pensé que venía contigo, T. —comentó Rosa.

—No puedo sentirla —anunció Linda.

Las tres jóvenes se volvieron hacia atrás, en dirección a donde minutos antes estuvo al torre. Tanya hizo un gesto de horror:

—Oh no, no, ¡no, Pearl!

—¿Cómo pudo pasar esto? —exclamó Patrick.

—Ella venían detrás de mí —señaló Tanya al borde de las lágrimas.

—¡Y no te diste cuenta cuando se quedó atrás! *You dumb witch.*

—¡No me hables así, idiota! Tú solamente te largaste volando sin importarte nada.

—¡¿Y qué querías que hiciera, bruja?! La jodida torre se estaba cayendo.

Un agudo y penetrante grito ensordeció a los alféreces y los obligó a llevarse las manos a los oídos.

—¡CÁLLENSE!

Los chicos guardaron silencio. Georgina estaba temblando, con los puños apretados y los ojos cargados de lágrimas.

—¡Dejen de pelear como estúpidos! Somos familia y debemos estar juntos. —Se dirigió hacia los escombros, apuntó con el dedo en un gesto casi acusador— ¡Pearl está ahí abajo y tenemos que sacarla!

Patrick y Tanya se encogieron de hombros avergonzados.

Linda dijo:

—Alféreces, siento interrumpir, pero alguien viene.

Los Kearney voltearon, vieron a los jóvenes que se acercaban. Los estaban rodeando, algunos llevaban uniformes de soldados, otros la ropa simple de un cadete; algunos habían sido derrotados por Georgina, Hannah y Serena, otros parecían no entender qué estaba pasando.

—Parece que esto aún no se acaba —comentó Hannah y suspiró.

Serena paseó la mirada sobre los recién llegados. Por un momento le pareció escuchar la voz de su abuela diciéndole, "se valiente, ustedes serán líderes y un líder no puede titubear". Avanzó con paso decidido hacia ellos, Linda la siguió y se puso a su lado, ella sentía la tensión en los recién llegados, sus ganas de pelear. Linda necesitaba concentrarse para lograr el efecto deseado en tanta gente, debía absorber el exceso de sobreexcitación —fuera por miedo o coraje—, lo suficiente para que se calmaran y escucharan.

—¡Belladonna está muerta! —Comenzó Serena— Lo mismo sus aliados, Amanita, Zumaque y Molly. Escuchen bien: muchos de ustedes fueron traídos aquí en contra de su voluntad, otros reclutados en diversas circunstancias, quizá pensaron que lo mejor era obedecer y someterse a Belladonna. Cualquiera que haya sido la razón ya no importa, ustedes son libres de ir a donde quieran.

Rosa añadió con voz firme pero calmada:

—Nosotros no los detendremos ni haremos nada en contra de ustedes siempre y cuando no nos enfrenten o traten de retomar los planes de Belladonna. No vale la pena pelear por quien ya no existe, mejor, váyanse. Vuelvan a sus ciudades de origen, con sus familias, amigos o lo que sea.

—¿Pero hacia dónde nos dirigiremos? —preguntó un joven.

—El pueblo más cercano está en esa dirección —Serena apuntó hacia donde estaba Stillwood— Es una población eukid de gente buena, estarán más que encantados en ayudarlos.

Alex levantó la mano, comenzó a frotarse los dedos y rayos morados surcaron su mano al tiempo que sentenció.

—A menos que tengan ganas de pelear con nosotros, en cuyo caso...

Al principio nadie dijo nada, luego varios de los soldados se dieron la vuelta para retirarse en silencio. Poco a poco todos se fueron. Los Kearney respiraron aliviados por una cosa menos de qué preocuparse.

Los jóvenes volvieron a los escombros de la torre. Serena elevó su poder y extendió las manos. Se concentró, algunas piedra temblaron. Levantó varias y las arrojó a un lado, entonces la torre crujió y una parte de la construcción se desprendió. Serena se detuvo.

—Debemos de tener cuidado —exclamó Patrick—, un movimiento en falso podría hacer más daño a Pearl. Lo mejor será quitar poco a poco. Todos vamos a ayudarte.

Acto seguido se acercó y levantó una piedra con las manos.

—Vamos chicas —musitó Georgina—, tenemos trabajo que hacer.

Los ocho alféreces pusieron manos a la obra. Serena fue removiendo piedras pesadas y mantenía el polvo bajo control con su telekinesis.

Alguien regresó, era una chica muy joven.

—Disculpen, guerreros.

Ellos voltearon. Detrás de ella venían otros que no se habían marchado.

—Sólo quería decir gracias por liberarnos. Belladonna nos amenazó para obedecer, pero no queríamos estar aquí.

Los que la acompañaban asintieron con la cabeza.

—Estamos ansiosos por volver con nuestras familias, pero antes queremos hacer algo para agradecerles. Queremos ayudarlos.

La chica avanzó con determinación y se puso a remover piedra, los otros la siguieron.

—Gracias —dijo Rosa a nombre de todos.

Trabajaron arduamente, sacaban más y más pedazos de piedra de los que Serena se deshacía para hacer espacio. A veces se levantaba polvo que Serena disipaba en un instante. Si algunas rocas se movían de manera inesperada, bastaba con que alguien gritara el nombre de Serena para que ella las detuviera en un santiamén. La montaña de escombro se fue reduciendo. Los chicos Kearney estaban agotados, sin embargo, siguieron adelante.

Alguien encontró un brazo, sacaron un cuerpo, era el cadáver de Belladonna. Los chicos secuestrados le arrojaron piedras, Hannah pensó por un momento que aquello era mórbido, pero no podía culparlos después de lo que Belladonna les había hecho. Aun así, prefirió no mirar. Lo siguiente que encontraron fue el cuerpo de Molly. Rosa de inmediato se interpuso para pedir que por favor no la maltrataran.

—Era nuestra enemiga —le recordó Alex con desprecio.

—Me salvó la vida.

Patrick se puso de su lado con una expulsión de fuego que hizo a los jóvenes que ayudaban retroceder. Luego tomó a Molly en sus brazos.

—Será como tú digas, Ross. Yo me encargo de quemar su cadáver.

Rosa le dio las gracias. Su hermano tomó a la centinela en brazos y se alejó de ahí para cumplir la tarea.

Serena colapsó, Tanya se apresuró a su lado.

—¿Estás bien?

—No puedo más, he usado toda mi energía, estoy muy cansada.

—¿Escuchan eso? —dijo Georgina al tiempo que se ponía en alerta.

—No oigo nada —dijo Alex.

—Suena como agua que corre.

—¡Lo escucho! —afirmó Linda.

Entre varios movieron un pedazo grande de piedra e hicieron un descubrimiento, debajo de la torre había una entrada a una corriente subterránea. Rosa comentó:

—Así que era eso, el centro de la torre estaba hueco. Pearl pudo caer por ahí hasta esta corriente.

La sirena saltó al agua dulce, no debía perder tiempo, cada segundo bajo el agua era vital para los terrestres. Se transformó con ayuda de su poder.

—¡Pearl! —gritó.

No hubo respuesta. La sirena se sumergió, quería saber qué tan profunda era aquella caverna y a dónde iba la corriente. Estaba oscuro, no podía ver, usó su sonar para esbozar en su mente cuanto había en el fondo. Nadó adentrándose en el frío río subterráneo que corría debajo de la ciudadela.

Georgina recordó cuando Euphorbia la obligó a buscar en el fondo del lago adyacente a la Ciudadela y se preguntó si el curso del río la llevaría de vuelta hasta aquel lago. Siguió el curso de la corriente hasta que chocó con barrotes de metal, del otro lado, el río a cielo abierto corría adentrándose en el bosque. El espacio entre barrotes era angosto, Georgina no cabía, no había manera de que Pearl pasara por ahí. Escuchó el eco de las voces de los alféreces. Regresó nadando.

Alex descendió volando y le tendió una mano para ayudarla a salir. De vuelta en tierra, Georgina uso su energía para volver a la normalidad, con toda la ropa completamente empapada y sin zapatos. Patrick estaba de vuelta. Georgina le contó al grupo lo que había visto.

—Aquí no está —se quejó Tanya con una nota de desesperanza—. Hemos estado moviendo piedras y no está aquí.

—No pudo haber desaparecido así —dijo Hannah. Los ojos se le estaban llenando de lágrimas. Contempló los rostros de sus hermanos, ellos estaban teniendo la misma reacción, excepto Linda.

Georgina dejó escapar un doloroso gemido y se echó a llorar. El sentimiento de desolación se extendió entre los alféreces. Patrick apretó los puños, las lágrimas le corrían por las mejillas, dejando surcos negros por el polvo de los escombros que lo cubría. Tomó una piedra y la arrojó con furia. Las chicas no dejaban de llorar. Linda estaba severa, lo blanco de los ojos se le estaban poniendo rojo.

—¿Y ahora qué hacemos? —preguntó Alex.

—Tiene que haber una explicación —gimoteó Tanya—. Ella no pudo desaparecer así nada más. Debemos encontrarla.

—Debemos seguir buscando —indicó Serena y acto seguido se desplomó, Hannah a su lado se apresuró a sostenerla.

—Estás agotada, has usado tu energía al límite. No puedes continuar así.

—Ninguno de ustedes puede —dijo uno de uno de los jóvenes que había vuelto a ayudar a los alféreces—. Necesitan descansar, no hay nada más que puedan hacer por esta noche.

—Mañana seguiremos hasta encontrarla —sentenció Rosa.

Los chicos asintieron.

Alguien sugirió que podían descansar en la Ciudadela, en las habitaciones de los antiguos guardias de Belladonna, muchos se habían marchado ya tras la caída de su reina. Los chicos asintieron desanimados.

Un automóvil entró de él descendieron Nick, Maggie y Terrence. Los jóvenes fueron hacia donde estaban sus padres, excepto Rosa que se había quedado rezagada, mirando desde lejos. Los vio intercambiar palabras, el gesto de extrema preocupación de sus padres. Maggie escuchó meneando la cabeza en una negativa, gritó el nombre de Pearl y se deshizo en llanto en brazos de su esposo. Nick quería que los hermanos se fueran a descansar, lo necesitaban, Terrence, Maggie y él pensarían en algo.

Rosa volteó hacia atrás, observó a Linda que seguía de pie junto al boquete del rio subterráneo, no se había movido ni una pulgada de su sitio.

Volvió junto a ella y se paró a su lado. Linda estaba silenciosa como una estatua de mármol. Rosa rompió el silencio.

—A veces me parece increíble tu falta de emociones, ni siquiera un golpe como este ha logrado perturbarte.

Linda respondió con voz calmada.

—Me duele mucho más de lo que crees. Pero por más que quisiera no puedo expresarlo, y eso también duele.

Linda volteó lentamente, entonces Rosa descubrió que una gota de sangre le escurría por el lagrimar del ojo izquierdo.

—¿Qué te pasó en el ojo?

—El dolor me parte el corazón, es tanto que tiene que salir de alguna forma. Lástima que no tenga lágrimas como ustedes.

Otra gota de sangre brotó, esta vez del ojo derecho. Rosa sintió un escalofrío de solo pensar en la frustración de estar en los zapatos de Linda, sentir tanto y no poder manifestarlo, como querer gritar sin tener boca para ello.

—No te preocupes, Rosa, estaré bien. De hecho, ahora que estás aquí, Pearl va a estar bien.

—Ella estaba herida, no pude curarla por completo.

Linda sonrió con su careta de muñeca, Rosa encontró su aspecto tétrico, con aquella sonrisa mientras lágrimas de sangre resbalaban por sus mejillas. Linda tomó a Rosa de las manos y la hizo sentarse en el suelo, junto al boquete que daba al rio subterráneo.

—Se dice que el agua es un conductor con propiedades muy particulares. Quizá pueda llevar tu oración y tu poder de curación. Mañana la encontraremos, mientras tanto, por favor Rosa, haz lo tuyo.

La joven no entendía nada, pero en un momento desesperado como ese, cualquier idea era buena si ofrecía esperanza. Rosa cerró los ojos y se concentró, se imaginó que de alguna forma su energía podía tocar el rastro de agua que dejó Georgina al salir, de ahí se conectaba abajo y con la corriente fluía hasta su hermana. Estuvo así un rato, rezando, a la espera de poder ayudar.

.....

Lejos de la Ciudadela, arrastrada por la corriente, una gata negra, empapada, yacía a la orilla del río. En su costado tenía una herida que sangraba. Un hilito de energía luminosa se acercó sigiloso por el agua hasta ella, tocó a la gata y su herida se cerró. La gatita abrió los ojos de penetrante color esmeralda, se estremeció y escupió un montón de agua. Un leve halo de energía metálica la recorrió y se transformó en una joven, luego perdió el conocimiento. El sonido del bosque, el de los insectos y de la corriente del río le hicieron compañía por el resto de la noche.

XXVI.- Llamas

Tanya

Algunos jóvenes secuestrados, al verse libres se les hizo fácil tomar represalia en contra de los que fueron guardias de Belladonna.

—Se lo merecen —murmuró Alex.

—No lo sé —replicó Hannah—. Por la forma en que Belladonna convencía a sus súbditos, pienso que quizá, aquel guardia, por ejemplo, fue alguna vez un muchacho traído a la fuerza también.

El idiota de Patrick, que a veces no era tan idiota, la secundó. Luego se dirigió hacia un grupo, el cual había atado a dos ex guardias. Al ver a Patrick se pusieron muy contentos.

—¡El fénix ha llegado! Vamos a prenderles fuego a estos.

Patrick tomó al que había hablado por el cuello de la camisa y lo sacudió de un lado a otro. Quizá el otro joven parecía ser mayor en edad que el fénix, pero definitivamente no era más fuerte que él. Lo hizo mirar a los atados, una mujer con la frente ensangrentada y dos sujetos mayores.

—Míralos bien, están derrotados, no hay necesidad de humillarlos. Tampoco sabes cómo fueron contratados por Belladonna. Su historia bien podría ser la tuya. Así que dejen de actuar como unos malditos psicópatas.

Lo arrojó hacia atrás, el joven le dedicó una mirada de odio, pero no dijo nada.

—Largo de aquí, todos ustedes. Se terminó la fiesta.

Ellos se marcharon sin decir una palabra. Hannah se apresuró a desatar a los otros. Ellos no le agradecieron y ella tampoco lo esperaba. Tanya permaneció en silencio. Mirando toda la escena un par de cosas le quedaron claras: en primer lugar, la vida no es en blanco y negro, las circunstancias y las personas están llenas de matices grises. Segundo, la guerra deshumaniza y puede sacar lo peor de las personas, al punto que la dulce hija de mamá, o un noble padre de familia, bien pueden convertirse en una sádica descarada o un verdugo. Una víctima bien puede volverse victimario, sin importar de qué lado esté, cualquiera es propenso a convertirse en monstruo.

Tanya estaba abatida, aquella noche había sido demasiado para ella. Al final triunfaron, a un precio muy alto. Arriesgaron sus vidas y Pearl estaba perdida. La psíquica estaba abrumada por la culpabilidad:

«Lo siento tanto. Pearl, te fallé. Yo quería ayudarte y fuiste tú quien resultó herida por salvarme la vida».

Se le hizo un hueco en el estómago, tenía nauseas. Se colgó del brazo de Serena, ésta la tomó de la mano en un gesto de solidaridad.

El resto de la noche fue silenciosa. Tanya tomó una habitación para ella sola. Necesitaba dormir. Pudo hacerlo la mayor parte de la noche, estaba tan cansada que no soñó nada, ni siquiera con la bruja suicida; su mente quedó velada por una noche oscura sin pesadillas.

Se despertó en la madrugada, tenía sed. Salió a buscar agua. Los primeros rayos de la aurora estaban despuntando. Recorrió los pasillos con sigilo, para no interrumpir el imperante silencio del sueño tan necesario para sus hermanos. Escuchó una voz, alguien estaba despierto, se acercó, eran Maggie y Nick que discutían a puerta cerrada. Tanya se acercó y es escuchó.

—No debimos dejarlos solos. Son casi unos niños. Ellos no deberían estar haciendo esto; deberían ir a fiestas, estudiar, salir con amigos, metiéndose en problemas, sin otras preocupaciones que ensayar una canción para el festival de la escuela, o el siguiente recital de piano o de ballet, ganar una medalla en atletismo, no sé.

—Nick, tú bien sabes que no son como los demás. Ellos reencarnaron con una misión. De ellos dependen las vidas de otros.

—¡Nosotros debimos ayudarles! Ahora Pearl está perdida, como si la pobre no hubiera tenido bastante con todo lo malo que le ha pasado.

—Te digo que está bien, lo presiento.

—¡¿Dónde?!

—Baja la voz, acuérdate que están durmiendo y necesitan descansar.

—¡Debí estar ahí para proteger a mis hijas y a mi hijo!

—¡Eso ya lo sé, ellos también son míos! Pero tenemos que cumplir con nuestro deber y dejar que ellos hagan su trabajo. Yo también quisiera protegerlos, que no estuvieran aquí, que pudieran ser niños por más tiempo en vez de pelear como adultos.

Tanya se tornó cabizbaja. La consciencia de su misión, las luchas y la sangre eran parte de sus vidas desde niños, y eso los habían hecho madurar mucho más rápido que a otros chicos de su edad. Ella misma a veces se sentía mucho mayor de lo que era. Sintió ganas de llorar, no sólo por lo mal que se sentía de escuchar a sus padres adoptivos discutir, sino por todo lo que habían hablado. De nuevo pensó en Pearl, Nick tenía razón, ella ya había sufrido mucho y de nuevo la estaba pasando mal.

«Y todo por mi culpa. Yo debí darme cuenta cuando se quedó atrás, en vez de sólo salir corriendo de la torre cuando se empezó a caer... Si alguien es culpable soy yo... Es mi deber encontrarla».

Regreso a su habitación, se tiró en la cama y se echó a llorar. Trataba de no sollozar alto, tuvo que morder la almohada para contener sus gimoteos.

El sueño ya no volvió, se quedó acostada pensando hasta que la aurora disolvió lo que quedaba de la noche y se levantó el amanecer. Se levantó de la cama con una sola determinación.

«Todos hacen las cosas a su manera, yo las haré a la mía. Si de algo me han de servir mis poderes psíquicos, que sea ahora para encontrarla».

Se limpió la nariz. La habitación contaba con un armario, una mesa de madera y una silla. Había una pequeña chimenea, apagada y limpia de toda ceniza en esa época del año en que no se necesitaba su calor. El cuarto tenía una ventana que daba a la explanada de la Ciudadela. La joven se sentó a la mesa y se concentró. De manera inconsciente se puso a tararear una canción mientras barajaba y preguntaba una y otra vez por pistas en las que concentrarse y ver algo. El tiempo voló y ella barajó y barajó hasta que sacó una carta que llamó su atención, era la reina de bastos. Observó los detalles de la carta, a aquella mujer poderosa sentada en un trono de prosperidad, con una flor en su mano que sigue al sol, el báculo que guía, su trono con leones, un pie descubierto, la desolación a sus espaldas y el gato negro sentado al frente.

«Pearl, ¿dónde estás?... tinieblas... la carta muestra una reina coronada con oro y hojas verdes, los leones en su trono son el poder que tiene... ¿Pearl, puedes oírme? No te escucho, sólo este silencio mortal, como el silencio del gato negro frente a la reina... Pearl solía ser una gata calicó, ahora es una gata negra... la reina de bastos es una carta discutida por sus interpretaciones, ¿qué hace ese gato ahí?... Pearl testaruda, no quieres ayuda, te encerraste en ti misma y ahora no puedo encontrarte, todo se nubla en una bruma de oscuridad, en lo que quieres ocultar... el gato, el lado oscuro de la reina, lo que no quiere revelar, el misticismo, el ocultismo y la magia... tinieblas...".

Al cabo de una hora de preguntas y divagaciones con la carta en la mano, Tanya rompió la concentración. Haber dado con aquella carta se sentía como el primer movimiento en la dirección correcta, sin embargo, no avanzó más, se quedó en el mismo espacio.

Llamaron a la puerta, era Georgina para decirle que se reunirían para desayunar. Tanya dijo que iría en un momento. Miró su reloj, pasaban ya de las 9:00 AM. Dejó las cartas como estaban, con la reina de bastos y su misterioso gato para estudiarla después.

Durante el desayuno estuvo silenciosa, tenía demasiado en la cabeza. Ni siquiera respondió a Serena cuando trató de hablarle de los planes para la búsqueda de Pearl. Nick y Terrence comentaban respecto a la inspección que hicieron de la Ciudadela y sus alrededores la noche anterior.

—Revisé todo el río subterráneo y no encontré rastro de ella —comentó la sirena.

—No me queda duda que ella se fue con la corriente del río —comentó Terrence.

—No pudo haber pasado entre los barrotes que daban al río, apenas cabía mi brazo.

—Tienes razón —indicó Linda—, pero el espacio tiene el tamaño suficiente para que pase un gato.

Al escuchar aquello, Tanya levantó la vista hacia Linda, ella sonreía con su gesto de androide. Tenía todo lo blanco de los ojos de color rojo intenso.

—¿Pero por qué habría de convertirse en gato? —preguntó Alex.

—Cuestión de supervivencia, Lady A. Cuando sintió que caía, ella seguro consideró que tenía mejores opciones de salir viva con el cuerpo y las habilidades de un gato que con el de una humana. Con lo que no contaba es con que caería en agua y que la corriente la arrastraría. En realidad eso fue algo inesperado.

Nick estaba complacido.

—Buen trabajo. Muy bien, vamos a comenzar a buscar en los alrededores de la Ciudadela.

—Patrick y yo podemos buscar desde lo alto —dijo Alex, Patrick asintió.

—Creo que está de más decir que el río es mi territorio —indicó Georgina.

—Alguien quizá deba quedarse por si regresa —señaló Terrence.

—Yo me quedo —murmuró Tanya.

En el otro lado de la mesa, Rosa cabeceaba y estaba a riesgo de irse dentro del plato. Ginger se apresuró a sujetarla, ella despertó. No se veía bien, la noche anterior agotó su poder en curar heridas. Necesitaba descansar.

—¿Está todo bien? —le preguntó Serena a Tanya.

—Sí, estoy bien, no sé, sólo tengo un poco de dolor de cabeza. Quiero quedarme aquí, si no les importa, así estaré al pendiente de si Pearl regresa y también para cuidar a Rosa si necesita algo.

Nick asintió. Terrence tomó en brazos a Rosa y la llevó de vuelta a su habitación para que descansara. Acordaron que él también se quedaría en la Ciudadela con ellas. A Tanya eso le daba igual.

Terminado el desayuno, volvió a su habitación y cerró la puerta. La reina de bastos esperaba. Tomó la carta en sus manos y se concentró. Estuvo así por un largo rato, enfocando sus poderes sin llegar a nada. Se rindió. Colocó la carta con las demás. Volvió a barajar varias veces y sacó una carta, su sorpresa fue enorme cuando de nuevo obtuvo a la reina de bastos. Se dijo que algo andaba mal y repitió la operación.

El tiempo siguió adelante, dieron las 2:00 PM. Ya había vuelto a barajar las cartas y la reina de bastos reapareció una y otra vez, como si fuera la única carta que tuviera algo que decir.

«No entiendo qué debo saber. Esta carta tiene fuego, mucho fuego y Pearl no es un eukid de esa casta, ella es metálica. ¿Qué necesito saber? Si es sobre ella, debería ser el conducto que facilite indicar hacia dónde dirigirnos. Autoconfianza, coraje... tinieblas... Pero, si la carta fuera para mí y la carta me estuviera diciendo que hay debo poner atención... autoconfianza, coraje... algo me dice que este es el momento...»

Su rostro se deformó en una mueca de ira y le gritó a la carta.

—¡¿Momento de qué?! No sé una mierda, no puedo ver nada. Este debería ser el momento en que yo deje de ser un fracaso y encuentre respuestas.

Tomó las cartas y las arrojó a un lado, estaba colérica. Su bolsa colgaba del respaldo de la silla, la tomó y la volteó de cabeza para vaciar el contenido sobre la mesa, sacudiéndola con la violencia que necesitaría para echar a una alimaña indeseada aferrándose al fondo. Arrojó la bolsa vacía contra la pared. Sobre la mesa estaba el estúpido libro del psíquico, lo tomó y lo lanzó contra la ventana cerrada, los vidrios temblaron, el libro se abrió, algunas hojas se desprendieron y cayó como un ave estúpida que ha encontrado la muerte tras chocar contra un cristal. Tanya miró la afilada hoja de su daga. Apoyó la mano izquierda en la mesa, con los dedos extendidos, con la mano derecha tomó la daga por el mango. Gruñó, se odiaba a sí misma. Levantó la daga, y la descargó con fuerza sobre su mano izquierda. Tanya soltó un fuerte alarido.

El dolor la hizo temblar. Trató de sacar la daga, esta había pasado limpiamente entre los huesos para atravesar su mano y clavarse en la mesa de madera. Inhaló, contuvo el aliento y jaló, la daga se desprendió. Exhaló, levantó la mano herida, contempló el hilo de sangre que le corría por el brazo. Aquello había sido terrible. Al menos el dolor la había sacado del instante de rabia y frustración de un momento atrás.

Le dieron ganas de fumar. Tomó el paquete de cigarrillos, empujó uno fuera del empaque, lo sostuvo entre los labios. Escrutó a su alrededor buscando el encendedor, lo encontró en el suelo. Se inclinó para recogerlo. Trató de hacer flama una, dos, tres, cuatro veces sin obtener nada, mientras mantenía la mano izquierda levantada, con hilos de sangre escurriendo por el brazo hasta el codo.

«Necesito comprar otro encendedor, además lo necesito para mi práctica de adivinación».

El encendedor escupió su pequeña llama, Tanya no la acercó al cigarrillo, se le quedó viendo como hipnotizada. Con la mano izquierda se quitó el cigarrillo de la boca y se lo llevó detrás de la oreja; fumar podía esperar, antes había algo que tenía que hacer. Fue hasta donde estaba el libro del psíquico con las hojas desparpajadas, lo sujetó con la mano izquierda, las hojas se mancharon de sangre, no importaba, no tenía intención de volver a leerlo jamás. Recogió algunos pedazos de madera resinosa que habían caído de su bolsa, llevó todo a la chimenea. A un lado había un par de pedazos viejos de madera que no habían sido usados la última vez que la chimenea se encendió. Ella los incorporó también y los acomodó.

El encendedor respondió al quinto intento, prendió uno de los palitos de madera resinosa, luego acercó el palito a la chimenea. Usó lo que quedaba de la cubierta del libro para abanicar el fuego recién creado, la llama se estabilizó. Tanya se concentró con la vista fija en la pequeña hoguera, las páginas del libro manchadas de sangre y las llamas que parecían encenderse con más fuerza al tocar esas manchas, como si su sangre fuera una ofrenda que agradaba al espíritu del fuego.

—Tanya —llamó Rosa desde afuera—, te escuché gritar, ¿estás bien?

No respondió, no ahora que estaba concentrada y sólo tenía cabeza para el fuego. Encendió su energía, tenía que ir más allá. Su cabeza resplandecía con un halo intenso de color durazno, ella seguía elevando su energía más y más, como si estuviera en combate. De cierta forma, lo era, una pelea por vencer su propia mediocridad, un combate consigo misma.

«Quiero ver».

Se escucharon tres golpes en la puerta.

—¿Tanya, estás bien?

«*Not now*»

Ella no se movió de su asiento, ignoró a quienes la llamaba. Lo toques se hacían lejanos. El fuego se aclaraba, entonces vio, un camino en el bosque, un poblado, una casa, ¡sombras!

Una voz en su cabeza empezó a canturrear:

"Pobre bruja estúpida que entregó su corazón

El maldito se acostaba con su hermana y otras dos
Ella lo apuñaló al enterarse de la traición
Una noche en que miraba al traidor entre las llamas"
La letra llamó su atención, la canción hablaba de traiciones pero no decía si presentes o pasadas, bien pudieron ser pasadas.

«El presente se puede espiar en escenas, el futuro es incierto y está en movimiento, pero el pasado es inaccesible... o tal vez no, si tienes el poder. Y es ahí donde la encontraré. Pearl bloquea su presencia en el hoy, pero si lograra mirar algo de lo que quedó grabado en el eco en el pasado, tal vez la encuentre. Quizá el pasado sea inaccesible, pero algo he de poder ver, ¡QUIERO VERLO!».

Llevó su energía al máximo, igual que la noche anterior en aquel último ataque contra Belladonna. Su cabeza se volvió pesada, como una fuerza que se estiraba, para romper la cubierta que envolvía a un monstruo alado, listo para su primer vuelo. Dentro de ella ese monstruo lanzó un grito, luego Tanya sintió con claridad el poder desgarrándose en dos, una parte mantenía la esencia que hasta entonces había conocido, la otra mitad era intensa, ardorosa como aliento de dragón. Todo el poder de Tanya comenzó a cambiar, el tono durazno se tornó de un naranja oscuro, el halo de poder se comportaba distinto, era caliente y se movía con furia sobre su piel.

La atención de Tanya se adentró en las llamas hasta que ya no quedó nada a su alrededor más que la conciencia del fuego y lo que estaba mirando, el presente, luego su mente dio un salto y todo se tornó oscuro, era la noche anterior. Pearl estaba ahí, el suelo se abrió bajo sus pies, ella se transformó en gata, cayó, fue golpeada por escombros y arrastrada por el agua, estaba tan débil que apenas acertó a aferrarse a un pedazo de madera.

Oscuridad, bosque, Pearl yace junto al cauce del río... Oscuridad, bosque, aurora, alba. Pearl camina hasta... veo una chica muy joven manejando una camioneta pick up... Pearl se va con ella... Oscuridad, el camino, el letrero de la carretera, una palabra, "Huntersville"

Tanya se levantó de golpe presa del éxtasis.
—Sé dónde está Pearl, ¡sé dónde está Pearl!
Se dio la vuelta, tenía que correr a decirles a los demás. Para su sorpresa la puerta estaba abierta, Rosa y Terrence la contemplaban con caras de asombro, era como si no pudieran creer lo que estaban mirando y no se atrevieran a acercarse a ella. Tanya les preguntó:
—¿Ocurre algo?
Terrence balbuceó:
—No es posible, es la Bruja de fuego.
—¡¿Qué?!
—Increíble —murmuró Rosa.
Tanya, que aún seguía brillando por el poder y la concentración, levantó la mano izquierda, la contempló envuelta en llamas.

XXVII.- K

Pearl

Despertó adolorida tras haber pasado la noche en el duro suelo. Su primera reacción fue tocarse el costado, donde la habían herido, o eso pensaba, porque no había ahí rastro de ninguna herida.

«¿Dónde estoy?», pensó, «Todo está tan revuelto, no estoy herida, pero lo estuve, no lo sé. ¿Qué hago aquí?».

Se incorporó, tenía un hambre terrible. Dentro de su cabeza un instinto primitivo le ordenaba cazar. Cerca de ahí divisó a un pájaro posado en una rama, el estómago le rugió con histeria animal. Se pensó a sí misma como un gato, era algo innato. Se movió con sigilo, acechando al tiempo que se convertía en una gata negra, con los ojos fijos en su presa. El ave percibió algo y levantó el vuelo. La gata gruñó frustrada, el desayuno no llegaría fácil.

Una hora más tarde, después de cazar y devorar una ardilla, la joven echó a andar. Debía ser muy temprano, el sol apenas se levantaba sobre los árboles del bosque. Ella no tenía idea de hacia dónde ir, sólo sabía que tenía que encontrar el camino a casa, pero ¿dónde estaba su casa?

Tuvo una visión extraña en la mente, una mujer de largo cabello oscuro, con una tiara dorada en la cabeza, y un collar con una gran piedra translúcida verdeazulada. La mujer yacía entre sus brazos, estaba muerta.

«¿Qué es esa imagen en mi cabeza? ¿Quién es esa señora con el aspecto de una dama importante? El collar... Tus dudas se disiparán cuando encuentres el collar... ¿Por qué estoy pensando eso? Si pudiera recordar... tengo mucho que recordar... ¿qué es lo que debo recordar?».

Debió ser un sueño que tuvo la noche anterior. A lo lejos escuchó el eco de un vehículo que se acerca y se aleja a gran velocidad. Se dirigió hacia allá. Llegó hasta la carretera, miró en ambas direcciones, ¿hacia dónde ir? Lo más lógico era ir a la población más próxima, pero ¿cómo saber? Volteó hacia la izquierda había un letrero indicando las distancias de los poblados cercanos. Tomó una decisión. Marchó a paso firme por la orilla de la carretera.

Mientras avanzaba trató de aclarar su mente, debía recordar cosas importantes como su propio nombre. ¿Cómo se llamaba? Al preguntarse aquello tuvo otra visión en su cerebro, de media hamburguesa sacada de la basura, ¿eso qué tenía que ver con su nombre?

Un auto se detuvo, era una camioneta tipo pick up, al volante iba una mujer muy joven.

—¿Necesitas ayuda? —Preguntó la chica en la pick up.

La joven contempló a la conductora, parecía inofensiva.

—Estoy perdida, debo usar el teléfono.

—¡Oh no! ¿Estás bien? ¿Qué te pasó?

—Nada, por favor, sólo necesito un teléfono para llamar a mi familia y volver a casa.

«¿Quién es mi familia? Tengo un hermano y dos hermanas. No, eso no es correcto, mi familia es mucho más grande... creo».

—Huntersville está adelante, yo vivo ahí... Olvidé mi celular... Anda, sube, no puedes quedarte aquí.

La joven que se convertía en gata brincó en la parte posterior de la pick up. El vehículo se puso en marcha. Volvió a sumirse en sus pensamientos, no sabía a quién marcaría una vez que tuviera a su disposición un teléfono; los números no dejaban de danzar en su mente. Esperaba que al llegar se ordenarían.

La pick up se detuvo enfrente de una casa, la buena samaritana descendió. Le indicó a la joven perdida que la siguiera y ella obedeció.

—Por cierto, mi nombre es Amanda.

—Gusto en conocerte —respondió mecánicamente e hizo una pausa, sabía lo que seguía, tenía que dar un nombre. Meditó en ello, era algo con la letra "K", entonces un nombre acudió a sus labios—. Yo soy Kerri.

«¿Por qué dije eso? Era algo que iniciaba con K, sí estoy segura, pero Kerri aunque parece correcto no parece correcto».

—Y tu apellido, Kerri.

—Sullivan.

—Mucho gusto, Kerri Sullivan. Adelante, la cocina es por aquí.

Entraron. Sentado a la mesa, un hombre mayor con el cabello lleno de canas leía el periódico. El reloj ya marcaba las diez de la mañana.

—Papá.

—Buenos días, Amanda, ¿le dejaste sus cosas a la señora Williams?

—Sí, ya me encargué de eso. Mira, ella es Kerri Sullivan, se perdió y necesita un teléfono para llamar a su familia.

Kerri entró con cautela, la cocina olía a grasa vieja y al penetrante aroma del café recién hecho. El refrigerador zumbaba constante con el dulce ronquido apagado de un animal de sueños fríos. El hombre le clavó la vista, mezcla de recelo y preocupación.

—¿Te perdiste en el bosque?

—Sí, su hija me encontró en la carretera buscando ayuda.

—¿Estás bien?

—Sí, estoy bien, sólo necesito el teléfono para llamar a mis padres.

—Está detrás de ti, adelante.

Kerri se acercó al teléfono, levantó el auricular, miró los números. Una combinación de dígitos se deslizó en el orden correcto, era el número de su casa. Esperó, el teléfono emitió un pitido y una voz le dijo que el número era incorrecto. Colgó y volvió a marcar, el resultado fue el mismo. Colocó el auricular en su lugar, estaba descorazonada, cómo sabrían ellos dónde encontrarla.

«¿Quiénes? Mi familia, deben estar en casa preocupados... Aunque ahora que lo pienso, creo que no hay nadie en casa, ni el mayordomo... ¿tengo un mayordomo?... Sí, y tuve una abuela que falleció hace algunos meses... este año ha sido de dolor y muerte... ¿por qué pienso eso?».

—¿Todo bien, Kerri?

—Nadie contesta —respondió con amargura—. Perdonen, no quiero causar molestias.

Quería salir de ahí antes de que hicieran más preguntas que no estaba en la capacidad ni disposición de contestar. Los ojos de Kerri fueron de la puerta a Amanda, su padre, el café, un sartén con aceite de tocino frío y de nuevo la puerta. Tuvo una serie de visiones, su memoria parecía estar regresando, las caras de un muchacho rubio, una joven trigueña de rizos dorados, la chica de cabello y ojos negros que arrodillada a su lado dijo que la curaría y una mujer perversa cuya imagen hacía hervir su sangre de furia. Eso era de la noche anterior.

—¿Cómo te perdiste? —preguntó el padre de Amanda.

Kerri meditó su respuesta, debía mentir.

—No lo sé. Yo... —hizo una pausa, mentir de pronto no parecía una buena opción, tal vez debía apostar por contar una verdad a medias—, salí con un grupo de amigos me accidenté y no recuerdo bien todo lo que pasó.

Ellos contuvieron el aliento, Kerri notó que permanecían a la defensiva. El padre de Amanda se inclinó y apuntó a los pies de Kerri.

—Tus botas se ven bastante cómodas, perfectas para caminar en el bosque. Estabas acampando. Lo mejor será contactar a la policía cuanto antes. Si hay una campista perdida, tus amigos o familia deben haberte reportado ya.

Kerri estuvo de acuerdo y se mostró agradecida.

Lo primero que sugirieron los oficiales, fue que viera al doctor para revisarla, ellos insistieron en que era para descartar que estuviera herida pese a que ella insistió que no lo necesitaba. Ella se encontraba en perfecto estado, no sufría ni siquiera de deshidratación. El único detalle era el de su memoria. Kerri aguardó paciente en el consultorio del doctor, mientras le hacían toda clase de preguntas. Una sensación de escalofríos recorría su espalda, no sólo por el aire acondicionado del lugar, sino por resquemor que la invadió por estar ahí. Ella tenía una vaga memoria de que ya había pasado por una situación similar, en la que le hicieron preguntas que no quería responder pero se vio obligada a hacerlo.

De pronto, una duda asaltó su cabeza, el nombre de aquel poblado, Huntersville, no le sonaba familiar, a decir verdad, no tenía ni idea de en dónde estaba. Mientras una enfermera terminaba de llenar formas en el sistema, Kerri se dirigió a ella:

—Disculpe, ¿en qué estado estamos?

—¿Estado?

—Sí, de la Unión Americana.

—Esto no es Estados Unidos, estamos en Canadá.

—¡Canadá! —repitió asombrada y tuvo un mal presentimiento. La bruma de su mente comenzó a disiparse.

—¿Todo bien?

—No, este no es mi país, yo vivo en los Estados Unidos.

—Nosotros no sabíamos, tú no nos habías dicho eso —respondió la enfermera con arrogancia.

—¡Pues porque no podía recordarlo! —Exclamó enfadada— En este momento lo recuerdo y se lo estoy diciendo, ¡soy americana!

—Ok, tómalo con calma —dijo con un tono condescendiente—. Podemos ponerte en contacto con el consulado, para que te ayuden, dado que no tienes tu pasaporte u otra forma de identificación.

—Eso me ayudará bastante, gracias —replicó con frialdad. Le había caído mal la enfermera.

La llevaron hasta una oficina y le dijeron que esperara. Kerri estaba inquieta, conforme iba recordando se iba poniendo más intranquila. No dejaba de pensar en que ellos dijeron que buscarían en los reportes de personas perdidas.

«No deberías estar aquí, ¡te están buscando!», gritó la voz de su propia consciencia y el miedo la invadió.

Tenía que salir de la estación de policía pronto, pero ¿por qué? Entonces la nube de su memoria se disipó y lo supo.

«Porque Kerri Sullivan escapó de casa y la están buscando, ¿quién? ¡Su verdadera madre y su esposo! ¡Debo largarme o me harán volver con ellos! Además ese nombre no es mi nombre, la letra "K" no era por Kerri sino mi apellido, Kearney, ¡Soy Pearl Kearney! No les debo decir nada más. Tengo que huir».

Se levantó. ¿Cómo salir de ahí sin ser vista? Alguien notaría a Pearl, pero no a la gata. Se dirigió a uno de los empleados, le dijo que necesitaba usar el baño, le dijeron a donde ir. Ella entró, estaba sola, ahora era el momento. Se convirtió en gata, luego salió discretamente. Un oficial notó su presencia le sonrió y trató de atraerla con comida y palabras amables, se notaba que le hacía gracia ver a una gata. Pearl actuó como tal, ágil y desconfiada, corriendo hacia la salida que ya estaba tan cerca. El hombre trató de atraparla. Pearl cruzó la puerta y corrió hacia la calle. Se alejó.

«¿A dónde iré? Nadie debe encontrarme... Aunque debo tener cuidado con eso, no debo ocultar del todo mi presencia para que mi familia sí pueda encontrarme».

Recordó una noche en que la oscuridad se cernía sobre su cabeza como un cuervo batiendo las alas. Llorando había gritado, "¡Linda, ayúdame!". Pensar en ello hacía que la invadieran unas ganas enormes de vomitar. Recuperó su forma humana y siguió corriendo.

«Debo volver a la Ciudadela, tal vez ellos sigan ahí. Ellos me están buscando, estoy segura, quizá debas confiar en que ellos están cerca... tal vez deba concentrarme en esta angustia que siento, en las ganas que tengo de volver a casa, de ver a mi familia, a papá, mamá, mi hermano y mis siete hermanas. Tal vez deba volver a confiar en que ella me encontrará... ¡Linda ayúdame!».

A poco divisó dos SUVs que se acercaban por el camino, venía en dirección a ella. Pearl conocía esos vehículos muy bien. Las SUVs se detuvieron y un grupo ruidoso salió en tropel.

—¡Pearl! —Gritó Tanya.

—¡Están aquí!

Todos la rodearon, ella se dejó abrazar por cada uno. Los ojos se le llenaron de lágrimas. Maggie le tomó la cara, quería verla, saber que estuviera bien, a Pearl le daba gusto volver a ver a aquella mujer a la que quería como a su madre, lo mismo que a Nick, su padre.

—Hija, estás bien. Estábamos muy preocupados. Temíamos lo peor.

—¿Cómo me encontraron?

Hannah respondió:

—Tanya te vio en las llamas pidiendo ayuda en la carretera y el nombre del pueblo. De inmediato nos reunimos y vinimos en esta dirección. Una vez que entramos al poblado, Linda tuvo uno de sus presentimientos y nos guio hasta aquí.

—Así que ya lograste la adivinación con fuego.

Tanya se encogió de hombros.

—Ella es un eukid de fuego —exclamó Serena—. Logró la dualidad.

Pearl se quedó asombrada, no era sólo la noticia de saber que ella había logrado la dualidad, era el hecho de que era una psíquica con poderes de fuego. Las dos castas raras en una sola persona era una probabilidad muy remota. Según se sabía, únicamente había existido antes una persona así, la llamada Bruja de Fuego, aliada de los Cinco Sabios. Tenía sentido que ella hubiera sido justamente una de las elegidas a reencarnar como alférez.

—Todo lo que quería era encontrarte —comentó Tanya—. Me da gusto que estés bien.

Tanya suspiró aliviada, se quitó algunos cabellos de la cara y se los pasó detrás de la oreja, al hacer esto, sus dedos dieron con un cigarrillo del que ella se había olvidado. Se llevó el cigarrillo a la boca, lo sostuvo entre los labios mientras con la mano derecha buscaba entre los bolsillos de sus jeans.

—¡Tanya! —la reprendió Nick.

Ella sostuvo el cigarrillo entre los dedos índice y mayor de la mano izquierda, en la otra mano ya tenía el encendedor.

—*Give me a break, Nick!!* Después de todo lo que ha pasado, merezco al menos esto. —Se llevó el cigarrillo de vuelta a la boca y trató de prenderlo con un encendedor que se resistía, mientras hablaba con los labios juntos para que el cigarrillo no cayera— Pueden castigarme cuando volvamos a casa. No voy a dejar de hacerlo.

El encendedor no respondía. Patrick se acercó a ella, hizo un movimiento como si fuera a tronar los dedos, pero en vez del chasquido lo que obtuvo fue una pequeña llama.

—Permíteme.

Tanya se acercó, encendió el cigarrillo, dio una bocanada y expulsó el humo, satisfecha. Sonrió.

—Gracias.

—Luego te enseño como se hace.

—Seguro —sonrió con cierta complicidad—, ¡Idiota!

—¡Bruja!

Ambos sonrieron. Maggie y Nick no se veían muy felices, pero no dijeron nada, Pearl supuso que al menos les daba gusto que tras todo lo que había pasado, Tanya y Patrick por fin habían aprendido a trabajar en equipo.

Rosa quería saber si Pearl ya se sentía mejor, si necesitaba ayuda, Pearl se levantó un lado de la camisa y le mostró donde había tenido la herida.

—Hiciste un excelente trabajo, gracias. Estoy bien por ti, no sé cómo lo lograste, pero sé que fue gracias a ti.

—Otro presentimiento de Linda —respondió Rosa.

Alex se acercó a Tanya y le pidió una bocanada, ella le pasó el cigarrillo. Pearl le contó a la familia brevemente cómo llegó a ese pueblo, omitiendo el nombre de Kerri Sullivan. Se preguntó si acaso debía decirle a Maggie que necesitaba su ayuda para que borrara los recuerdos de los que la habían visto, pero para ello tendría que sincerarse sobre su pasado. Optó por no hacerlo. Tal vez se estaba preocupando de más y no fuera necesario. Ya una vez Kerri Sullivan desapareció sin dejar rastro, bien podía hacerlo por segunda vez.

XXVIII.- Verano

Linda

Regresaron una última vez a la Ciudadela. Serena marchaba cerca de las paredes de las construcciones, sacando a la fuerza piedras bajas.

—¿Para qué haces eso? —le preguntó Linda, no detectaba ira o tristeza en las acciones de su hermana adoptiva.

—Solo creo que este lugar debería venirse abajo antes que otro líder cruel lo use como refugio.

—Yo estoy de acuerdo con Serena —exclamó Patrick.

Acto seguido descargó una ráfaga de fuego contra un muro, éste se derrumbó. Sus hermanas hicieron lo mismo, dispararon sus rayos. Olas de energía y risas flotaban en el ambiente. A los hermanos les divertía ver las nubes de polvo levantarse para chocar contra muros cristalinos de Linda.

—Ya fue suficiente —ordenó Nick—. Hora de irnos.

Los chicos, con aire desenfadado, le dieron la espalda a la Ciudadela y se dirigieron a las SUVs. Linda se acercó a Nick.

—¿Qué va a pasar con la Ciudadela, Nick?

—La gente de Stillwood venderá las piedras y escombro para construcción.

La familia hizo una visita a Stillwood. Casi todos los eukids que dejaron la Ciudadela pasaron por ahí; algunos que no tenían a dónde ir, decidieron quedarse por un tiempo; otros recibieron ayuda para encontrar el camino a casa. Max y su esposa Betty estuvieron encantados de volver a saludarlos. Betty apenas vio a Tanya se acercó a ella.

—Estás diferente. Supongo que por fin descubriste el fuego en ti.

—Sé quién soy.

—Te lo dije: tú no eres cualquiera.

Luego se fijó en Linda y sus ojos resplandecieron.

—No recuerdo haber hablado contigo antes. ¿Cómo pude no prestarte atención?

—Está bien. Tal vez no tuvimos oportunidad de conversar —respondió con su sonrisa de muñeca.

Betty clavó su atención en los ojos azules de ella.

—Hay algo en ti, por ahora es una larva.

—A veces despierta y me cuenta cosas. Aún no está lista para transformarse. Pronto.

El camino de regreso fue bastante agradable. Pararon un par de veces, por gasolina, para comer algo y para dejar a Georgina salir a vomitar. Antes de regresar a Battle Shore, Terrence dirigió el vehículo hacia la comunidad de eukids del culto a los caballos, donde ahora comandaba Lori por completo. La noticia de su victoria ya había llegado a ellos, traída por las bocas de sus hijos que volvieron a casa. Lori estuvo más que encantada de abrazar a cada uno de los alféreces. Linda percibía la enorme gratitud que había en Lori hacia la familia Kearney.

—Cumplieron su palabra, nuestras familias están reunidas. Les estaremos agradecidos siempre. Cuenten conmigo como una amiga y aliada.

—Si necesitan ayuda, no duden en llamarnos —asintió Maggie.

Luego Lori se dirigió a Hannah.

—Jovencita, tú más que nadie significas mucho para nuestra comunidad. Rezo a la Madre Tierra y los espíritus de los caballos que galopan por estas tierras, porque algún día nos perdones y porque seas feliz.

—Mi corazón no les guarda ningún rencor. Ustedes estaban desesperados y tenían al frente un mal líder que se aprovechó de eso.

—He tenido un sueño, que tú te sentabas bajo un árbol, en medio del campo y los caballos te rodeaban. No podías ver, tus ojos estaban nublados. Entonces un caballo clamaba, el fuego la ha cegado y sólo el fuego le devolverá la vista, pero también la hará sufrir.

Patrick apretó la mandíbula, Linda notaba su turbación, por alguna razón, aquellas palabras parecían afectarlo a él más que a Hannah.

—¿Qué clase de fuego? —preguntó Patrick.

—Eso ella lo tendrá que descubrir con el tiempo —respondió Lori, luego se volvió a Hannah—. Quiero que sepas que este es un santuario y los caballos estarán más que encantados de recibirte siempre que quieras visitarnos.

Lori se dirigió con palabras amables al resto del grupo. Linda no hacía caso, su atención seguía fija en Patrick, se concentró para analizar sus sentimientos, lo mucho que le importaba Hannah, su ansiedad y su tristeza. Linda dedujo lo que le ocurría, si era lo que ella estaba casi segura que era, lo compadecía y tal vez lo entendía mejor que nadie en la casa.

Los jóvenes volvieron a la rutina en casa y con los entrenamientos. Linda deseaba que aquella tranquilidad tras haber salido victoriosos de su primera batalla durara por lo menos lo que quedaba del verano, y que sus hermanas, su hermano y ella pudieran descansar. Lo mejor es que estaban de vacaciones de la escuela.

La luciérnaga en la mente de Linda estaba más alerta, más latente, estirando sus alas y preparándose para liberar su verdadero potencial. Una mañana mientras desayunaba con su familia, Linda se tomó un momento para contemplarlos a todos, estaba contenta de saberse parte de ellos, entonces tuvo un mal presentimiento de nubes de tormenta formándose en el horizonte.

«Veo la oscuridad del caos. El viento sopla como un ejército... ¿Cuándo ocurrirá? No lo sé... No me preocuparé por el día que no hemos vivido, mejor disfrutar de la paz del presente mientras dure».

—¿Todo bien, señorita Linda? —preguntó Terrence.

—Todo bien —respondió sonriente.

Georgina estaba tan enamorada de Nelson. Linda la observó una tarde, mirando el mar desde el acantilado donde se erguía la mansión, la sirena temblaba por las ganas de ir a zambullirse en sus aguas. Se contuvo con la ansiedad de quien se debate entre dos amantes. Al cabo de un rato, entró en la casa y llamó a Nelson, quería verlo. Una hora después, él llegó a la casa, con aquel semblante desenfadado, el pelo negro largo cayéndole desordenado en los hombros, jeans y una camisa de The Beatles. Linda lo sentía irradiar amor por la sirena de una manera intensa, tanto que la hizo pensar en las leyendas de los marineros atraídos por el canto de las sirenas, fascinados al punto que no les importaba ni perder la vida. Ella bien hubiera podido pedirle que la dejara beber de su sangre y él se habría rendido. Aunque por la forma en que ella se arrojó a sus brazos para besarlo, lo mismo se lo podría haber pedido él y ella hubiera aceptado sin cuestionar.

Georgina temía por el día en que Nelson descubriera de nuevo la verdad, temía que la odiara y le rompiera el corazón. Sin embargo, la sirena había decidido que viviría en el hoy y dejaría que pasara lo que tuviera que pasar. Linda esperaba que las cosas salieran bien, confiaba en el amor diáfano y constante que existía entre ellos. Si su amor sobreviviría, sólo el tiempo traería la respuesta.

Tras dos semanas de descanso, los alféreces retomaron sus prácticas. Aquella tarde, Patrick se enfrentaba a Tanya, una pelea que Serena, Hannah, Alex y Linda observaban con curiosidad. Dentro de la casa, Rosa, que ya había terminado por el día, practicar escalas cromáticas en el piano.

Nunca había sido tan emocionante verlos pelear. Patrick y Tanya resplandecían con las llamas de sus energías. Fue hermoso de ver cuando se arrojaron ráfagas de fuego. Tanya estaba dando buena pelea. En un momento, casi sometió a Patrick, él escapó transformándose en fénix, bajo esta forma atacó a Tanya con rapidez y fuerza imparables. Ella cayó al suelo. Patrick aterrizó con su forma humana.

—¡Victoria para el poderoso fénix!

Hannah anunció con voz fuerte.

—Fin del combate, Tanya gana.

—¡¿Qué?!

Tanya se incorporó, se sacudió el polvo y le dedicó a Patrick una mirada arrogante.

—Rompiste las reglas —comentó Serena con calma—, era una pelea sin transformaciones y te convertiste en fénix.

—Bien hecho, idiota —se mofó Tanya.

Ella se marchó con Serena, Patrick frunció el ceño molesto mientras murmuraba por lo bajo con desdén, "Bruja".

Hannah se rio divertida y se alejó también, Alex se fue con ella. Se pusieron a hablar de un compañero de la preparatoria que les gustaba a ambas. Hannah le mostraba su celular a la chica eléctrica, ambas hacían comentarios y se reían. La gran sonrisa de Patrick se desvaneció, suspiró abatido, se dirigió a la mansión y se sentó en los escalones frente a la puerta principal. Linda lo siguió, fue a sentarse a su lado. El poderoso fénix estaba abatido.

—No te sientas mal —dijo Linda al fin.

Patrick la miró sin decir nada, él entendía muy bien que ella había sentido su corazón roto. Patrick volteó en dirección a donde se encontraba Hannah riendo jovial con Alex, luego murmuró:

—No sabes lo difícil que es vivir bajo el mismo techo que la persona que amas y no podérselo decir.

Linda se tornó inexpresiva, dirigió la mirada hacia donde se encontraba Lady A. replicando enérgica a lo que decía Hannah, luego volteó de nuevo hacia Patrick y sonrió.

—Tal vez sí lo sé.

Él guardó silencio, miró sorprendido a Linda, volteó hacia donde se encontraban Hannah y Alex. Patrick volvió hacia Linda y murmuró:

—No volvamos a hablar de esto, ¿te parece bien? Duele.

—Yo no lo volveré a mencionar si tú no lo haces.

Linda y Patrick volvieron de nuevo la vista al frente. Linda se recargó en Patrick, él le tocó el brazo en un gesto de camaradería. Ambos permanecieron sin decir nada más, contemplando a Alex y a Hannah que platicaban animadas.

Epílogo (*Black*)

Pearl

—¿Estás lista? —preguntó Rosa.

Pearl adoptó una posición de defensa y fijó su atención en la joven delgada, su cabello negro recogido en una cola de caballo, sus pantalones de yoga y su playera gris con una reina blanca de ajedrez estampada.

—Estoy lista. No te detengas esta vez.

Rosa resplandeció con su energía luminosa, movió sus brazos hacia el frente y disparó una ráfaga de espinas luminosas. Pearl se lanzó en carrera buscando acercarse a su oponente. Disparó su poder. Rosa fue rápida, esquivó el ataque de Pearl y la golpeó con el suyo. Pearl se levantó adolorida, Rosa le había dado fuerte; esta vez en verdad había obedecido a su petición de no tener consideración. Rosa corrió a su encuentro.

—¿Estás bien?

—Sí, estoy bien. Eres fuerte.

Rosa titubeó como si fuera a decir algo que al final se calló.

—¿Qué pasa?

—Nada.

—Ros, anda, di lo que piensas.

Hizo una pausa, como si estuviera eligiendo bien sus palabras.

—*It's just that...* Pearl, tú eres más fuerte que eso. Siento que no estás concentrada.

Pearl dejó escapar un suspiro de frustración. Asintió con la cabeza.

—Tal vez tengas razón. No sé. Tomemos un descanso.

Las dos chicas tomaron sus botellas de agua y fueron a sentarse a la orilla del acantilado donde se elevaba la casa. Desde ahí admiraron el mar en calma. Nubes grises se acercaban, anunciando una tormenta. Pearl estaba muy sedienta, se empinó la botella y bebió de golpe casi la mitad.

—Pearl, ¿te puedo preguntar algo?

—Adelante.

—¿Cómo te sientes?

—¿A qué te refieres?

Pregunta innecesaria. Le bastó contemplar a Rosa para saber a qué se refería. Rosa se tornó cabizbaja, titubeó y de nuevo tuvo esa expresión de quien está pensando muy bien sus palabras antes de pronunciarlas.

—De lo que pasó, contigo y Marcus. ¿Cómo sigues?

Pearl quería mucho a Rosa, le gustaba su tacto y lo fácil que era hablar con ella porque sabía escuchar. Sin embargo, no se sentía capaz de hablar de aquel asunto ni con ella ni con nadie. Hubiera querido decirle que a veces lloraba a solas, o lo nerviosa que se ponía cerca de otras personas, pero no lo hizo. Al menos las pesadillas no habían vuelto desde que derrotaron a Belladonna y estaba durmiendo mejor.

—No te preocupes, estoy bien.

—A veces me preocupas. Bueno, en realidad nos preocupas a todos.

—Estoy bien de verdad. Lo que necesito es enfocarme en el entrenamiento. No sabemos cuándo tendremos que volver a pelear.

—Eso es cierto.

—Sabes —hizo una pausa, por un instante bajó sus escudos y dejó algunos pensamientos fluir por su boca—, a veces me siento enojada, tengo toda esta rabia dentro de mí. Pero creo que no es malo, porque cuando estoy enojada me concentro mejor para pelear. Quizá por eso no puedo pelear bien contra ti. No sé, no puedo enojarme contigo.

Rosa ladeó la cabeza como meditando qué decir. Le tocó el hombro.

—No estás sola, de verdad.

—Lo sé, gracias.

Volvió a adoptar una postura fría, no le gustaba mostrarse vulnerable. Mejor cambiar el tema. Se puso a hablar las películas que se estrenarían en el verano y otros temas insignificantes.

Aquella noche cayó una feroz tormenta. Acostada en su cama, Pearl volvió a pensar en Kerri Sullivan, la niña que se había ido de casa buscando hacer su propio destino. Con la vista fija en el techo, dedicó a la oscuridad una sonrisa amarga.

«¿Hacer mi propio destino? Pero qué ironía, si en realidad me fui obedeciendo a un destino predeterminado. Pensamos que somos dueños de lo que nos pasará. Quizá a veces lo somos, otras somos títeres bailando al compás de la fatalidad».

Se quedó en silencio escuchando el violento danzar de la lluvia sobre el techo, los espectros del agua cabrioleaban con salvaje furor. De repente, una pregunta surgió entre las tinieblas. Cuando despertó, tras el combate en la Ciudadela, ¿por qué había dado el nombre de Kerri Sullivan?

«No lo sé. Estuve confundida tras el derrumbe de la torre y ser arrastrada por la corriente. Tal vez Kerri Sullivan sigue latente. Pienso en ello y de pronto me siento como jugando con las piezas de un rompecabezas que es mi historia... Belladonna dijo que yo estaba rota. Lo que no sé es cómo unir las piezas para que todo vuelva a tener sentido. Me falta algo y no sé qué es... ¿Por qué desde aquella noche tengo la sensación de que hay algo importante que debo recordar?».

Cerró los ojos, necesitaba descansar. Al cabo de un instante se quedó dormida.

Oscuridad y nada más, no sabía dónde estaba, sólo sabía que tenía que seguir caminando y caminando. ¿Para qué?... Las sombras se dispersaron lo suficiente para ver dónde estaba, reconoció los árboles y el dolor al caminar... ¡no, esto no está ocurriendo otra vez! Debía huir... No, debía volver, Marcus necesitaba ayuda, si moría sería su culpa. Las lágrimas no eran bastantes para limpiar el dolor ni el recuerdo. El terror la invadió. Echó a correr para alejarse del dolor. Corrió hasta que ya no pudo sentir nada, como si se hubiera entumido desde el centro del corazón hasta las puntas de los dedos. Así era mejor.

«No quiero sentir más... el dolor es un pariente incómodo que llega sin anunciarse, con maletas de recuerdos que te obliga a llevar para que sus alimañas te susurren al oído sus palabras venenosas, que se enroscan a tu espíritu para infectarte de melancolía y angustia».

Siguió corriendo, sus pies apenas tocaban el suelo. Ella se movía con la agilidad de la noche, como una sombra que se desliza en su ambiente natural, rápida y eficaz, un depredador que sabe esconderse mejor que nadie. El bosque se volvía caótico, los árboles perdían sus hojas, las ramas desnudas en lo alto iban prevaleciendo, hasta que el bosque se convirtió en un cementerio de esqueletos retorcidos. No quería mirarlos, debía escapar.

Divisó un camino, lo siguió, debía llevar a algún lado. Pronto se vio frente a una mansión, al principio pensaba que estaba en casa... o no era... o sí era... o no era.

«Yo conozco este lugar... ¡No es posible, es el hogar de los Sullivan!».

La voz de una niña preguntó:

—¿Por qué evitas hablar de mí?

— Porque estás muerta. ¿En qué estaba pensando cuando dije tu nombre?

—Mentira. Lo hiciste porque sabes que me necesitas.

—¿Necesitarte, para qué?

—Para ser más fuerte, hoy que estás fragmentada.

—¡Cállate! No quiero escucharte ni recordarte, tu nombre no es mi nombre y fui una estúpida en haberlo pronunciado.

Echó a correr de nuevo con una velocidad que no hubiera creído capaz de alcanzar en carrera estando despierta

—¡Cobarde!

Esa voz también la conocía. Se giró, divisó su silueta.

—¿Qué haces aquí? Yo te vencí.

—He vuelto porque me necesitas.

—¿Necesitarte para qué?

—Soy la pieza que falta para que todo vuelva a tener sentido, para ser fuerte hoy que estás fragmentada. Tu poder ha evolucionado, ya estás lista. Enciende tu energía, es hora de que despiertes.

Una nueva marejada de imágenes se abalanzó sobre ella, caras, lugares, Marcus, sangre, odio, terror. La vulnerable niña interna, la joven con la máscara rota, la gata y alguien más, una sombra cuya presencia la aterraba. Supo entonces que ese poder era imparable. ¡Debía despertar!

Se sentó de golpe gritando. Un poderoso rayo desgarró el cielo, la habitación se iluminó. Pearl saltó de la cama, salió de su cuarto, afuera ya estaba Patrick, Serena y Rosa, que se habían levantado al escucharla gritar. Trataron de detenerla.

—Pearl, tranquila, ¿estás bien?

Ella se echó para atrás con un movimiento ágil para evitar que la tocaran.

—¡Aléjense de mí! —exclamó con la voz alterada por el pánico.

Se sintió cautiva, sofocada. Se dirigió hacia las escaleras, apoyó las manos en el barandal y saltó. El aterrizaje en el primer piso de la casa fue perfecto. Su familia la llamaba, los ignoró, quería salir de ahí. Sus pies descalzos la hicieron cruzar la casa, hasta la puerta que daba al garaje, entró y sus ojos fueron hasta su motocicleta. Se apresuró a tomar las llaves que colgaban del llavero en la pared, se puso el casco, montó, abrió la puerta del garaje con el control y salió a toda velocidad.

Escuchó la voz de Maggie en su cabeza, llamándola, pidiéndole que aguardara un minuto. No respondió. La comunicación psíquica era el único tipo de contacto que no había logrado bloquear, quizá por la misma razón que a menos que estés sordo, no puedes dejar de escuchar la voz de quien está cerca y te habla. Claro que siempre se puede poner distancia. Fue lo que hizo, ignoró a Maggie mientras se alejaba, hasta que su voz quedó atrás.

Llovía con fuerza, las gotas de agua la golpeaban, se acumulaban en el visor del casco dificultando la vista. Aun así, ella no bajó la velocidad, quería escapar.

«Pero escapar ¿de qué? Esto es inútil, a donde vaya los demonios irán conmigo en mi cabeza. El pasado es invencible... el pasado es... hay algo que debo saber, algo que yo debería recordar... ¿recordar qué y por qué?».

Aceleró con esa última pregunta que se había formulado a sí misma aún en la cabeza. Súbitamente, al cabo de algunas millas, lo supo. Sus labios se abrieron y se dijo a sí misma la respuesta:

—Debes recordar porque es tu obligación, eres un soldado y tienes que cumplir tu deber al que estás atada en esta y cualquier otra vida.

La fuerza de aquel pensamiento le produjo un terrible escalofrío. Se salió de la carretera, dirigió la motocicleta por el terreno, lejos del camino, siguió así con una desesperación creciente mientras sentía que algo despertaba en su espíritu. Se detuvo en campo abierto, bajó de la motocicleta, se quitó el casco, lo arrojó al suelo y echó a correr descalza. El viento zumbaba en sus oídos, su pijama de algodón color azul celeste estaba empapada, los pantalones se le pegaban a las piernas.

«Tengo miedo... Marcus, mi amor, me faltan cinco... Los recuerdos del pasado se diluyen con la muerte y el que reencarna vuelve con una mente inmaculada, lista para ser escrita. Sin embargo, hay una excepción, los soldados como yo que guardan cierto conocimiento en cada reencarnación. ¡Hay algo que yo debería recordar, pero no puedo! Nada tiene sentido... existe una razón... ¿Cuál? Tendré que descubrirla. ¿Cómo? No sé. Debo empezar por encender mi poder».

Un rayo iluminó el cielo, Pearl apretó los puños. Tenía miedo. El dolor y el odio debían empujarla a ser fuerte, para nunca más volver a ser víctima de nadie. Detuvo su carrera bajo la lluvia torrencial y encendió su poder al máximo. Resplandeció con el lustre de su energía metálica. Entonces sucedió, fue como un chasquido en su mente, era su poder partiéndose en dos. El brillo metálico que cubría a Pearl comenzó a cambiar, se volvió vaporoso y oscuro. Seguía incrementándose, ella lo sentía en su corazón y en cada célula de su cuerpo. La invadió una sensación intoxicante, era un poder que antes no había experimentado, más fuerte que nunca. En ella habitaba una pantera asesina clamando libertad.

Un destello negro centelleó en el centro de su pecho, justo debajo del cuello, la chispa se dividió en cinco brazos y una estrella oscura se dibujó. La energía que la rodeaba comenzó a envolverla, se ciñó para cambiar su ropa. Botas negras cubrieron sus pies descalzos. Su cuerpo se vio vestido por un traje de una sola pieza entallado a su cuerpo. Las ondas de vapor negro cubrieron sus manos con guantes y la oscuridad que giraba en torno a su cabeza creo una máscara. Pearl era una eukid que recién había alcanzado la dualidad, y con ello había despertado la maldición de una elite legendaria. Otro rayo cayó, su luz iluminó a la joven centinela de pie en medio del campo.

Sigue la historia en

LA BRUJA DE FUEGO

(Battle Shore 2)

Dulce amor funesto son 11 historias de ficción paranormal, ciencia ficción y fantasía donde los personajes se enfrentan a los problemas de amar a un monstruo real.

Pronto descubrirán, que el amor no lo puede todo y a veces es mejor correr antes de que el amor te arranque el corazón... ¡literalmente!!!

luna llena

Siglo XIX. Ernesto está aburrido de su vida acomodada. Es entonces que entabla amistad con Rolando, un hombre lobo que lo llevará en descenso, por un camino de oscuridad. Ahora, Ernesto se debate entre la razón, sus instintos primitivos y su obsesión por Justina, una mujer caprichosa empeñada en despreciar a todos sus pretendientes. ¿Será Ernesto capaz de controlarse antes de que ocurra una desgracia?

Pero esta historia no es solo suya, está entretejida con las de sus compañeros; Rolando, un libertino hambriento de conocimiento, y Mónica, una cortesana con una vida miserable. Cada uno de ellos es seducido por distintas razones y circunstancias por el resplandor de la

Miriam García es originaria de Guadalajara, México. Ha publicado historias en medios locales en México y Estados Unidos.
Actualmente vive en Texas con su esposo y su gato Pepe.

Sígueme en
Instagram: @miriamgarcia.autora
TikTok: @miriamgarcia.autora
Facebook: /MiriamGarcia.Autora

50711368R00204